第八届全国中青年文艺评论家高级研修班论文集

新形势下文艺评论的理论与实践

中国文联理论研究室
中国文艺评论家协会
中国文联文艺评论中心 编

当代中国出版社
Contemporary China Publishing House

图书在版编目(CIP)数据

新形势下文艺评论的理论与实践：第八届全国中青年文艺评论家高级研修班论文集/中国文联理论研究室，中国文艺评论家协会，中国文联文艺评论中心编. —北京：当代中国出版社，2015. 2

ISBN 978-7-5154-0581-0

Ⅰ. ①新… Ⅱ. ①中… ②中… ③中… Ⅲ. ①文艺评论—中国—当代—文集 Ⅳ. ①I206.7-53

中国版本图书馆 CIP 数据核字(2015)第 018585 号

CHINA LITERATURE AND ART FOUNDATION
中国文学艺术基金会
中国文学艺术发展专项基金
资助项目

出 版 人	周五一
策划编辑	胡志华
责任编辑	胡志华
责任校对	康　莹
装帧设计	谢　珂
出版发行	当代中国出版社
地　　址	北京市地安门西大街旌勇里 8 号
网　　址	http://www.ddzg.net　邮箱:ddzgcbs@sina.com
邮政编码	100009
编 辑 部	(010)66572264　66572132　66572154　66572434　66572180
市 场 部	(010)66572281 或 66572155/56/57/58/59 转
印　　刷	北京中科印刷有限公司
开　　本	720×1020 毫米　1/16
印　　张	25.75 印张　1 插页　444 千字
版　　次	2015 年 2 月第 1 版
印　　次	2015 年 2 月第 1 次印刷
定　　价	65.00 元

目录

代　序

专家授课摘要

（以授课顺序为序）

学员论文

（以姓氏拼音为序）

代序

新媒体时代，文艺评论何为？

夏 潮

文艺评论事业是我们党的文艺事业的重要组成部分，是推动文艺繁荣发展的重要杠杆。做好文艺评论工作对于贯彻落实党的文艺方针政策，引导文艺创作、推介优秀作品、提高审美鉴赏能力、引领文化风尚都具有不可替代的作用。我们党历来高度重视文艺评论工作，这是我们党领导文艺的优良传统和重要方式。重视和抓好文艺评论工作，特别是抓好队伍建设，是加强文艺评论工作的重要内容。

当前，我国文艺事业蓬勃发展，文艺在社会生活中的影响不断增强，文艺创作和文艺评论都呈现出良好的发展势头。但在看到成绩的同时也应当看到，评论仍然是文艺工作的薄弱环节，面临着许多新情况、新问题。与文艺创作的现状相比，与人们对文艺鉴赏的需求相比，评论还很不够。比如说，有一些文艺评论与文艺创作脱节，对社会上涌现出的新人新作和新现象关注不够，还在炒冷饭。有一些评论习惯于套用20世纪80年代以来曾经很热门的西方当代文艺理论，来观察中国当下的文艺创作实践，马克思主义文艺理论的主导声音还不够响亮。有一些文艺评论受利益驱动，参与炒作一些低级的东西，对一些庸俗的东西也捧场，致使评论的独立性、公信力和权威性减弱。评论人才流失严重，评论队伍建设相对滞后。特别是在新媒体冲击下，传统的文艺评论阵地有所萎缩，网络评论阵地亟待拓展和使用，等等。因此，如何通过改善文艺评论的生态环境，加强队伍建设，改进文艺评论工作，从而提高广大群众的审美水平和文化素养，推动社会文明进步，是摆在我们面前必须思考和应对的一个重要问题。

习近平总书记关于文化文艺工作的一系列新思想、新论断、新要求，是做好文艺工作和文艺评论工作的重要指导思想。关于文化的重要地位、作用，习近平总书记指出，一个国家、一个民族的强盛，总是以文化兴盛为支撑的。古往今来，任何一个大国的发展进程，既是经济总量、军事力量等硬实力提高的进程，也是价值观念、思想文化等软实力提高的进程。总书记还指出，中华民族伟大复兴需要以中华文化发展繁荣为条件。提高国家文化软实力，不仅关系我国在世界文化格局中的定位，而且关系我国国际地位和国际影响力，关系“两个一百年”奋斗目标和中华民族伟大复兴、中国梦的实现。再比如，关于传承中华优秀传统文化，总书记指出，抛弃传统、丢掉根本，就等于割断了自己的精神命脉。博大精深的中华优秀传统文化是我们在世界文化激荡中站稳脚跟的根基。中华文化源远流长，积淀着中华民族最深层的精神追求，代表着中华民族独特的精神标识，为中华民族生生不息、发展壮大提供了丰厚滋养。总书记指出，不忘本来才能开辟未来，善于继承才能更好创新。要处理好继承和创造性发展的关系，重点做好创造性转化和创新性发展。要使中华民族最基本的文化基因与当代文化相适应、与现代社会相协调。关于培育和弘扬社会主义核心价值观，总书记也结合文化文艺工作讲了很多重要思想，他指出要运用各类文化形式，生动具体地表现社会主义核心价值观，用高质量、高水平的作品形象地告诉人们什么是真善美，什么是假恶丑。在讲到社会主义核心价值观的践行时，总书记说要通过教育引导、舆论宣传、文化熏陶和实践养成等方式。再比如，关于弘扬爱国主义、展示国家形象，总书记指出，要运用影视作品、文学作品等多种方式，加强爱国主义、集体主义、社会主义教育。创作更好更多的精品力作，以长中国人志气，引导我国人民树立和坚持正确的历史观、民族观、国家观、文化观，增强做中国人的骨气和底气。要注重塑造我国的国家形象，重点展示中国历史底蕴深厚、各民族多元一体、文化多样和谐的文明大国形象。在关于坚持人民性、坚持两个效益统一的方面，总书记强调指出要把坚持正确导向摆在首位，始终绷紧导向这根弦，讲导向不含糊、抓导向不放松。要把握好文化的意识形态属性和产业属性、社会效益和经济效益的关系，始终把社会效益放在首位。这些思想和论断是我们做好文艺工作和文艺评论工作的灵魂。

这一系列重要论断都是基于对我们所处的社会形势的正确分析和判断而得出的。下面，我重点围绕新媒体对文艺评论工作的挑战以及如何应对这一挑战，谈几点想法。

2014 年是我国接入国际互联网 20 周年。20 年来，互联网发展速度与影响力超出了我们的想象。据中国互联网信息中心（CNNIC）调查，截至 2014 年 6 月份，中国网民规模已达 6.32 亿，其中手机网民 5.27 亿，而且增加速度很快，一年增加几千万人。据统计，2014 年上半年，中国网民的人均周上网时长达 25.9 小时。网络深刻改变着我们的生活方式和社会交往方式，也深刻改变着文艺生态。因为互联网的迅猛发展，催生了一大批新的文艺类型，网络文艺异军突起，数量爆发式增长，规模急剧扩大，网络上文艺热点事件层出不穷。网络使文艺创造方式、传播方式、展示方式、欣赏方式和评论方式都发生了深刻改变，网络文艺成为关注度很高的一个新领域。新媒体使社会公众的文艺观念和文艺体验都发生了深刻变化。过去在传统媒体时期，我们给什么，读者观众看什么，我们什么时候给，读者观众什么时候看，主动权一直在给方。而网络时代就不一样了，互联网具有开放性、即时性、互动性等特点，人们想参与就能参与，想什么时候参与就什么时候参与，七嘴八舌，主动权逐渐操控在网民自己手中。

新媒体给文艺带来的挑战表现在许多方面。具体来讲，举一些例子。比如，“微电影”蓬勃发展，仅 2013 年一年就有第三届北京国际微电影节、杭州的首届中国国际微电影展、云南的首届亚洲微电影艺术节、武汉的微电影大赛等将近 100 项微电影节庆活动在各地举办，中影集团推出了“微电影扶持计划”，天津、武汉等地还打造了微电影产业基地，微电影产业链正在形成。再比如，微摄影的方式，人人都是摄影家，手机摄影比赛很多，以微博、微信等为载体的互动式摄影正在广泛兴起。新浪 2013 年举办了“摄氏 2013 度”报道摄影盛典。这是中国互联网领域首次举办的大型专业报道和纪实摄影赛事活动，参与者相当多，有将近 500 名专业摄影师参与了比赛。再比如，网络文学迅猛发展，开展文学服务的站点和频道突破 50 万家，全国各文学网站注册作者达 3000 万人，网站签约作家超过 270 万人。再有，艺术创造、生产、传播、欣赏和评论方式都发生了深刻变革，原来书法、绘画等艺术作品只能进博物馆、展览馆，现在通过微博、微信快捷广泛地传播，国内许多美术馆推出了网络交互平台，“虚拟观看”越来越流行。还有很多情况，比如艺术市场“电商化”等。

新媒体的发展深刻改变着文艺评论的形态。网上评论快速发展，重要性日益凸显，近年来，“押沙龙在 1966”“北小京看话剧”等“草根剧评人”影响很大，发表了一批尖锐的戏剧评论文章，引起较大社会反响；很多爱好文艺的网民在豆瓣、人人、天涯等网站上集聚，QQ、微信、微博、陌陌等新媒体社交平台有很多“群”，它们围绕文艺作品广泛交流、品头论足，形成数量巨大的文艺评论新媒体聚落；以文艺评论为主题的微信账号不断涌现，或摘发传统媒体的文艺评论文章或自撰稿件，对文艺评论的传统传播格局形成巨大冲击和挑战；围绕各种文艺现象和文艺名人，粉丝、围观者在网上“骂架”“互掐”，此起彼伏，文艺评论特别是艺术评论不再是专业的文艺评论作者或者高校学者的专利，而成为所有参与艺术欣赏的人群之间的互动反馈活动。传统评论在内容、方式和语言上都出现了不适应，整个文艺评论生态环境面临深刻的挑战。在这种情况下，评论队伍需要进一步组织和集结，文艺评论工作格局也要进一步改进和创新。

这是一个新媒体蓬勃发展的时代。套用狄更斯《双城记》里的一句话：这是文艺评论最好的时代，这是文艺评论最坏的时代；这是文艺评论百家争鸣的时代，这也是文艺评论众生喧嚣的时代；这是文艺评论真知迸发的时代，也是文艺评论泥沙俱下的时代。到底是“最好”还是“最坏”？取决于我们如何看待这个时代、应对这个时代的挑战，那么，我们如何应对呢，这是一个尖锐的问题，可以从以下方面进行思考。

第一，应对新媒体的挑战，要把握正确导向，营造“以理服人、实事求是”的文艺评论生态。

新媒体的时代更需要导向。方向是文艺评论的灵魂。只有坚持正确的方向，评论才能发挥出应有的思想教育和审美启迪功能。新媒体为评论打开了便捷、即时、互动、多元的广阔平台，有利于激发文艺评论的勃勃生机和活力。但同时也要看到，在新媒体上，大量“评论”缺乏专业素养，缺乏基本的学理判断和思考，缺乏正确的价值导向，过于强调个人化的意见表达，漠视客观的评价标准。鲁迅先生曾经说过，“批评家的错处，是在乱骂与乱捧”。从某种意义上说，当今新媒体上的评论现状，恰好为“乱骂”与“乱捧”打开了“方便之门”，这是客观存在。面对纷繁复杂的新媒体环境，确保文艺评论健康发展，必须牢牢把握好评论的主心骨。这个主心骨就是以马克思主义文艺观为指导的中国特色社会主义文艺理论。不管在传统媒体还是新媒体阵地上，都一定要运用马克思主义的立场、观点和方法，鉴赏、观察、剖析文艺现象和文艺思潮。我们要树立实事求是的科学精神，敢于直面问题，善于客观批评，要发挥专业评论家的理论优势和专业特长，要能在新媒体上理直气壮地弘扬社会主义核心价值观，弘扬民族精神和时代精神。当然，和传统媒体评论阵地一样，也要按照以理服人、与人为善的原则，在新媒体上快捷反应、主动发声，讲理讲美，好处说好，不足处说不足，有理有据地分析，推心置腹、心平气和、朋友式地讨论，坚持公道直言、实事求是，营造新媒体条件下文艺评论良好的生态。

第二，应对新媒体的挑战，要遵循传播规律，塑造“质朴清新、快人快语”的文艺评论新风。

文风决定影响力和传播力。好的文风，对于评论的生命力至关重要。新媒体时代，尤其要注重语言和风格的创新。内容上要深入浅出，语言上要生动活泼，不是说要模仿时尚的网络语言，但是要短小精悍。改善和改进文风，不是说要一味迎合网民的口味，更不是为了简单地博得粉丝“点赞”而降低品格。长期以来，文艺评论工作者集中在高校和研究机构，很多人不太适应新媒体的语言要求，这就更加需要学习。网络传播具有匿名性、碎片化、情绪化等特点，往往杂乱无序、聚众狂欢。有的时候，一些品位低下、信口雌黄、乱造滥造词汇、生搬硬套、语意含糊的网络语言很流行，成为“热词”，我们要提高警惕；有的时候，一些“语不惊人死不休”的观点容易受到网民追捧，相反那些平和、理性的声音一时无法占据主流，在看似海量的信息中，很多有意义的批评被遮蔽。这就要求我们要把好的文风和好的内容统一起来。要求我们关注新动态，学习新知识，了解新事物，拓宽新视野，提高能力和素质。有了扎实的理论功底，有了优厚的知识积累，肚子里东西多了，只要关注生动的现实，就能厚积薄发，言之有物，不会在快速更新的网络语言面前失去自我。我们不是一味地跟风，但是要做好“话语转化”的工作，用富有个性、特色鲜明、生动活泼的语言告诉人们什么是真善美，什么是假恶丑，什么是值得肯定和赞扬的，什么是必须反对和否定的。我们不关注这些，只能自娱自乐，写的文章传播不广，做的工作都是无用功。

第三，应对新媒体的挑战，要全面整合媒体资源，建设“权威公信、广泛联动”的文艺评论阵地。

阵地很重要。阵地是发挥评论作用的平台。博客、播客、微博、微信等社交媒体和即时通信工具的发展，为文艺评论开辟了新的阵地。目前提供微博服务的网站用户账号总数已达 13 亿，微信用户总数也已达到 6 亿。能否掌握新媒体阵地，直接决定着文艺评论的覆盖面和影响力。在我国庞大的网民群体中，20 至 29 岁年龄段网民的比例为 30.7%，在整体网民中占比最大。可以说，谁掌握了占领了新媒体阵地，谁就拥有了未来。总书记多次谈到这个问题。中宣部领导同志也反复强调这个问题。我们对此要高度重视。要继续巩固和拓展传统媒体阵地和专业评论阵地，这是我们的优势和特点，另一方面要扩大阵地的规模，发挥好新阵地的作用。传统阵地要强强联合、形成合力，集中发声、多点发声，提升整体话语权。新媒体要积极开拓和利用，要加强传统媒体的中央媒体和地方媒体联合，也要促使传统媒体和新兴媒体的互动，我们的评论队伍要在两者之间灵活地转换阵地，从而拓展评论空间。要支持专门的文艺评论理论网站建设，支持综合类网站和商业网站的文艺文化的频道和栏目建设，鼓励和帮助广大文艺评论家掌握新媒体运用技巧，广泛利用博客、电子论坛、微博、微信、移动客户端等新媒体工具开展文艺评论，扶持和推出一批名网站、名栏目、名博客、名微博、名微信，支持一批具有专业权威性又符合大众阅读习惯、“叫好又叫座”的文艺评论新媒体平台，构建评论的全媒体格局。

第四，应对新媒体的挑战，要吸引群众广泛参与文艺评论，建设“百花齐放、同心同德”的文艺评论队伍。

我们常说，“人民需要艺术，艺术需要人民”。文艺评论只有及时准确反映群众呼声，才能赢得群众、引导群众。没有群众的悉心关注，没有群众的踊跃参与，很难真正实现文艺评论的繁荣。新媒体的蓬勃发展，为群众广泛参与文艺评论开辟了广阔舞台。事实上，网民在新媒体平台上发声，并不需要某个人或某个组织批准，也不需要审稿，盛行的“拍砖”“点赞”“吐槽”等网络行为，就是网民在文艺评论领域广泛发声的生动体现。而且，在有些艺术门类，比如电影、电视、戏剧、美术等，已经从网民中涌现出了一批有影响的草根艺术评论者。比如前面提到的“押沙龙在 1966”“北小京看话剧”等等。有时候，文艺评论家就在我们身边。一旦有电视剧、电影、戏剧上映上演，有画展、摄影展等艺术活动，就有很多人聚集在一起组成“网民小组”，在一起交流探讨，其中不乏有价值的文章。艺术评论源于生活，群众离社会生活最近，离艺术的本源最近，他们的评论只要是真正的评论而不是“起哄”，或许有些简单粗放，甚至不很理智、不很全面，但往往有许多独到之处，是评论工作活力所在。同时，有很多网上评论心口如一，也是监督文艺创作的有生力量。习近平总书记在联合国教科文组织总部讲演中讲道，“一花独放不是春，百花齐放春满园”。我们既要发挥好文艺评论家这支队伍在文艺评论中的主力军作用，又要善于把群众的积极性调动起来，引导和发挥好群众评论的作用。无论是专业的、业余的，成名的、没有成名的，年长的、年轻的文艺评论者，我们都真诚地欢迎他们参与真正的文艺评论，创作出风格多样的评论形式，让不同文艺观点、审美立场自由争论，让不同风貌的评论作品在新媒体的文艺评论百花园中盛开。要做队伍的组织、集聚、引导、培训、进修、资助工作等等，要引导更多文艺评论人才，把眼光投入到网民当中去，尤其要关注高校青年学生，应该有自信能用社会主义核心价值观和马克思主义文艺理论影响他们，壮大文艺评论的组织化程度，培养一大批优秀的影评人、剧评人、书评人、艺评人、网评人等，用核心价值观去聚集他们、组织他们、引导他们，形成不同类型、不同层次、互为补充的评论家群体。

（作者系中国文联党组成员、副主席、书记处书记）

专家授课摘要

评论要摆正导向与市场的位置

仲呈祥

武侯祠有副对联写道：能攻心则反侧自消，从古知兵非好战；不审势即宽严皆误，后来治蜀要深思。其中一点就说明了要审时度势。在新媒体时代，文艺评论坚持正确的价值取向，要做到三点。其一，要保持在复杂形势之下的判断力；其二，要保持理想和信仰；其三，要防止判断力的钝化和政治敏感性的削弱。

做好文艺评论工作，必须立足于中华文化传统。习近平总书记发表的一系列重要讲话，从 2013 年“8·19”全国思想宣传工作会议到中共中央政治局第十二次、十三次集体学习会议，他不断强调要重视文化建设，重视宣传思想和意识形态工作，尤其是强调了中华民族和中华文化的关系。我们过去比较习惯于讲中华民族创造中华文化、中华文化为中华民族发展提供精神动力，但是系统学习领悟总书记讲话之后，我们会发现他更强调中华文化是中华民族生生不息、发展壮大的丰厚滋养，强调中华传统文化是中华民族的突出优势和最深厚的文化软实力，强调中国特色社会主义要根植于中华文化沃土。所以，我们的艺术评论也应该以高度的文化自觉和文化自信，从中华文化中汲取营养，必须根植于中华文化沃土。一些文艺评论家喜欢拿西方理论套用在中国文艺现实上，一味追“新”逐“后”，理论跟风、术语移植、问题模仿，甚至于中洋文夹杂，看似众声喧哗，实则不伦不类，这都是不可取的。

文艺评论建立在传统文化基础上，引导民族精神提升和艺术鉴赏的公赏力即对艺术美的判断力的提升。如何做到？习总书记“8·19”讲话中提到“两个结合”，正是解决这个问题的有效途径。这就是，一要把服务群众与教育引导群众结合起来，二要把适应需求与提高素养结合起来。整个文化建设，包括文艺评论都需要遵循这“两个结合”的重要原则。比如说东北二人转，需要不需要引导、教育？比如说放映厅里都是《小时代》，需要不需要引导、教育？很多优秀的影片根本就上不了院线。过去我们说文艺作品更多地强调“看人民喜欢不喜欢、高兴不高兴、欢迎不欢迎”，但是需要反思一下，群众喜欢的欢迎的就都是对的吗？仅仅“满足群众”还是不够全面的，还必须讲“教育引导观众”，这也是我们文艺评论工作者的重要责任。

艺术是人类以审美把握世界的方式，是超功利的，而西方天天宣传艺术的价值靠市场检验，这从来就是一个谎言。西方的市场像田地一样，田埂上有一个入水口一个出水口，都是西方高层掌控的，只不过秘而不宣。而我们有些人就相信了票房、收视率决定艺术的价值，造成了今天的现状。文化体制改革改什么？怎么改？习总书记就曾深刻地指出：无论改什么、怎么改，导向不能改，阵地不能丢。导向应该是培养弘扬社会主义核心价值观，打好凝魂聚气、强基固本的基础工程。

文艺评论要为培育社会主义核心价值观凝魂聚气，还必须慎重对待经典的传统和创新。不同时代的人们为传统经典注入新的时代感悟与阐释，激活了经典的当代魅力。比如芭蕾舞《红色娘子军》，演了半个世纪了依旧经久不衰，现在上演时还是满座。这个剧本身浸透了中国文化的精魂，借用了西方的芭蕾舞形式，讲了一个中国故事。这就是合理的化用。而一些作品解构经典，采取历史虚无主义态度，是要不得的。文化化人，艺术养心，重在引领，贵在自觉。这是我十几年来一直在讲的。我也一向坚信，追求健康的美感与卓越的思想启迪的和谐统一，是文艺评论美学的历史标准的最高境界。唯此，文艺评论方能在实现中国梦的历史进程中作出贡献。

（作者系中国文艺评论家协会主席，中央文史研究馆馆员）

点燃文艺理想的灯火

童庆炳

1957年，肖洛霍夫的小说《一个人的遭遇》在《真理报》整版发表，这是《真理报》第一次刊发文学作品，迅速在全世界引起重大反响。在此之前，有关苏联卫国战争题材的作品已经很多，如《青年近卫军》《日日夜夜》《真正的人》等，都是以歌颂苏联人民在卫国战争中英勇、坚强、无畏和牺牲精神为主调的，历史理性成为唯一维度。而肖洛霍夫笔下，在历史理性的维度之外，还有另外一个维度，即人文主义。我们的作家常常不会写文学的悖论，文艺的悖论，实际上文艺是有悖论的，文艺是悖论的结合。肖洛霍夫新的创作路线的意义，就是既要体现历史的要求，又要体现人民的苦难；既要高扬英雄主义，又要高扬人道主义；既要考虑到祖国安全这个至高的大局，又要照顾到个人幸福这个不可缺少的愿望；既从社会方面考虑战争，又突出全人类的主题，人情人性人道主义成为新的元素进入文学创作。这个创作路线的调整所带来的结果是还原战争的真相，还原战争的残酷性非人性。肖洛霍夫寻找到了文学的理想灯火，这种理想火炬既照耀到了苏维埃祖国大地，也照到了每个人的心里。《一个人的遭遇》为文学贡献了一个激动人心的悖论，也开辟了一系列作品，甚至把文学史带进了一个新的阶段。自这篇小说一出，文学的理想被刷新，这一类的作品在苏联不断涌现，如《最后的炮筒》《一寸土》《生者与死者》《活着，但要记住》《这里的黎明静悄悄》等等。

中国经历了很多战争，付出了无比惨重的代价，有没有出现《一个人的遭遇》这样历史与人文交汇的文学作品？我们有好作品，《铁道游击队》《保卫延安》《红日》《野火春风斗古城》等，但给我们留下深刻印象的伟大作品太少。当然也有有文学悖论的作品。比如1954年路翎创作的以抗美援朝战争为题材的《洼地上的战役》，实际上比肖洛霍夫的作品出现得还早。战士王应洪与朝鲜姑娘金圣姬渐生情愫，军规军纪与爱恋之间出现矛盾，作家在军规军纪和感情之间，在历史理性与人文感性之间徘徊。可惜作品一出，就受到了批判。因为当时是把生活简单化了的，非此即彼，要么是军法军纪，要么是谈婚论嫁，二者之间不能保持某种张力。2007 年冯小刚的电影《集结号》上映，这部作品很大程度上也体现了历史理性和人文关怀保持张力的文学理想。作者毫不吝啬笔墨地歌颂了他们为革命事业前仆后继一往无前的精神，体现出作者对战争历史理性的深刻理解。但是作品的着力点还在于，解放战争胜利之后，46 人没有被追认为烈士，被遗忘了，谷子地开始艰苦地寻找原来的部队，来证明 46 人不是失踪，他们的鲜血不是水不能白流，这就表现出一种人文关怀的维度。

和平时期，题材广泛，是不是也需要文学悖论呢？改革开放三十多年来，经济获得空前发展，我国综合实力不断提升，社会文明不断发展，这是历史理性的胜利，但是另一方面也在发展经济的过程中不可避免地带来了负面的东西，比如生态失衡、贫富差距加大、东西部发展不平衡、精神方面的拜物主义抬头等等，都是经济发展的伴随物，作家就不得不面对这种种失衡现象。政府官员、经济学家、社会学家更看重历史理性的一面，作家的特性与他们不同，这两方面都是社会生活的真相，都必须描写，这样文学理想就不能不是历史理性与人文关怀的悖论的展示。新的向旧的告别，现代向传统告别，不是一走了之，我们不能不往前走，不往前走就要落后就要挨打，中国必须崛起，屹立于世界，这是历史的声音，但是告别又总是泪光点点难分难舍，这是人文的声音。两种声音应该此起彼伏或同时响起。我们需要写出两个维度，就是要写出生活原有的真实。比如莫言的《蛙》，这部小说要说写得好，需要从悖论角度来分析，作品写到了计划生育的必要，写出了历史理性，也通过三个女人的死写出了人文关怀的维度，因为有悖论，整个作品的精神骨架就支撑起来了。

（作者系中国文艺评论家协会顾问，北京师范大学资深教授，
教育部社会科学委员会学部委员）

生活中的价值观

李德顺

现在全国上下都在谈价值问题，这是有历史意义的。在日常生活中，人们争执不休、令人苦恼的，往往是价值问题而不是知识和真理问题。

价值问题出现得早，理论形成得却较晚。哲学三大基础理论，存在论、意识论和价值论，价值论是在前两个分支发展到一定的程度，到 19 世纪末 20 世纪初才形成的。中国价值论研究是在 20 世纪 80 年代兴起的。在此之前，价值论在我们这里是不许谈的。要谈的话，也一定要说价值论是一种“反动的唯心主义哲学”。

不妨举一个例子：“小马过河”的故事，属于幼儿读物。小马要过河，先去问河水深不深？松鼠说很深，老牛说很浅，小马妈妈说：你自己走一下就知道了。小马走过后发现既不深又不浅。对于这个故事，传统哲学得出的最终结论是“实践出真知”。但是如果再往下问一句：这个实践到底出了什么真知？河水到底深不深呢？实事求是的答案则是：河水深不深，看你个子高矮！推而广之，一个事物有没有价值，要看对谁而言，看主体情况如何——这个结论，在以前对很多人来说是绝对不能容忍的，什么“相对主义”“个人主义”“唯心主义”“实用主义”等等，会有 N 多个帽子给你准备着。

问题在哪里呢？关键在于这里的“深浅”不是描述词，而是价值词，“深度”才是描述词。如果问深度，无论松鼠还是老牛的回答都要反映对象的事实，所以结论应该是一致的。和“深浅”一样，生活中有很多是价值词。所有价值词都是说明客体对主体的意义，即反映客体属性与主体尺度的关系状态。一个事物好不好，不是事物本身的存在，事物的价值表现在它与主体的关系中。价值代表主客体之间的一种统一。主客体之间的统一有两个不同的方向：一个是以客体为准，主体统一于客体，这是知识和真理的内涵；另一个是以主体为准，客体统一于主体，这正是价值的本质和内涵。就是说，客体有什么价值，实际上取决于主体，总是“因人而异”的。在哲学上，这就叫作“价值的主体性”特质。

理解和应用价值的主体性原理，需要注意许多问题。例如：

一、要区别客观的价值与主观的价值观念。价值的主体性告诉我们，价值是以主体的客观地位、需要、利益和能力为尺度形成的，所以它是客观的；而价值观念则是主观的，是对价值关系的能动反映和主观取向。就是说，价值与价值观念之间，是人的“社会存在”与“社会意识”，即“第一性”与“第二性”的关系。这种关系不能互相颠倒和取代。比如《十日谈》中有一个故事：老教士带小教士下山，遇到一群年轻美女，小教士很感兴趣，但老教士说她们是“鹅”。回去之后，小教士就念念不忘地说想要一只“鹅”。可见你给事物一个什么名字和评价，并不重要，价值观念是不能单靠灌输来确立的，只有在主体的生存实践中才能显露其真相。所以我们不能脱离了现实的关系，单纯就观念讲观念。

二、要正确理解价值和价值观念的多元性与统一性。知识和真理必须是统一的，这叫“真理一元论”；而由于主体的多元化，决定了价值和价值观念必然是多元的，这叫“价值多元性”。很多人不理解这种现象，总想脱离了现实的多元主体，制定出统一的价值观念。这就像要制定出一个价值观念的“世界语”，同样也不能奏效。因为必须尊重主体的权利与责任，把与主体权利与责任相悖的东西强加于人是不能成功的。

在这个问题上，中国古人向往的“和而不同”，可以说是解决价值多元性与统一性关系问题的一种高境界。“和而不同”是指多元主体之间实现多样化的统一、和谐，和平共处，而不是要求同一、单一、一律化。大家都不要扮演上帝或上帝的代言人这样的角色，将自己的观念强加给别人，而是欣赏别人，彼此合作，概而言之，就是“把人的权利和责任还给人自己”。

（作者系中国政法大学终身教授、人文学院名誉院长）

“文艺评论”的学科建设

陈振濂

说到“文艺”，首先会想起“文艺复兴”。意大利文艺复兴中的“文艺”两个字的含义，和我们今天的文艺学里的“文艺”的含义差异非常大。西方谈文艺谈的是“艺术”，首要是“术”，是由技艺上升为“艺”。而中国的“文艺学”的第一要义，则是文学，以文学理论为概念核心。文艺学等于文学理论。各种教科书都是这么明确地写的。文艺学与艺术无关。即使有关，也是牵涉到文学的有关，比如戏剧，是与其中编剧与戏剧文学创作部分有关，而与戏剧舞台表演部分无关。故而，“文艺学”相当于“文学学”。其实仿照美术、艺术的译名，“文艺学”也可以译为“文术学”。

从“文艺”到“文艺学”经历了怎样的过程？这大概分为三个阶段，即从“文艺”到“文艺学”，再到“文艺评论”。“文艺”一词在转译过程中发生本义的偏离，我们今天的“文艺”概念的主体是“文”，内容是文，“艺”是指它的美的表达的过程与方法。文艺即“有文之艺”。它在学术上是指我们今天所说的“美文学”“纯文学”。它是写一篇美文、写一篇诗词歌赋等所需要的文学写作的技巧，而不是我们今天所说的舞蹈、绘画、戏剧等艺术门类的统称。换言之，并不是望文生义的“文学”+“艺术”两个门类的合并。

在我国古代也有“文艺”一词，汉代有《文苑传》，《新唐书》和《金史》中有了专门的“文艺”的类属概念，这时已经是以文学为主体、艺术为表现手段的习惯用法，是专指“有文之艺”。香港1866年出版的《英华字典》中对“文艺”的解释是美的文学，日本坪内逍遥的《文艺学概论》中第一次出现“文艺学”这个词汇。还有一些史料，都不约而同地提到，“文艺学”不包括“艺术学”，“文艺学”的对象就是“文学”，只论文字。

既然如此，为什么还要用“文艺学”这个概念？文学理论研究曾有两个翻译概念系统，其一是德国和俄国系统，称之为“文学科学”，其二是译为“文艺学”。日本和中国用的是后者，“文艺学”就是纯文学。这个概念由留日学生陈独秀、李大钊、鲁迅在 1915 年左右从日本传入中国。

“文艺学”是感性之学，是生发性的，是开放的，孕育着多种可能。“文艺评论”的出发点是作品，是具体创作文本，通过文艺评论包括艺术史研究，最后才能上升到理论。好的文艺评论，理论是隐藏在这个过程之中的。一篇好的评论文章，概念最好不要跑到前台来。文艺评论应该从丰富多样的文学艺术作品出发，从文化艺术思潮出发，而不应该从抽象的文学理论出发，这样才能生机勃勃，由于实践的丰富性，它应该远远超过文艺理论的规定性。文艺评论的对象越具体，就越具有不可取代性。

当前文艺评论需要重视以下几个方面：一是在评论中要显示作品本身的价值，落脚点应该是作品。目前文艺评论很多都集中在作品的主题思想、社会文化意义等方面，缺少对作品形式语言技巧本身的展示。要指出作品中本来应该有什么？为什么？又缺了什么？二是要展示评论的独立价值。在不歪曲作品的前提下，每一代有每一代对作品的阐释视角，也赋予作品以永恒的新的意义。三是通过作品阐释体现评论的职业尊严。很多创作家觉得评论家是依附于他们的，因为先有作品后有评论。实则不然，评论本身也是创作，要形成一种气势：创作的价值所在，江山就要由评论家来指点，要增强评论家的主体意识。四是要揭示作品的艺术史意义，知人论世，知史论时。作家创作可能只着眼于当前，评论家要有广阔的视野与覆盖面，能够给予作品以准确的历史定位，这就需要掌握足够丰富的知识，并有敏锐的判断力。

文艺评论要寻找新的突破口，今天的任务应该是从强调“文”转向以“艺”为中心，文学评论已经非常强大，亟须加强“艺”的评论，这就需要文艺评论家重点培养对“术”的感觉能力。

（作者系中国文艺评论家协会副主席，浙江大学艺术学院院长）

“中国当代”的艺术史建构

高士明

20世纪是一个漫长的世纪，当我们在百年语境中谈论“中国艺术”，我们面对的是一个无限复杂的集合：从于右任的书法到黄宾虹的山水，从革命现实主义到“文革”宣传画再到政治波普，从现代水墨到目前市场追捧的张晓刚、曾梵志，再到黄永砯的装置、张培力的影像、蔡国强的焰火……如何通过这些全然不同的艺术“作品”的集合，梳理20世纪中国艺术的复杂历程，探讨“中国当代”的历史性结构？为此，我们必须打破中国“当代艺术”的通行历史论述，尝试着从20世纪的百年语境中，对中国现当代艺术史的叙述模式进行长时段的反思。历史没有终点线。我们都“在当代之中”。“在当代之中”，是不同世代当下性的同时在场，是历史与主体的重新连接、重新叙事。这就需要我们从历史的汪洋中打捞起所有的意义碎片，构建一种扎根历史脉络、面向当下现实、具有主体意识的新的“中国当代”的文化视野。

过去的一百年间，中国人所经历的不只是空间上的“区隔”和政体上的“分殊”，而且是历史的“分断”与命运的“离散”。这种“分断”与“离散”折射到我们关于艺术的现代经验中，唤起一种复杂纠结、一言难尽的现实感。从这种现实感觉出发，我希望提请各位同仁共同思考三个论题：

论题1：“三个艺术世界”——在文人世界、社会主义状态以及全球化现状的交错中，追问“艺术”的价值与意涵。简单地说，“中国当代”中潜在的“三个世界”是：当代艺术的全球化世界（被认为是唯一的国际艺术平台）、文人的艺术世界（被建构为“传统”的往日云烟）以及革命文艺的艺术世界（被告知已经终结）。在当下语境中，我们如何聆听来自这“三个艺术世界”的历史消息，在当代中国的艺术状况中梳理这三个世界的现实性，探询其彼此交响的动力机制，发掘其历史势能与潜能?

论题 2:“三个三十年”——在 20 世纪中国“艺术运动”的历史中,在三个三十年的贯通视野中,考察“中国当代”的历史起因、进程与社会意义。我们在思考 20 世纪历史的时候,很容易陷入三个三十年的分段论述里——1949 年之前的“新文化三十年”、新中国成立后的“新中国三十年”以及“文革”后的“新时期三十年”。这三个三十年,彼此分述比较容易,现行的文学史、艺术史大多数都是分开来讨论的,学术界也按照这三个三十年分成三个圈子。这十年以来,国际学术界反复地讨论“什么是当代”。大家逐渐意识到:所谓“当代”,是不同时代的同时到来。同样,当代艺术也不是隶属于某种规范化的“当代性”。我们怎样真正地把这三个三十年贯通起来,当成我们的“当代”来思考?这就意味着:1949 年到 1979 年这一段,应该内置于一个长时段的“当代”叙述中加以思考和消化。

论题 3:“分断与离散”——分断不止是成王败寇的政治学,人民与土地是无法分断的,政治分断,而生活绵延,历史连续。在 20 世纪中国文学艺术史的书写中,今天我们谈到“离散”这个词,总是陷到犹太人式的伤痕叙述之中。事实上,20 世纪中国人同样经历了一场大离散,我们被分配到不同的阵营里面,在不同的体制之下,各自去发展出一套东西。这“大离散”是被冷战与殖民这两种历史力量所塑造出来的中国人的命运。今天,我们如何才能让这一历史命运回归到我们的讨论中来?

历史进程一言难尽,在中国人复杂纠结的百年进程中,我们追问:什么是当代?身处这复杂纠结又磅礴恣肆的宏大进程之中,我们何以自处?艺术如何作为?每一个当代都是大时代,我们有幸活在一个新时代的边缘。虽然这个新时代总是处在未来之中,虽然它不过是宏大进程中的一幅临时性画面,虽然这幅画面的意义总是在历史的演进中被反复改写。但是,进程中的历史主体,却不惮于成为里尔克诗歌中的困兽——“仿佛力之舞围绕着一个中心 / 在中心一个伟大的意志晕眩”。

(作者系中国美术学院跨媒体艺术学院院长)

中国电视节目的发展与创新

程蔚东

电视节目是一个时代的文化结果的呈现。电视节目是分类的，电视综艺节目是大众化的艺术，就是做给大众看的，而且观众越多越好。我们说表达和抵达，收视就是抵达，综艺节目必须看收视率。中国电视综艺节目在国际上已经在第一方阵了，只是原创还比较难，我们还在学习。

中国电视综艺节目目前做出的成绩包括三方面：一是我们中国的电视综艺已经成为民族精神在大众传播中的形象表述，比如很多节目都传达出励志等。二是已经成为人民群众在文化狂欢中的选择方式，比如"中国好声音"已经成为一种现象，不断出现"中国好邻居""中国好牛肉"等。三是已经成为当代社会人民大众精神重铸的重要路径。观众为什么看电视，综艺已经成为重要的原因。

当然也存在问题，中国电视综艺节目存在"三缺"，即在积极倡导与实践"以人为本"的传播理念，谋求综艺娱乐节目创新突破、转型升级的过程中，一是可能会出现因过分追求观念的多元和个性，而忽视价值观引导，从而导致节目导向的缺位；二是可能会出现因过分追求形而下的快感，而忽视了形而上的美感，从而导致节目品位的缺失；三是可能会出现因过分追求通俗化和娱乐化，而忽视价值的深层构建，从而导致节目思想的缺乏。创作上存在"四迷"问题：第一，思维想象力上的迷乱；第二，文化集聚力上的迷茫；第三，科技表现力上的迷失；第四，路径选择力上的迷途。

那么，如何提升电视综艺节目的品质呢?

第一，要从了解时代情绪，了解心理需求，了解趋同习惯中研究当代观众的兴奋点。"综艺娱乐节目"的勃兴是电视媒体走向市场、赢得受众的必然选择，是电视改变过去以传播者为中心格局的有益尝试。正视并重视娱乐，让娱乐更大程度地融入社会生活；摸准当代观众的兴奋点，在时代情绪的归结点上尊重观众的心理需求和收视习惯，是电视媒体“观众本位”回归的重要体现。

第二，要从了解发展趋势，了解战场风云，了解竞争对手中研究传媒竞争的爆发点。把电视栏目的姿态放低，让普通人成为娱乐节目的主角，为观众生产自信，为社会生产快乐，正在成为一种新的电视时尚。面对战场风云，只有敏锐洞察节目竞争的焦点，找准节目创新的方向，充分了解竞争对手的实力以及各种内幕、相关情况，才能使自己在新的竞争格局中占据主动。

第三，要从了解边际效应，了解话题效应，了解聚合效应中研究多元文化的结合点。电视给人们带来娱乐的广泛性，决定了电视娱乐节目必须从满足各类观众多层次、多方面需求出发。电视传播是典型的“注意力经济”。谁能抓人眼球、吸引观众，谁就能赢得竞争的胜利。电视已经成为社会热点话题的重要策源地。当然，我们也反对为了炒作热点、吸引眼球而无原则地制造话题效应。中国的电视媒体已经从单一的电视媒体独自运作时代进入到了多媒体整合营运时代。具体到一档电视节目，就是要通过多媒体和跨文化传播，集聚各类资源进行化合作用，产生聚合、裂变效应，并由此带来传播效应的最大化。

《中国好声音》《中国梦想秀》正是在这样的兴奋点、爆发点、结合点上进行了有效的实践。追求社会效益和经济效益的有机统一、实现主流价值和传播效果的完美结合，使得它们成为新闻媒体引领主流舆论、塑造核心价值的典范，对于电视综艺节目的创新创造和品质提升，有着很好的示范价值和启示意义。我们相信受众，我们的受众是有水平的，而不是一些节目误以为的说受众庸俗所以我们就庸俗，我们从受众中汲取力量。电视在努力实现文化“大众化”、满足公众文化需求的同时，必须积极承担起主流媒体思想启蒙、价值引导的“化大众”功能。

（作者系全国政协委员，中国电视艺术家协会副主席，
浙江省电视艺术家协会主席）

学员论文

凝聚最广泛共识的智慧和勇气
——评电视剧《历史转折中的邓小平》

艾 莲

《历史转折中的邓小平》(以下称《转折》)引发收视热潮，庙堂闾里、报章杂志，一时评论蜂起：或谈思想性，或说艺术性；或议情节，或论表演，或品配乐……《转折》一剧在央视一套首播已结束，四川卫视、东方卫视、深圳卫视首轮跟播正如火如荼，从总体上评价此剧，正逢其时。

观剧读史，以古鉴今，转折之时，改革之际，最需要的是共识；是坚持原则，顺应大势，凝聚最大最广泛的共识。《转折》一剧，全景展现了 1976 年到 1984 年这八年间的历史。这八年，是国家发展至关重要的八年；这八年，是中国共产党发展至关重要的八年。在这段历史中，从粉碎“四人帮”到实行全面改革开放，包括了整顿科教、拨乱反正到发展经济、建设四化，再到出访美日、和平解决香港问题等重大历史事件，件件都是大事，桩桩都有分歧，特别需要寻找和重建最广泛的共识。

在观剧的过程中，笔者清晰地看到《转折》凝聚共识的三个层面：

第一，电视剧艺术地再现了邓小平同志以非凡的政治智慧和勇气，凝聚起最广泛的共识，带领党和人民成功开创中国特色社会主义的生动实践和光辉历程。

第二，电视剧还细腻地塑造了与邓小平并肩战斗的，具有高风亮节、坦荡胸襟、智慧与勇气并存的共产党员干部“群英谱”。

第三，是凝结在电视剧情节、人物之后的，电视剧主创人员为改革再出发凝神聚气的激情，是热切呼唤共识的创作智慧。

邓小平：实事求是，拨乱反正

在纪念邓小平诞辰110周年座谈会上，习近平总书记说：纪念邓小平同志，就要学习他对共产主义远大理想和中国特色社会主义信念无比坚定的崇高品格；学习他对人民无比热爱的伟大情怀；学习他始终坚持实事求是的理论品质；学习他不断开拓创新的政治勇气；学习他高瞻远瞩的战略思维；学习他坦荡无私的博大胸襟。

这个评价有个内在核心和鲜明指向，即凝聚共识。要凝聚共识，必须有坚定的理想和信念；要凝聚共识，必须开拓创新；共识的基础，是对人民无比热爱的伟大情怀；共识的主线是“实事求是”；高瞻远瞩，坦荡无私，才能寻求到最广泛的共识。

在电视剧中，通过邓小平同志思考、写信、修改文件等活动，用对白、画外音的方式，形象地展现了邓小平同志寻求共识的智慧。

电视剧是这样展开这个故事的。

镜头之一：某天（1977年2月7日），邓小平正在晨练，收音机里播发了《学好文件抓住纲》的社论，“两个凡是”的结尾，使他踮起的轻快的脚缓缓地放了下来。深沉的思考就此展开。

镜头之二：一个夜晚（1977年4月10日），邓小平同志身披外套，在台灯下给党中央写信，画外音：“我们必须世世代代地用准确的完整的毛泽东思想来指导我们全党、全军和全国人民，把党和社会主义的事业，把国际共产主义运动的事业，胜利地推向前进。”他强调用准确的、完整的毛泽东思想指导党的工作，并强调毛泽东思想的基本点和精髓就是实事求是，真正高举毛泽东思想旗帜，就要坚持实事求是的原则。这个立论一语击中“两个凡是”的要害，既有解放思想，破除迷雾的犀利，又有坚持高举毛泽东思想大旗，避免动荡的理论智慧。这个时候，距离十届三中全会（1977年7月16日）正式恢复邓小平职务还有近3个月的时间，是邓小平最应该三缄其口的时刻，但求真务实的性格使他不能沉默。这个细节，特别能体现出邓小平同志敢于担当，不计较个人得失的勇气和胸襟。

镜头之三：在决定恢复他职务的中央全会（1977年7月16日）上，邓小平这样讲：我出来工作，可以有两种态度，一个是做官，一个是做点工作。我想，谁叫你当共产党人呢。既然当了，就不能够做官，不能够有私心杂念，不能够有别的选择。邓小平的这个表达，显示了他作为老一辈革命家、政治家高度的历史担当精神和共产党人的坦荡无畏崇高精神境界，为他以后的决策拍板能赢得党内外的一致支持打下坚实基础。

镜头之四：教育部即将召开第二次高考工作会议前夕，在邓小平的追问下，教育部长刘西尧犹豫再三道出了质疑高考是“翻案”的议论。邓小平点燃一支烟，笑了一下，然后慢腾腾地说：“恢复高考，如果非要说是翻案，那就是翻案吧。关键是要看这个案该不该翻……既然所有人都认为这个案应该翻，翻这个案，对国家有利，对人民有利，对实行四个现代化有利，既然如此，我们就应该义无反顾去翻这个案。”在当时的环境下，“翻案”几乎是冒天下之大不韪的行为；邓小平却能泰然处之。因为这次决定是指向国家和人民利益的，当然能形成最广泛共识。

镜头之四：邓小平利用全国科学大会的契机，决定在大会响彻全国之际，定个“调子”，用“新话”推动社会各个领域的深刻变化。在京西宾馆，邓小平请来了方毅、胡乔木、邓力群、田志远，他慢慢地说，大会的主报告要讲清楚，四个现代化，关键是科学技术的现代化：首先，科学技术是生产力；第二，讲清楚“红专”的辩证关系；第三，建设科学技术队伍；第四，科研机构要实现党委领导下的所长负责制。这些观点，鲜明务实，击中要害，针对性强，廓清了“白专”道路的思想谬误，又高度强调重视科学技术在现代化建设中不可替代的作用，旧话语向新体系的过渡非常顺畅。

镜头之五：在吉林省委的小礼堂，一百多个厅局级以上干部端坐静听，邓小平在这个场合，直接点明并批评了“两个凡是”，语调平静，但充满力量，既高举了毛泽东思想旗帜，又指明了“两个凡是”的危害，对推动国家的建设发展有不可估量的思想推动作用。这个“东北讲话（长春讲话）”的背景是，之前，《光明日报》《理论动态》（中央党校理论研究室办的内刊）发表了南京作者胡福明的《实践是检验真理的唯一标准》一文后，《人民日报》《解放军报》次日转载，新华社转发，引起巨大反响，全党全国为之震动。由于意识形态管理方面的规定，真理讨论的话题一度降温。邓小平找中宣部的负责同志谈话，毫无效果。他借出访朝鲜归来之际，视察东三省，在如上场景中，发表了“东北讲话”。讲话之后，吉林、中组部、中央党校、广东立刻热烈响应，平反冤案，组织学习；全国绝大多数省委书记和军区司令员撰写了学习《实践是检验真理的唯一标准》的署名文章。一场真理标准的大讨论，轰轰烈烈地开展起来。

镜头之六：十一届三中全会前夕的中央工作会议（1978 年 12 月 13 日）上，华国锋代表中央对许多大是大非的问题做了明确的表态，并就“两个凡是”进行了反思和说明。在大会闭幕式上，邓小平做了《解放思想，实事求是，团结一致向前看》的讲话，获得了全体代表最热烈的掌声。至此“两个凡是”的桎梏被彻底打破，一个有着九亿人民的大国，一个经历了巨大波折的执政党，终于轻装上阵，迈开前进的流星大步。

剧中，多方表现了在这次中央工作会议之前邓小平巨细靡遗，顺乎民心党心的准备工作。首先，邓小平坚决地提出了拿出三天来进行讨论、统一思想的建议并得到中央批准；其次，他提出的由胡耀邦统管大会简报工作的布置意义重大；此外，他以“深秋季节还是北京最美”寄语陈云，使陈云下定决心在关乎国家和党的命运的大问题上挺身直言，带来大会重大突破与转机。这一系列的情节，有运筹帷幄的镇定，无朋党营私的机心；有拨乱反正的坚定，无左顾右盼的犹豫；有合乎程序的安排，无猛打误撞的鲁莽。生动精彩地呈现出邓小平寻求共识、凝聚共识的勇气与智慧。

1980 年 8 月，邓小平在会见意大利记者法拉奇时，法拉奇问：“天安门上的毛主席像，是否要永远保留下去？”邓小平回答：“永远要保留下去……尽管毛主席过去有段时间也犯了错误，但他终究是中国共产党、中华人民共和国的主要缔造者。拿他的功和过来说，错误毕竟是第二位的。他为中国人民做的事情是不能抹杀的。从我们中国人民的感情来说，我们永远把他作为我们党和国家的缔造者来纪念。”整个采访中，邓小平对包括毛泽东同志在内的老一辈革命家的评价非常客观理性，回答问题坦荡直接。在当时党内兴起一股全盘否定毛泽东的思潮时，邓小平以卓越的政治眼光与智慧，坚决抵制了这股思潮。

事实上，邓小平同志敏锐地感知党心民意，凝聚共识是有其深刻的思想基础的。在纪念邓小平诞辰 110 周年的讲话中，习总书记从四个方面分析了这个基础：强调理想信念、强调团结、强调实事求是、尊重群众意愿。

第一，邓小平同志对理想信念的重要性具有深刻认识，邓小平认为，“最重要的是人的团结，要团结就要有共同的理想和坚定的信念。我们过去几十年艰苦奋斗，就是靠用坚定的信念把人民团结起来，为人民自己的利益而奋斗”。

第二，邓小平同志客观公正对待党的历史、对待同志、对待自己，谦逊随和，平易近人，善于同人合作共事。革命战争年代，他同刘伯承同志共事 13 年，形成亲密无间的革命友谊。他善于团结和使用同自己意见不同的人一道工作，从不以个人恩怨待人处事。他说："要抛弃个人恩怨来选择人，反对过自己的人也要用。"

第三，20 世纪 60 年代初期，面对国家困难，邓小平同志提醒各级干部要"实事求是地说明情况"。当时为了推动恢复和发展农业生产，他说："生产关系究竟以什么形式为最好，恐怕要采取这样一种态度，就是哪种形式在哪个地方能够比较容易比较快地恢复和发展农业生产，就采取哪种形式；群众愿意采取哪种形式，就应该采取哪种形式，不合法的使它合法起来。"

第四，进入改革开放新时期，邓小平同志更加强调坚持彻底的求真务实精神。他说："我读的书并不多，就是一条，相信毛主席讲的实事求是。过去我们打仗靠这个，现在搞建设、搞改革也靠这个。"

最后，以《关于建国以来党的若干历史问题的决议》（1979 年 11 月起草，1981 年 6 月中国共产党第十一届六中全会通过）为标志，邓小平凭借其丰富的政治经验和高超的领导智慧，领导全党解决了正确评价毛泽东同志和毛泽东思想的历史地位这一重大历史课题。他站在国际、国内的全局和政治战略的高度，站在国家发展、巩固执政根基的高度，坚持辩证地看待历史人物历史问题，既敢于突破条条框框，又敢于担当责任，为弥合一段断裂的历史，作出不可磨灭的贡献。他的这种智慧一直承续到今天。历史都是相承相继的，改革开放前后 30 年是相互继承的血脉联系，而不是相互矛盾、否定的关系。

群英谱：敢于担当，情系国家

带领一个大国、大党，在具有强大惯性的历史轨道上妥善转弯前行，并非一人之力可以完成。邓小平在接受法拉奇采访时，法拉奇问及到底是谁组织了粉碎"四人帮"，是谁提出把"四人帮"抓起来的时，邓小平回答，"这是集体的力量。"中央文献研究室的杨胜群说："任何杰出的个人，身后都站着一个杰出的群体。"《转折》一剧对此进行了合情合理的艺术表达，在充分刻画邓小平同志的智慧、魄力、勇气的同时，电视剧还表现了叶剑英、谷牧、李先念、胡耀邦、王震、罗瑞卿、陈云、习仲勋、万里、迟浩田等一大批老一辈革命家的无私无畏和勇于担当的品格；包括华国锋同志的形象，也充溢着饱满的正气。《转折》一剧中的"群英谱"令人心生敬佩，他们是中国共产党人的典范。他们的人品风骨，是中国共产党人的精神标杆。

叶剑英，临危决断，指挥若定，知人论世，总以国家民族命运为重；李先念，识国事大体，推动发展，不遗余力；胡耀邦，温暖人心，睿智活跃；罗瑞卿，胆识气魄，大将风范，敢于“正面突击”；陈云，望重寡言，关键时刻，句句有理，掷地有声；习仲勋，先行先试，务实创新；万里，深入最基层，呵护新事物……他们以高瞻远瞩的战略眼光，以心系国家民族人民的深切情感，共同汇成改革的动人交响，凝聚起改变时代改革开放的共识。

剧中，胡耀邦签发《实践是检验真理的唯一标准》一场，编辑们为了保护他，想以自己的名义签发这期稿件。胡耀邦想一想，笑了，说：“我知道，你们是为我担心，想保护我，我谢谢大家了……共产党人光明磊落……心底无私，何怕之有？”他相信自己的政治判断，善用自己的威信，在非常规的时期，以非常的方式，徐徐拉开真理标准讨论的大幕。文章刊发后，胡耀邦受到了来自各方的巨大压力，但他没有一丝委屈抱怨，还一心考虑到不要将这些压力传递给邓小平同志。

另一场是罗瑞卿的“罗长子重新站起来”的戏。《实践是检验真理的唯一标准》刊发转载后，中宣部给了《人民日报》《光明日报》非常明确的纪律要求，真理标准的讨论被钳制了。罗瑞卿深知刚刚复苏的讨论风气不能就此沉寂下去。他决定由《解放军报》发表《马克思主义的一个最基本的原则》，并协调好《人民日报》、新华社同时发表转发，推动真理标准的全民思考。他特意嘱咐相关同志不要惊动胡耀邦，以免将胡耀邦再次卷入，增加他的政治压力。临“战”前夕，他到《解放军报》做“战”前动员，他要警卫员把他的轮椅高高抬起，以抱残之躯不曲之志，激励同志们为了新时代的到来，为了国家重新站起来，解放思想，团结一心，顶住压力向前进。这个举措，的确是冲破政治坚冰的有力一击。

陈云同志在中央工作会议即将召开之际，到杭州静养；李先念打来电话，言及“深秋季节北京最美”。陈云沉吟片刻，拿出“医嘱勿言”的纸条，撕碎抛在风中，毅然决定回京。在中央工作会议的分组讨论中，他一口气表达了对陶铸等六个问题的看法和处置意见，改变了整个会议讨论的气氛，改变了整个会议的议程设置，把解放思想、拨乱反正的思潮带入到整个会议中，带进具有转折意义的十一届三中全会。

这些老一辈的革命家，坚持真理，心系国计民生，那种“虽千万人吾往矣”的担当和气魄，令人激动感佩。

在这个群英谱中，也应该包括历史转折之机那些热血沸腾，关心国事天下事的中国人。当法拉奇问及邓小平，改变中国命运的那个人究竟是谁时，邓小平回答首先有“四五运动”的群众基础。民意汇集，齐心热盼国家和民族的美好前途，才能激起全党全社会向真向前的激情和力量。《转折》一剧以艺术虚构的手法，塑造了夏墨、田志远、夏建国、田源、夏建红、刘金锁等一大批心忧天下的各个阶层的中国人，在面对个体命运和家国大义的抉择时，他们冲口而出的往往是，国家都已经这样了，哪还顾得了个人得失。

高超的智慧，忘我的品格，热切的激情，这是风雨中的中国能走进晴日的精神力量，是中华几千年优良文化的沉淀中的又一次璀璨爆发。这是一个伟大的民族，这是一个伟大的国家，这里有着百折不挠、能不断反思修正的领路人。

主创者：一腔激情，浩然正气

《转折》一剧从头至尾充满着一腔激情，一股浩然正气。

风云际会的政治题材，再添上“揭秘”“脱敏”之内容，在创作中为了“讨好”受众，最易出现两个倾向：第一，宫斗，迷雾重重，心机深深，哪怕一个表情一个手势，意味深长。窥探隐私，展陈鄙陋，解构历史。第二，党争，“纸牌屋”一样的斗智，看似冠冕堂皇，实则结党营私、利益交换。

《转折》一剧跳出窠臼，正面表现历史大事，不回避不拔高，不刻意日常化，质朴刚健，为观众呈现出一部充满着真气正气的历史大剧。

第一，全景展示八年间中国党政军民，上至主席下至农民，艰难挣脱左倾桎梏，坚持中国特色发展道路，冲破历史的险滩恶浪，摸索着走进康庄大道的历程。第二，表现了一批遭遇过迫害，忍受过耻辱的共产党人，坚定信仰、一心为公。第三，刻画了一代知识分子，不计较小我得失，只争朝夕的奉献精神和忘情工作。冲决旧观念之难，推动新改革之艰，但剧中的人物都充满着 80 年代初特有的理想主义气质和激情，成为改造历史推动历史的有生力量。

暌违荧屏的华国锋形象，正面大度，能由衷肯定邓小平同志在党中央的威信魄力，能接受尖锐的意见，但也由于过度慎重而徘徊不前。人物的性格逻辑真实，令人信服。

家庭亲情，在“文革”中遭受重创。主创也采用温暖的处理基调，择选典型，着力表现在巨大磨难中，仍然坚守着最温暖亲情的家庭。家在国不破，情存天地长。

方生未死之间，一个国家民族凤凰涅槃之际，有顶天立地的英雄，也有蝇营狗苟的小人。但在剧中，主创人员以合情合理的艺术虚构，过滤了历史的情感杂质，把一曲一往无前、迎接改革的长歌唱响在天宇之间。对于“反面”人物如曲径、曹慧，主创也没有脸谱化、简单化，而是着力表现他们复杂的人性、真挚的情感、痛苦的挣扎和艰难的转变。因其感情的真挚，挣扎的真切，这些人物就不是苍白的时代小丑，而是活生生的历史写照，他们的思想是滞后的，但人品是端正的；他们的改变有着蜕变重生的升华。

《转折》在央视一套播出之机，《人民日报》记者采访了导演吴子牛和编剧龙平平，问题尖锐，回答精彩，其风格正是《转折》一剧的映射——坦率大气，不虚与委蛇，对邓小平及其转折的历史时期的重大意义有深刻的认识。①

记者问，这部戏有不少突破，比如对华国锋、胡耀邦的刻画，但为什么写到1984年就戛然而止了，编剧龙平平说，你所说的突破，其实反映的正是我们政治上的进步。至于为什么写到1984年就打住了，那是因为饭要一口一口吃，1984年之后当然还有很多内容，但如果都写下来，100集也打不住……就邓小平的思想发展来说，这一阶段也十分重要。

记者问及如何理解习总书记在《在纪念邓小平同志诞辰110周年座谈会上的讲话》中的一些新提法，龙平平认为最重要的是两点，一个是强调邓小平是中国特色社会主义道路的开创者，强调邓小平的历史地位；另一个是强调邓小平不仅改变了中国命运，而且改变了世界的历史进程，使中华民族和中华人民共和国能以新的姿态屹立于世界东方。把中国放入世界范围的历史进程中，明确了中国的改革开放与世界发展的关系。在改革进入矛盾凸显期，社会上对要不要坚持改革开放，或者怎么坚持改革开放出现各种各样的说法时，习总书记的提法表达了我们党和人民对改革开放总设计师邓小平的深深敬意，也表达了党和人民坚持改革开放不动摇的坚定决心。

记者追问了《转折》一剧的意义，除了为邓小平诞辰110周年献礼，还给当下带来什么启示？龙平平说，在那么艰苦的历史条件下，我们的党和领导人都没有退缩，我们的人民也没有退缩，而是上下合力，同心同德，以巨大的勇气与担当，开辟了新路。到了今天，当改革进入深水区，当我们遇到困难险阻的时候，

---

①《人民日报》2014年8月28日第24版。

难道不更应如此？在“纪念邓小平同志诞辰110周年座谈会”上，习总书记说：“我们相信，在20世纪赢得了伟大历史性胜利的中国共产党和中国人民，必将在21世纪赢得更伟大的历史性胜利！”

《转折》的确是一部重现改革之不易，凝聚共识之难，为全面深化改革凝神聚力的精品力作。转折时期，改革全面展开、持续深入之际，最难能可贵是团结一致的民情党心。观史鉴今，回望坎坷历程、筚路蓝缕，《转折》想要激奋起同筑中国梦，共兴民族业的家国情！

（作者系四川省社会科学院文学所副研究员，四川省文艺评论家协会秘书长）

昭通文学的特征、短板与突围透视

艾自由

昭通是一部深邃隽永的典籍，是一轴翰墨馨香的长卷。新时期以来，昭通作家群与昭通文学现象如雨后春笋，破土而出，在书写了昭通文学新的光荣与梦想的同时，也见证了新中国以来我国地域性文学群体及广大作家的艰辛文学追梦之旅，充分展示了昭通作家群在新时代下的创作理想，堪称云贵高原璀璨的文学星空。随着时间的推移，人们越来越注意到，在昭通这块经济相对贫困的土地上，文学精神不仅不贫穷反而很富裕，文学之花不但未枯萎反而更鲜艳，昭通作家群已形成了一支实力雄厚、风格各异、老少相扶的创作群体，小说以夏天敏、曾令云、黄玲、潘灵、胡性能、刘广雄、傅泽刚、杨昭、吕翼、朱镛、徐兴正、叶听雨为代表，诗歌以雷平阳、麦芒、李骞、樊忠慰、陈衍强、夏吟、夏文成、尹马、王单单、影白为代表，散文以雷平阳、淡墨、阮殿文、刘平勇、杨恩智为代表，报告文学以曾令云、刘广雄为代表，戏剧以蒋仲文、廖天云为代表，文学评论以宋家宏、李骞、黄玲、艾自由、尹宗义为代表，在小说、诗歌、散文、报告文学、戏剧、评论方面所取得的成就是云南省其他州市所不可比拟的，撑起了云南文学创作的半壁江山，堪称云南省当代文学的新重镇。在昭通作家群已成为昭通市乃至云南省文学艺术繁荣发展的一张新名片的今天，我们回头理智地审视昭通文学就会发现，文学的火光在昭通只会越燃越旺！

昭通小说在“再现现实”中寻求突围

从昭通小说来看，小说创作长篇、中篇、短篇并进，数中篇小说成就最高，人才辈出，成绩斐然，特别是进入 21 世纪后占据昭通文学领军地位。

1. “底层叙事”的本土化和深开掘。这是昭通小说引人特别关注之处，也是制约昭通小说向纵深推进的瓶颈。从第三届鲁迅文学奖中篇小说奖得主夏天敏来说，其“乡村情结”来源于他所认定的“苦难是我永不背离的主题”的一以贯之，来源于“热爱家园”的故土情深和悲悯情怀。这种“乡村情结”的特点表现为对乡村人和事多层次的批判角度，多层次的意义交融、多层次的主题呈现。而曾令云以昭通的地域为背景，至今出版了12部共计五百多万字的长篇小说，是昭通出版长篇小说最多的作家。面对昭通恶劣的生存环境和巨大的生存压力，夏天敏、曾令云等本土老作家代表和季风、吴运强、吕翼、刘平勇、沈洋、朱镛等中青年作家代表一样，不是简单地展示苦难、欣赏苦难，而是超越苦难、理解苦难，将苦难变成一种自觉践行“团结奋进、热爱家园、无私奉献、只争朝夕”的“昭通精神”动力。但是“底层叙事”书写的本土化特色的鲜明和深开掘的不足，随着时间的推移已暴露出来。如何实现“底层叙事”的鲜明本土化和深开掘的有机结合，将是昭通小说实现突破必须解决的首要问题。

2. “都市小说”的欲望化和批判性。昭通当代都市小说一直是昭通当代文学的短板，近年来有所拓展。从昭通本土青年作家吕翼来看，其都市题材小说主题的深开掘、涉及的多领域、写作的高技巧体现出来的小说批判精神，无疑给我们某种如沐春风之感。有对城市家居现实与另类生活的批判，对城市官场权色交易和从政心态失衡的批判，对充满现代都市气息的网恋无所适从的批判，对都市金钱至上爱情观和爱情陷阱的批判，对城市现实生活与欲望彼岸的批判。而傅泽刚的小说大多采用第一人称和昆明真实地名，调动自己作为画家得天独厚的艺术积累，尽力拉近和读者的距离，让小说真实起来。这不是小说技巧，而是真实生活的文本再现，或者说这本身就是生活的启示。傅泽刚别具一格的“昆明都市小说”，从一个侧面显示了“昭通人在昆明”的旁观者清！

3. 网络小说与纸质小说并行不悖。昭通的网络小说虽然发展缓慢，但网络小说家叶听雨的《脸谱》2009年6月荣获“全国网络文学10年盘点”十佳优秀作品奖、人气作品百强奖。《脸谱》集文学性、娱乐性和可读性为一体，因对社会转型期官场生活和人性脸谱般的复杂性比较立体深刻的展现和揭示，不管作为网络长篇小说还是纸质传统长篇来说，当之无愧应列入70后的优秀长篇小说行列。

4. 破解“雅俗共赏”难题。怎样打破“雅”与“俗”的鸿沟，写出直逼心灵的小说力作，实现“雅俗共赏”，是当前和今后相当长一段时期昭通小说家亟待解决的问题，是昭通小说在“再现现实”中寻求突围的关键所在。

昭通诗歌在“表现自我”中张扬个性

在昭通，许多文学爱好者是由于爱好诗歌而喜爱文学的，昭通文学最早也是由于昭通诗歌而声名远播的，不少诗人诗作在全省甚至全国都有一定影响。

1. 高扬理想主义旗帜下的“高原诗”。滇东北高原无疑是昭通诗人的诗歌矿藏，就其特质，高原诗的语境和高原的地理地貌一样，厚重、结实、雄浑、辽远，甚至苍凉、沉郁，展示的是博大的胸怀和深邃的思想，这是高原诗歌的文化品质和思想依托。昭通诗人们的诗歌，彰显了这种文化和精神，也具备高原的质地和力量。以傅泽刚为代表的昭通“高原诗”表现了昭通诗歌赤子对乌蒙群山的一往情深，具有浓郁的滇东北高原的乡土气息，是“云南精神”的诗意呈现。傅泽刚的“高原诗”在全国的冲击波，对昭通其他诗人有或多或少的影响，其中比较突出的有雷平阳、陈衍强、尹马和夏吟等人。

2. 在“表现自我”中百花齐放。雷平阳总能在那些粗砺而渺小的细节中，发现生命的欢乐和悲怆。其诗集《云南记》2010 年 10 月获第五届鲁迅文学奖诗歌奖，授奖辞认为：“诗人怀着一颗大爱之心，在云南的大地上穿行，在父老乡亲的生命历程中感悟，在现实的土地和历史的星空中往返，打造出一片神奇、凝重、深邃的诗的天空，流贯其中的精神则超越了地域限制，而具有普通人性的价值。”樊忠慰自 1991 年 8 月在《诗刊》发表处女作以来，《诗刊》基本每年都要发表他的诗歌，至今单在《诗刊》发表诗歌就逾百首。樊忠慰的诗歌是其天真淳朴心性的自然流露，他的许多诗句如同梦呓，极富人生哲理，特别是其诗歌鲜活的口语、灵动的意象、泣血的咏叹很难进行深度破译和贴切解读，只可意会不可言传，让人回味无穷。麦芒的一行诗《雾》：“你能永远遮住一切吗？”是第一首在《诗刊》上发表的昭通诗歌，1995 年 1 月因侵权确认为“世界上内容最短的版权诉讼案”从而创“大世界吉尼斯之最”，这首微型诗及其各种评论文章出现在全国上百家报纸杂志和诗歌选本中。麦芒的另一贡献就是对现代四行体诗的探索与实践，2000 年出版的《麦芒四行体诗二百首》是我国第一本以“四行体诗”命名的诗歌专集。陈衍强的口语诗平白如话，善于调侃，诙谐幽默，喜欢用真人真事入诗，善于描写老百姓辛酸又充满温情的生活，让诗歌产生“含泪的微笑”式快感是其诗歌的独有魅力，是“欧·亨利手法”在诗歌中的娴熟运用。夏吟的诗歌充分融合我国古代“诗缘情”和“诗言志”两大诗歌传统的优长，唯美性和现实性相结合，讲究语言美和意象美，意象很明朗化、很生活化，因其诗歌充盈其间晶莹的纯真气息，从而开拓出了属于自己的一片独特天空。尹马的诗歌先锋意识强，富有刚性，讲究力度和硬度。诗集《尹马诗选》中的诗如崇山峻岭，奇险奇峻，也不失良醇甘露之清冽、小桥流水之顺畅，把抒情蕴含在叙述的诗歌中，在浪漫的思绪里坚守着自己的精神家园。另外，李骞、沈沉、成忠义、夏文成、陈卓、李果、王单单、影白等人在诗歌创作上取得的业绩也令人刮目相看。

昭通散文在“表现自我”与“再现现实”中左右徘徊

昭通散文作者众多，昭通作家中不少人把写散文作为主攻小说、诗歌的前奏，但在省内外有影响者不多。

1. 雷平阳的“新散文”与淡墨的“诗散文”。雷平阳的散文具有独秀于林的风格特征，被推为青年“新散文”代表作家之一，入选过年度中国散文排行榜。淡墨的诗散文在散文的形式和特质上加入了诗的元素后包孕着诗意，但比诗的容量大，比散文的意境深远，从而更具诗情画意的特质，言简意赅，生动形象，真正做到了在诗散文的创作上文体意识自觉化、题材把握多样化、艺术手法成熟化、文体文本实证化。另外，阮殿文、刘平勇、黄代本的乡土散文以其浓郁的“乡土气”与“文化气”受到关注，杨琼的休闲散文则是因为以情感人的魅力与说我世界的精彩受到青睐。

2. 在无法超越自我中散文日趋边缘化。除上述几位散文家外，个性化和有影响力的不多。昭通散文最大的弊端在于“表现自我”的“小女人散文”和“小情感散文”大行其道，而“再现现实”的“大我”又无法超越自我，最终使散文在昭通文学中最脆弱而日趋边缘化。

报告文学在接地气中弘扬正能量

从报告文学来看，昭通没有专攻报告文学的作家，报告文学作者多属客串者，有可圈可点之处。

曾令云的《一桥飞架南北，乌蒙天堑变通途》2001 年获中国报告文学学会主办的全国报告文学大赛一等奖，《延续生命的求索》2004 年获中国报告文学学会主办的全国报告文学大赛特等奖。刘广雄在《中国作家·纪实版》2010 年第 5 期全文发表的长篇报告文学《中国维和英雄》，记录了我国派出维和警察参与国际维和行动 10 年间发生的感人故事，突出反映了在海地地震中遇难的八位维和英雄特别是云南边防总队的三位英烈的先进事迹，以大量鲜为人知的第一手资料、生动感人的文字，展现了新时期中国公安边防警察敢于担当、勇于献身的精神，在社会上引起较大反响，2011 年获云南省首届《百家》文学奖。

戏剧创作成绩不菲但有断代危险

从戏剧创作来看，1980 年代在昭通风行一时，1990 年代后由盛转衰，2000 年后有断代危险。虽然创作者较少，成绩却不菲。

蒋仲文、廖天云始终坚守戏剧写作，成果颇丰，多部剧作荣获中国戏剧文学奖、曹禺戏剧文学奖、中央电视台电视剧创作奖、云南省文学艺术政府奖等奖项，可谓昭通的戏剧双雄。昭通有着丰富的文化资源，在舞台艺术和影视产品在一个地方的文化建设和旅游宣传中所起的作用越来越重要的今天，戏剧创作已经成为了昭通文学中的一个短板，昭通的戏剧创作需要重整旗鼓，需要人才培养、选题策划、演出支持等多方面的扶持，同时，也需要昭通的剧作家和文艺演出团体、文化传播机构相互沟通合作。让人欣慰的是，2010 年 11 月 19 日，永善县文联举办廖天云戏剧文学创作座谈会，就如何进一步搞好戏剧文学创作，围绕剧作家廖天云的戏剧创作暨反映农村人口与计划生育题材的新作《死结》开展座谈讨论。2014 年 7 月 11 日，由云南省文联和昭通市委、市政府联合主办的“纪念反法西斯战争胜利 70 周年——蒋仲文剧作《战争五部曲》研讨会”在昆明举办，与会专家对此系列作品给予了高度评价，认为其不只在内容上具有较强的现实意义，在形式上《战争五部曲》的诞生也在很大程度上丰富了昭通文学作品创作的内容。在戏剧创作和演出日渐萧条、日渐被边缘化，戏剧创作后继无人的现实情况下，这两次研讨会体现了云南各级文联和昭通市委、市政府对发展戏剧创作的重视和支持，让我们看到了些许繁荣地方戏剧创作的希望和曙光！

昭通文学评论与文学创作并驾齐驱

总的来看，昭通的文学评论以昭通学院为大本营，与文学创作相得益彰，是昭通作家群健康成长的重要保障。但客串者多，专攻者少。

宋家宏对“昭通作家群”和“昭通文学现象”的整体把握和重点作家分析多有精辟的独到论述。2004 年，在云南昭通作家创作研讨会上，宋家宏的发言引起了全国著名作家们的关注，贾平凹在听了发言后说，“从创作方面看，与昭通作家群相比较，商洛作家群缺乏一两个很好的评论家，一个作家群的成长需要有好的真正建设性的意见。昭通作家群之所以不断在成长和进步之中，其中一个很重要的原因，就是拥有像宋家宏这样的文学评论家”。2011 年以来以“昭通作家群”和“昭通文学现象”为研究对象的两个课题组引起关注。一个是以云南省文艺评论家协会副主席、昆明文学艺术研究院院长冉隆中为组长的课题组，以昭通本土中青年评论家、作家尹宗义、艾自由、吕翼、朱镛、杨昭、夏吟为主体，采取文学普查与典型文本分析相结合的“点面结合”方式进行研究，课题成果已于 2013 年 11 月由冉隆中主编、以《昭通文学三十年》为书名由云南人民出版社出版。一个是以云南省文艺评论家协会副主席、云南民族大学李骞教授为组长的课题组，以云南民族大学教授、研究生为主体，山东大学文学博士刘启涛，《边疆文学》编辑田冯太，《边疆文学·文艺评论》编辑朱霄华，昭通市文艺评论家协会副主席艾自由、尹宗义，楚雄州文艺评论家协会副主席杨荣昌等人加盟撰写，采取代表诗人、小说家、散文家、文学评论家个体研究为主的“选点突破”方式进行研究，课题成果已于 2014 年 6 月由李骞、黄玲、黄立新联袂主编，以《文学昭通》为书名由云南人民出版社出版。两个课题组坚持自己的真诚立场，在文学评论如何发出自己的独立声音上苦下功夫，两个课题成果 2013 年、2014 年相续集结成书出版后必将对助推昭通文学提供不少新视觉和新参考。

（作者系昭通市委组织部人才工作科科长）

诉人间真情，谱大众心声

——车行、戚建波亲情歌曲述评

陈　辉

近一个时期以来，车行、戚建波这对词曲搭档，陆续创作了《常回家看看》《母亲》《父亲》《儿行千里》《孝敬父母》《父母在，家就在》《欢聚一堂》等脍炙人口的亲情歌曲。这些亲情歌曲吐纳寻常百姓的心声，道出人们内心深处的渴望，契合大众的审美趣味，从而引发听众强烈的心灵共振。一首歌的流行可能有很多偶然因素，但一对数年前名不见经传的词曲作家接连创作出这么多优秀的作品，受到听众的普遍喜爱，绝不是偶然的。这是词曲作家经历了生活的磨砺厚积薄发的结果，也是他们创作风格日渐成熟并自成一派的标志。一首歌曲的成功离不开词、曲、唱和媒体的传播，车行、戚建波亲情歌曲的成功，很大程度上得益于春晚。春节是中华民族大团圆的节日，在春晚诉说亲情最能引发人们的情感共鸣。

亲情、友情、爱情是人类最普遍的感情，是艺术创作的永恒主题。戚建波说："爱情可能是自私的，友情也可能会变质，唯有亲情是永恒而无私的。""无论社会如何发展，亲情总是最朴实无华而又最伟大珍贵的。"把这种情感用最合适的音乐表达出来，一定会受到人们的欢迎，因为它寄托了人们最美好的情感，反映了寻常百姓的真实生活，因此也最能够打动心灵。亲情歌曲的精彩不在于辞藻的华丽、音乐的华美，而在于真情流露，朴实无华。

车行的歌词贴近时代生活，抒发大众真情实感，同时以大众化、口语化的语言风格，细腻动人的细节描写，朴实真挚的艺术风格等为基本创作特色，从而创作出一批反映当今社会变化与老百姓真实生活、情感诉求、精神追求的作品，塑造出适应时代的艺术新形象。在近 30 年的歌词创作生涯中，车行先后创作了

《好日子》《常回家看看》《母亲》《越来越好》《儿行千里》《父亲》《好运来》等脍炙人口的歌词，深受大众的欢迎。其作品多次入选中央电视台春节联欢会，并多次获得国家“五个一工程”奖、中国音乐电视奖等奖项。

戚建波的作品旋律优美，感情真挚，朴实无华又饱含激情，家国情怀是戚建波歌曲创作的根基。《中国娃》《咱老百姓》《好男儿》《中国志气》《亲吻祖国》《祖国永远是我的家》《常回家看看》《亲情电话》《儿行千里》《亲朋好友》《母亲》《父亲》《孝敬父母》《父母在，家就在》……无一不是家国情怀的体现。作为在业余创作道路上成长起来的作曲家，戚建波的创作更加贴近生活，贴近民众，他的创作灵感则来源于养育自己的这块土地，来源于中国人重亲情、重家庭、重孝道的传统美德。自 1997 年以来，戚建波先后有 18 首作品入选央视春节晚会。六首作品入选中宣部“五个一”精品工程奖。一位至今在山东威海任中学副校长的业余作曲家，却创造了令许多专业作曲家无法企及的成就。戚建波现象是当今中国歌坛一个耐人寻味的现象。

车行、戚建波创作的歌曲题材广泛，不仅仅只有“亲情”一种，但在他们创作的所有歌曲中最成功，最能引起听众情感共鸣，最为人们所津津乐道的就是亲情歌曲。亲情题材的歌曲创作看似容易其实不易，既要大众化、通俗化，又要不落俗套，不拘一格，紧扣时代脉搏，为人们所喜闻乐见。本文将车行作词、戚建波作曲的亲情歌曲的创作特色，概括为以下几点：

提炼生活，捕捉细节

“艺术源于生活，又高于生活。”衡量文艺作品的成功与否，与作者摄取生活的典型素材的慧眼和技巧有很大关系。《常回家看看》为我们提供了成功的范例。词作者抓住了日常生活的细节，“找点空闲，找点时间，领着孩子常回家看看。带上笑容，带上祝愿，陪同爱人常回家看看……”这既是亲情的典型浓缩又是生活的常见场景，它形象地在人们眼前展现出一幕家庭和睦、子女孝敬长辈的温馨画面，让人分享亲情的天伦之乐，也在提醒年轻人即使工作再忙也不能忘记亲情，要关心家里的空巢老人。阎维文演唱的《母亲》同样是寻常百姓生活细节的白描：“你入学的新书包，有人给你拿；你雨中的花折伞，有人给你打；你爱吃的三鲜馅，有人给你包；你委屈的泪花，有人给你擦……”细小的生活琐事折射出母爱的无私与博大，道出了天下亿万儿女的心里话。青歌赛金奖歌曲、刘和刚演唱的

《父亲》抓住了生活中父亲的典型形象：“想想您的背影，我感受了坚韧，抚摸您的双手，我摸到了艰辛。不知不觉您鬓角露了白发，不声不响您眼角上添了皱纹……”“人间的甘甜有十分您只尝了三分”，“生活的苦涩有三分你却吃了十分”。没有对生活的感悟、对父亲的感恩，是写不出这样精炼而又感人肺腑的句子的。“父爱如山”在歌曲中得到淋漓尽致的诠释。《儿行千里》表现的同样是生活中常见的场景：“衣裳再添几件饭菜多吃几口，出门在外没有妈熬的小米粥。一会儿看看脸一会儿摸摸手，一会儿又把嘱咐的话装进儿的兜。如今要到了离开家的时候，才理解儿行千里母担忧。”母爱、父爱是亘古不变的永恒话题，真正唱到人们心里好歌却很少，车行、戚建波做到了。正是对生活细节的洞察，对生活琐事的摄取，才使得歌词具备穿透心灵情感的力量，才使得歌曲具备永久不衰的艺术魅力。这些感天动地却又朴实无华的感情都来源于生活中点点滴滴的积累。没有生活的积累，哪来这些手到擒来极富生活气息的词句。正是这些极富生活气息的语言，拉近了与听众的距离。

语言通俗，贴近大众

语言通俗是车行、戚建波亲情歌曲创作的最大特色，也是作品成功的主要原因。亲情歌曲是唱给老百姓听的，老百姓说好才是真正的好。要让老百姓听懂，就必须以大众化、口语化的语言风格来创作。这里说的语言通俗，是指歌词语言和音乐语言都通俗易懂，为人民群众所喜闻乐见。

《常回家看看》歌名就是一句常用口头语，其立意十分明显，意在劝诫忙碌奔波的人们不要忘记操劳一生的父母，写出了对老人、对长辈的关爱和对亲情的呼唤。整首歌没有大而空的警世口吻，而是采用了近似白描的语言，将日常生活中的许多细节自然地融入歌曲中，给人感觉亲切、妥帖。歌词是平白的，平白得如家常琐语，“洗洗筷子刷刷碗”、“捶捶后背揉揉肩”看似没什么文学价值，却引起天下所有儿女的共鸣，掀起了全社会的尊老之风。旋律也十分亲切自然，似说似唱，朗朗上口，在轻松通俗的叙说中巧妙地抒发人类共同的情感，呼唤亲情的回归。

歌颂母爱的歌曲很多，但许多艺术歌曲的歌词创作，往往都采用大而空的美丽辞藻来进行歌颂，选用许多空泛抽象的概念化语句来进行修饰，因此也造成艺术形象苍白，缺少真挚感情，往往给人一种空洞乏味的感觉。而车行的《儿行千里》，摒弃了以往的歌词创作方式，更多地从生活琐事入手。“看看脸、摸摸手”，“擦擦鞋、缝缝扣”，“嘱咐的话装进儿的兜”，“泪水在妈妈眼里流”……无不浸透母亲深深的爱，浓浓的情，从而使其歌词渗透着真实的感情，母爱的形象也因此而更加丰满、朴实、真挚、感人。让普天下作为“儿女”的听众每次倾听时，都会在记忆中想起母亲的点点滴滴，怀念起母亲平平凡凡却又是极为宝贵的一切，往往也会在此时此刻不知不觉流下感动的热泪，抚慰着善感的心灵。车行歌词创作中的通俗化、大众化风格，让与其合作的作曲者更容易找到情感的切入点，使歌曲作品更具亲和力，从而深受人们的喜爱。《父母在，家就在》这首歌曲可以说是《常回家看看》的一个延伸，不仅仅是告诉我们要怎么做，还更理性地解释了我们这么做的原因。“家有烫好的老酒，家有炖好的热菜，家有烧热的炕头，家有摆好的碗筷。家有真诚的嘱托，家有温暖的关怀，家有无声的牵挂，家有永远的期待……”作者的高明在于将亲情的意象浓缩在具体的生活场景之中，将许多大道理融会在寻常百姓的话语系统之中。“父母在家就在，父母把家撑起来；父母在家就在，家把儿女聚起来。”这是人人都懂得的道理，却未必人人都想得到，未必人人都写得出来。尊老爱幼、家庭和睦是社会和谐的基石，亲情歌曲的走红是人性关怀、人文关怀思想在新时期文艺创作中的最好体现。

感情真挚，纯朴自然

亲情是人类最真挚的情感，亲情歌曲必须以情感人，以情动人，以情悦人。《常回家看看》呼唤亲情回归，尽管在一定程度上反映了当下出现的人性淡漠和亲情淡化等一些社会问题，但更重要的是它能折射出人们对真情的企盼和渴望，呼唤人性在商业化日益发展的今天回归；它打破了当下充斥着小资情调和自我意识泛滥、娱乐至上、游戏人生的大众文化倾向，突破了某些无病呻吟的情歌那种“为赋新词强说愁”的模式，因此受到社会不同阶层、不同年龄段尤其是中年听众的喜爱。

在戚建波的作品里，融入一种浓浓的真情，表现出一种积极向上的生活态度，感人肺腑，催人奋进。作为齐鲁大地成长起来的作曲家，他深深地以自己是山东人为荣，时至今日，仍然乡音未改。在戚建波身上我们能看到很多山东人的特点：淳朴、孝道、真诚。而这些特质也都体现在他的作品中，那种浓浓的人间真情，成了作品能够广泛流传的根基，也是戚建波创作永恒的主题。戚建波说，要想感动别人就要先感动自己，亲情题材的歌词让他很快地产生灵感，进入创作状态，乐思如同泉涌，下什么笔、出什么调，心中已经了然，似乎与词作者、演唱者和听众之间达成一种心灵的默契。第十二届“青歌赛”，刘和刚以一曲荡气回肠的《父亲》获得了金奖。由于这首歌曲被演绎得声情并茂、感人肺腑，让评委席上的著名女高音歌唱家张也热泪盈眶。张也在赛后接受采访时说，这首歌唱出了一些很久以来人们遗忘了的东西，那就是中国老百姓身上最可贵的朴实品质。戚建波用音乐点燃了人们潜藏在心底最想表达的大爱情怀。

戚建波的作品并不华丽完美，但就因为饱含真情实感，所以感人至深。创作《常回家看看》，他与词作者有着共同的情感体验。他们都是家庭观念很强的人，车行在构思歌词时父亲去世，是有感而发，真情所至。戚建波拿到这首歌词的时候，创作灵感奔涌，冲动之下一气呵成写完了曲子，从看到词到动完笔，总共只用了十几分钟。如果说《常回家看看》是在轻松愉悦的春节回家气氛中诠释亲情，那么,《儿行千里》则是在刻骨铭心的离别时刻颂扬母爱。一句“儿行千里母担忧”唱出了天下母亲的共同心声，“亲情无价”在戚建波的歌里得到了最好的诠释。

风格鲜明，格调隽永

车行、戚建波的亲情歌曲流淌着浓浓的民族神韵，而这一切都来自生活的积累，心灵的感悟。他们的作品面向老百姓，有朴实的美，真挚的情，没有花里胡哨和虚伪矫饰的东西。他们的创作风格具有鲜明的民族特色和时代感。戚建波认为，中国有五千年的传统文化，生活在这块土地上，就要创作出与国人的生活习惯、生活方式、生活节奏和审美意趣相吻合的作品。在这一点上，戚建波做到了，简单易记、朗朗上口、民族韵味、饱含真情，是其创作的最大特色。戚建波的歌曲创作是根植于齐鲁大地民风乡音基础之上的，从亲情歌曲延伸开来，歌唱祖国、歌唱家乡、歌唱人民也是戚建波创作的一个重要领域。在戚建波看来，爱祖国、爱家乡、爱人民是亲情的放大和升华，也是一个人的真情流露。他的《中国娃》《中国志气》《亲吻祖国》《咱老百姓》《情系老百姓》等都是亲情歌曲的延伸和升华，大爱情怀的自然流露。

关于创作风格的继承和发展，戚建波说，创新并不意味着全盘否定，在创新中要把握继承与发展的关系。他说，民族的东西、真情的东西才是永恒的东西。戚建波歌曲创作的主要营养和灵感来自他脚下这方生活土壤，来自民族民间音乐素材。但他从不照搬民歌素材，而是不露痕迹地化为自己的旋律，让人觉得亲切自然又不落俗套。深厚的齐鲁文化，浓浓的乡情、亲情、友情，为人子、为人夫、为人父和为人师的多重责任和多重角色共同构成了他的创作空间。因为生活在基层这个环境中，基层的生活给他提供了丰富的素材，积累了丰富的经验。所以，亲情题材成了戚建波歌曲创作的一大特色和亮点，而这类作品最容易给人一种奋发向上的力量和催人泪下的效果，最容易引发人们的情感共鸣。戚建波的作品具有鲜明的民族风格，浓郁的生活气息，强烈的亲民色彩，这是他成功的关键。

车行、戚建波的亲情歌曲之所以受老百姓欢迎，除了表现手法上运用民族的元素之外，还在于他们与时俱进，不断创新，紧扣时代脉搏，反映大众呼声，抒发人间真情。言为心声，曲为心声，在围绕民族化、大众化、生活化、时代化为主要题材的艺术探索和创新中，车行、戚建波已经给我们留下了几行清晰的脚印，但推陈出新抒写真情的探索永无止境。愿新时代的词曲作家创作出更多无愧于时代、无愧于人民的优秀作品。

（作者系台州学院艺术学院音乐理论教研室主任、副教授）

书而无礼

——当下书法忧思之一

陈胜武

爱之深，方能恨之切。当今中国书法正在迅速发展，如果以“非主流”的冷眼来旁观透视，则可照出当下书法并不美丽的另一面，或可作为同道冰鉴。

文化自卑

中国人一直善于学习，中国文化几千年来一直在与外来文化的交流学习中发展壮大。

但是19世纪以来，中国传统文化的命运是可悲的。中国被帝国主义的坚船利炮强行纳入了西方国家主导的全球化进程，中国的仁人志士面对亡国灭种的危机，“先从器物上感觉不足，既而从制度上感觉不足，终于从文化上根本感觉不足”（梁启超语），将中国落后挨打的原因归罪于传统文化，于是开展了一场持续一个多世纪的矫枉过正的文化运动。陈墨先生指出：“20世纪中国的主要文化思潮，或者说‘主流意识形态’，是对传统文学的批判、扬弃、轻视、仇恨与否定。”这不仅仅是文学，也是整个传统文化的遭遇，其直接结果就是我们丧失了文化自信和话语权，对于自己的传统文化，把糟粕和精华一起倒掉，造成了持续几代人的文化断层。

对于中国书法来说，和西方艺术其实完全是两个体系，互相之间基本没有关系。但是近几十年以来，中国书家在与西方艺术家的文化交流中，我们以获得对方的理解和认可为荣，当对方不能理解中国书法的时候，我们竟然感到焦虑和不安，然后引进西方艺术尤其是美术理论和话语体系，来判读、解构、重塑中国书法，削足适履式地迎合对方，这是典型的丧失文化话语权之后的文化自卑。这种学习本身并没有错，并且勇气可嘉，但是实践证明，学习的后果却是生硬割断了中国书法的“在地性”，泯灭了中国书法的精神内核，及其自身的独立性和独特性。郑晓华先生指出：“文化艺术的‘世界化’是近四百年欧洲艺术的专利。……‘世界化’的进程中，欧洲艺术是都以本土的面目直接指向世界的。他们根本没有想过对方的本土特点，先将自己‘修理修理’，然后再往外推。欧洲美术、音乐就是这样从本土的、地域的而变成世界的。”在很多书家眼里，中国深厚的历史文化底蕴，反而成了沉重的包袱，他们有意愿与先贤并肩，但没有勇气和实力，转而急于挣脱传统另辟蹊径。不少书家把继承传统视作抱残守缺，热衷于移植西方文化炫奇尚异，在国人面前显示所谓创新，希望以此证明无愧于祖先，以此与历代先贤并肩。可惜的是，当今中国书法的最大问题，并不是创新不够，恰恰是继承传统不够。

郑晓华先生在《学院派书法——书法画：土壤、动机、愿景》中有一段话，虽然是评论“学院派”书法，实际上可以用来指大部分当今书家：“学院派书法从局部语言看，它似乎是保留了原汁原味的中国书法。但是在整体结构上，它是对中国书法进行了‘大卸八块’式解构，把书法剁碎了，再重新拼合。而拼合的手法，是‘现代美术’。所以似乎我们可以说，它比‘现代书法’走的更远，是对中国书法卸胳膊断腿，伤及骨骼了。”

书法的危机

近几十年来，书法在表面上看来“名家林立，创作繁荣，教育发展”，但是稍微深入观察，不难发现其中危机重重。

一方面高等学校书法教育和书法协会迅速发展，成为推动书法的主要力量。另一方面，书法同时却面临相当严重的基础危机，中小学学校书法教育以及国民的书写能力全面退化萎缩，绝大部分人丧失了对书法的鉴赏能力。经过有识之士持续多年的不懈努力，教育部于2013年印发了《中小学书法教育指导纲要》，肯定汉字和中国书法是中华民族的文化瑰宝，是人类文明的宝贵财富，把书法作为增强文化自信的重要手段。这是个良好的转变的开始，但是实施起来困难重重，短期之内难以挽回几十年积累的颓势。

书法正在逐渐被从传统国学的土壤中剥离出来，并且远离人们的日常生活，成为一种只在展厅生存、纯粹讲求技巧的视觉艺术。经过近三十多年来的探索实践，当今书法的主流重新回归深入学习传统，但是这种高举继承旗帜下的学习和教育是片面和偏颇的，绝大多数只注重笔墨技巧和视觉效果，书家知识结构片面，文化修养缺乏，作品内涵苍白，人文精神孱弱，思想情感空洞，这其实是书法的退化和书法美的流失。当今书坛展览书法泛滥成灾，展览书法最大程度回避和清洗了书法的礼仪、文采、用途等要素，只留下了视觉和形式，并且正在一统天下，挤兑了其他书法形式的生存空间。

不学礼，无以立

在中国古代，“礼”是意识形态和社会制度；“仪”是“礼”的具体表现形式，是依据“礼”的规定和内容，形成的一套系统而完整的程序。礼仪几乎囊括了国家政治、经济、军事、文化一切典章制度，以及个人的伦理道德、行为准则。《论语》中，孔子对儿子说：“不学礼，无以立。”礼，对于中国人来说，是为人处世的圭臬和精神脊梁。

美国作家赛珍珠在 1938 年的诺贝尔奖授奖仪式上的演说中说：“现代中国作家所写的那些小说，过多地受了外国的影响，而对他们自己国家的文化财富却相当无知。”这句话在将近百年之后听来，仍然振聋发聩。赛珍珠虽然讲的是文学，但是用来指中国人对待自己的传统，却是再适合不过了。

中国人号称信奉中庸之道，却往往做出全世界最极端的事情来。要不要继承本国传统文化这样的话题，全世界估计也只有中国人才会讨论，并且为此争论了一百多年，还没有成为全社会的共识。20 世纪以来，中国的文化处于艰难的解构与重建过程之中，礼制随着旧制度被推翻，被全盘否定和污名化。普通人的衣食住行等一般行为和日常社会活动的礼节仪式，代表一个民族的文明程度，这些也同时被国人轻蔑地抛弃。不可讳言，经过近百年的全民族共同歧视打压和强制清除，如今传统礼仪逐渐被人淡忘，很多同胞还对此怀有快感，“礼仪之邦”令人惋惜地成为了一个历史名词。我们从小在学校中都接受过尊老敬贤、礼貌待人等抽象文明礼貌教育，但是很少有人教我们具体应该怎么做。哪怕我们有学礼之心，却少有学礼之途。《论语》说：“质胜文则野。”尽管中国人是善良、真诚的，但是当今中国人的日常生活细节中，缺乏具体礼仪细节的教育和践行。中国人看起来会让人有粗野的感觉，只是我们共同生活在一起浑然不觉而已。近年来蜂拥到海外旅游的同胞们在当地的表现，无数次反复证明了这一点。我们袭用西方礼仪，中国领导人到西方访问，要遵循当地礼仪，西方领导人到中国访问，我们也用西方礼仪来接待。在礼仪方面，我们没有自己的话语权和成熟完整的礼仪制度。

《礼记》说："夫礼者，自卑而尊人"。《孝经》说："礼者，敬而已矣"。自谦而敬人，是中国礼仪精神的核心。礼仪三百，威仪三千，由此衍生出来的礼仪制度，涵盖了古代中国人社会和生活的每一个环节，当然也包括书面礼仪。书仪，原本指古代关于公文和书札体式的著作。我借用这个词语，扩大其涵盖范围，用来指"书面礼仪"，就是指中国书画作品，以及信札、日用文书等的书面载体的体式和礼仪。书仪通过内容、材料、字体、格式等要素体现，深刻地展现出书画家的道德修养和文化品位，对作品的艺术价值有重要影响。得体地使用书仪，是文明礼仪的基本要求，是个人修养的重要体现，对于书画家更是须臾不可疏忽的重要文化素质。

孔子谈论礼和乐时，有段非常精彩的话语："达于礼而不达于乐，谓之素；达于乐而不达于礼，谓之偏。"这段话同样非常适合用来评论今天的书法，当今书家对传统的学习和继承是片面和偏颇的，书法被从文化传统和日常生活中剥离，正在被用解剖的、技术的方式大卸八块，成为单纯的视觉艺术。一种传统艺术，只有在人们的日常生活中鲜活地存在，才能真正具有人文价值，才会辐射出蓬勃的生命力。这里所讲的生活，实际上是社会政治、军事、经济等活动以及人们日常生活的总和。郑晓华先生指出："因为书法艺术的特殊生态形式——实用的和艺术的是从来不分离的，应用型的书法未必都能跻身于艺术审美，但高品格的纯艺术书法形式完全可以应用于生活实用。"几千年来书法从来没有脱离生活成为独立的纯艺术，思想、情感、生活、笔墨互相交织、震荡、融合，才会诞生佳作，甲骨文、金文乃至汉碑、摩崖，以及《九成宫醴泉铭》《颜家庙碑》《玄秘塔碑》等等历代碑刻，《兰亭序》《祭侄稿》《自叙帖》《韭花帖》《黄州寒食诗帖》等历代墨迹，无不如此。

缺乏书仪是当下大多数书家和书法的通病。当今书家从年龄层次来看，一些前辈书家对于书仪掌握运用得比较好，越是年轻的越是每下愈况，其对传统文化以及民俗的漠视和无知，往往洋相百出，达到了令人触目惊心的地步。

书而无礼

当下书法缺乏礼仪，不一而足。对事不对人地分析，具体看有以下几类问题：

（一）作品内容不合礼仪，包括称谓、民俗、款跋等方面

现在的书家酬赠作品时，很多人不懂得如何得体地称呼他人和自己，或者指名道姓，或者干脆回避称谓，赠送他人的作品在称谓上没头没脑。对于贺寿、贺婚、贺喜、哀挽等特殊用途的作品，很多书家不知如何称谓署款。一位名家向同仁邀约贺件为自己贺寿，结果征集到的作品中，相当部分内容和贺寿主题毫不相干，也没有上款。这种作品在礼仪方面给人留下的印象是，作者极其不乐意应邀写贺件，碍于情面，随便给一件应付塞责了事。更有甚者，有的贺寿作品无上下款无题跋，如同到人府上参加寿宴，衣冠不整，放浪形骸，来去无礼，不与主客交一言。有书法博士用柳宗元《江雪》写作品，用“灭绝”字样给某单位用作成立 15 周年贺件。有书家在纪念先贤诞辰贺件署款中，自称酒后遣兴，非常轻佻。我的老师马亦钊先生教导我，给尊长写贺件时，字写得差一点可以原谅，但是“板头要搞牢”，这是温州俚语，是指言行举止和书面仪礼务必要得体。

（二）材料选用不虔敬不得体

传统对于书法材料的选择是非常讲究的，重要事件、重要人物、重要题材、重要场合，必定选用珍贵的材料，贺喜吊丧等不同情况必定选用合适的材料。材料讲究与否，表现的是作者的身份地位以及态度虔敬与否。近代还有扇庄一行，专门为书家制作各种不同材料以适应不同的题材和用途。当今有书家用旧报纸涂抹作品，用于给先师百年冥诞作贺件。有书家给高龄前辈写贺寿作品，用蓝黑色印泥钤印，这是以前丧家用的，而这个作者本人此时并非丧家，显然他是不知道这个习俗。展览中拼染好色之风盛行，经常看到有人用黑纸写白字，营造碑刻效果，这种材料选择和颜色搭配传统中是不肯轻易用的，尤其不可用于酬赠。

（三）漠视字体选择的差异

《论语·乡党》篇生动记载了孔子在不同的环境和情景中，容色言动、衣食住行，具体表现都是有巨大差别的。“朝，与下大夫言，侃侃如也；与上大夫言，訚訚如也。君在，踧踖如也，与与如也。……入公门，鞠躬如也，如不容。立不中门，行不履阈。过位，色勃如也，足躩如也，其言似不足者。摄齐升堂，鞠躬如也，屏气似不息者。出，降一等，逞颜色，怡怡如也。没阶，趋进，翼如也。复其位，踧踖如也。……君子不以绀緅饰，红紫不以为亵服。羔裘玄冠，不

以吊。”

这就是不同生活情境中的礼仪差异，同样的道理，古人在不同用途上必然使用不同的字体，历代对此多有论述。南朝宋羊欣《采古来能书人名》中载：“钟书有三体：一曰铭石之书，最妙者也；二曰章程书，传秘书，教小学者也；三曰行狎书，相闻者也。”《书谱》说：“趋变适时，行书为要；题勒方畐，真乃居先。”明确指出行草和楷书的不同适用范围。科举时代，字体和书体要求更是严格，唐代颜元孙《干禄字书》载“具言俗通正三体”。俗字：“所谓俗者，例皆浅近，唯籍帐、文案、券契、药方，非涉雅言，用亦无爽。”通字：“所谓通者，相承久远，可以施表奏、笺启、尺牍、判状，固免诋诃。”正字：“所谓正者，并有凭据，可以施著述、文章、对策、碑碣，将为允当。”

关于古代字体选用有制度规定，也有约定俗成。启功先生在《古代字体论稿》中指出：“每一个时代，都不止有一种字体。……每一个时代中，字体至少有三大部分：即当时通行的正体字，以前各时代的各种古体字，新兴的新体字或说俗体字。……从字体的用途上可见一种字体在当时的地位，例如草稿、书信，与金石铭文不同。凡一种字体在郑重的用途中，如鼎铭、碑版之类上出现，即是说明这种字体在当时已被认为合法，可以‘登大雅之堂’”。笼统来说，鼎铭、碑版、题刻、公文等，通常都会选用当时最保守、最严谨的书体。匾额、宗祠庙宇对联等，通常宜用楷书等静态正体（包括篆隶），日用文书、致尊长信札等宜用恭楷，给同辈、晚辈日常书信及日常书写，可视情选用行草书。当下书坛二王书风方兴未艾，崇尚二王书风并没有错，但是片面抬高二王尺牍书风，无限扩大其外延，贬低其他书体，不分对象和场合都使用尺牍行草，就走向过犹不及的反面了。曾有书家为寺院书写对联，用的是狂草，还张牙舞爪地把笔画写到界格之外，毫无持敬之心和清净庄严之相。

（四）格式处理东施效颦

古代关于书面格式有非常严格的制度规定，对于书家来讲，常见常用的具体有抬、阙等形式，以及款跋中的特殊要求。当今很多书家号称自己深入学习传统，但这种学习仅仅停留在浅层的形式层面，是知其然而不知其所以然的东施效颦，有很多违反本民族艺术规律的做法，不知道他们是蹩脚地学步西方美术，还是故作扪虱嗜痂的放浪形骸。

章法处理上借鉴尺牍形式，但是丝毫不尊重文字内容之间的逻辑联系和礼仪要求，不管写什么内容，都是任意分段换行，写得七长八短，机械地制造章法的错落，显得非常滑稽和无知。行草作品中还能勉强忍受，楷书尤其是小楷作品抄写一段完整内容，也要生硬分成高低大小错落的多个块面，实在不堪忍受。关于名字写法，古人也有很多不成文的规定。民国时期，虽然已经开始有横写习惯，但是有文化的人还是遵照古礼，在姓名之上采用阙的方法以示尊敬。朱自清致马公愚函就是这样写的。我曾见到有前辈名家在作品中写到前贤姓名，刚好名字错开要另起一行，就撕毁重写，他说否则就是不敬。当下不少书家作品中，把人的姓名错开写在两行的不在少数。

作品盖章方面，书家借鉴传统书画形式，流行在起止等处盖满印章，营造“古物”的视觉效果。中国传统书画上的印章，是在千百年的流传过程中，作者和收藏、鉴藏者根据特定的规律，先后慢慢加盖自然形成的，这是历史和文化自然积淀的结果。现在书家注意到这个形式特点，做出“形式至上”的片面解读和机械模仿。一件作品刚写好，作者就要盖上十几枚甚至几十枚印章，把留给将来收藏鉴藏家盖章的重要空间统统一次性占据。这样的作品，真不知道让将来的收藏鉴藏者如何置足？就像一个婚礼，新郎抢着兼任主持人、证婚人等角色，颇为滑稽可笑。还有一种做法，在书法上盖印时，受西方波普艺术影响，一枚印章多次重复盖在一起，组成一个块面，似乎是沃霍尔《玛丽莲·梦露》一画的印章版。或者用一块印材的平板面，盖出一条红色条块用在作品中当装饰，实在是莫名其妙。传统书法中，帝王的作品和匾额题字，会把印章盖在正文上方，现在书家都流行这种做法，如同人们爱穿着皇冠龙袍上街，把这个当作流行以显示品位。

不懂礼仪的书家，哪怕有再好的笔墨技巧，必定是片面偏颇，甚至是粗鄙可恶的。

（作者系温州市文联创作研究室副主任）

当代需要悲剧精神[①]

楚小庆

一

文学是人学，这一命题应该是众所周知的。其中，悲剧在文学中应占核心地位，悲剧与人最为紧密。月有阴晴圆缺，人有悲欢离合，其中最令人触目惊心的还是人的苦难和毁灭。项羽的乌江自刎，拿破仑的孤岛囚禁，集中营中的扫射……这一切引起无数英雄为之扼腕。而悲剧表现的正是人的苦难和毁灭。无论是古希腊的悲剧，还是莎士比亚的悲剧，莫不如此。最有代表性的是索福克勒斯的悲剧《俄狄浦斯王》，剧中的主人公竭尽一切努力，最终未摆脱悲惨的命运。忒拜国王拉奥伊斯被儿子打死，在俄狄浦斯杀父娶母的真相大白之后，王后伊俄斯忒自尽而亡，俄狄浦斯则刺瞎自己的双眼，离开忒拜城。还有莎士比亚的《奥赛罗》，也是描写了人的苦难和毁灭。摩尔人贵族奥赛罗由于听信手下旗官伊阿古的谗言，被嫉妒所压倒，掐死了无辜的妻子苔丝狄蒙娜，随后也悔恨自杀。

悲剧中描写的苦难和毁灭，对于人类来说是具有特别的意义，就像时乱见忠臣一样。在苦难和毁灭中，也最能看出人真性。海德格尔在《存在与时间》中就

① 本论文为 2013 年度江苏省社会科学基金重点项目“当代技术发展与艺术形态嬗变的关系研究”（项目编号：13YSA002）阶段性成果，2013 年度江苏省文化科研课题重点项目“当代社会技术发展与艺术形态嬗变关系研究”（项目编号：13ZD03）阶段性成果，2013 年度江苏省第四期“333 工程”科研项目资助计划“当代技术发展与艺术形态嬗变的关系研究”（项目编号：BRA2013158）阶段性成果，2013 年度江苏省“五个一批”人才资助项目“当代社会技术发展与艺术形态嬗变的关系研究”（序号：01）（苏宣通〔2013〕86 号）阶段性成果，以及国家“211 工程”三期“艺术学理论创新与应用研究”重大项目阶段性成果之一。

把死作为人的本真生存方式。余虹对这一思想作了精深的阐述："死更无情地将此在自己与常人世界的非本真关联切断，因为，死是不可替代的，如果说日常化此在总是以这或那种方式靠在'他人'身上，乞求他人帮助自己做这做那，但无论如何不可能依靠他人来摆脱自己的死，死是不可替代的，你会死，且只会是你自己去死，这一事实赫然在目，'死'便将你的个别性生存的事实摆在你面前了。自己只是'我自己'，绝非是'常人自己'，'常人自己'乃是自己的异化。"[①]在苦难和死亡来临之际，任何人都会严阵以待。在这个意义上说，悲剧与人的关联最为紧密，因为它体现人的本性。我们还可举小说当中的一例，在苏联作家钦吉斯·艾特马托夫的中篇小说《花崖狗》中：一个小孩跟着三个大人（爷爷、叔叔和父亲）出海捕猎，遇上了浓雾，迷失了方向，在大海上漂流了两天两夜，大家完全失去了获救的希望。当有一只大鸟飞过时，小船发生了令人惊颤的一幕，老爷爷、叔叔接着还有父亲都相继离开了小船，都为了把最后几滴淡水留给孩子，让孩子活下去，延续生命。可以说，当苦难和毁灭来临之时，也就是真正考验人类的时候。

这里有必要说明的是悲剧描写的是人的毁灭，而不是人的正常死亡。必如，《庄子·大宗师》中说："俄而子来有病，喘喘然将死。其妻子环而泣之。"其中子来之将死，不属于外力作用的毁灭，妻子环而泣之，应该不属于悲剧中的悲剧性。还有陶渊明在诗中表现出对死亡的那种豁达的态度，认为死是对自然的一种回归。他所说的，也是人的正常死亡，都不在悲剧重点描述的范围之内。

正因为悲剧谈论的是人的苦难和毁灭，所以悲剧一直受到大哲学家的青睐。恒达先生在《尼采美学思想》一书中说："自古希腊以来，凡大哲学家几乎都要讨论一番悲剧，这是因为悲剧所提出的，是哲学家所必然要面对的问题，人生的冲突，痛苦与死亡，也就是人生的悲剧性问题。"[②]所以黑格尔、叔本华、尼采和马克思等人都对悲剧有过精辟的论述，悲剧思想是他们哲学思想的一个有机组成部分。既然悲剧如此重要，那么我们不可等闲视之。怎样看待悲剧事件，悲剧表现怎样的一种精神，既是作者需要解决的问题，也是读者极为关切的。悲剧表现怎样的一种精神，这关系到民族的进程和人类的走向。

---

① 余虹：《思与诗的对话——海德格尔诗学引论》，北京：中国社会科学出版社 1991 年版，第 56 页。

② 杨恒达：《尼采美学思想》，北京：中国人民大学出版社 1992 年版。

二

古希腊的悲剧为什么经久不衰，一直被称为悲剧的典范？这里除了特定的历史条件之外，最主要的原因是它弘扬一种积极的悲剧精神。也只有有益于人类的悲剧精神，才会经久不衰。我们着重分析古希腊的三大经典悲剧，先看《被缚的普罗米修斯》。普罗米修斯反对宙斯毁灭人类，偷了天上的火种给人类，因此遭到宙斯的残酷惩罚。他被钉在高加索山下，戴着手铐脚镣，动弹不得，但是他拒绝了河神俄刻阿诺斯和信使赫耳墨斯的劝说，甘心忍受更大的灾祸，坚决与宙斯作不屈的斗争。普罗米修斯的反抗精神跃然纸上。在《俄狄浦斯王》中，尽管命运之神的昭示赫然在目，但是俄狄浦斯王父子都尽一切力量去避免、去斗争。《美狄亚》中的斗争精神，应该与前面一脉相承，它们是“与神斗、与命斗和与人斗”的典范。美狄亚背弃自己的家庭为伊阿宋解除了一切忧患，帮助他窃取了金羊毛。但是伊阿宋为了取得科林托斯的王位继承权，决心抛弃美狄亚，和科林托斯的公主结婚。国王也决定将美狄亚和她的两个儿子驱逐出境。美狄亚哭告无门，只有采取报复，用毒药毒死了公主和国王，又亲手杀死了伊阿宋和自己的两个儿子。

因此，没有斗争，就没有悲剧，悲剧精神是一种不屈的斗争精神。陈瘦竹、沈蔚德对此深有感触：“听天由命逆来顺受的人，不能成为真正的悲剧主角，凡是不计成败、奋起斗争、临危不惧、宁死不屈的人物才富于崇高严肃的悲剧精神。感伤哀愁的情绪，并不属于真正的悲剧。悲剧虽以主角的失败或牺牲作为结局，但是悲剧主角所进行的斗争却并没有停止。”①

悲剧精神体现着一种崇高美。“悲剧精神的实质是悲壮不是悲惨，是悲愤不是悲凉，是雄伟而不是哀愁，是鼓舞斗志而不是意气消沉。悲剧的美属于崇高和阳刚；……”②如果美狄亚任凭国王的驱遣，不作任何反抗，为伊阿宋背弃家庭、残杀兄弟，最终落得被彻底抛弃的命运，那才是悲凉、悲惨。但是这样的悲剧，对于人类来说，它的意义只在于揭露人性的阴暗面，除了增强一些悲观主义的色彩之外，没有任何益处。只有不屈于眼前的现状，奋起斗争，这种斗争精神才是人类得以延续的命脉。试想人类自降生以来，经历了大大小小无数次的劫难，如

① 陈瘦竹、沈蔚德：《论悲剧与喜剧》，上海：上海文艺出版社 1983 年版，第 6—7 页。
② 陈瘦竹、沈蔚德：《论悲剧与喜剧》，上海：上海文艺出版社 1983 年版，第 5 页。

果没有一种不屈的斗争精神，恐怕现在早已不存在了。所以说，悲剧的美是属于崇高，是有它的道理的。

说起崇高，我们不由得想起康德对崇高的论述。当我们面临着这些景象：险峻高悬的、仿佛威胁着人类的山崖，天边高高汇聚挟带着闪电雷鸣的云层，火山以及毁灭一切的暴力，飓风连同它所抛下的废墟，无边无际的被激怒的海洋，一条巨大河流的一个高高的瀑布……我们与之抵抗的能力和它们的强力相比较是微不足道的，因而引起一种恐怖的感觉。如果这种恐惧的感觉保持不变，就不存在崇高。崇高的关键之处在于战胜恐怖，此时我们心中就会腾起一种非自然的力量，即自由意志，让人摆脱了感性的束缚（即财产、健康和生命的考虑），从而战胜了恐怖，达到一种心灵的愉悦。悲剧的美属于崇高，其精神实质应该就是崇高中的战胜和斗争。

悲剧精神与崇高的共通之处，还在于让人有一种人格的升华。即使经过斗争而仍遭受失败或毁灭，也不会让人感到悲观失望。杨恒达先生在谈到尼采的悲剧思想时说："艺术的功用和目的就在于，它给人以形而上的慰藉，使人感到自己的强大，感受到自己独一无二的创造力。在这种创造力面前，上帝的存在又有何必要？人就是一切，他可以战胜一切苦难，他可以包容一切，他可以创造一个新世界。在这样的心理基础上，个体化世界的毁灭有何可怕？如果能以个体化世界的毁灭为代价换来无限创造的可能性，使自己由创造物一变为造物主，这种代价有什么不能付出的呢？能付出这样的代价只能令人欣喜。"①

三

中国的传统文化缺少一种悲剧精神，即使有着积极入世精神的儒家也是如此。《论语·八佾》中说："《关雎》乐而不淫，哀而不伤。"这是文学批评的标准，也是做人的标准。作为一个人，不应该大喜，也不应该大悲，你的七情六欲必须控制在礼的范围之内，这样才能达到一种中和美。儒家所说的礼束缚了人的手脚。《论语·颜渊》中说："非礼勿视，非礼勿听，非礼勿言，非礼勿动。"这样做的目的是"君君，臣臣，父父，子子"，而不是"君不君，臣不臣，父不父，子不子"。所以儒家的教化也就是让人缺乏一种反抗精神。

作为道家，就是更不必说了。道家哲学的核心是保全生命，极力反对用生

① 杨恒达：《尼采美学思想》，北京：中国人民大学出版社 1992 年版，第 225 页。

命去进行一搏。道家的隐士思想非常突出。《庄子·人间世》中说，宋国有个地方叫作荆氏，那里十分适宜楸、柏、桑等优良树木的生长。这些树木长得一握两握粗以上的时候，寻找拴猴木桩的人便把它们砍了去；长得三圈四圈粗的时候，寻找高大屋梀材料的人便把它砍了去；长得七圈八圈粗的时候，富贵人家想寻找单幅棺木材料的人便把它们砍了去。所以，这些树没有享尽自己的天年，一生的中途便已夭折于斧头之下，这是成才有用招来的祸害啊。试想受过道家思想教化的"真人"，会像普罗米修斯一样吗？绝对不会。

还有"穷则独善其身，富则兼济天下"，似乎有儒道两家的成分。正因为有了这种人生信条，所以许多"高人"在乱世便归隐去了，不去做官而去避祸，他们对此深信不疑。现代人杨明在《文赋诗品译注》的前言中写道："在西晋统治集团复杂残酷的内部斗争中，（陆机）并不能像他的同乡张翰那样因秋风莼鲈之思而毅然归隐，终于被馋遇害，与陆云同时被杀。临死前长叹道：'华亭鹤唳，岂可复闻乎？'乃从容就戮。一时人士，颇为之痛悼叹息。"[①] 有此之鉴，谁还敢在乱世中拼搏。

缺少悲剧精神的文化，必然导致缺乏悲剧精神的悲剧。缺乏悲剧精神的悲剧，这话看似矛盾，其实并不矛盾，也就是说中国社会有悲剧故事，但是剧作家笔下缺乏理想状态的悲剧。我们在此选择许多人认为富于斗争精神的《窦娥冤》来分析。窦娥被恶棍张驴儿诬告，赃官山阳知县严刑逼供，要她承认毒死了人，她坚决抵抗，任凭严刑逼供。后来赃官要打她婆婆时，她为了婆婆便自愿招认，终于被押向刑场。大多数学者认为窦娥坚毅刚强、富有斗争精神，但作者这种斗争不是真正意义上的斗争。她不可能像美狄亚一样杀死统治者，创作者也想不出来。她只有用死来挡住一切，这种不作殊死反抗的死未免太廉价了，太不值得了。事实上，在现实生活中有许多人遭遇不幸时，便一死了之，诸如傅雷夫妇。这只能让人感到同情、悲凉，而不是悲愤、悲壮。

综上所述，悲剧主要描写人的苦难或毁灭，在苦难和毁灭中，人类应该奋起拼搏，这就是悲剧精神。它代表了人类毫不屈服的精神实质，历史的推进和发展正需要这种悲剧精神。由于儒道两家的文化影响，我国的传统文化缺乏真正意义上的悲剧精神，而这种现状尤其在当今亟须改变。

（作者系江苏省文化艺术研究院副院长，艺术百家杂志社常务副主编、副研究员）

---

① 杨明：《文赋诗品译注》，上海古籍出版社 1999 年版。

论“微时代”的写作特征及批评建构

丁莉丽

“微时代”的写作特征

（一）“微写作”的形式化和即时性

随着微博、微信的风行，近年来，“微写作”风生水起，如微散文、微童话、微小说、微评论等等。在我看来，以“微”命名的各类文体和原来的文体相比具有较大的差距，并不仅仅在于其内容和规模上的短小，而是在写作形式、写作内容及写作主体上都已经具备了自己的特征。一方面，“微写作”在字数和容量上先天受限，比如微博的文字必须控制在140字以内，而微信上的写作尽管在容量上没有硬性规定，但是，由于基本是在手机及平板电脑上写作和传播，长文章并不合适。因此在形式上，微写作更倾向于将短小精悍、高度浓缩作为内在要求。另一方面，微写作以新媒体为传播平台，其优势在于可以将图片、视频和文字组合在一起进行“全媒体写作”，以达到“有图有真相”的视觉效果。就文字作用而言，除了“以文配图”，以文字来阐述、弥补图像之不足，达成“图文并茂”的效果之外，还必须具有广告效应，以一种“微”言耸听的方式来吸引读者的视线，以免自己淹没在信息的海洋中。比如目前在微信上传播的文章常采用“不能再经典了……不看一定后悔”“你绝对不能错过”“建议永久保存”等标题党来吸引读者的眼球。

这种“形式化”的特征来源于“微写作”的即时性要求。处于新媒体传播平台的“微写作”，本质是一种“当下写作”，它的价值和意义在于将当下所发生的事情、需要表达的信息尽可能以最简要、最快捷的方式传播出去，以抢占传播先机；同时，对于接收者而言，由于是处在一种零碎时间的阅读和接收，所以无论在时间还是心态上更倾向于接受短平快的信息。此外，“即时性”还在于媒体信息流动的快速性造成信息更替的频繁性，信息很快会被更新鲜的资讯所覆盖，因此，如何保持信息的延时性成为传播者的最大难题。在具体写作中，写作者经常将信息内容进行分割、分步发布，以保持写作上的即时性并获取持续的关注度。

（二）内容的碎片化和消费性

“形式”决定内容。140 字以内的微写作很多时候注定无法承载写作主体全部的意旨，于是，只择取有价值的信息进行组合而不过多地考虑逻辑性成为最常见的写作方式，造成内容的碎片化呈现；而随着新媒体技术的进步，剪切、复制、拼贴、链接等碎片化重组手段的不断丰富，互联网时代的文本成为相互链接的文本碎片；根据“视觉优先”的传播特征，图片和文字的拼贴、断章取义及标题党式的写作笔法等等都是强化关注度的常见写作手法，由此进一步造成内容的拼贴化；同时，写作时间的碎片化也决定了内容的碎片化，会议上的无聊时光、购物回来的小憩、在餐厅等待上菜的片刻，这些零碎时光中记载的微小人生片段，呈现出来的正是“一地鸡毛”的生活本相。

但是，正如一件碎成了无数块的瓷器，每一块碎片却彰显着原有的纹路。碎片化既是微时代文本的一种呈现方式，也是这个时代的一种总体生存境遇，而这些转瞬即逝的碎片化场景与文化记忆，也传达着生活的真实和艺术的真实，就像在微写作中呈现出来的“一地鸡毛”，其实都是被“消费主义”意识形态所紧紧牵引。鲍德里亚说：“消费社会文化被认为是碎片化的符号与形象漂浮不定的大杂烩，它带来了没完没了的符号游戏，破坏了经久不衰的象征意义和文化秩序的基础”，“消费文化的这种关键特征——文化的碎片化和过度生产——也经常被认为是后现代主义的核心特征。”① 从越来越多的淘宝商家装扮成粉丝在微博潜伏、越来越多商家的公众服务号入驻微信，到今天各种支付方式的嵌入，所有的微文化阵地已经被浓郁的商业氛围所包围。你“带着微博去旅行”，一路发布着美景、美食的照片以及旅行见闻；而看完了《来自星星的你》的观众们，在微信朋友圈中发布关于炸鸡和啤酒的美食照片，在淘宝上寻找明星同款服装，让众多商家欣喜若狂，顺带还帮助某些媒体填满了版面。表面上看来，受众在这一过程

---

①［美］迈克·费瑟斯通：《消解文化：全球化、后现代文化与认同》，杨渝东译，北京：北京大学出版社 2009 年版，第 182 页。

中也通过分享、转发、点赞、评论等方式享受了消费的快感，但是，这种生产式的消费快感却根本无法逃脱消费意识形态的主宰。因为这一消费意识形态引导的消费欲望，只是一种欲求，而非客观的生活需要，如贝里所说，“需要是客观的、普遍的，是人类整体性的需要；欲求则是一种行为原则，他指明了是具体所需之物”①，但当下这些欲求基本是商业生产出来的，是动用一切宣传机器制造出来的种种虚假的需求，是一种强迫性的消费。当然，这种强迫性的消费诱导有着相当温柔和隐蔽的方式，比如以时尚、个性、流行等方式来“请君入瓮”，但是不得不说，无强迫才是最大的强迫，现代消费社会的符号操控术日益完善，所谓的消费主体不过是丧失了主体性的消费大众。当微时代的作者们对着一桌好菜、一片美景狂拍、发帖；将对着二维码扫一扫当作一种生活习惯的时候，其实他们正和这个消费社会为他们提供的角色进行着最为完美的互动和共谋。

（三）写作群体的部落化与草根性

所有的“微写作”都具有社交的功能，人们通过微博、微信、来往等与他人互动，这种社交方式已经呈现出“去中心化”的社交网络化特征，造成人际交往的部落化。尤其是当前微信赶超微博，后来居上的发展趋势，更进一步显现出“部落化”的趋势。从本质而言，这是由“微文化”的草根性所决定的。因为微时代的写作门槛极低，新媒体技术的发展和普及，让每一个人都成为了信息生产和传播的主体，即自媒体；而信息的庞杂和泛滥，进一步造成“信息茧房”的倾向，即将爱好和的兴趣相投的人，逐渐吸引到一个信息群里。② 由此，亚文化群体不断崛起，部落群体之间的不断交叉，使得群体意见更加分散。不可否认，微时代的部落化消解了原来的文化区隔，甚至消解了精英文化群体的霸权地位，使得新的文化公共空间更为众声喧哗，这是一种进步，但是也带来了很多隐患。诸如意见的难以统一，对于公共事务解决的推进更加缓慢。此外，草根文化主体日益成为主流群体的趋势也变得更加明显，尤其是在现阶段，在微平台中对于严肃事件、涉及公共利益事件的关注远远低于对于明星八卦的关注，即是这一问题的重

---

① [美] 克里斯托弗·贝里：《奢侈的概念》，江红译，上海：上海人民出版社 2005 年版，第 12—14 页。

② 信息茧房，凯斯·R. 桑坦斯在《信息乌托邦》一书中解释：信息传播中，因公众自身的信息需求并非全方位的，公众只注意自己选择的东西和使自己愉悦的通讯领域，久而久之，会将自身桎梏于像蚕茧一般的“茧房”中。毕竟悦译，法律出版社 2008 年版，第 83 页。

要表征。从年初李亚鹏、王菲的离婚事件，再到 3 月底演员文章和姚笛的外遇事件，这些娱乐新闻都即刻成为微博和微信传播中的第一事件，如当时文章的微博在短短几个小时内转发量达到 130 多万，而随后马伊琍回应的“恋爱虽易，婚姻不易，且行且珍惜”更是引发了疯狂的“造句大赛”。无独有偶，7 月初，中国首富王健林之子王思聪，因为在京东商城购物遭遇延误而在微博上吐槽，引发网民疯狂讨论，一时间王思聪涨粉 300 万，成为热门事件。而同时期涉及社会安全的新疆暴力恐怖事件、杭州公交车起火事件以及马航 17 坠机事件等，关注度却连其十分之一也不到。由此可见，微文化平台的文化格局失衡以及对于文化的提升作用令人担忧。

如何建构批评

（一）积极面对，主动参与

正如麦克卢汉所言：“每一种文化、每一个时代都有它喜欢的感知模式和认识模式，所以它们都倾向于为每一个、每件事规定一些受宠的模式。”① 毫无疑问，各种“微”的盛行，已经成为了当前文化的重要表征，无论我们是否认同“微文化”这一个概念或“微时代”的命名是否成立，我们都无法否认当前文化的转型和变迁，而由此带来的问题是：如何建构我们的批评？在阐述这一问题之前，也许有必要界定一下“批评”这个概念，在本文中“批评”专指以学院派为主写作的文化批评。在我看来，媒体批评和网络批评已经搭上了新媒体的快车，正进入如火如荼的发展之中，而以学院派为主体的文化批评似乎还徘徊在微文化的边缘。对于以学院派为主的文化批评界而言，必须要去直面这一文化转型，并积极参与到时代潮流中去。这一面对，在我看来，首先体现为评论界要参与到“微文化”这一领域中去。因为从信息的获得、占有、推广来说，无论从速度还是广度，当首推微博、微信。毫不夸张地说，如果只着眼于传统网络媒体，你所获得的批评信息是残缺不全的，而只有从“微”入手，你才可能找到进入整个批评世界的入口。其次，从研究的角度来说，微文化日益渗透到我们的生活，并日益主导了我们的思维和行为范式。唯有将微文化纳入我们的观照视野，我们才能

① [加] 马歇尔·麦克卢汉：《媒介——论人的延伸》，何道宽译，北京：商务印书馆 2000 年版，第 23 页。

进入当前文化的整体语境，而这正是客观认识研究对象的基础。就当前的“微写作”而言，如果我们以不屑一顾的态度去忽视它，将它排除在我们的视野之外，必将导致我们对当前文化整体把握和理解的失衡，因为“了解流行文化又是理解当下社会的根本……将流行文化视为无足轻重就是否定任何我们对文化环境严肃的了解和联系”[①]；如果以传统写作原则和规程去考察它，便会得出千篇一律的结论，诸如语言的粗鄙化、随意性甚至误用以及对于流行文化“浅薄”的批判。正如刘易斯所言：“流行文化一旦以美学为依据，那么它只能陷入关于那些标准的性质、争论当中，而这种论争是毫无意义的。流行文化之所以重要，首要的就在于它的流行。”[②]而批评界要充分关注微时代的“微观”文化现象，“这并不是要轻视对更高雅的文化形式的研究，也不是要忽视与诸多文化形式相遇的深度，而仅仅是要重视一个特定的社会里已有的文化形式的范围，从而试图理解社会”[③]。对于微时代“热”词的不断诞生、疯狂的造句大赛这些文化现象，应该从微时代特有的语境入手去理解、考察，去把握它背后的动因及有可能造成的影响。唯有这样，才能真正获得有价值的研究成果。

日新月异的现状，对于从事当前文化批评的学院派批评者提出了新的挑战。首先，要求批评者善用新媒体，因为对于批评者而言，如果没有进入微博、微信的领域，也就失去了和微时代的文化体验者所处共同语境的机会。试想，如果不是自己身处其中，又怎能对此发言呢？事实也是如此，有些批评家对于当前的文化认识也带有很大的偏颇，先将其打入“浅薄”行列，然后推出一些带有很强武断性和主观性的“陈词滥调”。此外，当前微文化平台的草根化也和我们很多文化批评家对其的疏远和隔膜具有极大的关系，很多批评家表现出对于新媒体的冷漠，不愿意面对，也不愿意尝试使用新媒体，既失去了近距离把握和体验研究对象的机会，同时也失去了一个文化批评传播的平台。当然，使用新媒体平台对于很多文艺批评者而言显得有些勉为其难，因为这涉及年龄、心态以及环境等问题，因此，我们也不能要求所有的批评者必须亲力亲为，利用微博和微信直接开展批评活动。在这一方面，我觉得批评机构应该承担更多的工作。批评机构不应

---

①［美］刘易斯：《让我们严肃一点：青年文化授课笔记》，载托比·米勒：《文化研究指南》，王晓路、史冬冬译，南京：南京大学出版社 2009 年版，第 265 页。

②［美］刘易斯：《让我们严肃一点：青年文化授课笔记》，载托比 米勒：《文化研究指南》，王晓路、史冬冬译，南京：南京大学出版社 2009 年版，第 263 页。

③［美］刘易斯：《让我们严肃一点：青年文化授课笔记》，载托比· 米勒：《文化研究指南》，王晓路、史冬冬译，南京：南京大学出版社 2009 年版，第 264 页。

将微平台视为一块“飞地”而自动放弃，而让文化批评仅仅局限在学院派内部。尤其是隶属于学院派的文化批评机构诸如批评中心、评论期刊等应该积极参与到微文化平台的建设中，比如建微博、微信批评平台，将前沿性的批评信息及时推送出去，以扩大批评的影响力。在这一方面，传媒界显然更为前沿，一些传媒教授经过几年的精耕细作，基本已经成为微博上的著名大V，一些批评机构也早已在微博和微信上占有一席之地。但其他文艺领域则显得相对滞后，一些文学评论期刊基本和微平台绝缘，拥有微博账号的纯文学评论家还是相对偏少，其中影响力较大的要数北大的张颐武，较早在网上开博客、建微博，经过几年的历练已经成为网上的著名大V，粉丝已经达到700余万。随着微信的兴起，也有一些文化批评家已经先行一步，开通了个人微频道，诸如朱大可“文化先锋”的公众微信号等。2014年5月，财经记者吴晓波推出了自己的个人频道，每日将自己的文章和爱奇艺的视频上线，短短50天，订户达到50万。虽然，吴晓波的评论隶属于财经领域，但是他的动作对我们学院派批评机构和批评家也具有参照价值，因为对于批界评而言，不但要在微平台上发出自己的声音，还应该探究如何让这些声音在纷繁芜杂的文化场中清晰起来、响亮起来，唯有这样，才能更好地承担时代赋予的责任，实现文艺批评价值的最大化。

（二）关注微话题，担当意见领袖

微文化平台形成的文化热点和沸点，呈现出“八卦化”、琐碎化、微小化、草根化的特征，而且这种草根化和八卦化的信息越来越呈现出主流化的趋势，尤其是在消费主义逻辑的引导下，导致文化生态的失衡越来越明显。因此，批评的介入尤其是独立的文化批评介入，显得非常必要。正如亨利·杰罗所说的：“在一个社会缺少能够批判地分析它的矛盾的知识分子的情况下，主流文化会更为有效地传播它的坏影响。而且，如果没有一个文化批评的领域，抵抗的知识分子在公众事务中就不会有自己的声音。”① 文化批评界不但要努力建设微平台，而且要努力经营好这一平台，及时关注微文化的热点话题，发出批评界独立的声音。比如陶东风面对《甄嬛传》的批评，就是对网络狂欢所发出的一个独立而清醒的声音。事实上，陶东风所要阐述的关于当前社会“价值观扭曲”“比坏哲学”的看

---

①［美］亨利·吉罗、戴维·季维、保罗·史密斯、詹姆斯·索斯诺斯基：《文化研究的必要性：抵抗的知识分子和对立的公众领域》，载罗钢、刘象愚主编：《文化研究读本》，北京：中国社会科学出版社2000年版，第78页。

法，最初见于他自己写的一篇长篇论文，但是因为局限在文化研究的领域，并没有获得广泛的传播。后来因为《人民日报》的约稿，他从自己的文章中截取了一部分交给了《人民日报》，并替换了一个关于电视剧《甄嬛传》的案例，然后经由微博和微信的传播，他的观点才引起很大的反响。① 此外，还有朱大可对于《金陵十三钗》“情色爱国主义”大片的批判，也曾经在网络上引起过很大反响。当然，这些专家的观点也未见得完全获得网民的赞同，但是，文化批评家面对热门话题，在微平台的批评领域中发出了自己独特的声音，而且部分担当了“意见领袖”的作用，值得点赞。而从网络平台来看，群体从众心理、非理性追捧行为比较普遍，即桑坦斯所谓的“群体极化效应”：“如果一个团体在一开始就有某些偏向，那么其成员就会在这个方向上提供更多的论点，只有极少部分会转移到另一方向，所以结果往往是朝着偏移的方向继续前行，最终形成极端化的观点。”② 而“意见领袖”的介入与引导正是纠正“群体极化”的重要力量。从这一角度而言，微文化平台也给学院派的文化批评家们留出了特定的生存空间，而学院派批评的介入，对于微平台自身的平衡发展也具有不可替代的积极意义。

（三）写作文风和笔法的调整

微时代的文化格局，使得学院派的批评更加难以发挥影响力。如何来破解这一困局？评论家除了深度介入，努力去建构自己的批评平台，还应该面对这一环境适当调整自己的写作笔法，探究如何让自己的文章化艰涩为直白、化深奥为浅显，努力建构大众文化和精英文化互动的平台和桥梁。

首先，应大力提倡“微评论”的写作。如今的微评论，已经不限于微博 140 字的微评，也不完全限于短小精悍，因为“长微博”的嵌入，以及微信转发的不限字数，“微评论”的概念已经完全不同。事实上，目前微平台上转发量非常大的评论文章，除了一些原创的短评，还包括一大部分在传统媒体上发表的二三千字的评论文章。随着新媒体的快速发展，这些微评论的转发量在快速增长，影响力也在日渐扩大，因此，应鼓励学院派的批评者针对当前文化现象，及时写作短平快的评论文章，在大众文化潮流中呈现理性、独立的声音。

① 这一事例来自于本人参加 2014 年 5 月在北京举办的“微时代的文化与艺术”学术会议上，由陶东风本人在会议讲述。

② 凯斯·R. 桑坦斯：《网络共和国：网络社会的民主问题》，黄维明译，上海：上海人民出版社 2003 年版，第 47 页。

其次，在个人写作风格上，应该倡导鲜明个性化的文字。正如大卫·波德维尔所说："区别数以千计的评论凭借的更多是写作风格，而非才智、深度或者专业性。"① 那些个性鲜明、文风别具一格的评论者往往更加能脱颖而出，为读者所关注，他们也更易于在微平台上构建起自己的粉丝群。如在网络上享有盛名的草根剧评人"押沙龙在1966"犀言的辞利和辛辣的文风、"北小京看话剧"凝练大气的剧评风格，在微博上引起巨大的反响，尽管至今为止，这两位剧评人选择匿名，但是不妨碍他们在网络江湖的巨大影响力引起了学院派和民间的广泛关注。同样，鹦鹉史航、大旗虎皮、周黎明等，这些隶属于学院派的批评者，凭着专业、理性的见解和幽默独到的文风，成为了网络上颇具声势的"知名影评人"。他们在微平台上发出的声音，很多时候让电影出品方不敢轻视。我想，随着更多这些学院派"意见领袖"的成长，独立的、具有严肃性的文化批评也会在商业氛围浓重的微平台上占有自己的一块领地，从而让微平台上的评论变得更为理性、专业，以更好的姿态引领大众审美素养的提升和平衡文化氛围的营造。

（作者系浙江工商大学人文学院副教授）

① [美] 大卫·波德维尔、克里斯汀·汤普森：《观照电影——艺术、评论和产业观察》，何超译，北京：世界图书出版公司2014年版，第83页。

浅谈妥木斯油画作品中的民族情怀

高兰英

妥木斯是从内蒙古草原走进中国画坛的第一代油画家。他的成长历程、文化背景以及由此形成的特殊风貌，在国内外画坛中别具特色。妥木斯的油画有一种行云流水般的心手双畅、了无拘束的自在洒脱，像悠扬的马头琴曲，随风掠过无限悠远的天空，沉郁中有昂扬，奔放间含惆怅。苍茫的意境中时有一种莫可名状的感伤，如其一系列草原风情之作，在粗放、简约中，描绘自然；在单纯、洗练间，勾勒生命。他用自己的画作展示了对生命、自然的独特理解，尤其是那份令其深深眷恋的民族情怀，这种情怀贯穿于妥木斯创作的始终，体现在他艺术表现的方方面面。

原始而虔诚的动物崇拜

在蒙古族的生命哲学里，任何生命都值得珍爱，甚至于对狼——他们的敌人，也有着一种天然的仁爱之心，保存着对于生命的最原始的尊重。正如恩格斯所说："人在自己的发展中得到了其他实体的支持，但这些实体不是高级实体，不是天使，而是低级实体，是动物……由此就产生了动物崇拜。"蒙古族堪称马背民族，在漫长的历史长河中，马的兴衰一直与蒙古族荣辱息息相关，蒙古族马文化与能征善战的蒙古民族一同载入史册。引申意的马文化概念在不同地区、不同民族中，以不同文化方式影响着人类的生活习惯、宗教信仰、民族文化等领域。蒙古族人民非常喜爱马，甚至当作最崇拜的偶像之一。

妥木斯的绘画作品表现了大量动物，除了少量牛、羊、骆驼的题材外，他大部分的动物题材都是马。妥木斯说："我对马比较熟，怎么画也跑不了。它是符号，目前为止我的条件是——那些不能使我离开的艺术符号，我还得用。”① 例如画作《九月》描绘的是五匹正在饮水的白马，整个画面经过墨色罩染之后，显得沉稳而深厚。浮动于画面的“墨色”一扫轻、薄之感，更显现出我国传统艺术的风采。画作《落日》描绘的是太阳西下，三匹马安静地站在小河边喝水，整个画面清新宁静。画作《长嘶》中，妥木斯用大块颜色和线条的结合，利用主体和背景颜色的差别，突出马的生动形象。红色的背景，灰色和白色结合的马，色彩对比强烈，装饰意味较强。画作《顾》中，远处灰绿色的山透着淡淡的蓝色，近处土红色的土地，几片淡色的草丛，浅灰色的马匹跳出画面，整个灰色调的作品中有着强烈的冷暖对比。马儿站在草地上回头遥望，似在等待，似在期盼，留给观众无限遐想。《冬至》这幅作品中已没有了空间关系，灰色的背景象征冬的气氛，简单流畅的线条描绘出冬天的枯树，像是有风吹过，马儿在安静地低头吃草。画作《冬日》平涂的灰白色背景里，人和马用重线条勾勒出轮廓，马匹的颜色稍微重些，穿着厚重的人站在风中，迎风观望。画作《白鬃红马》采用强烈的对比色，红黑色的底色，夸张变形的红马，浅黄色的马鬃，依然是沉静地站在风中，像是在交谈，又像是在吟唱。在 1980 年以后的作品中，妥木斯以骏马为题材的绘画占据了相当大的比重，如《打扮》《晚餐》《两匹白马》《亲昵》《呵护》《迎风站的马》《回旋》《落日》《立冬》《蒙古女人和马系列》等。

大胆而细腻的用色思想

油画语言的魅力在于色彩、在于色调、在于色彩关系的感觉与理解。如果说造型给人以直观的形象要素，构图给人以美的形式结构，那么色彩给人更多的是感官刺激、情感特征和心理反应。各种暖色组成的色调，使人变得心情奔放、乐观开朗。各种冷色组成的色调使人产生出一种幽静、含蓄、轻快而稳定的情绪。对原色的喜爱和对生态美的推崇，是内蒙古地区艺术表现的主要原则。蒙古人对色彩有独特的理解，白、蓝、绿、黄、红等颜色深受内蒙古各族人民喜爱，这些构成内蒙古民间美术色彩的基本元素，组成了内蒙古五彩缤纷的色彩世界。

妥木斯在油画技巧、油画的民族化的探索上是相当深入的。他深深地走入了民族审美的精神世界。油画在色彩运用上极为讲究，这是其他画种所无法相比

① 《我不想丑化我自己喜欢的人》，2005 年 12 月 15 日，见 http://tuomusi.artron.net/news_detail_26349。

的。印象派画家声称自己发现了绘画的“原子”——彩点，于是他们就用彩点去构造画面；表现派画家更喜欢用“色线”表现他们狂放的激情，于是“色线”就成为他们的常用语汇。妥木斯在色彩语言的研究中更注重“色面”（也即色块）的视觉意义。他认为在画面中起作用的是色块，起主导作用的是大色块。大的色块因其对视觉的“刺激量”大，所以往往决定着画面的整体感。但是，色块的视觉意义并不取决于色块自身，色块只有处于色彩结构之中才能显现其价值。马蒂斯曾说，如果要在画面上改换一块颜色，其他颜色也必须跟着变动。说明色块之间不是随意拼凑，而是存在着一种严格的结构关系。在结构主义看来世界是由各种关系而不是由事物构成的，事物的真正本质不在于事物自身，而在于各种事物之间的构造以及感觉关系。所谓色彩上的准确是指关系的准确，不是孤立的某一块颜色的准确。妥木斯强调必须用大部分注意力去研究色块间的关系，研究色块面积的大小和颜色刺激程度如何配置。“（妥木斯）的色彩在本质上不是‘写生的’，而是‘写意的’。他总是在比较着‘放颜色、求冷暖、找对比’，在‘过分’与‘不及’，‘提高’与‘降低’中间进行着色块面积大小的配置和色彩刺激量的调节，以找到恰当的节奏感。”[①]妥木斯很少追求色彩上的大起大落，乍暖乍寒，他注重每块颜色的质量和关系间的“微差”。

妥木斯曾说：“后面人就在后面，不是靠虚，靠颜色进去的，近看颜色那么丰富，远看就是后面，具体灯光下的人，近处一看是紫的颜色。画面拿手一摸都是平面的，非常薄的纸能找到很厚的分量。后来拿刮刀，一下子厚起来，拓片的感觉就有了。一些有力的线，也不是飘起来的，像深进去的线，有力度感。”[②]如《查干湖》《春》《隔代人》那样充满书写味道的、一气呵成的作品。笔的运行过程清晰可辨，大写意的韵致从笔与笔的时间序列中凸现在底色上。这种由书写手法所产生的节奏和气韵的连贯是在那些摆到画布上去为塑造立体形的方笔触中无法找到的。在画作《倚》中，妥木斯用刮刀将好的人物边线刮掉，再用颜色扫过，使其和背景的颜色糅合在一起。画作《旅行》天空是暖色的，地面是灰紫色的，灰绿色的山坡透着淡淡的土黄，在灰色的色调中运用补色作为对比，深色的人物作为画面的活跃色丰富了整体。画作《冬之曲》中，深褐色的土地透着一些绿，淡紫色的小路从土地中穿过，灰蓝色的天空飘着几朵浅紫色的云，几颗深色的老

①《用色彩在画布上书写——妥木斯油画的语言特色》，2003 年 11 月 16 日，见 http://tuomusi.artron.net/news_detail_26343。.

②《我不想丑化我自己喜欢的人》，2005 年 12 月 15 日，见 http://tuomusi.artron.net/news_detail_26349。

树在地平线上突现，对比效果的运用较好地提升了作品的艺术品位。画作《大耳环》描绘的是一个年轻妇女的侧面像，人物做了些变形的调整，趋于平面化，运用对比的色彩，深色的背景，简洁的形象表现出油画语言特有的魅力。画作《紫色斜坡》描绘了辽阔的大草原上，一处冒着炊烟的蒙古包景象。勒勒车旁几头牛正在吃草。同样是草原上司空见怪的蓝天、绿草，但这幅作品却用了紫色调，紫色的斜坡上，深紫色的牛和勒勒车跳出画面，淡紫色的草地、灰色的天空构成了画面的和谐美。

浓烈而执著的乡恋情怀

在自然地理区域划分上内蒙古属于典型的内陆干旱气候区。戈壁、草原、绿洲相间分布的空间形态，为不同民族、文化的入居、成长提供了理想的生存环境。与不同民族文化在地域上的临近性使内蒙古文化对不同质的文化具有一定的亲和力，历史上不同地域的民族和部落正是基于此而相继进入内蒙古地域的。这种兼容并蓄、相互认同的地域文化形态，是内蒙古地域文化交流与整合的基础。1963 年，妥木斯满怀对故乡的依恋和热情，回到了内蒙古。作为蒙古族第一位绘画艺术研究生，起初两年境遇还好，他的才情受到重视，创作得到支持，他的作品《毛主席在北戴河》《炉前工》《守场》《送奶车》《送情报》接二连三地参选全国美展，得到普遍好评。他甚至使内蒙画坛开始受到重视。这个马背上民族的赤子，对天地造化之美，有一种更清纯、更质朴的感情，在物象与心灵感应之间，展现出一派意象浑成的自然、自在之感。人们看到了一个厚积薄发、思如潮涌、创作欲望势如决堤的妥木斯。他的作品大多数是反映草原上的生活，草原的意境和情趣，这些都是他感受很深的风景和环境。那些习以为常的马被赋予了某种象征，粗壮的妇女们不只代表她们自己，看似呆滞的形态中实际上有着惊人的力量在涌动……

1981 年，《妥木斯油画展》在北京中央美术学院和民族文化宫展出。人们看到了那块曾经诞生过一代天骄成吉思汗的广袤大草原，那用抒情诗语言谱写自己民族历史的民族，那旷茫、雄浑、博大且有些苍凉感的旷古洪荒，天地在一线之间悠扬起伏，风云在长空阔野之中聚散往来，生命在这磅礴大气的时空中生息繁衍，长烟落日，霜晨雪夜，诗情在色彩空气之中隐含着感人的意境。妥木斯曾说，他自己在这块土地上成长起来，他离不开这块土地给他的文化，他愿意用草原作为其内容。妥木斯的油画让人们开始接触并解读蒙古族生活中诗意化的情境，那种令人畅怀的宏壮与博大气象，沁人肺腑的宁静与高洁气息，那种土地般真实又诗意般隽永的艺术感染力。以内容而言，妥木斯认为使之独领风骚的一个根本是他对蒙古民族深厚的情感，是他与生俱来的草原生活的深刻体验，是他融汇中国传统文化的修养，从而具有的对本民族文化更自觉的认识、解析和挖掘的眼光。那充满抒情意境的草原，对他的绘画是得天独厚的陶冶。不同色彩在不同民族审美中代表的寓意也不尽相同。蒙古族生活在相对单一的色彩环境中，对于高纯度且亮丽的鲜艳颜色比较偏爱。妥木斯的人物画中，往往以灰色调为主并且大量使用白色，尤其在人物服饰的表现上。他用这种色彩偏好，表达着自己特殊的民族情怀。

蒙古族妇女是妥木斯油画中的主要艺术形象之一，他通过笔下形形色色的蒙古族妇女形象，表达了深深的乡恋之情。1984 年创作的《垛草的妇女》是妥木斯的力作，这件作品的成功之处不仅在于绘画技法的独特，而且形象塑造、人物动势和构图安排都有恢宏的气势。整个背景是铺满墨绿色草形的底色，衬托出浅色的人物形象和大面积白色的衣服。作品是灰色调的，人物的抒情性使人们看到了一个全新的草原，看到了草原人民的另一种精神状态。可以说，以这件作品为标志，奠定了妥木斯“内蒙古草原画派”领军人物的地位。画作《查干湖》所表现的艺术符号是生活在内蒙古锡林郭勒盟东乌旗的女孩子形象，没有什么故事情节，没有什么动态，女孩盘腿坐在那里，人物形象朴素自然。妥木斯把注意力放在了色彩语言的表现上，紫色背景中，盘腿坐着一个身穿白蒙古袍子的女牧民，没有环境和环境色，用大色块一次性画到底。人物形象传神，色彩效果饱满。画作《叉手的妇女》描绘的是一位穿着白色衣服叉着手的蒙古族妇女，站在一片深色的背景前面。人物很安详，似在低头思考。这幅画并不表达空间关系，浅色的人物形象跳出画面，构图很饱满。画作《瞩》表现的是一位伟大的母亲形象，她瘦弱的面颊上刻满了岁月的痕迹，但依然露出满足的微笑，眼神平和淡定。深蓝色的背景，深灰色的头巾，浅灰色的脸颊，略带白色的耳环都令人回味。画作《春》《喝茶》《凝》《索布达》《红头巾》《奶豆腐》《乌珠穆沁妇女》《年轮》《黄昏》《黄头巾》等都是妥木斯描绘蒙古族妇女的代表作。

作为“草原画派”的旗手，妥木斯的艺术意味着内蒙古油画翻开了一个新的历史篇章。20 世纪 80 年代中后期内蒙古奇迹般地涌现出一批名显国内的画家，“草原画派”异军突起，令国内外画坛刮目相看。邵大箴曾说：“近 20 多年来，内蒙油画家的队伍日益壮大，新人新作不断涌现，在风格上呈现多元、多样的态势，是和妥木斯的努力分不开的。”[①] 妥木斯的学生刘大为回忆说：“他影响着我们内蒙古几代美术青年，至今难忘当年他带着我们画速写风景的情景。内蒙草原秋天的早晨，薄雾、晨曦，我们在他身边一字排开，大地呈现出浓重的紫色，这景象在我记忆中就像是昨天那个意气风发的妥老师；那个艺术上默默坚守不张扬的妥老师；那个淡泊明志，修养深厚的妥老师的现实主义艺术，影响了一代又一代内蒙古的画家。”[②]

高尚而纯洁的人格魅力

早在一千多年前，蒙古族的祖先走出额尔古纳河两岸山林地带向蒙古高原迁徙，生产方式也随之从狩猎业转变为畜牧业。漫长的草原游牧生活，孕育了神奇而伟大的草原文化，也形成了蒙古族独特的民族审美心理：他们产生了“对天神的崇拜，对蓝色和绿色的钟爱，对力的景仰，对健朗刚烈之气的崇尚，对辽阔景象的憧憬，对动物灵性的特殊体悟等”[③] 情感。蒙古族居住和生活的辽阔草原的特殊自然环境，使其形成了与其他民族不同的性格特征。特殊的劳动方式及战胜自然灾害的需要，使蒙古族形成了互帮互助的观念与性格特征。他们好客、善良、温厚、慷慨。蒙古族的人际关系简单，朋友间总能以诚相见、坦率义气。宽广又闭塞的生活环境，单调且丰富的物质条件，培养了蒙古族自由平等和私有观念淡漠的简单性格。

妥木斯是那种不张扬的人，不会去刻意营造什么。他是那种坚持自己的艺术理想，默默无闻地去追求的艺术家。他一生当中从来不介入身外的是是非非，淡泊明志，深居简出，非常俭朴。他坚持一种人格，不该说的不乱说，保持一个正直的艺术家和学者的风范。他面对现实生活的真实不张扬、不矫饰，保持初衷信念的坚韧，保持真情实感的平实真切。妥木斯不乐于在绘画中大作苦涩，再揭创痛的伤口那不是马背民族会做的事。绘画中妥木斯坚持，“第一，熟悉的东西我

---

① 邵大箴：《卓有成就的特立独行者》，载云舟主编：《妥木斯画集》创作卷，北京：人民美术出版社 2008 年版，第 10 页。

②《我所认识的妥木斯老师——刘大伟访谈录》，2006 年 1 月 10 日，见 http://tuomusi.artron.net/news_detail_26348。

③ 高兰英：《地域情与民族韵的合奏——内蒙古本土广告的审美阐释》，呼和浩特：内蒙古大学出版社 2013 年版，第 78 页。

画，不熟悉的不画。第二，它符合我的想法，我不想给它加好多附加的条件，比如要有什么深刻内涵，本身没有，非找点东西，让理论家说成什么，这就有点勉强了。另外情节性、戏剧性也不应是绘画完成的任务。我寻找我熟悉的、我们民族的一些健康方面的东西，但是我不想按照政治家的要求，我的画没有什么先进落后的，连电视机都没有。那个不是绘画应该干的事情，要有你们写报道去，绘画是寻找视觉的美就行了”。

在妥木斯的作品中看不到天苍苍、野茫茫的色彩浓重画面，看不到喧嚣、奔腾的骏马，他作品表现更多的是草原上宁静和谐的美。在妥木斯表现马的作品中，很少能看到飞马、奔马的场面，画面大多是沉静的，以安详的站姿表现马的神韵。画家追求并表现着一种诗情画意的境界。“他运笔粗狂、豪放，但一幅幅草原风情画确如一首首悠扬的小夜曲，婉约动人。这对于看惯了大红大绿的主题性宣传画的中国人来说，无疑似一缕清泉沁入心脾。”① 罗工柳先生倡导探索自己民族的美学思想，以民族的审美情趣统领技术训练，倡导中国油画要走自己的路，要有中国气派、民族特色，并鼓励学生探索写生与写意相结合的画路。妥木斯熟谙中国文化内核，熟知蒙古民族生活，才能在绘画领域成就卓越，在美术史上增添了“草原画派”的一页。那些他熟悉到筋骨、性情的马、牛，那些牧马的蒙族女人、那些被高原紫外线晒成紫檀木色皮肤的男人，永远镌刻在他的灵魂深处。

（作者系内蒙古科技大学艺术学院广告学系主任、副教授）

① 赵少平：《永远的主题——妥木斯纪事》，2007 年 2 月 16 日，见 http://tuomusi.artron.net/news_detail_26346。

从现实到浪漫

——文化选择下的牛郎织女传说

侯仰军

“年年七月七，牛郎会织女。”又是一年七夕节，到了民间传说中牛郎会织女的日子。牛郎织女传说作为中国四大民间传说之一，自先秦到今天已经流传了两千多年，牛郎织女凄美动人的故事催生了数不胜数的优秀文学作品，促成了盛行于各地民间的“七夕”“乞巧”等重要习俗。

梳理一下牛女传说的来龙去脉，可以看出，现在流行的牛女故事，是两千年文化选择的结果。以汉民族为主体的中华民族在骨子里爱好和平、宽厚待人、同情弱者、反抗强暴、追求真善美、向往自由平等，这不能不表现在对历史事件、历史人物的评判和对文学作品的创造、改编上，作为口口相传的民间文学故事的牛女传说向男女追求自由幸福、反抗家长专制、唯善唯美的情节上发展，自在情理之中。

从星宿到情侣

牛郎和织女原是银河系的两颗星宿，天文学上牛郎星叫河鼓二，织女星则被称为织女一。牛郎星在银河东南边，织女星在银河西北边，两颗星相距 16.4 光年。把两颗星宿编排成一对有情人，是我国古代人民的杰作。《诗经·小雅·大东》云：“维天有汉，监亦有光。跂彼织女，终日七襄。虽则七襄，不成报章。睆彼牵牛，不以服箱。……”开始把天上的织女星想象为一个织布的织女，把牵牛星想象为一个挽牛的牵牛郎。此时，织女、牵牛还是天汉二星，“七襄”、“服箱”亦仅为比喻，但人物形象已隐现其中。到了战国后期，人们开始把牵牛和织女说成一对有情人、而爱情最终成为悲剧。1975 年 11 月在湖北云梦睡虎地出土的秦简《日书》记载：“丁丑·己酉取妻，不吉。戊申·己酉，牵牛以取织女，不果，三弃。”（甲种一五五正）“戊申·己酉，牵牛以取织女而不果，不出三岁，弃若亡。”（甲种三背）意思是，在牵牛娶织女之日是不宜婚娶的，否则会遭遗弃或离异。也就是说，到了战国后期（最迟秦朝初年），天上的两个星宿牵牛和织女已经被人们演绎成一段爱情悲剧故事了。这在一个生机勃发、富于幻想的时代，再自然不过了。

西汉时期，戴德的《夏小正》有“是月织女向东”,《史记·天官书》有“织女，天女孙也”,《淮南子》有“七月七日夜，乌鹊填成桥而渡织女”。这些只言片语，为牛女传说的进一步丰富集聚着素材。到了东汉时期,《古诗十九首·迢迢牵牛星》里出现了银河相隔，“盈盈一水间，脉脉不得语”的情节：“迢迢牵牛星，皎皎河汉女。纤纤擢素手，札札弄机杼。终日不成章，泣涕零如雨。河汉清且浅，相去复几许？盈盈一水间，脉脉不得语。”在东汉末年泰山太守应劭的《风俗通》里，则出现了鹊鸟架桥让织女渡河的故事：“织女七夕当渡河，使鹊为桥，相传七日鹊首皆髡，因为梁以渡织女故也。”（《岁华纪丽》引）

至南朝刘宋《齐谐记》：“天河之东，有织女，天帝之孙也，勤习女工，容貌不暇整理。帝怜其独处，许嫁河西牵牛郎。嫁后竟废女红。帝怒，令归河东，惟七夕一会。”牛女传说已有了完整的情节。牛郎、织女还都是天人，天帝的行为也不是很可恶，织女受到惩罚的原因是废女红，即放弃了自己的工作职责。南朝萧梁时期的宗懔在其所著《荆楚岁时记》中则说：“牵牛娶织女，借天帝二万钱下礼，久不还，被驱在营室中。”牛女分离的原因，在“嫁后废织”之外，又多了一条“借钱不还”（也许牛郎无钱还债）。借钱不还，神性的牛郎在向人性的牛郎过渡。这是人按照自己的生活方式去设想神的生活的一个典型案例。

唐代以后，牛郎逐渐变成了一个凡人。随着人们价值观念的变化，社会上出现了爱情至上、婚姻自主的时代潮流，所谓“但得一个并头莲，煞强如状元及第”，使牛女传说的情节更加丰富。为了增加故事性，牛郎有了哥嫂，哥嫂虐待牛郎并强迫牛郎分家另过；再后来又有了划银河的恶人王母娘娘。总之，作为口口相传的民间文学故事，牛女神话一步步向男女追求自由幸福、反抗家长专制、冲突更尖锐、对比更鲜明、故事性更强上发展。

从无奈到恩爱

20 世纪 80 年代，中国民间文艺家协会组织全国的民间文艺工作者对我国各民族、各地区的口头文学进行了拉网式的普查，获得了巨量的第一手口头文学资料。陈泳超先生据此主编的《中国牛郎织女传说·民间文学卷》收录涉及牛郎织女的传说故事142篇。由于口头文学是在乡村民间流传的，在传统的坚守上民间比官方更持久，更有耐力，也就最有代表性，我们选择其中牛郎织女故事比较完整的83篇进行分析。

这83篇传说，基本上都包含牛郎、织女、结婚、分离、王母娘娘（或天帝）、银河及相会等要素。牛郎织女之所以分离，既有王母娘娘不近人情、棒打鸳鸯的故事，也有织女厌倦牛郎、逃回天宫的事例，更有牛郎织女婚后荒废耕织引得天帝（或王母娘娘）发怒的“异文”。在这些传说中，织女的形象决定着情节的发展和主题的展现。第一种，织女对牛郎无爱情可言，她和牛郎结婚生子是迫于无奈——仙衣被藏，一旦得到自己的衣服，就立即逃走。计18篇。这些故事北到黑龙江，西到新疆，南到贵州，可以说遍布大半个中国。结合牛女成婚是由神牛主媒分析，这一类型的故事应是牛女传说的最初状态。第二种，织女与牛郎婚后不再从事耕织被天帝（或者玉皇大帝、天河老人、王母娘娘）强行拆散。计12篇。主要流传于南方如浙江、广东、广西、台湾等地。织女婚后卿卿我我，荒废女红，说明她对牛郎还是有爱的。这种类型的传说南朝时期就已出现，到20世纪初期的广东海丰民间还在流传着。生于1903年的钟敬文先生，幼年时期听其母亲讲的牛女故事情节是：牛郎和织女，他们是天上一对又美丽又乖巧的少年人儿。当他们没有结婚之前，两人一样地十分勤勉地做着自己的工作——牛郎牧牛，织女织布。天帝看他们活得这么可爱，所以恩赐他们结成夫妇。哪知缔婚之后，两人只管深深的爱恋着，再不把各人自己的职务放在心中——牧牛、织布的事，都抛荒了。这种情形，后来给天帝知道了，他心里很是愤怒，即刻下了一道圣旨……[①] 与南朝刘宋《齐谐记》的记载大体相似。第三种，织女忠于爱情，看重家庭，被王母娘娘或玉帝派天兵天将捉回，被迫与牛郎分离。计52篇。这是后世牛女传说的主流。它歌颂了织女的勤劳智慧、忠贞不二和对美好爱情的追求，表现了浪漫主义的精神。

从现实到浪漫

在牛郎织女传说里，多数都有划银河（或天河）的情节。织女划银河阻挡牛

① 静闻：《牛郎和织女》，载《陆安传说》，1925年。

郎追赶的传说 12 篇；王母娘娘划银河的传说 45 篇，绝大多数是滥施淫威，惩罚牛郎织女，但也有例外：有一篇（流传于河北束鹿即今辛集市一代）是因为牛郎织女天天吵架甚至诉诸家庭暴力，惹得王母娘娘心烦；两篇（流传于山东潍坊和新疆哈密地区）是因为织女从牛郎身边逃走，牛郎追赶，王母娘娘救女心切，划下银河。

每年七月七牛郎织女相会时，他们都做些什么呢？多数传说里都说两人相诉离别之苦、思念之痛，泪落如雨，富有浪漫主义色彩。正如民间歌谣里唱的那样："织女牛郎天河隔，七月七日到一堆，说不完的知心话，擦不净的眼泪水。"可在有些地方的传说里，织女忙于尽家庭主妇的责任。在内蒙古乌拉特前旗、浙江定海、福建泉州及漳州一带，织女回到家里后，马上为牛郎洗衣裳、洗碗筷。牛郎与织女分离后，每天把用过的碗筷聚在一起，织女为牛郎洗了一夜的碗，洗一只碗流一滴泪，就这样，织女忙忙碌碌地过了一夜，第二天一早，又离别了。反映了男权社会男人不做家务的现实。在河北蔚县、黑龙江加格达奇等地，民间传说：织女被王母娘娘带回天上后，被罚一年到头干活，累得腰酸腿软，七月七和牛郎相会时，还忙着缝补衣服，给孩子纳鞋底等，"说着话剥着麻，头顶筐箩晒芝麻；做花衣纳鞋底，又怕孩子受了苦"。突出了织女勤劳、善良的贤妻良母形象，完全是现实中劳动妇女生活的写照。

从古至今，绝大多数牛女传说中，织女都是一个心灵手巧、勤劳贤惠的妇女形象，这就可以说明为什么牛女传说促成了盛行于各地民间的"七夕""乞巧"等重要习俗了。织女的婚姻，受到牛郎和王母娘娘的双重挤压，这在专制时代，在男权社会里，是织女不得不面临的问题，但她凭自己的勇敢、勤劳，硬是争取到了一部分自由。从这方面来说，牛女传说有宣扬男女爱情的一面，最主要的还是让我们看到了广大人民追求幸福婚姻、美满家庭和反抗强权的良苦用心。

众所周知，20 世纪 60 年代以来，随着黄梅戏电影《牛郎织女》的问世和广泛流传，牛女传说成为一部爱的赞歌，被视为纯爱情故事，七夕也从乞巧节蜕变为东方情人节，恰恰就是这个时代的文化选择。

（作者系中国民间文艺家协会研究部主任、编审）

漫谈水墨笔法的现代表达

胡　瑛

两千多年的中国绘画源远流长，它的气韵与神妙滋养着中华民族的审美底蕴。这个在农耕文明时代业已积淀成熟的艺术形式，自 20 世纪以来不断遭遇着各种冲击，而中国的艺术家们则一直在探寻着中国画的方向和命运：康有为提出“如仍守旧不变，则中国画应遂灭绝”，陈独秀对传统水墨的批判，林风眠、徐悲鸿倡导新艺术，从教育到实践上的改良中国画，希望赋予其新的生命力，高剑父、高奇峰、齐白石、吴冠中等不囿于传统，从内容到形式上不断探索，以及滥觞于 20 世纪 80 年代的新潮美术实践和新水墨实验等等，所有这些努力均围绕三个基点：首先是具有浓重的中华文化血脉，其次认为国画必须变革，必须深化和拓展中国传统艺术的表现语言和内容，第三希冀中国画有更广义的未来，在全世界得到越来越多的认同。只不过，国画变革走向何方，各派各家自持一说。

时至今日，变革中国画的努力依然任重而道远，多元化、急遽发展的现代社会对中国画的应达方式给予了更大的冲击，中国画的各种新实验眼花缭乱，归结起来大致有这几种：一、引入新的绘画技巧，使用新的媒材，拓展中国画技法；二、把当下的社会、生活内容作为题材；三、在新的语境下挖掘符号、语言的表达潜力，赋予新的意义，创造新的绘画语言。但这些改良或者革命的实验能否囊括中国国画变革的全部抑或寻找到了最有希望的路径？

自“水墨兴唐代”以来，水墨笔法作为中国画的最重要的材料和技法载体，幻化出了中国画的艺术奇迹，若探寻中国画与当今世界对话，由水墨笔法的现代表达着眼，也应是一条重要的路径吧。

墨，是中国画自古固有的一种绘画材料，水是墨变的因，水、墨的不同调和、配比，生成千变万化的气象。《历代名画记》中说“运墨而五色具”，唐代以来，经过前朝的积淀，水墨语言更是发展出了独立的画种，自王维、张璪而大兴。

水墨材料在宣纸、绢帛上挥发晕章，一点一线微妙变化延展出无限的想象空间，所依托的便是笔法。

本文中的水墨并不只是指一个画种，而是将其作为中国画之所以成立的根据。用笔法承载水墨，无论工写，水墨笔法是其气韵、精神所在。因此我想，中国画追求与现代社会对话，从其根本上可称为水墨笔法的现代表达，寻源而变，改其面貌、变换法则、兼收并蓄，在全球化的当代艺术语境中赋予中国画新的“气韵生动”。

坚守水墨笔法

20 世纪 80 年代以来，经过三十多年的探索，当代的水墨实践、中国画改革虽然涌现出了一些优秀的作品，但是总体上来说，要么挪用套用西方现代主义的符号或者艺术方式为自己镀上当代艺术的外表；要么是借用其他画种的媒材或者新的材料来作画，产生出一种新的视觉效果；要么是用水墨为媒材创作，生产出空间作品或者行为艺术，尽管我们不能否认中国画的符号元素向空间发展的可能性和所产生作品的艺术性，但那是另一个艺术范畴的问题，而非所谈水墨笔法及中国画变革的问题；甚而还有一些在别的领域功成名就的艺术家，或主动或被动的，提笔就来，用笔墨符号敷衍而成水墨或者中国画作，这样的改革或者实践虽然有集体的自觉，却既无多少系统的承继性，也没有生成新的结构性的话语方式。

沿着水墨笔法之源诉求，从技术上看，水墨笔法的“平、圆、留、重、变”，中锋侧锋逆锋的运用，已经是很成熟的作画技巧，它包含着事物形态的种种变化，空间状态，四时变化，体现着中国文化的哲学思想，承载着中国人的精神境界，形成了中国画所独有的空灵、悠远、超越现实的气韵。即使是今天看来水墨笔法的表现空间依然丰富，无论社会政治如何演变，我们的艺术都不应该抽掉传统的精神。

中国艺术史上很少出现批判性的美术作品，但是徐渭、八大山人当属例外，尽管他们的作品中所表现出的现代精神是社会际遇造成的，而非自觉，但由他们能看到水墨笔法表现的更多可能性。艺术语言不分高低，不同的是它所承载的内涵和意义。

笔墨自主

以骨法用笔为精髓的，“平、圆、留、重、变”，皴擦点染、顺逆侧顿的用笔法则，这些业已至臻完美的技法和陈陈相因的图像程式在现代语境下未免显得有些乏力和隔靴搔痒。现当代的艺术家大都意识到了这个问题，为了追求更大的主体性，在与传统的激烈对抗中不断颠覆着水墨的语言，产生了许多如“空间水墨”“观念水墨”“抽象水墨”等概念，中国画或者说水墨艺术已经全然不是传统的面貌了。在这样的艺术语境之下，乍看起来，谈及笔墨自主似乎已然多余。

但这里说讲到的笔墨自主，是基于深度的精神投入、深厚的文化积淀和熟练的技巧掌握之上而谈的。

首先当然是不被传统的笔法程式所束缚。一种艺术形式发展到一定阶段，在前代优秀作品以及理论的支撑之下，会形成一个稳固的框架，会成为一个学习、临摹的艺术标准，但同时消极意义也随之而生，形式会制约内容、消解意义。正如石涛所言“笔墨当随时代”，时代内涵变了，笔法也就随之而变。“意在笔先”，思想走在笔法之前，有了内容和立意之后，笔法随兴而起，技法随意而用。走出传统并不一定是在打破之后才能实现，在传统水墨笔法的基础上，结合现代语境，幻化出更多的笔法运用，既保持了传统血脉的延续，又实现了新技法拓展。在这一点上画家朱新建的新文人画的笔法便显现出了如陈洪绶《水浒叶子》般的潇洒灵动，尽管评论界对他的格调颇有微词，但是不能否认它们所具有的现代意识和批判精神。

其次不应为西方当代艺术话语所左右。20 世纪 80 年代后兴起以西方现代艺术为旨归的美术浪潮，影响一直持续到今天。中国的艺术家们一直试图让全世界更多的接受和理解中国画，追赶世界现代艺术的脚步，但又缺乏消化的时间和空间，这种过强而扭曲的意志伤害了中华文化本身的价值判断。西方当代艺术在当下中国的艺术场阈中形成了话语霸权便是一种病态表现。正如油画是在西方的文化历史下发展而来的，它带有更强的理性色彩，而中国画也是存在于自己的文化母语之下，是一种更灵动、玄妙和感性的表达方式，这种文化母语上的差异在艺术上应该互为借鉴，中国画中吸收了印度佛教艺术的精华，而油画也借鉴了非洲、亚洲诸多的文化因素。然而这种借鉴由于话语霸权的形成造成了中国艺术放弃自我、盲目跟风的局面。我们所试图要做的现代表达，不是将水墨语言完全纳入到西方的艺术语言系统之下，而是学习西方当代艺术的理性精神、批判意识、关照世界的艺术方式等等，让它们成为水墨笔法发展的养分，使水墨语言的表达更富有当代精神，从精英群体的审美韵味俯身关照现实人性，与现代社会进行对话。

第三不应被政治形态、商业形态绑架。

社会主流政治意识形态，它们体现着当下时代的主要精神状态，是艺术应该关照的主要的问题，但是同时又会绑架艺术家的思想，脱离于主流体系之外的艺术家将面临不被承认的后果。从思想上来说，艺术家没有独立性，会造成水墨笔法运用上的僵化。创作中，你会根据预设好的主题创作，然后套用某些技法，并不得不为这个主题牺牲掉一些更鲜活的成分，敷衍成画，无论这个过程中所投入的心血有多少，这种主题先行的方式都会伤害到艺术的表达。傅抱石在“文革”中创作的《江山如此多娇》，这个无趣的作品就是一个失败的典型。

从商业形态上来看，当中国当代艺术的财富效应逐渐形成，艺术投资市场突然成为海内外资金的“香饽饽”。比如资本运作的当代水墨艺术，已经不仅仅是艺术本身，还是一个金融资本的衍生产品。国内外资本为了将中国水墨艺术推向当代国际艺术市场，获得更大的经济利益，纷纷炒作政治波普、观念艺术等等概念，通过策划展览和操控拍卖炒作“艺术明星”“天价”作品，但这些艺术家和作品是资本基于利益所做出的选择，并非具有对等艺术价值，多是假水墨之名，行当代艺术，完全割裂了与传统水墨语言的联系。至于资本的操控之下的水墨笔法很难找到健康发展的土壤。

水墨笔法的形式探索应基于表达需要

艺术语言总是滞后于时代的发展，传统的笔墨语言和程式在变现现代生活时常常会令人感到隔阂和无力，因而探索新的表达方式便是必然之举。我所谈的水墨笔法的现代表达，也就是要增强水墨语言的表达能力。那么这种探索应是基于表达之上的探索，不是为新而新的纯形式化的探索，无病呻吟。吴冠中讲过“脱离了具体画面的孤立的笔墨，其价值等于零”。把水墨笔法的内涵和意义剥离出来，形成一个独立的符号，如果这个符号可以和艺术表达形成建构性的关系，那么它的探索还有前行的希望，而如果只是作为一种纯粹的形式，没有有效的精神内核，那么再新的符号，也永远只能是符号，它最初的新意，也在一次次的无意义的出现中逐渐递减，消解了探索的意义。

笔为骨，墨为韵。水墨笔法包含着情致、品格、意境、格调等等中国特有的人文内涵和文化思想，在全球化的语境中无论当代艺术的洪水猛兽还是资本的来势汹汹，这个承载着中华文化精神的元素也仍应传承和发扬下去。当然，探索还在继续，如何保持传统血脉并将其向前推进，中国画还有多少可能，水墨笔法还能走多久，恐怕还得几代人来书写这个答案。

（作者系湖北省文艺理论家协会副秘书长）

西方文论书籍误译举隅

胡海迪

明代以来，西学东渐，欧洲文艺也传入中国。时至晚清，国势日蹙，译西书求富强，成为社会共识。西方文艺理论，亦被译书大潮裹挟而至。1905 年，蒋智由在《新民丛报》连载《维朗氏诗学论》，对法国学者维朗的作品，有翻译，有评价，也有出于己意的发挥。1914 年，黄远生在《小说月报》上开始发表《新剧杂论》，系统介绍西方戏剧理论。与蒋智由不同，他有意识地称自己的文章为“译”，而不是“作”。[①] 这应当是西方文艺理论第一次完全意义的中译。其后百年间，外来文论大规模输入我国，蔚为大观。时至当下，西方文论俨然发展成为中国文艺理论评论界的主流。

西方文论源自西方，由西方语言写成，让中国人读懂、运用，必须翻译——这是个接近废话的真理。但翻译得准不准，好不好，却不是一个无须讨论的问题。从绝对意义上说，把一国文字原汁原味转成另一国文字，是不可能完成的任务。南北朝佛经翻译大师鸠摩罗什就说：“改梵为秦，失其藻蔚，虽得大意，殊隔文体，有似嚼饭与人，非徒失味，乃令呕秽也！”[②] 学贯中西的大学者钱锺书在《林纾的翻译》中引《说文解字》中对“译”的训诂，说它与“诱”“媒”“讹”“化”一脉相通，彼此呼应。[③] 而当代著名翻译家许渊冲认为，西方国家语言词汇之间的对等可达九成，所以他们提出对等原则，但中西之间对等者，只有一半，对等之说遂不能成立于中西翻译。[④] 九成一半之说，未见得出于准确统计，但就许先生的翻译经验来看，大抵应当不错。

---

① 代迅：《西方文论在中国的命运》，北京：中华书局 2008 年版，第 275 页。

② 马祖毅：《中国翻译简史》，北京：中国对外翻译出版公司 1984 年版，第 35 页。

③ 钱锺书：《七缀集》，北京：生活·读书·新知三联书店 2002 年版，第 77—78 页。

④ 周翔：《许渊冲，翻译家的自信与自负》，《三联生活周刊》2014 年第 33 期，第 131 页。

翻译的失味、传讹和无法对等，我们可以从翻成外语的中国书籍中稍加体会。比如《西游记》被英国人韦利译为《猴子》（*Monkey*）或《猴子历险记》（*The Adventures of Monkey*）[①]；《水浒传》被赛珍珠英译为《四海之内皆兄弟》（*All Men are Brothers*），在德国人那里，它又成了《强盗与兵》（*Räuber und Soldaten*）[②]。像《红楼梦》这样的作品，即使在最优秀的汉学家笔下，也很难让异国读者完全理解。比如得陇望蜀、东施效颦这样的成语，俄译者帕纳休克就直译为“占领了陇公国，还要蜀公国！”“东施也皱起了眉头。”[③]虽然加了长长的注释，想必外国读者的心脏一定还会有些受不了：宝玉不是在看一个女孩子流着泪在地上抠土么，怎么没头没脑跳出个东施……

外国人对中国文化雾里看花，中国人对外国文化何尝不是如此！说到文艺理论，虽然众多翻译家多年来沟通中外，作出了卓越的贡献，但西方的西方文论和在中国的西方文论，还是有不小的差别。因此有学者提出“汉译西方文论”的概念，来特指译成汉语并在汉语学术界产生影响的西方文论。[④]这是一个很精辟、很聪明、很有远见的区分。虽然如此，任何想了解外国文化的人，都希望接近原本——这也是当年法显、玄奘、义净不远万里去印度取经的基本动力。今天我们学习外国文化（尤其是学习外语）的机会和条件，要远远超过历史上任何时期。但我们的翻译，却远远没有达到历史最好水平，这是很遗憾的事情。尤其是文艺理论的翻译，难度高，需求大，偏偏赶上这个“浮躁的时代”，虽年年有书籍大量出版，但质量良莠不齐，难孚人望。有些学者甚至称文艺理论的翻译，是翻译界的重灾区[⑤]，也未必是危言耸听。君不见某些译文，不仅不能洞察幽微曲尽其妙，就连一些基本术语或核心词汇，也译得颟顸苟且，硬伤累累。小子不敏，不揣谫陋，试举几个误译误用的例子，请多识之士不吝郢正。

以大指小：“Art history”译为“艺术史”

“Art”一词，在《新牛津英汉双解大辞典》（2013 年版）中，意思有四个：

---

① 郑锦怀：《〈西游记〉百年英译的描述性研究》，《广西社会科学》2012 年第 10 期，第 151 页。

② 赖娟华：《简谈〈水浒传〉外译出版史》，《赤峰学院学报》2012 年第 2 期，第 165—166 页。

③ 刘名扬：《〈红楼梦〉习语文化内涵的俄文改译初探》，《红楼梦学刊》2011 年第 6 辑，第 175—176 页。

④ 代迅：《西方文论在中国的命运》，北京：中华书局 2008 年版，第 274 页。

⑤ 方维规：《中国翻译重灾区》，《中国图书评论》2011 年第 10 期，第 99—103 页。

一是艺术（尤其是指视觉艺术，如绘画和雕塑）；二是文艺（如绘画、音乐、文学和舞蹈）；三是与理科相对的人文科学，即文科；四是通过训练而得的技术、技艺、技巧，如“谈话的技巧”。值得注意的是头两个含义：第一个单指美术，第二个是包括美术在内的综合艺术。这有点麻烦，比如用英文说某人学习“Art”，指的到底是美术，还是泛泛而论“他是个搞艺术的”？

在现代汉语中，艺术、美术分得很清楚。“艺术”一词，多数情况下与“文学”并称。比如“文学艺术界联合会”，将文学和艺术分开，艺术包括戏剧、音乐、美术、摄影、书法、舞蹈等多个门类。我国高校的一级学科设置，2011 年开始增设“艺术学”，它除美术学、设计学，还包括音乐与舞蹈学、戏剧与影视学等。在《辞海》中，“艺术”一词与实际应用的概念稍有不同，把文学也涵盖了，当然也少不了戏剧、影视、音乐，更少不了绘画、雕塑、建筑等等。至于说“艺术”和其他文字搭配，比如说“艺术史”，也改变不了什么，指的是综合的多门类的艺术发展史。中国人自己写的书，也合乎这种基本概念，艺术就是艺术，美术就是美术。比如徐复观（1903—1982）著书名曰《中国艺术精神》，包括了音乐、绘画、书法，有多种门类。又如陈师曾（1876—1923）著书名曰《中国绘画史》，丰子恺（1898—1975）著书名曰《绘画与文学》，傅抱石（1904—1965）著书名曰《中国绘画变迁史纲》，都名实相副，分毫不爽。

但西方人的很多书籍翻译过来，一般中国读者就容易上书名的当。比如三联书店出版的一本词典，为英国人史密斯编写，名曰《艺术词典》，英文为“Dictionary of Art Terms”。表面看，这是多门类艺术名词词典，但其内容提要称：“本词典对绘画、雕塑、建筑、装饰、应用艺术、平面设计及摄影技巧等艺术领域的 2000 多条术语进行图文并茂、直观扼要的定义和解释。”——原来这是一个视觉艺术方面的词典。又如瑞士著名学者沃尔夫林用德文著书，英译为“Classic Art”，中译为《古典艺术》。前言中称：“本书目标意在强调意大利古典艺术的艺术内容，这是在 16 世纪臻于成熟的艺术。”虽然左一个“艺术”，右一个“艺术”，但此书内容仅限于美术，绝没有音乐、舞蹈等兄弟的参与。

当西方人把“Art”与“history”（历史）连用，就专指美术史，已经是一个约定俗成的常识。但是，我们的译者，还是广泛地用“艺术史”来代替“美术史”。比如美国人詹森所著 *Janson's History of Art*，英国人修·昂纳等所著 *A World History of Art*，其研究的对象，均为美术。但中译者，把前者译为《詹森艺术史》，后者译为《世界艺术史》。其实詹森和修·昂纳使用“Art”一点儿没错，他们指的就是“美术”史嘛，弄不清楚的，是那些译者。

有意思的是，有的译者会在“艺术”和“美术”二者之间摇摆不定，把一个“Art”译成两个词。比如沃尔夫林的另一部书，从德文译到英文为“Principle of Art History”，其副标题是“The Problem of the Development of Style in Later Art”。中文译者把主标题译为“美术史的基本概念”，到了副标题，就译为“后期艺术中的风格发展问题”。且不说“后期艺术”有硬译不达的毛病，就凭一个“Art”译法，足见其举棋不定，彷徨无措。类似情况，在民国时代郑昶先生（1894—1952）的《中国美术史》中也出现过。书中序言引用了英国雷特教授《艺术之意义》（*The Meaning of Art*）一书片段，即用“艺术”来指代“美术”，大概郑昶先生不便擅自修改他人的译文。好在此书讲的是雕塑、建筑、绘画、书法、陶瓷等五项内容，故仍以“美术史”为名，说明作者对美术、艺术之别，是心中有数的。

学界对“艺术史”与“美术史”的差异，有过一些关注[①]，但很少有人从误译的角度考虑过这个问题。值得一提的是，并非侧重“美术”的“Art”译为“艺术”都是错误。傅雷先生翻译丹纳《艺术哲学》（法文：*Philosophie del'art*），就是一个很准确的译例——此书虽以绘画、雕塑、建筑为主，但旁及音乐、文学等艺术门类，又有很重要的理论创见，以种族、时代、环境为决定艺术发展的三要素，故称作“艺术哲学”，毫无不妥。看来，一部书中的“Art”到底应译为“艺术”还是“美术”，最终决定的因素，是它究竟写了什么。

以小指大：“Проза”译为“散文”[②]

俄国形式主义文论的代表人物什克洛夫斯基（1893—1984），有一部很有名的作品，坊间通行的译本，名曰《散文理论》，俄文是“О теории проза”。它译自苏联作家出版社 1983 年的版本——这个版本存在某种复杂性，这里不得不稍加说明。首先，它是两部书的复合体。什氏在 1925 年和 1982 年分别出版了两部

---

① 如东南大学刘道广教授写过一篇文章，叫《论“艺术史”与“美术史”内容的差异》。其核心观点是：艺术史研究的是各历史阶段最具代表性的艺术体裁，及该代表性艺术与非代表性艺术在历史发展中彼此消长的规律；美术史应该研究美术概念内建筑、雕刻、绘画、书法、工艺之间逻辑发展关系，而不是各朝代美术史料的记录。

② 本节观点受到方维规先生《中国翻译重灾区》（载《中国图书评论》，2011 年第 10 期，第 99—103 页）一文的启发，特此说明。

书，都叫“O теории проза”（这种同一作者写不同的两部书用相同书名的情况，在书籍出版史上似乎并不多见）。其中第一部，除前言外，共有10篇文章[①]，但在中译本（也即苏联的1983年版）中，只收入了前言和最前面的两篇文章。其次，前后两部书的风格迥然有异。作者三十多岁写就的第一部，接近严谨的论文，语言准确，思路清晰，逻辑性很强；近九十岁完成的第二部，为口述体，系他人笔录成书，结构松散，带有意识流、蒙太奇的特点——这当与作者年龄不无关系。

当然版本问题不是重点，我们讨论的，是中文译名《散文理论》传递的一个信息：这是一部关于散文的理论著作。但是，阅读此书会发现，它涉及的主要文体是小说、戏剧，还有一些民间故事、童话、电影等。这就好比在一个招牌上写着“水果店”的地方，人们看到货架上摆的却是牛肉、面包和布料。究其原因，是译者以俄汉字典为准，将原文“Проза”译成了“散文”。

中国字典的这种译法，并不准确。而俄国人自己的字典——权威的《奥热果夫俄文字典》明确指出：Проза是指非诗歌类的文学作品（Нестихотворная литература，вотличие от поэзии）。其实译者本人对这个问题也不无察觉——“本书书名的翻译颇费斟酌，现译《散文理论》似易引起误解，因我国文学中‘散文’一般指不重情节、作者主观色彩较浓的各式文章，而俄语‘散文’（Проза）一词，则泛指非韵文以外的所有文学体裁。”看来，“Проза”给译者造成了困难，因为中文中没有一个对应诗歌之外所有文体的统称。译者称，有人建议以“小说理论”代之，但译者认为“小说理论”不能涵盖什氏所涉及的戏剧、民间故事、神话等体裁，就没有采纳这种意见。其实，以“小说”代之，虽不准确，但毕竟是向前走了一步——因为在此书中，毕竟涉及小说甚多，而中文意义上的散文，基本是不存在的。但译者退缩了，向字典投降：“最后仍回到现在这个比较拘泥于原文的译名上。”[②]他所指的“原文”，当然不是奥热果夫的解释。

那么，什氏本人使用Проза，错了吗？当然没有。这部书，无论是节选于1925年版本的前半部分，还是写于1982年的后半部分，研究的对象都是诗歌以外的文学体裁。从命意上考虑，什氏是想探索、建立一个对应于“诗论”的“非诗文体论”。在书中，他经常把小说、戏剧等文体的艺术特征与诗歌相对比。他

① 见该书，联邦出版社（莫斯科）1929年俄文版。Шкловский: *О Теории проза*. Москва: издательство Федерация. 1929.

② [俄]维·什克洛夫斯基：《散文理论》，刘宗次译，南昌：百花洲文艺出版社1994年版译者序言。

还说："散文诗学尚未建立，因为散文姗姗来迟。"[①]（权且利用译者的语汇，读者自可以意逆志）。综览西方文艺理论，诗论出现早，研究深，著作多，而非韵文诸文体理论，出现较晚，各门类的研究状况参差不齐（如戏剧和民间故事的理论研究，便不可同日而语）。什氏欲创立或深化"非诗文体论"，除主张其形式主义理论之外，大有在韵文之外综核众体、别开生面的意味和雄心。既然如此，"О теории проза，依本人的拙见，或可译为"叙事文体理论"，或可译为"诗外述理""诗外文谭"之类的书名。前者"叙事"二字，偏重义译，虽不能与Проза全然吻合（因为有些诗也有叙事功能），但可以基本概括此书实际涉及的文艺形式，因为小说、戏剧、电影、民间故事、童话等等，都包含"叙事"的因素。后者"诗外"二字，偏重直译，突出"Проза"相对于诗歌的含义，较为准确，也更能激发读者的阅读兴趣。当然，这几种事后诸葛亮的"改译"，也许并非最佳的方案，但较之以小指大、以偏概全的"散文"二字来说，大概更能靠近原著的本意吧。

以少代多："Les testaments"只译为"遗嘱"

米兰·昆德拉有一部文艺随笔，名曰《被背叛的遗嘱》，法文原文为"Les testaments trahis"。此书分九部分，第二部分出现"遗嘱""背叛"的内容，可谓一书解题的枢纽。

话说奥国作家卡夫卡生前立下遗嘱，请其好友布洛德在其死后烧毁全部遗稿。但是布洛德没有遵嘱行事，而是将其作品一一出版。卡夫卡的遗嘱由此遭到了背叛。平庸的好心人布洛德还进一步背叛，把卡夫卡塑造成一个宗教思想家，一个独自承受痛苦、默默奉献的圣哲。为了让卡夫卡的形象高大全，布洛德还把卡夫卡变成了一个性无能的男人。事实上，卡夫卡本人与后来"卡夫卡学"中的卡夫卡是极为不同的。他不是一个圣徒，不是哲学家，不是革命者，他只是一个小说家，一个诗人。同时，他也并非性无能。他不仅在日记里坦白"在妓院门口走过，就像在一个心爱的女子的家门口走过。"（这句话被布洛德在发表时删去了。）而且，他还是西方一位较早涉及性描写的严肃作家。

书中这一部分，把书名中的两个关键要素都清晰地展现出来。但其他八个部

① [俄]维·什克洛夫斯基:《散文理论》，刘宗次译，南昌：百花洲文艺出版社 1994 年版，第 94 页。

分，“背叛”和“遗嘱”却并没有一以贯之平衡发展。简言之，是有“背叛”而无“遗嘱”，且“背叛”也与布洛德的“进一步背叛”性质相埒。而“进一步背叛”，正是此书主旨。昆德拉说：“我向来深深地、强烈地憎恨一些人——他们总是试图在一部艺术作品中找出一种姿态（政治的、哲学的、宗教的，等等），而不是从中寻找一种认识，去理解、抓住现实的种种面貌。”① 在他看来，凡是从非文艺的角度来体验、解读文艺作品，都是对文艺的“背叛”。他认为，真正的文学艺术，是不应当与道德、宗教、科学等领域混同为一、纠缠不休的。昆氏所讨论的大部分内容，都与这个核心观点有关。比如他举例海明威的短篇小说《白象似的群山》，写车站上一对男女的对话，男人劝女孩做人工流产手术，充满人生困境的隐喻，而在一位美国教授的阐释中，这篇小说变成了一堂德育课（教育少女自爱？），也为作者生平提供了注解（大概教授先生能考证出这篇小说源自海明威本人的一段风流韵事）。又如昆德拉自己的小说《告别圆舞曲》，一位医生用自己的精子治疗女性患者，这当然是个不能当真的“无厘头”情节，但一些医学专家郑重其事地提出意见：昆德拉先生，您书中对人工授精的意义，没有充分阐发……

昆氏所举的例子，像文学教授、医学专家，隔膜、偏离于文学艺术的特性，可以称作是“背叛”。但是，“遗嘱”二字却落了空。因为海明威、昆德拉等作家，既没有立下焚稿勿存的遗嘱，也没有立下不许过度阐释的遗嘱，甚至他们是否立下遗嘱，也无法确定。换句话说，文学教授和医学专家“背叛”了，可他们“背叛”的，却不是“遗嘱”。另外，从法文书名上看，“Les testaments”是个复数形式，即“多个遗嘱”，而书中真正涉及“遗嘱”的，又只有卡夫卡的那一个，这就有些奇怪了。

难道昆德拉垂垂老矣，昏昏然不知所云？当然“非也”！实际上昆德拉使用的“遗嘱”二字，绝非雪泥鸿爪，而是处处都在，遍布全书，其关键，在于“Testament”是个多义词。实际上，法文“Testament”除“遗嘱”之外，还与《圣经》中之《旧约》《新约》的“约”为同一词。所谓“约”，具有宗教意义，是神与人之间的约定。这里，昆氏用了一个巧妙的双关语——“Testament”既是卡夫卡的“遗嘱”，也是要求人类遵照执行的神圣戒律、约法。具体落实到这部书，

① [捷克] 米兰·昆德拉：《被背叛的遗嘱》，余中先译，上海：上海译文出版社 2003 年版，第 97 页。此处译文，未能尽意传神，读者自可循其辞而味其旨。

这个“圣约”指的就是艺术的本体性、独立性和纯粹性。昆德拉是借用宗教术语把艺术的本质属性提升到一种人神之约、自然大道的高度。

这样理解“Les testaments”，昆德拉的这部书，就不是令人费解的一盘散沙，而变得严密清晰——它的每一章节，都不脱离中心主旨。比如大学教授和医学专家所“背叛”的，也就不是什么“遗嘱”，而是一种文学艺术的“律法”，这样“背叛”也就有了明确的着落。

那么，书名改译为“被背叛的圣约”或“被背叛的文艺律法”好不好？——当然不好！这将多么笨拙、呆板、无趣啊！“遗嘱”二字，其来有自，且饶有兴味，作为书名，堪称佳译。但是，没有交代“Testament”更多的含义，中国读者就无从体会昆德拉的巧思，甚至于对其大旨茫然无绪。其实这部没有序跋的小书，只要加上一个“弁言”，或附上一个小注，中国读者就不会绞尽脑汁地猜谜了。失之毫厘，谬以千里，“是谁之过与？”

不通训诂：“Entzauberung”（德）“disenchantment”（英）译为“祛魅”

“祛魅”一词，目前在文艺批评文章中很是常见。最初，它是由德国著名学者马克斯·韦伯（1864—1920）创造的一个术语，德文原文为“Entzauberung”，意思是“使之不再着魔”“使之失去魅力”。这个术语，韦伯用于指称现代化过程中世俗化、理性化对宗教神秘性的消除。他说，理性化让人们认为“再也没有什么神秘莫测、无法计算的力量在起作用，人们可以通过计算掌握一切”。人们不必“为了控制或祈求神灵而求助于魔法，技术和计算在发挥着这样的功效，而这比任何其他事情更明确地意味着理智化”（《学术与政治》）。韦伯还指出，我们这个时代，由于理性化和理智化，“那些终极的、最高贵的价值，已从公共生活中销声匿迹”（《以学术为业》）。①

德文“Entzauberung”，后来被译为英文，作“disenchantment”，再后来，被译成“祛魅”两个汉字。这一连串的翻译，采用的都是拆字法，也就是将一个外文单词分为不同的部分，分别译出。“Entzauberung”是由“ent”和“Zauberung”两部分组成的，“disenchantment”是由“dis”和“Enchant”两部分（外加后缀

---

① 转引自王先霈、王又平：《文学理论批评术语汇释》，北京：高等教育出版社 2006 年版，第 790 页。

“ment”）组成的。前者是表示否定、相反、消除、脱离，后者表示迷惑、着迷、妖术、魅力。由于德文的“Zauberer”、英文的“Enchanter”意为巫师、妖人，中文译者很可能把外文单词一截两段，又合之成词，表达“去除魅力”之意，简称“祛魅”。这种处理，有几个问题：一是“去除魅力”不能表达韦伯原文中的本质含义；二是“去除魅力”从语法上不能简化为“祛魅”，因为“魅”作为一个偏正结构的双音词的前一部分，不能代表“魅力”；三是从训诂学上说，“祛魅”完全是另一个意思。《说文解字》解释“魅”的原义，为“老物精也”。段玉裁引服虔语：“怪物或云‘魅’，人面兽身而四足，好惑人，山林异气所生。”换句话说，中译“祛魅”，是“赶走老妖精”的意思。即使这个“老妖精”有“惑人”的特点，也与难以指代前现代化社会中普遍存在的蒙昧状态和神秘主义。

其实，弗雷德里克·杰姆逊在《后现代主义与文化理论》中，就把韦伯这个德文单词“Entzauberung”翻译成“desacralization”，其含义是“神秘或神圣性的消失”。[①] 也就是说，韦伯的这个术语，完全可以译为“去神圣化”“去神秘化”——这岂不比“祛魅”这样一个不中不西的词汇更恰当、更正确？译者显然没有对韦伯理论的主旨深入理解，后来很多学者在使用这个术语时也没有充分利用杰姆逊的英译。这个半生不熟、生硬牵强的所谓“术语”，常常镶嵌在诸多文章的字里行间，与“他者”“规训”“异延”等词汇，一同从事着把汉语加工成外语的伟大工作。

上述几个误译之例，或失信，或未达，或不雅。值得注意的是，这些术语和名词，绝不是微妙晦涩，非硕学明哲无以洞察——它们有的印于封面，有的关乎弘旨。对它们的误译，实在是令人汗颜的尴尬事。荀子说：“一物不称，乱之端也。”类似的理论术语、核心词汇，实际上是文艺研究中的基础材料，有如建筑中的砖石、武器中的弹药。如果译者不能准确传达，就好比建材厂烧制的劣砖、兵工厂生产的臭弹，拿去让人盖房子、上战场，只能是一塌糊涂、一败涂地。当下文艺理论评论，为人诟病的重要原因，是晦涩难懂掉书袋，专业术语满天飞。造成这个现象的原因不一而足，但其中有一条肯定少不了，那就是一些学者轻信了“劣砖”，误用了“臭弹”。

其实概念、术语误译的现象，不过是冰山一角，在许多文艺理论翻译作品

---

① 转引自王先霈、王又平：《文学理论批评术语汇释》，北京：高等教育出版社 2006 年版，第 790 页。

中，语言粗糙、句式欧化、学理悖谬，岂是偶尔一见？究其原因，译界有人执事不敬，学术体制未免轻视译事，出版行业或以糟糠待贤，都是人所共见的事实，毋庸赘言。值得一提的是某些译者知识结构的欠缺，作为当下外语翻译、教学中的大问题，似乎尚未引起学界和教育界的高度重视。

一百多年前，晚清时代的先贤，在译书大潮中，就对很多粗制滥造的译作深感忧虑，他们勤于思考，在翻译理论方面多有创获，时至今日，不少真知灼见依旧闪耀着熠熠光彩。通晓拉丁文、希腊文、英文和法文的马建忠（1845—1900）认为，很多“文义难精”的翻译者，“大抵于外国之语言，或稍涉其藩篱，而其文字之微辞奥旨，与夫各国之古文辞者，率茫然而未识其名称；或仅通外国文字语言，而汉文则粗陋鄙俚，未窥门径”，所以“使之从事译书，阅者展卷未终，触人欲呕”（1896 年，《拟设翻译书院议》）。① 言下之意，马氏认为解决两种语言转换中出现的问题，是要译者精熟本国和外国文字。随后严复在《天演论译例言》（1897 年）中提出了“信达雅”的标准。这一标准，如今无人不晓，已是译界的不刊之论。但究其实质，它仍是关注译本与原著之间的关系，与马氏旨趣略同。值得特别注意的是，梁启超在《变法通议》（1896—1899）的《论译书》一文中，有更深入的论述：

> 凡译书者，于华文、西文及所译书中所言颛门之学，三者具通，斯为上才；通二者次之，仅通一则不能以才称矣。②

梁氏提出了优秀译才的三个具体标准：通中文、懂外语、精专业。他不满那些忽视学术的“方言学堂”（即当年的外语专科学校），批评他们以培养译署使馆中职同杂役的“通事”为教学目的，学生因此“鲜以学自厉”，有的甚至一书未读，也能毕业。他提议革新教学方法，让学生除外语之外，还要学习国家急需的专业知识，并且“加读汉文，由唐宋八家上溯周秦诸子，日课论说，使辞达理举”③。细味其言，梁启超的中心思想，是改善译书状况要以改良外语教育为始，并把完善学生的知识结构作为首要任务。如果说马氏分析了原因，严氏设定了标准，梁氏则是发现了问题，找到了根源，提出了对策，不能不说是独具只眼，超

① 马祖毅：《中国翻译简史》，北京：中国对外翻译出版公司 1984 年版，第 247 页。
② 梁启超：《饮冰室合集》第一册，北京：中华书局 1989 年版，第 76 页。
③ 梁启超：《饮冰室合集》第一册，北京：中华书局 1989 年版，第 76 页。

乎侪辈。可惜梁氏的这番设想，在当时很难实现，在今天，也并没有成为支撑相关教育制度的核心理念。不过古往今来在译事上有所作为的人物，如鸠摩罗什、玄奘、徐光启、李善兰、华衡芳、严复、冯承钧、钱锺书、梁实秋等，莫不外文、中文、专业三者俱佳，他们以融通中外、信达雅驯的译作，验证了梁氏之论洵为的言。较之先贤，今天的文艺理论翻译家，如果某些译作不能“辞达理举”，是否应当反思自己欠缺一二呢?

刘禹锡诗云：“勿以翻译徒，不为文雅雄。”当今时代，任何一国文人能在世界范围内产生影响，都仰赖于翻译的手眼高低；而国人能否“向洋看世界”，真正吸收外来思想养分，翻译的作用更是不可轻忽。期待“属当译任”之人，孜孜矻矻，充盈腹笥，执笔之际，陶冶精求，甚或以一名之不立，为旬月之踟蹰；也期待更多的优秀学者，沿波讨源，博学明辨，既不为误译所蔽，又善于会通转化，把拿来主义进行到底。

（作者系辽宁省文联理论研究室编辑）

西部爱国主义经典音乐的内涵与外延[①]

胡晓东

党的十八大和十八届三中全会明确提出新时期我国文化工作的指导思想和总路线："紧紧围绕建设社会主义核心价值体系、社会主义文化强国深化文化体制改革，加快完善文化管理体制和文化生产经营机制，建立健全现代公共文化服务体系、现代文化市场体系，推动社会主义文化大发展大繁荣。"[②]

所谓"社会主义核心价值体系"，主要包括四个方面的基本内容，即马克思主义指导思想、中国特色社会主义共同理想、以爱国主义为核心的民族精神和以改革创新为核心的时代精神、社会主义荣辱观。[③]其中，以爱国主义为核心的民族精神在当代社会语境中显得意义尤为重大。在全球经济一体化、地球村已然到来的今天，重提爱国主义，有其不同寻常的深远意义。一般认为，"爱国主义"（patriotism）是指对祖国的忠诚和热爱的思想[④]，是千百年来巩固起来的对自己的祖国的一种最深厚的感情。在不同的历史条件下，不同的阶级有不同的具体内容。被压迫民族、被侵略国家以及社会主义国家的爱国主义，是对祖国的热爱，是对他国的侵略、颠覆、干涉、控制和欺侮的反抗。无产阶级的爱国主义是从劳动人民的根本利益出发的，是同国际主义一致的。[⑤]可见，爱国主义是一种附带阶

---

① 本文为"教育部红色经典艺术教育示范基地"2012 年度重点项目"爱国主义经典音乐研究"之子项目"西部爱国主义经典音乐研究"（项目批准号：12HSJD0009）的阶段性成果。总项目负责人为西南大学音乐学院郑茂平教授，本文作者为子项目"西部爱国主义经典音乐研究"的负责人并完成本文撰写。

② 参见新华社北京 2013 年 11 月 15 日电：《中共中央关于全面深化改革若干重大问题的决定》，2013 年 11 月 12 日中国共产党第十八届中央委员会第三次全体会议通过。

③ 引自新华网，2014 年 5 月 29 日。

④ 中科院语言研究所词典编辑室：《现代汉语词典》，北京：商务印书馆 2005 年版，第 5 页。

⑤ 新华词典编纂组：《新华词典》，北京：商务印书馆 1989 年版，第 5 页。

级性的思想情感，而这种阶级情感，在很大程度上又包含了深厚的民族情感和人文主义情怀。列宁同志曾指出，爱国主义就是由于千百年来各自祖国彼此隔离而形成的一种极其深厚的情感。这种最深的情感包括热爱自己出生的民族，热爱自己民族赖以生存的土地，尊重本民族的宝贵传统和共同语言，珍视本民族的光荣历史和对人类做出的贡献。他既为自己国家的民族的繁荣昌盛无限喜悦，又为自己国家的困难和不幸满怀忧虑。[①]党的十八大报告也提出了“实现社会主义现代化和中华民族伟大复兴”的总任务。在这场伟大的民族复兴工程中，文化的复兴首当其冲。而音乐文化作为一种独特的有声艺术形态，最具文化种族基因和时空厚度，也最能弘扬华夏正气、凝聚民族情感和教化人心，我们把具有这样一种文化属性的音乐作品称之为爱国主义经典音乐。我国古老的经典文献《孝经》早有论曰：“移风易俗，莫善于乐；安上治民，莫善于礼。”此中之“礼”“乐”，即可视为爱国主义经典音乐的最早形态，它是最能承载数千年华夏儿女民族情感的文化力量之一。因此，爱国主义经典音乐理应成为中华民族伟大复兴征程中的重中之重。

西部是华夏祖先的图腾之地，亦是历代王朝更迭、兵家必争之地，演绎出无数可歌可泣、动人心魄的音乐篇章。笔者身处祖国西部地区，对西部爱国主义经典音乐有着深切的体会，也对其文化意涵和社会功能有过一些思考，故此发粗浅之论。西部爱国主义经典音乐，是在特定的时空地域、民族背景、文化语境中积淀形成的音乐文化样态，故在爱国主义经典音乐文化中有其特殊的文化内涵。那么，厘清这一概念的内涵和外延，并对西部爱国主义经典音乐作出科学、合理的界定，乃首当其冲之问题。

西部爱国主义经典音乐的内涵

西部爱国主义经典音乐有三个关键词，即“西部”“爱国主义”“经典”。西部，是一个地域区划，在我国乃至全世界人类历史上有着举足轻重的地位，已经被确认为全世界人类起源的关键地区之一。[②]在这样一种历史文化背景下，西部爱

① 详参刘启林《中国大百科全书·哲学卷》“爱国主义与国际主义”条目，北京·上海：中国大百科全书出版社 1987 年版，第 9 页。

② 余方平：《试论中国西部在世界和我国人类进化史上的重要地位》，《甘肃社会科学》2004 年第 5 期，第 102—104 页。

国主义经典音乐必有其深远的历史意义。

我国历史上关于西部的区划不尽相同，但基本的区域大致相同。据国务院西部开发办、对外经贸合作部、国务院新闻办公室等多家单位联合组成的“2000·中国西部论坛”组委会提供的资料显示，中国西部由西北、西南两大区域组成：西北五省市分别为陕西、甘肃、青海、新疆、宁夏；西南五省市包括重庆、四川、云南、贵州、西藏，外加内蒙古、广西，以及湖南的湘西、湖北的恩施土家族苗族自治州组成，此规划模式被称为“10+2+2”，是西部地区的最新定义和区划。①

西部地区不仅有着最广袤的疆域②，最复杂的地貌③，最悠久的人类文明④，更有着最为丰富古老的文化遗存。中国西部地区是华夏文明的重要发源地。秦皇汉武以后，外来文化在这里交汇融合，形成了西北、西南两大截然不同的文化区域。西北地区为中华文明发祥地，曾孕育了周秦文化（宝鸡、西安、天水）、汉唐文化（西安）、炎帝文化（宝鸡）、黄帝文化（延安）、伏羲文化（天水）、佛教文化（宝鸡、西安）、敦煌文化等中华文化。⑤西南地区同样经历过辉煌的古代文明，如古老的巴文化、蜀文化、大理文化以及古滇国、夜郎国、南诏国文化等。⑥西部地区同样是中国革命的重要发祥地，重庆红岩、贵州遵义、陕西延安等革命圣地孕育了深厚的革命文化传统。毛泽东的《在延安文艺座谈会上的讲话》成为革命文艺发展的一面旗帜。延安鲁迅艺术学院在短短的几年里，造就了一大批著名的作家、艺术家和文艺理论家，这些宝贵的财富，共同奠定了西部爱国主义文化的坚实基础。在这样的文化背景下孕育出的爱国主义经典音乐，固然内涵深远，形态丰富。至此，我们可以给西部爱国主义经典音乐作出如下界定：

西部爱国主义经典音乐，是指在西部地区特定的历史语境和文化背景中产生、发展、传播，以弘扬华夏正气、凝聚民族情感为主要功能音乐作品。西部爱国主义经典音乐的具体表现内容主要有爱自由和平、爱家乡故土、爱百姓黎民、

---

① 参见《电力技术经济》2000年第6期，第81页。

② 西部地区的总面积约为516万平方公里，占国土总面积的54%。

③ 西部地区的地形地貌丰富多样，包括平原、高原、盆地、山地、河川和林地等。

④ 我国西部是华夏文明的源头。数百万年前，华夏祖先就沿着长江、黄河两大水系繁衍生息、传播文明。长江上游出土过元谋人牙齿化石，距今约170万年；黄河中游出土过蓝田人头盖骨，距今约70万年。这两处古人类都比北京猿人（距今约50万年）的历史要久远得多。

⑤ 以上参考百度百科“西北地区”词条。

⑥ 以上参考百度百科“西南地区”词条。

主张民族团结和弘扬民族精粹等。

为了规范起见，本文将西部爱国主义经典音乐之“西部”一词的范畴界定为：其一，音乐风格源自西部。音乐风格是音乐作品的气质和风貌，与音乐本体形态直接相关，如核心音调、特性节奏、调式型号、曲式结构、旋律发展手法等，都是决定西部爱国主义经典音乐整体风格特征的内因。其二，题材内容源自西部。那些曾经发生在西部地区，与爱国主义历史事件紧密相关的音乐作品，如反映人民群众追求民族解放运动，维护国家主权和领土完整，热爱生活、崇尚自由、反抗压迫的人物事件，都应该进入我们的研究视野。

西部爱国主义经典音乐的外延

西部爱国主义经典音乐作为一个抽象的概念，在实际应用中应具有怎样的外延？限于篇幅，本文只论及西部爱国主义经典音乐的学术范畴、历史沿革、社会价值与功能、研究现状等几个方面，以期从某种程度上展示其研究的外延。

（一）学术范畴

前文已述，一般认为，爱国主义具有阶级性，一定历史阶段的爱国主义是建立在某一阶级集团利益的基础之上的。但是跳出历史时空阈限，我们认为，可以寻找一种超越阶级的爱国主义情感，它以炎黄子孙的共同情感为基础，即基于对华夏民族的忠诚与热爱的思想情感，其特点表现为去政治化、去阶级化与去集团利益化，这一规范也使得在纯学术范围内探讨爱国主义成为可能。因此，本文所论之西部爱国主义经典音乐，正是基于这样一种超越阶级、弱化政治性的西部经典音乐专题研究。

西部爱国主义经典音乐研究是一个系统工程，内容涉及实地考察、资料收集、文献研究、音乐本体分析、文化内涵与历史背景研究等。

1. 资料收集、筛选、分类。将与西部爱国主义经典音乐相关的文字资料和乐谱资料收集起来，并按照本课题研究的需要进行筛选和分类，为后续的研究工作做好准备。分类研究是正确、全面认知研究对象，切入事物本质的必由之路。

2. 音乐形态研究。音乐形态是西部爱国主义经典音乐的重要载体，包括西部爱国主义经典音乐的核心音调、旋法、曲式结构、调式调性、润腔方式、语音学等的研究，建立起较完善的西部爱国主义经典音乐形态研究的框架体系，探求西部爱国主义经典音乐的本体特征、创作理论与形态特质，揭示西部爱国主义经典音乐的文化基因。

3. 文化内涵研究。与其他文化形态相比，西部爱国主义经典音乐既有其民族性、政治性等共性特征，又有其鲜明的时空差异与地域特色，这种差异与特色主要体现在西部爱国主义经典音乐的原生土壤——西部文化的独特性上。因此，运用社会学、人类学、历史学与文化地理学等研究方法，对西部爱国主义经典音乐的文化特质进行深入系统的研究，探析西部爱国主义经典音乐与西部地域文化之间深刻的互文性原理，是阐释西部红色爱国主义经典音乐文化特质的重要手段。在此基础上，抽取并归纳出西部爱国主义经典音乐的文化特质。如西北文化固有的博大沉雄、古朴苍崎，西南文化的神秘瑰丽、浪漫情怀，以及整个西部文化的民族性、多元性、活态性、脆弱性、封闭性等，形成了西部爱国主义经典音乐独有的异域风情与文化特质，深入解读这些音乐文化特质，使之成为西部爱国主义经典音乐形态特征与文化生态背景的契合点和文眼。

（二）历史沿革

西部爱国主义经典音乐有着源远流长的历史发展过程。远古时期，人们就通过音乐来沟通情感、修身齐家、治国安邦。《尚书·尧典》和《尚书·益稷》等诸多文献中都有“夔作乐”的事迹，是最早关于西南地区华夏正声的记载：

> 帝曰：“夔，命汝典乐，教胄子，直而温，宽而栗，刚而无虐，简而无傲。诗言志，歌永言，声依永，律和声。八音克谐，无相夺伦，神人以和。”夔曰：“於！予击石拊石，百兽率舞。”
>
> 夔曰：“戛击鸣球、搏拊、琴、瑟以咏。”祖考来格，虞宾在位，群后德让。下管鼗鼓，合止柷敔，笙镛以间。鸟兽跄跄；箫韶九成，凤皇来仪。夔曰：“於！予击石拊石，百兽率舞，庶尹允谐。”①

可见，西部地区的爱国主义经典音乐有着优良的传统和深厚的积淀。

西周时期的周公旦“制礼作乐”，第一次将音乐正式纳入国家礼乐层面，并将

① [汉]孔安国、[唐]陆德明编著：《尚书注疏·卷二》，载《文渊阁四库全书》经部·书类，上海：上海人民出版社、迪志文化出版有限公司 1999 年版。

六代之乐《云门》《咸池》《箫韶》《大夏》《大濩》《大武》用诸西周统治者的重大祭祀和宴飨活动。前三者属于原始社会后期的作品，皆以图腾崇拜为主，分别用以祭祀天神、地祇、四望。后三者则是夏商周三代创作的乐舞，均歌颂了开国元勋的文治武功。西周还建立了历史上第一个音乐管理机构“大司乐”[①]，用以掌管国家贵胄的音乐教育之事。《周礼·春官宗伯下》载：“大司乐掌成均之法，以治建国之学政，而合国之子弟焉。”其教学内容以雅乐为主，音乐教育和音乐表演并驾齐驱。

春秋时期，我国最早的诗歌总集《诗经》，其大部分作品乃是西部人民所创作的爱国主义诗篇，并在下层劳动人民当中广为传唱。例如这首《秦风·无衣》已有如下歌咏：

岂曰无衣？与子同袍。王于兴师，修我戈矛。与子同仇！
岂曰无衣？与子同泽。王于兴师，修我矛戟。与子偕作！
岂曰无衣？与子同裳。王于兴师，修我甲兵。与子偕行！[②]

此作堪称《诗经》中最为著名的爱国主义诗篇，它可能是最早的我国西北地区秦地[③]人民抗击西戎入侵者的军中战歌。在这种反侵略的战争中，秦地人民表现出英勇无畏的尚武精神，也创造了这首充满爱国主义激情的慷慨战歌，表现出秦地人民誓死抵御外侮、英勇卫国的精神。大诗人屈原创作的《楚辞》包含了战国时期西南地区的爱国主义诗歌，其中的《九歌》是其中的杰出代表。《九歌》原为我国西南地区一种古老的祭祀乐歌，屈原将其加工改编而成，全文含《东皇太一》《云中君》《湘君》《国殇》《礼魂》等共计十一篇，主要是追悼和赞颂卫国的英雄将士，具有浓郁的地域特色，如诗中有这样的描述：

操吴戈兮被犀甲，车错毂兮短兵接……身既死兮神以灵，子魂魄兮为鬼雄。

长诗《离骚》中那句“长太息以掩涕兮，哀民生之多艰”则咏叹出诗人忧国

---

① “大司乐”原是周朝的官职名称，即大乐正，为乐官之长。后世则将其作为周朝音乐机构的代称。详参刘再生：《中国音乐史简明教程》，上海：上海音乐学院出版社2006年版，第22页。

② 冀昀主编：《诗经·秦风·无衣》，北京：线装书局2007年版，第127—128页。

③ 今陕西中部和甘肃东南部。

忧民的情怀。

此后的历朝历代，西部地区都涌现出众多爱国主义历史事件和人物，产生了浩如烟海的爱国主义经典音乐作品。中华人民共和国成立以前，全国人民反抗压迫、要求独立自主的浪潮日益高涨，西部地区作为抗战大后方，涌现出大量的爱国主义音乐作品。如西北地区产生了由冼星海创作的几部重要的大合唱作品《黄河大合唱》《生产大合唱》《九一八大合唱》《牺盟大合唱》，经典的爱国主义歌曲有《抗日军政大学校歌》（吕骥曲）、《大刀进行曲》（麦新曲）、《游击队歌》（贺绿汀曲）、《在太行山上》（冼星海曲）、《到敌人后方去》（冼星海曲）、《东方红》（陕北民歌）、《山丹丹花开红艳艳》（陕北民歌）等。而这一时期西南地区的爱国主义经典音乐，如马思聪的管弦乐组曲《山林之歌》《西藏音诗》等，歌曲有《嘉陵江上》（贺绿汀曲）、《红军根据地大合唱》（瞿希贤曲）、《盼红军》（四川民歌）、《奴隶的枷锁全砸开》（四川民歌）等。

新中国建立后，广大人民群众按捺不住翻身做主人的喜悦，对新政权、新社会、新领袖发出了最真挚的歌唱。“边寨歌派”[①]的作曲家们创作了《新疆好》（刘炽曲）、《远方的客人请你留下来》（麦丁曲）、《桂花开放幸福来》（罗宗贤曲）、《歌唱二郎山》（时乐濛曲）等。而“战友派歌曲作家群”[②]则创作了长征组歌《红军不怕远征难》（晨耕等曲）、《花儿为什么这样红》（雷振邦曲）等优秀作品。此外，还有施光南创作的《祝酒歌》《吐鲁番的葡萄熟了》《打起手鼓唱起歌》等具有新疆民族风格作品，以及田丰的合唱组歌《云南风情》、高如星的《九九艳阳天》、陆祖龙的《忆秦娥·娄山关》等。1986年后的两年间，通俗歌坛刮起一阵强劲的“西北风”，代表作品有苏越的《黄土高坡》、解承强的《信天游》、徐沛东的《我热恋的故乡》和《十五的月亮十六圆》等。

西部，这片神奇的土地上，自古就被烙上民族、政治、国家的深刻印记。在西部文化的历史上，爱国主义始终是其浓墨重彩的主题。我们看到，西部爱国主义经典音乐生生不息，且极具强烈的地域文化个性。收集、整理、研究这些宝贵

① 20世纪50年代，以一批青年作曲家为主体，初步形成了一股“开发边疆、开发民间”的潮流，促成了当时“边寨歌曲”的兴盛繁荣。这种开发性的工作极具意义，深刻影响了以后几个时期的音乐创作。详参梁茂春《中国当代音乐（1949—1989）》，上海：上海音乐学院出版社2004年版，第4—5页。

② “战友派歌曲作家群”即集中在“战友文工团”的一批歌曲作家，主要成员有晨耕、唐诃、生茂等，主要作品有长征组歌《红军不怕远征难》等。详参梁茂春《中国当代音乐（1949—1989）》，上海：上海音乐学院出版社2004年版，第12—13页。

的文化遗产，是一代代炎黄子孙义不容辞的文化责任，也是延续华夏文化血脉不可或缺的基因密码。

（三）社会价值与功能

西部爱国主义经典音乐研究的理论价值与意义表现在地域音乐文化研究、跨界文化研究等几个方面。作为特殊的地理文化区域，西部文化有着独特的气质特征，目前，对于西部爱国主义经典音乐的专题研究刚刚起步，本课题的价值与意义不语自明。西部爱国主义经典音乐作为极具特色的文化符号，在各个历史阶段，对全国其他地域音乐文化产生了深远的影响。换言之，在不同历史时期、不同地区的经典音乐中，不同程度地存在着西部爱国主义经典音乐的文化要素。因此，研究西部爱国主义经典音乐，就要关注其文化的纵向濡化与横向涵化功能[①]，即跨界文化的意义。

西部爱国主义经典音乐研究的现实意义表现为弘扬传统优秀文化。西部文化是华夏文明的重要渊源，研究西部爱国主义经典音乐，对弘扬中华民族优秀传统文化精髓有着重要的现实意义。中华文明的两大母亲河——黄河与长江皆发源于此，她们共同孕育了中华民族上下五千年辉煌灿烂的文明史。据考古证实，早在旧石器时代，西部地区就是蓝田猿人的聚居区。新石器时代早期，这里就已经形成了原始聚落“华胥古国”“半坡”“姜寨”“灰堆坡”等。西安高陵杨官寨遗址的发现，将中国城市历史推进到了6000年前的新石器时代晚期，同时确定了西安是世界历史上第一座城市。西部，亦是历代王朝政权建都的重要地区。“秦州自古帝王都”，自公元前12世纪周文王在西安（古称长安）建立丰京、镐京两京，西安作为中国的政治、经济、文化中心已长达1200多年，先后有21个王朝和政权建都于此，中国历史上的鼎盛时代周、秦、汉、隋、唐等朝代均建都于西安。从奴隶制社会的顶峰西周王朝、中国第一个大一统帝国秦、中国第一个盛世王朝西汉，到中国封建社会的顶峰唐朝，从成康之治、文景之治、汉武盛世、昭宣盛世、开皇盛世、贞观之治、到开元盛世……西安创造了华夏文明史上最辉煌

① 濡化（enculturation）由赫斯科维茨首先提出，是指发生在同一文化内部的、纵向的传播过程，是人与人的文化习得和传承机制，本质意义是人的学习与教育。从群体角度讲，濡化是不同族群、不同社会赖以存在和延续的方式及手段，同时也是族群认同的过程标志之一。涵化（acculturation）是指异质的文化接触引起原有文化模式的变化。当处于支配从属地位关系的不同群体，由于长期直接接触而使各自文化发生规模变迁，便是涵化。详参［美］卢克·拉斯特：《人类学的邀请》，王媛、徐默译，北京：北京大学出版社2008年版，第74—75页。

灿烂的篇章。正如《史记》所载，“金城千里，天府之国”，西安是维系中华民族正统血脉的重要阵地。陕北延安自古有“塞上咽喉”、“军事重镇”之称，又有“三秦锁钥，五路襟喉”之誉，是工农联盟红色政权陕甘宁边区政府首府（1937 年）。重庆曾是巴国国都（公元前 1066 年）、夏国国都（公元 1351 年）以及中华民国陪都（1940 年）。此外，西北的楼兰古国、西夏古国，西南的夜郎古国、大理古国等，共同构写了西部地区的文化精神史。

音乐是传统文化中最能彰显个性，又极具活性的成分，爱国主义经典音乐则是地域音乐中最具民族性、经典性的内容。西北音乐的博大沉雄、古朴苍崎，西南音乐的神秘瑰丽、阴柔之美，恰是地域文化内涵最真实的写照。因此，研究西部爱国主义经典音乐，对弘扬我国优秀传统文化有着举足轻重的重要意义。与此同时，西部爱国主义经典音乐凝聚了炽热的民族情感，是民族情感文化的重要组成部分，对她的研究有利于激发并凝聚民族情感。

（四）研究现状

如前文所述，西部爱国主义经典音乐有着源远流长的历史，积淀了丰厚宏富的宝贵遗产，但对她的研究却显得较为薄弱，表现为研究时限短、程度浅、成果少等几个特点。

时限短。爱国主义在不同的历史时期有着不同的意涵，在以往的文献中，爱国主义往往被赋予很浓厚的阶级色彩。本课题将爱国主义界定为超越阶级的、以华夏民族情感为核心的情感范畴，即纯学术语境下的爱国主义。目前，学界未有基于此学术语境下的爱国主义的明确界定，更无对此爱国主义经典音乐，乃至西部爱国主义经典音乐的研究。因此，本课题的研究仍处于草创期，研究时限短。

程度浅。截至当前，学界对西部爱国主义经典音乐的研究方式主要分为两个领域，即收集与介绍性的研究工作，具有创造性的学术研究仍为空白。

成果少。当前，能收集到的有关西部爱国主义经典音乐的曲谱有 11 个版本，如王小兵编《红旗飘飘（红色经典歌曲集）》（北京海潮出版社，2001 年）、高等教育出版社《红色经典火红的年代经典歌曲集》（6 碟装，2005 年）等。学术论文 36 篇，内容主要包括四个方面：其一，西部爱国主义经典音乐的历史、文化背景介绍，如党音之的《〈绣金匾〉赏析》[①]、邱爱金的《歌剧〈江姐〉中江姐的人

① 党音之：《〈绣金匾〉赏析》，《音乐天地》2005 年第 3 期，第 64 页。

物形象和音乐表现的分析与研究》[①]；其二，西部爱国主义经典音乐的音乐形态研究，如杨秀的《艺术歌曲〈嘉陵江上〉分析》[②]、许民的《歌曲中主题音调贯穿发展的范例——〈唱支山歌给党听〉旋律分析》[③]等；其三，西部爱国主义经典音乐的演唱（奏）技术特征研究，如林雅的《小提琴曲〈阳光照耀着塔什库尔干〉演奏分析》[④]、尹建国的《〈克拉玛依之歌〉演唱技巧》[⑤]等；其四，西部爱国主义经典音乐的创作及其民族化探索，如万和荣的《论歌剧〈白毛女〉的创生及其民族化风格的追求》[⑥]、岳军的《从〈苗岭的早晨〉看小提琴艺术的民族化》[⑦]等。关于西部爱国主义经典音乐研究的专著仍未见到。

综上所述，西部爱国主义经典音乐研究仍是一个新生的学术领域，本论题具有一定的开创意义，亟需更多的有志之士投身于这一科研课题中来，为这一华夏民族的文化盛事添砖加瓦，最终推动社会主义文化大发展大繁荣，实现中华民族的伟大复兴。

（作者系西南大学音乐学院学科办主任、副教授）

---

① 邱爱金：《歌剧〈江姐〉中江姐的人物形象和音乐表现的分析与研究》，硕士学位论文，上海音乐学院，2009 年。

② 杨秀：《艺术歌曲〈嘉陵江上〉分析》，《大理师专学报》2001 年第 1 期，第 83—84 页。

③ 许民：《歌曲中主题音调贯穿发展的范例——〈唱支山歌给党听〉旋律分析》，《黄冈师范学院学报》2004 年第 4 期，第 46—50 页。

④ 林雅：《小提琴曲〈阳光照耀着塔什库尔干〉演奏分析》，《大众文艺》2012 年第 1 期，第 27 页。

⑤ 尹建国：《〈克拉玛依之歌〉演唱技巧》，《怀化师专学报》1995 年第 3 期，第 106—107 页。

⑥ 万和荣：《论歌剧〈白毛女〉的创生及其民族化风格的追求》，硕士学位论文，福建师范大学，2006 年。

⑦ 岳军：《从〈苗岭的早晨〉看小提琴艺术的民族化》，《艺术探索》1997 年第 3 期，第 37—40 页。

藏族古典诗学“生命”说述评

贾一心

藏族是我国诸多少数民族中的一员，其文化别具一格，独具风采。除众所周知的史诗《格萨尔》、唐卡和藏戏以外，其文学理论也极具个性，特别是在佛教本土化、民族化的过程中，“生命说”的提出，为藏族文学理论的发展作出了里程碑式的贡献。

早在13世纪后期，印度学者檀丁吸收总结前人成果所撰写的《诗镜》一书，在元朝帝师八思巴洛追坚赞的大力支持与赞助下，由雄敦·多吉坚赞于1277年初次全部译成藏文。其后，其弟子邦译师洛卓丹巴（即他的弟弟）首先以此书讲学授徒，始开藏族学习《诗镜》之风。此后，藏族学者相继对原文加以注释。如夏译师却炯桑布（15—16世纪）对雄敦译文进行修改、校订之后，加入了某些注释；稍后的仁邦巴写了《诗疏无畏狮子吼》；16世纪初期的索喀瓦·洛卓杰布也写了注释；17世纪的五世达赖罗桑嘉措写了《诗镜释难妙音欢歌》；同一时期的山南学者米旁·格勒南杰写了《诗疏檀丁意饰》；18世纪的噶玛司徒丹白宁杰根据斯里兰卡等学者的注释进行了修改，写了《藏梵诗镜合璧》；18世纪的康珠·丹增却吉尼玛写了《诗疏妙音语海》；19世纪的久·米旁南杰嘉措写了《诗疏妙音喜海》等。在这些研究者的学习、修订、著述中，梵语《诗镜》经过民族化、本土化的过程，逐渐完善，成为藏族文学理论的专著，指导着藏族文学实践。

16世纪的索喀瓦·洛卓杰布在其撰写的《诗镜》中，率先把梵语《诗镜》中所指称的“内容”从“形体”的框架中分离出来，明确提出内容、体裁和修饰的关系，从而使“内容”其成为一个相对独立的范畴。而且他以形象化的方式肯定它们之间息息相关、紧密相连的关系：

以人的躯体、生命和装饰为例证，
总括为四大事的诸内容好比生命，
韵文、散文和合体等体裁就象躯体，
意义、字音、隐语等修辞则如装饰。①

与此相关五世达赖阿旺·罗桑嘉措也说：

具有韵文、散文、混合体的青春丰姿，
有四大事的言论为生命的名门之女，
饰以意义、字音、隐语等贵重的红妆，
引颈高歌唱起委婉动听的歌曲。

……如前面所说："还指明了形体和修饰。"这话可以领会为包含着“生命”的意思，就像具有生命的人要使外表漂亮而用装饰品把自己打扮起来一样，以四大事等内容为“生命”的诗，它的形体就是韵文、散文和混合体，它们为意义修饰、字音修饰和隐语修饰等所美饰。……这里所说的“生命论”还遍及诗的整个领域。②

及至17世纪的米旁·格勒南杰更强调指出：

没有生命的尸体，
纵然美好谁拿取！③

从以上的介绍中，我们粗略知道了一些藏民族对诗歌（文学）内容与形式及其关系等之类看法，正如有的学者对索喀瓦·洛卓杰布所做的评价：“在这里，他（指索喀瓦·洛卓杰布——笔者注）首先把‘内容’从《诗镜》原来归入‘形体’的框架中分离开来，作为一个独立的命题提出。然后又用极形象而准确的比喻说

① 中央民族学院《藏族文学史》编写组：《藏族文学史》，成都：四川民族出版社1985年版，第401页。

② 彭书麟、于乃昌、冯育柱主编：《中国少数民族文艺理论集成》，北京：北京大学出版社2005年版，第198页。

③ 中央民族学院《藏族文学史》编写组：《藏族文学史》，成都：四川民族出版社1985年版，第401页。

明了三者的关系。他把内容比作生命，把形式比作躯体，把修辞比作装饰，是极为巧妙而恰当的。其中含有极其丰富而充满辩证的思想。他体现了‘内容’、‘形式’、‘修辞’三者不可分的，‘内容’对于‘形式’和‘修辞’的决定作用，‘形式’和‘修辞’对于‘内容’的表达作用等数层意思。对此，索喀瓦虽然没有明确的阐述，但是，从他打的比喻中，已经鲜明地体现出来了。”①

的确，索喀瓦·洛卓杰布所做的内容与形式的二分的贡献是突出的，虽然他没有做进一步的具体说明。但笔者以为，其中却蕴藏着丰富的思想见解。这一点，从笔者所加重点号的语句可以得到相应证明。我们从引文中看到，论者连用三个“极”字：极形象、极巧妙、极丰富且准确、恰当、辩证。这就说明，论者的确感受到了某些内容与形式之外的东西，只是我们不知道论者出于什么样的原因，没有进行更深入的挖掘、探索和阐释。

如果说索喀瓦·洛卓杰布的表述，还不明确，那么发展到五世达赖就已经非常明确清晰了，正如他自己最后总结的——生命论遍及诗的整个领域。这就意味着，从索喀瓦·洛卓杰布到五世达赖，对内容、形体和装饰的看法有了一个质的飞越，也就是说原来的探讨主要集中在对文学文本的组织构成及各部分之间的关系探讨上，而五世达赖则在肯定前人成果的基础上，进一步提出“生命论”的命题，将这一探讨提升到诗学本体论的意义上。实际上这一命题，在索喀瓦·洛卓杰布时已露端倪。

从前述的引文中我们还可以看出，索喀瓦·洛卓杰布首先在人与诗歌之间进行了类比；其次，他把人的三个组成部分或者说三个特征与诗歌的三个部分进行了比喻。如表示：

人	躯体	生命	装饰
诗歌	韵、散、结合	四大事等	意、字音、隐语

这种类比把人与诗歌完全当作是两个互不相干的、独立的个体，也就是说索喀瓦·洛卓杰布并没有洞彻到人与诗歌存在着的复杂的内在联系。他只是看到了人的某些部分与诗歌的某些部分在结构、在性质上的相似之处，所以，只是简单地将人的躯体、生命和装饰比喻为诗歌的三个部分。甚至，没有考虑三个部分本

① 佟锦华：《藏族文学研究》，北京：中国藏学出版社 1992 年版，第 192 页。重点号为笔者所加。

身之间的关系，更没有考虑它们与诗歌的关系。这显然是最大的失误。但由于他是用人来作比，而人又是充满着生机和生命的个体，所以，又使人隐隐约约、模模糊糊感觉到他已触摸到诗歌本身与人的关系以及形体、生命、修饰之间和诗歌之间的联系。也许也就是这样一种说不清道不明的感觉，才使有的学者用三个“极”字概括自己的莫名。

“以人的躯体、生命和装饰为例证”，我们把这句话可以理解为：生活社会中的任何一个个体——人——都应包括躯体、生命和装饰三部分。躯体是先天的，这是任何一个人都无法改变的客观事实；生命，依据索喀瓦·洛卓杰布思想和其类比方式，自然是内容；问题是人的内容是什么？如果对应，答案就是四大事，即法、财、欲和解脱；装饰自然是指人出于生活的需求、多样的目的和更高的要求等所做的装饰打扮。显然，索喀瓦·洛卓杰布只静止、片面、割裂地注重了人的形体、人的内心思想和人的表现的客观存在，而忽略了，这三者的共同点，也是至关重要的一点，那就是无论是躯体、内容，还是装饰，都应建立在对象有“生命”的情况下。如果，有了内容，没有躯体，自然躯体和装扮就无从谈起，因为根本就没有载体。如果仅有躯体，没有内容，就是再好的装饰也是毫无意义的。何况：“人若不具备智慧，经典再好也无用；镶有宝石的金饰，再美无人去理会。”①

虽然索喀瓦·洛卓杰布没有将躯体、生命和装饰统摄在有生命的个体的人的范围中，但将人与诗歌的类比亦是非常有意义、非常有价值的了。因为我们今天就称文学为人学。

不管怎样，人的生命与诗歌的生命同等这一命题在阿旺·罗桑嘉措的论述中得到彰显。

首先，我们可以清楚地看到阿旺·罗桑嘉措的每一个比喻都充满着人的生命的色彩。形体是青春的丰姿；四大事言论为生命的名门之女，而红妆是人才会有的。可见，作者是有意在强调这三个部分要有生命的特征。这也正如他自己所说的，“对具有四大事等如同生命一般的丰富的内容”。对于形体和修饰，他说：“就像具有生命的人要使外表漂亮而用装饰品把自己打扮起来一样。”② 所以，不管阿

---

① 转引自李钟霖、星全成、李敏：《藏族格言文化鉴赏》，西宁：青海民族出版社 2003 年版，第 45 页。

② 彭书麟、于乃昌、冯育柱主编：《中国少数民族文艺理论集成》，北京：北京大学出版社 2005 年版，第 198 页。

旺·罗桑嘉措是否论述了形体、内容和修饰三者有无关联，但他都充分强调了三者必须具备与人一样的鲜活的生命。

其次，阿旺·罗桑嘉措不但认为构成诗歌文本的每一部分要具备生命性的特征，而且，将这一特征高度概括为诗歌领域普遍存在的特征，“这里所说的‘生命论’遍及整个诗歌领域”①。也就是说，“生命论”具体表现在文学实践的各个方面，诸如文学创作的主体、文学创作的过程、文学创作的内容、文学形象的塑造以及文学文本的接受等等方面。所以，它至少包含三个意思：

第一，神性化的审美思维。

第二，生命化的言说方式。

第三，文本结构的生命化。

“生命化”的言说方式。语言是文学的第一要素，这已是众所周知的事实。对于任何一个作家而言，他都必须运用好这一媒介，使其浸透着自己的思想、情感，在一连续的、技巧的语言连缀中表达出生命的律动。但正如印度美学家帕德玛·苏蒂说的：“舞蹈的目的并非是为了展现身体，而身体只是被当作媒介，并通过形体姿态的创造去表现各种宗教的情感。”② 同理，作为文学媒介的语言，其真正的功能并不在于其本身，而是以自己美好的“红妆”将具有生命的四大事等内容以充满生机的“青春丰姿”表现出来。要实现这样一个洋溢着生命意蕴的整体，一个作家自身如果没有强烈的生命意识，那么，他的作品必然繁彩寡味，行之不远。所以，对于作家而言，其生命色彩之多少必将与风云并驱。

在藏族作家的生命意识中，他们与万物是一体的，他们从来没有把自己和世界分割开来，他们认为自己就是世界的一份子，是和万物平等的。“万物有灵”“万物有生”深深根植于他们的意识之中。因而，每一位藏族书面作家并不是在从事我们所理解、所认识的文学创作活动，而是在“众生平等”条件下与万物交流沟通，将自己的生命意识投之于玄奥的宇宙，与它们和谐相处，在这个过程中充实着自己的生命，完善和延展着生命的意义。所以，藏民族的作家往往把自己的文学艺术创作当做是渐进修习，领悟生命，洞彻人生的活动。因而，无论是什么样的创作，它们大都会进行一定的仪式，如沐浴、净身、焚香、敬神和祈祷

---

① 彭书麟、于乃昌、冯育柱主编：《中国少数民族文艺理论集成》，北京：北京大学出版社 2005 年版，第 198 页。

② [印度] 帕德玛·苏蒂：《印度美学理论》，欧建平译，北京：中国人民大学出版社 1992 年版，第 119 页。

等等。这样做表面看，似乎有着浓郁的宗教味道，但却有着非凡的意义。这种仪式性的活动，可以帮助作家以洁净之身，宁静平和之心，超凡脱俗之神与自然万物沟通，实现主客交融，物我合一，从而达到“庄周梦蝶”的效果，实现作品你中有我，我中有你，最终获得万物与生命的同一。这种生命化的活动直接体现在他们创作的诸多作品中。除了文学作品中出现的神山圣湖的人性化、生命化书写外，比较突出的应当是至今仍然是谜一样的六世达赖仓央嘉措。六世达赖的作品像其本人一样，充满着神秘与神奇。不同肤色的人、不同时代的人、不同集团的人都被他的魅力所吸引，至今咏唱不息。尽管人们站在不同的立场，用不同的方法，不同的视镜探寻着其魅力所在，但基本上囿于盲人摸象，仁者见仁，智者见者。说一千道一万，仓央嘉措之所以成为人们的焦点，其实质就是他将自己对生命的感悟物态化为洋溢着生命的诗歌，而这就像雪域高原上不断奔跑的精灵——藏羚羊，永远栖息在生命的高原。

结构的生命化在藏族作家的文本中体现得非常鲜明。

结构的生命化是藏族空间意识的具象化表现。我们知道，藏民族是马背上的民族，长期的牧业生产生活方式决定了他们对空间地理环境的认知较强于其他民族，从而使他们形成了以上、中和下为主的空间结构观。这一认识也体现在他们诗歌的结构上。如：

在高高的山顶上，
驰骋着百匹骏马，
去年百马驰骋的地方，
今年是金鞍聚集的地方；

在高山的山腰上，
徜徉着百头奶牛，
去年百牛徜徉的地方，
今年是金桶汇聚的地方；

在高山的山脚下，
跑跳着百只绵羊，
去年是百羊跑跳的地方，

今年是羊毛成堆的地方。①

与前面的例文相联系，我们依然看到的是人的影子、人的躯体。当然更主要的是要借助意义、字音和隐语的修饰使整个文本结构与具有生命的内容相吻合成为有机整体。如：

把我的脖子像摘花一样地掐断吧，
我的头颅像羊羔似的跃动。
把我的生命像吹灯似的弄熄吧，
但是从我的喉管里，
会流出洁白的奶，
汇成一座是非的分水岭。
在阴间的窄路上，
报仇雪恨的机会总会有的！②

这是一位受冤者在临死之前的控诉。但整个话语充满着浪漫的色彩，依照事件现象发生的前后，将自己的死亡与充盈着生机的生物、现象联系在一起，使人感觉不到死亡的恐怖，反而使人对生的渴望有了更强的欲望。即使死了，但我的生命会在阴间延续，总有机会血洗耻辱。面对此景此情，我们能不为之动情，能不为其生命之渴望与强大而感动？！

一部优秀的作品，就是洋溢着生命活力，充满生机的生命，永远朝气蓬勃。正如黑格尔说的："我们假定它里面还有一种内在的东西，即一种意蕴，一种灌注生气于外在形状的意蕴。那外在形状的用处就在指引到这意蕴。因为一种可以指引到某一意蕴的现象并不只是代表它自己，不只是代表那外在形状，而是代表另一种东西，就像符号那样，或则说得更清楚一点，就像寓言那样，其中所含的教训就是意蕴。……文字乃至于其他媒介，就算尽了它的能事，而是要显出一种内

① 中央民族学院《藏族文学史》编写组：《藏族文学史》，成都：四川民族出版社 1985 年版，第 554—555 页。

② 中央民族学院《藏族文学史》编写组：《藏族文学史》，成都：四川民族出版社 1985 年版，第 563 页。

在的生气，情感，灵魂，风骨和精神，这就是我们所说的艺术作品的意蕴。”[①] 黑格尔这段话印证了阿旺·罗桑嘉措的思想。对于一部文学艺术作品而言，不管它使用的是哪一种媒介，也不管它包含什么样的内容，运用什么样的手法和技巧，它最终要实现就是作品必须充满着生气。这种生气是创作者对自然、社会中存在的生命的感悟。是诗人“触物园览”“拟容取心”[②] 的结果，是“登山则情满于山，观海则意溢于海”[③] 抒发。所以，作品才充盈着生命的韵律。也正是如此，“没有生命的尸体，纵然美好谁拿取”！

总之，“生命说”不但成为藏族文学创作的最高原则、标准和要求，也成为藏民族文学最高的艺术之境和最高的审美理想。这一创见性的结果，不但将藏族诗学理论提升到本体论的意义，而且，为整个中华民族的诗学的建构也作出了自己杰出而突出的贡献。

（作者系青海省文联文学创作研究室教授）

① [德] 黑格尔：《美学》第 1 卷，朱光潜译，北京：商务印书馆 1991 年版，第 24 页。
② 周振甫：《文心雕龙今译》，北京：中华书局 1986 年版，第 325 页。
③ 周振甫：《文心雕龙今译》，北京：中华书局 1986 年版，第 248 页。

革新之中不忘文化传承
——从广西本土戏剧谈起

简圣宇

一

自党的十七届六中全会提出关于深化文化体制改革推动社会主义文化大发展大繁荣若干重大问题的决定以来，我们国家文化各项建设不断稳步推进。2014 年 3 月 27 日，习近平在巴黎联合国教科文组织总部系统阐释了传统文化与中国梦时，指出："没有文明的继承和发展，没有文化的弘扬和繁荣，就没有中国梦的实现。"

2014 年 4 月 11 日，为贯彻落实中央关于深化文化体制改革的决策和部署，明确工作目标和重点，文化部文化体制改革工作领导小组研究通过了《2014 年文化系统体制改革工作要点》及其《分工实施方案》。其中在第七条"建设优秀传统文化传承体系"里，提道："加大新型城镇化和新农村建设中的非物质文化遗产保护力度，不断完善非物质文化遗产抢救性、整体性、生产性保护机制，处理好保护与利用的关系。制定《非物质文化遗产法》配套规章，制定鼓励和支持社会参与非遗保护的具体办法。评审第四批国家级非物质文化遗产代表性项目，开展国家级非物质文化遗产项目代表性传承人抢救性记录。推进非物质文化遗产保护利用基础设施试点和数字化管理试点项目。重视发现和培养扎根基层的乡土文化能人、非物质文化遗产项目代表性传承人，充分发挥文化非营利机构和基层群众性文化组织的作用。命名和建设一批民间文化艺术之乡和国家级文化生态保护区。制定《全国中长期戏曲教育发展规划（2015—2025）》，大力发展戏曲教育。加强地方戏曲剧种传承与推广，实施地方戏曲剧种保护与扶持计划。"

而近段时间，笔者参与了几次与广西本土艺术有关的田野调查和学术交流活动，对文化遗产的保护问题颇有感触。本文就以广西本土戏剧切入，探讨在贯彻中央关于文化体制改革的过程中，应该如何对待保持该艺术种类的原态问题。

在一次研讨会上，有主讲人就“小传统的‘高雅’之路：谈北路壮剧的艺术魅力及保护与传承”为题谈了自己的想法。他首先详尽介绍了北路壮剧的艺术发展史，对北路壮剧的艺术特色进行细致的阐述，从而分析在当下的社会环境中，如何看待北路壮剧存在的问题，研究它的保护对策与传承规律。所谓北路壮剧，是流行于使用壮语北部方言的地区，以马骨胡、葫芦胡、月琴等为伴奏乐器，唱腔主要包括正调、平调、卜牙调等的广西本土戏剧，与广西南路壮剧如壮族提线木偶戏和马隘壮戏等在唱腔和表演路数上有所区别。北路壮剧起源于田林县旧州，于乾隆三十年（1785）成形。这个时期从八音坐唱开始，经历板凳戏、门口戏、游院戏、平地戏、搭台戏等阶段。主讲人认为，只有对北路壮剧的过去、现状及未来都进行多维、客观的分析和思考，将北路壮剧资源进行优化整合，找出一条切实可行的传承道路，才能使它获得长久的艺术生命力。

在这次研讨上，最引发笔者思索的，是主讲人所提到的：北路壮剧的发展，就是应该从乡土社会的“小传统”，逐渐步入高雅艺术殿堂的过程。他提出，北路壮剧要进一步向京剧学习，在服装、唱腔、舞美方面更为精致和华美。讨论中，也有学者认为，北路壮剧应当具备高雅文化的基本审美标准，具有较高艺术欣赏能力的受众，北路壮剧才能更好地从小传统中实现它的“高雅”路线。现在谈的虽然是北路壮剧的专题，但关于传统戏剧究竟应该进行雅化改造，还是保持原态，是一个值得研究和商榷的问题。

笔者的观点是，任何传统戏剧，在传承和发展过程中，都有主要两者的协调和把握尺度的问题。最好能够两条腿走路，对于可以雅化改造的剧种或者具体剧目，可以根据当代观众的审美需要而加以革新，但对于那些历尽岁月还能大体保持原态的活化石一样的剧种或者具体剧本，建议切勿有大的修改动作，而应当如修复建筑一样修旧如旧。

具体到北路壮剧，笔者个人其实不希望它走所谓“高雅”路线。须知，前现代的艺术形式，是一种综合体，由于其与民众生产生活息息相关，所以其除了审美功能之外，还包括大量社会功能，如关于情感恋爱、为人处世、观察自然、婚丧嫁娶、做法术（巫术、祭祀）等等内容。因此，虽然诸如北路壮剧、莫伦、毛南族肥套等艺术形式，在其最初的发展阶段看起来粗糙，但由于与观看的民众的日常生活有着直接、密切的联系，故而具有极大的吸引力。而一旦雅化，就面临着“窄化”“单一化”的问题。虽然在外观上比旧的形态更加具有艺术感，但因已把“审美”这一方面单独抽离出来，所以导致其脱离了原本丰饶的民间土壤，对受众的吸引力必然日渐衰落。具体到北路壮剧，其与祭祀仪式、乡村娱乐那种密不可分的联系一旦被切断，而变为一种纯粹的表演形式，那么其原本耀眼的神圣光环便立刻消散殆尽。

以起始于明代的北路壮剧《农家宝铁》为例，它演绎的内容都是家常事务。说的是：壮族农家姑娘陈玉英乃陈万邦夫妇之独生女，由于身材苗条、相貌端庄、勤劳善良、心灵手巧，又多才多艺、能出口成歌，引得远近四方众多后生慕名前来求婚。陈万邦夫妇依从女儿之计，以家传的一块宝铁为题，对歌招婿。最后，经过对歌，青年农民张爱田击败商人梁生意、书生赖家书等竞争对手，与玉英喜结良缘。

试看其中一段（左边是壮文，右边是汉译）：

Fuhginh/yenzsih ha,	夫君/贤妻呀，
Ngoenzneix deng ngoenzndei,	今日是吉日，
Song raeuz daeuj baiqdangz。	我俩来拜堂。
Daih'it baiq mbwnndaen,	第一拜天地，
Daihngeih baiq cojcoeng,	第二拜祖宗，
Daihsam baiq yeh raeuz,	第三拜高堂，
Daihseiq raeuz doengh nai,	第四咱对拜，
Daihhaj caux ranz gwn,	第五祝成家，
Daihroek raeuz donzyenz。	第六庆团圆。①

对当时的观众而言，其观看《农家宝铁》，就像今日的观众看《乡村爱情故事》之类影视剧一样轻松平常。北路壮剧道具简单，一把扇子就能开演，但就是这些看似粗糙的道具，在当时的时代背景下，却比今日聚光灯下的高雅演出更具生命力和吸引力。如今还看这类传统戏曲的，多半只是银发族了。因为今日的年轻人从小就疏离了这些传统戏曲。须知，传统戏曲最大的魅力，其实不在表演本

① 见 http://www.rauz.net.cn/bbs/rauz-31325-1-1.html。

身，而在表演承载着的记忆里。今日的老人家观看传统戏剧，有着双重观看视域，一是现时性的具体观看，二是在在场的观看过程中，脑海中呈现出昔日那一段段关于往日时光的美好回忆。两者交错在一起，让此时的观看，满含着泛黄的记忆柔情。而类似的情感体验，对从小观看动画片、影视剧、流行音乐长大的年青一代而言，是非常陌生的。能够引起年青一代共鸣的，乃是伴随他们成长的那些现代艺术、娱乐形式。

如今包括北路壮剧在内的各种传统戏曲最大的困境就在于，原先它们在民间土壤中都具有深厚的根基，虽然屡遭禁演却禁而不止，即便是遇到“文革”浩劫也顽强生存下来。而如今遇到现代性社会的骤然袭击，在脱离了其文化之根以后，虽然有来自政府的大力支持，却仍然日趋衰落。现在的节庆活动，只是外在的风光，主要属于国家意识形态支持下的表浅性展示。而且是这些传统戏曲已经由作为民众的内在需求，沦为外在旁观。节庆表演时，各色演员混搭上台，商家店家闻风而动，然而一旦演出结束，却各自作鸟兽散，传统戏曲的衰亡局面没得到一丝改善。打个不恰当的比方，正如一个人得了病，大家敲锣打鼓来慰问他，可慰问完之后却四下散去，没有人继续照顾病人，给他开药治疗。喧哗过后，病人仍然躺在床上动弹不得，一切照旧。

毕竟，这些传统戏曲最核心的部分——与乡土社会的密切联系早已断裂，年青一代的受众既不相信这类作为巫术仪式一部分的戏曲的有效性，也不再欣赏这类表演艺术的审美性。所以这类政府节庆虽然外表繁荣，其实是以繁荣的方式进一步遮蔽此类传统戏曲的衰亡。这些戏曲日后一旦失去国家意识形态的支持和财政上的庇护，必将迅速土崩瓦解。所以，在现实条件下如何重新思考政府部门在其中所起的作用，以及政府部门在此过程中应当采用何种有效的措施，实际上对传统戏曲的保护产生着非常重大的影响。

二

唐诗宋词汉赋元曲明清小说。我个人认为，每一种艺术形式都有其发展的繁荣期，那个时期一旦过去，那么在丧失大环境支持的情况下，无论某个个人、某个团体或者某个政府如何努力，那个艺术形式都无法超越其曾经的那段黄金时期，甚至无法达到那段时期的最差的一段的繁荣程度。正如马车无论如何发展，都无法胜过机动车，象棋、围棋再如何改进，都无法比电脑游戏“植物大战僵户”更吸引当代手机用户。

而且最关键的是，如果马车为了追赶机动车的速度，把马匹换成了引擎，那它还是算是一辆马车吗？对于许多传统艺术而言，发展是有其极限的。

以北路壮剧为代表的传统戏曲再怎样发展，也不可能胜过今日在数码科技支持下蓬勃发展的影视剧。我看到最近有的北路壮剧表演，在戏服上与京剧戏服愈加趋同，虽然外观更闪耀了，但却走上了错误的发展道路，稀释了其原本民族风十足的壮家风范。

在这方面，广东粤剧在 20 世纪上半叶走过一条弯路。当时有声电影在广州各大影院开始流行，粤剧观众大量流失，因而面临着前所未有的竞争危机。为了对抗电影，马师曾把电影场里的天然布景搬上了粤剧舞台，薛觉先也大胆采用多色灯光和富有真实感的立体布景。一些粤剧戏班还从上海引进更为先进的立体机关布景，台上的布景有机关，演员和道具，如铁闸、门、墙等，可以移动，可以从天而降，可以升空，可以由台下忽然出现，可以遁入台下等。粤剧优秀的传统排场逐渐淡出舞台，来自电影和话剧的写实手法，则被大量运用。①

这种革新，导致广东粤剧在外形上愈加花哨，而传统韵味日益丧失，然而无论如何革新，不但终究不敌电影，还因为邯郸学步而失去了自己最初的人文底蕴，几乎沦落为杂耍之戏。

广西粤剧在“粤剧”发展史上的地位不容小觑，作为粤方言的使用地区，广西南部同样拥有悠久和厚重的粤剧表演历史，而且新时期以来，各种广西粤剧精品相继涌现。作为粤剧重要的一支分脉，广西粤剧在两广地区的戏剧发展史上有着重要的地位，乃是独具特色的“南派粤剧”。但如今提到“粤剧”，人们想起的往往只有广东戏剧。甚至在 2006 年粤、港、澳共同向联合国申遗时，直接把作为粤剧重镇的广西给遗忘了。实际上，广西粤曲恰恰在广东粤剧出现“不重视风格多样化、表演陈陈相因”等的问题时，走出了一条崭新的改革道路。②

广西粤剧的特点和优势，就在于它在相当程度上保留了传统粤剧的演绎套路，对武打部分非常重视。如《西河会妻》，就贯穿了各种南派硬功武打。其中

① 黄伟：《省港班对粤剧的变革及影响》，《戏剧文学》2012 年第 3 期，第 116—123、121 页。

② 还有学者将广西粤剧与邕剧等一起称为“桂系粤剧”，他提出在粤剧家族中，以广东珠三角、广州为中心的为“广府粤剧”（旧称“红船班”“省港班”）。另外，粤剧还有两广流派，一是“下四府粤剧”（旧称“落乡班”“过山班”）；二是广西桂东南地区形成活动的“桂系粤剧”（包含广西粤剧、邕剧，旧称“本地班”）。见张福伟：《桂系粤剧传承与发展》，《南国红豆》2014 年第 1 期。

无论是两个重要角色（南宁市粤剧团当家文武生黄俊成所饰的赵英强，文武生宁靖所饰郭崇安），还是扮演士兵和家丁的演员们，全部都演技过硬。具有较高难度的椅子功和高台功尽数出场。

我们在对外推出广西粤剧时，完全没有必要对传统剧目进行大幅度修改，恰恰相反，广西粤剧最大的亮点恰恰在于其未经太多修饰的原态。打个不太恰当的类比，以前某电影导演选演员时，想找个“土气十足”的姑娘，好不容易寻觅到一位。谁知在准备开拍时，导演才发现这位姑娘为了展示自己的魅力，专门去把头发电成大波浪的头型。结果这位姑娘既没有获得摩登女郎的时髦风范，更要命的是，她把自己身上最迷人的部分——淳朴的乡土气息全整没了。

类似于《西河会妻》之类的广西粤剧中的武戏作品还有不少，这些作品都具有较高的审美价值，以及作为保留下来的传统粤剧的历史价值。其饱含着对底层人民弱势地位的同情和关怀，对奸佞之徒的憎恨和厌恶，以及对勇敢官员的歌颂和钦佩。动作打斗精彩纷呈，对白唱腔感人肺腑。2007 年 12 月南宁粤剧团赴广东演出时，最引得这些广东粤剧戏迷叫好声的，乃是南派武打绝技，就连当时还健在的八十高龄的红线女也大赞：“做得好！”这些叫好声，其实也提醒我们，一方面确实要努力创作出更多优秀的新戏剧，但另一方面，也必须尽可能保留这类比较传统的剧目。两者应该并行不悖。就像农业上既要发展改良稻，也要尽可能丰富地保存野生稻一样。

传统戏剧重要是在信息相对有限、娱乐形式相对单一的时代下流行起来的。在它们繁荣的那个时代，根本不需要保护，也不需要刻意提到“发展”，因为那是自然而然的过程。如今我们提倡大力保护，实际上就表面这些传统戏曲再也没有了昔日的荣光，已经成为奄奄一息的幸存者。这种病人，是不宜动大手术的。如今我们早已进入资讯极大丰富的移动互联网时代，影视剧和网络游戏相对于传统戏剧而言，在创造视觉和听觉奇观方面有着压倒性优势。

所以笔者个人认为应当慎谈“发展 ×× 传统戏剧”之类话语，因为某些过于传统的戏曲，一旦得到“发展”，非但不是其幸事，而且更是一种“毁灭性的繁荣”。因为传统戏曲好不容易保留数百年甚至上千年的土味十足的原始文化基因，在这类“发展”中被现代性彻底破坏了，让我们再也无法窥探这些“活化石”的原初形态。

在现代性文化的整体冲击下，北路壮剧已经不可能复现昔日的辉煌。要保护和传承北路壮剧，个人认为应该对之不做过多的技术改造，而是用现代影像对其进行细致入微的记录，尽可能保存其日后难以复现的表演过程。特别是对在世的老艺人要进行细致的影像记录，收集整理其乐谱唱本，如果涉及土俗字的，要抓紧时间翻译为现代壮语和汉语。如今的政府投入，不应当过度倾向于那些能立刻出明显效果的节庆活动，而是思考为什么当下的新一代往往不愿学习和传承北路壮剧，其中的病因是什么，而政府可以在这一过程中如何运用激励机制来吸引年轻人投入壮剧保护工作，实现活态保护。

有句话是这样说的："我们的现在，是过去选择的结果。而我们的未来，则取决于现在的抉择。"因此，中央关于深化文化体制改革的决策和部署非常及时和具有前瞻性。就笔者研究的领域，我觉得其主要思路对保护非物质文化遗产有着重要的指导意义。而文化部所提出的相应举措，比如"重视发现和培养扎根基层的乡土文化能人、非物质文化遗产项目代表性传承人"等，将对日后的地方戏曲剧种的传承、保护、扶持和推广有着深远的影响。

（作者系广西艺术学院副所长、主任）

生态女性主义文学批评的当下语境

李　晶

生态女性主义文学批评的发轫

林树明在《多维视野中的女性主义文学批评》一书中称：女性主义批评产生于女性对自身的历史存在与日常生活的反思。从这个定义不难看出，生态女性主义的产生源于人类生态环境的改变，女性通过敏锐的感知力，感觉到生态环境改变中的人文因素，因此有了女性对自然的保护，对生态破坏的批判。生态女性主义产生于20世纪70年代末，“集生态运动、和平运动与妇女运动为一体”[①]。与单纯的生态主义不同的是，生态女性主义认为，人类社会的生态危机根源是父权制二元对立思维，因为有了这种以男性为中心的世界观，男性就将自然看作是同女性一样的附属品，所以会为了自我价值或是利益的实现而无休止地破坏生态。更有甚者，是将男性本身以权力中心的身份脱离出自然和社会，因而导致各种生态问题的产生。而女性作为与自然的天然同盟者，她更多是愿意与自然和平共处，并能从中获得抗衡男性权力中心的话语权力。1972年，法国女性主义者F.奥波尼第一次使用了“生态女性主义”这一术语，探讨女性与自然，女性、自然与男性之间的关系。美国生态文学家雷切尔·卡逊出版的文学作品《寂静的春天》可看作是生态女性主义文学的第一文本。围绕生态主义文本展开的各种讨论逐渐展开，紧接着就带来了社会生态女性主义批评、哲学生态女性主义批评、文化生态女性主义批评。这些批评在20世纪仍然停留在对男权中心的批判上，且当时的生态女性主义文本的书写也大多停留在对自然遭受人为破坏的表层描写上，展现

① 林树明:《多维视野中的女性主义文学批评》，北京：中国社会科学出版社2004年版，第214页。

的是女性与生俱来的包容性、创造性和和谐性。随着科技发展的飞跃进步，生态女性主义文学批评从文本创作到理论构建都进入到了一个全新的语境。

生态女性主义与日常话语

20 世纪 90 年代初，日常话语写作和批评出现，这种出现伴随着一种名为“新写实小说”的类型化写作开始。于是，宏大叙事或者批判立场的话语标准被取代，语言的使用更愿意让读者置身于日常生活的水平中。这个开端影响了后来的很多文学创作。生活的趋同性让人们的习惯、经验、常识逐渐走向一种解决孤独无助、人生无常的脆弱感，这时候的生态女性主义从单纯的生态批判、男权中心批判走向了从日常生活中寻找弥补缺失感的出路，创作主体有很强烈的介入。文本有时候企图通过各种超日常经验的叙事来打乱人们对日常生活的判断，从而获得人性的探寻。

跟所有的小说形式一样，“生态书写”不是凭空产生的自在之物，仍然是作家对自然的表述，对心灵的表现。文学创作一个较高的境界是将深刻的内涵融入一个普通人物的心灵或命运之中，而这种融入不仅需要文学思想上的高度，更需要文学语言上的专注。以贵州少数民族女作家王华的文本为例。王华的作品不只文学思想得到肯定，其文学语言也是有独特风格的。她的语言精美而细腻，作品带着浓郁的诗的气息，以至于读者从她的作品中得到的是故事和语言的双重感染。《傩赐》《桥溪庄》《天上种玉米》《家园》等作品，记录了中国农村现代化进程中人们的命运浮沉，通过王华波澜不惊的日常生活描写，为读者打开了一幅超越阅读经验的画卷。

当下，女性写作很多时候都以个人生存体验来呈现女性生命体验的自觉。但王华是个例外，王华笔下的故事、人物、环境都是虚构出来的，现实生活中既不存在不下雪的桥溪庄，也不存在“天上种玉米”的碧绿森林。这样的书写，让王华的作品除了社会中心价值之外，还多了一种诗性的表达，她从自己的独特话语出发，寻找到了女性个体生存的可能与局限。王华的小说，在生态书写的话语中，从生命本体的角度出发，完成了女性对于爱情和性的透视，通过各种苦难的描述，淘洗出人性深层次的亮度。这种书写也许并不是最舒适的姿势，但却表达了王华内心深处保有的对文学的坚持和对女性美好人性的坚守。

生态主义中的女性主义批评在讨论生态女性主义的时候往往会将女性作者的

作品与其种族、阶级、生存境遇等联系起来，当然讨论得最多的也会是：男性与女性关于自然生态的书写有什么不同。一般的生态主义认为，生态环境的破坏导致了生态危机的出现，而造成这种危机的是人类对于自然的无休止的开发。但生态女性主义则认为，生态危机的主要根源仍然是以男性为中心的父权制二元对立引发的。因此，我们在王华的作品中，很容易发现这种女性意识。例如《傩赐》中，遭受了生态破坏的傩赐庄，雾气终年的围绕，像极了女性无法摆脱的命运，挥之不去。文中写到的傩赐庄，终年不见阳光，只有极少的时间才能感受到阳光的温暖。王华以女性的敏感、阴郁和孤独，透视出了一种内心的焦灼，生态环境的恶劣更是来自人文环境的恶劣。秋秋的一生，无法达到女性的自我救赎，她执著于自己的内心情感，不愿意依附于男性，即使怀孕了也要到矿上劳动，并因此导致了流产。王华的小说流露出一种对男权地位的怀疑。经历了情感、身体多重伤害的秋秋，本希望和蓝桐一起私奔，但最终却因为雾冬的受伤而选择留在两个哥哥身边，并告诉蓝桐，原因是“蓝桐并不属于这里”。秋秋曾经试图拥有的爱情和逃亡就在这样的选择中结束了，男性的不可依赖只是源于女性本真的自我体验，这样的选择或者说这样的结局，有一种女性天生的无力感，无法摆脱的命运支配，无法抹去的女性的母爱情结。即使显得很无力，但王华在文本中描写出的女性的坚强、细腻、倔强、悲悯，仍然给了这个世界一抹亮光。

王华的文本创作，喜欢建立在一个“寓言”的阐述上，她把女性的意识和女性对于世界和男性的观点都引向了一种女性化的世界观里，并把这种世界观通过“寓言”的形式阐发。在具有“寓言”式的村庄里，男人卑微的内心和女性毫无出路的绝望挣扎，表现出了生态危机中需要的“女性原则”。“女性原则包括可持续性、包容性、能动的创造性、多样性、整体性、生命的神圣性及无性别偏见等。妇女是生命的创造者，也是生命的维护者，自然过程中体现了女性原则，生态危机的根源是女性原则的式微。”在王华的文本中，我们可以看到《桥溪庄》里的女性不能生育，这是生态环境遭受破坏后的最直接体现。文本中，作为具有先知经验的女性雪豆，一出生就喊出“完了”。“完了”可以有两种解释，一种解释是说无法生育的现状“完了”，另一种解释是一切希望都“完了”。当然，文本中，村民们选择了相信后者，“完了”是一种不祥的征兆。在更多村民看来，雪豆是来到村庄的神灵，于是村民们为了延续后代，把雪豆当作神灵崇拜，当雪豆真正被当作神灵崇拜时，她却遭受饥饿的痛苦和磨难。村庄的生存需要依赖雪豆，也就是依赖一种女性原则，将雪豆视为生命得以延续的源泉，就是主导向自然和女性学习生态智慧。具有灵性的雪豆，并没有给村庄带来改变，是因为她自己的精神和肉体仍然遭受着漫长的痛苦和折磨。父系哲理通常会以抹杀事物之间的连续性而存在，比如，他们常常将自然状态做出一个二元对立的区分：男性 / 女性、自我 / 他者、理性 / 感性、哲理 / 冲动等等。女性则具有和男性不相同的内在本质，这种本质体现在女性更易于自然亲近，更愿意接受自然万物的一切本质，而不是去做人为的划分。因此，女性在生态领域比男性要优秀得多。《桥溪庄》就是一个关于女性的"寓言"，它诉说了一个关于生命本源的问题。事实上，小说中人们的各种焦虑都源于这样的一个生命本源，男性试图分解的关于生命的焦虑只能让人感觉到更加无力。王华借助女性的潜意识，将关于生命的"寓言"无限放大。在生命的"寓言"里，女性在无声的世界里挣扎，女性在为自己寻找出路，其实也是在为生命寻找出路。

生态女性主义与视觉文化

"从本质上看，世界图像并非意指一幅关于世界的图像，而是指世界被把握为图像了。世界图像并非从一个以前的中世纪的世界图像演变为一个现代的世界图像；毋宁说，根本上世界成为图像，这样一回事情标志着现代之本质。"①

以林白的《万物花开》为例。《万物花开》中一个女性通过双重体验获得视觉性能。我们就先来了解一下，视觉文化的开端。原始文化中，人们对事物外在感官的理解远不如现代人，原始人很大程度上对外在的感官并不敏感。而现代社会中，人为的设计和修改，让现代人熟悉了视觉对于文化的影响。这种从自然形态向人为形态转变的过程，就是一个符号生产的过程。林白在《万物花开》中就通过符号的设定，来获得女性未曾有过的经验。但我们在阅读的时候也会发现，林白试图通过大头的瘤子来跳出女性叙事经验，以此获得视觉经验中的实验性体验。但当林白回到大头的描述时，女性经验又一次占据了上风。

她穿着半透明的裙子，绕场一周，里面奶罩的轮廓看得清清楚楚，还有三角裤衩，也隐约能看见，她一走，把下摆带动得一掀一掀的，差不多能

---

①［德］马丁·海德格尔：《世界图像时代》，载《林中路》，孙周兴译，上海：上海译文出版社1997年版，第86页。

看见大腿。她站在台中央，挺着，用手一拉，半透明的纱坎肩顺着她的肩膀滑下来，一下子，上身只剩了奶罩子。她又绕场两圈，再一弄，奶罩也脱掉了，上半身完全光着，像牛奶那么白。她挺着胸绕场走，一走一颤，好像里面装着水，我担心她颠得太厉害，水从里面流出来。她走到边上的时候，里面的人往她身上撒了一把发亮的碎纸屑，纸屑有红的金的银的，她的身上就像长出了珠宝，在灯光下闪闪烁烁，她那奶坨子也沾了些发亮的纸屑，一颤一闪，一闪一颤。大家看得眼珠子都掉出来了，眼珠子纷纷跳出来，人都被定住了，眼珠子自己往台上飞，后面的挤着前面的，像一群马蜂，全是公的，但是没有马蜂的嗡嗡声，眼珠子们围着小梅的光身子，想流口水，但嘴又不知道在哪里，想眨眼，也不知道眼皮在哪里，它们想让小梅冲他们笑一笑，小梅连眼皮都不抬，她的头上戴着一顶金纸糊的皇冠，看上去像一个皇后。①

这种极具视觉化的描写中，我们会感觉到一种冷淡、木然和排斥，就像一种“见惯不惊”的场所一样。其实在林白的表述里，这种女性经验已经削弱了人们对女性身体的视觉兴趣和新鲜感，但这并不妨碍男性对女性的窥视欲望。传统社会是人与乡土和谐相处的时期，是乡野生活充满活力的时期。而城市社会开启的现代化进程，让人们逐渐脱离了乡野大地而生活在人造的世界里。在这样的世界里，金钱取代了土地，理性取代了信仰，文明取代了文化。这一点体验，基于一个女性的经验，就是对身体的视觉化崇拜。女性通过身体确立她在现代社会中的符号性地位。从林白的上述描写中，我们可以看见被物化了的女性身体，这种叙述多半仍是基于女性经验的经验叙事。在瘤子的世界里，林白开始寻找另一种叙事可能。她通过瘤子飞出身体后所获得的感官体验来获取超越性别的不同感受。我们看看，她是不是成功。

瘤子里的大头仔呼呼地跑，像一阵风，瘤子里的我到木匠蚕豆家偷出一把大锯子，一个跟头翻上一棵枫树，我像一只蚂蚱，从一棵树跳到另一棵树。在树冠之上，树叶之中，有一把亮闪闪的锯子在跳动，谁也不知道是一只蚂蚱在举着这把锯子。

---

① 林白:《万物花开》，北京：中国工人出版社 2011 年版，第 4 页。

物化自我的写作并不是林白独创，魔幻现实主义派的大师们大多会采用这样的方法。而林白这里，她需要跳出的女性经验开始获得了些许的成就："中性化"自己的叙事，从中获得不一样的体验。这一点在她的《一个人的战争》中，也有体现。主人公多米的身上潜藏着一种男性意识，她把它看作一种与生俱来的男性气质。这样的男性气质是女作家想要摆脱女性叙事经验所要获得的首要感悟。年少时的多米对男性不感兴趣，认为他们低俗，自私。而女性则处处洋溢着洁净、高尚的美。于是多米与同性的南丹相恋，这段恋情却让她找到了做女人的感觉。她开始迷失自己，南丹想给她的"新的生活状态"无非是让她陷入成为一个"真正的女人"，而自己想要摆脱的女性标签让她又不愿意陷入南丹给她的陷阱。于是，多米在双重矛盾中迷失了自己。最后的多米，选择了出逃来回归彻头彻尾的"女性"。这种描写看起来非常的凌乱，似乎只有在无意识中，女性才能找到自己。

性别是一种毋容质疑的先天存在和事实，女性感知世界的能力和方式由遗传基因决定和传送，它是先验的，而不是后天以理性输入的。无论是女作家还是男作家，在以写作来思考和表达这个出发点上，并没有本质的区别。性别的差异，体现在他们的观念、思维、观察体验事物的视角以及作品语言的表述方式之不同。生态女性主义写作和批评的出现创造了千姿百态的文本，也为读者带来了阅读的惊讶和比较。在新的语境中，生态女性主义仍然可以继续保持自身的姿态，完成自身的蜕变。

（作者系贵州省文联副研究员）

在当下社会文化语境中加强中国特色文艺批评建设的若干思考

李滨夙

近年来，随着国家文化发展战略及各种政策的推动，为适应时代的价值呼唤，文艺创作日益得到广泛重视，文学、戏剧、影视、音乐、书画等都有越来越多的人投入其中，相比之下，文艺批评显得有些力不从心。当今社会各种思潮激流涌动、激烈碰撞，信息传播途径和速度爆炸式增长，似乎什么样的作品都可能得到捧场，又或者什么样的作品都不被“相信”，这对文艺的发展和社会价值观塑造是一种严峻考验。在这种社会文化语境下，如何加强中国特色的文艺批评建设，如何掌握话语权，防止批评变成空洞的装饰，是值得我们深思并为之努力的理论和实践课题。本文从分析当下社会文化语境中文艺创作和文艺批评的现状入手，提出建设新的中国特色文艺批评的论题，并试图从追求真善美、支持多元化、回归作品本身、重在实践等四个方面来思考解决途径。

当下社会文化语境中文艺创作和文艺批评的现状

文化语境是指与言语交际相关的社会文化背景，主要包括文化习俗和社会规范。全球化、信息化、网络化、多元化、个人化、消费化已经成为当下社会文化语境和大众文化的表征。网络技术的革新和普遍应用大大改变了人们阅读和写作、欣赏和创作的方式，也改变了人们生活和消费的方式，进而改变了人的思维方式。接下来我们将对当下社会文化语境中创作和批评的现状作一个比较分析。

（一）关于文艺创作

一方面，在爆炸式信息的生产传播和快节奏生活方式的冲击下，人们不断追求更多的信息，追求更快的阅读和传播速度，变得浮躁和缺乏耐心，长篇的纯文学作品已经成为一种高贵的奢侈品，大多数作家没时间写，大多数读者也没时间看。这里的时间是个相对概念，实际上是没有耐心把时间花在长篇的创作和阅读上，而更多关注更快速更有效益的事情。更受欢迎、影响更广泛的是微信、微博、微电影等能更快生产、更快传播、更快消费的带有社交性质的创作形式。我们被这种洪流推着进入了"微时代"。每天的吃喝拉撒、看了什么电影、有了什么感受、跟什么人在一起等生活琐事都成为创作的源泉和内容，为的不是产生经典，而只是娱乐、消费和社交。另一方面，网络的出现和应用也给文艺创作带来了诸多革命性的改变。例如，网络改变了文学的主体结构。以往文学的话语权是掌握在作者手中的，无论他是"自然而然的流露"还是直接点亮火炬，对于读者而言，他都是神秘的，创造的，讲故事的主体。而现在网络给大家提供了一个新的载体，不仅为创作，同时也为阅读。读者可以在这个载体上与作者实现平等，不再只是一味接受，还可以发泄和表达。罗兰·巴特理想中的开放文本和真正的读者诞生了。网络的开放性和共时性为作者和读者的平等以及文本的开放提供了很好的硬件。再如，网络也改变了文学的类型结构。在各种受到热捧的网络作品和博客中，纯文学退居二线，取而代之的是更加不规则、边界更加模糊、文体更加复杂的作品类型，可以同时具有小说、散文、日记等多种文体形式。同时，网络还培养了一批新的作者，他们以博客或微电影等各种艺术样式讲述并传播着自己的故事、观点和世界。在以往传统的媒体上他们这些创作和发表的欲望是很难得到满足的。

网络快餐文化使经典日益成为上一个时代的特征，崇尚主流、崇拜英雄、突出主题的大时代可以诞生经典和大师。而如今小时代的社会文化更多表现出彰显个性、追求个人价值、怀疑主流，这种文化语境下创作是碎片化的、消费化的，经典多大程度上能影响人们取决于它多大程度上被消费。例如，"四大名著"的原版小说真能原原本本读的人越来越少，更多人都是在影视剧里知道一些人物和情节，于是这些题材的影视剧就不断被改编，不断被消费。而那些不太容易被消费的经典，也就渐渐束之高阁了。但这并不等于经典消失了，而是不断被视为另一种尺度、标准，即"反经典"和"去经典"。不再相信经典、不断解构经典、不断超越经典，这是当下文化语境中经典的另类待遇。

（二）关于文艺批评

在以往的文学实践中，批评是传播新思潮、推动文学进入民众日常生活的重要武器，特别是新时期初，它对现实的辨析和抗议所起到的作用，不亚于其他任何一种文学体裁，而且批评常常是和经典共同存在的重要部分，批评家真正担当着发现经典、阐释经典、推介经典的重任。就如卡尔·埃里克·罗森格伦所说的"那些在文学批评中经常被提及的作家和作品就是经典"。而在当下的社会文化语境中，批评家受到严峻的挑战，有人说当下只有热点、没有经典。"批评随着近些年来社会的保守化和精神的犬儒化不断缩减为一种自言自语，甚至将自己的批判精神拱手交给了权力和商业，它不再独立发声，也就谈不上参与塑造公众的精神世界，于是批评被边缘化比文学本身更甚。"①而现实中批评家们仍在孜孜不倦，由于社会文化语境的影响和学术体系的"逼迫"，他们更多选择了向内看，更加倾向于学术研究，走进象牙塔和纯理论的深处。批评家们形成了自己的一套系统、理论和话语方式，近乎顾影自怜地活在自己的领域中。对新作品新作者的关注不够，独立精神的减退，与现实生活和创作的疏离都造成了专业的批评实践更加难以开展，批评家们说的是读者听不懂的，读者喜欢的是批评家不想说的，形成一种互不来往或彼此相轻的场。经典遭遇的尴尬或多或少也使批评正在遭遇。"不相信"成为受众的普遍习惯，解构经典和权威成为读者取得成就感和愉悦感的一种途径，于是他们更多选择了"反批评"，超越批评家的理性阐释和审美，取而代之自己的感性理解和发泄。所以现在一部文学、戏剧作品或电影的好坏，不是听批评家说，而是要看网络评分和评价，那是每一个读者的感受，可以感性也可能偏颇。缺乏理性引领的网络批评，只能以跟帖的方式盲目地传播着，犹如流感病毒一般。于是也就出现了《小时代》《富春山居图》这样既被骂的欢、同时又卖得好的电影。

时代呼唤新的中国特色文艺批评

没有可以超越时代而永恒的经典，也没有超越时代而永存的批评。新的时代

---

① 谢有顺：《他关注沉默的大多数——柳冬妩和他的〈打工文学的整体观察〉》，《南方文坛》2014年第4期。

呼唤新的中国特色文艺批评。这听起来似乎是个有政治意味的概念。但任何文化的理念、观念都不可能完全脱离意识形态的影响，这是时代的选择，也是我们坚持以人民为中心的文化选择。

什么是新的中国特色的文艺批评？按照马克思主义的文化观，我们必须将文艺作品的内容和表现形式放到整个物质生产过程及复杂的社会关系中去，在动态的社会关系中对其进行考察，才能把握文学创作及批评的真正规律和原则。从这个角度出发，中国特色的文艺批评首先要具备马克思主义文艺理论的特征：时代性与人民性相结合；社会性与思想性统一；现实性与审美性融合。

其次，中国特色的文艺批评要具有开放的批评态度和理论体系。任何批评要无限接近客观、具备科学性、获得大众的认可都必须要有开放的批评态度，固执己见并不是接近真理的唯一途径。正所谓海纳百川，大海的魅力就在于它无限的宽广和自我更新能力。开放的态度和理论体系不意味着要全盘接受，而是要善于换一个角度思考、善于倾听不同的声音，是提倡学术民主和艺术民主，并在此过程中对自己进行不断完善和提升，永远不停止对真善美的发现、阐释和追求。

再次，中国特色的文艺批评要坚持中华文化的立场。中国的文艺批评曾有一段时间只会说外国人的话，学习西方的文艺理论并施以西学中用是好的，但具体要看批评对象是否适合，如果一味套用西方理论，就有点东施效颦了。如何让我们的文艺批评更具有独立性和自己的特色，就是要传承中华文论的优秀传统。中华文化史上留下了很多经典的文论著作，蕴含着中华民族对于文学艺术独特的美学经验和理论创造。要通过文艺批评阐释、彰显中国传统文化的精髓，同时进行创造性转化和创新性发展，努力形成鲜明的中国特色、中国风格、中国气派。也就是说中国特色的文艺批评要始终坚持传承中华文脉。

当下社会文化语境中如何建设和坚持新的中国特色文艺批评

当下社会文化语境中，各种思潮越活跃、冲突越激烈、创作越多样，批评就越需要有力、有效，也就是越需要加强新的中国特色文艺批评的建设。如何运用好批评的工具、尺度和标准，使其更富有科学性、说服力和引导力，更能发挥参与公众塑造精神世界的积极作用，需要我们把批评放到当下具体的社会文化语境中去思考。

（一）追求真善美，坚持马克思主义的文艺标准

即坚持时代性与人民性相结合；社会性与思想性统一；现实性与审美性相融合的根本原则。真正的文艺创作，必须用真正的批评标准和方法。批评家们仍然担负着遴选经典、阐释经典、推介经典的责任，尽管我们现在的经典也许是“去经典”和“反经典”后的经典。在当下社会文化语境中，大众文化、后现代文化观念挑战着文学经典；同时，消费主义观念消解文学经典曾有的权威与神圣；解构主义思潮和后现代观念质疑文学经典的既定标准，这都在不同程度上动摇着文学经典的中心地位。但经典应该是一个开放性的、多元性的体系，需要我们以开阔的视野、多元的视角、辩证的思维对此进行观照与阐释。文学经典在遭遇所谓“危机”的同时孕育着生机。文学经典在当下仍然是不可或缺的，所以我们有必要重新审视经典在当下的特殊价值；文学经典包含着丰富的人文精神和审美价值，阅读文学经典是增强民族文化认同感的有效途径；阅读文学经典可以有效提高读者的审美素养和综合素质。① 由于各种复杂因素的存在，不可能要求所有人都读经典作品、所有文艺创作都追求经典化，但在某些领域应重视研读经典、倡导经典化。尤其是在中国特色文艺批评的建设过程中，经典仍然是一种尺度和追求。无论是大时代还是小时代，都应一如既往地以对待经典的态度和方法来批评、阐释新生的文艺精品，如纯文学、纯电影等。只有以这样严格的标准来衡量才能有发现经典的可能性，才能为后世的文学艺术留下一些值得留下的作品。

（二）支持多元化，鼓励学术民主和艺术民主

学术民主和艺术民主是文艺批评能够不断创新发展的动力。前文说过中国特色的文艺批评要具有开放的批评态度和学术体系，具体到批评实践中也就是要支持多元化，鼓励不同文艺观点、审美立场进行自由争论，提倡风格多样的评论形式。唯有争鸣，才能有创造的活力。这也是文艺批评具有独立性的表现，敢于讲真话，敢于争鸣。例如，近年来关于打工文学的批评就有各种不同态度。谢瑞平认为打工文学正在趋于概念化，老板、保安、员工、“成功”的女性，已经成为人物符号化的代表样式；很多故事情节就像泥鳅一样，可以用一根竹签从头串到尾造成情节公式化；因为写作者缺乏耐心，异常浮躁，甚至希望通过文学改变命

---

① 孙丹：《当下文化语境中的文学经典问题》，《江西师范大学学位论文库》，2011 年。

运，加上学问浅显、沉淀不足，造成文学性匮乏，或者说“越来越远离诗意和诗性”；高度“概念化”的创作“抑制了当下文学思想高度的产生”。莫言则认为打工文学中尚未出现真正的精品，“打工是当代中国作家不能回避的话题。打工者默默无闻，文学关注他们是应当的。但大多数打工文学的作者都过度关注打工者与老板的矛盾、生活上的困苦等问题，而缺少对打工者内心世界的描写”。相对于前两种颇为严格的批评而言，柳冬妩显得更为宽容，他从自身的感受出发，对自己熟悉的对象——打工文学抱着“一种穿透性的同情”，不放任、不苛责，理性地去探究这种文学形成的复杂成因、廓清现状，并希望让它更具文学的审美价值，为它找到可能的出路。所以，在他的《打工文学的整体观察》中才有“打工文学的本质在于描述打工者的生产经验，是来自底层内部的身体叙述，是身份未定者的文学，也是持续追求归属和无穷追问身份的文学”的阐述，他使打工文学与一些有重量的话题联系在了一起。正是因为有了诸如这样的批评和争鸣才引起读者对打工文学的更加关注，才使打工文学的作者们看到自己的成绩和问题，进而使打工文学的品质和地位得以提升。毕竟批评的终极目的不是批判和摧毁，而是希望有更多优秀作家和作品出现。

（三）回归作品本身，建设诚实的批评

欧美新批评作为批评流派已经成为历史，但是他们所倡导的本体论原则和深入文本内部的批评方法，到今天还是值得我们关注和借鉴的。批评家研究作者的社会出身、社会地位和立场固然对作品批评有一定的帮助，但是不能以此代替对作品本身的阅读和批评，因为作者不可能永远写他自己，作家的身份意识和生存经验也只有在文本中才能加以确定。一个优秀的作品远比它的作者活得更长久，没有作者能控制其文本的意义，控制其对文本的阅读。所以，现实中也会出现一般阅读者比专业批评家更能发现作品的精彩和意义，而批评家却被他所占有的更多作品以外的知识捆住了手脚，限制了想象力。在当下社会文化语境中，各种信息爆炸式传播，要有效阅读、诚实批评，就更要回归作品本身，不仅要“去作者”，还要去网络化、去消费化。

我们不能否认网络文学中也有纯文学，网络文艺中也有艺术品质高的精品，所以我们在进行批评的时候，不能因为它是网络的就认为它是大众的，就不适用于纯艺术的批评标准。而应以诚实的态度深入那个文本（作品），并按照自己的文艺价值观去进行审美的甄别和分析，而不依靠网络点击量和别的什么市场数据

来判断。网络从来都是双刃剑，网络评论中也有值得我们倾听的有价值的存在，需要我们自主自觉进行甄别。不过，过度感性、过度自由的言说不仅让评论失去了分量，还可能让自由失去分量。同样不能因为一个作品的作者是名人，或出品人具有巨大影响力，或市场非理性的追捧就随波逐流地说那个作品好或坏，人云亦云不是批评家应该做的事。作品的好与不好，为什么好或不好，对我们的艺术追求和人生探索有什么意义，还可以如何提升改进等都必须在深入作品本身之后，依据我们的文艺价值观、批评标准和批评方法来得出，短时期市场的反应也许与作品本身的价值不成正比。电影《小时代》的现象就是一个例证。

（四）重在实践，文艺批评与文化批评适度融合

我们真实地生活在当下这个网络时代中，我们无法逃避或视而不见，文艺批评是有它的使命和责任的。任何批评要被接受、要掌握话语权、实现价值意义，都必须在实践中不断检验、总结和提升。具体到当下社会文化语境中，文艺批评与文化批评、文学研究与文化研究可以适度融合、相互借鉴、相映生辉。传统文学在大众文化的冲击下日益式微，“日常生活审美化”口号的提出和从西方涌入并兴盛的各种后现代话语使文学批评走向了文化批评。文化批评拓宽了文学批评的视野，改变了文学批评的路径，丰富了文学批评的可能性。[①] 文学研究与文化研究也可以有效结合。文学现象常常不只是文学的，它还具有独特的社会学意义。我们可以从“整体批评”的视角，既研究文学想象与文学形式，也兼顾文化阐释和历史分析，既研究文学审美，也把它当作精神现象来与社会对话，把文学创作放进大的文化场域里研究，把单维度的文学研究变成多维度的文化研究。当下，文学研究和文艺批评如果离开整个文化语境和社会场域就容易变得狭隘和局限，而文化批评和文化研究如果离开具体鲜明的例证就会显得空洞和生硬。只有相互结合才能提供更多有价值的研究话题，才能更有深度和广度，更有生命力。这些都是批评和鉴赏实践给予我们的机遇和挑战。但同时，这种结合必须是适度的，恰当的，不能顾此失彼，或以一种代替另一种。也就是要防止文化批评发展成为泛文化批评，防止出现越位与泛化的混乱。泛文化批评在文化的掩护之下，往往会体现出无边无际的价值取向，导致批评的共同依据和统一原则的丧失，消

---

① 徐靖焱、王悦：《浅谈文化批评对文学批评走向的影响》，《大众文艺》2009 年 4 月 15 日在线出版。

解并颠覆主流批评的中心和根本。文学批评在泛文化批评的冲击之下游离于学科对象之外，丧失了自己研究的学科性质，最终将导致文学理论和文学批评的终结。例如，各种电视文艺节目里所设置的文化评论是更具有针对性和现场感的，是大众喜欢的，也是我们提倡的，但不代表它们就可以代替我们原本坚持的纯文学批评、文艺研究。我们只有学会把批评的学术体系建设和大众文学批评兼顾起来；学会用大众听得懂的语言进行批评实践，又要坚守自己的审美标准和价值判断，才能使当下的批评朝着我们想要的方向发展，向真正的全面的批评发展。同时批评也是具有独特性的，它不只是价值判断，还要体现出个人的独特感悟。因为“批评之所以成为独立的艺术，不在于自己具有术语水准一类的零碎，而在具有一个富丽的人性的存在”①。所以，调动一切有利于中国特色文艺批评建设的积极因素，又不偏离我们的核心特质和价值追求才是此论题的正解。

（作者系广西党委宣传部文艺处副处长）

① 李健吾：《咀华集·咀华二集》，上海：复旦大学出版社 2005 年版，第 1 页。

绽放下的危情

——新工笔忧思三则

李昌菊

2013年12月18日下午，“工·在当代——2013第九届中国工笔画大展”在中国美术馆隆重开幕，展览囊括了老、中、青三辈艺术家的作品，吸引了众多观众，可谓盛况空前。展览中一批新生代画家的作品，在创作观念、图式构成、色彩运用方面与传统中国工笔画拉开了明显距离，以新锐特质成为一大亮点。

这批画家即是近年来相当活跃的“新工笔”群体，大致包括了张见、高茜、徐累、陈林、崔进、雷苗、徐华翎、姜吉安、金沙、杭春晖、郑庆余、郝量等人。他们都很年轻，受过严格的学院训练，兼有中国传统与西方绘画知识背景，创作思维活跃并锐意创新。一方面，他们注意保留传统特色（如使用传统材料与技艺绘制画面），推崇中国传统含蓄、宁静、典雅的美学趣味；另一方面则大胆引入西方造型方法（色彩、明暗等）与现代艺术样式、观念，赋予作品新的视觉样式，为之注入新的精神特质。总体而言，这一画家群将传统的工笔画语言与西方现代艺术相结合，以叛逆、创新的姿态构建着一种新的工笔画样态，推进了传统工笔画在当代语境中的发展。

近十年的探索使他们获得了学术与市场的双重认可，可谓成绩骄人。不过，在这绽放光彩的时刻，新工笔的艺术表现是否已臻至完美？是否可以高枕无忧？笔者认为，其艺术表现方法、内涵言说方式固然很有新意，但也不乏需要及时调整的地方，虽然市场对之追捧有加，但未必不需要警醒其负面影响，只有这样，新工笔在推进中国传统工笔画方面才会有更新更大的成就，本文拟从以下三方面加以分析。

迷途：幻境制造

以梦一般的场景、氛围，将观众带入幻觉情境，是新工笔带给我们的重要体验。与传统中国画截然不同的是，这批画家借鉴了当代艺术语言，运用各种古今、中外的意象，精心设置种种反自然情境，在真实与虚幻、现实与梦境交错的时空，缓缓展开如梦似幻的叙事。如徐累的《世界池》(2007)中，一扇印有地球仪图像的门徐徐开启，浴缸从门后出现，并从平面转化为立体布褶状，一只握着书的手从浴缸边缘兀然冒出，之后则是厚重垂落的帷幔遮蔽了空间，画面令人困惑，充满悬念与虚幻之感。在陈林的《遥观：游走的拾穗者》系列(2013)中，传统的鸟、鹤在现代的室内空间安然踱步，中、西方的名画简化为一种符号，意图不明地出现在背景中。画家将不同文化语境的事物进行矛盾组合，并采用西方现代构成形式分割画面空间，创造了一种与现实若即若离的气氛。此外，崔进、郑庆余的人物画，也都漫溢着飘忽不定、轻淡柔和的梦幻气质。

可以说，刻意制造梦幻感是新工笔画家的重要策略与手法。藉由幻境，他们与传统工笔画自然的时序与叙事做了决绝地告别，突破了传统工笔画相对真实、单纯与清晰的特质，从而输入大量复杂与含混的语义，释放出这种古典艺术语言的活力；藉由幻境，他们也与大量现行的现实主义创作悄然划清着阵营，疏离了现有官方意志对绘画创作的规约与导向，呈现较为纯粹的探索气质。

而选择制造梦幻的原因，显然在于传统绘画表现当下存在体验的困顿，如果说传统绘画与天人合一的生存体验相对应，那么在工业化、全球化的当下，我们更多体验到人与自然的冲突，人与人、与社会的紧张失衡关系，若继续沿用传统绘画手法述说古典形态的和谐，只会彰显一种错位的尴尬。为了使传统艺术语言能介入当下，新工笔画家群做了不懈的语言探索。一方面，他们不想重复既有的传统技法，另一方面，他们也不想参与官方倡导的现实主义方法，于是，西方现代艺术中的超现实主义方法成为其重要借鉴对象。

超现实主义的幻境可承载万象，而无须遵循常规逻辑，这无疑为传统工笔画开辟了新的审美空间与情态。不过，伴随着新工笔作品中越来越多的超现实主义幻境，我们也不禁要问，难道，依托超现实主义制造幻境，是新工笔唯一的选择？先不妨说超现实主义，选择其构建意象新奇、陌生化的效果，以此拓展表现时空，展开对生存体验的表述，完成对现实生活的寓言，的确不失为一个有益并有效的尝试，但多位画家同时选择它作为表现资源，不免显得手法单一，方式雷同，显然，超现实主义绝非唯一的制胜法宝，一定还有更多的表现路向尚待发掘。再说制造幻境，不少画家热衷于此，营造出各种各样的幻境，越过看似丰富的表象，其实显现了创作思维的接近、相似甚至雷同，难道只有在幻觉中，才能获得言说的能力？答案一定是不尽然。长此以往，制造幻境极可能成为一种套路，一种程式，并蜕变成为制造而制造的空洞样式，若如此，这种方法便会丧失今日的表现优势，成为误导未来发展的迷途，从而消解掉新工笔现有的新锐特质。所以，制造幻境已经到了新工笔需要反思的时分。

当然，或许我们的担心是多余的，因为已有个别画家开始了新向度的探索，如姜吉安便已偏离其早期绘画题材与样式，尝试运用实物媒介，将装置的形式引入表现，对工笔画的边界提出了挑战，其创作思维相当开放、活跃与多样。他的探索表明，走出幻境，依然有广阔的创作空间，而这对于仍执著于幻觉的新工笔画家而言，不失为一种有益的语言启示。

迷思：自我私语

一面圆镜、一柄木梳、一盏青花瓷杯、一只翩然而至的蝴蝶，带有个人生活体验色彩的意象，在新工笔画面中不断闪现，经由画家矛盾的组合，这些物件令人浮想联翩，不再是一眼即可辨识的单纯优美或凄美之类的美学趣味（那是典型的传统与常态化的做法），而是诱使观者揣度与探寻画者对自我乃至自我经验的言说。这种表现方式大不同以往，它带有强烈的自我色彩和私人体验色彩，我们不妨称之为“自我私语”。

新工笔的画面大多具有这种私语特征，即无论人、风景、花鸟，都只作为图像符号、形式元素而存在，其使命在于完成画家的自我倾诉。如高跟鞋、蝴蝶、折枝花、折扇、白瓷瓶、台灯、金鱼、梳妆镜等毫不相干的物件，经画家高茜精心摆布与组合后，便产生一种高雅、神秘的画意。《若履若梨》（2005）中，时尚高跟鞋跟梨花相依；《忧郁症》（2006）中，金鱼困顿在玻璃瓶；《采蝶图》（2005）中，折扇与蝴蝶相互对望。这些场景不复是自然即景，而是心灵独白。画家安排这些美丽事物在私密空间相遇，不是展现它们的生命感，而是将观者带入舒缓、含蓄、唯美的情境，引导其逐渐发现和领会作者隐秘的内心世界。

可以说，新工笔的画家以私语形式，叛逆了一直以来的共语状态，即传统工笔描绘主要是为了表现对象之美，为了生动地“传神写照”，以体现对象的生命意识与精神。为对抗这种毫无新意的陈旧言辞方式，他们选择反其道而行之，将物象转化为象征与隐喻的符号，将个人欲望、焦虑、困惑、迷失、不安等潜藏其中，展开了对自我不同心理体验的述说。除了对传统言说方式的拒斥，新工笔的私语其实还有另一层明显的意图，逃离集体话语现场，回避主流意识形态，将宏大叙事替换成个体言说，这无疑进一步凸显其私语的立场与特征。

将言说对象变为言说自我，并将彰显自我意识与感悟放在首位，这种行为不乏革新意义。当写意水墨早已开始借用西方表现主义，对都市人物心理与情境展开充分叙述、揭示时，工笔画却一直滞留在传统趣味中，迟迟未能开启它从传统向现代的转型。新工笔的出现，不仅从本体语言、图式外观上赋予传统工笔现代性色彩，还从精神特质上植入画家主体性的感受与体验，实现了表达的内在转向，体现了现代个体意识的觉醒。可以说，新工笔以主体情绪、体验、感觉为创作基点，克服了传统工笔画因写真而陷入机械表现的缺陷，并开启了工笔画从客观到主观、从描绘形象到揭示心理体验的现代形态。

私语是画家心理世界向观者的敞开，它赋予了工笔画心理的维度，实为创新之举。但是，私语因其专注于表达个人私密、隐晦的体验，难免在表达的广阔、深度、力度上有所缺失。目前，新工笔在题材表现、精神取向、批判力度上，已经显出不少薄弱与局限之处。如不少画面言说的主题含混模糊，有的画面充斥着都市景象和游荡飘浮的人物，观者很难领会到作者表现都市生活的迷茫与挣扎的意图，反而更像无所指的白日梦，语言传达力度的不足导致作品意义的缺失；再如题材的狭窄，有些画家将表现锁定在小情小调或特定事物，乐此不疲经年不变。个别画家工于描绘玻璃器皿、花卉、灯饰等物体，其花单影只、孤杯独盏的情景，的确不乏时光流逝的感伤情调，但画面长期定格于此，其趣味不免单一局促。还有的作品明显缺乏分享价值，如有的画家一直在画中表示对西方绘画大师的致敬，其精微的技法令人叹为观止，但这种非常个人的文化情怀，到底能激起多少的共鸣，却是一个谜。除此，尚有一些更为莫名其妙的画面，精心描绘了超现实的场景，但是通过其空间、物象却难以了解作者言说意图，面对这类作品，观众更是一团迷雾。

这些情形说明，目前的私语状态不乏自说自话，自我沉迷，乃至自恋的倾向，尚缺少真知灼见、缺乏价值建构意识，其言说指向的明确度、言说经验的深刻度、言说格局的开阔度，均有待提升。若新工笔尝试放下遗世独立的身段，走出自我想象的诗性空间，以更深厚的人文情怀，步入真实的社会人生，参与对现实、文化、历史的反思与批判，其精神气象也许会抵达更广阔的境界，从而更好地超越现状。显然，私语状态有待突破，以免陷入一种不管不顾、自我言说的迷思。

迷局：市场追捧

除了艺术创新获得的学术认可，新工笔的市场表现足以令人刮目相看。近年来，这批画家的画价一路飙升，几乎成为市场中的一朵奇葩，其作品价格涨幅十分惊人，其每平方尺计，它们从最初的几千元涨至几万乃至几十万，个别画家的单幅作品甚至达到几百万一张，并仍是奇货可居，供不应求。其实，这些作品被市场接受的时间，短的只有五六年，最长的也不过十年出头。作为当代的青年画家、新近涌现的艺术现象和入市不久的画风，该情形足以见出市场对其追捧的热度。

新工笔之所以得到市场热捧，原因来自多方面。一是作品的创新性。新工笔既传统又当代，它保留了传统工笔的精致工整，含蓄典雅，从审美趣味上易于接受，同时，画家在技法和形式上敢于突破，作品中包含着不少新的技法特征与创作观念，有独到的艺术价值，这些均博得了藏家的欣赏与兴趣。二是作品的保值性。工笔画创作费时费力，往往一幅画要画上一两个月，大幅作品时间则更长，半年乃至一年不等，因此产量有限，以画家投入的心力计，是物有所值的。三是画家的年轻态。这批中青年工笔画家年富力强，正处于创作精力旺盛阶段，创作思维活跃，最易出精品力作，值得投资并利于回报，所以为艺术市场看好。

市场是试金石，得到其实实在在的肯定，对新工笔无疑有着积极的促进作用，一是艺术品实现了经济价值，艺术家从中获得物质的实惠，生活状况得到了改善，并因此获得较为优越的艺术创作条件和环境；二是市场的认可加之藏家的喜爱，从精神层面激励着新工笔画家以良好的心态持续投入创作，利于生产新的作品。但同时，市场也是一把双刃剑。市场有它特殊的口味、需求以及急功近利的心态，这些均会对艺术创作发生影响，轻者干扰艺术创作，重则扭曲和改变艺术创作的导向。这绝非耸人听言，只需看近年来因市场导致的四处泛滥的媚俗之风，便是最好的例证，其蔓延之势已经引起人们的忧患。如为市场看好的写实油画，其与工笔画一样，以工细深得观者青睐，但是适得其反，火爆的市场很快催生了大量甜俗唯美、情感虚假、思想空洞的写实油画，许多作品不惜降低审美品位，以迎合市场需要，这一点已深为学界所诟病与担忧。

由此可见，市场的作用力其实是个很难破译的迷局，它既可以促进创作，同时也有足够的力量将创作引向歧途。其热捧并不单纯意味好的一面，也包含将创作意识与行为异化的风险。目前新工笔虽然保持着良好的创作势头，但也应对市场保持必要的清醒与警惕，因其表现的一些内容、特质，显然颇符合市场的口味偏爱与推崇。如其一：唯美情调。新工笔在追求新意的过程中，承继了传统的含蓄内敛、秀丽典雅，加之描绘的精致细腻，其趣味相当唯美。打造美丽的情境，为新工笔女画家们所擅长。如高茜《奢华的游戏》(2007)，在有着精致蕾丝花边的台灯边上，几只蝴蝶翩翩飞翔，这全然不真的梦幻情景，是飞蛾扑火的寓言、还是浮生如梦的喟叹，我们很难琢磨，但是画面极度唯美的气息却是直观可感。再如雷苗《百宝箱·5》(2012)，打开的箱中，静卧着盛放的花朵，有着飞花轻似梦的唯美意境。二是美女形象。描绘美丽的女性形象为男性画家所钟情，如张见的《邀约》系列(2006)，层叠的云朵、广阔的沃野、连绵的山丘、蜿蜒的河流、繁密的棕榈、修长的仙人掌、诡异的花蛇、细细的电线杆、稀疏的栅栏以及交错有序的铁丝网等传统与现代的意象，更好地烘托了前景的妙龄少女，美丽的少女与悠远宁静的情境完美统一。郑庆余的《梦里花落》(2012)也以美女、鲜花营造出安逸闲雅的画意。三为情色诱惑。作为被压抑的潜意识，情色是不少画家和观众均感兴味的题材。张见的《桃色》系列(2007)粉红女郎、粉红桃花，与瘦瘦的太湖石，在暴露与隐蔽、敞开与阻隔间，映照成相当情色的视觉意象。徐华翎则以描绘少女轻盈曼妙的胴体、透明蕾丝内衣等，游走于情色与青涩之间，如其近些年创作的所有作品，基本均有此意味。

当然，以上这些题材与趣味的选择，与艺术家的创作个性与观念有关系，并非是迎合市场，与市场合谋的结果，但是，市场贪婪的消费口味会放大对这些趣味的需求，并以种种利益去诱惑画家延续现有的创作模式，维持既有的风格与趣味，使之逐渐走向自我复制，从而将艺术创作变为商品生产，直至变质变味，背离初衷。因此，在极为功利的市场面前，艺术家仍需要遵循自己的内心，将艺术创新的探索摆在第一位，而非市场喜爱什么，就制作什么产品，被市场左右的结果，无疑是迷失自我。若真是如此，市场的追捧对于新工笔的发展而言，就会成为一种阻力，更甚，便是一种无形却无情的捧杀。

结　语

无疑，新工笔已走在传统工笔画探索的前沿，他们既保留了传统工笔画精微刻画的技巧，又一反传统视觉模式，运用超现实主义的手法组合画面元素，营造虚幻之境，将对自然物象的抒情转向于对心象世界的深层发掘，在诗化的氛围中，通过意象的隐喻或象征，展开触动人心的悬念感的叙述。其探索开创了工笔画由古典形态向现代形态转变的重要向度，为工笔画的发展注入了新的活力，得到了专家的欣赏，同时，也幸运地获得了市场的认可，一切都令人感到欢欣鼓舞。但与此同时，我们也应意识到，这些成绩极易使人忽略已经存在的不足，若及时察觉并作出调整，新工笔一定能将造型技巧、风格面貌、审美方式推至更新的层面！

（作者系北京林业大学艺术设计学院教授）

王尔德的感叹和这样的年代

——新媒体语境下的文艺生态一窥

刘　滢

题目源于既定的主题——试图讲述新媒体时代的文艺生态现象、探索在新的语境下文艺及其理论发展的趋向性，以及奥斯卡·王尔德的那句有名而奇妙的语录："如今是这样的年代，读得太多而没时间欣赏，写得太多而没时间思想。"此语已经一百多年，却意外地可用来指向如今网络及移动互联网络时代的日常文化现状：浮躁、喧嚣，快餐文化泛滥令人缺少安静与智思，专业欣赏和深度思想都成了奢侈品。至此，不禁令人讶异于文化世界中这种超越时空的"预见性"。然而纯粹拿他这句话来概括当今新媒体文化传播，又似乎有些不负责任。我辈仍在探索，因此"何以见得"呢？

网络世界确实极大地颠覆了传统传播媒体，移动互联网又掀起人与人之间的沟通风暴。人们惊呼这一世纪之变，继而各行各业开始跌跌撞撞地学习这一新领域的游戏规则、亿万网民沉浸于这一新世界的群体狂欢、各类达人搭起不同的个性化平台，并在平台上衍生出无数的前所未有的创意。在此新媒体时代，中国文艺现象及文艺生态自然会随之改变。

然，变亦有道。变中之不变的坚持以及变中如何变的认识，都只能源于对新语境下文艺生态的现状及趋向的了解及思考。但如果就此要好好做论的话，按时尚新潮的方法，也许要用上"大数据"之类的概念来精准印证，然而我没有，于是只以"文艺是感性的"为借口，聊记一笔罢了。

语境·狂欢：颠覆内隐

一如《中国文字学》里所言："字与义的同义有四类"，即"形类同声类同而义同”“形类同声类异而义同”“声类同形类异而义同”“声类异形类异而义同”[1]，自古以来，替用活用词汇之举我们早已见怪不怪。英国语言学家奥斯丁在其《论言有所为》中也说：“言之用，在一定程度上要从上下文里才能得到解释。”[2]既如此，就替用活用吧！没想到即便如此，读者们在今天却仍被“表（不要）、造（知道）、酱紫（这样子）”等面目全非的网络热词吓了一大跳。这些词汇绝对已超越了“实与虚”“死与活”的对立互通界面，并且即便嵌入上下文中也不能明白其所指究竟是何方神圣，它们远离其本意而现出一种在网络体段落语境中词语狂欢的意味来。这无疑是一种真正的、彻底的、恶作剧式的“陌生化”，令我们一时手足无措，自然值得关注与研究。但我们在这里讨论的，却仍然只能是广义上的“语境”，诸如交际的时间、空间、对象等。

关于网络语境的时间性与空间性，快媒体传播研究者杜子建的答案是“打破时间，瓦解空间”[3]，我甚为赞同，甚至有时感觉网络世界或许可部分命名为“永恒黑夜”。这一看似草率的判断来自网络匿名所造成的私密感与安全感，以及在此基础上爆发出的恣肆与放纵之态。这是造成狂欢的情绪基础，也是我们理解一些不可思议的事件热度的入口之一。比如死忠粉丝的支持力度、小道消息的传播力度、人肉搜索的热情力度等。而网络语境的空间性，则如“魔方房间”般呈现出其迥然相异的意趣：政府官方网站高大上的阳光透明、各类论坛上各路神仙的嬉笑怒骂、微博140字的人文关怀与日常琐细、微信中即时发送朋友圈的时间地点人物事件，而聊天室里却别是一番寂寞与暧昧的滋味。这些在现实中需要奔波良久才能身处其中的场所，于网络世界，房间的钥匙是如此简单，只需轻轻一点，即星河变幻、黄粱又梦。

时空的虚拟变异导致了网络传播的集体狂欢现象，对此，有记者总结为它“是社会群体成员围绕统一的主题通过网络进行共同情感表达，感性地释放自我情绪，寻求平等自由对话，进行戏谑讽刺，对抗与颠覆等级和权威，具有强烈的社会影响力与冲击力的网络传媒的群体活动现象。”[4]该文还对网民个体心理动力做出剖析：好奇、反叛、娱乐、自我实现、网络人际交互需求等。

---

① 陈梦家：《中国文字学》（修订本），北京：中华书局2006年版，第46页。

② ［英］奥斯丁：《论言有所为》，转引自360百科“语境”词条，见http://baike.so.com/doc/5935263.html。

③ 杜子建：《微力无边》，北京：中国人民大学出版社2014版，第7页。

④ 刘慧瀛：《网络集体狂欢现象下的网民心理动力》，2011年6月23日，见http://media.people.com.cn/GB/22114/206896/225175/14980639.html。

我们所面对的，就是这样庞大的“一个”“一个”的受众群体吗？

如果是，语境文化在这些受众之间发生了什么变化？

关于这一点，有学者据路斯迪格（M. W. Lustig）对语境文化的分析，判断中国文化属于高语境文化，自有内隐含蓄之格调。[①]但如将这一判断放在上自五千年古国文化下到如今新媒体时代呢？但读中国那些词义隐晦、美轮美奂的古诗词，听中国式社交中“暗藏机锋”“妙语连珠”之日常语，确实如此；且看页面上那些既萌又怪的各系列夸张表情、论坛上半句赶一句的表白、认同、辩驳，却又都在显示网络世界正迅速地显示出低语境文化特征的现状。

读写·可能：跨越想象

如此，当我们在新媒体语境中试图发声时，传统的“读写”之道便呈现出在技术层面及功能层面上外延及衍生的多重可能性。而我们在尝试很多途径之后，忽然醒觉，事实上我们所关注的、纠结的是这样的话题：“图像化、碎片化时代”，文艺创作者们如何更广泛呈现作品魅力？网络网民们如何坚守深度文艺阅读？作为内容提供方之源的我们，是否有更合适更高效的方式赋予我们的评论文本以更丰富的当下性意义和价值？

第八届全国中青年文艺评论家高级研修班上，中国文联副主席、中国文艺评论家协会副主席夏潮在接受《光明日报》记者李韵访谈时这样说：“文风决定着影响力和传播力。好的文风，对于评论的生命力至关重要。长期以来，文艺评论工作者集中在高校和研究机构，很多人的文章学理性学术性要求决定了他们不太符合新媒体的语言要求，这就更加需要学习。新媒体时代，尤其要注重语言和风格的创新，内容上要深入浅出，语言上要生动活泼。”[②]

此段言论不知为何，初读即令我格外欣慰。细想来，也许是觉得在学术金字塔尖上的学院派精英们正应如是。因为只有这样，才可真正将自身学养放出书斋去撒撒欢儿，才可将古今中外的学术术语铺在群众文化的土壤上晾晒晾晒，而在

① 参见胡超：《高语境与低语境交际的文化渊源》，《宁波大学学报》第22卷第4期。其中提及，高语境文化与低语境文化与交际的特点，路斯迪格等学者概括为：（1）内隐，含蓄；（2）暗码信息；（3）较多的非言语编码；（4）反应很少外露；（5）圈内外有别；（6）人际关系紧密；（7）高承诺；（8）时间处理高度灵活。低语境文化：（1）外显，明了；（2）明码信息；（3）较多的言语编码；（4）反应外露；（5）圈内外灵活；（6）人际关系不密切；（7）低承诺；（8）时间高度组织化。

② 李韵：《新媒体语境下文艺评论怎么办》，《光明日报》2014年8月14日。

受到“围观”的同时，一些有风骨的、有见地的、有意味的、好的、美的文艺观和审美观就散播开来了。

也许，文风之外，还需要再来点别的，诸如行文的意趣、简短的体例、引人入胜的故事、独秀于林的令人震撼的单句。这些已经不是佐料，而有可能是成为主菜的风格了。同时，在读写本意之外，呈现内容的方式其实已有并将有无限可能，诸如互联媒体之微信的火热，就绝不简单的是某项平台工具与流行文化的盛行，而是移动互联网颠覆力量的直接呈现。

有一微信公共账号值得一提——“文汇笔会”，它既没有使用“自定义菜单”功能，甚至连“多图文消息”都甚少，更遑论“微社区”“多客服”等，它只定期发送精致优美的文章，图文并茂、余香满口、悠然淡定。究其原因，其此种姿态靠的是“文汇报笔会副刊的官方微信”的身份，及“一代代编辑，为您维系着与一代代文章大家的关系”的关系，还有“这是一条静水流深的文字长河”的自信。[①] 不可否认，它也有大量的读者群。但，看到“中国文艺评论”微信号目前亦如是的状态，我却更乐意预见这种宁静很快被更丰富多元的微传播方式所更新与完善。

关于“微”,《说文解字》中这样解释:“隐行也。”《广雅·释诂二》中则是:“微，小也。”那么，我们不可把微信解释为“微小的书信”，因为这一新兴途径早已颠覆了文字的概念，不仅可发送文字，还可发送图片、视频和语音等信息，更别说其强大个人社交功能、客户关系管理与维护及互动推广功能了。怪不得，如今不仅个人、商家将目光瞄准了微媒体，政府意识形态传播者及各级文化工作者也于此处聚焦，自是因为，如今社会的更多沟通途径与互动视线在这里。与此同时，其“隐行”之意则在微信的“私密性”中隐约闪现，从而呈现出基于熟悉好友圈的信任力而形成的不容忽视的传播力与认同力。

赏思·互动：传播维度

关于新媒体语境下的文艺生态状况，以及在此语境下欣赏思考之群体的心理接受惯性，现成的有个例子：2013 年 12 月 8 日开幕、2014 年 3 月 16 日闭幕的杭州“煌煌大观——敦煌艺术展”，最终总参观量超过 35 万人次，最高每

---

① 参见《文汇笔会》微信公共账号“ibihui”的“功能介绍”栏文字。

日观众数超 2 万人，创造了浙江美术馆开馆以来单展览观众数量最高的传奇，形成跨年度“敦煌展现象”。不仅杭州及周边市民对此展览奔走相告，连行内人士也惊呼几近“爆馆”！究其原因，不可忽视、甚至更值得我们关注的，即网站、博客、论坛、微博、微信等新兴网络媒体、移动平台和社交媒体在很大程度上参与进来，它们作为“口碑效应”的重要发散地，迅速形成雪球式爆炸效应。

数据显示，展览结束时百度搜索“煌煌大观——敦煌艺术展”，相关结果已达 233000 多个，浙江美术馆官方微博粉丝数突破 20 万个。展览期间则不仅有浙江美术馆官方网站特设“专题网页”及其他网络媒体网站报道跟踪，还有更多的是参展者在各种社交网络、论坛以及自媒体平台微博上的展示、评论、感悟等。在展览现场，很多观展者免费充当了“临时展会志愿者”，用手机拍摄展会的情况并即刻发送到朋友圈、微博等平台。正因为这些主观分享的高涨热情，更多人才被吸引来关注、评论、调侃、看展、再分享，然后蔚为大观，竟成一时“全民悦展”之盛。

观此例，再延及其他案例，则新媒体文艺传播建构日益清晰：

一曰轻信任心理世界。曾经，“相信而敢于托付”需花费好几年甚至半生工夫，而现在，真实的头像、细心的互动、高度专业性、迅捷的反馈等都可指向信任的建立。这种信任也许可称之为轻信任，它不像古代小说中因信任之重而导致千古流传的无数个美德故事，而只是可能受感染去看一场展览、听评论去读一篇文章、受鼓动参加一次讲座，试错成本并不大，但汇集起来却为此种信任积汇而成的价值观、审美观、消费观的社会宽广度。

二曰自权利虚拟世界。微媒体崛起，带来的是公众参与门槛的极大降低，每个人的账号都可以被看作是一个“自媒体”账号，享有随时发表的权利，并必将“带来评价舆论声音的极大丰富，并继而将带来传播形式与获取方式的变化，推动媒介的改变与媒介权利的再分配”[①]。这一搜索变局使每个网民都可参与制造初步信息，营造出虚拟的“在场”感，然后导致由信任、好奇心、侠义心等生发的大范围“围观”“传播”“评论”与“行动”。

三曰弱关系链接世界。短链结构的传播节点是个人与另一个个人，而非人与群，他们遵从内心的情绪，并将之迅速抒发。哲学家李德顺也云：“价值判断是

① 徐志斌：《社交红利》，北京：北京联合出版公司 2013 年版，第 32 页。

指‘客体与主体尺度的关系态’。”[①]论坛帖子及微博信息的“转发”、微信信息的“朋友圈”分享，是传播链条中发生关系的核心与灵魂。此种传播关系为弱关系，却因为频繁与便捷，使之辐射的面积更为广阔，轻轻触碰，便家喻户晓。

可以说，新媒体平台的功用是将现实关系进行了巧妙转换，虚拟关系比重增强。我们在虚拟空间奔跑、关怀、嬉笑、怒骂、诉说、分享，而大地无痕。但当我们试将之链接现实，则可能引起政治上、经济上、生活上的“大地震”。如此，我们是否应把握新媒体规律来制造更多更好的文艺信息，让它们携中国文艺理想精神，在虚拟与现实的人群中传播、流转并遇见？

语境·引领：变亦有道

工具！平台！阵地！

似乎怎么定义新媒体的物理属性都不为过。从古至今，文化语境自然也时有异变，但看上去都没有这次令人目瞪口呆：科学技术又一次呈现出颠覆世界的力量及无限可能性。而如何更准确、更具高度和实践精神地认识及把握当下这一语境，如何运用新技术、新功能，宣扬中国文艺精神、彰显中国文艺价值、引领中国群众文化、推出一批好的文艺评论家以及优秀的文艺作品则成为重中之重。因此，除信息有深度、内容更全面、视野再拓展之外，也许在文艺事业的新媒体平台特性方面还可有如下初想：

“有我之境”与“无我之境”的辩证。行文上求“有我之境”：学术语言并非机器语言，却有些类似。拗口的国内外学术术语、圈外人难以明白的文艺思潮、严谨规整的语言组合惯性，凸显了文章观点，张扬了学术价值，却又极易将作者个人气质淹没至无影。而真实的个人总是鲜活的，也希望看到鲜活的信息传递内容。胡兰成《今生今世》上有语：“我给爱玲看我的论文，她却说这样体系严密，不如解散的好，我亦果然把来解散了，驱使万物如军队，原来不如让万物解甲归田，一路有言笑。”有“我”的“言笑”，即有“你”和“他”的会意。即有信从，有传播。传播上则求“无我之境”：针对碎片化的信息及用户使用多个社交网络的特点，传播需尽可能进入更多社交网络，融入成熟平台，无论官网、论坛、QQ、微博、微信等，“我”皆无处不在，无处不见。

---

① 李德顺：《文艺创作中的价值观》，第八届中国文联文艺评论家协会高级研修班上课讲义。

“深重”与“轻逸”的悖论。新媒体信息在空中凌乱飞扬，却自有重量。君不见微博、微信、QQ空间的“巨量帖”中，热心助人、抗议不公、抨击丑陋、响应公益等朴素情感的浩汤。同样，有悖于“读得太多而没时间欣赏，写得太多而没时间思想”的网络浏览及发布习惯，信息中的理论性高度与学术性深度，竟也自有其期待市场。因此，文艺为精神之存在，决不可为求“赞”而自浅于人，而应于活泼泼的形式下仍显出其高远厚深的格调来。反之，说到“轻逸”，则如何能不提卡尔维诺对自己工作“常常是为了减轻分量”① 的定义，以及他提及并深感“兴趣”与“惊讶”的佛罗伦萨诗人圭多·卡瓦尔坎蒂纵身跳出包围圈的一跳，是“他自己体重很轻”的阐释。如今，信息内容“简单”和“碎片”的状态已是常态，简易的使用过程、迅捷的愉悦反馈、高效的社会化分享也同样在印证着“轻逸”之道。所以，让文艺一起飞。

“以终为始”与“以始为终”的调谐。如果可称传统纸质媒体的策划逻辑仿若一座侯爷之“深宅大院”，有入口大门，有数重庭院，有影墙，有绿植，有花厅，有内室，有隔间，层层递进之美循序呈现，静待观瞻。则新媒体的策划逻辑可喻为魔法师的“单身公寓群”，观者一打开门即对其所有生活功能空间一览无余，接着马上就注意到它的墙壁上原来置有无数小门通往别家精彩世界，诱人再行一步。在浏览引导上，文艺新媒体平台也需采取这种“始即是终，终即是始”的方式，用户从任何一个碎片进来，点击所见皆为一个个性化的页面，没有首页，每个页面又都是首页，上有足够多的整体与细节的各条线索，令观者流连往返之。

“内容为王”与“互动激励”的融汇。前者首次相关提出据说源于维亚康姆公司（Viacom）总裁雷石东的阐述：“传媒企业的基石必须而且绝对必须是内容，内容就是一切！”而措辞更一致却不为大众所了解的则是SEO优化中“内容为王，外链为皇”一说，指内容的原创性对网站重要性的一种比喻。由此可见，“内容为王”这一典型的编辑语境在新媒体时代仍然适用，只是这“内容”已变，沟通交流方式也在变——如互动。其关键法则可梳拢为“免费、简单、透明、有趣、可累积、可兑现”② 几词，我们也大可据此联想它们所起到的吸引关注、便于参与、提升信任、乐于分享、易于持续、增强忠诚等效果，这是不可

① [意] 卡尔维诺：《美国讲稿》，萧天佑译，南京：译林出版社2012年版，第2页。
② 徐志斌：《社交红利》，北京：北京联合出版公司2013年版，第178页。

忽视的，在“这样的年代”。

在这样的年代，我们身处便捷、即时、互动、多元的新媒体文化语境，其文艺“读写赏思”之挑战提出的绝不仅是工具之变、平台之变、手法之变下的及时应对，更是文艺真善美之核心价值与普世理想不变的坚守与完善。唯有如此，才可既有文艺教育、审美、引领等作用的“方向”与“灵魂”，又有文艺创作、评论、活动等现象的“活力”与“爆发”，从而形成当下中国文艺的良好生态。

（作者系今日艺术杂志副主编）

《变形记》：失语者的呼声

刘定富

声音是一个人最真实的面影。没有哪一样事物比声音更令人惊奇，又更让人熟悉的了。没有无声的生活，生活中的一切细节都会发出声音，事实上，生活就意味着人与环境的接触和交换，它必定在这一过程中释放自己的信息，声音是其信息之一，因而，声音的发生不仅是生活的特点之一，还是生活的象征。在乔治·艾略特的小说《丹尼尔·德龙达》中，一个名叫梅里克夫人的人注意到，“直到生命的最后一刻，一位母亲都能听懂孩子口齿不清的讲话”。在莎士比亚的戏剧《李尔王》中，瞎眼的葛罗斯特伯爵就是从声音辨认出李尔王的，“这一种说话的声调我记得很清楚；他不是我们的君王吗？”在这两个例子当中，我们发现，身份的同一性可以从一个人的声音的独特性或奇特性上体现出来。1912 年，英国诗人、小说家哈代写了一首名为“声音”的诗歌，写一个人漫步在北来的寒风中，听到一位他曾经深爱的女性的声音，但是她又不在人世了，“无论远近，再也听不到你”。卡夫卡写于 1912 年的《变形记》就是叙述了一幕“再也听不到你”的悲剧。

在某种意义上，也可以说《变形记》是一篇失语者的小说。格里高尔“从不安的睡梦中”醒来发现自己变成一只大甲虫，大甲虫是忧郁、疾病和死亡的象征。小说中，格里高尔对自己的变形似乎早有准备，几乎没有表现出特别的惊异和惶恐。整个过程中，他只说了一句：“我出了什么事啦？”尔后，他又像正常人似的想他的差事，想着他五点钟要去赶火车。当家里人因叫不开门在外面急得团团转的时候，当他的声音里“有另一种可怕的叽叽喳喳的尖叫声同时发出来”的时候，他似乎没事儿似的，认为“他之所以变声音不是因为别的而仅仅是重感冒的征兆，这是旅行推销员的职业病。”嗓音是人类表达语言的一种重要工具，嗓音的好坏直接影响着语言的表达能力，特别是对常用嗓音工作的人们。在对声音有特殊要求的职业中，推销员是令人关注的人群。语言表达能力和交流能力往往被视为推销员的看家本领。推销工作是需要大量用声的行业，其对声音的需求以及对声音的损耗，较歌星或演员更有过之而无不及。因此推销员是患嗓音疾病的高风险职业。推销员讲话过多，引起声带紧张剧痛，进而引发全身的疾病。声音的健康与身体的健康有着非常重要的联系，但格里高尔对自身健康的认知力显然不足，自己不得不承担由此产生的后果，并从此沉默不语。乔伊斯在谈到《都柏林人》的写作宗旨时说，他力图揭示都柏林生活中的“精神麻痹”：“我的目标是要为祖国写一章精神史。我选择都柏林作为背景，因为在我看来，这城市乃是麻痹的中心。”不同于《都柏林人》的“精神麻痹”，《变形记》给我们展现的更是一种身体的麻痹——在变形中挣扎的身体。很多推销员的嗓子出问题时，也往往会像格里高尔一样麻痹，被认为是感冒症状。大多数推销员坚持带病工作，再怎么难受也得熬着，即便声音变得沙哑了，也只当是不可避免的职业病。作为布料推销员，格里高尔的职业工作是影响嗓音变化的重要因素。即使变成了甲虫，他仍保留着推销员话多的习性，他不停地言说，那么饶舌，重复，完全迷失在自己的喋喋不休里：

> “啊，天哪，”他想，“我怎么单单挑上这么一个累人的差使呢！长年累月到处奔波，比坐办公室辛苦多了。再加上还有经常出门的烦恼，担心各次火车的倒换，不定时而且低劣的饮食，而萍水相逢的人也总是些泛泛之交，不可能有深厚的交情，永远不会变成知己朋友。让这一切都见鬼去吧！”
>
> “起床这么早，”他想，“会使人变傻的。人是需要睡觉的。别的推销员生活得像贵妇人。比如，我有一天上午赶回旅馆登记取回定货单时，别的人才坐下来吃早餐。”

卡夫卡对格里高尔职业病的叙述非常清晰，超现实的描写与现实世界的日常经验达到了完美结合。格里高尔的变声和变形就是由嗓音引发的病变。格里高尔“长年累月到处奔波”，“做的工作是累人的差事”，“早上四点就要起床赶火车”，他根本无法享受作为一个人的安静与安全。同时，“交往的人经常变换，相交时间不长，感情无法深入”。作为一名旅行推销员，格里高尔的低劣饮食并不是一个显而易见的杀手，不会立竿见影、马上致病，但却为疾病的发展准备好了滋生的温床。格里高尔作为推销员的个人生活习惯，诸如长期用嗓、睡眠不足、不定时而且低劣的饮食、喝水少，均可引发嗓音疾病。格里高尔对工作感到压力很大，其精神常常处在紧张、忧虑、压抑的状态中，这些都对说话发声的控制力产生影响，最终导致身体的“变形”。格里高尔常年繁重紧张的工作极易引起生理上的疲劳，生理疲劳的直接体现就是各器官的功能减退。身体健康状况直接影响着发声活动，因为发声器官是人体的一个组成部分。变声与变形一样暗示着生命力的流失。

格里高尔在变形后生理上完全变成了甲虫，仍保留着人的心理特点和思维能力。但让他“大吃一惊”的是，他却成了一个无法言说的失语者，失去了人的沟通能力。主人公在变形后最不能理解的是他自己的声音。

> “格里高尔，”一个声音说，——这是他母亲的声音——“已经七点差一刻了。你不是还要赶火车吗？”好温和的声音！格里高尔听到自己的回答声时不免大吃一惊。没错，这分明是他自己的声音，可是却有另一种可怕的叽叽喳喳的尖叫声同时发了出来，仿佛是陪音似的，使他的话只有最初几个字才是清清楚楚的，接着马上就受到了干扰，弄得意义含混，使人家说不上到底听清楚没有。格里高尔本想回答得详细些，好把一切解释清楚，可是在这样的情形下他只得简单地说：“是的，是的，谢谢你，妈妈，我这会儿正在起床呢。”

当妹妹从右面的房间里用耳语向他通报秘书主任来了的消息时，格里高尔低声嘟哝道，已经没有勇气提高嗓门让妹妹听到他的声音。当秘书主任来了时，他一口气说着，自己也搞不清楚自己说了什么。他的确是想开门，的确是想出去和秘书主任谈话的。他控制自己的身体后，不再说话。秘书主任在听了格里高尔的话后大惑不解：“你们听得懂哪个字吗？”“他不见得在开我们的玩笑吧？”秘书主任从怀疑到判断格里高尔的声音“不是人的声音”。至此，格里高尔反倒镇静了，他意识到他发出的声音人家再也听不懂了，虽然他自己听来很清楚，甚至比以前更清楚，这也许是因为他的耳朵变得能适应这种声音了。为了使自己在即将到来的重要谈话中声音尽可能清晰些，他稍微嗽了嗽嗓子，他当然尽量压低声音，因为就连他自己听起来，这声音也不像人的咳嗽。尽管如此，他还是渴望他的父母和秘书主任能靠在门上细细谛听。当门打开后，格里高尔“保持着镇静”

向秘书主任解释，可是他才说头几个字，秘书主任就已经在踉跄倒退。小说的第二部分写道：“于第一天上午大夫和锁匠是用什么借口打发走的，格里高尔就永远不得而知了，因为他说的话人家既然听不懂，他们——甚至连妹妹在内——就不会想到他能听懂大家的话，所以每逢妹妹来到他的房间里，他听到她不时发出的几声叹息，和向圣者作的喁喁祈祷，也就满足了。”“虽然格里高尔无法直接得到任何消息，他却从隔壁房间里偷听到一些，只要听到一点点声音，他就急忙跑到那个房间的门后，把整个身子贴在门上。”小说多次写“他贴紧门站着倾听”以及倾听时涌进脑海的一些想法，有时他实在疲倦了，便不再倾听，而是懒懒地把头靠在门上。两个月后，母亲与妹妹进入房间搬家具，母亲压低了声音说——事实上自始至终她都几乎是用耳语在说话，她仿佛连声音都不想让格里高尔听到——他到底藏在哪儿她并不清楚——因为她相信他已经听不懂她的话了。听到了母亲这番话，格里高尔明白两个月不与人交谈以及单调的家庭生活，已经把他的头脑弄糊涂了。格里高尔的父母亲，以及他妹妹也都觉得格里高尔所说的话，完全是一种“牲畜的声音”。最后，格里高尔也明白，人们再也听不懂他的话了。这样一来，人们就以为他也就听不懂别人的话了。格里高尔的悲剧就在于这种语言上隔阂和不理解。格里高尔因为失去了语言，因而他也就失去了存在的基础，因此，最后他只好龟缩在房间的角落里凄凉地死去。变形之前，他缺乏沟通和理解。变形之后，更加缺乏沟通和理解。他之所以变形是在于缺乏沟通和理解，而之所以缺乏沟通和理解又是因为他丧失了人类用于沟通和理解的工具——语言。这种异化的主体性导致了人与人之间的冲突不可避免。这从人的本质上否定了人与人正常交往的可能性，取消了他与他人彼此了解的可能性。在人类彼此作为对象性存在而缺失了有效沟通的荒诞现实里，很难做到同情和关爱。

失语，沟通的困难，也许是我们理解卡夫卡小说的解码器。《女歌手约瑟芬或者老鼠的民族》是卡夫卡的最后一篇小说。在完成这篇小说之后，卡夫卡就写了自己著名的遗言。所以不难理解女歌手喻指的就是卡夫卡本人，听众喻指读者。卡夫卡写出了女歌手与听者之间不融洽、难以真正沟通理解的关系，也表明了他打算断绝与读者联系的决心，所以写了那份“毁灭一切作品”的遗言。人与人之间似乎被一道无形的障碍所阻隔，倾述与被倾述都极其艰难，而人类就生活在这样一种尴尬的环境当中。

互相之间并未有彼此倾听的机会和渠道。难以沟通是格里高尔生命悲剧的根源，我们在现实世界中生存的条件就是与周围的人配合、沟通和交流，我们不能孤立存在，失去了这个能力，就意味着不正常、不健全，会被视为病态的存在，就会被现实世界抛弃，意味着“死亡”。“门”和“窗”在《变形记》中多次出现，而且每次出现，都对情节的发展起到至关重要的作用。“格里高尔接着又朝窗口望去，那阴暗的天气——人们听得见雨点敲打在窗格子铁皮上的声音——使他的心情变得十分忧郁。”“格里高尔扒着椅子慢慢向门口移动过去，在门口撂下椅子，向房门扑过去，靠着门板直起身来……并将脑袋搁在门把上，想将门完全打开。”……“门”和“窗”是格里高尔与外界沟通、体会亲情温暖的唯一通道，也是阻断他与外界的致命障碍。“门”和“窗”推动了情节的发展，也推动了格里高尔及其周围人心理情感的变化。“门”具有丰富而深刻的象征意义。“门”本身是内外关系的隐喻，“门”内是主体私密孤独的空间，“门”外是异化了的现实世界。卡夫卡根据主人公格里高尔变形后先后三次爬出自己房门的行为把《变形记》分为三个章节，门的一开一合为读者描写出门内门外两种不同的生存环境——主体生存的困境和被异化的现实社会；格里高尔三次爬出房门，实质上也写出了西方人试图走出异化的人生圈子以及渴望能够与外界接触、能够与其他人建立真正的交往却不被接纳的悲剧。得了“变形”这种怪病，从此失去了语言和行动能力，他试图与外界沟通，但没有人注意到这一点，没有人知道这个看似僵化的躯壳里藏着一个鲜活的灵魂。格里高尔在自我封闭的世界里靠着幻想、聆听、观察这个世界，无数次的呼喊只能挣扎在心里。

格里高尔·萨姆沙变形成了甲虫，变成被遗忘的、卑微的、下贱的、看似毫无生命的失语者，到了最后，无论是别人还是他自己都觉得他只是一件物品，有的时候，他非常生气，因为家里人“对他的保养极差”（说起保养，令人想起机器）。而女仆人则把一切“暂时无用的东西”“干脆都扔到格里高尔的房间”，他就这样与那些多余的、毫无价值的东西，与煤灰和垃圾箱待在一个房间里。这个变形者，他慢慢接近了物的存在方式。在当代中国的“打工文学”里，有更多的格里高尔“变成一块无法言语的零件，工具，器械 / 变成这无声的，沉默的，黯哑的生活！”

“这些我听见的声音，僵硬，垂直，/ 像巨大的铁锤落在铁砧板，‘咚，咚’/ 这些低声的啜泣，悲伤，臃肿，沉闷 / 啊，我们走着，奔跑着 / 缓慢地，不自由主的命运！/ 我转身听见的声音，像一块块被切割的铁 / 圆形，方形，条状……我无法说的铁 / 它们沉默，我们哭泣，生活的铁锤敲着 / 在炉火的光焰与明亮的白昼间 / 我看自己正像这些铸铁一样 / 一小点，一小点的，被打磨，被裁剪，慢慢

地 / 变成一块无法言语的零件，工具，器械 / 变成这无声的，沉默的，黯哑的生活！”（郑小琼《声音》）

郑小琼通过对自身经验的忠直剖析，有力地表达了这个时代“无声的，沉默的，黯哑的生活”。她与卡夫卡一样痛彻心肺的书写，揭示了当代中国人“失语”状态下的生存，勾勒现代文明中的“失语者”，这些失语者的生活已经痛苦到无法用语言来表达，痛得麻木和失语。香港学者潘毅曾写过一本《失语者的呼声——中国打工妹口述》，里面讲述了多年以前她在珠三角沿岸工厂暗访调查时的所见所闻，故事的主人公正是类似陈东这样打工挣钱的女工，她们每日面对着超时加班、工伤、骚扰等问题的困扰与威胁，无奈的是，似乎没有多少人能理解她们内心的煎熬，许多时候，她们只能跑上天台，放声大喊，释放心中的压抑。相比而言，郑小琼的诗歌更具有让失语者发声、让无力者前行的艺术力量。在我们的时代，“变形者”照样“变形”，“失语者”照样“失语”。如何让失语者感受自己受宰制的痛苦？诗人的“代言”就是最佳的存在方式。郑小琼对“失语者”的大面积书写，让她获得了自己的诗歌话语。

（作者系东莞文学艺术院副院长）

对当代甘肃书法理论研究现状的思考

刘云鹏

将近30年甘肃书法理论研究做一分析，可以分为两个阶段，以2007年为分界线。2007之前，不论从在中国书协举办的书学研讨会上的入选、获奖文论情况，还是在专业报刊上发表文章的数量和质量上看，甘肃书法理论研究走在全国的前列。马国俊先生有一篇文章对甘肃在中国书协举办的书学研讨会上的入选、获奖情况有个详细的统计，有一届甘肃入选、获奖的论文占总数的20%以上。再从当代书法研究的热点、难点的参与情况来看，甘肃的书法家也取得了可喜的成果。如赵正对汉简书法的研究，翟万益对甲骨文、五凉书法和隶书的研究，秋子对书法史的研究，马国俊对敦煌书法的研究，马啸、刘云鹏、王焕新对民间书法的研究，魏翰邦对书法当代性的思考和书法批评的关注，余姚人对“流行书风”的争论，蔡福全、包效祖对陇南地区碑刻书法的研究，鲁明君以现代性的视角对书法的反思，还有王林宝、杨汀清、孙亚丽、马克新、李安平、王东有、史忠平、傅德峰等人对书法史、书法美学、创作思潮、书法批评等方面的研究。他们许多文章、专著，或有筚路蓝缕、开启山林之功，或成为某个问题研究上的优秀成果。可以说这个阶段甘肃书法理论研究所涉及的面广而有深度，尤其可贵的是这一阶段的研究既充满了热情，又包含着真诚。最近几年，不论是在中国书协举办的书学研讨会上的入选、获奖情况，还是在专业报刊上发表的文章数量与之前相比还是有差距，与其他省份相比，差距就更大了。造成这种局面的原因是多方面的，如有些人将重点放在创作上，有些人由于工作太忙而无暇顾及，有些人因工作或者求学离开甘肃，有些人开拓了新的研究领域等等。总之，近几年甘肃的书法理论研究比较沉寂，已经没有了以前的热情了。

如何进一步推动甘肃书法理论研究的发展，方法和途径应是多方面的，概括起来，主要可以从以下四个方面分析。

一是急需培养年青的书法理论研究队伍。甘肃书法理论研究队伍从年龄上看，主要集中在出生于 50 到 70 年代之间的人，80 后从事书法理论研究者很少，可以说几乎没有，这与甘肃近几年书法创作的发展相比是极不相称的，尤其是轻视理论研究的人越来越多。举一个现象，我多次碰到这样的提问：书法理论对书法创作到底有没有作用？在这个问题的背后隐含这样追问：那些频频入展、获奖的明星，并没有搞理论，不是也摘金夺银吗？有些搞理论的人创作水平很一般，所以看不出来理论研究对书法创作的提高有着直接关系。这个疑问在当前书法创作队伍普遍存在，说明大多数人还没有认识到学识修养对书法家的重要性。书法作为一门艺术，很显然绝不仅仅是技法的卖弄，必须要深厚的学养支撑。只要我们看看书法史，再分析一下当代能在几十年来持续被书坛认可和引领时风的书法家，他们绝大部分在理论上很有建树，有些虽然没有文字性的东西，但有很深厚的学养和独立的书学理念。所以培养、扶持青年书法理论研究的队伍迫在眉睫，只有加强理论研究，才能使甘肃中青年书法的创作摆脱跟风的状态，有可能成为时风的引领者；才能使甘肃的书法理论研究迎头赶上，书写新的辉煌。

二是要继续坚持良好的学术氛围。甘肃书法理论研究在前 20 年能取得较好的成绩，我想有一个原因非常重要，甘肃绝大多数的人写文章不是为了评职称之类的目的去写，而是在创作、研究、争论的过程中对问题进行真诚思考，大部分文章言之有理，很有针对性、很有思辨性，所以能被书坛所关注。书法现在成为了一级学科，高校可以名正言顺设立院系、开设书法专业、招收书法专业的学生，这是我们盼望已久的事情，必将对当代书法的发展发挥更加重要的作用。但是随之而来的问题是，在高校对老师和学生评价机制的影响下，有可能产生会产生泡沫文章、学术垃圾。目前在高校中“新八股文”大行其道，一些学者、老师对此深恶痛绝，但是积习难返，如果这种风气蔓延到书法界，可能会出现文章只有数量而没有质量的状况，将会形成恶性循环。希望甘肃书法理论研究不要被“新八股文”之风所感染，继续保持以前的良好学术氛围。

三是加强对书法市场、收藏的研究和引导。甘肃的书画市场在全国很有名气，但是甘肃书法家对本省书法市场的研究处于一种失语状态。正是我们缺少对书法市场的研究，甘肃书画市场发展了这么多年，始终停留在一种自发的、模式单一的状态中，并且盲目投资和消费得不到正确引导。也正是我们对本省书法市场的不关注，外界对甘肃书法市场在认识上存在着许多误解。举个例子，有人说甘肃书画市场的价格是萝卜青菜的价格，这种看法与甘肃实际情况是不符的，甘肃的经济发展与发达地区相比，不在同一个水平上。像通渭那样一个国家级贫困县，群众特别喜欢收藏书画，有些农民为了收藏到一件心仪作品把家中最值钱的毛驴卖掉，如果考查一下他们的人均收入和购买能力，甘肃书画价格不是萝卜青菜的价格，而是天价。并且甘肃书画市场的终端消费中，相当一部人收藏为了欣赏，是一种健康的消费，而不是当作礼品，或者当作财富占有的畸形消费。书法市场学的研究刚刚起步，许多问题的研究还处在探索阶段，甘肃又是书画市场比较繁荣的地区，这为书法市场学的研究提供了较好的基础，具有一定的优势，如果我们加大对书法市场学的研究和关注，一方面可以产生一批研究成果，一方面可推动甘肃书法市场的进一步提升，有利于甘肃书法事业的良性发展。

四是加大对本土书法资源的研究。甘肃有极其丰富的书法资源，如简牍书法、敦煌书法这两个领域，都是大课题，是中国书法的重要组成部分，有着极其广阔的研究空间。汉简研究上，以前主要将注意力放在汉简隶书上，对汉简草书的研究十分有限。可以说对汉简研究仍还处在一种宏观的层面上，还不是一种全息的、深层次的研究。敦煌书法研究也是处在一种粗线条的研究上，敦煌书法的作品个案研究、美学研究、断代研究，敦煌书法与同时代魏碑、经典书法对比研究等等，其深度、广度还远远不够。在这两个领域，我认为既要鼓励、支持个人研究，同时还需要有组织、有计划地进行研究，因为这两个领域的书法理论研究都存在着跨领域、跨行业的问题。如果能组织起来，有计划的进行研究，一定会取得丰硕的成果，可以进一步提升甘肃在当代书法理论研究中的地位。

（作者系甘肃省文联馆员）

娱乐时代，再问批评何为

马　琳

近年，散见于各大报刊的诸多文章历数文艺批评的种种弊端，批评界也似乎意识到自身的贫困，但对此却常常表现出某种无力感。有人说，文艺在当代中国所呈现出的狂欢景观标示着民众文化心理的觉醒，但细一纠之却发现所谓狂欢，其间匮乏的恰是文化心理的真正解放。人们往往将娱乐视为狂欢，将盲从理解为释放，而批评的缺席则是此娱乐景观形成的重要原因。如此现状不禁令人要疾呼，娱乐至上的时代，批评何为？批评是否可以像荷尔德林所形容的诗人一般，勇敢地让心灵行走在天地之间，心怀赤诚，追赶自由。

文艺批评应突围“圈子”，回归文本

“圈子批评”是当下批评界的症候之一，也是被质疑最多的一大批评病症。“圈子批评”可谓由来已久，鲁迅就曾在文章中写道：“我们曾经在文艺批评史上见过没有一定圈子的批评家吗？都有的，或者是美的圈，或者是真实的圈，或者是前进的圈。没有一定圈子的批评家，那才是怪汉子呢”，“我们不能责备他有圈子，我们只能批评他这圈子对不对”。当代文艺界的所谓“圈子批评”恰恰令人怀疑的是“对与不对”这个核心问题。20 世纪的新文化运动时代，文坛百花齐放，批评百家争鸣，当年的批评事件也都表现出“圈子批评”的诸多特征，一些作家、批评家为了某一作品而引起的争执在今天看来已成为文坛佳话。而他们，如鲁迅、茅盾、胡适、梁实秋等作家兼批评家对于创作的真知灼见至今仍被频繁引用，成为今天批评文字的凿凿论据。而如今的“圈子批评”则更多表现出批评者立场的游移，这样的批评家

"更沉稳""更老练""更中庸"，但也更少了锐利、真诚与坚定。这样的"圈子"是真的要不得。

"捧与骂"是"圈子批评"的重要表现。鲁迅曾批评过1930年代文坛的"捧骂"现象，认为二者同样可以扼杀作家的创作，可谓是"捧杀"与"骂杀"。尤其是"乱骂"与"乱捧"更是坏了文坛，凡此种种都需要批评家睁大眼看，"在剪除恶草"同时，"还得灌溉佳花"。

放眼当代批评界的"捧骂"文章，有时令人扼腕叹息，有时令人忍俊不禁。如此文章或许吸引了眼球，但却离真正的文本渐行渐远，进而障碍了读者的心灵。文学界、影视界、书画界都存在此种弊端。因此，无原则的吹捧或恶意挤压的文艺批评不仅无助于艺术的健康发展，反而有害于她的生长。其结果都会损害文学艺术的品格，进而造成受众群体对于文艺的疏离。

解决狭隘"圈子批评"的良策即在于细读并忠于文本，并在此基础上真诚解析。曾经，"快餐文化"屡受诟病，其实批评界自身也正滑向"快餐文化"的深潭之中，其中最突出的表现就是对于文本的疏离。有些批评，尤其是在面对长篇文艺作品（比如长篇小说、影视剧等）时，明显欠缺细读的功夫。文艺批评只有通过细读作品才可把握作者在其中是否表现出强烈的个性、自由的灵魂以及哲学之思，是否真诚地关照世界或与历史对话。

可见，为了"去弊"，的确需要直面文本，而直面文本也常常是为了直面人的心灵，甚至直面生命本身。

文艺批评应谨慎"实用"，追问价值

经历了20世纪80年代的启蒙思潮洗礼之后，中国的社会文化在90年代发生了巨大变迁。此间，大众文化与消费文化既是学术界运用频繁的理论话语，也是当下中国文化现实的某种写照。尽管这一期间的文化仍然以主导文化、精英文化和大众文化三足鼎立的形式得以呈现，但不可否认，大众文化已经占据了社会舞台的主角位置，并以各种形式向精英文化和主导文化渗透。进入新世纪的中国艺术与批评中间更是弥漫着浓重的娱乐精神。"有用""有意义"常常成为衡量作品与批评的重要标准。"用"与"意义"在此也并非从心灵与审美出发，而经常是基于功利主义的考量。

实用理性是中国深厚的哲学传统，即使是艺术与批评也常常表现出"执著于人间世道的实用探求”，而文艺批评也多表现出工具理性的一面。近年来图书市场萎靡，为了提升书的销量，出版社与书商经常推出系列书评，促进销售。本来书评是应该把高质量图书的价值推荐给读者，对读者可以起到导引与启迪的作用。但在图书市场竞争激烈的情况下，相当多的书评带着某些商业动机。尽管从出版社经营的角度来看，这样做尚可理解，但就书评的本质来说，如何真正解读作品价值及如何对读者起到导向、引导作用则难以落到实处。同样，影评也存在如上问题，影评和影评人在国内电影产业化发展之前，一直停留在学术领域，随着《英雄》《无极》等商业大片的兴起，越来越多冠以“影评”的文章开始出现在媒体和网络。有些影评常常为了配合影片宣传而丧失了坚定的批评立场，影评与书评一样，为了提高票房而丢失了品格。书画艺术在当代进入了展览时期，而展览成功则意味着作品的市场价值将会得以攀升，书画家因此而可以获得功名。如此循环，功利的价值取向渐渐改变了部分书画家的心态，而有些书画评论也不由得丢失了曾有的风骨、以往的恬然。在书画深处寻求人生意义的向往，均被当代书法展览的利益诱惑所粉碎。

由此看来，艺术评论在娱乐时代越发表现出追求“实用”的工具理性目的，而价值理性则在名利参照下显得孱弱无力。曾经批评的功用被推崇为“照亮了以前的作品”，而今看来却难以完成如此承诺。因此，追问艺术作品的价值品格，探究其内在的精神性，重塑批评的创造力与阐释力，进而在读者与作品间架起一座通畅的桥梁是文艺批评的严肃使命。

文艺批评应摆脱学理束缚，直指心灵

批评固然需要有足够的知识体系作为支撑，但却不能用理论尤其是舶来理论来代替阅读与体验，更不能用晦涩的学术术语来论说并不坚定的观点，如此学理表达恰恰表现出批评主体的贫乏。批评是更高层次的一种思想文化活动。从亚里士多德到培根、蒲柏，再到后来法国的圣伯夫、泰纳，德国的莱辛，俄国的别林斯基、杜勃罗留波夫等都是批评史上的大家，透过他们的批评，越发可以证明：“批评也是一种心灵的事业，它挖掘人类精神的内面，同时也关切生命丰富的情状和道德反省的勇气；真正的批评，是用一种生命体会另一种生命，用一个灵魂倾听另一个灵魂。假如抽离了生命的现场，批评只是一种知识生产或概念演绎，只是从批评对象中随意取证以完成对某种理论的膜拜，那它的死亡也就不值得同情了。”[①]

而我们的批评恰恰在直指心灵层面欠缺很多。20 世纪 80 年代以来，文艺批评理论在中国可谓是流派林立，思潮迭起，风光无限，西方近百年的各种文学批评理论短短 20 年间在中国几乎全部登陆，一时间，国内的批评家言必称现代、后现代、结构与解构、性别与殖民，文艺批评的学理性无疑有所加强，对艺术作品和艺术现象的阐释空间也得到相应开拓，但如此批评真的体现出高度的自觉性、多元性与丰富性了吗？当代社会的大环境呈现出颇多的浮躁特征，消费、娱乐等时代文化现象波及艺术及其批评也属正常，但批评的唯学理特征，其深层次原因则是我们的艺术批评还没有建立起自己的体系与话语方式，因此照搬西方就成了一种捷径，却也成为一大弊端。

其实，批评所面对的仍是一种人生，一种精神与无数颗灵魂。真正杰出的艺术作品其基调应该是对生存、生命与人类文化充满无以言说的敬畏和探寻，是在共有的阅读参照中能打动批评者，更能打动读者。因为杰出艺术的基本情绪是关乎作品本身的，也是人类所共有的。艺术需表达或表征现实与心灵，批评其实亦如此。

如何才能保留记忆？保存那些称之为灵魂、精神的东西？如何才能摆脱肉体必朽的诅咒？苏格拉底的答案是：人要战胜生命只有两种方式——弱不禁风的种族繁衍，或者是留下里程碑、风向标似的思想和著作。批评应该做的正是后者。

（作者系辽宁省文艺理论家协会副主席、秘书长）

① 谢有顺：《文学批评的现状及其可能性》，《文艺争鸣》2009 年第 2 期。

社会风俗与社会主义核心价值观的构建

马薇薇

中国梦是根植于中国历史文化和文明肌体之中、潜藏在国人思想和精神世界的人文诉求。凝聚在亿万华夏儿女心中的中国梦要得以实现，就要让中国梦贯穿在每个公民心理和日常行为方式之中，成为广大民众共同信奉的理想。本文从社会风俗的变迁、现状、成因以及价值观塑造等角度，思考社会风俗走向，进而提出以社会主义核心价值观为导向引领社会风俗，使良好的社会风俗成为推动社会发展、民族复兴的动力之源，为实现中国梦提供强大精神保障。

大众风俗变迁、现状

社会风俗，是组成一个族群的人们在一定的生存环境下，受时代普遍流行的价值观念的支配，为满足生产生活需要，在各种生产、生活领域的实践活动中长期传承的行为心理和行为方式。从外延上来看，风俗是通过人们的生产劳动、衣食住行、婚姻丧葬、节日礼仪等等物质和文化活动来表现的，反映出一个群体在一定文化区域内共同遵守的行为模式和规范。

（一）节日民俗的变化

春节的社火、元宵的灯会、端午节的赛龙舟等等节日民俗活动，其内容、仪式是在农业社会时期形成的，与农业社会的生活、生产方式相关联。对先人、故土的依恋、感恩祈福，实现人与人、人与自然之间的和谐发展，是传统节日风俗中人们最美好的向往。岁时节令是传递华夏民族精神情感的纽带，蕴涵着民众特殊的情感内涵和文化价值需求。当前很多节日民俗不同程度丧失了其原本的文化涵义，年轻人对待民族节日感情逐渐淡漠。北京师范大学民俗学教授萧放指出：传承两千多年的中国传统节日体系面临全面颠覆的厄运，传统的年节礼俗被大量遗弃，本来具有丰富文化内涵的节日，因为相关仪式大量消失而变成浮泛的“时间单位”。端午吃粽子、中秋吃月饼，传统节日变成了“舌尖上的节日”，而圣诞节、平安夜、情人节等西方风俗在商家的大肆宣扬炒作下让很多年轻人趋之若鹜。

（二）生产、生活习俗变迁

20世纪80年代初出现的进城务工现象，到90年代更是大量涌现；新世纪以来，背井离乡的新生代农民工渐成城市建设的生力军，推动城市化进程不断加快。农耕文明不再是农民生产、生活的主导模式，传统生活习俗生存的空间、制度、心理面临全面挑战。农村男耕女织、田园牧歌式的文化生态正在消失，农业劳动生产习俗大量遭到遗弃，人们为适应新时代的需要，对传统的饮食、服饰、居住模式等进行着全面改造。旧的秩序逐渐被打破，新的社会风俗格局在转型中还没有形成稳固的状态。

（三）人生礼仪式微

贯穿人生的礼仪，如诞生礼、婚嫁礼仪、丧葬祭祀等，在新的时期或弱化或改造或遗失或没落。人生礼仪中追求物质高消费的趋势，使人生礼仪的变迁逐渐脱离了社会风俗正常发展轨道。较为普遍地表现在婚嫁中随礼的社会风气，追求时尚潮流、物质消费心理。传统礼俗原本淳朴、崇尚礼节的色彩淡化，风俗文化物质化现象越来越严重。社会风气影响着社会风俗观的形成和稳固。社会贫富悬殊加剧、财富分配不公、生存环境恶化、社会诚信缺失等影响社会风气的因素大量涌现，一部分人信仰缺失，缺乏正确的审美和价值判断，产生低级趣味的生活习惯和心态，严重影响风俗走向。

“风，其兴也勃，其亡也忽。”不能忽视的是，信息传播方式更快捷、渠道更丰富，一些不良的社会风气被部分用心不良的人无限放大，助长了歪风邪气。歪风邪气的横行往往经历从冷漠到麻痹，从宽待到容忍再到习以为常，演变为社会风俗。而良性的、符合人们生活习惯与审美诉求的风俗难以展现鲜活的面目。显然，这样的社会风俗与中国梦的实现是格格不入的。

社会风俗变异原因探析

有学者指出："影响社会风俗主体从而促使其发生、发展、变异的条件，包括自然因素、经济因素、文化因素、心理因素以及政治因素等，其中政治、经济因素的影响最甚。"当前的改革开放使我国政治、经济、社会、文化全面进入多元化时期，传统风俗生存的土壤和根基发生了巨大变革。

（一）经济社会结构的多元化促使传统风俗传承出现断裂

农业文明时期，以土地为基础的农业经济使人的活动范围相对狭小，人类为战胜自然以血缘关系为纽带结成生产组织，从而形成代代相传、相对单一的农业文明。粮食需要依附土地，收成需要依附自然，生存需要依附宗族国家，人人都要依附于集体。农耕文明背景下对自然、社会、国家依附性，人们的思维模式和行为准则只可能以权威意志为转移，使社会风俗保持在一个相对稳定的状态并长期稳固传承下去。改革开放以后，多种产业介入到经济社会中来，特别是现代工业、信息业、服务业迅猛发展，使人们获得了更多的发展、交流机会，各种经济社会结构如春天的百花，竞相绽放，并引发了上层建筑和意识形态领域的震荡。人们潜在的创造力得以释放，积极性、主动性得以调动。过去的宗族失去了原有的权威性，行会等民间机构失去了存在的基础而消失，风俗的集体传承随着存在基础的改变而出现巨大断裂。

（二）文化开放改变了风俗价值观的稳定性

社会风俗的形成受到时代普遍流行的价值观念的支配。当前中国社会价值观开始从一元向多元价值观转变，从注重集体的价值观向注重集体的价值观与重视个人的价值观相融合转变，从注重崇高理想的价值观向注重崇高理想的价值观与世俗价值观共存转变，从注重精神价值观向注重精神价值观与物质享受的价值观并重转变。"五四"运动与改革开放都是促进中华民族文化开放的重大变革，特别是改革开放后，民众有通过各种渠道接触西方资本主义社会文化的机会，人文主义、享乐主义、个人主义、平等主义、功利主义等资本主义核心价值观，开始对我国公众价值认知产生巨大冲击，突出表现在对社会风俗中蕴含的传统价值的淡化和排斥。

（三）个体自我意识的觉醒消解了大众风俗的群众基础

在封建社会背景下，个体的主体地位被虚无化，国家通过自上而下的组织机构实现对人民思想和行为的控制，大众民俗活动也只能在指定的范畴内发挥一定的社会效用。新中国成立后，在计划经济时代，由三四代人共同组成的大家庭、大家族瓦解，宗族势力影响不再是社会风俗稳定传承的主体之一。改革开放不仅使我国经济社会走向多元化，还使个体的自我意识逐渐觉醒，人们获得了思想上的解放，也让人们对过去陈旧的价值观念有了深刻的认识和反省。价值主体开始对理想目标和精神生活产生向往，个人开始关注自身利益的获得以及个人价值的实现，对世俗生活和物质利益产生了巨大的热情，助推了社会风俗物质化步伐。

当前社会风俗发生急骤变化，也是因为社会缺乏共同的信仰和普遍认同的价值观的自我约束和控制。党的十七大、十八大报告都强调要建设社会主义核心价值体系，加强核心价值体系在建设社会主义现代化中的作用，用社会主义核心价值观正确引领社会风气，疏导民俗活动，影响民众的思维模式，凝聚民众情感，因势利导对风俗进行适宜时代需要的转变成为当务之急。

用社会主义核心价值观引领社会风俗

核心价值观是全社会长期普遍遵循的基本价值原则，它深藏、凝结、渗透在一切社会意识形态和文化形态中，持久发生主导、支配、引领作用。核心价值观直接决定和影响作为社会意识形态和文化形态的社会风俗的整体走向。反过来说，风俗习惯的改良离不开文明、进步的社会主义核心价值观。

（一）把社会主义核心价值观融入社会风俗构建的全过程

我国社会主义核心价值观主要由坚持以马克思主义指导思想，坚持中国特色社会主义共同理想，坚持以爱国主义为核心的民族精神和以改革创新为核心的时代精神和坚持社会主义荣辱观组成。社会主义核心价值观是引导全社会努力奋斗的价值取向，也就是全体国民的共同理想。

社会主义核心价值观是构建和谐文化的根本，发挥着凝聚人心的作用。通过体制建设和机制建构，使社会主义核心价值观融入风俗发展全过程，贯穿到人民日常工作生活、精神文化产品生产、媒体传播、政策法规制定之中。综合运用法律、行政等手段，使社会主义核心价值观牢牢占据舆论主渠道，使冲击社会主义核心价值观的不良思潮在主阵地上被杜绝，非主流社会思潮进入主渠道有限制。同时，切实改变主流意识形态呆板、说教的表现形式，建立一整套适应不同传播渠道，贴近生活、群众与实际的为群众所喜闻乐见的表现形式。

（二）在社会风俗发展中体现民族精神与时代精神

以爱国主义为核心的民族精神和以改革创新为核心的时代精神是社会主义核心价值观的精髓，民族精神和时代精神是一个民族赖以生存和发展的精神支撑。在社会风俗的形成中必须吸取传统民俗文化的优秀部分以体现民族精神。通过深入调查、挖掘、整理、研究来保护和弘扬优秀传统民俗文化，使优秀的传统民俗文化精神得以普及、延续和发展。通过媒体有计划有选择地宣传各类较为优秀的民俗活动，强化民众保护民俗文化的观念意识，从思想层面认同民俗文化。民俗文化历史悠久，思想内涵丰富，范围极广，人类的社会生活、精神生活和物质生活中都有其民俗文化。民俗文化要去粗取精，有选择地继承，也应根据时代和社会发展需要进行合理合适的改造和创新。在民俗活动的开展中融入时代精神，更好地契合人们不断提升的审美情趣，以大众喜闻乐见的活泼生动的方式呈现出来，以保持长久的生命力。同时，应注重从传统文化中汲取灵感和养分，最大限度地保持、还原与发扬民俗文化的传统特质，通过精品文化的打造，让传统文化奇葩重放异彩。

实现中国梦，需要精神层面的个人道德规范、需要社会层面的法律制约，还需要通过凝聚社会共识，营造良好的社会风俗氛围。社会风俗的改良，依靠社会的相对稳定，依靠经济基础的发展壮大和人民思想道德水平的提高。把社会主义核心价值观作为长期普遍遵循的基本价值原则，让实现“富强、民主、文明、和谐”的价值目标融贯、根植、凝结、渗透在社会风俗各个层面，为共同铸就和实现国富民强、民族复兴的宏伟中国梦而努力。

（作者系湖北省文联创研部副主任）

流动的“哲学诗”

——浅谈舞蹈艺术的动态性

孟　梦

任何一门艺术都拥有自己独特的媒介来传情达意，相对于绘画、雕塑等静态艺术来讲，舞蹈艺术的运动特性是不言而喻的，动作是舞蹈中最基本的单位，那么，动觉则是舞者动作思维能力的体现。吴晓邦先生曾在《新舞蹈艺术概论》中指出，舞蹈是人体造型上“动的艺术”，它是借着人体“动的形象”，通过自然或社会生活的“动的规律”，去分析各种自然或社会的“动的现象”，而表现出的各种“形态化”了的运动，这种运动不论是表现了个人或者多数人的思想和情感，都称为舞蹈。由此可见，动态性是舞蹈最基本的艺术特性之一。

运动是物体位置不断变化的现象，通常指一个物体和其他物体之间相对位置的变化。运动还包括宇宙间所发生的一切变化和过程，从简单的位置变动到复杂的人类思维都可以称作为运动的表现。然而，作为运动的人体，舞蹈涵盖于这个宽泛的概念之中并具有它自身的特性。正如默斯·堪宁汉所说“舞蹈的基础是动作，也就是在时空中运动着的人体。这种动作的范围包括人在任何特定时刻产生的从静止到最大数量的动作。舞蹈的构思既来源于动作，又存在于动作之中”①。由此可见，运动性被认为是舞蹈的本质属性和内在需求，只要舞蹈客观存在，那么运动就是必然的。所以才有《礼记·乐记》中对“诗、乐、舞”经典的概括：“诗，言其志也；歌，咏其声也；舞，动其容也。”②一系列富有意味的“动”的连续成为了舞蹈区别于其他艺术的特性。基于舞蹈艺术的韵律性、抒情性、造型性等本

---

① 欧建平：《默斯·堪宁汉的舞蹈思想及编舞方法》，《文艺研究》1986年第6期。

② 转引自隆荫培、徐尔充：《舞蹈艺术概论》，上海：上海音乐出版社1997年版，第32页。

质属性，无论是田间的原生态舞蹈，还是剧场的舞台演出，以及诞生于镜头的舞蹈影像，舞蹈的“动”均可看作有章可循的“有意味的运动形式”。闻一多先生曾经说过，“生命的机能是动，而舞便是节奏的动，或更准确点，有节奏的移易的点的动，所以它直接是生命机能的表演”①。可以说，当舞蹈作为一种动态造型艺术，每一个舞蹈动作的连接和累加，通过有规律、有组织的肢体语言进行着情感外化、叙事表达、状物言志等运动形式的表达，所获得的是更具张力的综合显现。因此，时间的延伸性和连续性的动态感为舞蹈艺术披上了神秘的外衣。

舞蹈运动的“时间”构成

黑格尔认为，艺术作品的构成材料会形成艺术家思维的媒介。运动的人体作为舞蹈艺术创造的构成材料，是承载着传递信息及观念的动态造型语言。无论是形而下的日常状态表达，还是形而上的精神状态的追求，“手舞足蹈”可以说是对舞蹈运动最为直接的表述。从人体生理结构来看，除了手舞的上肢动作、足蹈的下肢动作，身体的中段和人体指挥中心的头部同样构成了舞蹈运动的显要部位。身体各个部位的舞蹈语汇在一定的运动规律中传达了相应的文化背景和审美意蕴。

东方的舞蹈多善于上肢动作，我国自古便有“长袖善舞”之说，如古典舞身韵流派中手部运动的技法包含了提、压、拎、盘、绕、撩、拨、推、抹、穿、摊、摆、刺、点、划等运动规律。汉族舞蹈中多用手持道具，自古代便有了“手持道具并以道具为名”的特点，道具多以“手持”表演，比如腰鼓、手绢、扇子等，因此汉族舞蹈也多侧重于上肢动作。而西方的古典舞芭蕾舞则相反，更加注重腿部动作，并以“脚尖舞”著称。所以，随着时间的流逝和地域的变迁，不同风格的舞种趋于融合吸纳的同时又独具特色。此外，人体细部部位的语言同样不可忽视，如：眼眉、肩胸、臀髋等部位。以被看作是心灵窗口的眼睛为例，其细微的运动可以构成一个舞种的动作体系，在抒情舞段中一个瞬间的眼神往往负载着丰富的并且是难以言传的信息。

除了人体各个部位所承载的信息以外，通过“时、空、力”等要素的变化，舞蹈的动作又可呈现出不同的运动状态。“现代舞蹈理论之父”鲁道夫·拉班（Rudolf–Laban）在“人体律动学”的研究中提出了“力效”这一重要概念，并依

① 于平：《中外舞蹈思想概论》，北京：人民音乐出版社2002年版，第411页。

据“力效要素”四个方面的分别组合构成了“八大动作基本元素”。(表 1)

在时、空、力和连续运动的维度里，拉班对舞蹈运动作出的科学理性分析说明了“力效”是构成舞蹈动作语言含义和表现的最根本的动因。拉班还通过深度、宽度和高度三个向度，把人体置于一个二十面体的球体空间内进行点、线、面以及方位的分析，并提出了包含“门平面”“桌平面”“轮平面”人体空间分割概念的“空间协调律”。拉班的这些关于人体动作的理论成果为舞蹈运动空间的拓展带来更为系统和深入的感知和识辨。

表 1　拉班“八大动作基本元素”表

力效动作(Effort)	重力(Weight)	空间(Space)	时间(Time)	流畅度(Fluency)
冲击(Thrusting)	重	快	直接	控制
抽打(Slashing)	重	快	曲延	放纵
压动(Pressing)	重	慢	直接	控制
扭绞(Wring)	重	慢	曲延	放纵
点打(Dabbing)	轻	快	直接	控制
弹动(Flicking)	轻	快	曲延	放纵
滑动(Gliding)	轻	慢	直接	控制
浮动(Floating)	轻	慢	曲延	放纵

此外，节奏是构成舞蹈运动的重要元素之一，运动存在，节奏自然存在。“在一个活的有机体中，所有的活动也都是这种有节奏的活动，这种活动有时并不仅仅是由同一串互为因果的事件组成的，而是由许多串具有不同节奏的事件链条的同时作用形成的。”① 因此节奏的多样性和易变性构成了舞蹈运动的规律，在

① [美]苏珊·朗格:《艺术问题》，腾守尧、朱疆源译，北京:中国社会科学出版社 1983 年版，第 48 页。

力度、速度、幅度等微量的变化对比中彰显舞蹈运动形式之美。多丽丝·韩芙莉（Doris-Humphrey）认为是地心引力提供了节奏的潜能。她总结了四种节奏的源泉：“第一，是能导向造句和分句节奏的呼吸—歌唱—讲话器官。第二，是人体功能中不自觉的节奏形式：心脏跳动、肠壁蠕动、肌肉收缩与松弛、神经末梢的感波。第三，是机械的推进系统：双腿，人们发觉双腿一前一后给人以支撑，并在重复支撑的交替中给人以快乐的节拍感。最后，是情感节奏：感情的涨落，它不仅提供强烈的节奏形式，而且也成为一种判断别人情感节奏的参照系。”[①] 因此，呼吸节奏、生理节奏、机动节奏、情感节奏构成了舞蹈运动过程中的主要节奏类型。除此之外，舞蹈与音乐（音效）同步或异步的编导理念贯穿于舞蹈作品并为特定的叙事和情绪服务。作为集视听于一体的舞蹈艺术来讲，音乐（音效）节奏也是构成舞蹈节奏不可分割的一部分。

在舞台环境中具有延伸意义的“运动”材料——道具、服装、舞美、灯光等元素的作用也是不可忽视的。这些元素构成了完整的视觉构图并参与到舞蹈的整个运动中。作为肢体延伸的道具、作为剧情交代的背景、作为环境营造的灯光等等任何一方面的变化和运动都会为舞蹈肢体运动提供动力或构成肢体运动参照系。所以，构成舞蹈视觉环境中的每一个元素的运动都在一定程度上作用于动作本身。当把肢体运动置于地域文化的大环境中，不同的文化背景和艺术表现形式赋予舞者甚至肢体本身潜在的寓意表达。比如以手舞为特征的印度舞蹈和宗教有着千丝万缕的联系，而婆娑曼妙的肚皮舞则带有原始生殖崇拜的寓意。所以，在大环境下个体的差异同样构成了多样的运动规则。动作的“动”不仅仅局限于肢体的表层视觉的形象运动，还受到舞蹈运动设计者的编导理念以及舞者二度呈现的制约，最后产生于受众的内心反馈……使舞蹈传播运动得以实现，并逐渐丰实为一种“有意味的形式”参与到创作始终。

舞蹈运动的“空间”构成

作为一种能让雕塑流动、音乐凝固的视听艺术来讲，舞蹈具有“四维艺术”的美誉。舞蹈的肢体语言通过或强或弱、或轻或重、或直线或曲线等不同程度的运动变化创作出千变万化的形体动作或构图造型，因此，舞蹈家是舞台空间的灵魂。

---

① [美] 多丽丝·韩芙莉：《舞蹈创作艺术》，郭明达、江东译，北京：中国舞蹈出版社 1990 年版，第 90—91 页。

舞蹈构图是舞蹈语汇在一定时空内排列组织的动态结构，点、线、面是构图的三个最基本的要素，构图一般为作品的主题和题材服务，将流动的舞蹈造型以点、线、面的形式有章法的置于立体空间并协调连续起来，由此符合人物情感状态的空间距离的语言形式便依照不同文化规则被创造出来。例如，1581 年首演的世界上第一部芭蕾舞剧《皇后的喜剧芭蕾》就采用了立体几何的构图方式暗喻了封建宫廷规则和秩序。

吴晓邦先生早在 20 世纪 80 年代就曾经提出一些关于舞蹈运动构图的观点。“中国传统艺术里的构图，主要由对称平衡方法和轴心论的运动思想构成。而反封建的新艺术传统构图，由欧美传入的写实主义即采取自然平衡方法和矛盾论的思想运动。”① 由此看出，吴晓邦主张新舞蹈的构图创作应该在继承传统的轴心运动这种美的形式的同时吸收和挖掘自然的平衡和矛盾论运动，寻求舞蹈构图上运动的力量源泉和生活的真实性。

在舞蹈构图中，舞台平面分区常见的有“九区划分法”（图 1）和“六区划分法”（图 2）；舞台空间则分为低空、中空、高空三个层次和八个方位（图 3）。

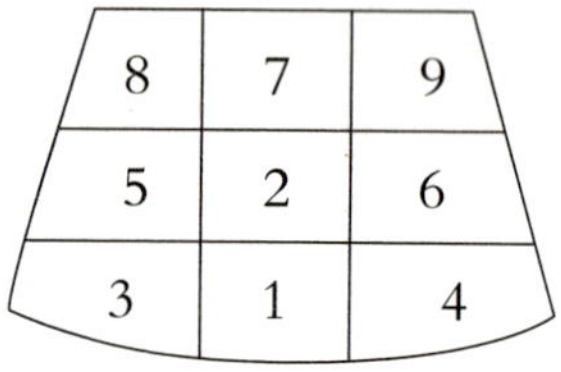

图 1　舞台九区分布

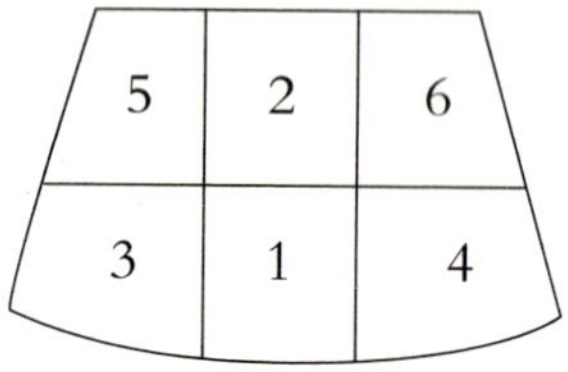

图 2　舞台六区分布

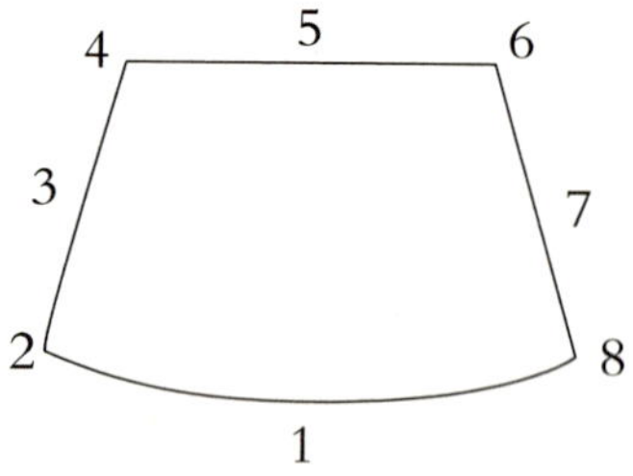

图 3　舞台八点方位图

舞蹈编导和研究者们为不同区域的舞蹈运动设定了性格属性。美国耶鲁大学的教授阿列库山大曾经揭示了舞台六个区域各自表达的特殊寓意：“区域 1（中央前）这个区域是观众观赏节目最佳的区域，它给人以强烈的印象。因此，剧情高潮、斗

① 吴晓邦：《新舞蹈艺术概论》，北京：中国戏剧出版社 1982 年版，第 47 页。

争、重要的发言等都要在这一区域进行。区域 2（中央后）舞台中央里面，是举行仪式的庄严区域。……区域 3（左侧前）是充满亲切、温和、不强烈的区域。……区域 4（右侧前）是形式紧张不亲切的地方，显示出排他性的情感……区域 5（左侧后）这个区域是浪漫抒情的区域……这是幻想和思念的场所。区域 6（右侧后）这是六个区域当中最弱的部分。这里可以作为这个世界不存在的超自然之物表演的场地。”①

运动的人体（舞蹈）与空间发生关系，从而产生构图的效果。在单纯的一维空间，点作为舞蹈构图最基本的要素代表了一个或多个舞者在舞台平面所处的位置。点的位置以及点作为舞者自身的造型特征决定了它的视觉效果，可以处于运动和静止两种不同状态。韩芙莉就认为连接舞台四角两条对角线相交的“中心点”是舞台中唯一最有力的位置。（图 4）经典芭蕾《天鹅之死》为了突出天鹅垂死挣扎、渴望求生的精神，将表现最后生命结束的造型定格在舞台的中央。

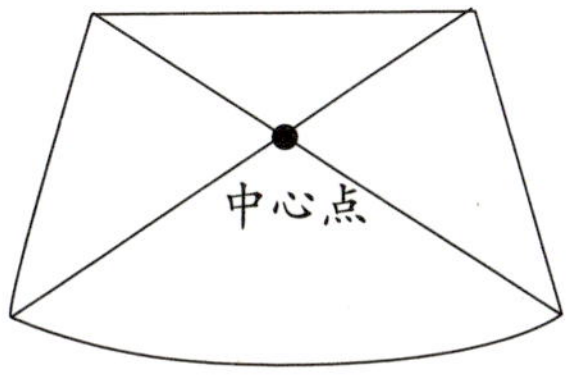

图 4　舞台中心点

线是点运动的连续，它包括舞蹈的动作线和移动线以及发展于二维空间的队形排列线。垂直线、斜线、横线、曲线等舞蹈构图中的运动线代表着不同情感的表达，在此基础上还可以有平行、交叉、环绕等复线的运动。（图 5）在我国诸多原生态民间舞中有多种多样的线形运动，如，陕北秧歌的“龙摆尾”等。女子群舞《小溪·江河·大海》同样是一部在舞台上运用“波浪线”颇为经典的舞作，连绵不断的队形变化在“线”的流动中层层递进，讴歌了大自然生生不息的生命礼赞。

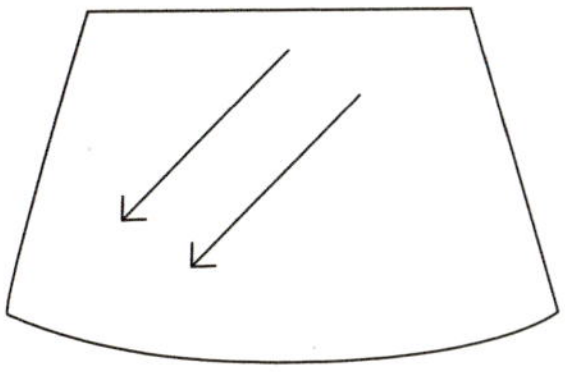

图 5　舞台平行运动

① 转引自［日］江口隆哉：《舞蹈创作法》，金秋译，北京：学苑出版社 2005 年版，第 96—97 页。

点与线的反复相加组成了面，如稳固的正三角形、神秘的菱形、完满的圆形等等都是负载着情绪的舞蹈语言。三维空间里点、线、面的综合运动，还可以构成不同形式感的图形。不同的图形具备不同的价值，同样的图形在不同的舞蹈构图中的寓意也不尽相同。空间的组织设计取决于主题的选择和编舞者的愿望。

此外，在舞蹈特殊的时空观里还存在一种不可小觑的“心理空间”。自 20 世纪 80 年代初《再见吧！妈妈》较早尝试了西方意识流的创作手法，演绎了中国编导对“心理空间”的解读。而由王舸编导的女子群舞《汉宫秋月》则运用了虚实转换、动静结合的手法将老宫女的宫中哀怨生活表现得淋漓尽致。舞蹈运用空间调度同时表现了主人公的老年现实生活情境与年轻时生活的状态，由空间所构成的强烈视觉反差清晰的传达出岁月远逝的忧伤，以及老宫女的惆怅之情。在“心理空间”的呈现中，舞蹈编导将内心中的舞蹈人物形象通过舞者的肢体表现出来，而此时的舞者会在“自我”与观众内心的“想象”中变幻，一个有限的空间顿时变成了无限的空间。

因“动作”而强化的人类思维能够用自身的动作形象重建一个动的愉悦的世界。当舞者的内心与观者内心的“同源体”息息相通时，二者思维的默契感便油然而生。因此，一支好的舞蹈就如同一首流动的“哲学诗”，需要观赏者的细细品读。

（作者系山东艺术学院舞蹈学院讲师）

审美个性下的风格建构

——论江西青年小说家的创作

倪爱珍

文学研究，常有“风格”之说。所谓风格，是指作家相对稳定的整体话语特色，是作家的思想情感与艺术表达方式的综合体。风格的形成，往往是一个作家创作趋于成熟的标志。中国最早的文学理论巨著《文心雕龙》中有专门的一章《体性》篇，接近今日的“风格”说。风格的形成虽说与时代、民族、地域等外在因素有一定的关系，但起决定作用的还是个人主体因素，也即刘勰所说的“才”“气”“学”“习”。正是因为风格之不同，所以人们能识别出“贾生”“长卿”“子云”“子政”“孟坚”“平子”之文。近年来，江西小说界涌现出了一批20世纪70年代以后出生的青年人，阅读其作品，可以看出，他们正在依凭着自己的审美个性，有意识地或下意识地形成自己的风格，建构属于自己的文学标识。

樊健军：国民性视角下的底层写作

樊健军是江西近年来发展势头最猛的一位青年作家。他的小说创作从2010年开始渐入丰盛期，不仅数量大，而且质量也在迅速提高。小说中经常出现的“水门村”，不仅是他构筑的一个独特的文学世界，标志着他的创作风格——接地气、现实关怀、朴实，而且也成为他创作思想的出发点，关注被侮辱被损害的底层人物，通过对他们的生存状态、精神世界、生活智慧的描写，来透视世态百相、时代变迁，探索人性的丰富与复杂。樊健军的创作有一点最可贵，就是他在努力地走向开阔与深刻。他并没有停留于“水门世相”类的创作，因为那毕竟还是一个奇人怪事栖居的世界，写多了，难免有炫丑取宠之嫌，在日常生活中发现生命之痛、发掘人性的幽暗才最显功力。《有花出售》中的故事由于增加了历史的维度而有了纵深感，而且他所涉及的生活面也比较宽，三个姐妹三种生活，作者把它讲得从容不迫，显示出叙事水平的提高。《夭夭》讲述的是80后单亲女青年夭夭的人生，最精彩的是对身体感受的描写，显示出作家对语言的敏锐感觉力。说樊健军的创作走向深刻，则主要指对人性揭示和现实反思力度的增强。《眼睛虫》从儿童图南的视角对成人世界进行陌生化的打量，使得丑陋荒唐的成人世界得到清晰的呈现。儿童的懵懂天真更强化了故事的荒诞性和悲剧感。《1994年的寒露风》围绕一件莫须有的假种子案，揭示出中国农民的自私与狭隘。《文艺报》以"新的中国问题和国民性思考"为题进行了点评。

樊健军对国民性的关注，是建立在他与底层保持着血肉般的紧密联系上。但他的"底层"似乎与当前密切发展着的社会现实有一点隔膜。此外，正处于创作上升期的他，还需要更多的、更广泛的阅读，在阅读中提高思想水平，开阔眼界，加深对艺术本体的理解。人文修养的底子厚了，就必然能长出参天大树。

陈蔚文：都市女性无奈的悲歌

陈蔚文近年来主要从事散文创作，小说数量不多，主要关注的是都市女性的情感、婚姻问题。她从非常日常化的生活角度切入，抵达对女性精神世界的烛照和命运的关怀。《租房》和《浮城》都是关于房子问题的。《租房》通过一个外乡年轻女人在上海不断租房搬家的经历展现了底层迁徙者的生活。在经历了借住、群租、合租的烦恼后，她委身于一个有房的离婚男人，尽管她知道这个男人一直与前妻藕断丝连。对于生活，她选择了妥协。《浮城》中，从农村来到城市工作的女主人公为了能在春化路有一套房子，放弃了与同是农村来的理发师的感情，自导自演了一段与办公室主任的恋情，但最后还是一场空。另两篇《剩女小姜》和《惊蛰》是关于婚姻问题的，有"续篇"的意味。《剩女小姜》反映了当今社会的剩女现象。剩女小姜为不能走进婚姻殿堂而伤怀、烦恼，那么进入了婚姻殿堂的女人又是怎样呢?《惊蛰》为人们挑开了婚姻的柔软面纱，让人看到它光鲜的外表下是如何的千疮百孔。最初的激情与浪漫如潮水退去后，婚姻里剩下的就是苍黑色礁石，冷酷、坚硬，残破的缝隙里呼啸着冰凉的海风。夫妻二人在出轨与反出轨之间斗智斗勇，一番对峙、较量、相持后，妥协的还是女人。

在陈蔚文的笔下，无论是在社会上，还是在婚姻里，女性还是弱者的代名词。

王芸：日常生活中的人性之善与坚强

王芸原为湖北作家，2013 年加入江西作协，在散文创作上成绩斐然，近年来开始创作小说，出版了中短篇小说集《时间寻找长久的爱情》，其题材和表现形式都呈现出多样化的特征，显示出作者初入小说园地时努力探索的脚印。王芸小说最着力表现的是人性中闪光的东西，尤其是善良和坚强。《悬爱》表现了妻子对第三者的善与宽容。《摩擦力》表现了继母与儿子以及夫妻之间、肇事车主与受害人之间在摩擦中迸溅出的善的火花。《日近黄昏》中，患了癌症的五十多岁的警察老全，生的意志让他愿意尝试任何治疗偏方，最后硬是靠吃蟑螂把病给治好了。为了继续工作不退休，他一改平时邋遢散漫的作风，最后在执行公务时与歹徒同归于尽。《黑色的蚯蚓》中近 50 岁的出租车司机樊松子遭遇从天而降的灾难——儿子在交通事故中去世，而在这之前丈夫因为另有女人，一直要和她离婚，她坚决不离。但是现在她同意离婚了，条件就是他要和她一起再生个儿子——人工授精、试管婴儿。

王芸小说描写的都是普通人，她能将柴米油盐状态的生活写得非常生动、地道，她似乎没有这样的烦恼——因词语的匮乏而无法抵达生活的褶皱处。但她的写作似乎常常是在情感的支配下进行，不是特别注意结构的严谨和叙事的节奏，在一些可有可无的地方有时铺陈过多，理性节制不够。如果再要求高一点的话，有些小说稍嫌“平”了点，少了点张力和余韵。不过，2013 年发表的《摩擦力》显示了作者跨越式的进步。

杨帆：女性精神世界的探险

杨帆自 2005 年开始创作，发表了多部中短篇小说，小说集《瞿紫的阳台》入选 2010 年度“21 世纪文学之星丛书”。文学的内涵很丰富，但毫无疑问它首先是一门语言的艺术。读一部文学作品，从它的语言即可初步判断这个作者是否具备成为作家的潜力。在这一点上，杨帆不仅是称职的，而且是优秀的。她的语言，可以粗犷通俗如《老魏要成家》，可以细腻婉转如《天鹅》，可以繁密凝重如

《贞德的号角》。这说明她是很用心地观察生活、体验生活，所以语言才能如生活本身一样丰富鲜活。总体来说，杨帆小说执著于女性心理、情感、生存的探索，其笔下的人物，大部分处于社会生活的底层，如妓女、小偷、小人物，或者是有心理隐疾者、遭遇重大不幸者。她们常常在两性情感的放纵中迷失，又在母性的光辉或者家的安宁中回归。“飞翔，为了坠落”，“我相信安宁是最后的家园”，杨帆自己的这两句话是打开她众多小说之门的钥匙。《天鹅》中的大律师“我”在丈夫车祸去世后，发现他有一个情人并已怀了他的孩子，“我”原谅了他和她，并愿意和她一起抚养孩子。《贞德的号角》中贞德迷恋美术，男朋友抛弃、高考N次落榜、无爱的婚姻使她想加速自己的死亡，在与陌生的水管工频繁偷情后，生下了一个女儿，在抚养女儿的过程中她的心渐渐安宁、温暖，生命重新有了温度。此外，杨帆还有一类小说，是反映社会底层生活的。《谁买你的刀》写得朴实而有力度，通过底层人物卑微生活中所表现出的善良和对尊严的守护来对这个世界进行有节制的控诉。

杨帆的女性小说创作由于生活的广度与丰富度的不够，所以有点陷入“玄想”“精神探险”的状态，容易造成自我重复，而描写底层生活的小说由于有生活本身的丰富性作依托，再加上她的艺术功力，可以越走越宽。

欧阳娟：女性的官场与青春

一提起欧阳娟，很多人就会想起被称为“官场小说”的《手腕》《交易》，虽然在这之前她出版过青春情感题材小说。2007年、2008年连续出版的这两部作品市场销售量很好，她也因此被称为“80后写官场文学第一人”。官场小说如此之多，为什么她的作品吸引读者、备受关注呢？这必然有它的独特之处和消费文化背景。回顾20世纪90年代以来的官场小说，主要人物都无一例外都是手握大权的男性，内容上多是在广阔的时代背景和社会氛围中描写官场权力生态，揭露腐败现象。近几年官场小说也出现了一些新现象，主角不再是叱咤风云的领导，而是秘书、公务员等小人物，从他们的视角来描写官场，说他们是“官场教科书”也好，是小人物官场奋斗史也好，但官场还是那个官场——男人的官场、权力的官场、冷酷无情的官场。欧阳娟的官场小说，女性破天荒地成为主角。《交易》《手腕》两部姊妹篇讲述了女性如何利用自己的美丽和智慧在属于男人的官场中游走、如何掌控男女之间的情感地带为自己赢得成功。原本是男人们力的角斗的官场，因为有了女性、有了情感，变得温暖柔软、树影婆娑了。这些无疑成为大众阅读和商业销售的兴趣点。每个作家都在不断地寻求突破，寻求变化，但总有一些不变的东西。纵观欧阳娟近几年的作品，可以看出女性意识一以贯之，如《深红粉红》《路过花开路过你》《最后的烟视媚行》，即使是《交易》《手腕》，其要表现的不是官场，而是女性在当今社会的生存状态、生存智慧、生命体验。欧阳娟的想象力、借助词语抵达一切丰富细腻感觉的能力是令人欣赏的。她的写作，似乎很容易被情感裹挟着前行，小说中总是氤氲着一种散不开的情绪、氛围，作者沉溺于其中。那些青春情感作品写得如此的唯美而玲珑，就像一杯香醇浓稠的果汁，饮一口沉醉，多饮则难免有腻之感。作品如果缺少生活的质感和生命的宽度，是很难走向大气与厚重的。从这个角度来说，2013 年发表的《我有票》无疑是欧阳娟的一次有意识的自我突围。此外，读欧阳娟的作品，感觉作者与人物之间的关系过于亲密，或者说作者太爱她的人物了，所以难免会造成因为这种距离的缺失而带来的理性意识、伦理判断的缺位。

杜青：在军旅文学中开辟天地

杜青的创作有两个特点，一是专一于军旅题材，二是从网络写作转入传统写作，而且据调查，他还是江西年龄最大的网络写手。当兵的经历与对文学的热爱促成了他的作家梦。《上高会战》讲述了发生于作者家乡小城上高的一次不同寻常的战役——国共合作毙伤日军 2.4 万人。《无援》讲述的是日本侵华战争史上最苦难的一次战役——衡阳保卫战的故事。《奇兵》与前两者不同，不再写一个大规模的战役，而是写一批抗日英雄营救同胞、保家卫国的故事，横跨数个战役。他们的每一次出击，都像一把锋利无比的利剑，让敌人付出惨重的代价。杜青的小说都是以真实史料为背景的，所以在写作之前，常花大量的时间和精力去搜集资料。一场战役涉及的事件人物非常多，如何找到切入的角度口和线索来讲述是不容易的。当然最重要的，还是作者的思想高度。写历史不是为了还原历史，而且历史本身也是无法还原。“一切历史都是当代史”。任何一部讲述历史上的战争的小说，都是一种当代的讲述、个性化的讲述。关于这点，杜青也在不断的探索中。比如《无援》不仅通过普通战士平子和强子来串联起各个故事，而且通过人物遭际的描写引发关于一个人的是非功过到底应如何评说的思考。

根据朱向前的观点，20 世纪 90 年代中期以来的军旅小说，比如《突出重围》《历史的天空》等，可以看成是当代军旅文学第四次浪潮的主要标志。这些作品，不仅有很高的思想性，如对市场经济下缺失的英雄主义的呼唤、对军人价值的沉重追问、对战争与人性问题的思考；而且有很高的艺术性，特别是在个性鲜明的人物形象的塑造上获得了重大突破。这些对于杜青的创作具有重要的启示意义。

朱传辉：关注人物的心灵创伤

江西另一位从事小说创作的青年作家朱传辉，每年写得不多，2013 年出版了中短篇小说集《力顿的晚餐》。这个小说集中写得最精彩的是短篇《力顿的晚餐》。农民工力顿为自己这个月有 50 元零花钱而兴奋不已，经过仔细的规划后，决定用 28 元买一只烤鸭。可是，当他提着烤鸭过斑马线时，一辆轿车把他撞倒了，烤鸭也被碾到车轮底下去了。面对一对傲慢的城市男女，力顿在尴尬、自卑、心虚后找到了一种“战斗的方法”——不要对方赔钱，而要赔“对不起”。力顿的内心一下子强大起来了，他说起话来痛快淋漓、唾沫横飞。男人在众目睽睽下终于说了对不起，力顿在男人低沉的声音里听出了胆怯、无奈、愤恨和不甘，这让他在回家的路上一直沉浸在激动中。回到工棚，他才发现自己没吃晚饭，“一想起鸭子，力顿心如刀绞”。小说无意于把力顿塑造成一个具有高度觉悟的打工者，而只是要表现一个卑微者在刹那间被激起的尊严感，这尊严感平时被残酷的现实压在意识的最深层，但它切切实实地存在着。它喷薄而出时释放的光环，如烟花，虽短暂，却异常得美丽。朱传辉多篇小说的主人公都是失去完整的父母之爱的孩子，作者要表现的是他们的心灵痼疾、性格变异以及对爱与温暖的渴望，比如《京酱肉丝》中的米小卉，《我要回家》中的大学生，《醪桥夜谈》中的儿童“我”，《不许你在大街上流浪》里的儿童小昭，《月亮之死》中的思思。他有些作品中的故事以及讲故事的方式稍嫌简单化了点。做小说也如科学探险，需要有对社会的发现、人性的发现，还需要艺术形式上的创造。2013 年发表的《京酱肉丝》《拯救》“复杂度”有所增加，显示了作者艺术上的进步。

陈永林：小小说里做自由文章

陈永林从 17 岁开始写小小说，至今 25 年，发表作品有 2000 余篇，其中有 900 余篇被各种报刊转载或收入各种选集，这真是一个惊人的数字。可以说，小小说已经成为他记录生活、抒情写意、思考人生与社会的一种思维方式。他在小小说里获得了自由，小小说在他这里也获得了自由，体裁的樊篱消失了。阿·托尔斯泰认为："小小说是训练作家最好的学校。"它小的只是形式，而不是思想的分量。咫尺之间见山见水还要见山水之间的气象与山水之后的灵光，是需要才情与智慧的。小小说中的故事像冰山，哪一角出来，哪一角留在水里，出来的那一角的形状、体积、密度等如何设置，作家是需要反复揣摩的。

陈永林的小小说，具有一定的纪实色彩，记录了他成长的足迹，鄱阳湖——这个养育他的母亲湖也反复出现在他的小说里，成为他的精神家园，从这里出发，通过一个个故事来透视社会与时代的变迁，表现人性中的美与善，思考生活哲理、命运魔方，也因此而形成了他作品的主导风格——自然，朴实，真诚。《上学的路有多远》通过梅子卖冰棒挣学费的事把村民们的善良表现得真挚感人。《胆小鬼》独辟蹊径地通过一个孩子的行为表现亲情的美好与伟大，显得真实自然。《堂嫂》把一个少年青春期性与爱的萌动、内心飘摇的风雨表现得甚是细腻真切。《毒不死的狗》与《谁毒死了村主任的狗》两篇有接续关系，通过一只狗的命运反映了众多的社会现象和国民心理，作品荒唐诙谐的背后是作者与读者紧锁的眉头与沉重的叹息。其中小孩石头毒狗事件的设计，实在是妙笔，因为孩子常常是真理的发现者，就如《皇帝的新衣》。对当今社会出现的新现象新问题的反映，也是他小说的重要内容之一。《精简》《领导为啥不叫我吃饭》《好人村长》反映了官场的黑暗与人性的变异，《跳楼》反映了"笑贫不笑娼"不良社会风气和扭曲的社会价值取向。《海子之死》反映了当今社会农民工的性问题。题目取得很有意味。为守卫圣洁之心而自杀的诗人"海子"与因生理冲动犯错而自杀的农民工"海子"，在读者的阅读阐释中无疑会被联系在一起，这就是法国符号学家、女权主义批评家朱丽娅·克里斯蒂娃所说的"互文性"，"任何作品的本文都像许多行文的镶嵌品那样构成的"，每一个文本都是其他文本的镜子，它们在相互参照中生产意义。两个海子之间的对照，乍一看有戏谑的意味，但戏谑之后是更深入的思考——人的生理需求与精神需求之间的矛盾如何解决、一个文明进步的社会是否应该满足人合理的生理需求等。陈永林的小说还有一类是借讲故事来表现生活哲理的，也即寓言式的写作，如《半小时的故事》。

喻虹：江西儿童文学领域的新希望

江西当今专门从事儿童文学创作的作家，一直以来只有郑允钦、彭学军，以及从事幼儿文学创作的闵小玲，其余都是“业余”创作。后继无人成为江西儿童文学领域比较突出的现象。2010年，喻虹的加入为儿童文学领域带来新的活力与希望。尽管才短短四年，但她已经取得了不俗的成绩，其小说有个鲜明的特点，即现实性很强，关注当今社会少年儿童成长中遇到的新问题，尤为关注儿童中的弱势群体，或是特别需要关爱的儿童，如《向阳而生》中的残疾儿童唐歌、《清水河》中的留守儿童宋词、《说好要回家》中的走失儿童元舞、《向左走，向右转》中的因父亲入狱受到歧视的周笛、《像月光一样明亮》中因学习不好不受重视的胡焱、《风往哪里吹》中因戏水痛失好友的金泳。故事跌宕起伏，文字清新优美，以真情感动读者，教育孩子心中要充满爱与善，引导他们乐观、坚强地面对生活中的困难，帮助他们树立正确的人生观、价值观。喻虹以前从事中短篇小说创作，“转行”进入儿童文学领域，时间不长，但读她的作品，感觉她的思维、想象、语感已经进入了儿童文学创作的状态，突破自我势在必行，如何处理文学与时代的关系可能是她首先需要思考的难题。

最后，还要特别提到范晓波。他近些年的主要成就是散文，只创作了两部小说：2012年出版的小长篇《出走》和2013年发表于《人民文学》的短篇《过故人庄》。仅从这个短篇所显示的思想的深度与艺术的精致度，可以看出他在小说创作上将大有可为。总之，以上所论述的这些青年小说家们，正处于创作的上升期。对于文学，他们已经找到了良好的感觉。虽然物理学家兼哲学家马赫将感觉在科学领域里的重要性提到了显目的位置，“我常常被引进感觉的分析这个领域里来，这是由于我深信全部科学的基础……须等待着……感觉的分析作进一步的重要的阐明”，但毫无疑问，感觉在文学艺术领域里意义更直接、更重大。如何在保持良好感觉的同时，加大思想的力度，向着生活和人性的复杂向度掘进，让作品走向开阔与深刻，可能是他们当前面临的主要问题。思想的高度决定着作品的深度。当然，文学作品中的思想不同于哲学中的思想，套用恩格斯的话就是“思想应当从场面和情节中自然而然流露出来”，或者套用艾略特的话——使读者“像闻到玫瑰花的芬芳一样闻到思想”。文学创作常有灵感一说，但灵感也不会无中生有、凭空而降，也许还是只能回到千年以前的刘勰所说吧——“积学以储宝，酌理以富才，研阅以穷照，驯致以怿辞”。

（作者系江西省社科院文学研究所副所长、副研究员）

中国滑稽艺术困境辨析

任 娟

在中国，“杂技”一词有两种含义：狭义的可以理解为地面和空中的技巧性表演节目。西方的“Acrobatic”词意与之对应。广义的则可以理解为技巧节目、驯兽节目、滑稽节目和魔术节目的统称，和国际通用的“Circus”（马戏）是同义语。当然，这里的滑稽不同于戏曲、曲艺范畴所指的滑稽而专指杂技滑稽。正如中国杂技家协会主席边发吉所言：“杂技是一朵花，空中节目、地上节目、魔术节目、滑稽节目、驯兽节目是五个花瓣。”这五个花瓣以鲜明的个性和绰约的风姿，使得“杂技”这朵艺术奇葩绽放得绚烂绮丽。

然而，当前中国杂技的发展又是不平衡的。马戏和滑稽节目作为五个花瓣中的短板，已经制约了杂技之花的整体姿态。其中，滑稽节目基础尚可，却没有得到应有的重视，已经基本丧失发展空间，总体上难以为继，殊为可惜。

当代中国滑稽艺术成就

中国杂技滑稽是在继承和发扬传统滑稽的基础上，和现代马戏相互学习借鉴影响之后逐步形成的。当代滑稽艺术虽然受到舞台演出条件的限制和新时期艺术审美价值观的束缚，但仍取得了可观的成就。特别是在 20 世纪五六十年代有过长足的发展。无论是作品质量还是演员演技，都达到了那个时期的最高艺术水准。

据不完全统计，自新中国成立以来，曾上演及创新的滑稽节目大概有 200 个，在王俊武、赵凤岐、陈腊本、曹长德、白小影、李春来、刘全利、董争臻等一批优秀演员和《愉快的炊事员》《三个卓别林》《滑稽钢丝》《擦镜子》《滑稽手技》《幽默的玩耍》《抢椅子》《滑稽驯驴》等一批优秀滑稽作品的基础上，中国的杂技滑稽不仅形成了单场滑稽、串场滑稽、帮场滑稽几种成熟的表演形式，还形成了以表演为主的文滑稽和以技巧为主的武滑稽两种不同的表演类型，更形成了演员扮相优美活泼、表演内容健康向上的迥异于西方、独树一帜的艺术风格。

当前中国滑稽艺术面临的多重困境

（一）表演和创作人才严重匮乏

20世纪60年代中期以后，中国的杂技滑稽表演开始陷入发展低谷，并从此长期在低迷状态徘徊。一直致力于为滑稽艺术发展而奔走呼吁的中国杂协副主席宁根福认为，“其原因主要在三个方面：第一，由于‘文化大革命’极左思潮的影响，当时把杂技滑稽看作丑化劳动人民形象的低俗表演，使杂技滑稽受到排斥和打压；第二，随着改革开放各地杂技团纷纷走向国外市场，演出都以主题晚会和杂技剧为基本样式的杂技技巧节目，杂技滑稽被进一步排挤到边沿；第三，国内举办的各类杂技比赛也基本取消了杂技滑稽参赛的资格。”

当前，滑稽的命运更处在一个近乎名存实亡的尴尬境地。优秀的滑稽表演艺术家，除了刘全和、刘全利兄弟俩依然坚守在舞台，绝大多数则先后离开了表演舞台。而有的团体仍以伤、病人员或不宜再演杂技节目者充任丑角，似乎在业内也仍未脱去轻视它的社会传统观念。这自然也会导致从业队伍相对弱小，并直接影响到从业者的创作心态。

同时，滑稽节目创作基本上处于无剧本状态，创作全凭表演者自编自演，缺少具体支持、指导的“自力更生”，自然难免观念老化、套路陈旧。“开门搞创作”，向其他姊妹艺术借人才，让好剧本推动演员出彩，不失为一条有效途径，但又会受制于客观的经济条件。

表演和创作人才的严重匮乏，缺乏新鲜血液注入，难有后起之秀。由于这样一些原因，使得滑稽艺术难以发展和提高，面临难以为继的困境。

（二）节目数量及类型不够丰富

新中国建立前的杂技丑角，从题材内容到造型扮相，包括表演形式和风格，常常有低俗残忍等不健康成分。新中国成立之初的戏改运动，荡涤了旧社会遗留在杂技中的污泥浊水，自然也令其中的滑稽表演产生了深刻变化，从内容到形式上都焕然一新。各团革除了旧时代用侏儒或残疾人充当“丑角”的陋习，剔除了吐口水、打耳光、色情表演等庸俗不堪的内容，摒弃了胡闹、恶作剧、损人利己等情节，尤其是丑角基本不开脸谱，扮相优美，情趣积极向上。滑稽艺术开始朝着幽默、健康、活泼、可爱的方向发展。人们在纵声欢笑的同时，可以感受到一种善意和谐的氛围。因此，国外观众认为，中国杂技“小丑不丑”“小丑很美”。这无疑是中国滑稽艺术质的飞跃。

与此同时，中国滑稽的发展也一度被套上了无形的枷锁，被束缚住了手脚，创新性节目并不多。表现在造型形式比较单一，题材不够广泛多样，讽刺手段不够辛辣大胆，鲜有文化底蕴深厚或耐人寻味的作品，更未创造出具有浓郁民族风格和意境的典型性的滑稽丑角形象。

其实，要脸谱并不等同于脸谱化。开脸谱的姊妹艺术很多，并不意味着丑化，倒不失为丰富滑稽造型形式的方式。对单一的“白鼻子”脸谱感到乏味时，大可以从中国老百姓家喻户晓的孙悟空、济公、徐九经、阿凡提等经典喜剧形象中吸取营养，不断变换滑稽脸谱和服饰造型，给观众常变常新的感受。

同时，滑稽艺术独特的美感效应就是引人发笑，而笑的层次是丰富多样的。有快乐的笑、宣泄的笑、含泪的笑、似笑非笑的笑、啼笑皆非的笑、耐人寻味的笑、发人深省的笑……滑稽艺术工作者的使命就是创作出满足各种“笑”的需求的节目，而不是单一地停留在“开怀大笑释郁闷”的阶段，这样就离“闭目回味有启迪”等更可贵的快乐还有很远的距离。

此外，正如中国杂协副主席刘全利所言，随着观众审美水平和趣味的提升，“滑稽如果没有很好的水准，没有出乎意料的超出想象力的东西，没有对从生活中提炼出的东西进行夸张放大和荒诞化，没有内在的品位、幽默感和深层次的文化内涵，老百姓已经不买账了”。这也道出了中国滑稽艺术现状的些许尴尬。

（三）同杂技节目之间的有机整体性较弱

毫无疑问，杂技滑稽是从属于杂技的。滑稽艺术既受制于这种格局，也成全于这种格局。不管是帮场滑稽、单场滑稽，还是串场滑稽，离开了杂技艺术，就失去其意义。

20 世纪 60 年代，帮场滑稽表演在杂技魔术舞台上极为流行，许多院团用技术最全面又富有幽默天分的演员或教练担任帮场滑稽演员。他们看似百无一用的“假把式”，混在技艺类节目中出洋相，在魔术表演时帮倒忙，实则烘托了表演者的难度，创造出欢快的气氛。单场滑稽是将滑稽表演作为一个独立的节目，表演更为完整，技术性也更强。当时的“文滑稽”，因节目种类丰富，表演条件宽松，时间上易于掌控，是各团必备的品种。而串场滑稽在当时杂技舞台上最为流行，一个节目刚演完，丑角就笑嘻嘻地上场来一段滑稽表演，既调剂了紧张的气氛，又使闭幕布置或装台时间得以填补，因此称为“串场”。由此可见，滑稽节目除了本身是艺术作品外，还担负着丰富表演类型、调整演出节奏、烘托节目效果、与观众沟通互动等多重功能，在杂技艺术门类中应占有重要的地位。

然而，事实上，滑稽艺术的重要地位并未得到承认。杂技艺术进入剧场舞台后，杂技表演越来越成为一种高难技巧的炫耀，几乎很少关照到观众的情绪和现场演出的娱乐性。许多部门对滑稽表演的重要性认识不足，仅把它当作佐料，未作正菜，加上受到舞台演出条件和幕间范围限制，滑稽艺术自身功能有所削弱，以至于整场杂技晚会中，唯一可随意增减取舍的就是滑稽节目。当前，观众偶尔能看到单场滑稽和串场滑稽表演，几乎已经难觅帮场滑稽的踪迹。以致有人发出“中国杂技不缺超人缺小丑，不缺掌声缺笑声”的喟叹。

由此可见，滑稽艺术要想主动赢取自身地位，就要立足于技巧滑稽的定位，在追求自身艺术品质的同时，更要在帮场和串场方面发挥独特作用，甚至直接参与到杂技节目或晚会的设计、编排和演出过程中来，和杂技节目或晚会形成有机整体，才能总体上扭转“有它不多、无它不少”的尴尬地位。

（四）创意不足，套路陈旧，模仿痕迹严重

创新是社会进步的核心动力和源泉，尤其在飞速发展的今天，不能与时俱进就面临被淘汰的境遇，滑稽艺术也概莫能外。然而，就笔者近几年所看到滑稽节目而言，不无忧虑地感到演员们普遍训练不全面、知识和手段贫乏，尚未呈现出过人的创造力和全面的才华。

曾经观赏过一个串场滑稽节目，演员将四个米字形的薄板，用四连飞的形式，同时从一只手中飞出，在观众头上盘旋一周又飞回他的手中或头顶上。当时，就有业内专家叹息到，几十年前就有演员能做到六齐飞，或者左右开弓使飞板作花样飞行，并最终停在头顶、手背及脚尖上。现在还靠复制前辈的甚至技巧水平大不如前的节目来取悦观众，实属不该。另一个单场滑稽节目是《抢椅子》，虽然表演者技巧尚可，表演也非常卖力，但套路不离窠臼，效果同样乏善可陈。而另外几个看似“洋气”的单场滑稽节目，则完全“山寨”于网络，在网络如此

发达，观众如此见多识广的今天，这种行为本身倒是有些“滑稽”。

其实，创新并不排斥模仿，在继承发展的同时，用心把别人的优长融化为自己的东西，思索出一个超越的角度，在框架特别好的基础上，完全可以实现颠覆性创新。力争每年出一个新作品的刘全和、刘全利兄弟，就以其勇气和开拓精神，给年轻的中国滑稽演员揭示了一种可能。

（五）滑稽表演基本排斥了语言

值得注意的是，当前的滑稽表演基本排斥了语言。丑角一句话逗得大家哄堂大笑的场面几乎看不见了。有一种观点认为，这种表现方式吸收了哑剧的内涵，不靠语言辅助形体表演，对演员的表演功力、创作实力和结构驾驭能力提出了更高的要求，是一种更难到达的艺术境界，体现了更高的艺术追求。

这种观点从某种角度上是成立的。但是滑稽艺术自有传统和体系。从词源学的角度说，“滑稽”是指一种酒器。后来许多言语显出“另类”的人物被称为滑稽。可知在古人的观念里，人物滑稽用语由酒器滑稽用语而来，以酒器转注吐酒终日不已来形容比喻一个人说话能出口成章，词不穷竭。况且，“滑稽有着各种各样的种类，诸如相似产生的滑稽（包括重复和戏仿），差别产生的滑稽（包括新奇古怪、道德缺陷与缺点、破坏成规定法、缺乏知识或技能、互相矛盾与不协调），以物或动物喻人产生的滑稽，夸张产生的滑稽，意志受辱产生的滑稽，愚弄产生的滑稽，逻辑不通产生的滑稽，谎言产生的滑稽，双关语俏皮话产生的滑稽等”[①]。

如果滑稽表演一味排斥了语言，那么取材范围和表现对象就大大收窄。语言所体现出的角度、立场，生动的美感或尖锐的机锋，以及语言背后许多与特定社会风尚和思想有关的滑稽效果，乃至不同的语言文化背景下的集体无意识的洞察和捕捉就无从体现了。所以，“哑剧”作为滑稽表演的方式之一原本无可厚非，但倘若滑稽演员自我局限地“集体失声”则失之偏颇并很可能得不偿失。

（六）拘谨有余，开放不足

在杂技这一艺术门类中，滑稽表演有着最大的自由度、包容性和伸缩空间，也最能反映艺术家对世界的独特看法和真实感受，最能体现创作主体的艺术个性

① 王红萧、程革：《笑的空间：滑稽与幽默》，《文艺争鸣》2012 年第 2 期。

和创作才华。诚如卓别林所说："智力越发达，喜剧就越成功，未开化的人很少有幽默感。"

因此，滑稽艺术可以被随时效仿的只能是外部技巧，创作主体的奇思巧构是与其自身的知识、技能和内心感受融合在一起的，并带有一定的即兴性，因此难以效仿和复制。

可惜的是，观众已很少能在舞台上看到即兴性的滑稽表演。曾经欣赏过一个需要观众配合的单场节目。由于观众有些紧张，对演员的示意理解不到位，未能直接给出节目需要的回应，演员强作镇静，再三地进行同样的示意，对舞台失去掌控的尴尬和焦躁不断表露出来。其实，演员大可以放开些，顺着观众的反应即兴发挥，找准时机，重新把观众引入自己的掌控中，可能会出现更出彩的效果。否则，看似每场演出都换观众来互动，依然拘泥于老旧的套路和僵化的程式。

究其原因，从表面上看，剧场里的每个节目经过千锤百炼，都已成为"严肃的表演"，都有严格规范，场上临时发挥、拖时间的现象已经绝迹。从深层次分析，这或许是我们的生活严肃有余，轻松愉快欠缺的表现。毕竟中国文化自古以来看重的是社会教化功能，强调"文以载道"，追求"内圣外王"，民族的基因里有着理性务实的传统，缺少自由狂欢的精神。

（七）理论研究严重滞后

相较于我国杂技艺术的悠久历史和丰富的实践经验，对杂技艺术本质及其规律的研究和探讨却非常滞后，千年来在艺术理论史上长期缺席失语。随着杂技界近年来理论评论工作的快速发展和长足进步，杂技（狭义）、魔术等杂技品种的理论建设走在了前列，对滑稽艺术的关注和探讨依然严重滞后。既远未能满足滑稽艺术发展的实际需求，也与滑稽艺术理应占有的重要地位不相符。一方面，滑稽理论研究施展的空间很大，另一方面，滑稽理论工作者正任重而道远。

中国滑稽艺术发展展望

中国滑稽艺术所面临的重重困境，已经让杂技界产生了危机意识，感受到了重振杂技滑稽艺术的紧迫性。文化大发展大繁荣的大背景，更为中国杂技滑稽的发展提供了大机遇。

要振兴中国滑稽艺术，需要政府、行业协会、杂技院团和社会几方面协调合作。从政府和各级文化主管部门层面，要真正能从政策、人员、资金等方面给予支持和引导，并在各项大型赛事和活动中为滑稽艺术提供展示平台，建立起滑稽发展的激励机制；从行业协会层面，要积极发挥组织、联络、协调、服务的职能，通过评奖表彰、研讨展示、培训宣传、规范维权等多渠道、多形式地促进滑稽艺术的发展；从杂技院团层面，要寻求技艺全面、有幽默才华和创新精神的演员，形成以滑稽精品为品牌，探寻突破点的市场拓展策略。优秀的滑稽演员则要在个人出精品的同时，承担起“传、帮、带”的重任；从社会层面，要建立健全杂技教育体系和评论评价体系，要加强大众对滑稽艺术文化品位的认识理解，让滑稽表演艺术家享受应有的社会地位和尊重。

我国杂技界一直有个争论的话题，即杂技演员难出明星。其实，杂技艺术各品种中最易形成明星效应的是滑稽“笑星”。从西汉东方朔到小丑代名词“乔克”，从西方幽默大师卓别林到苏联著名丑角波波夫，真可谓“马戏英豪知多少，惟有丑角留其名”。有着马戏界“奥林匹克”美誉的蒙特卡洛国际马戏节，以“金小丑”奖为最高荣誉，实为明证与象征。

（作者系中国杂技家协会研究部干部）

越剧《马寅初》的“两难”

沈　勇

《马寅初》是浙江嵊州越剧团的一部新戏，是近年来浙江戏曲现代戏创作中较为成功的一出戏，绝对值得肯定。一方面马寅初本人的传奇经历富有戏剧性，另一方面是编、导较强的故事架构能力，当然更突出的是张伟忠领衔表演团队成功地塑造了人物。“正能量”“现代戏”“典型人物”这些关键词，在戏中都得到了较好的体现。当然，从精品的要求来看，还有一些问题值得探讨，个人最深的感受是戏表达得不够透，看完后总感觉不满足。细忖这些不满足的成因，发现来自于“两难”。这“两难”既来自于戏外的现实处境，又来自于戏内的文本结构。

从来自于现实处境的“两难”看，这出戏确有难言之隐。

首先，《马寅初》是嵊州市委市政府为积极打造具有嵊州特色的廉政文化而抓的一部戏。政府行为当然是好事，一则资金由政府解决，二则剧团还能借助这个政府搭的台，来提升自己的影响力与知名度。事实上，从剧团求政府到政府主动关怀的关系转换，就能够给剧团的艺术创作带来莫大的便利。但是，难题也由此来了，嵊州越剧团是女子越剧，排的是现代戏，演的又是中国当代经济学家、教育学家、人口学家马寅初，现实告诉我们，不仅是剧团能不能适应，更为重要的是剧种的习惯表达与所要表现的对象的矛盾问题。虽然最终通过外请浙江越剧团男演员张伟忠来担纲主演，男女声对唱时又通过录音来解决问题，但其所经历的过程的确是一个两难的选择。

其次，因为反映的是当代的事，塑造的是当代的人，有许多问题必然无法回避。这个戏演绎的是真人真事，马寅初曾经因为《新人口论》遭到毛泽东的批判，正是他的坚持（发表了《重申我的请求》），招来了陈伯达与北京大学众多师生更激烈的批判，直至被剥夺学术发表的自由。把一场学术争论上升为一场政治斗争，马寅初遭到迫害，直至在“文革”期间亲手烧毁被其夫人称之为“魄”的《农书》（其夫人王仲贞曾把《新人口论》比作他的魂，《农书》则是他的魄），这是众人皆晓的历史。是不是直面这一段历史，成为了编剧、导演的“两难”。直面现实就有可能因政治原因而被“封杀”；不直面现实，又无法演绎马寅初铮铮铁骨，他曾说过，“我虽年近八十，明知寡不敌众，自当单身匹马，出来应战，直至战死为止，决不向专以力压服不以理说服的那种批判者们投降”，这样的大无畏精神和誓死为真理而战的正义气概，如果没有正面表现，就不能很好地展现其做真人、求真知的人格魅力与宁折不弯、宁死不屈、维护科学真理的形象。这个“两难”的选择，相比于上一个问题来说更为难办，近一年时间内六易其稿后才搬上舞台，就说明了问题。这两个来自现实处境的“两难”问题，从大幕拉开的那一刻看，似乎得到了解决，但事实果真如此吗？实际上，戏的展开恰恰暴露着这不存在于戏中的“两难”。

从来自于文本结构的“两难”看，也有不小的纠结。

戏剧结构中所谓的“两难”是一种结构方式，也称之为“两难结构”，指的是：在戏剧文本中，人物、事件处于“左右为难”的境地，而所有的人物行为与情节发展都依附着这种结构进行，并构成文本的基本框架。越剧《马寅初》就是这样的结构。虽然全剧可以大致分为三个阶段，即蒋家王朝时期、新中国成立初期与“文革”时期，但不管是篇幅还是布局皆可看出，前面的蒋家王朝时期基本都是铺垫与交代，真正的戏是从第五场才开始，马寅初及所有人的行为与整个戏的情节推进，都依附在“坚持还是妥协”的“两难”情境展开。

马寅初的人格魅力与品质，或者戏的主题正是在其面对强大的压迫下，才能得以更好地表达。其“两难”境遇的展开，必须以马寅初誓死捍卫真理，与新中国成立初期政府的错误打压所形成的外部冲突为基础，由此形成内在冲突；并且，这两种冲突又交错在一起，相互作用，互为因果；更为严重的批判甚至是来自于马寅初很尊敬的一位领导，这构成了强烈的外在冲突。与此同时，来自于家庭与自身的内在冲突也不断升级，在“妥协——学术失去了良知，是灵魂的毁灭；坚持——可能带来更大的批判”这样的“两难”中，马寅初坚持的动机（来自于爱党爱国的一片赤诚）、理论（已经经过千百遍的论证，是科学的有利于国计民生的）、立场（是人民大众的立场）才能得到更好的开掘。我们知道，在对立冲突时，对立面越强大，往往越能表现并开掘人物的坚强与不懈，往往更能引发观众对弱方的同情，其价值观与人格魅力往往更容易被观众所接受。但是在戏中，这样激烈的外在戏剧冲突，因为前面所提到的、来自现实处境的“两难”，而没有能够很好地得到正面展示，没有加强戏剧冲突，由于力量的不对等而缺乏胶着。当人物陷入困境，能很好地深入描写其内心冲突、怀疑、犹豫时，却不断地写出了周恩来一次又一次地来做工作，也就是一次又一次地弱化了戏剧冲突，从编剧上考察，是一个败笔。

事实上，“坚持真理、修正错误是马克思主义者的做人准则”，“实事求是、坚持真理”更是我党的优良作风。历史已经证明，发生在我国20世纪50年代后期对马寅初及其《新人口论》的批判是错误的，《人民日报》《光明日报》《解放军报》和中央人民广播电台等媒体播发的《党组织为马寅初彻底平反恢复名誉》就证明了这一点，就连胡耀邦也曾说过：“批错一个人，增加几亿人。我们再也不要犯这样的错误了。”只有正确地看待我们曾经的错误，并进行深入的剖析并加以修正，才能使我们更深刻地认识到始终坚持实事求是科学态度的极端重要性，离开了实事求是，我们的思想、观点就会失去取得真理认识的前提和基础；才能体会到“真理永远是掌握在少数人手里”这句话的意义，感受到中国共产党敢于直面错误，坚持真理的宽广胸襟与情怀；才能更凸显马寅初的坚持与付出所带来的巨大影响力与价值，更好地传达马寅初“求真知、做真人”在当下的现实意义。既然历史的事实是把学术争论上升到了政治斗争，个人以为可以不加避讳。因为，今天的党有这样的胸怀，今天的观众有更为客观的眼光，遮遮掩掩的描写，不断地“提醒”要“悲”不能，要“壮”反动，反倒更容易引发观众错误的认识。

事实上，当我们以正确的历史观来看待问题时，编剧、导演的“两难”情绪便可以化解，而真正属于艺术的“两难结构”才能得以更好地开掘，才能将历史的人及其所携带的人类普遍旨趣化合为有生命的实际存在。

《马寅初》加油！

（作者系浙江省文艺评论家协会秘书长、教授）

自由诗的自由与难度
——兼谈吴思敬的新诗自由观

师力斌

本文所说的自由诗指新诗。讨论这个话题的动因是：新诗要不要格律，格律还是散文化，这是新诗面临的重要问题。新诗史上有很多争论，闻一多、何其芳等人的格律体追求，最终不了了之。艾青等主张新诗散文化者，只论说了新诗自由的合法性，却没有论说可以自由到什么程度。

新诗的当下处境很不妙。

由于“古典诗歌”庞然大物的虎视，以及市场化的四面包围，很嫩的新诗显得“渺小”。一个基本不读新诗的人，可以很轻率地指责新诗没有李白、杜甫，却完全不会以同样的口吻指责电影电视，他很清楚汉唐宋元明清两千多年里，根本没有出过一个电影导演，也没有出过一个电视剧明星。连对“古典诗歌”一向保持高度警惕的臧棣也觉察到，“我们总能在对新诗进行总体评价的时候感觉到古典诗歌及其审美传统的徘徊的阴影”[①]。想打破两千年培养起来的审美惯性非常难。新诗想以新形式代替唐诗宋词那样的旧形式，进而取而代之，更难，需要付出的努力恐怕不啻于不断革命。诗歌理论首先必须经历这样的革命性变革。以胡适为代表的新诗自由论是开创的一环，其后代有新进。吴思敬的新诗自由观或许可以在这种框架里得到理解。

自由诗面临的形式问题

在大众新诗接受中，“古典审美”思维最顽固（后文将提到，这个“古典审美”

① 臧棣：《现代性与新诗的评价》，《文艺争鸣》1998 年第 3 期。

其实非常狭隘)。新诗没有像古诗那样形成自己的形式规范，你拿不出令人信服的像唐诗那样的形式。比如，更多的人会倾向于下列名单：徐志摩《再别康桥》，戴望舒《雨巷》，余光中《乡愁》，北岛《回答》，舒婷《致橡树》等。我们可以在学校教材、新诗选本、推介文章、朗诵会以及新媒体诗歌介绍中，频繁看到这些诗人或诗歌名字。这一名单有个非常明显的特点，比如对于韵律的偏好。

新诗是不是要追求格律和形式规范？与古诗不同的新规范形式，要不要成为新诗追求的目标？

我的答案是，不要。新诗绝对不可返回格律古诗的老路上去。新诗的本质是自由，这是新诗安身立命的本钱。因为自由，它才推翻了古诗的统治和束缚；因为自由，它才在新文化运动之后由小逐渐壮大；因为自由，它才吸引了一代代的年轻人的热爱；也因为自由，它才在图像文化充斥世界的今天在网络上占有了一席之地；也因为自由，新诗才保持了在当下文化商业的时代里相对的洁身自好。

正是出于对自由的人性的向往和追求，新诗才在一百多年的历史进程中不断壮大。尽管"自由"和"人性"是两个具有理论陷阱的词（这个话题当另文讨论），尽管对新诗的争论不断，看法不一，但不容置疑的是，它从古诗的樊篱中挣脱出来，独立了，生根了，成长了。一百年来，新诗经历了革命、运动、战争、市场、全球化等多种历史环境的考验，也从一种青春的冲动、政治的附庸、革命的工具，发展为今天传媒时代独特的交流表达方式，经历了复古与革新的反复较量，从青春期、骚动期进入了成熟期。在我看来，新诗正当年。

但是，新诗的形式问题始终面临挑战。新诗边缘化、小众化的重要原因，就是新诗没有规范化的成熟的形式。新诗还没有像古诗一样创造出一种被广泛认可的规范形式，也就是说还没有李白、杜甫意义上的经典。自由诗面目各异，闻一多追求格律，卞之琳富于智趣，沈浩波相当肉感，西川超脱得出奇，《乡愁》类似于民歌，《零档案》无以类比，昌耀偏爱文字古奥，欧阳江河热衷矛盾修辞。有人押韵，有人散文，安琪将日记、碑文、会议记录全搬进了长诗，藏棣的"丛书"迷宫一般回旋曲折。没有哪一种形式拥有绝对权威，也没有哪一种形式不合理。好像都可以，又好像都不太令人满意。这些感觉可能是阅读新诗的人的普遍感觉。新诗提供了大量新奇的艺术表达，但始终缺乏经典形式。人们不敢质疑李白的不拘一格，却可以随意地指责新诗的自由。大众"欺侮"新诗的现象时有发生。新诗由于缺乏成熟的形式规范，制约了新诗传播；反过来，新诗经典的缺乏又鼓舞了公众排斥和怀疑新诗。形式问题不解决，新诗的创造就不理直气壮，新诗仍然会受古诗和大众的夹板气。

自由诗的本质是自由

新诗区别于旧诗的最本质特点是，形式自由。这是新诗被称为自由诗的理由。新诗自由的形式充分保证了诗人自由的表达。新诗通过“五四”以来一百年的实践，彻底破除了旧诗的形式束缚，诸如格律、对仗、押韵、平仄等。但百年实践并不足以成为理论上的依据。许多人仍然认为，形式自由并不构成新诗的充分条件，自由形式说白了就是没有形式。

缺乏形式规范仿佛是新诗的伤疤。这是新诗认识上最大的误区。恰当的说法应该是，新诗本质是自由的，但这种自由对于形式有比旧诗更高、更难的要求。按照吴思敬的说法，旧诗是制服，是统一服装，新诗是个性化服装，需要因地制宜，因此要求更高，难度更大。每一首诗都要求最贴切最恰当的形式。

过去一百年，新诗以自由诗为主流且不说。近年来随着网络的勃兴，网络已经成为诗歌生产、传播、消费的重要方式，新诗的自由特征体现得更为明显。旧体诗虽然也有点市场，但对现实的言说能力远不及自由诗。“走红”的都是自由诗。口水诗，梨花体，五花八门，眼花缭乱。自由诗的大众化传播，代表了一种精神自由的追求，无拘无束，绝对自由。没有权威的看管，没有传统的束缚，没有经典的焦虑，我手写我口，诗言志。尽管这种“口”可能是后现代消费之口，这种“志”大部分都是资本、权力所污染的精神意志，但其中不乏个体的生活呈现和精神流露。在当代语境中，诗歌成为最便宜的精神消费。

吴思敬新诗理论最有启发的观点之一就在于，他彻底解决了有关新诗自由的问题。在他看来，新诗本质是自由的，形式也是自由的，没有给格律诗留下任何余地。吴思敬总结了一百年的新诗创作，认为自由诗占到了主流。“与现代格律诗理论探讨和创作日稀的情况迥异，自由诗在诗坛则日趋繁荣。‘五四’以来的重要诗人，如胡适、郭沫若、冰心、戴望舒、艾青，以及以牛汉、绿原为代表的‘七月派’诗人，以穆旦、郑敏为代表的‘九叶派’诗人，全是以自由诗为自己的主要创作形式的。新时期以后，北岛、舒婷等‘朦胧诗人’，海子、西川、韩东、于坚等‘第三代诗人’，直到90年代后涌现的‘70后’、‘80后’诗人，就更是以自由诗为主要的写作手段了。朱自清在新诗的第一个十年所构拟的‘自由诗派’与‘格律诗派’两军对垒的情况不复存在，自由诗成为新诗主流已是相当明显的了。”[①]

吴思敬在考察了新诗发生史之后认为，“辛亥革命推翻封建皇帝带来的一定程度的思想自由，外国‘自由诗’的影响，是新诗产生的外部条件，而从内因来说，则是那个时代青年学子心灵中对自由的渴望与追求”[②]。他的两篇文章集中论述新诗自由观，《新诗：呼唤自由的精神》《心灵的自由与诗的超越性》。前者是对中国新诗史的回顾与总结，后者是对一些中外著名诗人的诗歌创作和诗歌观念的不完全归纳。他说，“重提七十年前废名‘新诗应该是自由诗’的判断，意在阐明自由诗最能体现新诗自由的精神，最具有开放性与包容性”[③]。“新诗的创始者胡适是把‘诗体的解放’与‘精神的自由’联系在一起谈的：……形式上的束缚，使精神不能自由发展，使良好的内容不能充分表现。若想有一种新内容和新精神，不能不先打破那些束缚精神的枷锁镣铐。”胡适之后，“郭沫若讲‘诗的创造就是要创造人……他人已成的形式是不可因袭的东西。他人已成的形式只是自己的镣铐。形式方面我主张绝端的自由，绝端的自主’。艾青则这样礼赞诗歌的自由的精神：‘诗与自由，是我们生命的两种最可贵的东西。’”[④]在《心灵的自由与诗的超越性》一文中，通过对叶赛宁、拜伦、波德莱尔、瓦雷里、郑敏、徐复观、唐湜、卞之琳、郭小川等诗人的观察，说明诗乃自由的结论。尽管是个不完全归纳，也是有相当说服力的。因为我们几乎看不到哪一个诗人是在心灵不自由的状态下创作出伟大诗篇的。吴思敬认为，“有了自由的心灵，诗人才能超越传统的束缚，摆脱狭隘的经验与陈旧的思维方式的拘囿，让诗的思绪在广阔的时空中流动，才能调动自己意识和潜意识中的表象积累，形成奇妙的组合，写出具有超越性品格的诗篇。”[⑤]这样的观念，无论是对于权力还是资本的批判，无论是对于矫正口水诗对诗歌艺术的简化，还是学院派写作的复杂化，都仍然有效。《二十世纪新诗理论的几个焦点问题》是吴思敬对百年新诗理论的总结性思考，回答了诗歌现代化的若干理论问题，其中对“新诗是自由诗”这一命题的论证占有突出位置。在我的印象中，戴望舒是格律派诗歌的代表人物，但吴思敬发现，戴望舒

---

① 吴思敬：《新诗：呼唤自由的精神——对废名“新诗应该是自由诗”的几点思考》，《文艺研究》2010 年第 3 期。

② 吴思敬：《吴思敬论新诗》，北京：中国社会科学出版社 2013 年版，第 37 页。

③ 吴思敬：《新诗：呼唤自由的精神——对废名“新诗应该是自由诗”的几点思考》，《文艺研究》2010 年第 3 期。

④ 吴思敬：《吴思敬论新诗》，北京：中国社会科学出版社 2013 年版，第 38 页。

⑤ 吴思敬：《心灵的自由与诗的超越性》，《文艺争鸣》2012 年第 5 期。

由格律转向自由的个案有力地说明，新诗是自由诗。“《雨巷》时代的戴望舒，也曾深受‘新月派’诗人的熏陶，讲究诗的音乐性和画面美。但是当戴望舒接触了后期象征主义诗人果尔蒙、耶麦等人的作品后，他逐渐放弃了韵律，转向了自由诗。”[①] 吴思敬在总结新诗格律化实践的过程中，尽管对格律的追求有所肯定，但更重要的是指出了其中包含的消极因素，这为他坚决地主张新诗自由的理论打下了基础。吴思敬的结论是“看不出这种种现代格律诗方案对纠正当下新诗写作弊端有多大的可能性”[②]。我个人认为，吴思敬的新诗自由论，可以为新诗理直气壮地坚持形式自由、果断抛弃格律束缚提供理论支撑。

心灵的自由比什么都重要，这是现代诗人一百年的历史体验的汇总，也是对未来新诗发展的最重要的告诫。新诗如果依然要依赖韵律，就像电影仅仅依赖画面，好的社会仅仅寄希望于吃喝一样，无疑是极其片面和狭隘的观念，是典型的文化保守主义。

自由诗的形式自由，是人的精神自由的充分外化，是自由诗革命性发展的宪法，是其精神自由的制度性保障。

自由诗的难度：设计个性化的服装

自由诗能不能无限自由？换句话说，如何评价口水诗、梨花体？

来看一首梨花体诗：

> 毫无疑问
> 我做的馅饼
> 是全天下
> 最好吃的
>
> ——赵丽华：《一个人来到田纳西》

不少人认为，赵丽华的诗歌在网上引起强烈反应的一个原因，就是“明显的口语化写作”。换句话说，“梨花体”起到祛魅的功能，把诗歌降低为一种随意可

---

① 吴思敬：《二十世纪新诗理论的几个焦点问题》，《文学评论》2002 年第 6 期。

② 吴思敬：《新诗：呼唤自由的精神——对废名“新诗应该是自由诗”的几点思考》，《文艺研究》2010 年第 3 期。

为的艺术，给大众参与创造了合法性。正如网上给出的“梨花体”写作秘密：随便找来一篇文章，随便抽取其中一句话，拆开来，分成几行，就成了梨花诗。[①]梨花诗与芙蓉姐姐的网上走红分享了相同的逻辑，那就是大众对日益精英化、高雅化的艺术的嘲讽，对分享话语权的强烈要求。这是在中国社会贫富分化越来越严重、文化资源的社会分配越来越不等、网络新媒体提供的技术平等支持越来越广泛的社会语境下发生的。网络“梨花体”的戏仿热，反映了对于新诗的大众化诉求，也是对20世纪90年代以来，以所谓的“知识分子写作”为代表的诗歌学院化、精致化潮流的一种反拨。“梨花体”式的口水诗的出现似乎提供了一种对精致文化矫枉过正的救治方式，它不惜抛弃新诗在艺术上取得的曲折成就。

“梨花体”彻底去除了诗歌的神秘性，是一种新的大众主体意识的表征。在“后冷战”时代社会主义向市场化转型的历史语境中，它是一种解构意义上的文化实践。它拒绝精英文化高高在上的姿态，转而呈现低低在下的草根姿态，从内容和形式上表达了大众对文化领导权的渴望。这当然不能算“庶民的胜利”，与工农兵文艺也相差甚远。我们要清醒地看到在资本和权力钳制下的意识形态痼疾，要警惕那些虚假的主体性表达，对于盲目乐观的民主化想象以及各种文化梦幻保持戒备，但必须看到这一声势浩大的草根化潮流所带来的思想解放和知识普及，以及公众参与意识的觉醒，社会交往的加强等积极因素。正因为我们这个国度艰难而漫长的求索，这些新呈现的现代化意识才显得尤为珍贵。

因此，“梨花体”在文化姿态上是积极的，但在思想上没有提供更多的力量。在审美上，它甚至是保守的。一旦降低了新诗的形式难度，也就降低了新诗的思想。如果开个玩笑，“梨花体”是蹩脚的古诗，李白的歌行体反倒是优秀的自由诗。

1300年前的李白，不单能写形式严整的格律体诗歌，也有大量形式自由的歌行体，如《行路难》《将进酒》《梦游天姥吟留别》《西岳云台歌送丹丘子》《少年行》《江上吟》等等。郭茂倩选编的《乐府诗集》收集了李白大量形式自由的歌行体诗歌。在这些诗歌中，情感如洪水崩泄，形式完全不在考虑之中，“烈士击玉壶，壮心惜暮年，三杯拂剑舞秋月，忽然高咏涕四涟”。阅读这些诗歌可以感到，李白浪漫自由的性格完全受不了法度森严的近体诗的限制。他要自由抒写心灵，因此，相对自由的汉魏歌行体成了他的至爱。只需看一首距今约2000年、距李白七八百年的一首汉乐府诗，就能明白李白的选择：

---

① 相关材料均引自百度网。

有所思，乃在大海南。
何用问遗君，双珠玳瑁簪，用玉绍缭之。
闻君有他心，拉杂摧烧之。
摧烧之，当风扬其灰。
从今以往，勿复相思，相思与君绝！
鸡鸣狗吠，兄嫂当知之。
妃呼豨！
秋风肃肃晨风飔，
东方须臾高知之。

——《有所思》

我真不敢相信这是两千多年前的诗歌，它与现在的自由诗有什么区别？袁行霈主编的《中国文学史》认为，“李白的歌行，完全打破诗歌创作的一切固有格式，空无依傍，笔法多变，达到了任随性情之所之而变幻莫测、摇曳多姿的神奇境界。不仅感情一气直下，而且还以句式的长短变化和音节的错落，来显示其回旋振荡的节奏旋律，造成诗的气势，突出诗的力度，呈现出豪迈飘逸的诗歌风貌”①。

引用李白有两层用意，一、把古典诗歌想象为完全的格律诗是一种常识性错误，古典诗歌也有它丰富多变的形式探索。二、李白形式探索的动力来自于情感的涌动，服从于他自由的心灵。这又一次验证了吴思敬的理论。放在两千年诗歌史中，即使仅在形式的意义上，李白都是革命性的艺术家。也是在这一意义上，古诗完全可以成为新诗的思想源泉，所谓传统，也是在这样的意义上来思考和继承。因此，口水诗只是新诗大众化的权宜之计。将自由诗的自由理解为艺术形式上的随意，绝对是庸俗的，这不会让新诗真正赢得大众，只能让新诗沦为一种轻浮的玩物。

吴思敬辩证地回答了新诗的内容与形式的问题，具有一种理论上的彻底性。新诗在内容上是自由的，在形式上是高难度的。与古典格律诗歌的统一着装相反，新诗要求个性化的服装。“有人说，自由诗不讲形式，这是最大的误解。自由诗绝不是不讲形式，只是它没有固定的一成不变的形式。如果说格律诗是把不同的内容纳入相同的格律中去，穿的是统一规范的制式服装，那么自由诗则是为

① 袁行霈主编：《中国文学史》第2卷，北京：高等教育出版社2005年版，第222页。

每首诗的内容设计一套最合适的形式，穿的是个性化服装。实际上，自由诗的形式是一种高难度的、更富于独创性的形式，从某种意义上说，比起格律诗来它对形式的要求没有降低，而是更高了。”[①] 在另一篇文章里，他从朱湘的诗歌创作得出结论，朱湘“几乎是每写一首诗都在探讨一种新的建行，精心地为自己的诗作缝制合体的衣裳”[②]。

通俗点说，每一首理想的自由诗都像一套合体的服装，不可以复制、山寨，只能独创。自由诗不是全裸体。好的自由诗可以是比基尼，也可以是唐装，可以长袍马褂，也可是西装革履，还可以休闲运动。这就使新诗的形式创造不但不是随意而为、信手拈来那样的轻松和容易，反而是独一无二、别无分店般的艰难。形式上的要求与内容上的自由辩证地统一起来，成为新诗革命性的、创造性的、永葆青春的生长机制。吴思敬的新诗自由观抓住了自由诗的先锋性和革命性，彻底解决了自由诗形式与内容关系问题，它同时启发新诗重新看待古诗的传统。

吴思敬通过对早期白话诗的语言缺陷的反思，提出了新诗形式的难度观，对当下口水诗有棒喝作用，“正如梁宗岱当年批判初期白话诗的问题一样：‘所以新诗底发动和当时底理论或口号，——所谓‘建设明了的通俗的社会文学’，所谓‘有什么话说什么话’，——不仅是反旧诗的，简直是反诗的；不仅是对于旧诗和旧诗体底流弊之洗刷和革除，简直是把一切纯粹永久的诗底真元全盘误解与抹煞了”[③]。他认为胡适提倡诗体大解放和白话诗，“‘有什么话，说什么话；话怎么说，就怎么说’则取消了诗与文的界限，取消了诗歌写作的技艺与难度，诗歌很容易滑向浅白的言情与对生活现象的实录”[④]。他严厉批评将自由诗随意化的写作观念：“他们不知道，任何自由都是有限度的，自由诗中不仅有自由的形式，更重要的它还要有诗的内涵。自由诗绝非降低了诗歌写作的门限，而是把这一门限提得更高了。”[⑤] 在这一点上，吴思敬批判性地继承了朱光潜“作诗决不能如说

① 吴思敬：《新诗：呼唤自由的精神——对废名“新诗应该是自由诗”的几点思考》，《文艺研究》2010 年第 3 期。

② 吴思敬：《吴思敬：“不定型”恰恰是新诗自身的传统》，《中国艺术报》2011 年 10 月 26 日。

③ 转引自吴思敬：《二十世纪新诗理论的几个焦点问题》，《文学评论》2002 年第 6 期。

④ 吴思敬：《吴思敬论新诗》，北京：中国社会科学出版社 2013 年版，第 43—44 页。

⑤ 吴思敬：《新诗：呼唤自由的精神——对废名“新诗应该是自由诗”的几点思考》，《文艺研究》2010 年第 3 期。

话”的思想。[1]

我想，民众当拿到诗歌民主这个利器时并没有好好珍惜她，而是让民粹主义给毁了。诗歌口水化正是这种打着民主旗号的群盲运动，它让大众与好的精神艺术擦肩而过。这是本文反思口水诗的一个用意。提倡一种简单易懂的理论，是基于与足球普及一样的判断：只有当中国民众真正对诗歌在精神上的创造性具备了辨别力，诗歌的传统才能真正激发出来。

（北京文学月刊社副主编、副编审）

① 朱光潜：《替诗的音律辩护——读胡适的〈白话文学史〉后的意见》，载《诗论》，合肥：安徽教育出版社 1997 年版，第 216 页。

新政策助力中国电影产业迈上新台阶
——浅议七部委支持政策对电影产业发展的影响

宋展翎

2014 年 5 月，财政部、国家发改委、国土资源部、住房和城乡建设部、中国人民银行、国家税务总局、国家新闻出版广电总局七部委联合下发了《关于支持电影发展若干经济政策的通知》。这份多部委联合发出的通知从专项资金支持、税收优惠、信贷扶持、差别化用地等多个方面出台扶持中国电影产业发展的政策。在当下我们正由电影大国向电影强国奋力迈进的关键节点，在中国电影产业正面临升级换代的关键时期，一系列强势扶持政策的出台，充分体现了国家对电影产业发展的关注和重视。

众所周知，中国电影在 20 世纪 80 年代拥有过“万人空巷”的辉煌时期，看电影“一票难求”曾经是经历过那个时代的人们的集体记忆。然而，进入 90 年代以后，随着电视行业的强势兴起，以及电影生产企业体制与市场的不相容、不对接，整个电影行业经历了票房大幅下滑、影院门可罗雀的低迷阶段。1994 年 11 月，由中影集团公司进口，第一部与外商采用票房分账形式发行的美国华纳公司影片《亡命天涯》在上海、天津、北京、郑州、重庆、广州六个城市进行了为期一周的首轮放映，观众人次达 139 万，票房收入 1127 万元。第一部好莱坞进口片《亡命天涯》在中国的公映，标志着中国电影市场以每年“十部大片”的节奏打开了自己的大门。外片的进入，无疑给整个电影行业带来了阵痛，但历史地看，在当时的情况下，更多的其实是激活了当时已显沉寂颓态的中国电影市场。大门打开了，强劲的好莱坞“战舰”开到了家门口，接下来面对的问题就将是如何迎接挑战。如果我们自己没有足以与美国好莱坞大片抗衡的国产影片，那么我们将不得不面对国产影片市场阵地萎缩甚至尽失的惨痛局面。在 90 年代末至 21

世纪初这一阶段，我们甚至一度提出过“保10亿票房”的悲壮目标。故而，党和政府亦高度重视，为振兴中国电影发展，从1996年的长沙会议开始，几乎每年都召开专题会议，出台相关有利政策，并曾专门出台过六项经济政策，扶持中国电影尽快走出困境。当时的六项扶持政策对后来中国电影发展起到了至关重要的作用，它保证了国产电影在院线的放映比例，鼓励了各类资本投资电影创作、建设院线的积极性，推动了全产业链条的健康发展。

从2003年开始，中国电影进入产业化快速发展的阶段，国内电影市场实现了电影票房、观影人次、影院与银幕数等方面的全方位复苏。2003年至2013年，中国电影产业以34.57%的年增长率，从10亿元人民币票房起步发展到2013年的217亿人民币票房，银幕数也从十年前的不足两千块发展到如今的突破两万块。但这仅仅是起步阶段，不是成熟阶段，更不是成形阶段，在市场快速发展的同时，我们也正面临中国电影发展过程中的诸多问题，创作上，同质化、泛娱乐化倾向严重，资本方和创作人员都或多或少有急功近利的心态，与成熟的美国电影工业相比，我们的短板已经显露；市场上，类型模式单一，票房过度集中，档期发展不均衡等等。截至2014年6月30日，全国电影票房收入达137.43亿元，较2013年同期增长25%，电影市场容量增长令人欣喜，但同时，国产影片在全国票房中所占份额却由2013年同期的62.3%下滑至2014年的48.27%，尤其是在进入第二季度之后，随着进口影片的强势发力，国产影片的后劲不足也渐渐显现，《X战警：逆转未来》《超凡蜘蛛侠2》《明日边缘》《哥斯拉》等高科技水准、高工业水平的进口影片迅速占领市场，相比之下，国产影片创作还明显缺乏“高概念电影”的产出，在市场上与美国好莱坞影片的正面、直接“碰撞”，还显得比较乏力。

与此同时，2017年，新一轮的世贸谈判将会启动，美国好莱坞将会继续压迫中国电影市场的进一步开放，中国电影如何在市场框架下赢得与好莱坞影片的博弈，是整个电影行业都需思考和面对的课题。在中国电影产业发展面临如此关键节点的时刻，政府多项新政的强势出台，对当前电影产业的健康长远发展将起到保驾护航的作用，会有力地助推整个电影产业发展迈上新台阶。

资金扶持政策

按惯例，每部电影票房的5%需上缴到电影专项资金，用于各种形式的补贴资助。2013年专项资金的收缴额度达到了10.94亿元。《通知》显示，“从专项资金中，每年将安排1亿元资金，采取重点影片个案报批的方式，用于扶持5—10部有影响力的重点题材影片”。目前进入电影产业的资本大多急功近利，使得电影生产同质化、过度娱乐化倾向严重，而政府的介入有望引导行业走向理性，在目前的发展关键时期，从创作的层面支持重点影片，将会对社会融资方向起到引导作用，引导社会资本流向到此类作品中，将有助于形成一个更良性和有力的影片创作格局。

中国电影产业正面临结构性调整时期，需要有能够代表中国电影整体工业化水平的作品出现，来引导创作方向。政策和资金的支持将有助于我国电影制作内容和质量方面的提升，尤其是对精品电影的题材选择、人员和资金投入、技术升级等方面都将进一步加强，从而增强影片的核心竞争力，使得高艺术质量的作品能够吸引大众的关注，将会有助于产业发展走出粗放模式。

除了支持重点影片，中央财政还在文化产业发展专项资金中专门安排资金支持电影产业发展，主要用于支持推动高新技术在电影制作中的应用、支持中国电影企业走出去、支持重要电影工业项目和高科技核心基地建设、资助具有较强市场竞争力的重点影片、加强重点专业性电影网站建设五个方面。此一系列资金扶持政策，是政府利用政策杠杆引导行业优质资源集中于目前产业链当中相对薄弱但又急需发展的环节，并鼓励差异化发展，使电影与电视、互联网产品内容相比，在视听技术和工业化水准方面的优势进一步凸显，吸引观众走进影院，并促进我国电影内容的出口及电影企业海外市场的拓展。加强重点专业性电影网站建设，则是在当今互联网时代的大环境下，普及、推广电影产业内容，引导创作和舆论环境的有效手段。

免税政策

《通知》中要求“对电影产业实行税收优惠政策”，“对电影制片企业销售电影拷贝（含数字拷贝）、转让版权取得的收入，电影发行企业取得的电影发行收入，电影放映企业在农村的电影放映收入，自2014年1月1日至2018年12月31日免征增值税”。

五年免征增值税，是一项非常直接的利好政策，效果会在短时间内迅速显现。据有关资料显示，华谊兄弟2014年第一季度营业收入同比下降61%，光线传媒同期营业收入下降39%，因此“免征增值税”政策的出现，对华谊兄弟、光线传媒、乐视影业、博纳影业等占有较大市场份额的民营电影企业而言，将会很直接地短时间内增加市场收益，缩短资本的市场回收周期，加快电影项目的再生产，引导资本进入市场良性循环。

影院建设扶持政策

《通知》显示，“中央财政通过电影事业发展专项资金安排补贴资金，重点支持中西部地区及东部困难地区县级城市数字影院建设。地方财政根据本地经济发展实际情况，合理安排资金，促进县城数字影院建设的均衡发展”。

当下，北京、上海、广州等大型一线城市的影院建设和市场容量已经日趋饱和，影院建设和院线发展急需向二、三线，甚至三、四线县级城市下沉，针对这种情况，《通知》政策显示了对县级影院建设和发展的诸多优惠。目前，三线、四线城市的电影市场容量还有很大的提升空间，经过“资金补贴”政策的进一步刺激和培养，预计未来三至五年将是县级数字影院建设的重点发展时期，将会释放出更大的市场容量。

中西部城市及农村电影市场扩容滞后，不仅需要影院的增加，更需要通过改善观影条件及相关的硬件条件来提升观众的观影体验，拉动观影消费人次。因此，《通知》相关的内容将在我国影院建设上构成政策和资金支持，尤其是在院线下沉和区域性影院平衡发展上构成利好。《通知》显示的对县级影院的扶持政策，并配合“2131 农村电影放映工程”（即 21 世纪，一个村庄一个月放映一场电影）的进一步实施和完善，将会使县一级和村一级的电影观众，尤其是中西部困难地区的县、村两级电影观众大受裨益，当前明显向大城市倾斜的电影市场不均衡发展现状将会得到根本改善。

金融扶持政策

推动电影企业融资也是此次《通知》的重点：“鼓励银行金融机构加快推出适合电影产业需求特点的信贷产品创新，在有效控制风险的前提下，逐步扩大融资租赁贷款、应收账款质押融资、产业链融资、股权质押贷款等适应电影企业特点的信贷创新产品的规模，探索开展无形资产抵质押贷款业务，拓宽电影企业贷款抵质押物的范围。”

近些年，大量的资本进入电影制作领域，但由于影视作品的特殊性，国内银行符合文化产业特点的金融创新产品稀缺，几乎没有开设面向电影产业的贷款融资业务和项目，银行贷款仍以担保、有形资产抵押等传统方式为主，手续复杂，周期长，在知识产权等无形资产质押贷款及其他配套金融服务方面创新不足，受现有融资环境和方式的制约，许多电影项目是难于找到投资的。此次政策出台，在电影公司和电影项目的信贷上提供较大支持，将从根本上缓解电影市场融资难的问题，并有效地拓宽了融资的渠道，利用信贷、股权、债券、保险等各种手段，使各路资本以不同方式进入这一行业，推动资本的集中化，支持电影产业的规模化发展。

金融扶持政策的推出，对中影股份、上影股份、万达院线等计划上市的电影企业会构成足量的利好，对已上市的华谊兄弟、光线传媒等公司的电影板块也会产生足够深远、长远的影响。

土地扶持政策

《通知》要求："鉴于影院用地来源形式多样，放映方式多样，为鼓励影院建设，可通过单独新建、项目配建、原地改建、异地迁建等多种形式增加观影设施，并针对不同情况分别实行协议、挂牌等差别化的土地供应政策。"

产业化改革以来，虽然在影院建设和银幕数量上发展迅速，但其实目前我们国家的影院构成是比较复杂的，有近些年随着产业发展新建起来的影院，更有为数不少的以老旧影院为基础进行改建、扩建的影院，有单体影院，也有与大型综合商业设施结合在一起的影院，针对不同的情况，《通知》提出了"差别化的土地供应政策"，这将在一定程度上降低投资影院建设的直接成本，鼓励多样化的进行影院建设。

《通知》不仅支持现有影院实行改造建设，同时还鼓励其他公益场所建设适应电影放映的设施。对图书馆、博物馆、文化馆和青少年活动场所等非营利性公共文化设施中，建设适用电影放映设备和场地的，影院用地部分可按文体娱乐用途采取协议方式办理供应手续。鼓励利用现有工业、仓储等存量建设用地建设影院。但是，必须严格影院用地供后监管。影院用地使用者应按土地出让合同约定开发、利用、经营土地，需改变合同约定的土地用途的，必须取得出让方和市、县人民政府城市规划行政主管部门同意。

电影产业的前端是创作、制作等生产环节，终端是影院、院线和后产品等输出环节，此次出台的一系列政策，可以说涵盖了电影产业链的各个环节，是一次综合性、全方位扶持电影产业发展的政策行为。与此同时，此次政策的落实和实施也需要税收、金融、国土资源以及各级地方政府部门的进一步配套细化政策的出台。

纵观此次七部委的电影产业经济扶持政策，可以说是配合电影产业的升级换代需求而生，全方位地加大了国家政策层面对电影产业的支持力度，必将会进一步解放电影产业的生产力，进一步推动中国电影产业的快速发展，实现中国电影由电影大国向电影强国的转变，助力中国电影产业的发展迈上新的台阶。

（作者系中国电影家协会理论研究室主任）

当代文艺评论工作者应具备的特质

孙 昭

人类不仅生活在有形的物质环境中，也生活在无形的文化氛围内，文化在人类社会的历史演进中起着不可替代的作用。人类文明每一次前进，无不显现出文化进步的特征。文化的力量，深深熔铸在每一个民族的生命力和创造力之中。历史已经证明，一个国家、一个民族的发展程度是与以文学艺术为主要代表的文化的发展水平密切联系的，文艺对国家和民族的发展具有十分重大的意义。

党的十八大以来，在以习近平同志为总书记的党中央领导下，我国社会主义文艺事业出现了繁荣有序的新局面。国家在节约开支的同时，对文艺的投入并未减少，还着重加大了对农村、西部地区的重点扶持。仅就艺术方面而言，通过对国家舞台艺术精品工程和国家重大历史题材创作工程等重大项目的投入，带动了文化领域的全面发展。对于树立推广我国的国家形象、增强软实力起到了重大的作用。文艺创作进一步繁荣，传统艺术保护扶持得到加强，文艺的社会效益进一步凸显，民族优秀文化和高雅艺术普及活动蓬勃开展。

然而我们也应该看到，现阶段我国还存在着一些影响文艺发展的因素。较为普遍的是以下几点。第一，文艺生产的成果还难以满足社会发展的需要。当今社会发展呈现多样化的趋势，对文艺的需求也呈现出多层次、多形式的格局，我国文艺生产无论是从数量还是质量上，与世界先进水平尚有较大差距。第二，主流文化对各种支流文化的影响力还不够强。马克思主义是我国的主流意识形态，有中国特色社会主义建设必须坚持以马克思主义作为思想指导。而在当代世界，中国社会大变革的新形势下，各种支流文化良莠不齐，优劣并存，在一定程度上冲击了主流文化的地位。第三，文艺发展中的一些消极成分依然存在。文艺事业蓬勃发展的同时，一些不顾社会效益、崇尚享乐主义、奢靡之风的思潮也在某些区域内滋生蔓延，从而影响了文艺事业的健康发展，必须加以坚决的抵制和清除。第四，文艺工作，尤其是评论工作人才队伍建设还有不足。人才是事业发展的根本。文艺评论长期处于人才匮乏、队伍老化的窘态值得高度重视。

文艺评论与文艺创作是文艺繁荣发展缺一不可的两大支柱。作为指导和推动文艺创作的文艺评论，是社会良知道义的重要载体。文艺评论工作者所担负的，不应只是对文艺内容和形式的简单评判，也不只是营造莺歌燕舞、安康祥和的文艺氛围，更不只是对某些文艺生产、管理者的曲意逢迎。而应该是在通过对具体文艺态势、文艺作品评论的同时，彰显社会主义的核心价值观，并据此对人民群众关心的现实问题加以关照、为建构以人为本的和谐社会，实现中国梦，营造良好的氛围。习近平总书记指出："把培育和弘扬社会主义核心价值观作为凝魂聚气、强基固本的基础工程，继承和发扬中华优秀传统文化和传统美德，广泛开展社会主义核心价值观宣传教育，积极引导人们讲道德、尊道德、守道德，追求高尚的道德理想，不断夯实中国特色社会主义的思想道德基础。"①社会主义的文艺评论工作者应该是社会主义意识形态的积极倡导者，社会良知道义的积极推动者，社会文明进步的积极引领者。在现阶段文艺评论应该把作为国家意识形态、社会意识形态和公民意识形态统一起来，在弘扬社会主流意识形态中兼顾国家意识形态和公民意识形态，从而使社会主义的核心价值观得到全面弘扬。社会主义文艺评论工作者的责任，就是要以马克思主义、毛泽东思想、"三个代表"重要思想和科学发展观为指导，以弘扬热爱祖国、热爱人民、热爱社会主义为宗旨，发扬奋斗精神、牺牲精神、爱国主义精神，进而使之成为全国人民的前进方向，成为执行党的文艺方针政策和目标的模范。

面对我国全面建设小康社会，构建社会主义和谐社会，实现中国梦的战略任务，面对人民群众日益增长的精神文化需求，面对中华文明伟大复兴的历史进程以及世界范围内各种思想文化相互激荡的复杂环境，包括文艺评论工作者在内的广大文艺工作者责任重大、任务艰巨、使命光荣。每一个文艺评论工作者都应该进一步增强责任感和使命感，牢牢把握现阶段文化建设的主题，把社会主义核心价值体系作为文艺评论的基本价值导向，树立正确的荣辱观、自觉遵守道德规范，密切与人民群众的血肉联系，积极反映人民心声，大力发扬创新意识，勇

---

① 2014年2月24日下午，中共中央政治局就培育和弘扬社会主义核心价值观、弘扬中华传统美德进行第十三次集体学习。此为中共中央总书记习近平在主持学习时的讲话。

于开拓文艺事业的新天地，为文艺创作研究提供有建设性的真知灼见，成为有理想、有抱负的文艺尖兵。在这个时代重大现实课题的践行上，我认为文艺评论工作者特别需要注意以下几个问题：

第一，文艺评论工作者要把个人的艺术追求融入国家发展的洪流中去。

著名戏剧导演陈薪伊说过："对中华文化的反省，对人文精神的呼唤，使我不可能不对自己的时代说话！"① 古今中外几乎每一位优秀的艺术家都有"以天下为己任"的情怀，只有把个人的艺术追求融入国家发展的洪流中去，把艺术的思辨活动寓于时代进步的运动之中，评论家才能站在时代发展的高度，关注国家命运，关注时代发展。优秀的文艺评论必然是高扬社会进步的旗帜，反映国家民族的状态，在乱花渐欲迷人眼的世界里，像灯塔一样引领着文明的航向。这是关乎文艺评论与大众审美互动的重要问题，也关乎文艺评论工作者能否真正实现自己的理想价值。

文艺评论工作者要关注人民的命运，关注人民的奋斗精神，并不仅仅是要去关注那些知名的作者与作品。那些貌似寂寂无名，却用心来创作的作者、那些用真情铸就的普通而真实、诚挚的作品同样是值得关注的。评论家需要具有鲜明的责任感，关注人民、关注现实，关注老百姓的喜怒哀乐。要有对现实的尊重、对情感的尊重、对生活和社会的尊重，这种尊重的程度决定了文艺评论的社会意义和文艺评论工作者的人生态度。只有保持一颗真诚的心，才能体会到作者及受众的内心所思所想，才能把握到作品和受众以心换心的交流脉动。当下有一些评论家总喜欢把目光投注在少数"明星""大师"身上，为他们的作品锦上添花，为他们的一言一行、一颦一笑击节咏叹，这是一种媚俗的潮流。我们的文艺评论工作者应多将目光投向那些为艺术默默跋涉、孜孜以求的普通人，为大众鼓与呼。要将目光多聚焦当前文艺领域的现实问题，在对人民群众普遍关心的文艺发展中的热点、难点问题进行观察、分析的基础上，总结艺术创作局部和整体的发展规律，为创作实践提供强有力的理论依据及学术支撑。这样的文艺评论才更有意义。

第二，文艺评论工作者要解放思想、与时俱进，善于从古今中外一切优秀文艺成果中摄取营养，以增强文艺评论的力量。

每个国家、每个民族的文化都蕴涵着独特的风格魅力，都是这个国家、民族

---

① 2005 年 5 月 25 日陈薪伊在京剧《袁崇焕》上海记者会上的发言。

长期发展进步中积淀下来的智慧结晶，它们是全人类的宝贵财富，其中有许多是超越意识形态的，如希腊神话中人类对命运的不屈抗争、先秦寓言中对真善美的憧憬均体现着人类的共同追求。善于从这些文化瑰宝中摄取营养，并取其精华，去其糟粕，推陈出新，赋予它们新的时代义涵，可以使文艺创作与文艺评论获得无尽的力量源泉。在新科技、新观念不断涌现的21世纪，文艺评论工作者更需要与时俱进，博采众长。如此始能以具有前瞻性的眼光，富有哲理性的思维，大胆而严谨的科学态度，肩负起社会与时代的责任。为繁荣新时期的文艺事业服务。

创新是文艺发展的动力。无论是文艺创作还是文艺评论，没有创新，就不会有生命力。文艺评论要勇于创新，善于创新，在创新中求突破。文艺评论工作者，既要具备创新的精神、创新的意识，又要不断增强创新的能力。通过以往与世界文艺的沟通与交流，我们深切体会到文艺评论滞后于文艺创作的一个主要原因，在于创新能力不够。文艺评论要以创新为动力，产生一批地域特色鲜明、现代意识突出、族群色彩浓厚、学术观点新颖的理论著作，成为指导文艺创作的良好助力。

第三，文艺评论工作者要正确处理好弘扬主旋律与提倡多样化的关系，坚持“双百方针”，培养高度的文化自觉和文化自信。

文化凝聚着一个民族对自身和世界历史的认知和感受，反映着这个民族的思想道德与精神追求。先进的文化对外可以加强国家的竞争力，对内可以增进民族的向心力。深厚的文化积淀，强烈的文化认同，是一个民族能否生存繁衍、绵延不绝的基本要素。要建设中华民族和谐共荣的家园，就要既保持文化独立，又坚持文化多元，要用中国特色社会主义的共同理想凝聚力量，用以爱国主义为核心的民族精神和以改革创新为核心的时代精神鼓舞斗志，用社会主义核心价值观引领风尚，培养高度的文化自觉和文化自信。文化自觉是推动文化繁荣发展的思想基础和先决条件。在当前国际国内形势深刻变化、我国经济社会发展进入新的历史阶段的背景下，文化在综合国力竞争中的地位日益凸显，迫切需要文艺评论工作者进一步增强文化自觉，主动担当引领文化发展的责任。不论是在舞台、影视等传统文艺领域，还是网络、动漫等新兴文艺领域，都要牢牢把握正确的导向，占领有利的阵地，掌握自己的话语权。要做到这些，就需要正确认识和处理好主旋律与多样化的辩证关系。

恩格斯曾经精辟地论述过，“文化上每进一步都是迈向自由的一步。因为人们需要通过文化来启蒙心智、认识社会、获得思想上的教益，也需要通过文化愉悦身心、陶冶性情、获得精神上的满足”①。社会主义文化是崇尚科学、崇尚自由的文化，社会主义文艺是服务大众、陶冶性情的文艺。社会主义文艺所蕴含的文化精神和所揭示的艺术规律，对于文艺评论工作者在追求主旋律与多样化统一的问题上具有很强的指导性。主旋律反映了当代中国社会发展的主流思想和价值取向，代表着广大人民群众的根本利益和热切愿望；多样化则反映了当代中国社会思想文化多样多变的客观现实，二者统一于繁荣发展社会主义文艺事业的生动实践。弘扬主旋律、提倡多样化，是坚持为人民服务、为社会主义服务方向和“百花齐放、百家争鸣”方针的具体体现，是满足人民群众精神文化需求、促进文艺大繁荣、推动文化大发展的必然要求。在新的历史条件下，只有坚持弘扬主旋律、提倡多样化，评论家才能于不同形式和风格的文化氛围中自由探索，才能进一步做到贴近现实、贴近生活、贴近群众，保证文艺评论更好地为人民服务、为社会主义文艺事业服务。

第四，文艺评论工作者要自觉加强思想道德修养，培养高尚的精神境界，锻造崇高的艺术人格。

文艺评论工作者的道德情操，直接影响着其作品的艺术质量和社会效果。在社会主义条件下，文艺评论工作者职业道德比以往有了更高的要求。在我们文艺评论队伍中，占主要地位的是对祖国满腔热爱，对人民无私奉献，对事业精益求精，对同志真诚帮助的正能量。但也确实存在着少数人一面在台上道貌岸然地演绎着专家学者形象，一面却在台下为谋取个人名利蝇营狗苟、用功利庸俗的溢美之词阿谀吹捧，误导视听的负面情状。他们不但损害了文艺的纯洁性、公正性，而且其有意无意间散发出的“铜臭”势必对人民群众的心灵造成戕害，对于这样的人和事应该毫不留情地予以道德的鞭挞和制度的处罚。

文艺工作者的职业道德建设是确保文艺先进性的必要保障，没有这种职业道德的规范，我们的文艺事业和文化活动就会失去正确的前进方向，文艺评论工作者的职业道德建设不容忽视。文艺评论工作者的职业道德建设，与其他行业从业人员职业道德建设既有相同之处，也有特殊之处。文艺评论工作者职业的道德建设具有多重境界：文艺评论工作者不仅要遵守宪法和法律，还必须遵守文化工作的法律法规；这是职业道德的底线，突破这一底线，道德主体就丧失了从事这

① 韦建桦主编：《马克思恩格斯文集》第9卷，北京：人民出版社2009年版，第120—121页。

一职业的起码资格。文艺评论工作者应有其独特的职业操守，这是该职业胜任工作，并获得社会对其认同的最低道德条件。拥有社会良知，自觉维护社会公众的利益，这是社会对文艺评论工作者的特殊期待，也是该领域从业人员获得自我认同和实现人生价值的起码要求。淡泊明志，追求真理，对职业有一种崇高的使命感，这是文艺评论工作者职业道德建设较高的层次和境界，也是从业人员获得较高社会评价和实现更大人生价值的道德前提。提倡文艺评论工作者的职业道德是职业的要求，同时也是一个称职的从业人员的立身之本。每一个文艺评论工作者都应从己做起，以德为先，从艺做人。做到德艺双馨。强化文艺评论工作者的职业道德修养，一方面要在自身理论修养上下功夫，另一方面也要通过各种方式、各种媒介不断促进评论家的道德觉醒，进而激发其职业道德修养的自觉性，使文艺工作者的职业道德建设真正落到实处，取得实效。

第五，文艺评论工作者要秉持团结民主的学术作风。对不同学术观点和不同学术派别，怀有包容之心。

他山之石可以攻玉，不同的学术观点，不同学术派别的争鸣，是文艺评论中的自然现象。评论家只有在坚持自己的学术民主和学术自由的同时，尊重他人的学术民主和学术自由，鼓励理论风格的多样化，鼓励不同学术观点的切磋、交锋，才能使那些有创意、有灵气的新思想、新观点不断涌现，进而使我们的文艺评论始终走在时代的前端。

纵观我国当代的文艺评论，曾经历过长时期的低谷，也曾有过十数年的繁荣。而现在一方面文艺评论人才相对匮乏，队伍结构相对薄弱。另一方面无论是文艺评论本身还是人们对文艺评论的看法相较几十年前都已经发生深刻变化。面对来自多方面的压力和诱惑，如何像明星、大腕一样，以最快速度、最大限度赢得受众的关注已经成为不少文艺评论工作者关心的第一要务。文艺评论是人类精神活动高层次的表现，娱乐化、商业化思潮对文艺评论的过度浸润对文艺评论事业的危害十分严重。目前，无论是社会上，还是行业内部对文艺评论中的不良现象和“潜规则”的反感已经达到无法回避的程度。一旦文艺评论的公信力和权威性丧失，文艺评论的价值将不复存在，文艺评论对文艺事业发展的推进也将失去意义。要使文艺评论继续获得艺术家以及公众的信赖，就必须建设一支高素质的评论家队伍，这既需要文艺评论的从业者拥有深厚的专业学养、敏锐的判断分析能力，而尤为重要的是其不可撼动的职业操守。一个人能否坚持评论家的职业操守，直接关系到他能否在浩如烟海，纷繁复杂的文艺作品及文艺现象中坚持正确的学术立场，把握住表象后面的实质，作出客观、恰当、令人尊敬折服的判断与评价。当然，这并不容易，却是每一个从事文艺评论工作的人应该去努力做到的。

我们处在一个伟大的时代，一个文艺事业大有作为的黄金时期。全面建设小康社会、开创中国特色社会主义新局面的历史进程必将推动我国文艺事业的全面发展繁荣。文艺评论工作者肩负着时代赋予的神圣使命，要为建设面向世界、面向未来，面向现代化的社会主义先进文化而努力，以新的内容、新的形式、新的手段，创造出具有中国风格、中国气派的优秀文艺理论、文艺评论成果，不断丰富人民群众的精神世界，为实现中华文化的伟大复兴不断注入强大的精神力量。

（作者系陕西省艺术研究所艺术理论研究中心副主任、副研究员）

浅谈藏族英雄史诗《格萨尔》蒙古化的原因

索加本

《格萨尔》这部伟大的英雄史诗，广泛流传在我国藏族和蒙古族地区，在这两个民族的文学史上都占有重要的地位。当外界对藏文本《格萨尔》还缺乏了解的时候，对蒙古《格斯尔》的起源有各种说法，这是正常现象。随着对藏文文献的深入研究，对藏蒙两种史诗之间关系的研究，也深入一步，进而改变了过去的一些看法，根据新的资料得出新的结论。一般认为，蒙古族《格斯尔》源于藏族《格萨尔》，是从藏族地区传入蒙古族地区的。研究藏族《格萨尔》与蒙古族《格斯尔》的关系，还应探讨藏族《格萨尔》蒙古化的原因，否则，就不能了解蒙文《格斯尔》产生的历史必然性。藏文《格萨尔》为什么能够在蒙古族地区广泛流传并生根、开花、结果，最终蒙古化，变成蒙古英雄史诗的原因。

藏蒙文化交流是《格萨尔》蒙古化的原因之一

从历史上说，藏族和蒙古族关系甚密，我们追溯到元朝时期，萨迦班智达和八思巴都是元朝帝王的上师，藏族学者萨迦班智达（1182—1251）是一位学识卓越、修正有成的佛教大师。在13世纪30年代，元太宗窝阔台执政期间，在藏蒙关系上无论从政治还是佛教等都起了极大的推动作用。八思巴落者坚赞（1235—1280）是藏传佛教萨迦派第五代祖师，1253年，八思巴应召谒见忽必烈薛禅汗，1260年，忽必烈继任蒙古汗位，立即封八思巴为国师。在这两位学者的影响下，藏传佛教开始在蒙古地区进行传播。因此，两民族来往更勤、更深。藏族和蒙古族是在中国历史上起过重要作用的两个古老民族。在历史上，它们彼此关系十分密切，在政治、经济、文化、宗教等方面频繁交往。早在六百多年前，蒙古族的祖先就生息在黄河以北的草原上，元朝期间，青海湖周边的藏族部落与蒙古族部落的游牧民同穴草原、共同生活。久而久之，两个民族的吃、穿、住、行已融为一体，风俗与习惯也基本相似。（现今青海湖海西地区部分蒙古族风俗基于藏族风俗，他们能说唱藏语藏歌、讲述藏族故事，并且也能说唱《格萨尔》史诗，甚至有的蒙古族的人名也类似于藏族姓名。他们在举行佛教仪式时都用藏语诵经，说唱《格萨尔》史诗时，格律部分用藏语唱，而故事内容和情节用蒙语解释。）蒙古化的《格萨尔》先由民间口述流传至蒙古，继而才用文字形式进行传播。“外蒙学者策·达木丁苏伦在《〈格萨尔传〉的历史源流·引言》一文中指出，蒙古的《格斯尔》史诗是在1885年由俄罗斯蒙古学专家塔宁从藏族安多地区搜集整理的《格萨尔》手抄本中释义而成的。”[①]通过对这些实例的分析研究，我们可以得出这样的结论：蒙文《格斯尔》和藏文《格萨尔》有着极为密切的关系，蒙文《格斯尔》来源于藏文《格萨尔》，其中有的是直接译自藏文《格萨尔》，有的是有所加工和改编，有的是有所发展和创作，但无论是加工改编，或者是发展创作，都是以藏文《格萨尔》为蓝本。我们赞同王浉暖先生所提出的“蒙古族《格斯尔可汗传》最早脱胎于藏族《格萨尔王传》，但是在蒙古地区的长期流传中，经过民间演唱艺人和文人的改编、丰富和创作，最后终于形成了一部蒙古族人民喜闻乐见的独特形式的民族史诗”[②]的提法。值得特别指出的是，蒙古族文人在翻译藏族文学作品的时候，不是一字不差地照抄照译，而是对其进行重大加工改造，将其蒙古化，或者借用藏族文学的某些题材，进行再创作，使之变成蒙古族的文学作品，蒙文《格斯尔》就是这样由藏文《格萨尔》变成蒙古族英雄史诗的。

13、14世纪，蒙古族两次仿照藏文字母创制自己的民族新文字，使蒙古族语言吸收了大量藏语词汇，包括某些语言成分，从而为蒙古族学者和广大群众学习、借鉴藏族经典、文学艺术作品等等，提供了方便，也为藏族《格萨尔》在蒙古族地区的传播创造了先决条件。在长达五个多世纪的岁月里，蒙古族从藏族那里吸收了大量宗教文化、世俗文化、民间文化等，并将其融入自己的民族文化体系，成为形成、丰富和发展蒙古族文化的重要外因。

在蒙古汗国和元朝建立后的数百年里，西藏的许多著名学者应邀到蒙古族地区讲学。他们不仅把大量藏族经典和《格萨尔》等文学作品传播过去，而且培养

① 兰却加编：《格萨尔文集》（藏文版），甘肃民族出版社2004年版，第439页。
② 王兴先：《〈格萨尔〉论要》，兰州：甘肃民族出版社2002年版，第338页。

出了大批精通藏文的蒙古族学者。自 17 世纪以来，就有二百多位蒙古族学者能够运用藏文著书立说，研究藏族的哲学、音韵学、逻辑学、医学、美学、文学、艺术等等，大大促进了藏、蒙文化交流，为两个兄弟民族在文学等方面的互相融合和渗透做出了突出贡献。

蒙古化《格萨尔》史诗产生的历史背景和社会原因

"藏文《格萨尔》与蒙文《格斯尔》存在着渊源关系，前者是源，后者是渊，已成为格学界的共识。"[①] 元明清时期蒙古汗王与藏传佛教各派的关系及其影响述略，究其根源，就是藏传佛教这条纽带紧紧地把这两个民族连接起来了。藏传佛教领袖将佛教传播蒙古地区后，有佛教内涵的《格萨尔王传》也随着流传到蒙古民间，民间佛教传播者将神话型和宗教型的《格萨尔王传》作为传教工具，蒙古民间佛教信仰者喜闻乐见，蒙古民间甚至将格萨尔拜为战神（藏族民间格萨尔信仰中将格萨尔拜为战神、财神、药圣等各种神灵）。13 世纪，成吉思汗建立蒙古汗国和忽必烈建立元朝之后，采取一系列措施，加强蒙古汗国和西藏的关系，蒙古族和藏族进入了一个新的发展阶段，双方进一步加强文化交流，互相学习，取长补短，共同发展。

12 世纪之前，蒙古族还未形成统一的中央政权，内部分成大大小小的部落。它们相互攻伐、战祸四起，社会动乱，百姓遭殃。到了 12 世纪末，整个蒙古族地区陷入四分五裂、战乱不止的状态。这时，蒙古孛儿只斤部的贵族铁木真——元太祖成吉思汗顺应蒙古社会发展趋势和人民群众要求统一的愿望，战胜蒙古各部，统一全蒙古，于 1206 年建立了蒙古汗国，结束了蒙古社会长期分裂、混乱的局面。到了 1271 年，成吉思汗的孙子忽必烈完成了统一全国的大业，建立了元朝。然而，由于元朝统治者对内实行残酷的阶级压迫，对外实行民族歧视与侵略扩张政策，所以即使在它统治的整个时期，蒙古地方封建势力之间的内战，也未真正平息过。从 14 世纪末元朝灭亡到 17 世纪末清朝完全统治中国的数百年里，漠南、漠北蒙古地区再度陷入长期分裂割据状态。大小封建主之间征杀不止，给蒙古族人民群众造成深重灾难。蒙古族历史上的这两个战乱年代与藏族历史上的吐蕃王朝初期至中期（公元 6 至 7 世纪）和它崩溃的 9 世纪末、10 世纪初

---

① 赵秉理：《格萨尔散论》，兰州：甘肃民族出版社 1996 年版，第 147 页。

的两次大动乱大致相似。社会生活是文学创作的唯一源泉。在基本相同的社会背景下，受苦受难的蒙古族人民也像饱尝战乱之苦的藏族人民一样，厌恶动乱，反对掠夺，盼望安宁，期待统一，渴望在自己的民族当中，也出现像岭·格萨尔那样的叱咤风云、不畏强暴、扫平群霸、为民除害、实现统一的英雄与领袖。由此可见，把岭·格萨尔视为蒙古族的英雄加以歌颂与崇拜，是蒙古族社会历史发展的必然，也是蒙古族人民共同的愿望。

藏蒙共同的宗教信仰是《格萨尔》蒙古化的重要媒介

恩格斯说："对于完全受宗教影响的感情来说，要掀起巨大的风暴，就必须让群众的切身利益披上宗教的外衣出现。"[①] 中国少数民族文学史表明：宗教对于民族民间文学的产生和发展给与巨大的影响。一些宗教徒为了便于群众接受宗教教义，往往吸收民间写作素材，加以附会，作为宣传宗教的工具，将其纳入宗教文化体系。《格萨尔》也不例外。究其本质，它反映的是人民群众的思想感情和理想愿望。然而，它在形成和发展的过程中，受宗教的影响颇深。西藏在历史上是一块佛教圣地，历代吐蕃赞普都是利用宗教维护其政权，八思巴主政之后，藏族社会长期政教合一，宗教势力笼罩着藏区，佛教在社会生活与意识形态中占据支配位置，统治着人们的精神世界，虔诚信佛、宏扬佛法成为全民言论行动的主旨。在这种情况下人民群众在创作《格萨尔》的过程中，难免受到佛教思想的影响；艺人们在说唱《格萨尔》的过程中，难免宣扬某些佛法；那些掌握文化大权的僧侣在写定民间说唱的《格萨尔》部本的过程中，也有意增进一些"人为宗教"的内容。这样一来，就使得这部英雄史披上了宗教的外衣，具有浓厚的宗教色彩。岭·格萨尔曾说："安定整个藏区，专门树立释迦佛，镇压妖魔邪恶势力，这三件事是我不可推卸的责任。"[②] 他还说："我在十五岁上降服了北方吃人的妖魔，在他们的部落中宏扬了佛法，使那妖魔之域变成神域。从此以后过了九年，在思琴汗的脖子上安了鞍子，使逃跑者返回，种下了白教之种子，拔掉了黑教之苗。再过六年后，凶恶的苍龙落在野滩，抢夺了幕布羌的城镇，使那妖魔之域变得可与天公比美，扶持了百姓。再

① 恩格斯：《路德维希·费尔巴哈和德国古典哲学的终结》，《马克思恩格斯选集》第 4 卷，北京：人民出版社 1972 年版，第 215 页。

②《岭·格斯尔》（蒙文版），呼和浩特：内蒙古出版社 1981 年版，第 306 页。

过三年，天母令我去门域，若不去消灭南广场妖魔辛尺，佛法僧人无法到达那里，佛教也扎不下根。”[①] 因此，史诗《格萨尔》把主人公格萨尔说成是藏传佛教祖师莲花生大师的弟子与化身，尊他为佛教护法神，许多寺庙都供奉着格萨尔的画像。

藏族信仰佛教，蒙古族也信仰佛教。二者同属藏传佛教，存在着渊源关系，蒙古族的佛教是藏区传入的。公元 1206 年，成吉思汗进军西藏，西藏申明归顺蒙古时，西藏地区的佛像、佛经第一次被带到蒙古地区。从此藏传佛教在蒙古族当中传播开来。在蒙古王室统治西藏的年代，萨班·噶玛拨希和八思巴等佛教领袖人物，受到了统治阶级特别的尊崇。他们在蒙古汗国和元朝宫廷担任要职，主管全国宗教事务，频繁来往于西藏与蒙古族地区，对佛教在蒙古族当中的传播与发展，起了重要作用。宗教的传播，自然产生共同的宗教文化。共同的宗教信仰，成为藏族《格萨尔》蒙古化的重要媒介。藏族宗教领袖和广大僧侣在向蒙古地区传播佛教的过程中，必然把体现佛教文化的《格萨尔》带过去。蒙古族信仰佛教，必然要吸取藏族的《格萨尔》，将其蒙古化，变成自己的英雄史诗。蒙古人民从宗教观念出发，认为歌颂格萨尔，就是歌颂自己的民族英雄成吉思汗。他们说：“按佛教的旨意和赫尔穆斯塔（天王）圣令，为了整顿和统治世界，在格萨尔之后一百年，就转世为包古达（圣人）成吉思汗。”[②]

蒙古族人民喜闻乐见藏族《格萨尔》

《格萨尔》中所表现的崇高美、自然美、夸张美，以及对战马的赞美等很符合蒙古人民的审美理想、审美标准和审美情趣，一接触就有似曾相识的亲切感，而没有陌生和隔膜的感觉。因此，一经传入，就很容易在蒙古族人民中扎下根，同蒙古族丰富多彩的文化传统相结合，放射出灿烂的光辉。马克思说；“人民历来就是作家‘够资格’和‘不够资格’的唯一判断者。”[③] 列宁指出：“艺术是属于人民的。它必须在广大劳动群众的底层有其最深厚的根基。它必须为这些群众

---

①《门岭之战》（蒙文版），成都：四川人民出版社 1982 年版，第 41 页。

② č·damdinsürüng、D·čengdü：《蒙古文学概要》（蒙文版），呼和浩特：内蒙古人民出版社 1982 年版，第 41 页。

③ 马克思：《第六届莱茵省议会的辩论》，《马克思恩格斯全集》第 1 卷，北京：人民出版社 1976 年版，第 90 页。

所了解和爱好。”[1] 历史经验证明：凡是被各族人民群众共同喜爱的民间文学艺术作品，必然要冲出族属国境，从它的发祥地流传到异族异国，为各族各国人民所共享，甚至在那里生根发芽，开花结果，产生出同母本有渊源关系的属于异族异国的独立的文学艺术作品。藏族、蒙古族是我国的两个主要游牧民族。他们的生产、生活方式大体相同，文化传统、民族心理、风俗习惯等也有许多相同或相似的地方。因此当藏族《格萨尔》传入蒙古族地区之后，其除暴安良、抑强扶弱的主题思想便引起了蒙古族人民的强烈共鸣，其表现出的崇高美、自然美、夸张美以及对战马的赞美等令蒙古族人民似曾相识、喜闻乐见，当听到、看到藏族《格萨尔》的时候，就视若珍宝，倾心喜爱，把它当作自己民族的英雄史诗，四处传送，并对之进行再创作，使之在 13 世纪以后逐步蒙古化。在 13 世纪到 18 世纪的漫长岁月里，一代又一代的蒙古族人民群众对藏族《格萨尔》进行再创作，一代又一代的蒙古族民间艺人传唱了蒙文《格斯尔》，一代又一代的蒙古族文人和佛教僧侣记录、加工、整理了许多蒙文《格斯尔》的书写本，使之趋于定型化，并于公元 1716 年首次在北京印刷出版了木刻版《十方圣主格斯尔可汗传》。从此以后，又陆续出现了许多版本的蒙文《格斯尔》，形成了一个独立完整的蒙古族英雄史诗《格斯尔》体系。

史诗是蒙古族人民的优秀文化传统

史诗是蒙古族人民一种古老的艺术形式。早在蒙古族的原始社会解体，父权制代替母权制，氏族部落之间的战争开始之后，在蒙古族社会的“英雄时代”，即蒙古民族的童年时期或崛起时代，就产生了自己的早期史诗——《勇士谷诺干》《噶勒门都尔汗》《志勇的王子希热图》等，俗称镇压蟒古思的故事。其共同特点是反映蒙古族氏族部落时代的社会现象，以人与人之间互相征战的英雄业绩为内容，继承了神话和英雄传说的风格，以神异传奇的手法，表现娶亲、抢婚和掠夺牲畜、财物、奴仆、人众等氏族部落之间的战争。史诗《勇士谷诺干》中的战争起因，就是一桩抢婚事件。十二头颅的蟒古思趁谷诺干外出打猎，抢走其妻。谷诺干得知后，与之展开了一场激烈悲壮的战争，终于消灭了蟒古思，营救了妻

---

① 转引自［德］蔡特金：《回忆列宁》，《列宁论文学与艺术》（二），北京：人民出版社 1960 年版，第 912 页。

子，并进入魔窟，解救了被囚禁的平民百姓。蒙古族经过童年期，以统一、文明的民族形象登上历史的舞台。建立封建制的元朝之后，产生于早期的英雄史诗得到更大发展，出现了《江格尔》一类的长篇英雄史诗。蒙古《格斯尔》正是蒙古族英雄史诗在发展阶段的产物。它在对藏文《格萨尔》进行再创作的过程中，与蒙古族悠久的文化传统相结合，继承和发展了蒙古族古老的英雄史诗固有的创作方法。在蒙古族古老的英雄史诗里，勇士们为了转移敌人的视线，常常把自己变成浑身长满疥疮、鼻涕流满口唇的穷孩子，把坐骑变成身长乱毛、腿糊马粪的二岁马，通过赛马、射箭、摔跤三种比武，战胜情敌或闯过三关娶到妻子。在蒙古族《格斯尔》里，格斯尔通过赛马、射箭、摔跤，攻破三关称汗纳妃；格斯尔为了克敌制胜，经常施用转移敌人视线的法术，把自己的坐骑赤兔马变成长满疥疮的二岁劣马，或让其上天空等候召唤，把手中的武器和用品变成两袋面粉或三尺长的黑杖；格斯尔有时变成身材只有一尺的矮子，有时变成雄鹰，有时变成要饭的喇嘛，有时变成孤儿等等。所有这些情节，都是对蒙古族史诗创作传统的继承和发展。它是藏族《格萨尔》蒙古化的重要内因。

（作者系青海省文联副研究员）

重提非虚构对当下写作的意义

邰　筐

非虚构是个什么概念?

广义上说，一切以现实元素为背景的写作行为，均可称之为非虚构写作。这一概念首先被西方文学界所引用，亦被称为“第四类写作”。这种文学形式因其特殊的叙事特征被誉为新的文学可能性。

其实非要对非虚构追根溯源的话，以前我们的《史记》都可以归纳到非虚构里去。国外我们所知道的，比如说像高尔基自传小说实际上也不妨归纳到非虚构小说里。非虚构小说概念的提出是杜鲁门·卡波特写的一部非虚构长篇小说，他第一次用了非虚构小说的概念，那是在20世纪70年代初，他写的作品叫作《冷血》，他关注这个案件，花了六年的时间，其中有两年多他都在做采访，包括跟杀人凶手长谈，他大概搞了六千多页的笔记，最后写出这样一部长篇小说，开创了一个新的文学形式。里面实际上是按照非常传统的时间顺序来写的，也没有什么悬念，但是在结构上有很多的变化，比如说里面有很多证词、供词和采访记录等等，实际上是一个很混杂的文体。这个作品出现之后，对当时的文学有很大的影响。

非虚构是个混血儿

对于非虚构和新闻报道的区别，中国作协副主席李敬泽曾有个精辟的界定：“尽管新闻记者是署名的，但他的写作不是个人的，他承担着公共职能，客观报道事件，或者说，客观报道公共水平上的事件。也就是说，有些事不是记者感兴趣的，比如一个杀人者，他的复杂内心世界、他的事件前史、他的经验细节等等，这些可能却是文学特别感兴趣的；而且文学也不仅仅是在事件的层面上看待生活，它可能注视某种状态。”

“说到底，新闻不是记者的作品——那些人、那些事和一份包含观点的报道才是新闻真正的作者，但非虚构作品一定是作者自己的作品。任何文学写作者一定会带着他个人的前史，他的身心，他的理解、角度、修辞，在非虚构的写作中，他力图捕捉和确定事实，但与此同时，他是坦诚地自我暴露的，他站在那里，把他作为个人的有限性暴露给大家，从而建立一种‘真实感’。”李敬泽认为。

对于非虚构和报告文学、纪实文学的区别，《人民文学》副主编宁小龄则有自己的观点：“以前的报告文学和纪实文学形成了两极分化和两个极端，一个是所谓的歌颂，一个是所谓的批判。实际上我们生活中有很广阔的地带是在这二者之间，可是这二者之间很少有人写。非虚构文学有一点是要倡导的，就是不居高临下议论，在报告文学当中这个议论是始终存在的，而且作者一上来就从天上写到地下，总是摆出一种非常宏观的架势，这一点我们也是非常反对的。尽量跟你所写的人物站在平等的位置上，放低作家的姿态，只要呈现就行了。所以，我觉得报告文学和非虚构文学的作品最大的区别就在这个地方，当然非虚构更强调日常生活细节，更强调的是一个事件中把它的过程完整地，甚至非常详细地呈现。只要呈现就行了，不需要作家出来说明，这就是非虚构跟报告文学最大的差异。”

非虚构接近文学性，比小说更真实，比报告文学更深入，比纪实文学更深刻，比新闻报道更文学化、人性化。从这个意义上，非虚构既反映社会，又反映文学，它是个混血儿。

非虚构为什么受追捧

非虚构写作的升温不过是近两年的事情。《人民文学》成为了这一概念的最有力推动者。该刊设立了非虚构专栏，连续刊发了梁鸿的《中国在梁庄》《梁庄在中国》《中国，少了一味药》等作品，并在各类评选中屡获大奖。“非虚构”甚至成为书市上的关键词，来自《纽约客》记者彼得·海斯勒（中文名何伟）的一本非虚构作品《寻路中国》卖得异常火爆。非虚构为什么受追捧呢？

我认为，有以下原因：

其一，非虚构走红，得益于内容的陌生感。我们知道，对熟悉的事物麻木，而对陌生的事物有兴趣，是人性一大特点。因此，几乎可以断定，每一部被命名为非虚构的作品，它必定包含着一些鲜为人知的生活场景和故事。内容的新鲜，使读者产生一种“窥视隐私”般的兴趣。

“这些非虚构文本，借助于社会学和人类学‘田野考察’的方法，力图通过客观叙述，打碎先入为主的价值观和审美观，呈现生活现场一度被遮掩的秘密和真相。这使我们感受到文学依然与我们的生活有关，与国家、民族的现实和未来有关。”《人民文学》某一期的编前语这样写道。

其二，大量细腻的细节是书斋里虚构不了的。非虚构写作要花费大量的时间和精力，在陌生的环境蹲点、采访、记录、整合……而不像某些体裁可以坐在书斋里天马行空。每一部成功的非虚构文本，都是对作家内心真诚与写作能力的综合考验。

提起检察官拥有作家所没有的素材，小说家李洱曾说：“我非常羡慕检察官，有机会能跟犯罪嫌疑人做面对面的交流，这对人性的深刻认识会有帮助。专业作家就缺少这种机会，生活面越来越窄。我本人也有过一次跟犯罪嫌疑人面对面的接触，那是我出差途中碰到的一起抢劫银行案。吃饭的时候，当地政法委书记说起了这个案子，我连饭都没有吃就见了犯罪嫌疑人。后来我根据这个事件写了篇小说《犯罪现场》，当时影响还是很大的。如果没有跟犯罪嫌疑人交流，我认为是写不好的。因为他犯罪有他的逻辑，有他的规律，甚至可以说有他的合理性。我觉得小说家要把合理性写出来。”

非虚构：“实”是灵魂

“真实”不但是写作的基本要求，也是写作者基本的伦理标尺。它要求作家应该尽力展现真实经验的残酷性。作者不能去假代当事人，掩盖他们的屈辱经历和残酷经验，虚构他们的幸福生活，而是用实录的形式真正展现出中国人的困惑、挣扎与矛盾。

全国政协教科文卫体委员会副主任、中国检察官文学艺术联合会主席张耕认为，“非虚构写作探讨是一个很重要的议题。现在相当多的文学作品，除了纪实性的小说以外，其他基本上是虚构的。现在强调非虚构创作研讨，我认为非常有想法，写检察官的事，写检察官面对犯罪嫌疑人的事，应该强调真实性，有了真实性就会更有说服力、感染力。而且将来我们检察文学长远方向，我也主张继续遵循的，就是真实性。当然，真实性不是对现实的照搬，也不是像我们用照相机那样实际的拍照，而是要经过艺术的改造，但是它基本的内容是真实的，这是很重要的一点。”

一篇篇办案笔记就好像一份份真实的灵魂病历，它们讲述了案情背后隐藏的前因后果和个体复杂的内心体验。这样的价值判断打碎了先入为主的价值观和审美观，抛去了道德化或脸谱化的好人或者坏人，而是将一个人或者事件置于社会原生态的大背景下，放在人性的坐标上去考量，并且引发了我们内心的共鸣——如何在一个激变的时代去做一个人，做一个好人。

梁鸿的“梁庄”系列之所以取得成功，我觉得更重要的是因为作者没有陷入那种前现代怀旧式的抒情，作品更多关心的是农民走进现代的代价。

这就让很多写农村的小说黯然失色，为什么？因为今天的小说家们大多是坐在客厅、喝着咖啡写着假想的村庄，他们靠残存的乡村记忆带给人一些假象，无论是痛苦和欢乐都是隔膜的。

当虚构类不能承载或更好承载真实生活的时候，非虚构就当然地走到前台。

非虚构：“虚”是翅膀

在报告文学、纪实文学的发展史上，关于“真实性”与“文学性”的矛盾与争论始终是一个焦点，以追求“真实”为目标的非虚构也必将遇到类似的争论，但正如我们在前面所分析的，绝对客观的“真实”是一个永远无法企及的目标，“世界”只能经由个人的体验与书写才能进入“文本”，而在这一过程中，个人的世界观、生存体验、表达方式便成为具有决定意义的“中介”，直接决定着呈现在“文本”中的“世界”的样态，由此，文本中的“真实性”是经由文学性所表达出来的，二者应该是相得益彰的，这也是我们在追求“真实性”时并不排斥文学性的缘由。

在“文学性”上，非虚构与虚构作品同样，不仅应该追求“真实”，而且应该力求达到精确、细致、生动、形象，同时也应该形成创作者独特的个人风格，这并非是对“真实”的偏离，而是由个人的世界观、生存体验及其表达方式所决定的。

一个案子和一条鱼好有一比，厨师拿到一条鱼想着怎么红烧或者清炖；但一个作家会想这个鱼来自哪里，甚至养这条鱼的水是什么样子的，不仅写出这条鱼，还要写出这条鱼成长的水环境。文学跟案例报道之间也是一样的。

非虚构对当下写作的意义

非虚构文本强调作者身份的个人性、写作的亲历性、文本的揭秘性、题材的猎奇性和叙述的故事性等。从这一点讲，检察官具有其他人不可比拟的优势。

从文学本身的意义上说，非虚构是对文学观念的一次积极调整和拓展——它认可了写实作品的文学性质；这还可以看作是对当代文学写作方向的重新定位——现实生活比虚构玄想更精彩、经验的故事比想象的故事更迷人、田野写作比书斋写作更本真。从文化意义上说，非虚构写作是对印刷媒介面临全媒介时代受众收缩困境的主动回应，是社会转型时期人们精神和生存困境的深度解读，因为任何时期的最好的非虚构文学都可以显示出明辨是非、检视反思、激浊扬清的导向作用。

非虚构实践实际上向文学的发展提出了建构的必要性和紧迫性，以及由此所引发出的对于整个中国当下非虚构文学族群的祈望，即拓展文学表现的疆域，强化文学对现实的参与和渗透，显现文学的生命力和独特价值，又能紧扣时代的脉搏，而这正是当下非虚构写作对于文学发展的重要意义所在。

（作者系最高人民检察院方圆杂志社首席记者）

新媒体时代的道德困境与光明图景

汪素芳

传统媒体时代的结束和新媒体时代的兴起

20 世纪 80 年代之前，我们基本上处于以文字语言为主要内容的传媒时代，书籍、报纸、杂志、信札、收音机乃至大喇叭，作为主要的传播媒介，传递的主要是语言文字类信息。图像，在上述领域里只是作为文字的点缀或说明，仅仅在摄影和美术的有限领域里传播。20 世纪 80 年代，电视开始普及；20 世纪 90 年代，电脑开始普及；尤其 21 世纪手机普及以来，在突飞猛进的相机摄像机技术的保驾护航下，我们似乎在一夜之间进入了图像传媒时代。以电视、电脑、手机（近几年，手机正渐加入其中，并且成为不可忽视的力量，手机上网成为更为便捷的网络行为）为主要媒体的一个崭新时代已显示出力量、规模和格局。纸质媒体的普遍难以为继或力量弱化，清晰地提示着文字的力量渐趋式微，图像的力量迅速崛起，并开始占据主导地位。这样一个几乎一切可视的全新的时代图景，是以数字技术、网络技术、移动技术为支撑的。数字报纸、数字杂志、数字广播、手机短信、移动电视、网络、数字电视、数字电影、触摸媒体等构成了其基本形态。这些媒体形态就是目前我们所称的“新媒体”。

根据百度百科的最新定义，新媒体是相对于传统媒体而言，是报刊、广播、电视等传统媒体之后发展起来的新的媒体形态，是利用数字技术，网络技术，移动技术，通过互联网、无线通信网、有线网络等渠道以及电脑、手机、数字电视机等终端，向用户提供信息和娱乐的传播形态和媒体形态。

新媒体时代的道德困境

新媒体时代一个最显豁的时代现象，就是计算机网络成为不可忽视的社会力量。从论坛到博客，从微博再到微信，各种信息流四散流动，蔚为大观，自成宇宙。能量的裂变，膨胀，日以继夜。众音也嘈嘈，众声也杂杂。喧哗与骚动之间，大众的心火被挑拨得越来越旺，时代的神经却越来越脆弱。

这种蓬勃之势，总让人想起过去运动连连的时代，只不过，这样一个以新媒体为标志的信息化运动是由现代社会的技术革新催生的。有句话值得铭记："技术即思想，工具即理性。"旧石器、新石器、冷兵器、火药、坚船利炮、蒸汽机、汽车、飞机、电脑、互联网都深刻地改变着历史，改变着时代。工具和技术一旦被发明出来，便具有自己的运行规律、逻辑方法乃至于独立意识。佛教称之为"形皆有识"。

以农耕技术为主的社会生产生活以及产生的思想，与数字信息技术为主的社会生产生活以及产生的思想，肯定大不相同。

信息社会，快节奏的生活，伴生的是碎片化的娱乐；新媒体时代，人们获取信息的方式也不得不随之变成无意间撞上或快餐式浏览。阅读纸质书籍，成为难得的奢侈享受。联合国教科文组织的一项调查显示：中国13亿人口，扣除教科书，平均每人一年读书一本都不到。"在学校里，阅读要跟没完没了的习题做斗争，走出校门还要跟各种遥控器做斗争。"海量信息后浪推前浪式的冲击，大脑成为前门进后门出的容器，媒体受众甚至来不及消化任何信息，"思考"成为一件根本没有时间去做的不可能的事情。浅表化的信息接受和娱乐呈现，没有了深度阅读，没有了深入思索，人就丧失了对精神的仰望和对心灵的审视；而一旦丧失了对看不见的精神的追求，人心自然就让位给了对看得见的物质和利益的追求。

对物质利益的一味追求，直接导致道德的滑坡和秩序的失衡。活着的理由，除了物质诱惑，精神支柱已经集体坍塌，只有靠即时的刺激，身体的，视觉的，这些直接的、更接近动物本能的刺激。人性逐步丧失，道德逐渐后退，身后自有魔鬼来收复失地。

道德和伦理，是一整套社会规范，是规则，本质上是文字性质的。在文字传媒时代，信息传播的逻辑是以文字注文字，所以，以文字信息为载体的道德伦理，可以有效地在社会上运行，基本上畅通无碍。但一进入图像传媒时代，以文字规则形式行于世的伦理道德，像一个家道中落的娇羞少女或腼腆小媳妇一样，遭遇到图像强盗的“强奸”而整体萎缩。以图解文，图像逻辑的强行植入，给文字伦理以破坏性的打击，使之渐沦落到妓女一般的不堪之境。非道德伦理，借助图像的强大视觉冲击力，考验着人们的诱惑力，而后者在非实名围观的遮羞布下，往往只有缴械和沦陷。

八卦论坛和色情网站的火爆、电视娱乐节目的泛滥，无不是以图像的“去伦理化”作为诱饵。道德的善恶被本能的需求所取代。从一个个现象的命名不难看出人们在视觉接受上的“重口味”：从艳照门开始的这“门”那“门”，从凤姐开始的这“姐”那“姐”，以章鱼帝为代表的这“帝”那“帝”，以“最美”“最强”打头的这“最”那“最”……动辄“史上”怎样怎样，一个个“空前”但不“绝后”的刺激性事件，不断刺激着人们日渐麻木的神经，如吸毒的人，越吸毒瘾越大；垂死的人，只有靠强心针过活。图像泡沫必须越来越大，越来越炫目，才能吸引人眼球，夺人耳目。人们已静不下来，树欲静而风不止了。只要你早晨一睁眼，一切媒体上，信息滚滚而来，刺激源源不断，直到你晚上闭上眼睛，它们可能还会闯入你梦境，此所谓“日有所视，夜有所梦”。

一个不可否认的事实是，主流媒体的可信度遭遇质疑，非主流媒体乘虚而入，乘势而上。网络，作为全民的信息集散地和娱乐狂欢场，正成为人们生活的重要部分。网络的虚假和网络暴力，和现实中的虚假和现实暴力一样，甚至比后者表现更甚，更为嚣张。身体虚拟或虚无，“过客”身份的掩盖，使得做假和暴力更加无所顾忌，对人精神心灵的伤害强度更大。

数字电视的被动接受、网络媒体的眼花缭乱、手机媒体的失语状态，埋头在虚拟世界和自我世界里孤芳自赏，日常人际直接交往日渐减少，个体性、个性化的数字化突显，而不是在现实世界中脱颖而出，使得新媒体受众成为媒体依赖症患者，或叫屏幕依赖症患者，他们话语木讷，表情呆滞，行动迟缓，性别特征不明显——普遍的男性女性化就是一个突出证明。

人们往往把社会的各种病态归结为体制问题，可没有人再接着追问：体制是谁定的？难道不是人自己定的？所以，问题的根本还是在于人本身，是人本身出了问题，他制定的体制及其运行才会有问题。而人本身的问题，不是几个人的问题，而是这个时代的人们在日常生活中产生积累的普遍问题。不得不说，新媒体时代综合产生的种种问题，不应该简单地让一个“体制”代为受过。

新媒体时代的光明图景

无论新媒体有多少副作用，它代表时代发展方向的先导作用不可忽视和被抹杀。

新媒体与传统媒体的关系，不仅仅是有取而代之之势，更有一种解构的力量。美国《连线》杂志对新媒体的定义是“所有人对所有人的传播”，正是因为快捷、交互、即时、全民、海量、共享、全天候、覆盖性、虚拟性、多媒体与超文本等特点，新媒体的传播之快速和有效，让它的力量变得异常强大，大到让一个执政党不得不考虑他的执政地位。只要看看网站论坛里铺天盖地的负面消息和嘲讽调侃，再对应电视新闻里的天下太平和一本正经，这种如洪水般的民间解构力量就可见一斑了。

有论者称，新媒体最大的功绩在于社会反腐。来自民间的监督和解构力量，正是以新媒体为主要载体和工具，让权力的运行不得不变得透明，让有些人在国家利益面前不敢再轻举妄动。“表哥”“房姐”“房叔”“郭美美”等事件的出现，就是明证。当纪检监察机关无能为力的时候，一个国家的自洁能力在新媒体的支持下开始起作用。

解构本身也具有建设性，其中心理泄洪作用最为明显，可以看作是民间蓄积力量的自我疏导和自我释放。相对于高高在上、四平八稳的传统媒体，新媒体更亲民，人们觉得更可信，“自家人在自家屋里说话”，因而也更肆无忌惮。遇不平可以求助，遇愤怒可以宣泄。防民之口，甚于防川，疏导，总是好过封堵。

新媒体的解构功能，在另一重意义上，还可以加速社会民主化的进程。阳光文化集团首席执行官吴征认为：“相对于旧媒体，新媒体的第一个特点是它的消解力量——消解传统媒体（电视、广播、报纸、通信）之间的边界，消解国家与国家之间、社群之间、产业之间的边界，消解信息发送者与接收者之间的边界，等等。”以新媒体为载体的个性化表达，满足了个体对自我价值的追求和满足；而互动行为和社群化，又满足了个体之间社会交往的诉求。同时，自由表达权力的实现，至少满足了社会个体在虚拟世界里的平等诉求。所有这些新媒体时代的新行为，至少虚拟地、部分地实现了大众的民主诉求，而且在实现的同时，又会提醒着人们在现实生活中追求民主和自由的种种权利。事实上，现实中大众的民主诉求，也已经有不少是依靠新媒体来实现的。比如，某开发商要在已建成的小区里加建楼宇，受到影响的一幢楼的居民，包括各种职业的人们，建成一个QQ群，互相传递交流信息，集思广益，来有理有据地依法行使自己的“阳光权”。

民主与法治，公平和正义，在新媒体时代或许可期。

新媒体的广泛应用，促进了这个朝阳产业的日新月异。作为第五媒体，新媒体的发展将是未来媒体发展的新趋势，它已经远远地将传统媒体甩在了后面。传统媒体在曾经的如日中天之后迅速变成了黄昏产业。

在新媒体的刺激下，传统媒体如电视也正在寻求突破，突破的结果是，传统媒体也插上了新媒体的翅膀。网络电视正是电视制造商和运营商寻求突破采取的融合网络技术的新尝试，并且呈现出良好的发展前景。传统电视的选台等功能基本上仅限于老年用户和“落后用户”，电视作为大屏幕网络娱乐的功能正在突显。

手机这种新媒体的扩张之势似乎更为“嚣张”，这正是新媒体之创新性的最好体现。手机报纸、手机电视、手机网络，以及飞信、微信、微话等终端通信功能等，是手机在电话、短信等基本功能之外的新技术探索。手机的便捷性、时尚性，为新技术探索提供了市场需求，并受到广大年轻用户的青睐。他们正是未来的媒体消费中坚。手机出现之初，是大哥大那样的“大”，那是技术不成熟时的不得已；现在，手机制造商在屏幕方面越做越大、追求更高的清晰度，可以说纯粹是为了迎合基本通话功能之外的其他视觉功能的需要。如今无论你身在任何公共场所，人语喧哗少了很多，这种文明的假象正是新媒体带来的副作用——因为人手一部手机，大家都盯着手机屏幕，哪里还顾得上面对面地说话？笔者甚至不止一次地见到城市街头有人边骑自行车边看手机上的影视剧！

平板电脑，是电脑这个曾经的庞然大物在瘦身之后的华丽亮相。它的出现，使图像载体呈现出电视、手机、平板电脑三足鼎立的态势。但由于电视不便携的顽疾，实际上是手机和平板电脑二分天下的格局。

小康社会日益建成，中产阶层羽翼渐丰，新的生活习惯、新的道德理念、新的伦理规范正在形成。70后，尤其80后、90后，甚至00后，这些伴随着新媒体的诞生和发展成长起来的群体，正在成为社会中坚和未来中坚。他们是新媒体的使用者、发展者，也是新媒体催生的新思想新观念的引领者。当他们对传统媒体说“不”的时候，一个旧的时代也就结束了。今天，已如我们所见，一个全新的时代图景已经绘就蓝图，我们有理由期待它的正向发展。

（作者系河北省文联干部）

民族地区美术研究的困境之我见

——以内蒙古为例

王宏伟

在详细的论述之前，有必要对一个问题给予说明，即美术创作与美术研究之间的某些关系。

笔者认同这样一种看法，即美术创作和美术研究是两个不同的学科，美术创作的主体是美术家，基础是美术技艺，包括造型能力、色彩、构图、笔墨等等，属于艺术范畴；而美术研究的主体是美术研究者，基础是对社会、历史、宗教、哲学、文学等学科的了解和掌握，属于社会科学范畴。在道理上，美术家可以不去做美术研究，美术研究者也可以不去进行美术创作。这好比历史学家不必亲自参与历史，而要对史上发生的事进行学理性的分析和研究，但历史不能等同于历史研究；生物学家也不必亲自参与生物的繁殖、演变等等，但要对生物现象进行深入的剖析以得出结论，生物现象也不能等同于生物学研究。

但由于美术这一学科的特殊性，我们更多地看到的是，很多美术家在创作之余也在进行美术研究，很多美术研究者在研究之余也在创作，并且一些人有着突出的成绩，这完全是正确的，也是值得提倡的。可是急需辨明的一个问题是，很多美术从业者，尤其是美术创作人员总是搞不清二者的区别，总是以美术研究者能否进行美术创作来衡量其水准的高低，或者比较美术家和研究者、创作和研究的高低，进而产生轻视研究的心理。所以必须说明，美术创作不能代表美术研究，美术创作的高度不能代表美术研究的高度。

故而，本文所要探讨的不是美术创作这一层意思，而是要剖析一些在美术研究方面存在的问题。

必须承认，相对而言，内蒙古的美术研究水平是非常难以令人满意的，既没有像一些地区那样成体系的地方性美术史之类的著述，也没有涌现出以研究本地域美术而在全国产生相当影响的美术理论家[①]，更没有专门的美术研究机构，甚至直到现在，连完善的美术史料也难以完整地呈现。

一个地区在美术创作相对还算凸显的时候，对其相应的研究却如此不堪，怎能不令人感到遗憾？当前，各地的美术学研究已经如火如荼，相应的成果也在促使很多美术家进行更多的思考，其对地域文化形象的辅助作用也越来越突显出来，而内蒙古的美术研究却在深度和广度上都存在严重的问题。具体地说，表现在以下几个方面：

美术基础史料的严重缺失

如果按照1946年内蒙古文工团成立，下设美术组为始计算的话，内蒙古的美术创作已经走过了近70年的历史，而要是将之前的内蒙古美术也考虑在内的话，那将是一段更长的历史。本来，如果能将这段历史进行详细而生动的记录的话，那将是一笔宝贵的财富，可令人遗憾的是，现在内蒙古美术并没有完备的“内蒙古美术史”之类的著述，就连相对清晰的基础性史料也难以完整地呈现出来，文献记载的缺乏直接制约了学术的研究。笔者因参与“草原艺术研究工程”的相关工作，受命编辑整理《当代草原艺术年谱·美术卷》的部分内容，可是在收集资料的过程中却感到困难重重，最终也没有将需要的基础资料收集完整。美术家、美术创作及美术活动的相关资料没有在任何一家官方或民间机构得以完整的保存。当然，在几十年的历史中，有过诸如“文革”的浩劫，很多珍贵的文件、档案和艺术作品遭到焚烧破坏，一些作品和资料至今下落不明，使得内蒙古美术家之前的心血化为乌有，其后，也由于诸多原因没有使相关的资料得以完整保存，这样的状况怎能不给相应的研究带来困难？

美术研究内容贫乏、研究角度单一

放眼全球及国内，学界对美术的研究已经不仅仅是审美上的研究，越来越多

① 一些由内蒙古走出的美术理论家在美术界产生了重要影响，但其主要的研究对象并非内蒙古美术，这从他们的著述和策划的展览等都可以体现出来。

的学者对美术作品和美术家进行着多角度的解读，除却各种类型的美术史外，对美术从历史、社会、心理学等角度的解读越来越成为一种新的学术风尚。但就内蒙古美术研究而言，远未能形成这样多元的格局和状态。当前，在一些民族地区从事美术研究的人员几乎均是先前在美术院校中接受既定的美术教育而来的，而当地的学者（诸如文学、社会学、历史学等方面）似乎也很少对美术创作发表论述，甚至知之甚少，这客观上对地域美术的多角度解读和研究带来了相当的难度。

另外，从现有的情况来看，内蒙古的美术研究对艺术家和作品的评论多于学理和史观的探讨，并且相当的部分属于“友情评论”，而缺少一种宏观的理论梳理，这就使得研究的内容显得贫乏，研究的深度显得肤浅。如果这样的状况得不到改善，就会促使更多人对美术研究意义的认识发生偏颇，以为美术研究的功能仅仅是为某些美术家而服务，从而产生轻视研究、轻视理论的不良心态。

美术研究人员的构成失衡，美术研究缺少必要的阵地

这一方面最突出的表现就是美术创作人员为数众多，而美术研究从业人员却寥若无几，美术创作人员成千而论，而美术研究人员却为数极少。再者，一些从事研究的教师几乎先前均是习画出生，这就在一定程度上造成了多角度地解读和研究美术的不可能性（至少不能从其他学科的角度对美术创作进行研究）。从业人员数量极少，构成单一显然是内蒙古美术研究的一个重要问题。

其次，美术研究缺乏专业的阵地。内蒙古师范大学于 1954 年设立美术专业，是内蒙古最早拥有美术专业的高校，但却一直没有相关的期刊。先前，创刊于 1948 年的《内蒙古画报》本来是由内蒙古的美术家一手创办，早期刊登一些油印的美术作品之类，后来《内蒙古画报》逐渐离美术创作越来越远，特别是在 1979 年复刊以后。到现在，《内蒙古画报》除了偶尔刊登一些画家和作品外，几乎和美术已没有关系[①]。内蒙古美术研究没有专门的机构，也没有必要的媒介支持，从

① 目前，全国很多院校和地方均有专业的美术期刊，如中国美协的《美术》、中国艺术研究院的《美术观察》、中央美术学院《美术研究》和《世界美术》、中国美术学院《新美术》、鲁迅美术学院《美苑》、清华大学美术学院《装饰》、四川美术学院《当代美术家》、广州美术学院《美术学报》、天津美术学院《北方美术》、西安美术学院《西北美术》、湖北美术学院《湖北美术学院学报》、南京艺术学院《美术与设计》、北京服装学院《艺术设计研究》、山东工艺美术学院《设计艺术》、苏州工艺美术职业技术学院《苏州工艺美术职业技术学院学报》等。部分省份编辑出版了专业美术丛书，如河北的《艺术实录》等。

事美术研究的人员往往不得不在发表成果的道路上另寻门径。

一些美术创作从业人员轻视研究

自 20 世纪 80 年代以来，参观全国各类美术作品展览，总能见到边疆地区美术家的作品，而翻阅各种美术类期刊，却鲜有内蒙古美术研究者独到的论述，这直接反映了美术研究的某些缺失。当前，内蒙古的美术从业人员主要集中在各大院校和文艺创作单位中。在这些美术从业人员中，多以美术创作为主，而少有以研究为主或创作研究并重的美术家，由于一些内在和外在的因素，多数内蒙古美术从业人员不愿触碰美术研究，或者以功利目的为主，往往应付了事。轻视美术研究已经成为内蒙古美术界的普遍现象。

尽管在二三十年前，内蒙古美术界的艺术家们已注意到这一问题，并编辑出版了《论画》《书画论稿》等书刊，并举办首次全区美术理论讲习班，邀请邵大箴、郎绍君、晨鹏、水天中、葛鹏仁等前来讲学，也陆续召开过关于美术研究和美术理论的研讨会等活动[①]，可是直到现在，这一问题仍然很突出。依照当前的形势看，随着美术创作功利化的进一步加强，这样的状况也有可能会进一步加深。

更需要注意的是，美术研究的严重滞后给艺术创作已经带来不良后果，有识者指出："大体上说，空洞、做作、媚俗、缺少现实基础和当代品格构成了今天一些内蒙古美术、摄影创作的大体形象。"[②] 这样的状况不能不令内蒙古美术的从业者担忧。

现象背后必有成因。造成今天内蒙古美术研究深陷困境的原因既有历史的，也有现实的；既有社会的，也有个体的，以下我们稍作分析，以进一步明确内蒙古美术研究所面临的问题。

（一）对文化和美术的研究本身起步较晚

当前内蒙古从事文化传播和文化研究的机构基本都是在 1947 年以后出现的，

① 1983 年，内蒙古美协编印了《论画》（内部资料），《论画》是内蒙古当时不定期的美术理论刊物，先后共编辑 2 期；后内蒙古文史馆也编辑过《书画论稿》（内部资料）一册。1985 年 7 月，内蒙古美协举办首次全区美术理论讲习班，讲习班邀请了区内外 16 位著名专家学者前来讲学，4000 多人次参加学习。

② 王鹏瑞：《草原生活：母体与选择》，《内蒙古大学艺术学院学报》2006 年第 3 期。

而在1947年以前就设立的文化传播和研究机构基本没有，这就决定了内蒙古在文化研究方面相对于内地来说起步是较晚的。其实，内蒙古在1947年以前并非没有文化和文化研究人员，但当时的内蒙古烽烟四起，政治局势复杂，人们所面临的主要问题是革命斗争和探索内蒙古的出路，根本无暇顾及文化的发展。也就是说，当时的物质条件和社会环境并没有为文化研究提供应有的保障，即使有一定的文化学者也会被淹没于当时既有的社会现实。尽管傅作义在主政绥远期间，组织著名的学者专家编撰了《绥远通志稿》等诸多史志书籍，但相对于民国、甚至更久远之时内地产生的大批名垂青史的文化学者，内蒙古在文化上的建树仍显得很单薄。这绝非危言耸听，因为，现在在一般公众的记忆中，像近代在内蒙古赫赫有名的贡桑诺尔布、荣祥[①]等文化名人已经几乎消失了。

内蒙古美术也同样如此。我们现在常说的内蒙古美术大多是指1946年以后的内蒙古美术，它主要是在内蒙古自治区成立前后，通过以“支边”的名义引进内地美术家和对本土美术家进行培养相结合，经过长期的摸索、融合、创造而建立起来的一整套美术创作、教育机制。然而，在这之前，内蒙古也并非没有美术家，如晚清时东部卓索图盟的文学家兼画家尹湛纳希，民国时享誉绥远及周边地区的韩葆纯、杨达权、武尚仁，阿拉善的田协安，包头的张书香以及集宁的魏泉深等就是代表人物[②]，但在现在内蒙古美术从业者的记忆中，这些人物几乎都被忘却了，若不是个别史料和几份当时的报纸对他们的报道，恐怕这些人和事就真的完全不为人所知了，现在，即使连描绘当时美术的概貌都是一种难以企及的奢望。

不管怎样，内蒙古的文化和美术研究起步较晚是不争的事实，这对于今天内蒙古美术研究的状况有着极为重要的影响。研究需要积淀，如果一个地域的一项研究本身在时间跨度上没有达到足够的长度，必定会限制该项研究的深度。事实也正如此，直到现在，在很多内地人的脑海中，对内蒙古这一块距离北京本不遥

---

① 李培基主政绥远时，成立“绥远省通志馆”，荣祥任编撰主任，专事《绥远通志稿》的编撰，于1937年完成初稿，后不断修订。这是内蒙古西部地区一次较完备的修志工程，但多年来一直未能出版，后历经辗转，在70年后的2007年才由内蒙古人民出版社出版。此外，荣祥编撰的《呼和浩特历史沿革》《包头史地沿革》《蒙古源流初探》等书也仅有油印本，未能正式出版。

② 这些画家的主要记录见诸以下史料：尹湛纳希的记录载于《内蒙古历史概要》，上海人民出版社1958年版；韩葆纯的记录载于《绥远通志稿》第11册，内蒙古人民出版社2007年版。田协安的记录载于《蒙古田协安马画展览会》，《中央日报》1935年11月20日第1版；杨达权的记录载于《绥远社会日报》1935年6月29日，武尚仁的记录载于《绥远社会日报》1935年7月13日；张书香的记录见《包头日报》1936年12月31日第4版。

远的土地还是一种地域偏僻、文化落后的印象。

（二）功利化的心态下重视美术创作和实践而轻视研究

当然，我们必须承认，具体地进行美术创作比阅读书本和文献更容易唤起人们对艺术的兴趣和热情，但倘若没有足够的理性认识，具体的创作就可能只是昙花一现，难以为继。不过，当前相对于研究而言，美术创作确实更容易使美术家获得相应的经济和其他报酬。尤其是在近些年来，各种专项和专题展览层出不穷，收藏家和美术馆竞相收购美术作品，美术家通过作品可以获得更多的经济和社会地位的回报。在这种状况下，如若没有其他原因，美术家怎会安心于书斋中的冷板凳？事实上，近70年来（或者更久），内蒙古的美术一直倾向于创作而置理论研究于可有可无之地，致使内蒙古的美术研究长期萎靡不振。在相当的内蒙古美术家的眼中搞创作、办展览才是正业，而搞研究写作是不会创作的人才去干的事。近些年来，这样的心理状态在当前内蒙古青年美术从业者身上似乎体现得更为突出。其实这样的状况也并非内蒙古才有，在国内很多画家都是这样看问题，所以，有论者鉴于此也感叹今天的中国不会出现齐白石、黄宾虹那样的大家了。古语云："古之学者为己，今之学者为人。"（《荀子·劝学篇》）为己，就是要充实自己，丰富自己，这样作文作画自然不俗；为人，就是给人看，通过满足别人的口味来获取一定的利益。急功近利的大背景中，人们不知是否还明白一个道理，就是有成就的大家和现在的很多从业者之所以不同，就是因为他们大多在文化研究和理论修养方面有较深厚的基础，他们的积淀深厚、视野广阔，思想就不会僵死，作品就不会乏味而无生气，加之很多人有着丰富的经历，所以他们掌握了绘画技艺之后，便可以把自己不同于一般人的思想和认知表现出来，他们的作品也就不同一般。这些道理在中国画创作中更能体现出来，内蒙古的画家时有工笔佳作出现，而难有得意的写意之作就是因为如此。

在现代美术领域，研究和创作并重是出现大家最为直接的捷径，也是被广泛认同的方法。当前凡是在艺术上有着突出成绩的艺术家无不遵此艺术规律，然而反观内蒙古当下的美术创作和研究之关系，着实堪忧。艺术本来就不是单一地表现技术，而是"人的意识形之于'态'，这个'态'（艺术作品）有优劣、雅俗、高下之分，其形成之根源全在于作者的意识"[①]。因此，要想在美术中有所建树，

① 参见陈传席：《美术和美术教育问题之研究》一文第四部分，见《美术史论》1993年第1期。

最为重要的是提升自己的“意识”，使自己能更为系统、敏锐地感受世界，这就不得不重视美术研究的作用。

（三）因循单一的美术教育制约着研究的深入

由于美术这一学科的特殊性，致使其在传承中特别注重技艺因素，故而长期以来在美术教学中也对技法的传授给予了特别的重视，在内蒙古的美术教育中，同样秉承了这样的传统。这样的教育模式多年来一直受到人们的质疑与探讨，但不论现行的美术教育模式是否合理，可以断言，当前的美术教育将对未来内蒙古的美术产生最为深刻的影响。著名艺术史家陈传席在20年前就认为：“当代美术教育，以技术培训为主，无论从培养画家，还是提高整个国民素质而言，皆不可取……所以美术系的学生除了绘画技巧外，要特别注意文史哲、数理化方面的学习，而且必须对其中一种知识有较深入的了解，甚至有所研究。否则，进行较大的创新（而不是大同小异的自然变化），只能是一种空想。”① 内蒙古的美术教育同样如此。当前我们必须承认的是，美术教育的僵化、单一已成为摆在我们面前的一个重要问题，院校虽也有文学、史论乃至哲学课，但教授的方法不妥当，致使老师和学生都把其当作负担，只是点缀一下而已。

另一个问题是美术史论的教学。当前在院校美术教学中，各院校虽都设有美术史、美术理论、美术鉴赏等课程，但以笔者的亲身经历和查访来看，其中大多已成为应付的课程，教与学都存在严重的问题。若按陈传席的论断，这样“简直是本末倒置，因为这些课，尤其要最优秀、最有才气的教师担任，画画缺乏才气的人改行搞理论就更不行。尤其是美术鉴赏课，非大画家或修养特深、见解特高的学者不能担任，否则便是误人子弟”②。其实远的不论，单看现代和当代美术史，就可以发现一些人终生手不释笔地练画，却甚难成功，而黄宾虹、傅抱石、潘天寿等一些人把很多精力用在美术史上，却相对更轻松、更顺利地成为美术大家。笔者同意“以学术启发技术，点石成金，技进乎道，庶几不惑，则更易于成为艺术”③ 的美术教育策略，但边疆地区的美术教育显然没有达到这样的高度。这样的状况不但影响着本土的美术创作，也深深地影响着内蒙古的美术研究。

---

① 陈传席：《美术和美术教育问题之研究》，《美术史论》1993年第1期。
② 陈传席：《美术和美术教育问题之研究》，《美术史论》1993年第1期。
③ 陈传席：《美术和美术教育问题之研究》，《美术史论》1993年第1期。

（四）社会公众对美术的陌生

美术在人类社会中扮演着人类文化的造型载体的重要角色，一个时代的美术凝结着一个时代的社会文化意识和人类的审美意识，传达着重要的历史和文化信息，其对传承人类优秀文化、陶冶个体情操有着重要的作用，这一点放之四海而皆准。一个地域的人群是否愿意接近美术，体现着该地域民众的文化修养程度和艺术审美程度，也就是说，美术能否融入公众生活，对于特定地域的文化发展有着重要的意义。

然而，对于地处北疆的内蒙古公众来说，绘画、雕塑这些没有实用价值的“什物”似乎可有可无，公众（包含非美术专业的知识分子）普遍对于美术作品不理解、看不懂，在美术馆等场馆和机构中举办美术展览时，观众多为专业美术工作者或美术专业的学生，一般观众如果对美术没有爱好是不会走进美术馆观看展览的。当然，公众对美术的陌生和漠视显然来自于其自身的物质生活不足和文化修养的缺失，对于饥肠辘辘的人来说，鱼翅燕窝远不如羊肉土豆来得实惠。这样看来，内蒙古的美术创作也就缺少了相当部分的观众群，相应地，内蒙古的美术研究也会缺少相当的读者群，美术研究成为圈里人的游戏（甚至圈里人也不愿阅读）。

内蒙古公众对美术的陌生和漠视的另一个突出表现是内蒙古美术市场的极其萧条（或者说根本就没有形成市场）。内蒙古的美术家，尤其是年纪尚轻的美术家普遍感到作品在本土没有出路，得不到公众的认可，内蒙古的美术作品缺乏本土市场。而在相对发达的地区，私人美术馆已经如雨后春笋般地涌现出来，由此也带来了对美术收藏和美术研究的支持和赞助。内蒙古没有类似的市场和成规模的美术作品收藏，也就不会出现像王薇对陈履生的支持而产生的《革命的时代：延安以来的主体创作研究》那样的著述了。

（五）须要承认的是缺少名家和大家

这个问题在此有必要说明。或许有人认为内蒙古产生了诸如妥木斯、刘大为这样的名家，而且内蒙古美术作品在全国各项展览中频频获奖，怎么能说缺少名家？但笔者依然认为，相对而言，内蒙古的名家和大家确实很少。抛开已经成名的画家不谈，依靠在美展上获奖来确定自己在美术史上的地位显然是幼稚而不切实际的。作品能否获奖及获什么样的奖另有原因，而判断艺术家的成就是要看他的艺术造诣和艺术功力，有的画家由于某种原因也曾红极一时，但迷雾散去后历史就将他忘记，而像黄宾虹、齐白石、傅抱石、吴冠中、崔子范等先生都没有在全国大展上获过奖，李苦禅也只是获过一次三等奖，但他们和他们的作品却永远被历史记住，成为中国美术的典范。所以相比而言，当前内蒙古能在全国美术界站得住脚的画家、雕塑家等很少，相应地，翻开当代一些中国美术史志之类的材料，也很少介绍内蒙古的美术状况，这说明一来外界对内蒙古的美术还不是很了解（或者也没有兴趣了解），二来，内蒙古的美术创作整体实力不够，未能引起更多的中国美术的叙述者的注意。

没有美术创作就没有美术研究，没有美术创作的高度就没有美术研究的高度。中国古代的美术论著浩如烟海，一个人怕是终其一生也难以读完，其中有很多对中国的文化、美术产生重要影响的著述，如顾恺之的《论画》、宗炳的《画山水序》、谢赫的《画品》、张彦远的《历代名画记》、郭熙的《林泉高致》、邓椿的《画继》、郭若虚的《图画见闻志》、石涛的《画语录》等等等等。之所以能产生如此多的著述，那是因为中国古代美术史上出现了一座又一座的高峰，涌现出了从陆探微、张僧繇、戴魁一直到石涛、八大山人等等一大批杰出的艺术家。试想如果中国古代美术并没有这些大家和名家，怎会出现上述的美术论著，中国古代的美术又怎能进一步影响传统文化的发展？

当然，类似内蒙古的边疆地区并非没有名家和大家，只是在数量上相对很少，至于缘何少有名家和大家另有原因，本文暂置而不论，但其对美术研究的影响有目共睹。在此笔者也真心希望民族区域能够再多出几位名家和大家，再多出一批大作和杰作，真正地将民族美术发扬光大。

学术研究和艺术创作同样都是天下之公器，如果我们能有这样的体悟的话就不得不对本土美术研究予以足够的敬畏之心。浅显地理解，美术研究的目的是理清思路、总结和思考，并以之折射一种民族和社会文化，如前所述，其作为一门社会科学，无论对于创作还是其他相关的学术都有着重要的意义。当前，内蒙古的美术研究已有部分成果，有学者也正在编撰《当代草原艺术年谱》《内蒙古美术史》和其他相关的基础性史料，愿这些工作能够为边疆地区的美术研究带来欣喜，以对上述的问题做些有意义的弥补。

（作者系内蒙古文联理论研究室助理）

浅议文学评论写作中的隐形存在

——“虚无感”及“无意义感”

王晓静

时下，偶尔听到这种抱怨：能不能干点有意义的事？细思量，禁不住要莞尔而笑，有意义和无意义如何区分，到底什么才是有意义的事？老子《道德经》提到“有之以为利，无之以为用”。强调既从“实有”的存在出发，又从“虚无”的实际出发，并且重视两者的互用和转化关系，辩证法意识在其中深藏不露，这就阐释清楚了有意义和无意义的相互依赖关系。基于“有利”与“无用”的辩证范畴，来辨析文学作品与评论，深入理解二者之间的关系，以此厘清评论写作中存在的“虚无感”和“无意义感”，增强评论写作的信心。最终，在回归古典文化传统的基石上，理解“有无相生”，增进评论与创作中有益与无意之间的互补和助益，探寻文学评论在当代社会的意义和价值。

“虚无感”和“无意义感”是从哪里来的

世界著名的媒体文化研究者和批评家尼尔·波兹曼在其著作《娱乐至死》中，探究和哀悼美国文化中20世纪后半叶最重大的变化是印刷术时代逐渐走向没落，而以图像取胜的电视时代欣欣向荣，简言之，娱乐几近成为一种文化精神。当图像依赖丰富多彩的“色、声、香、味”已能主动满足人们阅读与观赏的大部分心理需求，语言文字的魅力难以有效彰显，并在社会功能中被淡化；这无疑波及到娴熟于语言文字书写的人们的真实存在感，特别是这个喧腾的时代，还有多少人能静下心来，耐住性子读书……“虚无感”和“无意义感”因之自然衍生出来，无论是社会时代发展的大环境，还是个体生存的小空间，都或多或少地不得不迎接这项挑战。

当下，文学评论写作中存在的“虚无感”和“无意义感”，主要源于独立的理论研究没有深厚的群众基础，缺乏介入文化生活深厚土壤的影响力；读者和观众对理论的需求可有可无，文学评论与现实疏离，未能有效链接起社会现实与创作实践的文学评论，岂不成了浮于水面的“油花”？文学评论应该说什么和怎么说，才能满足时代和读者对精神文化反思的心理需求，这是近些年评论领域面临的严重问题，也是写作中最深切的感受。

另一方面，作为文学评论的个体写作者，“虚无感”和“无意义感”，除了社会的整体影响，还有别样的疑虑：即为别人写评论的意义和价值到底在哪里，写作的过程中，被这样无形的自我怀疑和否定困扰，仿佛评论并非真正意义上的写作，只有诗歌、散文、小说等等原创的文章才算得上是个性化写作。应该说这样来感慨当下的文艺评论现状具有一定的代表性。“虚无感”和“无意义感”体现在评论家与作家自说自话，双方不是均衡互动关系，而是评论家褒扬作家，为作家捧场，或者碍于“面子”顾左右而言他。评论到底与作家和作品有多大利益，看不出来，感受不到，这是阅读一些评论文章的总体感受。就个体经验而言，在写评论作品的时候，总觉得被作品挡住了前路，只看见作者和作品，却看不清自己向往的路要往何方延伸。包括读者阅读评论作品，似乎并不是在阅读创作的文章，这着实令人尴尬，好像评论作品都算不上创作。

更为突出的是声像主导的“娱乐”化虚为实，唯娱至上，再加上大量“嫁接”西方文论观点的呼应，对比出文学语言及文字本身的苍白，仅凭文字自身携带的神秘起源，来影响大众的观察和判断，显然缺乏足够的力量。无论整体言论环境，还是具体的评论作品，都有点“缺钙”了，加剧了传统文化（文论）感染力的缺失和无助。

曾经，阅读刘勰的《文心雕龙》及一些古典文论著作，被深邃的思想和精美的语言所吸引，并没有体会到枯燥乏味，反而在古典文化深奥的幽径上享受着踽踽独行的惬意。王国维的《人间词话》里三种境界，更与品评的诗词风格浑然一体，对《红楼梦》“玉”与“欲”的中西对照，打破了隔膜，横建了跨越。受古典文论传统的影响，也懂得当代文艺评论是立足于古代文论“史街”的广阔背景下，为什么在当代评论写作的语境中，仍时时有一种“虚无感”或者“无意义感”？当心灵和手脚被这种反向意念捆绑住的时候，自然就会探寻一个终极问题——评论写作的意义和价值何在？试从以下几个方面探究。

评书作为读书之法，开启创作的萌芽状态

阅读作品，因作品而衍生出来的创作欲望，是否属于真正的独立创作？这是评论写作过程中持续困扰的第二个问题。无法回避，亦无法逃离，在理解评论本身的过程中，求得评论写作的时效性和实用性，即“有利”与“无用”之间达成的生态到心态的平衡，对消除评论写作的“虚无感”和“无意义感”是有益的。在这样的犹疑与困扰中，在评论写作的道路上蹒跚前行。从师承的角度，追寻评论写作的“智性”，即评论应该以怎样的面目出现，才能算得上正式的创作，这其中需要哪些因素作为支撑点，才体现出一篇评论的灵魂与主旨？

自魏晋南北朝开始产生了中国古代文学批评史上“体大虑精”的《文心雕龙》，又产生了中国诗学的开山之祖《诗品》，两者堪称中国文学批评史上的双璧。无论创作还是评论都在精心为文如同“雕龙”，其精细度是有共同见证的。梳理文学史“里程碑”，评论作品作为一个独立分支，也是源远流长的。但是，现在，阅读评论家的评论文章，无论是为作品作序，还是解读作品，总以为那是与作品相伴而生的观念产物，离开了作品本身，其将“何以附丽”？作为一个初入评论“门道”的写作者，无数次被这种“虚式”所困扰。反过来看，这同样是自我在创作过程中来自内在的一种心绪调整。创作和评论作为两条线，各有轨道，有交集和共鸣，也有相异和悖论，正因为这样的矛盾冲突，才成就了二者“鸟之双翼，车之双轮”的美誉。

评论是疏通思想的困顿

生计的困顿是看得见的，而思想的困顿却深不见底。想想写评论的作用和意义，莫不是通过解剖作品以消除来自阅读者内在的困顿——那些隐藏在作品深处，被作者布局在情节和情景中无法明言的心绪，慢慢地在绵延的叙述里，缓缓流淌，细细阐释，而后在作者与读者之间，完成了全景式观照。接受者被纳入文本体系，成为不可缺少的组成部分，作品因而不再孤单，亦不复孤立，真真实实地落入观众欣赏的土壤里，踏踏实实地扎下了根。想来那么多经典，承载着人类文明与文化的最高智慧，经历岁月的洗涤，又被时光自动保鲜保值，评论的推介应该起了相当的作用。因为，二者的文化底蕴一脉相传，共时和历时的体验，通

过作者传递，读者得以感知，所以，评论与创作的呼应关系，应是评论写作的智性要素之一。作家携带着特定的时代烙印，作品自然是时代的产物，有了这个要素，读者即使没有阅读到作品，对作品的间接知会，也达到了未见其人而闻其意的效果，如登山顶振臂高呼，评论大概就起到了“而闻者彰”的延伸作用。

比如《红楼梦》众多的研究和解读作品，与《红楼梦》这个唯一的“本体”，共同构成了多姿多彩的“大观园”，这是作品与评论、作者与作品之间独有的审美距离，相应的很多名家名篇也是因此而成就了彼此。

捋清了创作与评论的关系，“不再让文学评论成为写作者讨巧社会取悦读者的凭借”，著名评论家阎晶明的这句话，直面评论的独立存在价值，至少给评论写作增长了信心。

评论无法游离于时代之外，作品与评论共同合成了“当代”的文艺“风景”。作家与评论家，既是营造“风景”的主人，又是欣赏“风景”的游客，双方互动，构成了文学苑林的本体。瓦莱里曾说：没有任何一种理论不是某种精心准备的自传的某个片段。“自传”——“我”就在其中认识自己，而且我想别人也能在其中认识“我”。作家这个“我”和评论家的这个“我”，有时相互间的呼应和共鸣并非立即彰显出来，而是有时间、空间和读者的个体性差异的。

评论的价值，在于二者之间的内应和对照

对评论家评论最多的一句话是“空头评论家”。记得在某书上看到西方人说评论家的一句话，印象尤为深刻：“评论家是靠文学混日子的虱子。”面对这些“评论”，评论家依然执著于表达自己的思想和观点，有话要说，笔耕不辍。由此可知，表达方式的丰富多样，确实需要小说、诗歌、散文、影视、色彩，水墨、旋律等等多样化的言说方式，才能尽情地表现出人类作为一个复杂存在的同质性与异质性。创作与评论是一对连体的双生子，是相互对立而又彼此支持的两个方面，依赖于其各个层面与方位的内在结构所具有的相似性，才分为创作与评论两种不同类型的文体。作家创作是在表达一种内在的“我”的意愿，评论是表达另一种内在的“我”的意愿。两者之内应与对照，完成了彼此交换看法的过程。评论家首先是一个忠实于文本的读者，其次才依赖专业知识，从普通读者上升为评品者，终极是无缝对接了那些彼此秘而不宣的思想和情感，只能用曲笔再现，可以有“无数个面向”解释的复杂和多变。通过对评论本身的解析，理解了评论本

身，才可以更好地贴近作品进行评论。作品与评论相互“倚背”，才共同成就了文学视野下丰富多彩的人文氛围。

常常阅读那些经典名著，如体悟一个人离去多年，但他还在字里行间行走、生活，你能感受到他的气息，你为他所营造的世界所感动。由此而生发出来的评论，在很大程度上，是自己给另一个“我”写下的散文，如此转换一下思路，真正能体会到评论写作其实并非完全的“虚无”，因为其与另一个内在的“自我”息息相关。郭沫若评说郁达夫的行为（作品），他使人感到作伪的困难。引申到品评作品中也是合适的，阅读每一部作品，都能深切地感受到作者内心世界抗拒孤独、寂寞、恐惧的艰难，从作品中品出了风格与人格。一个作家的文风和人格，无论充满多少悖论，根本的底蕴还是在矛盾中协调统一的。

有必要抵抗“互文”的影响

写评论文章，需要大量的阅读作基础，同样会犯的一个错误是大量引用资料，或者别人的精彩论断。在开始写作时受这方面的影响比较大，似乎别人说的太确切了，自己再无法表达出更合适的，只好摆上别人的论断作为增加说服力的标志。其实，在引用的时候内心是有不安的，因为不能确切地表达自己的感想，因而心生惭愧。但，互文的意义和价值也就在这里，谁也不能离开别人的创造，而开辟出一块完全不用任何别人创造来的东西，自成一家。互文是写作发展的初级过程，但引用太多同样会成为一种自损。减少自损，如何用自己的语言恰当地表达自己的思想；转向自求，这样把不断向外索求的方向，拐向了内在，向心灵深处探寻，挖掘那些被蒙蔽在深处的智慧之光，写多了，理顺了，原来自己也可以自圆其说，并不一定要借用别人的语言来装饰自己的门面。评论写作中的变革可能是往前走，也可能是往回走，往回走是守旧，不是倒退，是追溯隐藏在心灵深处的情思，甚至是隐藏在人类文化遗传史上有价值的源起，这是回首过去，面对未来的态度。因此，评论完全可以从不同角度和“面向”修成“本我”的圆满评论。

一个好的作家是否是某种重要价值的守护者，从他的作品中就可以看得出来。一部作品在评论家的“注视”下进入公众视野，开启了社会效应，这是作者和读者在同一个阅读场域完成的共享，所以抵抗互文的影响，同时，更要接受互文的引导。文学批评不是评论者的自言自语，他可以评论作家和作品，但也要接受别人的反批评，李建军老师对批评的这些看法很有借鉴意义，并指出文学批评的最大危机就是批评家跟着流行的风尚转，以俗为雅、以下为高、以丑为美、以假为真，没有属于自己的价值立场和趣味倾向，某种程度上，这也是文学评论产生“虚无感”和“无意义感”的一个起因。

文学批评与文学的对话常常是间接的，曲折的。文学批评的声音往往是作为一种文化气氛出现，并且与其他学科的理论著作交汇在一起。没有一个大作家仅仅依赖文学批评成长起来，各种理论著作都在发挥影响；同时，也没有一个大作家从未读过文学批评——尽管许多作家乐于做出这种声明。对于一些优秀的作家说来，沟通的潜流仍然存在，这就足够了——尽管这种沟通之中，许多批评家的逆耳之言引起的是作家的反感。南帆老师在《文学的关系与结》(《美文》2014年第5期）访谈一文中提出的观点很有指导意义。两位老师都是批评大家，他们从文学大山的“阳”面认证文学评论创作的意义和价值，间接消除了文学批评的“背阴坡”——“虚无感”和“无意义感”，将两者归因于一，回到了文学批评的本质上。至此，终于厘清了评论的“虚无感”和“无意义感”从哪里来的问题：从社会理论角度出发，看“虚无感”和“无意义”感，相对而言，会更广泛更深刻；从“我”作为普通评论者个体看，是来自内心深处的自我怀疑与期许尚未达成的矛盾。

文学评论摈弃世俗的、庸常的和经验的东西，以追求心灵的纯净度、自由度，推动作品“流动”，清除评论写作中存在的“虚无感”和“无意义感”，成就评论的独立存在身份，内蕴风力、外修丹彩。宁夏诗人杨梓谈诗歌创作：“大诗人的作品可以阅读，但仅仅是让作品点燃我们的想象；而我们写作时，绝对要让大诗人站在一边，不要挡住我们的诗作接受自身光芒的照耀。”引鉴于文学评论中，也可以自信地挖掘隐藏在心灵深处的灵犀，既要有立足传统文化底蕴的气度，又要具备开阔的现代眼光和胸襟。在时间的意义上，沿着人类文明前行的方向，丰富文化，丰盈精神，并且持久地慰藉人们的心灵。再回味老子的经典名言：有之以为利，无之以为用。作为评论的路途是漫长而遥远的，一个人独行，身后留下的是沧桑的足迹；一伙人同行，喧嚣与纷扰在所难免，碰撞产生的巨大能量，与天地融合，沉淀下的是智慧的沙粒。

这，正是当代文学评论写作者的责任和义务。

（作者系宁夏文联文学艺术院职员）

韩剧热播之我见

王一迪

2013 年韩剧《来自星星的你》热爆亚洲，据权威统计，《来自星星的你》不仅在韩国播出时收视率占据 2013 年第一位，同时红遍网络，在 2014 年更是创下播放收视奇迹，目前点击量超过 10 亿次，更成为一种现象，受了各界人士广泛关注。王岐山书记在 2014 年的两会参加讨论时特意提到："韩剧为什么占领了中国？为什么漂洋过海，影响了美国，甚至欧洲。韩剧走在咱们前头。韩剧内核和灵魂，恰恰是传统文化的升华。"

韩国电视剧题材丰富多彩，从 1991 年起，韩剧第一次引进，在中央电视台播出，创造了当时收视纪录。此后十多年来韩国影视带来的全方位的冲击：《人鱼小姐》《星梦奇缘》《看了又看》《黄手帕》等一系列韩剧在中国的热播，以猛烈的攻势在中国的电视荧屏迅速占据了大片江山，同时也获得了广大中国观众的认同。

韩剧文化内涵的解读

韩剧题材大多与家庭生活有关，很大的魅力来自其所展现的"家文化"。韩剧里面的人物看起来青春靓丽，可骨子里都坚守儒道，韩剧描写的家庭故事显现的文化精神多围绕儒家的道德核心进行，如孝、诚信、礼义、廉耻等。这种重视家庭伦理规范的和谐的"家文化"与中国观众审美期待相符合。对于如何治理家庭，孔子提出"孝悌"思想。《论语·学而》记述孔子的教育："弟子入则孝，出则悌，谨而信，泛爱众，而亲仁。"认为一个能"孝"懂"悌"的人，才具有了仁德的基础。而且孔子将自己的孝悌观推向了"四海之内皆兄弟也"的广度。中国传统的伦理美德，在韩剧中构架了一个个温馨的家。优秀的韩剧是以展现“家文化”为核心，推崇东方的传统伦理美德。

（一）东方家庭传统伦理美德的复归

韩剧几乎每部戏都会涉及孝敬老人、长幼有序、兄弟友爱等中国自古以来的东方传统伦理美德，让人觉得清新自然而又淳朴享受，在儒家的人伦秩序之下承载的是家人之间浓浓的关爱，是温馨的情感，是美好的人性。

父慈子孝，孝道传承的血脉亲情。中国乃文明古国，几千年的文明史讲的就是父爱母慈、儿女孝顺，此乃人伦之首。然而，随着社会的进步和经济的发展，资本主义自私自利金钱至上的庸俗观念对固有的人类亲情构成了很大的威胁，在这样的现实环境中，有无数人都在盼望着骨肉亲情的复归，而韩剧正是满足了观众的心理需求。在《看了又看》一剧中，姐妹俩与兄弟俩谈上了恋爱，在感情与家庭伦理的冲突中，主人公在尊重长辈的前提下，对感情所表现出的不舍不弃的执著与专一，最终感化了以维护家庭秩序为己任的家长，有情人终成眷属。《情》里秉烛的父亲不仅无能而且还沾染了一身的坏毛病，但他对自己四个孩子的疼爱是不容置疑的，而他的儿女都非常尊敬自己的父亲。这些都满足了观众对父慈子孝人伦亲情的渴望和呼唤。

兄友弟恭，长幼有序的手足亲情。兄弟姊妹之情，是难以割舍的血脉亲情，既有缘成为兄弟姊妹，就应该同患难，共富贵。然而，在当今社会为了金钱，兄不友弟不恭的现象却并不少见，而韩剧的出现正好填补了这兄友弟恭的亲情正在缺失的人伦空白。《看了又看》里的弟兄俩的恋人竟然是姐妹俩，而家长只允许一对结婚，到底谁放弃，兄弟姐妹各不相让，都要誓死捍卫自己来之不易的爱情，而他们并未兵刃相见，兄不越礼，弟亦不越情，相互体谅共同面对困难。《情》里秉烛面对不务正业惹是生非的弟弟和好吃懒做一心想做明星的妹妹，并未撒手不管，而是辛辛苦苦地维系着骨肉亲情。这些无一不在诉说着兄弟姊妹血浓于水的骨肉亲情。

夫敬妻礼，至善至美的琴瑟爱情。当新人行礼之时，我们都会用“举案齐眉”“相敬如宾”等吉祥的话语去祝福他们，此乃中华民族的传统美德之一。改革开放之后，西方思想对我们的传统文明冲击不小。与我们同属东方且文化一脉相承的韩国电视剧里表达的夫妻间相敬如宾、举案齐眉之下，才是情感的永恒。《人鱼小姐》中的朱旺与雅利英，《情》里的秉烛和美延、哲烛与海美无一不是以命相许的情爱之人，他们的感情让无数的观众为之潸然泪下，何也？真情也。只有发自肺腑对爱人的真情，才能使人物成为爱的典型，使作品成为优秀的佳作。

（二）含蓄而浪漫的古典中国风格表达

韩剧《冬日恋歌》《蓝色生死恋》《情定大饭店》《巴黎恋人》《夏娃的诱惑》《看了又看》等等无一不是将故事放入诗一样的背景下。剧里的韩国人看重儒家提出的教义、礼节、礼仪以及人际交往的成规，并在日常言行中刻意体现儒家的价值观。他们用世人熟知的儒家美德严格规范自己。儒家价值观在剧中人物身上得到了充分体现：一个人一定要举止儒雅、得体、稳重；思想要仁爱、诚实、尊长、谦逊、重德和自律，这正是千百年来中国文化人在诗歌等文学作品中表达与追求的"极致浪漫"。《看了又看》曾两次在中央电视台热播，在爱情的大主题下，我们也看到了婆媳、夫妻、姐妹以及妯娌、姑嫂等各种复杂关系中的矛盾、无奈和温情。剧中的台词更是简单而又耐人寻味，对于人物之间微妙的情感表现很传神，细细品味一番，我们会发现普通人也同样可以拥有生活的浪漫。这些貌似平淡的传情达意，无时无刻不在向人们传递着一个信息——普通人的生活也同样具有意义，也是一种幸福和浪漫。事实上，正是因为剧中主人公的言谈举止颇具中国古典气质，故而有一种深厚的东方美，才使得大批的观众"看了又看"。

（三）齐家治国平天下的儒家思想在韩剧中渗透

众所周知，儒家思想十分强调社会责任。被视为儒家经典的《大学》中开篇即说："古之欲明明德于天下者，先治其国，欲治其国者，先齐其家；欲齐其家者，先修其身；欲修其身者，先正其心；欲正其心者，先诚其意；欲诚其意者，先致其知，致知在格物。物格而后知至，知至而后意诚，意诚而后心正，心正而后身修，身修而后家齐，家齐而后国治，国治而后天下平。"这里不难看出，治国平天下是儒家的最高理想。韩剧中无论是讲述爱情，还是表现生活琐事，积极向上的入世观与中国儒家思想是一脉相承的，它通常不是通过宏大悲壮或什么可歌可泣的场面渲染，恰恰相反，它似乎成为了韩国国民的一种基本素质，因而它所反映的感情都是真实、美好的。《澡堂老板家的男人们》里的情节：虽然天气比较热，但奶奶不教儿子、媳妇开空调，并教育孙女要尽量为国家节约能源。可见，在韩国，齐家、爱国思想教育多么深入人心。

热播韩剧与儒家文化一脉相承

韩剧中体现了儒家思想中尊卑、长幼各有其特殊的行为规范。韩剧所透露出来的韩国文化底蕴和心理，和中国传统文化相近，如孝敬父母、尊敬兄长、家庭和睦、爱情忠贞，主人公多具有儒家文化浸染过的传统美德。韩国电视剧积极融合中国传统的儒家文化，唤醒观众内心尘封的生活观念，说明儒学在当代具有强大的生命力，儒学作为一种具有普世价值的文化资源正在走向世界。

著名学者牟钟鉴先生总结了儒学对世界文明的五种促进作用："1. 为社会提供普世性的基本道德规则。儒学的忠恕之道，即'己欲立而立人，己欲达而达人'和'己所不欲，勿施于人'，体现出人类相互帮助和相互尊重的道德精神。2. 为社会提供多样性文化共处之道，'和而不同'，承认文化的差异性和相互平等，主张彼此和谐与互补，这是一种文明、开放、理性的文化观。3. 儒学的中庸之道，具有持中、协调、理性的特色，适用于调解冲突和稳定社会。4. 儒学具有天下一家、天人一体的情怀，容易克服国家、民族和信仰的障碍，把忠恕之道推广到人类和天地万物。5. 儒学也提出了强势群体与弱势群体和平相处之道，表现出实用理性的智慧。"

凤凰卫视董事局主席刘长乐认为，韩剧的成功秘密是韩国的影视制作者挖掘出了儒教的精髓，把中华传统文化的内核融入到现代生活中。韩剧反映的汉文化，中国文化是源，韩国是流。儒学作为中国传统文化的核心早已输出到古代高句丽。《史记》记载了琉璃明王（公元前 19—前 18）二子解明、好童的孝行故事，已说明高句丽在建国初期就已把儒家思想作为正统思想进行倡导和普及。韩国将民族习俗和儒学融合在一起作为韩国文化的基石，在全球化背景下认真执著地建构自我文化身份，发展韩国文化。"韩剧正是利用和挖掘了这种文化上的同源性，把伦理文化和道德美感作为影视剧的文化灵魂，以人伦、爱情、友谊等作为故事结构主线，在平凡的生活故事中，渗透儒教中'孝悌仁爱'、'乐善好施'、'己所不欲，勿施于人'、'老吾老以及人之老，幼吾幼以及人之幼'这些具有普世价值的伦理观。"

韩剧的热播正是这种文化生命力、自信力的体现，韩剧所传播的儒学人伦关系规范和生活方式，在自我与他者的互动传播中，探索合理的自我认同理念，使每一个个体的自我认同得到了现实的展现。在韩剧中，儒家的核心价值观随处可见。在《大长今》中长今正式接受医女教育的时候，必须熟练掌握《大学》《中庸》《论语》《孟子》，然后才能接触医术。韩剧在中国的热播正是传达了当代中国人对远去的传统文化的缅怀和热爱，传达了儒学作为一种民族文化传统正在回归中国的信息，这一现象也让我们反思当代中国传统文化的传承。

韩剧的成功很值得中国的文化娱乐界反思：本来是中国深厚悠久的传统文化，反在韩剧和韩国的土地上开出了绚丽的花朵，成就了今天让人佩服的“韩国精神”，也使它成为了吸引中国观众审美愉悦的利器，让有着悠久文化传统的中国人在韩剧中寻找传统文化的慰藉。可见电视剧不仅传达一种文化态度，也向国人传播着文化责任。

韩剧给我国电视剧的文化启示

在当今社会，由于电视事业的发展和电视机的迅速普及，电视剧已经成为中国的第一大众叙事艺术，是我国的强势主流媒体，成为“大众文化”的开路先锋，深入到千家万户。随着我国文化产业走出去战略的提出，中国电视剧所承载的历史使命也越来越重，它必将成为海外观众了解、认识当今中国和百姓面貌、情感、观念的直观窗口，成为塑造中国良好国家形象的艺术桥梁。从格伯纳（George Gerbner）的文化指标理论来看，电视剧已是中国人社会化进程中的一个极为重要的角色，具有潜移默化的意识形态涵化功能。电视剧不断以神话故事、意识形态、事实给世界下定义，影响着人们的世界观、价值观、行为方式和思维方式。因此，电视剧作为大众文化的一种载体，在向人们提供感官刺激、信息娱乐的同时，也在不知不觉地传递着自己民族的文化，具有担负着独特的社会价值架构的职责。

韩剧凭借它对本民族传统文化的独特诠释与加工，使得其在中国的传播进程中取得了骄人的成绩，也带给国产电视剧制作很多文化启示：

1. 儒家文化。儒家文化的渗透不仅反映在韩国的家庭中，也反映邻里之间甚至陌生人之间的交往中。在每一部韩剧中，都可以看到韩国人待人接物的彬彬有礼，用敬语“您”称呼对方，见面和告别都向对方礼貌鞠躬。孔子曰：“文质彬彬，然后君子。”可见，儒家文化中的仁、礼已经深入韩国人的精神，并成为一种社会文明。剧中人物形象的刻画、人物对白和场景都尽可能符合生活的逻辑，十分自信地传播韩国文化的魅力。韩剧对大众文化价值观的引导是“随风潜入，润物无声”的，以儒家文化为核心的民族精神的传播是符合大众传播特征和电视剧艺术规律的。他们这种对艺术的执著追求和对文化传播的恭敬精神值得我们去学习。我们的国产电视剧就是要在引导文化价值取向方面承担责任，要为大众提供有益的文化产品，为培育和提升大众的文化品位作出积极的努力。2. 自强精神。这是韩剧中表现得非常明显的一种价值取向。甚至有人提出一个新的名词“励志剧”，以此来肯定韩剧所宣扬的那种自强不息的精神。处境的不顺非但没有使主人公妥协悲观，反而成为积极向上、自强不息的不竭之源，这种精神的一个最主要的特点就是不去抱怨客观条件的恶劣和社会环境的不公，而是认定努力的方向，尽心竭力地努力。3. 乐观态度。乐观的态度来自于积极向上的精神，来自于对自我的信心，对前途的信心，而这种信心基于对生活的理性认识，所以这种乐观带给观众的不仅是轻松快乐的感受，更是一种蓬勃向上的生命力，积极进取的精神。

事实证明，在当代能够博得大众青睐的电视剧还是那些具有民族性的、充满文化内涵的、关注当下生活的、有社会责任感的作品。由此联想到中国电视剧产业，我国长篇电视剧生产，真正的发展时间只有 20 年左右。从电视剧《渴望》到《金婚》，成功的关键都在于这类电视剧在最大深度和广度上体现了贴近实际、贴近生活、贴近群众的艺术追求。韩剧在中国的热播，折射出传统文化中具有中华文明精粹价值观的强大生命力，是广大观众审美心理的映照，是对诸多以“娱乐观众”为目的的国产剧的批评。

党的十八大报告指出：大力发展社会主义先进文化，支持健康有益文化，努力改造落后文化，坚决抵制腐朽文化。在当今电视时代，广大电视工作者应有时代担当和职责，以认真的态度，坚持“三贴近”创作原则，共同营造良好的文化环境，创作出弘扬时代气息和民族精神的优秀作品。

（作者系陕西省文联副调研员）

175 周年，摄影的坚守与远方

王甄妮

“任何由光线勾勒而成的形式，都铭刻了一个非比寻常的时刻。”（Eastlake, lady Elizabeth（1875）photography, *quarterly review*, april.）

2014 年 8 月 19 日是摄影术发明 175 周年纪念日。1839 年的这一天，法国政府在法兰西学院向世界宣布了摄影术这项发明。从此，人类可以在时间这个单向不循环的坐标轴上定格任意一个二维空间画面，凝固历史，实现了人类数千年来的梦想。

摄影通过其对瞬间的捕捉能力和艺术敏感度为人们提供了一种特别的感知方式，当摄影术首次被公之于世并有所发展的时候，技术与艺术就被划分开来——分别代表一种机械设备和表达工具。人们把不同种类的照相机和摄影术看作是技术性的，但是摄影在构图与主题上遵循了美学传统。

摄影与电影都属于现代观看方式，是一种“揭露”事实的方式。摄影是现代主义主要的承载者与塑造者，它错置了时间与空间，破坏了以时间为线索的传统线性叙述结构。举例来说，人们从照片中可以获得关于过去的视觉信息，照片包含的细节大大超过了人类眼睛能够存储记忆下来的容量。

摄影满足了不同维度与社会用途所需，无论是摄影作为社会化记录最为可靠的工具，还是作为美学艺术，抑或是社会学、传播学、符号学里的研究对象，都包含着各种各样的影像创作方式。如果只从新媒体研究的角度来讨论的话，摄影就会纳入一个全新的历史论述中；当我们只从摄影在历史上担当的角色去探讨其价值时，摄影又会变成进步历程中的一个参与者。

桑塔格在《论摄影》中将摄影比作一种观看之道，它是理解外部体验世界的途径。她讨论了人类情感与影像之间难以捉摸的关系，如人们从不轻易撕毁亲人的照片，用焚毁政客的照片抒发反抗情绪。她把照片形容为人类留下的过往的遗迹，而照片这种静态的影像可以让遗迹永远不会腐朽老去。

摄影作品不仅因为形象化而产生一种真实性的灵光，还似乎能产生一种抚慰人心的熟悉感。

澳大利亚记者霍恩认为："摄影为我们提供了一种拥有的愉悦：拍下著名景点的照片，然后把它们放在家中的相簿里，或者以幻灯片的形式将它们展示出来，通过这样的方式，我们就获得了某种拥有它们的愉悦。对很多人而言，这可能就是旅游的主要目的，照片和旅游是现代定义现实的两种独特方式。"①

照片与情感的链接——影像得以永恒的密码

而另一位符号学家罗兰·巴特②曾经以更加本体论式的论断阐释，摄影最有力量的地方，并不在于他揭露事实的能力，而在于摄影能够"沉思"，摄影会思考当然不是说那张无生命的相纸，而是凝视者的角度以及透过观看行为后，照片的生命才得以体现。就好像去陌生人家无意翻看到一本家庭相册，很可能是穷极无聊之举，但是突然一个刹那出现了让人迷恋的景象，整个过程就变得有趣起来，为什么某些影像能对我们产生视觉冲击？巴特也表达了自己对两种影像差异的理解，一种是通过异乎寻常的"震撼的呼喊"，比如一张可以赚取眼球的"人咬狗"新闻图片；另一种通过勾动情感，如观者经历和兴趣与画面中的细节产生的共鸣。这两种因素使观者与照片二者之间原本断裂的关系融会贯通。就像精神分析学角度分析观看行为归于人类"窥视"和"恋物"本质一样，摄影是人类满足自身发展需要的产物，而观看图片则某种程度上体现了人性。

人作为意识与情感的生命存在，对观看照片流露的无限迷恋，让影像成为新传播时代的母本，尽管电影电视以及之后的流媒体不断以革命的姿态出现在摄影面前，图片依旧饱含着它强大的力量，静静沉淀在历史的舞台上。

---

① Donald Horne, *The great Museum: The Re-presentation of History*, London:Verso, 1984.

② 罗兰·巴特（Roland Barthes, 1915—1980），在巴黎大学修读法国文学与古典文学，并曾在罗马尼亚和埃及等国教法语，之后再回巴黎从事社会学与符号学研究。巴特有关记号学发展以及符号科学的著作，让他成为家喻户晓的人物。著有著名论文《影像修辞学》（*The Rhetoric of the Image*）。《明室》（*Camera lucida, 1980*）是巴特最后一本著作，也是他唯一一本通篇全书论述摄影的著作。

案例研究：以 Instagram 的热门标签 #tbt、#fbf 为例

内置于手机的相机与互联网相连，让人们可以及时传送图像，并通过电子邮件或各类社交媒介与文字和数据一同发送。相机伴随着他们的主人出现在工作和休闲场合，担当着视觉化的笔记本或日记的角色。加上移动互联网与地图导航功能相结合，这样就出现了“在什么时候和什么地方适合拍照片”这样的问题。这种移动应用似乎在当下的年青一代中拥有着难以抗拒的魅力。

Facebook 旗下的图片共享服务 Instagram（名称源于柯达一款复古相机 instamatic[①]，简称 Insta）就是这样一款应运而生的移动应用，最初运行在 iOS 平台上。这款应用软件以一种“快速”“美妙”“有趣”的方式将拍下的图片、影像在软件用户平台进行分享。2014 年 3 月 26 日官方统计数据显示，Instagram 月活跃用户突破 2 亿，其中 60% 多来自美国以外的其他市场。

Instagram 就是在移动端融入了很多社会化元素，包括好友关系的建立、回复、分享和收藏等，它的“标签”（hashtag）功能为多点对多点的社交网络世界提供了更多视觉的空间和可能。

图片的“标签”起到了类似话题、部落、社区的作用。在 Instagram 里分享一张照片并输入“#”加照片的类型或标注，关注同类照片或标注的人就会看到、找到这张照片。比如在搜索栏输入“# 夜空”，就可以看到在 Instagram 发布的全部的照片标注有“# 夜空”的图片。

在这里要提到影像的人文体验功能，这就是该平台上目前最热门“标签”，出现了值得关注的 #tbt、#fbf 关键词现象。

tbt，是 throwback Thursday 的首字母缩写，最初出现在 Instagram 上，译为“温故星期四”，#tbt 专门用来发布怀旧老照片的标签，如童年时的形象，家人旧照和昔日场景。2014 年 8 月 19 日的搜索显示，发布数量达到 243448068 张。而有异曲同工的标签 #fbf（flashback Fridays 缩写，译为“重现星期五”）的搜索结果也达到了 6674801 张。

这两个热门标签是网络时代大众传播中高度概括的符号化结果，其字面意思

---

① Instamatic 是柯达从 1963 年便开始销售的一个低价便携傻瓜相机的系列名。这个系列一直非常受欢迎，直至 1988 年其最后一款型号仍在销售。

与实际含义产生了某种断裂和浓缩，在它们单词意象的背后，其人文意味是，摄影向世界证实了我们“曾在那里”，它不仅代表我们曾到过某个陌生的地方，而且捕捉了我们在这个陌生地方获得的真实体验和当时的情感寄托。

试用诺基亚公司曾经制作的关于“影像发展”的幻灯片截图加以解释，从对摄影的需求和其功能两个维度进行分析，从而得出了摄影四个维度的存在作用。在下面的截图中，摄影成为每个人类个体情感中的短期和长期需要。

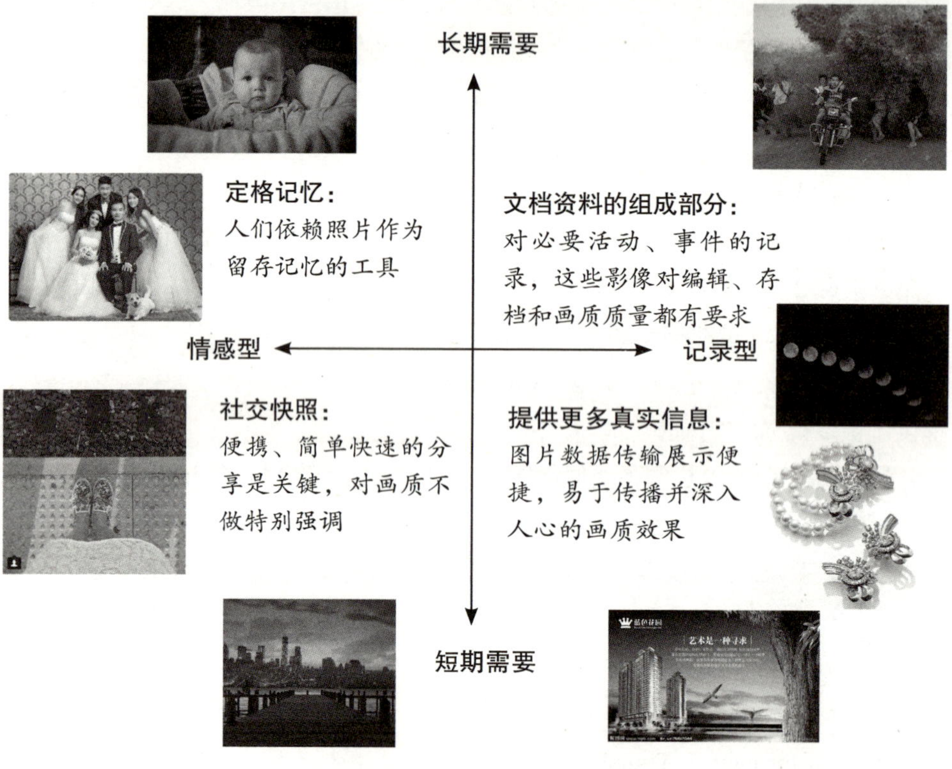

图1　四象限中的成像行为分析——诺基亚公司关于“影像发展”的幻灯片截图①

影像构建是一个哲学命题，个体观看是一个永恒命题

近年来，摄影与数码影像技术之间的关系愈发错综复杂，摄影从化学转向数码至今已有二十余年，对整整一个时代的摄影师和摄影消费者来说，摄影都是数码的。

① [美]葳尔丝：《摄影批判导论》，傅琨、左洁译，北京：人民邮电出版社 2012 年版，第 350 页。

中国有“眼见为实”这个成语。今天，人们更关注数码技术对摄影“真实”的明显威胁，这与人们认为照片能以客观的视觉记录真实不无关系。

事实上，一切照片都是决定、选择、惯例和编码的结果。即使是摄影师在照片处理上，抑或是图片编辑在照片挑选上极力避免着主观的修整和意图，生产视觉图像的过程其实也是一些思想和观点的表达。因为摄影本身就是一部关于影像处理的历史。就像一位批评家马诺维奇在《数码摄影的悖论》一文中说过的：“数码技术没有颠覆‘正常摄影’，因为‘正常摄影’从来就没有存在过。”①

照片的本质是构建出来的，所谓的摄影真实在摄影师中很早就被挑战，甚至时至今日在很多影响较大的影赛中，照片真实性也一直是组委会和评委们“拎不清”的问题。可能的一个回答是，我们应该以更加深度的视角去理解影像的本质。

摄影，也就是人类的观看，是历史悠久的视觉体系的一部分。我们必须考虑“观看者”的文化身份，观看者是通过中央聚焦的相机之眼观察世界，这是一种历经几个世纪塑造出来的观看之道。

因此，摄影不但由后期技术和形式决定，也因我们将其看作一种观看和感知方式，由历史、文化和心理的投入决定。摄影不仅为我们提供了一个立场、一个身份和一种权利感，还满足了我们对安全感的需要。这种安全感来自于由观看者构建的一张安心的图景，让每一样事物看上去都在特定的时间、空间和位置上。

摄影史学家巴琛提出了关于“摄影经济学”的概念，这个概念包含了持久的人类欲望。只要对这种感受乐此不疲、孜孜以求，“这样或那样的摄影文化”就一定得以持续，至于是数码取代胶卷还是手机取代相机，倒不是那么重要了。②

这提醒着我们，现代视觉文化的基础媒体不会轻易因为技术变革而颠覆性的消失。不管我们多么关注和担忧数码影像在摄影领域产生的变革，我们都会注重在使用其中任何一种摄影方式时产生的人文主义的价值力量。

数字技术给摄影带来的可能

数字技术和互联网的普及使人类的文化生活也越来越“去中心化”，摄影在此

---

① Manovich，L.，“The Paradoxes of Digital Photography”，L. Wells（ed.），*The Photography Reader.*

② Geoffrey Bachen，*Each Wild Idea: Writing, Photography, History*, Cambridge，MA，and London: The MIT Press，2002.

影响下，传统摄影文化精英的特质被削弱，摄影成为大众化娱乐方式，摄影特权和摄影艺术走向民间，数码摄影带来的娱乐性、随意性、便捷性越来越明显。

这就不得不提及“大众文化”。在维基百科上，大众文化或翻为流行文化、通俗文化，指在现代社会中盛行的地区上的文化，包括想法、观点、态度、模因、图像及其他现象等。中国古代没有对应词，只有像时尚般的相似词。大众传播缔造了流行文化。大众文化的内容主要由散播文化制品的工业（传媒）来塑造并传播（但制造和生产这种文化的主体还是大众），例如摄影作品、电影、电视、出版社等媒体。

大众文化是一种被称为奔跑的文化，生产与生存周期很短，流行的成本越低，运转的速度越快，从而一种流行品位存在的时间就越短暂，堪称经典的东西越稀少。我们可能仍然回味几个世纪前的文学作品，却不一定能记得住刚刚热映过的好莱坞大片的细节，就是这个道理。从某种意义上说，流行文化就是大众传播标签化的结果。

从技术角度看，无论是静态的图片，还是使之流动的视频，影像都无疑是推动大众传播的一个重要元素。在整个 20 世纪，被调整过的杂交“摄影式影像”四处流通，这全靠摄影与其他印刷、制图、电子和信息通信技术的结合。另一位摄影史学家塔格比喻为“可弃式影像时代”①，这是印刷技术让化学照片走进另一个境况的分界线，从此照片就可以被经济且无限地复制，应用于书本、杂志和广告，尤其是报纸，这也是大众传媒兴盛的开始。

但是大众文化也标志着对摄影理解的简化。流行文化其中一种快速传播的特点要求文化现象能够符号化、标签化，比如流行词“屌丝”“高富帅”等。摄影师则被简化为“照相的”，加之国内全民单反时代，旅游景点秀出来的各种到此一游照片也充斥在社交网络上……这是摄影进入大众文化和大众传播带来的两面性。我们看到这种两面性，但也为影像带来了更加多样化的生态和多元化发展的可能。

文化和语言一样作为人类思想的表达，其本身是一个复杂而充满不确定性的系统。就像社交网络发展到今天我们始料未及一样，整个网络的生态系统是自由发展的。摄影曾经作为一份传统而神圣的职业面对着时代的彷徨，除了以更加开

① John Tagg, *The Burden of Representation: Essays on Photographies and Histories*, London: Macmillan, 1988.

放和学习的心态去拥抱未来，摄影还能够做什么呢？

当人们总在强调创新的时候，往往忽略了“守旧”的力量。当年电视出来以后，有人预言说像《新闻周刊》和《时代》这样的杂志会消失，因为大家那么快就看到新闻了，纸媒还有什么价值呢？后来发现从 1960 年到 1970 年 10 年的时间，这两本杂志的发行量增长到原来的 4 倍，为什么会这样？这怎么解释？电视出来怎么没有代替它，反而让它发行量增加了这么多？

后来经过传播学分析得知，原来有了电视以后，新闻才成为一种真正的消费，过去我们是没有消费新闻习惯的，我们都是在听家长里短的口头新闻，后来发现每家每户都能看到电视的时候，对新闻产生了一种消费，但是一种消费总是会引发更多的消费。你知道这个新闻以后，知道哪儿发生了一个事情，一次冲突死了多少人？这背后到底是什么原因？总统被刺杀了，到底是哪几派的斗争的结果，他们到底为什么会这样？《时代》和《新闻周刊》都会作出一些详细的背景分析，所以电视使杂志的市场需求增加了，是这样一个过程。

现在的互联网对传统媒体的挑战不仅仅是在时效性，最重要的价值是独特性和稀缺性。美国麻省理工学院教授兼媒体实验室创办人尼葛洛庞帝（Nicholas Negroponte）说，我们不是处在信息时代，而是处在后信息时代。信息时代是信息爆炸的时代，我们依赖于信息，那么后信息时代是什么？是因为信息的过剩，我们需要的不再是信息，而是关于信息的信息，是关于信息的信息变得稀缺的时代。从数据上升到信息，从信息上升到知识，从知识上升到智慧，这是一个金字塔形的，数据是最多的，信息就是说它能够把数据变成一些有意义的消息，再从信息上升到知识，就需要很大的功夫了，从知识上升到智慧那就更难了，越往上是越稀缺的。

人类的信息可以不断膨胀，但是人类的智慧不会膨胀，知识也不大可能膨胀很多，所以你只要把握好这一点的话，就会发现有很多事情，有些要有一种禅定的力量。就好像摄影作为大众传媒的产品，我们要了解人们最根本的需求变了没有？变了就去满足这种需求。实际上，我们对摄影的需求一直都没有变。

《21 世纪商业评论》发行人吴伯凡曾接受过一个专访，这篇采访的题目就叫作《我们的传统媒体现在的危机不是我们做得不够现代，而是我们做得不够传统》。这个传统不是故步自封，而是让我们在传媒的领域认清一些真正回归价值基本点的东西。曾经人们讲物质的价值，讲创新的价值。而正当每个行业都在不断追求创新的时候，我们开始担心，仿佛整个社会都被拖入到一个怪圈，每个人都惶恐错过时代的列车而浮躁起来，并在这种创新“厌食症”中忘记初衷。这是时代的遗憾，也是时代的机遇。我们不能因为快消文化而浅薄化摄影存在的价值，不应该忽略摄影一如既往，一以贯之带给人类的力量，是时候静下心，关注心灵的价值，关注传统的价值。

有人说艺术家是一群被上天赋予了特殊感受力与事业的人。艺术家的特质在于，他们就像“先知”，或者可以带来一些与“真理”相关的真知灼见，并以诗意的方式表达出来。对摄影而言，摄影家不仅在记录事物，更提供了独特的见解，并以目击的方式不断抛出值得人类思考的议题，它再现着人类的思想，这就是摄影的灵魂。

（作者系中国摄影家协会理论研究部干部）

公众、官方和研究者

——对三类设计批评主体的思辨

席卫权

设计批评是指在相应文化环境中，秉承一定价值观念，运用一定的理论和方式，针对设计活动、现象及相关意义等所作的分析、评价、阐释和论述。在借由报纸、电视、杂志和网络等媒体进行的各种设计批评活动中，无论自发还是有意，来源广泛的批评文论和言论出自不同的批评主体。①

对设计批评主体的分类阐释，应围绕以设计实践为中心的对应关系方来开展。如以设计行为和产品为关系纽带的直接的"当事人"，包括设计师与客户（甲方）、用户、营销方等；间接的关系方，包括公众、官方、研究者和媒体等。在设计价值关系范畴中的你、我、他可以围绕"批评"，构筑更紧密的联系，各种矛盾的互动中，指正和扬弃并存，从而规避负价值的可能，寻找实现正价值的意义。

其中公众批评、官方批评、研究者批评等因与"当事方"的利益关系不同，一定程度上更倾向于公允的态度，更愿意采取较为普世的价值标准，是相应时期设计批评，乃至设计文化良性发展的重要原动力，这种能动性的促进有赖于包容和自省。

公众批评

公众批评是指与设计活动直接相关方以外的群体或个人的批评。公众概念

① 在设计批评范畴中，批评主体就是指以一定价值观念从事批评实践活动的人；客体是与主体相对应的存在，是指设计批评主体认识和实践的对象，包括设计物、设计活动、设计现象，以及相关的设计思想和人。设计批评的对象和内容决定了设计批评客体的属性；不同的批评主体在批评实践中，会根据主体的把握和视角，选择批评的客体及范围。

涉及各阶层、各类型、各区域和各利益团体的广大民众，不同群体的利益诉求不一、关注视角不同，公众评价、判断依据的价值标准和尺度也有差异。公众批评反映最具广泛性的“民意”，“民意”紧密联系设计依存的日常社会生活，是对设计活动的即时反映，对设计活动的改善起到关键作用。

当公众批评仅以私下的口头议论方式出现时，其影响范围有限。在现代社会通常感受到的公众舆论常常是由作为公众代言人的媒体（包括网络、杂志、报纸、广播、电视、展馆等机构及其编辑、记者、时事评论员等），与相关合作对象（包括自由撰稿人、文化批评学者、广告商和营销商等）共同营造的。这种意义上的公众批评经常彰显即时的、快速的社会影响力，而这种影响力又会因为公众批评的关注度大小或所借由媒体的“焦点”意识强弱而程度不同。在扩大公众批评的效应方面，无疑，作为代言人的各种背景的评论者、推介者和批评家会起到显著的作用。正如批评学者圣伯夫所言：“批评家只不过是公众的秘书，但他不是一个听候指示的秘书，他每天早晨推测、整理和草拟所有人的思想。”① 显然，作为公众代言人的批评者具有社会“精英”的某种优越感，不过，也反映出公众批评的某种机制缺陷。“公众批评这片土壤尤其取决于社会的精英和代表人物，公众是在他们的引导下才形成批评的作用的。由于人数众多，起着相当重要的舆论批评作用。一般来说，在社会风尚、广告、新闻媒介等的指引和诱导下，公众愿意接受社会要他们接受的任何东西。”②

公众与设计活动和现象的联系整体而言是间接的、潜在的或偶然性的。公众对设计活动的了解、认知，多是建立在每一个个体经验、情感的基础上，其对设计作品及活动的判断常是基于随机的、有限的信息来源进行的，容易受到舆论和文化环境的影响制约，在某些具体情况下，会出现盲目性、片面性和情绪化等非理性特征。而这往往成为广告商、营销商和一些利益集团“借题发挥”的空间。从设计营销的角度出发，适当的、合理的宣传是必要的，但那些刻意夸大其词、以虚假信息，诱导公众的所谓“评议”则经常造成公众评价中的负效应。

当公众批评呈现理性的价值判断和公允的导向时，公众批评呈现积极的正效应，反之，则容易成为一种集体无意识的大众情绪宣泄方式，甚至成为被一些利益集团利用的工具。不过，以历史的眼光来看待公众批评的意义，应该肯定公众

① [法]蒂博代：《六说文学批评》，赵坚译，北京：生活·读书·新知三联书店2002年版，第56页。
② 尹定邦：《设计学概论》，长沙：湖南科学技术出版社2005年版，第58页。

批评的正效应，那些误导公众的行为和现象只能获得暂时的、短期的实效。虚假广告和对公众不负责任的“设计”可能得一时之快，长远来看，只能是搬起石头砸自己的脚，为自身的拙劣做了注脚。

公众批评具有整体方面的调整机制，一些不客观、不全面的批评，通过社会各方的监督、信息的综合，经过时间和实践的检验，以及更多相关批评家和专业人士的介入等方式，最终的公众批评会经历一个不断校正的过程，还原某种广泛的和一般的“真实”。

在设计批评的实践活动中，作为公众批评代言人的媒体机构及合作者，包括某些介入的利益团体，保持对公众批评的尊重和伦理尺度，运用各种科学、合理的方式，秉持一种责任意识和基本的公允态度是必要的。1999 年上海市建设委员会发起评选“新中国 50 周年上海经典建筑”的活动，其评选采取了专家评委组与市民投票各占 50%，然后综合统计的形式。评选活动引起了高度的社会关注，投票结果显示，某些民众意见与专家组的意见达成一致，[①]说明了公众批评所具备的一定合理性。2008 年奥运会的场馆设计、徽标设计、吉祥物设计；2010 年上海世界博览会上的中国馆设计、标识设计、相关营销设计；以及上海东方明珠电视塔、国家大剧院、央电视台新台址、广州电视中心等大型公共建筑和设施中，公众评议都以各种形式在媒体上传播，部分激烈的观点引起争论，甚至被炒作，反响强烈。一些公众评议中对这些设计项目的戏称广为流行，如“鸟巢”（奥运会体育场主馆）、“大裤衩”（新中央电视台主体大楼）、“鸟蛋”（国家大剧院）和“小蛮腰”（广州新电视塔）等，已成为中国现代民众话语系统中的固定称谓，同时也折射了公众批评中对这些建筑的某种情感态度，意味深长。

官方批评

“官方”是设计批评主体中的特殊一类，包括政府行政部门及其代言人、垄断性质的组织机构和部分大型企事业单位或集团的决策部门等，是公权力的代表。有时“官方”还充任某些重大设计活动中的当事方，或其后台支持者，身份含混。官方批评有行政、管理、经济和宣传等方面的“资源”支撑，往往掌握着有关“批评”（或判断）的优势话语权。由于官方批评的这种强势，有可能形成

---

① 郑时龄：《建筑批评学》，北京：中国建筑工业出版社 2011 年版，第 58—59 页。

对设计活动的强力限制和干预，要求设计活动被迫适应，所以容易造成设计师的畏惧和反感。有批评者这样认为："因为政治因素的介入，特别是官僚主义的干涉，将使设计本体的涵义被淡化甚至边缘化，使设计本身被扭曲，造成设计不是由设计师来完成……西方理论界称之为'沉默的设计'。"[①] 应该说这是对官方批评消极效应的一种无奈预估，但并不全面。

古往今来的官方评价都带有权力色彩，存在专断和武断的可能。代表国家意志的官方主体在有关设计的态度中，并非单以设计本身为价值关系的依据，而是要考量政治、经济、文化等诸多国家利益的综合诉求，意识形态、政治需求常被置于首位。如中国西汉时期"阿房宫"的建造，其设计主旨便不是由实际需求和民生凋敝、国力不彰等客观条件出发，而要强调"且夫天子四海为家，非壮丽无以重威"（《史记卷八·高祖本纪》）。还有苏联建国初期、德国纳粹时期的一些建筑中"新古典主义"风格的泛滥，也都是意识形态的"符号"化表现，而非是基于时代和建筑本身发展的"自然"需要。另外，官方主体还有各种层级，具体到各级的政府行政部门和企事业集团的行政管理机构，其对设计的评价态度有时会受到"个人意志"影响，或从局部和团体利益出发，难免局限，出现一些非理性判断和失误。比如，曾经有一段时间在中国的二三线城市，"争相比阔"的场馆建设、广场建设、办公楼建设等项目中，就隐含着这种被个人和团体利益代表了的所谓"官方"态度。

官方批评确实存在一些"体制"上的问题，但不能以此否定官方批评的全部意义和作为总体概念存在的正效应。以往经验中一些被权利武断的官方批评，实际上并不能代表今天社会发展，民主机制和作风改善的基本状况。经济文化变革正深刻地影响着官方批评的方式和态度，越来越多的人能够认识到这样一种情况，即："官方批评给社会带来的巨大影响力常常是把双刃剑，它拥有设计师与批评家所梦寐以求的批评分贝，但稍有不慎，意识形态的驱动力就将把设计拖出正常的发展轨迹。"[②] 人们须要正视这种批评展现的效力，并在实践中寻求与这一主体批评的良性互动。

同时也要看到官方批评通常代表特定历史时期的意识形态、社会文化的主流，拥有超越"设计"的多维度视野，居于"上流"的社会层次，以及追求"卓

---

① 张夫也、李丛芹：《设计批评主体及其在批评中需要理清的几种关系》，《清华大学学报》哲学社会科学版，2011 年第 5 期。

② 黄厚石：《设计批评》，南京：东南大学出版社 2009 年版，第 100 页。

越”的价值实现动机。因而，如果是由开明的、懂行的和具有开拓精神的官方意见作支持，那么这种批评就能发挥一般主体批评达不到的效率和效应。例如1851年英国举办的第一届国际工业博览会就是典型的官方批评做主导，并取得骄人成绩的一次设计史上的盛事。此次博览会由英国艺术学会倡议，目的是为了向世界展示英国工业革命的成就，改善公众的审美情趣，制止设计中对旧风格的无节制地模仿。在展会期间，维多利亚女王和阿尔伯特亲王亲自担任组委会主席，包括展会评审团对入选展品的审查批评、主办机构的批评、各国政府的评论和报告等，通过报纸等媒体的传播，与广大的民众评议相互动，引发了人们对社会转型中工业设计发展的深切关注，产生了广泛而持久的社会影响力。直到今天，世界范围内的各种大型设计展会，其背后的官方态度都是确保展会顺利进行并取得成功的重要保障。再比如曾作为新中国“十大国庆工程项目”[①]的人民大会堂、民族文化宫、国家博物馆、首都体育场、钓鱼台国宾馆、民族饭店、北京站等，就被誉为历史上的“新中国十大建筑”，广受好评。而世界知名的一些现代建筑设计，如埃菲尔铁塔、悉尼歌剧院、卢浮宫广场玻璃金字塔、北京“鸟巢”和上海的“东方明珠”等也都是获得过官方批评坚定支持的。以至于有时候回顾这些设计活动的经历时，不得不说，一些从善如流，又能“力排众议”的官方批评确实显示了比其他批评主体更高远的视野和判断。

研究者批评

研究者批评指以设计学者为主体的设计批评，这种批评多以针对性分析和研究为目的的文本形态为主，强调批评的逻辑性和理论性。研究者主体一般包括大学专业教师、相关研究机构学者、理论素养较高的设计师，以及相关专业媒体的专栏编辑、主持人等。研究者批评主要是通过发表文章、专著，通过参与学术论坛、设计展会评选、点评设计案例等方式阐述自己的批评主张。研究者批评常被认为“不是在一般的购买行为中所进行的释意、判断和评价，而是以文字、言论

① 1958年9月6日，时任北京市副市长的万里作关于国庆工程的动员报告，并组织了北京34个设计单位，邀请了上海、南京、广州等地的30多位建筑专家共同进行方案创作，还召集了北京1万多名建筑工作者开会。期间建筑专家、知识分子代表、工人、市民都提出了自己的建议，人们对各项工程先后提出了400个方案，其中仅人民大会堂就提出了84个平面方案和189个立面方案，并结合工程对天安门广场提出了多种规划意见。1959年2月，当时的“十大国庆工程项目”最后确定（参见朱亮《北京50年代十大建筑》，《装饰》2008年第2期）。

形式对设计活动进行的描述、阐述、评价和理论概括。所以，批评的主体虽然可以有多种类型，但在学术研究层面，他们应该是专家，即使是设计家等要介入，也应该相应地转换角色”[①]。他们的批评行为通常能够得到合乎自然的理解，因为批评的职业“在100年里，始终是教授职业的延长。供职于学院的教授和记者一样，拥有着主动批评并将其诉诸媒体的行动力……他们的批评往往以收集资料为开始，以考证历史渊源及版本为基础，通过社会、政治、哲学、伦理及至作者的生平因素来研究作者和作品。这样的批评也被称为学院批评。”[②] 由此人们常将这种主体批评的方式归结为“学院派”，但“学院派”一词并非仅是对“纯粹”理性的称颂，其潜在的涵义可谓褒贬俱在。“学院派”既代表研究者批评理论性和专业性的典范，注重“我思故我在”的独立性和知识分子的忧患意识，具备文本形态批评可能的深刻性和系统意义。另一方面，“学院派”又与“象牙塔”的孤芳自赏相关，常被暗指为脱离实际、纸上谈兵的代表，理论概念的晦涩、阐述行文的繁缛、形而上思维的“不着边际”等，都使得这种批评与设计师，乃至大众保持距离，难以亲和。

其实，无论褒贬，“学院派”本身的价值已经确认，批评的理性在于有规范、有标准、有逻辑和言之有据，这一点研究者批评已经做到。批评理论有多个维度，哲学层面的元批评、学科层面的批评原理、实践层面的方法论各有所依，研究对实践的作用更多是间接的产生影响。逻辑上设计理论也不是设计实践的附庸，有时甚至要保持与实践的必要距离，“冷眼”旁观能够确保一种清醒，维护一种敏感。有如研究者所称：“迄今为止我认为在设计批评上作出卓越表率的思想家是法国人让·波德里亚，他与他所处那个时代的设计师（乙方）关系疏远，也与资本家（甲方）的利益无缘，这种立场的超然使我们能够领略独立知识分子的人格魅力。”[③] 但即使如此，也要承认作为设计批评理论自身包含的实践特质，决定了其总要有一个层面是须要“理论联系实际”的，如果这方面目前还没做好，那不是理论本身的错，而正是要研究者批评必须反思的方面。理论研究如果始终不切入到设计具体问题作深度考察、分析，那么泛泛而谈的设计“玄机”与批评之“道”也注定不能走远。

---

① 张夫也、李丛芹：《设计批评主体及其在批评中需要理清的几种关系》，《清华大学学报》哲学社会科学版，2011 年第 5 期。

② 黄厚石：《设计批评》，南京：东南大学出版社 2009 年版，第 82 页。

③ 包林：《说是无能的设计批评》，《美术学报》2008 年第 1 期。

研究者批评的主体还包括相关专业媒体及部分业者等。当编辑、记者与教授、学者相配合，对设计批评事业达成一致，形成默契时，批评的效应将会广为拓展。当下国内的设计批评活动所出现的趋热的局面，一些专业杂志、报纸、网站功不可没，它们与相关大学和设计学院，在围绕设计批评这一主题的互动中形成了合力。一些编辑、专栏主持人本身拥有“学院”、设计师和媒体人的多重身份，加之在组稿、审稿和采访中积累的实践经验，他们的批评往往表现出研究者批评中或缺的生动、新锐和切题，以及难能可贵的“联系实际”。他们的加入为研究者批评的价值实现注入了新的活力。

（作者系河南大学艺术学院副院长、副教授）

戏曲现实题材剧目创作需要当代精神

夏 强

第十二届戏剧节是近年来浙江戏剧舞台的一次大聚会和大检阅，一批新的戏剧作品和艺术新人在戏剧节上精彩亮相、获得好评。一批表现当代现实生活，塑造真实感人的先进人物形象，充分表现先进人物命运、情感的现实题材戏曲剧目也重量级“回归”。这些反映社会民生、讴歌“最美浙江精神”的现实题材剧目，用艺术的形式弘扬社会主义核心价值观，展现遍布浙江大地的“最美浙江人”感人事迹，引发了观众的强烈共鸣。

但是，戏曲创作难，戏曲现实题材创作更难，这一条亘古不变的“真理”同样也表现在本届戏剧节的现实题材剧目创作上。这些新编的现实题材剧目，都或多或少地存在着一些问题。

观浙江而望全国，当前中国戏曲现实题材的创作实践同样是既有成功的喜悦，又有失败的教训；既有探索的艰辛，又有耕耘的困惑。许多戏曲现实题材，沦落为只是戏曲舞台美术的高科技、现代化的展现，导演的炫技。外观取代了内涵，技术取代了艺术，虚假取代了真情，操作取代了创造，这样的创作状态把戏曲现实题材创作拉入到又一个泥沼之中。

过于追求自我欣赏的形式探索

在很长时间以来，在某种创作理论指导下，戏曲现实题材的创作只是把内容和形式割裂开来，把形式的创新放在主要地位，于是形式的变幻成了讨好观众的绝招：散文化、散点式、淡化式、心理外化式，应有尽有，人神鬼同台，历史和现实交融，梦幻成了每戏必有的宠物。诚然，这种试验拓宽了戏曲的表现力，也出现过一些引人注目的好剧作，但这种单纯在形式表现上的追求，却必然会破坏戏曲主体精神的表达。因为不管剧情是否需要，都力求在形式上出新，带来的危害是无穷的。我们看到，舞台上一会儿飘来一阵烟雾，一会儿就站出一支歌队，一会儿来一群女子翩翩起舞；这样的矫情表演，不仅使戏曲程式受到影响，而且与戏曲的"唱念做打"背道而驰。当剧情被切割得很零碎时，它和重拾戏曲的本质就越来越远了。

这种急功近利的创作方式，对新的舞台表现技术趋之若鹜……于是那些捷足先登的创作者就"独占鳌头"，那些步法迟缓者因为"慢半拍"就常常自叹不如。真正的戏曲艺术规律被置之度外，符合戏曲本体表现的创作方式消失了，并被美其名曰"符号化"。

面对这种状况，列宁早已指出"形式应当是活生生的实在的内容形式，是和内容不可分离地"。中国古代戏曲大家李渔是这样表达的，"意为上，语新次之，字句之新又次之"。因此，现实题材戏曲创作不能光有形式而缺少其他。

对于戏曲表现形式上的探索，戏剧界的大多数人都是在借鉴着国外的一些其实早已过时的文艺理论和技巧。他们自认高明地"巧取明夺"一些"新玩意"，在全国不同的戏曲剧团贩卖，广作推波助澜式的应用，大有对传统戏曲"摧枯拉朽"之势。在这种"探索"的指引下，不仅取消了戏曲独特的个性，而且搞乱了戏曲创作理论，使本来对写意和写实的表现手法处理得和谐统一、水乳交融的戏曲艺术，在艺术表现上出现了难以"融歌舞于一体"的形式。戏曲的意韵不见了，舞台上的演员也动不起来了，这种内容与形式的对立，使戏曲现实题材剧目的一些表演变得不伦不类，真是"成也萧何败也萧何"。

哲学家常说，形式和内容是对立统一的，它们中间存在着依存、渗透、转化又对立的辩证关系，当"内容"没有获得恰当的表现形式时，这种"内容"只能是一种没有特性、不具有规定性的一堆材料；而形式如果没有在具体内容规定下，恰如其分地和内容融合为一体，其自身便不存在。所以，从某种意义上说，单纯追求表象的形式变化，不仅不能使戏曲现实题材剧目的艺术跃上新台阶，反而会使这种表现形式的探索变成"无本之木、无源之水"，并且只会成为一批新的模式化了的僵死的技术，使传统的戏曲艺术失去应有的光辉和独特的审美价值。

戏曲创作中悖论元素的缺失

20 世纪 80 年代，一批新型戏剧创作人员受来自西方各种思潮的冲击，吸收了一些全新的创作理论，他们或简单消化，或“囫囵吞枣”之后，就开始走出固定、单一的创作模式，从五彩缤纷的社会素材中，寻找出一批敏感、震撼人心、刺激情绪的创作题材，迅速利用戏曲演出这种形式表现在舞台上。

这当中，确实有一批剧目用感人至深的艺术形象，凝结出人们深刻的向往和情思，以独特的审美视角，引起社会的强烈反响，震动着文艺界和整个社会，这是一种进步的现象。但后来，随着与国外接触的深入，更多的文艺思潮如海涛巨浪般地涌入，在中间夹杂着出现了许多超现代、反传统的文化理念，淡化派、哲理派后来又重新鼓捣出在20世纪二三十年代就已经出现在中国剧坛的贫困戏剧、荒诞戏剧和后现代主义的创作方法等，不一而足。这些理念对拓宽创作者的创作思路、开阔艺术视野无疑有着积极意义，但有些人不加分析地加以运用，强化其消极意义，使之走入一条“死胡同”。

应当指出的是，这些确实也大大地丰富了戏曲现实题材的创作方法，产生了一批不错的戏曲剧目。但由于不恰当的强调，戏曲现实题材的创作，从一种模式又走向了另一种模式，戏曲艺术的基本规律被搁置，戏曲现实题材创作变成为某种思潮的表现机体。当时虽还不是整个创作的主流，但在这种创作氛围的影响下，许多创作者不再用心从纷繁的社会生活中提炼挖掘生活的本质，去努力反映现实生活中最复杂、最敏感、最能激动人心的人物和事件，不再去挖掘人们所关心的、发人深省的、能引导人们精神向上的具有社会内涵和生活底蕴的创作题材。

莎士比亚和易卜生都是现实题材戏剧创作的巨人和大师，他们的创作着眼点，永远都是社会和人生。而许多当代戏曲创作者在借鉴和吸收国外的创作经验时却忘记了自己脚下这一片热土，忘记了自己身边观众的欣赏心理和欣赏习惯，忘记了大众的审美希望和要求，而硬性地让他们接受自己创造的意念性很强的剧目，难怪有的人以“看不惯、看不懂”为借口而远离剧场。

所谓标贴各种不同思潮性的戏曲现实题材创作，在各种人为因素的作用下又“醉生梦死”风云变幻，各种不同的主导者一会儿强调让写人的价值取向，一会儿又强调要求写人的孤独感、隔膜感，如此一来就更让戏曲现实题材创作者无所适从。这种受各种思潮冲击而左右摇摆的创作态势，虽说不能全部概括创作的现实，但其影响仍是很大的。

“我们的创作者常常不会描写文学的悖论，文艺的悖论，实际上文艺是有悖论的，文艺是悖论的结合。”文艺理论家童庆炳这样强调。他指出，有一幅广为人知的画作《父亲》，就画出了艺术的悖论，满面沧桑的父亲形象，既写出了农民的勤劳朴素坚强，把自己的每一分力量都献给了土地，同时在他的额头的沟纹里，透露出一种悲剧性。画出了悖论也是它成功的原因。同样，我们的戏曲现实题材剧目创作，缺少的恰恰是《父亲》这样的精品力作。

雅俗不能共赏的遗憾

戏剧家罗怀臻先生自 20 世纪 80 年代起就致力于“传统戏曲现代化”和“地方戏曲都市化”的理论探索与创作实践，目的都是为了吸引观众。戏曲现实题材创作面对的应该也是最广大的观众。它首先应该是最广大群众所能看得懂的，听得明白的，才可能产生它美学上的价值，即悦人耳目、动人视听，又以此掀动广大观众情感的波澜，在心灵深处激起强烈的震撼。这样所谓的“俗”就产生高雅的力量。但是一段时间以来，雅俗共赏的艺术规律被否定了，代之以雅俗不能共赏的断裂。一些戏曲现实题材新剧目，普通观众认为看不懂的，专家却认为是高水平；一些普通观众认为很过瘾的，专家却认为是低层次。在“精品”意识的指导下，一些戏曲现实题材剧目的创作又受到汇演中获奖名次的诱惑，形成了为少数专家、评委、领导所称道所欣赏所赞美的创作标准，也形成了只可能为这部分人鉴赏的新格局，使戏曲失去了雅俗共赏的基础。因此，本来是数年一度，对戏曲现实题材剧目进行大检阅、大交流、大竞赛的艺术节或汇演，就失去了它应有的底色，形成单一的“国家仪式”。少数人眼中的上乘之作，因为耗资巨大，演上一两场，便束之高阁，普通老百姓想看却看不到。一个不能让老百姓看的剧目，虽高雅却有什么用呢？

雅俗不能共赏的现状，一方面加速了戏曲高贵化的倾向，另一方面又使一些剧目沦落为简单的宣传品，艺术感很粗糙，达不到艺术的层次。我们在戏曲创作中可以进行哲学思辨，但这种思辨必须是弥散浸透在戏曲的人物和情节中，而不是把戏曲变成哲学思辨，无限制地加重戏曲的哲学负载，使戏曲丧失起码的审美品格。诺贝尔文学奖获得者，西班牙作家卡·何塞曾说：文学主要“依靠两个柱石，那是使文学作品具有价值必不可少的支架。首先是审美支架。它要求故事（或诗、悲剧、喜剧）一定要保持在最低标准之上。因为在那标准之下的是一个次文学世界，那里的创作很难引起读者的共鸣的……”所以戏曲现实题材创作也应该重视雅俗共赏这个问题，这个问题表现在创作者对观众的态度问题上。

那么如何才能够创作出真正让人民群众喜闻乐见的戏曲现实题材剧目呢?

首先，戏曲现实题材创作应该回归戏曲本体理论体系中去。

这个理论体系应该建立在中国传统艺术思想之上，具有显著的中国特色，但这并不是说，不要去探索，不要吸收国外的有益的东西。现在存在的问题是“你也探索，他也探索，你有你的新理论，他也有他的新观点”，探索了十几年，把观众探索到剧场外边去了。舞台上只剩下你“杀惜”他“杀庙”，你“赶坡”他“夜奔”。因此，这个探索还应该是要有范围、有目的。简单地说就是戏曲必须是戏曲，而不能是话剧、舞剧、歌剧，更不能是电影、电视剧，也不会是音乐剧。

戏曲现实题材剧目必须首先是戏曲，必须好好地去讲一个故事，回复到“以歌舞演故事”中去，然后才能去开始其他的探索。

其次，戏曲现实题材创作必须破解程式化与生活化的对立。

传统戏曲讲究的是大写意，程式化，用虚拟的物质来表现真实的内心世界。人物与角色是间离，其“演”只是“演”别人，而不是演自己。它的观演关系也是一种相对间离的关系。

而戏曲现实题材反映的是现实生活，表现的是现代生活中活生生的人物，它的主人公与角色塑造是相对统一，缺少情感和装扮上的距离。因此，生活真实和剧场真实在这里成为一种不可逾越的矛盾。这就造成许多戏曲现实题材剧目因为要强调戏剧性，而人为地制造情景危机，甚至纠缠于某一些“故弄玄乎”的情节，忽视观众的情感，出现观众毫不买账的情况。

传统戏曲的程式再假，观众也不会去较真，但是现代戏只要出现一点点不合生活逻辑、不合人类共同情感的细节，观众就会“哑然失笑”，甚至是哄堂大笑。前不久北京人艺演出《雷雨》就是一个明证。只有破解这个难题，戏曲现实题材剧目才能吸引观众。

再者，戏曲现实题材创作必须具有强烈的当代精神，塑造“真人”的艺术形象。

所谓当代精神，指的就是戏剧给人提供出“精神之乐”的东西。按别林斯基的戏剧观点来说，就是要有强烈的人文关怀振奋人的灵魂，要寄予人精神上的交流和分享，提供人们进行集体体验和当众交流的机会，然后在文化价值观上达到和谐统一。戏剧能以无与伦比的大悲苦、大欢乐，使人们那久已板结的热血沸腾起来，从而在我们面前打开一个焕然一新、无限美妙的欲望与生命的世界。

所谓“真人”形象，用童庆炳先生的话来说，就是要想写出生活的真实，无非要写出两个主义，一是爱国主义，二是人道主义，文学悖论就在这两个主义的复杂而微妙的关系里。我们天天讲文学的真实，但看不到文学的真实，原因也就在这里。美国人类表演学家理查德—谢克纳也说，“表演艺术领域的艺术家包括演员、编剧、导演应该是社会的思想家”，唯有善于思考，才能写出生活原有的真实，才能表现出强烈的当代精神。历史理性与人文关怀同等重要。

以上为戏曲现实题材的创作提出一点探讨性的看法，难免偏颇，敬请批评。戏曲界有句行话叫：“戏无技，不惊人；戏无情，不动人；戏无理，不服人。”这个规律同样适合于戏曲现实题材剧目的创作。当代戏曲艺术家只要做到把挖掘个人的心灵矿藏与挖掘历史时代的心灵矿藏结合起来，就会所获无限，就能写出堪称历史丰碑的作品。就精神和气质讲，我们的时代要求戏剧表现出志气、正气、骨气、才气和朝气，克服邪气和泄气。有了这样的追求，无愧于时代的剧目就一定能够出现。

戏曲现实题材剧目的创作一定能放射出时代的光彩。

（作者系杭州市图书馆馆员）

从大众传播角度谈社交网络时代的戏剧评论

——以微博ID“押沙龙在1966”为例

忻　颖

这是我作为戏剧观众的一次常规的观摩活动流程——晚餐，观摩，评论。若是放在20年前，甚至是百年之前，相信仍然是这样的流程。然而在21世纪的今天，这个观摩的流程虽然不变，但是流程的传播途径正在发生着剧烈的变化。

在这个社交网络时代，这三个步骤都可以时时穿越时间和空间，与他人分享，并且借助社交网络，做到进一步的传播与扩大，如果说晚餐与观摩还建立在需要一定的消费投入的话，那么评论就是一个没有门槛的自由地了。

而事实上，在当前的戏剧的互动中，持续时间最长、范围最广的还要算是评论了，无论是结束之后和同行的人聊聊感受，还是在回家的途中冥思苦想挤出几句短评放到社交网站上，顺便搜搜网络上其他人的评论，更可能在第二天依然兴趣高涨，继续和熟人交流，继续看陌生人的评论……以往只在传统媒体上与大众相见的戏剧评论，在社交网络时代，以更便捷、更精准的方式开始了新的发展轨迹。

网络戏剧评论是不是可划入戏剧评论的范畴

根据发布平台的不同，先在报章杂志上等传统媒体上发表的，称之为传统的戏剧评论，仍归为戏剧评论。而选择首先在网络进行传播的戏剧评论，则通常被称为网络戏剧评论。由此，催生出了一个争议，网络戏剧评论是不是都可划入戏剧评论的范畴？

有学者认为，网络戏剧评论可以看作戏剧评论的泛化内容，网络让评论在数量上得到了扩充，但是其中大部分还只是停留在“观后感”的层面，其深度和广度，评论者的理论和专业知识储备方面，相比传统戏剧专业媒体来说欠缺了不少，因此应该以其评论水平来衡量，那么大部分的网络戏剧评论不能算作是戏剧评论。

但我并不同意这样的观点，我想从传播学的角度来进行分析。

在传统大众传播领域，一般认为有传者和受者两类人，传者，即内容的生产者，提供者，一般认为是传播媒体。受者，内容的消费者，接受者，一般由普罗大众扮演这个角色。受者与受者之间的传播被称为人际传播，不属于大众传播的范畴，如果说有所交集的话，大概可算是“二级传播理论”中提到了意见领袖的概念。然而进入互联网时代，尤其是社交网络时代，原本不受重视的人际传播得到了飞速的发展。

在门户网站开疆拓土的年代，尽管平台位置在网络，但是门户网站的内容获得主要还是来源于传统媒体和网站采写，信息是单向，由点到面发散的，因此仍可视为传统的大众传播。到了博客时代，虽然具备一定的互动交流，但总体而言，仍然没有改变博主“传”，读者“受”的局面，博主与读者的社交关系并没有真正打开，直到微博、微信的出现，这种社交关系才从本质上得到了联接与强化。

人际传播有一个明显区别于传统大众传播的特征，那就是很难明确定位传者和受者的角色，以往，戏剧观摩更多地视作是一个个人行为，到了今天，则应该看作是小圈子式的集体主义行为。传与受之间经常互换角色，一个信息的传播，双方都可能同时扮演传与受的角色。以往人际传播比较难以获得的调查数据因为互联网变得易得，信息可以随时通过社交关系，形成了 N 级的传播，并且达到了与传统大众传播抗衡局面，可以说人际传播已经成为大众传播中重要的组成部分。

具体到戏剧评论的传播发展来看，传统媒体曾经是戏剧评论最主要的传播渠道。而随着大众文化活动日益多样，戏剧评论边缘化在所难免。在网络并不发达时，曾经很大众的戏剧评论的影响力在减弱。相较于前些年戏剧评论的低迷沉寂、波澜不惊，近两年来，戏剧评论又再次活跃起来，燃起这把火的，当首推和大众生活越来越密切的社交网络，特别是以微博、博客、豆瓣为代表自媒体的兴起，使“网络口碑”已经成为戏剧消费一个非常重要的指标。“看戏之前先看网络口碑，看完戏之后再到网上自己写两句”——似乎成了当下剧场观众观戏活动不可或缺的部分。

大概从 2013 年年中开始，我的常规的观摩活动里，又加上了一道新程序，那就是读微博 ID 账号为“押沙龙在 1966”这个人的剧评。“押沙龙在 1966”的第一篇长文发布于 2013 年 3 月 11 日，是一篇关于 2012 年上海戏剧的盘点。对这篇戏剧盘点的传播，“押沙龙在 1966”充分利用了微博的交流方式，他的做法是，一连串地 @（提到）了在微博注册过的，盘点中出现的“当事人”，和戏剧圈的相关人士。

在此不得不提到前期微博的三级传播了，一级是呼风唤雨的“大 V”，具备非常多数量的粉丝，具有很大的影响力，数量最少；二级是一般认证人士和草根名人，具备一定数量的粉丝，在一定范围内有影响力，数量多于“大 V”；三级就是剩下的“普通群众”了，数量最大，但传播能力有限。三者之间互有联系和重叠，共同构成了大规模的大众传播。微博的长处在于，第一，微博所仰仗的是驻扎平台的名人，对于戏剧这样一个小众的艺术门类，它的从业者活跃在哪里，哪里才是有价值的信息平台。第二，微博擅长的是点对点的互动交流，这些从业者想要得到别人的反馈都是需要主动说话的。

网络戏剧评论从来不是单向的，不是孤立的。最开始“押沙龙在 1966”所聚拢的读者是最能体现微博特征性的“戏剧名人”（戏剧创作者）。戏剧名人大致属于二级传播，但非常有针对性。准确的定位让被 @ 的人里面，不少人作出了回应，进行了转发，并且随着转发和评论，达到了特定人际网络的传播效应。随着二级层面的成功，自然而然影响到了其他两级。在这一年中，“押沙龙在 1966”基本延续这种方式，将评论文章传递给了自己的理想读者。相应的，专业的剧评人当然不可能置身于普通观众之外，他们必然也会像关注传统媒体的戏剧评论一样，关注新媒体上的评论，更不要说，剧评人有时也会选择以这些新媒体为他们进行戏剧评论的新渠道。

因此，网络戏剧评论已经从根本上改变了戏剧评论的信息获得方式，即便是一篇传统媒体上发表的专业戏剧评论文章，你也很难撇清来源于网络戏剧评论中只字片语对它的影响。网络从性质上改变了戏剧评论，因此不管网络戏剧评论水准高低，网络戏剧评论都应该视作戏剧评论中的有机组成部分，不可割裂。

在戏剧评论上，新媒体是否已经取代传统媒体

所谓自媒体，顾名思义，就是由个人创立的、具有鲜明风格的媒体。只有具备个人的喜好和风格，才能自立门户、彰显主观声音来，因此自媒体的核心就在于主观立场。社交网络中，读者选择怎样的自媒体就是要看到个体独特的表达方式，这与传统媒体追求中立客观，让读者自己去评判的模式是完全不同的。

一般而言，传统媒体发布的信息关注的特定性仅停留在媒体层面，读者对一个观点的接受是因为特定的媒体。也就是说，重要的不是评论的作者，而是媒体本身。因此尽管媒体一直强调“文责自负”，“作者观点不代表本报或本刊观点”，但是读者仍会不自觉地将评论看作是媒体观点。因此，传统媒体在大众传播中的角色既是中介（读者与作者的中介），但更重要的是一个内容生产者的角色。

而在社交网络，强调的是人的概念，社交网络是以人为核心的模式。关注者是依据自身判断进行的筛选，接收的是某一类的特定信息，因此更在意信息源，不仅关注内容，也关注作者。以一个戏剧爱好者的角度来解释：一个偶尔写一条短评的观众和一个经常进行评论的观众，一个普通戏剧观众和一个戏剧从业者在社交网络里身份意义是大相径庭的。具体到微博中，这种身份的构建首先就是信息的发布者，微博 ID 的影响力是核心价值，“押沙龙在 1966”之所以成为戏剧评论的意见领袖，就在于他（不知其真实身份，故而代称作“他”）是一个有辨识度的发布者，长期稳定的戏剧评论信息源，并且，“押沙龙在 1966”具备的戏剧知识和文化储备量，这让他的评论获得了很强的专业肯定，这是他成为意见领袖的内因。

与此同时，这个模式带来的转变不仅仅是信息产生的方式、更包括了信息的传递和信息本身。

就戏剧评论来说，因为网络，让大众有了畅所欲言的自由，让话语权不再囿于权威之手，让专业和非专业的界限逐渐模糊。不同于媒体发文要求的准确和客观，社交网络中的评论呈现的是个体独特的表达方式，可以是模糊的、随意的，因此在偌大的微博里，寻找评论并不是一件容易的事，比如一条微博如果没有写出剧名、地点、人物等关键词，我们在搜索时可能就看不到这条微博了，所能依靠的就是人的力量了。在网络里，我们见到的，是“目不暇接”的整体数量，“短平快”的讲话方式，“快意恩仇”的对话态度，而精选的、深入的、大篇幅的这种报章杂志（特别是专业戏剧杂志）擅长的方式自然是与之格格不入。

这让敏锐的戏剧营销先发现了其中的好处，一个新戏出来，制作方更愿意把力气花在前期的宣传上，对理念的阐述上，走在前面的营销也成功将网络戏剧评论投入麾下。在戏剧评论开始真正新兴的 2013 年之前，各类戏剧宣传早已通过微博这个自媒体，循着其他文艺宣传的经验，取得了不错的成绩，以自媒体成功操纵起了评论的传播。而一直以来戏剧评论在创作面前是弱势的，当戏剧渐渐小众，评论成了“圈子”里的活动，人际网络的萎缩，让身处“圈子”中的评论者很难把这些批评“落到实处”，说话是“轻声细语”的。在社交网络时代，评论落后与生产创作，不如后者懂得包装、懂得运用手中的新工具，因此有时明明来了，还发出一些真知灼见，却淹没在众声喧哗里面，使本来尖锐、富有见地的文字不能被具体作品、具体问题认领，作用和影响力自然有限。

“押沙龙在 1966”陆续写了好几篇关于一个具体剧目的剧评。如果说盘点揭开的是经年的顽症，被“板砖”拍到的各位对这暴露多年的疮疤早已经有了免疫力，因此几乎是赢得了交口称赞、充满“正能量”的转发。那么，当写到某一个人物、具体演出的时候，很快地，局面“急转直下”。究其原因，和“押沙龙在 1966”的批评力度有着直接的关系。“押沙龙在 1966”的文章呈现方式是疾风骤雨的，局面的“急转直下”并不是评论的直接倒戈，而是把从业者直接分裂成了两个阵营，一派击掌叫好，一派斥他为“为批而批”的“网络酷评”。先放下讨论是否得出了实质性的结果，但就讨论本身，已经让我们感受到，“押沙龙在 1966”的出现，最重要的意义是激发了戏剧评论者的热情，启发了戏剧评论的社交网络时代。

然而，我们是否可以因此认为，在戏剧评论上，新媒体是否已经取代传统媒体？我认为，从现在到今后很长一段时间，答案还是否定的。原因有二。

首先，是内容生产者。戏剧艺术虽说是当前文化活动的一支主流，但还是前面那句老话：一直以来戏剧评论在创作面前是弱势的。现状是，优秀的戏剧评论是少的，优秀的戏剧评论者也是少的，自发写剧评的就更少了，大部分写作都是源于传统媒体的邀稿。所以新媒体并没有真正重视戏剧评论，新媒体的评论的主要来源还是主要依靠传统媒体。

其次，传统媒体在戏剧领域的“触网”慢，也避免了传统媒体在社交网络发展中面临的两个问题：第一，转移问题。传统媒体涉猎新媒体，无非是希望把读报读杂志的读者转移到某个新媒体上；希望买报纸读报纸变成读 PC 读 App①。但到目前为止，这种转移似乎到现在没有成功兑现的案例。第二，内容问题。由于社交网络的这种特性，它的信息自然是碎片化的，才能适应在碎片化的时间完成阅读。传统媒体特别是综合类传统媒体，大部分采用了这种信息处理，为谋求访问量，拼命增大内容供给，从而导致了内容水化，内容总是似曾相识，新媒体和传统媒体“傻傻分不清楚”。

① App，英文 Application 的简写，指智能手机上的第三方应用程序。

这两个问题，就目前传统媒体的投入来说，还没有看到什么有效的解决措施。

而回到戏剧评论。戏剧评论的一个重要特性就是其读者需要具备一定的消费意愿。大部分的演出都需要走入剧场，走入剧场就意味着消费，有投入自然希望有分享，尤其在社交网络，人们更愿意更渴望分享，评论不是被动行为，而是主动的需求。由此我们可以想象，观众对于戏剧评论这一活动具备了强烈的预期，预期的存在，才能促进戏剧评论的活跃和了解戏剧评论的意愿。我们看到，尽管“押沙龙在 1966”的剧评是发表在微博平台，但是他的写作呈现了和微博写作截然不同的面貌，取代 140 字的是体量不小的长微博，一般都在三四千字以上，有时甚至有七八千字。但这对读者来说，并不是一件困难的事情，相反，“押沙龙在 1966”的文字活泼，观点鲜明，论证形象生动，引人入胜。就我来说，几乎每篇我都认真看过，时常的，这种愉悦会超过观看演出本身给我的愉悦，他几乎都不曾错过一些重要演出，更时常关注一些非主流的人和戏——对于有些看起来不感兴趣的戏，我懒惰的期待还剩下的，就是阅读他的剧评。

读者对戏剧评论有深入阅读的兴趣，因为他们可能实践（比如自己发微博、微信）过，因而知道碎片化的评论可以一阅，但想要评论得更透彻、更清晰，对字数的多少是有一定的要求的，也做好了读长文的准备。目前能进行长时间或者再生性的传播的戏剧评论，基本都是长微博、长文，就是这个道理。在这一方面，正是传统媒体赖以生存的基础，是传统媒体的优势所在。因此，新媒体依然在很大程度上依赖传统媒体，传统媒体仍应坚持“内容为王”。纵观传统媒体和新媒体，只有戏剧杂志同网络意见领袖一样，给予了这种预期。当然，在网络时代，不仅要在内容上下足功夫，还要懂得把握传播的节奏和充分利用各种渠道进行内容的反复推送，重要的不是供给的总量，而是供给的质量。

（作者系上海戏剧杂志社编辑）

新媒体时代，戏剧评论何为?

徐　健

如何认识包括戏剧评论在内的文艺评论的发展现状、存在问题及对策，成为近两年文艺界、理论评论界探讨的热点话题之一。这些讨论的出现，一方面有着复杂的社会文化背景，是审美趣味、美学观念趋于分化，传播渠道、接受方式日益多样的体现；另一方面也是评论界内部面对变化了的文化语境，在话语体系、评价标准、社会身份等方面自我审视、自我完善的反映。今天，我们关注文艺评论，并不是因为它的缺失、萎缩。实际上，这些年，不同艺术领域的评论、批评一直在各自熟悉的传播载体上存在着，只是谁也没有料到，以微博、微信等为代表的新媒体、自媒体依托便捷的信息技术迅速崛起，把评论的参与人群、接受范围逐渐扩大；再加上传统纸媒评论版面的迅速扩容，评论与媒体联姻，以及由评奖、市场、资本催生的大量“有偿”评论，评论的边界日趋模糊，传统意义上的严肃的文艺评论变成了人人可以参与、人人都可以表达的“泛评论”“泛批评”。当拇指开始决定阅读的数量和趣味，当点赞变得简易而时髦，当“众声喧哗”中时髦化的观点成为一篇评论的内核时，浸染于新媒体环境中的专业文艺评论，究竟该如何确立自己的美学范式、评价体系？又该如何发出自己理性而独到的声音？这些都是我们讨论戏剧评论不得不面对的问题。

是什么让新媒体时代的戏剧评论成了一个话题

2012 年，《驴得水》和《蒋公的面子》由京沪火遍全国，最初促使它们变成一种市场热点的，并不是业内的专业评论，而是微博强有力的传播和推广；同样，2014 年的林兆华戏剧邀请展上，来自德国的多媒体实验戏剧《朱莉小姐》，借助微博、微信平台强大的“宣传”攻势，引发了近年来国外戏剧少有的观剧热潮……更多来自主要城市演出市场的信息表明，微博、微信等新媒体已经成为观众获取、分享各种戏剧信息、资源的重要载体。它们在逐步拓展着人们交流方式的同时，也在悄悄改变着戏剧评论的写作方式、存在形态和受众范围。由于同正在发生的戏剧现场有着更为直接、更为及时的关联，这些来自新媒体上的戏剧评论很快便簇拥了大量的追随者，并与传统纸媒上的戏剧时评、学术刊物上的专业评论一起，构成了当下戏剧评论交互共融的景观。在新媒体营造的广阔平台上，专业与非专业的壁垒破除了，制作者、营销者、评论者、普通观众之间的交流畅通了，任何人都可以无拘无束地表达自己的观感，分享、转载符合自身喜爱的评论；与此同时，这个平台也在经营着自己的话语体系，催生着自己的“文化偶像”，“押沙龙在 1966”“北小京”等便是代表。

对于新媒体上戏剧评论的勃兴，表面上看，与信息技术的发展、网络的普及、移动终端的飞速拓展密不可分，但技术仅仅是外因，根源还在于戏剧生态内部的结构性困局。从创作看，戏剧评论与戏剧创作本身的质量与盛衰有着直接关系，终究要有值得言说的戏剧作品和现象才有可能出现相应量级的评论。近些年来，值得我们从文化批评、艺术探索的角度进行评说的戏剧作品和创作者非常有限，很多作品、现象都形不成气候，甚至缺憾、弊病、症候在多年来也循环往复、原地打转，让评论者简直无可言说。从评论内部看，经过十多年的发展，我们的戏剧市场活跃了，各类形式多样的舞台演出增多了，然而，传统意义上的戏剧评论，尤其是专业戏剧评论对一些戏剧美学、戏剧观念上出现的新动向、新问题反应滞后。面对被激活的观剧热情和读者对好剧评的渴求，一些日益老化、萎缩的专业戏剧理论评论者故步自封在僵化、陈旧的话语体系中，他们关注的视角、探讨的话题很难满足观众的现实需求，再加上红包批评、圈子批评带来的专业评论信誉的折损，新媒体上较为宽松、多元的评论顺理成章地就吸引了大量读者关注。从观众看，随着观众审美水平、文化视野的不断提高，他们中渴望接受新颖的东西、获取有效观剧信息的诉求也渐趋高涨，然而，专业戏剧评论的“缺席”“失信”以及传播渠道的局限，很难满足他们剧场外的文化需求，新媒体恰恰就在这个时候起到了填补作用。

那么，这些依托在新媒体上的戏剧评论具有怎样的特点呢？

1. 平台的开放性。只要有表达的诉求，任何人都可以就某一部作品、某一篇评论畅谈自己的观点；评论者可以隐匿自己的真实身份，也可以用实名发声，重要的不是过程，而是表达的行为本身。

2. 话题的时效性。新媒体没有传统媒体繁琐的出版流程，它可以在第一时间把观剧的感受分享给网友、微友，用最及时的观点、最个性化的解读阐释演出，以最快的速度博得关注的眼球。

3. 传播的广泛性。依托新媒体便利发展起来的戏剧评论，迅速在纸质媒体之外形成了自己相对独立的传播系统，它们可以在熟人之间分享、传递，也可以促成陌生人之间的互动、交流，从而影响更多的潜在观众和读者。

4. 对话的互动性。传统的戏剧评论大都“一团和气”，不管是名目繁多的研讨会，还是委约定制的评论文章，探讨性、互动性、争鸣性的东西越来越少，但新媒体却是杂语喧哗的，它取消了参与评论的门槛，激活了不少读者的表达欲望，让观点出现了碰撞、对话产生了分歧、言语变得狂欢，而这恰恰成了所有参与者、旁观者的乐趣所在。

正是上述特点，使得新媒体的戏剧评论在传统的评价体系之外，开辟出了一片独特的言说空间，既成功地吸引了舆论的关注和受众的眼球，也催生出当下戏剧生态发展过程中一个不容忽视的“话题级现象”。

一种以趣味、时髦为尚的新的写作“圈子”正在形成

也许我们应该为新媒体时代赋予戏剧评论的崭新气象而欢呼雀跃，为一支执著于内心表达、不吝主观好恶的“独立”评论人的崛起而叫好点赞。但是这种新媒体时代的新气象真的能化解现实中戏剧评论存在的各种问题，进而带动更多的人走进剧场、关注戏剧吗？除了上述提到的特点，我们是不是更应该冷静思索：新媒体上的戏剧评论对戏剧究竟意味着什么？它背后承载的是什么？对写作者又提出了怎样的要求？

应该注意到，新媒体即时性、碎片化、个性化、交互性的特点，使得依托新媒体发展起来的戏剧评论夹杂着虚拟世界的复杂性、不确定性：这里有坦诚的批评、建议，更有暗箱操作、拉帮结派乃至把评论当成艺术伪装下的软文使用的种种可能；一些身披各种马甲的评论者还与投资方、制作方、宣传方之间存在着隐秘的利益关联，利用新媒体上积攒的人气，潜在的宣传、预热、推广即将或正在上演的作品，左右观众的消费选择……笔者并不反对剧评人以匿名的方式表达、分享自己真实的观剧感受，就目前的戏剧生态而言，这些敢于痛陈演出痼疾、不

受现实利益摆布的剧评人，至少在勇气和热情方面还是值得肯定的。戏剧评论面对的永远是观众、读者（包括创作者），它要对他们负责，同他们对话，这是一篇合格戏剧评论最基本、最核心的内涵。现在的问题在于，面对嘈杂的网络语境，我们的剧评人是否能够以客观、独立的立场、观点，把对艺术的真知灼见变成可供观众、读者借鉴的有效信息，而不是仅仅成为他们各种趣味的集散地。

德国柏林邵宾剧院《朱莉小姐》2014 年春来华演出的经历，或许能为我们带来一些新的思考。该剧受邀参加了天津首届曹禺国际戏剧节和 2014 年林兆华戏剧邀请展，在京津两地演出了四场。为了能够让更多的观众走进剧场，天津大剧院和林兆华戏剧工作室早在年初就分别利用自己的微信平台，发布了有关此次演出的各类消息，之后，包括该剧演出的幕后揭秘、剧院风格、主创访谈以及音乐、剧照在内的各种剧透信息密集推出，发挥了媒介传播的独特优势。不出所料，京津两地的演出场场爆满，甚至出现了一票难求的状况。而在演出期间和结束后很短的时间里，刊发、流传于传统媒体、新媒体上的各种赞美之声不绝于耳，其中，微信就占据了很大一部分。在演出后笔者的采访中，多数人尤其是青年学生观众，并不知道该剧艺术上的探索价值到底在哪里，其对中国戏剧的发展来说究竟又意味着什么，而是受到新媒体，尤其是微信朋友圈中好友转载文字的影响，然后去剧场中猎奇、寻觅、窥探，把看《朱莉小姐》当作一次文艺范儿十足、时髦时尚的文化消费行为，迫切地希望自己能在媒介世界制造的文化氛围中寻求身份的认同。这种审美趣味倾向的出现，并非偶然。

微信不同于微博，它的世界并不对任何人开放，微信空间中的朋友圈也不同于微博的陌生人世界，而是一种由朋友、熟人组成的交往世界。在这个世界里，人们可以发表自己的看法、心得，也可以交换、分享他人的各种信息。借助微信信息交流上的便利，一些重要的戏剧活动、剧院、媒体的文艺版面、戏剧爱好者纷纷打造了各自便于推广、宣传的公众平台，这些平台虽然都在用一篇篇精致的、独家的、花哨的美文吸引读者转载、点赞，但它们在文化品位、审美趣味上却是默契一致的——以时尚、时髦、流行为特色的都市中产趣味。而界定这些品位、趣味的人，正是他们的创办者。

美国学者丹尼尔·贝尔针对美国 20 世纪五六十年代形成的一种文化趋向，较早地提出了“中产趣味”的概念，认为“中产趣味一词本身就反映了文化批评的一种新形势。正如中产阶级流行杂志所认为的那样，文化并非是对严肃艺术作品的讨论，它实际上是要宣扬经过组装、供人‘消费’的生活方式。……真正的敌人，即最坏的赝品，不是汪洋大海般的低劣艺术垃圾，而是中产趣味文化。”[1]这些微信公众平台的创办者大都具有广阔的视野且熟稔新媒体的游戏规则，他们更倾向于把平台装扮成文艺青年的沙龙和一种带有消费引领的、中产趣味的生活方式。于是，符合平台趣味需求的作品，就像《朱莉小姐》一样，得到了密集的推广，成为戏剧当之无愧的主流，不能进入他们关注视野的，即使关注度再高、艺术性再强，也难入他们的关注视域。而加入这些平台，无形中就成为了这种文化趣味的传播者，戏剧评论自身也可能面临被所评论对象拆解、同化的危机，并具有了两种实用功能：一种是塑造着观众，尤其是青年观众的艺术标准、文化认同；另一种是成为新的戏剧市场营销模式的组成部分。

专业戏剧评论要努力寻找“最大公约数”

面对新媒体时代多元化的评论环境，有人试图摘掉戏剧评论的“专业”帽子，认为严肃而专业的戏剧评论已经“失效”，并对那些勤勤恳恳、坚守专业戏剧评论一线的写作者表达出了轻视、不屑，这些都是迷乱、浮躁的文化心态的表征。就目前的戏剧生态语境而言，戏剧创作、演出市场、观众审美不仅离不开专业戏剧评论的声音，反而还需要更多专业声音的介入和争鸣。问题的关键在于，如何实现专业戏剧评论的“自强”，让这支评论队伍能够在戏剧最为活跃的一线、在最为有效的传播平台发出真诚的、有力的声音。新媒体时代是挑战，也是机遇，取长补短、寻找“最大公约数”应该成为专业戏剧评论未来的发展方向。

（一）增强专业戏剧评论与戏剧现场、戏剧观众之间的“对话性”

现在看来，专业戏剧评论的问题很大程度上源于对话的不畅，它不仅仅是创作者与评论者、评论者与观众、读者之间的关系问题，更涉及评论者跟整个文化生态、文艺思潮、社会现象的关系。实际上，就各个报纸杂志上的数量统计而言，戏剧评论并不算少，但为什么取信于人这么困难？一方面很多从事戏剧评论的人并不熟悉这门艺术，缺少对戏剧、舞台的独特感受、认识，另一方面又仅守所学领域的狭隘天地，对当代最重要的社会思潮、人文概貌缺少最基本的敏感与

---

①［美］丹尼尔·贝尔：《资本主义文化矛盾》，赵一凡、蒲隆、任晓晋译，北京：生活·读书·新知三联书店1989年版，第90、91页。

关注。一些新式学院派的评论者常常喜欢移用从文学理论中衍生出来的一些时髦的学术工具和概念性话语，导致写出来的评论貌似唬人而言之无物，远离戏剧创造现场。这些评论由于缺乏真实的感性基础与有效的理性立场，东拼西凑，实则只是一些概念话语的泡沫。在这种背景下，由于真正有价值的评论的“缺位”“失语”，现代高度发达的各类媒体催生出的媒体评论自然就成为观众接受影响的主流渠道。看来，要想增强专业戏剧评论的话语“底气”，走进戏剧现场，关注人文思潮的变化，是评论者不能忽视的必修课。

（二）专业戏剧评论要有自己的文化立场、文化坚守，要秉持客观、专业、致观众、致艺术的良知，找准症结，有的放矢

中国的戏剧发展一方面受到市场的牵制，另一方面还要满足来自评奖、体制内的各种现实诉求，戏剧发展整体的环境有进一步的提升空间。在这一过程中，如果我们的观众较早地确立起一种时尚化的、脱离本土实际的欣赏趣味，对中国整个戏剧生态的健康发展也是不利的。时尚化的趣味可以为某些剧目招揽观众，却无法解答观众来自戏剧本体的困惑，无法呈现戏剧的历史、现状，更不可能为他们提供戏剧欣赏的有效路径。我们希望专业戏剧评论的介入，希望专业的戏剧评论者能以自己的学术判断和专业眼光，为一部作品、一种现象开出恰当的“药方”，要为观众答疑解惑，要以客观、理性的评判眼光带动观众审美水平的提升。这里的“客观”并不是苛求评论者像对待科学实验一样，得出精确而统一结论，而是应该有致艺术创作规律的良知，提倡有理有据的批评，既要找准症结，有的放矢，又要警惕沉溺于那喀索斯情结中的评论者对评论对象的过度阐释、趣味阐释和功利阐释。

（三）专业戏剧评论要培养自己的后备人才

在现行的教育体制下，我们训练、输出了大量从事理论研究、史料研究的青年学术型人才，这些青年学者很擅长用西方的理论话语阐释中国的戏剧问题，既忽视了戏剧的前世，也脱离了戏剧的今生，更不是在戏剧现场发现问题、指出问题。由于没有大量的戏剧观演积累和审美培养，他们对舞台上、剧场中的很多现象往往缺乏敏感的反应，更何况历史、艺术的深层关照。这样的评论很难受到创作者、读者的青睐。多数情况是，让他们写一篇旁征博引的论文“易”，写一篇文思鲜活、敏锐的戏剧评论“难”；写 1 万字的论文并不难，写 2000 字的评论却

总是找不到感觉。可以说，教育体系、学术评价体系和传播体系的共同作用，导致了很多70后、80后的青年人不再进入戏剧批评领域，而是更注重学术考核。而且，他们一旦认定了这种规则，就产生了评论的惰性，没有了自己的批评锋芒、文体风格。戏剧评论离不开青年人的关注，业内应该为青年戏剧评论人才的成长创造良好的环境，让青年评论人才与青年戏剧创作者一道成为中国戏剧未来发展可以依靠的力量。

（四）专业戏剧评论并不等同于话剧评论，戏曲评论应该进一步强化

新媒体时代，戏剧评论更多追逐时髦、流行的演出形式、热点剧目，对于传统文化的集大成者戏曲的关注力度明显不足。这是目前专业戏剧评论的短板。戏剧评论本来就是很小众的人在从事的精神创造活动，如果这些人都集中在话剧领域，都热衷于最热点的剧目、现象上，对整个戏剧创作来说，也未尝是好事。新媒体时代，可以带来评论队伍的重新洗牌，但是却不能忽视戏剧本身的丰富性。专业戏剧评论者应该利用新媒体的平台优势，把包括戏曲评论在内的各种戏剧评论的观点、思考传播出去。

新媒体时代，每一个观众、读者都是批评家，这是一个批评家与批评家竞相表达、相互碰撞的时代。真诚地希望专业的戏剧评论家能用好手中的砝码，脚踏实地去关注、调节失衡的创作，为我们的戏剧艺术发掘、留下一批可资传承、戏“真”艺“实”的优秀作品。

（作者系文艺报社编辑）

坚守与超越

——评藏族女性作家的创作兼及对当代藏族文学发展的思考

徐 琴

研究当代藏族女性作家的创作，可以看到女性作家往往有意识地坚守和放大自己的民族立场，把民族立场和女性立场带到更广阔的文化场域之中。她们与男性作家共同承担了对民族文化精神的传达与展现，向外界传递着自己独特的声音。在全球化背景下，面对中心文化和世界文化的他者之镜，如何选择，如何坚守本民族文化立场，如何谋求民族文化生存发展的空间，这促使藏族作家的文化诉求有了更紧迫更深远的追求。

边缘的意义

“对女性的历史剥夺首先是话语权的剥夺。在文学中，最先表现女性的是男性作家，女性被讲述、被阐释的被动命运是历史的，是男性中心社会主导文学中的女性的意义。在男性本位创造的神话中，女性的形象是虚幻的、美化的或扭曲的，是一种被动的、缺乏主体意识的客体。”① 当代藏族女性文学的出现是当代藏族文学和文化史上具有划时代意义的文化现象，它打破了藏族历史上女性被叙述、被言说、被塑造的失语状态，藏族女性以艺术创作主体的身份登上历史舞台，抒写自己的情感、表达自己的思想、参与民族历史文化的当代建构，从而拥有了历史主体的身份和地位。

藏族女性作家的创作以其鲜明的族别意识与坚挺的女性意识和毫不媚俗的姿

---

① 黄晓娟:《从边缘到中心——论中国女性小说中的性别叙事》,《江汉论坛》2004 年第 12 期，第 103 页。

态显现出了与主流女性文学创作的不同特色。她们的汉语书写通过对女性个体命运和民族历史的关注，不仅展示了不逊于藏族男性作家的叙事能力，而且建构起了她们作为藏族女性这个边缘的边缘群体书写主体的权威性与独特性。她们以富有女性意识和民族色彩的创作，将女性个体的命运与民族历史的发展紧密相扣，既呈现了女性世俗化的生活，也将女性的发展纳入民族发展的进程。

考察当代藏族文学的创作状况，可以看到，男性作家的创作往往更多的是对个体生存状况的哲理性思考（如色波的创作），对民族历史和现状的探寻与思考（如扎西达娃和阿来的创作），对宗教救赎与普世价值的思考（如次仁罗布的创作），而女性作家更多的是从个体生命感悟和女性情感出发，呈现女性的现实生存状况和历史境遇，将女性对民族和历史的思考融入女性的现实人生，从女性的角度去建构民族历史。她们的写作不仅意味着对长期被男性中心文化所遮蔽、规范的藏族女性世界的揭示，而且意味着历史和现实及既定秩序被重新阐释和创造的可能。她们天然地关注女性人生，在民族叙事和女性叙事之间，寻找和建构民族文化的精神家园和女性的身份诉求。

女性作家以女性的视角关注到藏族社会生活的方方面面，以女性描写作为她们创作的主要内容，并将女性经验和民族体验相结合，以主动性的书写建构和完善了女性叙事与民族叙事的形式与内容。她们的叙述话语直接聚焦于女性，讲述者以女性的眼光来讲述故事，把对藏族女性的书写作为创作的主要内容，从而有别于男性占主导的叙述视角。在关于民族历史的处理方面，与藏族男性作家相比，女性作家以女性的视角出发审视民族历史的变迁，从而带有强烈的主体意识。在涉及民族命运和历史变迁时，她们往往通过选取对两性情感和个体命运的描述作为切入点，叙事文本因女性敏感细腻的表达而洋溢出女性叙事的独特魅力。她们的写作一方面为我们呈现了女性世俗化生活中的情感遭遇和不同时期女性的真实生存境况；另一方面，她们的写作积极介入民族历史的发现与重构，将女性纳入民族历史的建构。藏族女性作家在面对重大题材，处理民族历史进程的作品时，在广度和深度上对宏大题材进行了拓展，吸纳了男性常用的话语方式。同时，她们又有意识地将女性个人化叙事引向公共话语空间。“分析藏族女作家的个人化叙事会发现，她们的叙事除了具有强烈的个人情感外，同时具有将这种个人化叙事向公共空间引导的倾向。”[①] 格央在其散文中，将历史和现实中女性沉重

① 吕岩：《藏族女性作家书写主体的构建》，《西藏民族学院学报》2012 年第 3 期，第 81 页。

和备受压抑的生活呈现在读者面前，既有深切的同情，又有对女性所处境遇的不平之鸣。央珍《无性别的神》以女性的眼光、女性的生活历程来呈现西藏近现代的历史变迁和风云面貌，与男性隐喻化、象征化的历史书写形成对比和补充。梅卓的《太阳石》和《月亮营地》描写部落内部及部落与汉族政权之间的权力斗争，将女性的爱欲情仇与民族生死存亡搁置在一起。尼玛潘多的《紫青稞》以女性的命运转折来呈现了藏族农村现代化的进程。女性作家不仅关注女性个体生存状况，而且将对女性的思考和民族的发展相联系，将自我的写作融入民族历史的建构。

对藏族女性作家而言，她们的女性意识往往与民族意识纠缠在一起，在对女性生命体验和女性本体欲望表达等方面，表现得比过去更为内在、明显和豁达。在艺术表现上，注重把个人的思考与民族的现实相联系，从女性叙事中去彰显民族历史和现状。与一些内地女性作家的创作相比较，藏族女作家的创作较少“小女人”或“私人化”“隐私化”“身体化”的写作，也不会哗众取宠，仅仅去关注身体、性以及一己的哀愁与幽怨；她们的写作更多一种历史的纵深感，即使是抒写女性个体的苦闷和哀伤，也与整个民族行进的步伐紧密相连。她们将女性的生存、命运与民族历史的进程紧密相连，将女性置于民族发展的前台，显现了女性建构自我与民族历史的强劲势头。同时，她们对女性的书写不是基于男性欲望的展现，也不是基于庸俗的商业利益，而是聚焦于女性的命运与藏民族的发展，呈现出浓郁的民族文化特色。

身份建构的欲求与审视

民族文化是维系一个民族的精神纽带，藏族作家无一例外地表现出对本民族文化强烈的担当意识和责任感。虽然大多数作家在多元文化交融的背景中采用汉语进行创作，但她们却不约而同地在创作中表现了对藏民族文化身份的皈依与认同。如亮炯·朗萨在《布隆德誓言》的序中这样写道：

> 高原养育的藏族先辈们，创造出了浩瀚的民族文化，像珠宝一样闪着光芒，像绚烂的花海一样耀眼夺目。康巴藏族喜欢把自己心爱的东西用珠宝、丝穗装饰，在这书的每个章节前，我采撷了几片闪光的“花瓣”来点缀我的这个故事，它们与本作品章节无关连，只希望读了这书的读者同时也能更多

地知道一些关于藏族古典文学、民间文学和历史文化等书籍，也希望它们能给我的书添几道亮丽色彩……[①]

梅卓在她的游历性的散文中，将藏民族物质、精神性的东西呈现在读者的面前，显现着深沉的依恋之情：

我出生并生长在草原。群山之中，最美的莫过于万里长云蓝天，青翠苍茫草原，红墙金顶的寺院群落，曲尽通幽的静修之地，这种与世无争的宁静平和，时时刻刻警示并安慰着我，这是与我息息相关的土地。[②]

探究藏族作家文本中所凸显的强烈的民族情感和身份认同，这一方面源于对本族的热爱和守卫，但另一方面更重要的是在全球多元文化侵袭下主体民族力图彰显民族性的一种积极回应。作家以炽热的民族归属感关注着民族的现实和未来，以捍卫和发展民族文化的姿态，自觉地调用民族资源进行写作，民族身份意识得以清晰地呈现。

鲜明而浓厚的民族特色是某一民族文化能否在世界文化中占有一席之地的决定性因素，也是作家彰显民族身份的一个重要表征。然而需要注意的是，在当前的全球化的时代，交通和信息技术的发达，使得不同民族或地域间的文化交流更为频繁，已经不可能存在某种单一而封闭的纯粹的民族文化经验。在当下的全球化时代，面对突飞猛进的科技革命和文化嬗变，民族文化的积累不仅是本民族内部的文化积累，而且包括跨民族间文化的积累。

写作不仅仅是沟通不同文化的桥梁，而且是不同民族间文化交流的一种途径。在必然的民族现代化语境中，如何坚守和张扬民族性，把民族文化中具有普世价值的优秀成分张扬出来，并将之传承下去，在与世界文化的对接中展现本民族文化的独特风貌。这就要求作家对民族文化有自省精神，要对民族文化的内涵和价值进行辨析和审视。民族的东西并不是纯粹优秀的，而是优劣并存的。在全球化的今天，民族要发展，必须以开放的姿态，文化的发展也同样是如此，在交流和学习中提高，在区别中突出自己的民族特色。在交流中，一方面要警惕迎合

① 亮炯·朗萨：《布隆德誓言》，北京：外文出版社 2006 年版，序。
② 梅卓：《走马安多》，西宁：青海人民出版社 2009 年版，第 317 页。

主流文化猎奇口味的展演式的民族性展现，避免受主流文化期待视野的制约，另一方面也要防止偏狭静止的民族守旧立场，对凡是民族的都不加理性批判和区分地一律赞美。在强大的现代性的时代洪流面前，需要警惕的是对现代化的简单的排斥和抵制的态度，因为那样只能使自己的族群在日新月异的时代面前缺乏竞争力，只能走向更加封闭和边缘的处境。因此，秉持本民族文化的保守立场而一味地抗拒外来文明是一种目光短浅的行为，需要清醒地认识到没有永恒不变的固定的文化，从而走出对民族性一厢情愿的歌颂和展现。对民族文化的理性反思，一方面是对民族传统文化中优秀一面的肯定和发扬，但更应该的是对民族传统文化因袭中的负面因子进行理性的清算，以求廓清传统文化对民族发展前进的阻碍性所在，从而有效地延续和创造出新的民族文化。

在当前的藏族作家的创作中，还存在一个问题，这就是当涉及本民族与他民族之间的对比和遭遇外来文化的冲击时，往往是偏狭地对本民族的一切持肯定和赞美的态度。这样一种思想意识，潜存在一些作家的心理之中，也行之于她们的笔端。如在白玛娜珍的长篇小说《拉萨红尘》中，暗藏着一种对汉文化和汉人的厌弃的心理，在其一系列的散文中，也透露出对现代化袭入西藏的抵制心态。在唯色的散文中，更是表现出一种极端的民族守卫立场。由执著的民族情感所带来的文化守卫立场，不容置疑地捍卫本民族的传统和文化，对任何可能会影响它的纯粹性的他者文化给以粗暴的抗拒，实际上对民族的发展和民族文化的丰富没有任何好处。因为从历史上来看，开放地吸收和借鉴人类精神和物质文明成果是一个民族持续发展的根基，真正强大的文化是开放性的文化，是既能坚守本民族文化特征，又能积极吸纳异质文化，并经受得起异质文化考验的文化。

此外，在当前的藏族文学创作方面，特别是在面临宗教问题时，虽然作家注意到了宗教是一种关怀人的存在和生死问题的精神性力量，但一些作家的创作尚缺乏在20世纪八九十年代的基础上进一步对宗教的现代化的理性思考和批判精神。在80年代中期前，藏族作家以汉族文化来观照藏族文化，看到了民族文化的弊端，在藏族作家的作品中，对宗教大多持批判的否定态度。如发表于1980年的德吉措姆的《漫漫转经路》写奶奶一辈子特别虔信宗教，但命运却十分悲惨，儿子被领主打死，儿媳被藏兵枪击，自己摔伤病死，一辈子坎坷多难；孙子则是一个社会道路的探索者，他认为宗教迷信麻痹着人们的思想，并不能给人们带来幸福，从奶奶的经历和切身的体会中，孙子认为幸福生活不在漫漫转经路上，而在社会主义现代化的道路上。通过两种不同人生经历的对比，作者认为宗教思想不过是一种迷信，是与现代化进程相对立的落后思想。这样一种对待民族宗教文化的观点在 80 年代中期前很具代表性，由此反射出藏族作家在这一时期，对待宗教的简单片面化的倾向，但作家的创作已经涉及了被藏民族信奉了千百年的藏传佛教如何进行现代转型的问题。在 90 年代，央珍的小说《无性别的神》中，通过央吉卓玛在寺院的经历，对宗教世界里的不平进行了揭露，对宗教的态度既有感性的热爱，又有理性的思辨。但在近些年的藏族作家的创作中，可以看到的一个倾向是，出于为了捍卫本民族文化、彰显民族身份的需要，或者为了迎合主流文化审美需要而对宗教内容和精神的大肆张扬，这是需要警惕的。在人类社会的早期阶段，宗教对文化的影响很大，波及人们社会生活的许多方面。但随着现代化社会的发展，宗教在民族文化中的影响逐渐减弱。对任何一种既有的文化传统，正确的态度是理性的批判和继承。作家过分宣扬和沉湎于宗教的外在方式，从而放弃了以文学方式介入民族发展的努力，也放弃了积极参与民族现代转型和精神重构的责任。因此在一些作家的创作中，显现出民族立场和现代性的追求相断裂的弊端。藏族学者丹珠昂奔认为："过分地对宗教的崇拜，抹煞了人自身和轻贱了人自身，若不彻底摆脱这种精神桎梏，我们就很难像众多的先进民族那样思考人自身的意义和价值，产生本质的飞跃……思想的转变是根本的改变，因此，我们必须一往情深地呼唤马克思主义，呼唤科学，呼唤现代意识，没有人的现代化，现代化终不能实现。"① 如何正确地处理宗教与世俗、宗教与精神、宗教与现代性的转变之间的关系，而不是仅仅为了捍卫民族文化而表现宗教，或者是为了博得主流欣赏者的眼球而对宗教进行表面化的书写，这就要求写作者能够理性地对待民族传统文化。

"全球化现代化的战车隆隆驶过，没有哪一个民族哪一个地域能幸免于难，在这样的境遇中，毫无警惕和批判精神地迎合外来潮流，对自己的民族文化缺少热爱的情感和保护的立场，自然是错误的。但固守自己的民族文化，拒绝学习、融合、发展，想以一种纯粹的民族性对抗人类文明的总体进程，这更是肤浅的，盲目的，从根本上说也是虚妄的……"② 作为藏族作家的严英秀对民族文学的发展有着同样的忧思，她的思考无疑为当代藏族文学发展中存在的问题敲响了警钟。

---

① 丹珠昂奔：《佛教与藏族文学》，北京：中央民族学院出版社 1988 年版，第 11 页。

② 严英秀：《论当下少数民族文学的民族性和现代性》，《民族文学研究》2010 年第 1 期，第 141 页。

坚守与超越

在当前的多元文化背景下，没有身份的认同和归属，作家及其创作将会处于无根的漂移状态，“文化认同具有十分重要的意义，没有文化认同，个体就会流散，一个民族就会失去作为共同体的精神基础或者精神纽带”①。因此，保持对本民族身份、传统文化和价值观念的认同与坚持十分重要，这是民族文学存在的根基。

当前的全球化发展在一定程度上可以说是一个趋同的过程，这种趋同可能会给少数民族地区经济的发展带来一些机会，一定程度上可以迎合少数民族物质发展上的现代性诉求，但另一方面，全球化的冲击在文化意义上使得民族整体或个体在多元混杂的处境中陷入文化认同上的焦虑和危机。因此，在趋同的过程中，出于维护和发展的焦虑又使得民族身份认同走向深化。在全球化趋同过程中，藏族作家的身份意识实质上也走向了一个加强的过程，这可以从 20 世纪五六十年代的藏族作家作品与 80 年代后作品的比较得出结论。一方面削平差异的全球化进程使得物质生活趋同，由此带来人们的行为观念和日常生活的趋同，但另一方面，出于维护民族文化的需要，少数民族往往在精神领域里又对这种趋同产生危机感，因此文化认同危机加深，挑战与机遇并存。

在这样的境遇中，藏族文学（包括其他少数民族文学）面临着尴尬而严峻的处境，一方面要保持文学独特的诉求，就必须有独特的书写空间和文化内涵，但另一方面，在全球化背景下，民族文学由边缘走向中心，民族文学不仅对主流文学，而且对世界总体文化趋同倾向成为必然。如何选择，如何坚守本民族文化立场和谋求民族文化生存发展空间，这都一定程度上呈现在作家的创作之中。藏族作家想要急切地彰显民族风貌，向外界传达自己的声音，并以此来坚守自己的文化立场。由此又带来两种可能，一种倾向是对只要是本民族的一切都报以肯定的态度，而不是批判地看待本民族文化的优劣；另一种倾向是以开放的姿态面对当前的多元文化风貌，对之采用兼容并包的姿态。

阿来的创作获得广泛性肯定在一定程度上为我们提供了一些启示。

---

① 张永刚：《全球化时代西南边疆少数民族作家的文化认同与文学表达》，《文艺理论研究》2011 年第 5 期，第 127 页。

从童年时代起，一个藏族人注定就要在两种语言之间流浪……我想，正是在两种语言间的不断穿行，培养了我最初的文学敏感。使我成为一个用汉语写作的藏族作家。①

欢乐与悲伤，幸福与痛苦，获得与失落，所有这些需要，从他们让感情承载的重荷来看，生活在此处与别处，生活在此时与彼时，并没有太大的区别……因为故事里面的角色与我们大家有同样的名字：人。②

在阿来这里，在两种文化和语言间穿行，用汉语表达，并没有必然地消融作家的民族身份和民族诉求，而是在一定程度上实现了两种话语间的转换，更便于向外界传达民族的声音。霍米巴巴认为："民族文化不再是固定于特定的地域与领土之上，它会进入他者的文化空间，同时，自己的文化空间也必然受到他者文化的渗入和影响，自身的文化身份也不得不通过在场的和不在场的他者文化重新界定，所有这一切造成了文化身份的杂交性或是混合性，对单一的本质主义民族文化身份概念提出了质疑与挑战。"③ 在多元文化背景下，阿来用汉语来表达藏语文化和藏语思维，传递了有关民族、国家的多层次思考，实现了跨族别、跨文化的写作。他说："但我始终以为，人们之所以需要文学，是要在人性层面上寻找共性。所有人，不论身处哪种文明，哪个国度，都有爱与恨，都有生和死，都有对金钱、对权力的接近与背离。这是具有普遍意义的东西，也是不同特质的人类文化可以互相勾通的一个基础。"④ 民族文学研究专家关纪新指出："每一位作家都有其先天生就的民族位置，又有其后天经过能动选择而再度打造的族别写作身份。当多民族文化剧烈碰撞、相互折冲的社会氛围降临的时候，有人选择了族别写作的姿态，也有人选择了跨族别写作的姿态，还有人选择了超族别写作的姿态，想来均为形势使然，也分别从各自的角度给这个越来越显现出文化大交流征候的时代，做出相应的注解和呼应。"⑤ 作家突破了民族和国家的界限，将其写作推向了对"人"的思考，这种跨文化视野在一定程度上可以给藏族作家提供开放的心态、

① 阿来：《阿坝阿来》，北京：中国工人出版社 2004 年版，第 156 页。

② 阿来：《落不定的尘埃》，《小说选刊》增刊 1997 年第 2 期。

③ 贺玉高：《霍米巴巴的杂交性理论与后现代身份观念》，首都师范大学博士论文，2005 年。

④ 冉云飞：《通往可能之路——与藏族作家阿来谈话录》，《西南民族学院学报》(哲学社会科学版) 1999 年第 5 期。

⑤ 关纪新：《20 世纪中华各民族文学关系研究》，北京：民族出版社 2006 年版，第 6 页。

广阔的胸怀，从而规避狭隘、偏激、保守的文化态度。鲁迅文学奖获得者次仁罗布在接受采访时说："真正的文学作品应该反映普世价值，赞扬人性的伟大，揭示困难面前的无畏精神，唤醒人类内心深处的善良……"[①] 他认为，边缘民族的文学创作可以具有足够的普适性，而这种普适性是可以超越民族的界限。

俄裔美籍作家纳博科夫认为："作家的艺术就是他真正的护照。一位作家的个性，乃是由其独特的彩色纹理与独一无二的图案立时就可证实的。族系可以支持这一或那一种类之界定的正确性，但族系本身并不应当决定种类的界定。"[②] 对于民族作家来说，在植根于民族文化传统的同时，超越本民族文化传统也是文学走向繁荣的必经之路。"作家表达一种文化，不是为了向世界展览某种文化元素，不是急于向世界呈现某种人无我有的独特性，而是探究这个文化'与世界的关系'，以使世界的文化更臻完整。"[③] 一个民族文学要获得发展，就不应该把民族性视为固化的概念，民族性也是在时代浪潮中流动变化的，在现代化过程中，需要不断适应时代审美思潮，更新文学观念，创新语言、形式和技巧。在坚持民族性的基础上对民族性加以超越才是民族文学发展的出路。

在多元文化语境下，文化身份与民族经验在不同历史时期会产生不同的互动关系，需要警惕固化的身份范畴，民族文化认同过程应该包含着对本民族文化价值的不断反思与批判因素。失去这种反思与批判也就失去了有批判价值的认同。同时，对民族文化的认同必然又与同他者文化的依赖紧密相连，在竭力彰显本民族文化身份，摆脱他者文化的束缚的同时又有对他者文化的积极依赖。而且只有在交流和对话中，文化认同才会有价值。"主体不是通过自身而是通过与他人的同一而形成的。"[④] 费孝通在谈到文化交流时曾提出了"和而不同"的观点，"从总体上说，人类文明的多样性，是各个文明得以'不朽'的最可靠的保证。一种文明、文化，只有融入更为丰富、更为多样的世界文明中，才能保证自己的生存……只有交流、理解、共享、融合才是世界文明共存共荣的根本之路。"[⑤] 他提

---

① 《次仁罗布：还原一个真实的西藏》，2010 年 11 月 14 日，见 http://news.xinhuanet.com/newmedia/2010—11/14/c_12772167_2.htm。

② 转引自周启超：《独特的文化身份与独特的彩色纹理——双语作家纳博科夫文学世界的跨文化特征》，《外国文学评论》2003 年第 4 期，第 73 页。

③ 阿来：《我只感到世界扑面而来——在渤海大学"小说家讲坛"上的讲演》，《当代作家评论》2009 年第 1 期，第 27 页。

④ [法] 拉康：《拉康选集》，褚孝泉译，上海：上海三联书店 2001 年版，第 90 页。

⑤ 费孝通：《费孝通九十新语》，重庆：重庆出版社 2005 年版，第 322 页。

倡在文化交流中不同文化应该彼此尊重，求同存异，要客观理性地对待本土文化和异域文化之间的差异，既不能以虚无主义态度看待本土文化，完全无视本土文化的优厚资源和丰富内蕴，又不能持唯本民族文化优越论的观点，对民族的优缺点都加以一味的赞美和歌颂。这显然能够给我们提供许多启示。

在当今全球范围的市场经济的迅猛发展中，藏民族在文化、经济等领域面临着各种挑战，民族文化的发展既有机遇又有挑战，面对相对落后的社会经济和沿袭已久的价值观念，面对民族文化发展的新机遇，面对反思民族传统文化痼疾和发展民族文化的艰巨使命，它一方面要受汉文化语境下主体性文化的规范，另一方面还要适应国际性的跨民族文化的挑战，如何在这样的适应中弘扬和发展民族文化，如何获取文学创作的新观念和技巧，突破自身的边缘状态，达成与汉文学乃至世界先进文学共同繁荣的局面，这是藏族文学发展过程中面临的一个重大问题。在当前语境下，藏族文学创作和发展不仅需要作家对于民族传统文化进行理性的、现代化的清晰思辨，更需要大胆地揭示历史绵亘中民族的创伤和痼疾、剖析民族历史发展历程中人性及文化的误区与弱点，从而树立对民族文化批判自省的哲学与美学观照，实现当代藏族文学的崭新飞跃。毋庸置疑，作家应该具有精英意识，他们需要直面时代，直面民族真实的生存状态和心理状态，在对历史的、现实的，世界的、民族的整体思考中，去揭示普遍的人性和进行哲理的思考。这就要求作家从狭小的自我的天地中走出，去接通更广大的物质视野和灵魂视野，展示广阔的人生和高远的想象。此外，对艺术手法的无尽探索是文学永葆魅力的一个重要因素，虽然经历了一系列的文学革命，但当代文学在叙事和虚构、语言和形式探索上的可能性并未穷尽，这是摆在当代作家面前的一个问题，也是藏族作家在创作时绕不过去的一个问题。

（作者系西藏民族学院文学院教授）

复见天地心
——读穆涛《先前的风气》

杨　辉

穆涛先生的文章，有大境界、大情怀、大坚持，却好从小处命笔。若是一不留神，从小处看了，容易走眼，也容易不得要领。

他讲信变、史官、树和碑、道与德、敬与耻、代价与成本，以史实作参照，说“春秋”的涵义，却下潜着深度，有现实的关怀。故能“意翻空而出奇”，引经据典，却不死于言下，全因“读史讲致用，温故为知新”。“历史原本已经死去了，只有读活了才可能出新价值。”克罗齐说“一切历史都是当代史”，其意大略如是。但能否读活历史，除学养外，还考校着读者的识力。穆涛欣赏班固的“春秋”笔法，赞他写刘邦出生的文字“真是从心所欲又不逾矩”，足为后世史家楷模，看重的，便是“孔子作春秋，乱臣贼子惧”的著史传统。他强调历史的醒世意义，不大赞同对待历史的实用态度，把目光越过建立史馆制度的有唐一代，借先秦两汉的史籍说“常道”，找“天地人的大道理”。若无兼容并蓄的气度，取精用弘的识力，还存着一份“经世致用”的心思，大约是不会如此着眼和落笔的。

稍和文学沾边的学人读《汉书》，用心多在《艺文志》。穆涛谈《汉书》的告诫，却从《食货志》说起，他谈汉文帝减免农业税，说贾谊的《论积贮疏》和《谏铸钱疏》，背后均有我们时代的诸般事项作参照。褒贬之意与良苦用心，读者不难辨明。不说艺文而谈食货，见出的，是作者的天下胸襟与济世情怀。欧阳修说“大抵文学止于润身，而政事可以及物”，用意亦在此处。穆涛盛赞董仲舒，说他“奠基了儒学在中国文化里的核心位置，由礼而理，以礼入教”，是由对缺乏主体宗教的中国文化的内在问题的切己体察而生的“忧心”的自证和自我突破。蔡元培多年前努力“以美育代替宗教”，今人刘小枫曾不遗余力为国人“输入”基督教的根本用意，与穆涛的心思并无不同。但穆涛的“高明”之处在于，他有“由‘陈’而生的机心”，他的“新思”不是引进的，如他强调贾平凹的小说笔法，需“用看‘国画’的眼光去打量”，“他（贾平凹）擅用‘破笔散锋’，大面积的团块渲染，看似塞满，其实有层次脉络的联系，且其中真气淋漓而温暖，又苍茫沉厚。渲染中有西方的色彩，但隐着的是中国的线条。他发展着传统的‘大写意’，看似一片乱摊派，去工整，细节也是含糊不可名状的，整体上却清晰峻拔”。熟悉贾平凹的读者不难体味出，这是在说《秦腔》和《古炉》这样的作品，但也不妨读解为穆涛的夫子自道。中国文化的问题，是可以靠中国文化自身来解决的。但“反求诸身”的功夫，却不易得。若非有深厚的旧书底子，且浸淫古书，沉潜往复，从容含玩，得其性灵，大约难有这等识见。否则的话，《秦腔》和《古炉》的写法，也就不会遭致不解和批评了。

正因为看透了缺乏主体宗教的中国文化的内在问题和局限处，也深知20世纪初放弃文言文、使用白话文的文化革命的不足“是传统的文化链条断裂了”，我们“一提中国传统，就是落后和守旧，一提西方，就是进步和先进”。对这种二元对立的思维的简陋和粗暴，穆涛有极为深刻的反思和批评。那种在特殊社会文化语境下的非常之时的非常之事一俟成为“常态”，且“驯顺”数代知识人沉浸其中而不自知，无心也无力反省“文化的这棵树上结出的这种恶果”，更遑论努力“重建中国文化，重建中国人的文化自信”。穆涛反复讲老规矩、讲礼、讲秩序、讲文风的朴素、强调守文心之正与书写清正之气，便是要重建中国人的文化自信，恢复中国传统文化对当下社会问题发言的能力。这是“返本”，但“返本”是为了“开新”。若将此说视为“守旧”或“文化守成”，便是低看了他。学界以“文化激进主义”的态度，将当年的“学衡派”诸公“论究学术，阐求真理，昌明国粹，融化新知。以中正之眼光，行批评之职事，无偏无党，不激不随”的文化努力判定为“文化守成主义”，已足以说明此种思维的鄙陋。明眼人不可不察。

因此，要读通穆涛的文字，头脑便不能在近百年的知识氛围中打转，得做些现象学所谓的“悬置”的功夫，暂且悬置西学的传统，还有“五四”一代知识人所开创的文化的现代性传统。不是说这两个传统不好，只是说，文化的境界，其实还有另外的可能。还有从“中国之心”延伸出来的可能。这种可能根植于古典传统的精魂和性灵。须得“沉潜往复，从容含玩”，还要有悟性，有器识，这是穆涛文章的绝妙处和显眼处，我以为，也是他的得意处。

古之君子，明于礼仪而陋于知人心。这恐怕是对传统文人最大的责难，也是今人读书为文需倍加小心的重要问题。穆涛写世态，写人情，指陈弊病，纵论古今，不乏诛心之论，便是有世事洞明人情练达做底子。他强调“文章当合时宜而著”，并进一步指出“合时宜，是切合社会进程的大节奏，而不是一时的节拍或鼓点。写文章的人，宜心明眼亮心沉着，看出事态的焦点所在，看出社会的趋势之变。文章一旦失去时代与社会的实感，失去真知和真情，就衰落了”。有这般识见，文章自然不著一字空。他说：“我们中国以前自诩为‘礼仪之邦’，这话没错，因为规矩具体，礼数清晰。后来对礼失敬，诸多规矩被当成‘四旧’砸个稀巴烂，大的规矩失于朝野，摆不上台面的潜规则就冒出来了。”说的是旧人旧事，但出发点和落脚点，全在当下，借古喻今或以今说古，是读史的紧要处。西人培根说“读史使人明智”，明智的眼光，是能勘破世间幽微，洞悉世道人心众生万象，由此生出的境界与情怀，是有根基的。穆涛有极好的修辞功夫，他的笔法，深得历代笔记野史丛谈用思运笔之妙。前人笔记野史中，存着中国好文字的魅力，也容易培养出文人的“隐逸”情怀，但穆涛的文字，境界是“上出”的，字句却落在实处，有烟火气和人生的况味。“人情练达即文章，这是古训。练是磨炼，达是透彻。人世间的好文章，就是要写透天是怎么磨炼人的。”

穆涛对自己的作品，好用“闲书”二字作评。这话不可直解。金圣叹《读第五才子书法》云：“大凡读书，先要晓得作书人是何心胸。如《史记》须是太史公一肚皮宿怨发挥出来，所以他于‘游侠’‘货殖’传，特地着精神；乃至其余诸记、传中，凡遇挥金杀人之事，他便啧啧赏叹不置。一部《史记》，只是‘缓急人所时有’六个字，是他一生著书旨意。《水浒传》却不然。施耐庵本无一肚皮宿怨要发挥出来，只是饱暖无事，又值心闲，不免伸纸弄笔，寻个题目，写出自家许多锦心绣口，故是非皆不谬于圣人。”细读穆涛的文字，便知这先生有一肚皮的不合时宜，文字的志趣，离施耐庵较远，与太史公倒颇为相近。《周易》“地山谦”卦《系辞》曰：“谦，君子以裒多益寡，称物平施。”“谦谦君子”与“称物平施”，是穆涛其人其文给人的基本印象，但他还有金圣叹的“情”和“侠”的一面，有“棉针泥刺法”，“笔墨外，便有利刃直戳进来”。读他的文章，若体味不出这一点，便是错会了他。

还是在《周易》中，有“复”卦《彖》曰：“复，其见天地之心乎？”返转回复，是大自然的运行法则，也体现着天地孕育万物的用心。穆涛看重古人的规矩，强调“我们已经到了思考正常国家状态下文学创作标准的时候了”，要有“中国制造”，走出百年以来国人于西学的“学徒”心态，寻回文化自信。大约要取“返转回复”之意，做些“返本开新”的工作。虽说是“先前的风气”，焉知不是向未来的可能性的敞开。

孙郁先生自谓，在70年代初，因偶然的机缘读到《胡适文存》，始知“新文化运动的先驱，乃深味国学的一族。后来接触鲁迅、陈独秀、周作人的著作”并为之吸引的，“不都是白话文的篇什，还有古诗文里的奇气，及他们深染在周秦汉唐间的古风。足迹一半在过去，一半在现代，遂有了历史的一道奇观”。这一段话，恰好可以拿来说明我读《先前的风气》的感受。

说实在话，这个时代，有真见地、大识力的人，真不如我们想象的那样多。曾于耶鲁研习国史的郑培凯先生说：“五四”那一代人，自己与传统并未断裂，但却使我们这一代断裂了。这话我十分赞同，但总还是想，如果郑先生读了穆涛的文章，除大赞“于我心有戚戚焉”外，对中国文化传统的重启和千年文脉的赓续，恐怕也不至于太过悲观。

（作者系西安科技大学中文系主任、副教授）

书法批评的现状与反思

杨 勇

当下书法批评的现状

近十年来，各大书法网站的陆续创建，为广大书法人搭建了交流的平台，表面看起来是个简单的技术创新或者说是交流媒介的进步，但实质上对书法批评无疑是场革命。因为人人都可以对书法发言，理论家和批评家们长期占据身份制高点和话语权的时代一去不复返了。

（一）网络时代，书法批评成为社会公器，人人都可以对书法发言

网络在很大程度上促进了言论自由，书法批评成为书法人手中人人可用的公器，批评已不再是批评家的专利。批评也不再是传统纸质媒体的单一样态了，现在已经进入数字的3G时代，传导渠道多种多样。比如在博客特别是微博上，谁都可以随时随地随意发表评论，书法批评已经不再有门槛的限制，也不是任何人可以垄断的。与此同时，纸质媒体受读者关注和重视的程度受到很大冲击，这主要受到发稿周期和传播范围两方面的限制。你花了很大力气写了篇针对某事件的批评文章，待纸质媒体刊发出来，事件已被新的事件所覆盖，你的声音没人注意，在这人人都在发言的时代大合唱中，任何人的声音都显得微乎其微。正如廖奔先生在《多元图景中的文艺批评》中所言："批评被视为专门化范域的局面不存在了，批评门槛被降至最低——网络上充满了非专业化的评论，随便一个网站，任何一个文艺话题，社会公众三业九民都可以随意发表言论。网评的存在导致权威话语的轰塌——网民不管你是谁，很轻易地就把你的权威话语解构掉了——它可以是公众意志的体现，也可以是社会集体无意识

的流露。”①

（二）批评者很难进行独立、有效的批评

中国古人坚守人的信念、人的尊严，不向权贵低头。宋代文天祥《正气歌》：“在齐太史简，在晋董狐笔。”讲的都是不阿谀权贵、以生命换取尊严的例子。从这种文化传统出发，历来中国真正的文人，都有自己的做人底线，为了“道”而坚守。当然我们也看到，近几十年来社会环境发生了很大的变化，即从计划经济过渡到市场经济，书法批评的立足根基随之发生了转变，从依赖主流意识形态发展到日益受市场的利益蛊惑与影响。这就是我们说的“红包评论”，座谈会变成吹捧会，被批评者谦虚一番“请各位专家批评指正”，批评者想尽办法找好话，因为“拿人的手短，吃人的嘴短”。因为这种“人情”的缘故，批评者自然很难进行独立、有效的批评。

（三）被批评者十分脆弱，“闻过则喜”成为一种理想

虽然正面的评价也是批评，但批评绝对不是“我对您只工作不注意休息很有意见”之类的阿谀之词。市场条件下，作品的声誉牵涉到个人的饭碗，甚至前途，不要说“闻过则喜”，被批评者面对批评能做到“置若罔闻”已是不低的境界了。前段时间某批评家批评当权者而上演“跨省施压”的“闹剧”再一次提醒我们，当下书法的批评环境不容乐观。

无论是个人还是各级书法组织，面对批评是不可以采取鸵鸟政策的。正确的态度应该是积极回应，不能以沉默而漠然视之。如果有理，就应该反批评；如果觉得有误会，就应该解释；如果确实错了，就应该低头认错。

当下书法批评存在的问题

（一）批评者开始唯资本马首是瞻，按字论价

贾平凹说：我写一年小说才拿几千块钱稿费，几秒钟写张字也拿那么多。既然现在书画这么值钱，你想要我为你写评论、你想通过我的评论为你抬价，那就“按字收费”。尤其是那些“著名”批评家，就更是要“按字论价”了。以前是君子耻于言商，即便谈钱也是遮遮掩掩，但最近十年来好像已经形成了某种约定，

---

① 廖奔：《多元图景中的文艺批评》，《光明日报》2008年5月10日。

不同级别的批评家的评论文字价格自然不同，从每个字一两元到每个字一两百元不等，你的价码不够，人家可以不写，“我实在忙不过来”，就把你打发了。网上有网友调侃说，现在的批评家们，接了人家的活儿，花上半个小时，弄上几百字，换上万把块钱，然后就喝茶去了。这种由实力支配、资本主导的批评现象愈演愈烈，到最后，我们周围充斥的都是吹捧的文章和变味的批评。

（二）个别媒体开始出售版面，沦为书法家们的吹鼓手

前段时间央视焦点访谈栏目曾做过一期关于国内期刊收版面费的调查，据估计全国每年期刊的版面费大约有几十个亿，形成了巨大的文化产业。商业广告性的宣传方式被书法作品借用后，宣传费就成了创作名正言顺的开支，评论就在这个平台上寄生。过去被评论者求媒体，好让媒体给自己宣传，现在变成了媒体求被评论者，媒体和被评论者在袖子里用指头讨价还价。媒体批评在严肃批评、综述式批评、采访式批评之外，又开始加入了炒作式批评和广告式批评，而且后两种批评大有铺天盖地之势。有权有势者，给媒体一些好处，媒体就给他做专版介绍和报道，但如此一来，圈内人士都会对此类媒体嗤之以鼻。

（三）当下只有酷评，缺少思潮性论争

20 世纪 80 年代，书法领域也引进了各种西方的批评方法、后现代思潮，书法批评发展为心理批评、社会批评、现象学批评、阐释学等等，先后提出了各种批评流派：美学历史批评、学院派批评、文体批评等等，使得批评理论化。其中文化批评似乎较为适合中国国情，一时盛行。现在则没有一致的思潮和流派了，进入多元化时期，追求社会和谐，市场主导，思潮性论争减弱了。当下的批评样态主要有：学院批评、业界批评、媒体批评，出现了主流批评与民间批评、学者批评与大众批评、严肃批评与媒体爆料、价值评判与商业炒作的对峙与并立。

批评已经没有了思潮分歧，有的只是书法网络上的“黑马”。“先是通过酷评、骂评，一骂成名后，媒体就认了他，喜欢发表他的文章了，他也就成了名人，有的还再回归，逐渐进入主流，开始评职称、担任国家级专家，来享受主流的好处。新生代评论家不容易出大名，于是利用酷评。”[1] 所以现在流行恒温人格：

---

① 廖奔：《文艺评论的“战国时代”》，2010 年 7 月 1 日在北京怀柔中宣部培训中心文艺骨干培训班上所作的演讲。

只要能吸引眼球，你捧我也行，你骂我也行，总比无人理睬好，从中换取名声，获得个人的可持续发展动力。

（四）批评的背景声音过于嘈杂，使得批评的声音弱化

20 世纪八九十年代书法批评的影响是巨大的，经常是开时代风气，或扭转时代思潮，会在书法界引起讨论和论争。现在书法批评的背景声音过于嘈杂了：报刊上每天都有新的“书法批评”产生，书法活动众相纷纭，媒体热点频繁出现，无数书法人的博客、微博随时更新……任何人的书法批评都基本不起作用，批评家或理论家振臂一呼应者云集的景象一去不复返了。多元批评带来坐标的多元，引起话语方式的不同，圈子和代沟现象严重，人们自说自话，大家互相听不懂，彼此不理睬。多元批评又势必实行多元标准，对评论对象的价值判断失去了一致性。

廖奔先生在《多元图景中的文艺批评》一文中指出：“今天的文艺批评生态已经发生了深刻变化，市场因素开始在社会中发挥越来越重要的导向作用。市场是以经济规律主宰的竞争主体，有着强烈的自我扩张、自我宣传与自我表述意愿。当文艺与市场日益发生不可分割的联系时，这种市场意愿就越来越强烈地反映在对文艺作品乃至对文艺批评功能的规定性中。例如市场的经济利益最大化原则，要求和制约着进入市场的文艺产品必须流行。‘流行’是商品的本质，是商业社会的基本程序，它要求和制约着文艺朝向通俗化、低俗化乃至媚俗化发展，在带来流行音乐、通俗舞蹈、贺岁大片、搞笑闹剧畸形繁荣的同时，也把社会文化整体纳入娱乐和销售渠道，去追求热点炒作、眼球效应、轰动感觉、聚焦效果，去作秀，去争当超星，去展览艳照，去谑讲中国文化。同样，它也要求和制约着文艺批评必须符合与支持这种趋势——它会动用强大的经济力量，采取各种商业手段来吸引、诱导和迫使批评转向有利于这种趋势的方向，于是就有可能干扰、阻滞和减弱了批评主体性的发挥，诱拐了批评的良心。”①

有关书法批评的几点思考

（一）批评者的职业操守

有人说：“很多年前我对批评家的理解就应该是如鲁迅那样一类人，铁肩担

---

① 廖奔：《多元图景中的文艺批评》，《光明日报》2008 年 5 月 10 日。

道义，妙手著文章，十分心仪。反观今日中国艺术界，不但这样的人没有了，如许的精神气也是荡然无存。”看来，大众对于批评家的印象不佳。一些写字的老板或当权者，给名家一些好处，名家就肯出面为他写吹捧文章，毫无职业操守可言。其实，书法圈内并非所有的批评家都如此，面对最近轰动书法界的陕西省书法家协会换届现象，蔡树农先生曾在《“膨胀”背后是什么——陕西省书协换届风波追踪》(《美术报》2013 年 2 月 2 日）一文中进行了深入报道，张瑞田先生也撰文《书协究竟是什么组织》(《书法》2013 年第 3 期）进行了不留情面的批评。正是因为有这些正直、正义的批评家存在，书法界的天空才多了几分清明。

（二）被批评者需要“有则改之，无则加勉”的胸怀

“有则改之，无则加勉”，说起来容易，一旦涉及己身往往难以自持，这就是采取两套标准，要求别人“有则改之，无则加勉”，当自己面对批评时，不是查检自身，而是条件反射般地想到批评者居心何在，这样还谈何“有则改之，无则加勉”？所以我们都需要修炼，外练筋骨皮，内练一口气——“平和之气”，以平和的心态和宽广的胸怀面对批评，真正做到“有则改之，无则加勉”。

（三）书法专业媒体的责任和担当

传媒乃天下之公器、社会之良心，这首先要基于自身独立的品格和自由的表达。“传媒纪录历史，传媒影响历史，传媒也汇入历史。”当代书法事业的繁荣，离不开书法专业媒体的推波助澜。媒体有巨大的力量，这个力量就在于它代表着广大书法家和书法爱好者的利益和良知。欢迎并支持新闻舆论监督是党中央关于加强社会主义民主建设的一个重要内容。所以，书法专业媒体应自觉与权势主体保持距离，维护媒体的独立地位，使舆论监督更为有效。书法专业媒体需要肩负起弘扬书坛正气的责任。正如中国人民大学新闻学院副院长喻国明教授所说：“媒体的责任在于：当社会哭泣时，不让大家哭得更伤心；当社会笑时，不让大家笑得太狂妄。”①

书法批评，它的作用在于激浊扬清。有读者提出：书法专业媒体要肩负起弘扬书坛正气的责任，做书法事业的中流砥柱。话是不错，但可能期望过高。某省书协换届，庞大的主席团令人惊诧，社会媒体一片哗然，专业媒体踊跃跟进，结

① 林雨主编：《读者参考丛书·慢不下来的中国》第 96 辑，上海：学林出版社 2010 年版。

果不还是不了了之吗？在商品经济的大背景下，书法批评大多沦为商业广告。即便在专业范畴内，批评之声也实在微弱。尽管如此，海晏河清，仍将有待于媒体的呐喊和见证。愈是举步维艰，操守愈是可贵。

（四）中国书协的担当及社会各界的努力

面对当下书法批评萎缩的局面及上述困境，中国书协有责任和义务维护书法批评的健康发展，如可以在全国性书学讨论会上对应“书法批评”类的论文和作者予以鼓励和资助。同时可以参照国外基金会的做法，设立“书法批评专项基金”，对于优秀的书法批评家予以扶持，这样更容易保持批评家在进行书法批评时的独立性和公正性。

（五）理想的书法批评

理想的书法批评应该是什么样的呢？廖奔先生曾在《多元图景中的文艺批评》一文中描述道：它应该是“超然的、独立的、客观的、公正的，是说理的、思辨的、审美的，受到社会道德、时代精神和公理良心的指引，站在社会公众的整体和长远文化利益基点上说话，从而真正为时代文艺概括现状、评判价值、指摘时弊、把握方向。当然，任何客观都是相对的，因而古今中外的严肃批评家，都会站在自我良心的基点和时代高度，力图使自己摆脱历史和环境的局限，获得相对公正的观察与判断，从而确立自身的价值。也只有这样，他们的作品才能得到时代认可，经过历史长河的冲刷后沉淀下来，流传至今，积累为文化传统与人文经典。今天的批评家同样如此，你的自我定位当然是个人的事，是否能够克服和避免人情邀约、红包订单、吉利彩酬，挑战的只是个人的良心操守，但批评文字的客观性与公正性却要经过时代的检验，你最终要对公众完成自己的形象定位、确立人格坐标。读者自有品鉴，历史永远是大浪淘沙，总是一些人做了中流砥柱，另一些人成为过眼烟云。面对商业大潮的冲击，批评家能不时刻保持清醒与警惕？”①

每一个人或一个组织在前行的途中很难不受诱惑，趋利借势，这就需要旁观者提醒，批评仅是个提醒而已。良药苦口，忠言逆耳！

（作者系书法杂志编辑）

---

① 廖奔：《多元图景中的文艺批评》，《光明日报》2008 年 5 月 10 日。

以反思精神建构新时期文学史

——以吴义勤的文学批评为例

杨荣昌

新时期以来，中国文学逐渐摆脱了非文学因素的粗暴干扰，走上一条回归自身属性的道路，从伤痕文学、反思文学、改革文学、新潮文学、新写实等一路走来，文学的文体类型与主题模式，伴随社会变化而变革。这既充分说明了文学作为表现社会律动的艺术样式，两者之间存在着紧密的关联性，同时也证明了文学本身具有顽强的自我调适能力。对新时期文学史的总结和文学规律的概括，论者们大都聚焦于成功的文学经验，张扬优秀作品对于树立文学史高标的重要价值。然而直面其失误与教训，反思那些名噪一时的作品背后被有意或无意规避的艺术缺憾，也显得尤为重要。从这个意义上来审视当代文学批评，吴义勤的反思精神就值得重视，从作家层面看，他历经了徐訏、新潮作家和新生代作家研究；从文体样式看，包含着小说本体和当代文学批评研究；从整体性看，涵盖了当代文学现状和经典化研究。他以反思精神介入文学现场，以一系列精准及时的作品阐释与理论命名，深化着当代文学的研究，甚至多次引导批评现场的风向标。本文试以吴义勤的文学批评道路为切入点，力图通过个案解读，来呈现当代文学批评的某些精神面相。

新潮（先锋）小说研究：聚焦蓬勃生长的“文学性”

吴义勤走上文学研究道路的20世纪80年代，正是新潮（先锋）小说方兴未艾、中国文学发生急剧转型的黄金时期，创作现场的风起云涌，为同时代登场的批评家提供了无数的理论创新点。“85新潮”带给中国文坛的是划时代的意义，此时的吴义勤，也经历着学术训练的逐渐强化。作为一位热切关注文学场域变化的批评家，创作前沿的每一次律动，都会引起他内心对其跟踪把脉的欲望。90年代中期，他在苏州大学跟随著名通俗文学研究专家范伯群教授攻读中国现代文学专业的博士学位，但并未以通俗文学为研究对象，而是把学术兴趣集中在当代新潮小说上，痴迷地阅读当时涌现出的每一部新潮作品，并以《中国当代新潮小说论》为博士论文出版。这部论著获得学术界的高度赞誉："对新潮小说所诞生的历史文化语境、观念革命、主题话语、叙述模式、艺术成就及历史局限等诸多理论层面所作的综合、系统、全面的研究是清晰、独到和有相当的学术深度与学术开拓性的。论文对新潮小说在观念和思维领域的叛变姿态作出了深入的阐释与判断；对'灾难'、'性爱'、'死亡'等主题话语进行的理论性与实证化分析，精确切入了新潮小说文本世界的本质与核心。论文采取理论寻绎与作品阐释相结合、宏观审视与微观剖析相结合、作家论与作品论相结合的视角和原则，不作玄虚蹈空之论，文风朴实，有理有据，有史有论，较好地完成了对新潮小说文学史意义的科学把握和历史定位。"①

在其后的先锋文学研究中，吴义勤的重点主要集中在两个方面，一是文学的主题拓展，二是作家的叙事探索。他研究中发现，先锋作家以第一人称叙事为表现自己的反叛姿态、阐扬艺术观念和艺术个性提供了机会，大大拓展了小说形式实验的可能性。小说时空设置的"历史化"策略和游戏化策略，表现了对于启蒙叙事和道德叙事伦理的颠覆。而且，语言被放到了一个绝对化和本体化的地位，其表现力、可能性、丰富性得到了最大程度的发挥，以语言为契机的中国文学面貌和文学观念有了根本性的改观，文学向其主体性和本体性复归。形式变革必然带来一系列文学精神的解放，吴义勤对先锋作家们敢于冲破现实主义文学程式框范的探索勇气，以及这种探索对中国文学与世界文学对接所产生的意义给予热切激赏，"首先，先锋小说关于文学观念的大胆革命以及敢于探索、勇于创新、大胆反叛、广采博纳的艺术精神极大地解放了中国作家的文学想象力和主体创造性。其次，先锋小说充分展示了汉语小说写作的丰富可能性。再次，先锋小说对于西方先进叙述方法的大规模引进和出神入化的融会贯通，初步满足了新时期中国社会关于审美现代性和文学现代性的现象与期待，释放了文学的焦虑，也在某种意

① 此文为吴义勤博士学位论文答辩委员会对其博士学位论文的评语。转引自吴义勤：《中国当代新潮小说论》，江苏文艺出版社1997年版。

义上解决了现代化的时代诉求与陈旧的文学形态之间的矛盾”。然而，矫枉难免过正，过于注重形式的先锋文学因是模仿的产物，难免血液不纯，在极端标新立异之后也将付出惨痛的艺术代价，局限蕴于成功之中。吴义勤敏锐地看到，先锋小说面对市场需要转向了民间化和通俗化。一是小说的模式化倾向，主题、结构、讲述方式等都有相沿成习的“程式”；二是写作方式的模仿化，对西方文学的翻译与改写，对人生体验的放逐导致其走向末路；三是喜浓厌淡的审美趣味。这种对于革命、反叛以及“自由”写作境界的极端化追求，却最终适得其反导致了写作的不自由，而且对于个性的坚执和张扬与他们实际创作中的模式化和非个性化构成了一对触目的矛盾，其乌托邦本质在“纯文学”神话的破灭中也昭然若揭。对于先锋文学的变革性意义，吴义勤给予最热切的期盼和鼓呼，而面对这股文学风潮在文坛的转瞬即逝，他内心掩藏不住失落与怅惘的情绪。这是与作家共同成长中培育起来的心脉协律的情感使然。

反思新生代作家的自由与局限

吴义勤的小说研究重视时代之间的承传递进关系，重点揭示文学思潮之间的关联性、文学阶段历程之间的螺旋式前进特征，在他的探究中，一条文学内部绵延相连的经络得以显现，无论是作家的社会意识，还是文学的艺术创新质地，都可找到一种隐性的规律。他分析到，先锋小说的艺术实验成果作为一种既成的文学事实垫高了新生代作家的艺术起点，其艺术局限又为新生代小说提供了可贵的借鉴与警示。这个文学群体是 90 年代以来中国文学边缘化处境的产物，有着相对成熟的文学表达方式，试图以批判性、挑战性的姿态确立自我坚定的个体化价值立场。小说家的生活伦理既对 80 年代先锋作家以牺牲生活本身的原生性、丰富性为代价的符号化、理念化的写作方式构成了反动，又对长期以来中国主流文学对生活的政治化、意识形态化的“宏大叙事”趣味构成了反动。他们批判文学，但不批判生活，力求重新建立文学与生活之间亲密、健康的关系，文本中表现出穿越生存表象直抵生存本真的愿望，小说对人类生存的关怀透发出浓重的哲学意味。新生代小说的叙事伦理表现在重申物欲的合法性，正面确立了性欲和身体的合法地位，是对“五四”以来中国文学被遮蔽、压抑和牺牲的“人的现代性”的重现。

新生代作家在文坛的崛起是一个破茧成蝶的艰难过程，它要面临商业语境和意识形态语境的双重绞杀，但它顽强的羽化成蝶，证明了中国文学具有自我调适以应对各种考验的生存能力，也从普遍的意义上证明了文学的生命力和永恒性。吴义勤继而欣喜地看到："新生代小说把中国文学现代性叙事中许多被压抑、被省略、被遮蔽、被牺牲的叙事因素重新开发、呈现出来，使得中国文学在处理国家民族现代性、人的现代性与文化现代性的关系时不再那么机械、呆板，而是具有了更为从容、更为理性的模式。再次，新生代小说的叙事风格具有文学史的意义。这种叙事融合了一个世纪以来中国文学叙事艺术的成果，又克服了八十年代先锋小说对西方叙事技术表演性的生硬'复制'所带来的局限。最后，新生代小说对文学的'自由'与'个人'品格的追求，既切合了文学的审美本性，又是对于中国文学痼疾的某种矫正。"① 可以说，吴义勤对新生代作家的研究抵达了文学的极地之境，他以文学产生的社会文化背景为切入点，尤其注重社会转型带来的精神裂变与形式创新，从中寻找到文学内部嬗变承递的前进脉络，既呈现出文体的变革史，又重新建构起作家与时代之间的胶合关系。这样的研究方式立论谨严，注重学理，能有效切中真相的内核。同时，他也看到了这批作家在价值重构等方面的诸多匮乏，如过于注重表达苍白的私人经验，描绘的世界图像趋于表象化，语言流于粗鄙放肆等，这将导致人文情怀的遗弃和文学审美力量、精神力量以及基本格调的下降，因此作品多精致而"小气"，缺乏"大气之作"。作家们既有处理文学与时代经验的特殊禀赋，又为艺术的强烈变革付出了代价，成功与遗憾共存，自由与局限同在。

20 世纪 90 年代以来，中国文学出现了小说创作的"长篇热"，数目的急剧增长对推进文学繁荣有着重要意义，但膨胀的数量背后，难以隐藏泥沙俱下的事实，用吴义勤的话说，长篇小说"一半是海水，一半是火焰"，陷阱与危机潜伏其中。《难度·长度·速度·限度——关于长篇小说文体问题的思考》显示了他成熟的文体意识，文章从四个方面反思了当下长篇小说的文体困境，对小说思想表达中倾斜的深度模式与失衡的技术经验作了尖锐批评，对构成小说容量的故事、事件、情节、人生等覆盖的"时间跨度"与小说故事空间和生活空间的"广阔度"作了辨析；同时，论述还涉及小说的语言和叙事模式问题，以及"跨文体"写作的意义与局限等。他试图对长篇小说创作的文体形态作出相对全面而深刻的思考，其开拓勇气与探索精神，标志着从作品批评到理论归纳的提升和超越。二十余年来，吴义勤重点关注小

---

① 吴义勤：《自由与局限——"新生代"小说家论》，《文学评论》2007 年第 5 期。

说创作，重点评述过的作家除了徐訏以外，还有先锋文学的代表苏童、余华、格非，新生代作家的代表毕飞宇、李洱、迟子建、刁斗，等等，写过专论的不下数十位。正是这些代表了某个时段中国文学标高的作家，涵育了批评家的审美品性，让他的目光保持在相对高耸的艺术峰峦之上逡巡。

中国新时期文学的历史建构

对创作现场的敏锐反应和对当代文学现状的谙熟，无形中激发了吴义勤的反思精神，针对学术界某些约定俗成的认识与论断，他能及时发出可贵的质疑之声。如学术界普遍认为 90 年代文学呈现的是“多元化”格局，吴义勤通过大量文本细读和理论演绎，认为 90 年代文学既没有“元”的质地和品格的文学作品、文学现象和文学潮流，也没有在精神品格、个体创造性和内在思想力量上能够独立为“元”，能够彼此从“硬度”上区分开来的作家。他继而对新时期文学的转型路向作出了明确辨识：一是从惯性写作到自觉写作，文学“本体”艰难确立；二是从一元到多元，呈现出文化的多元性与意识形态的开放性；三是从中心到边缘，文学回归其本源的位置；四是从封闭到开放，华文文学实现了交流与融合。这个归纳基本切合中国新时期文学的发展特征，初步显现出史论的风格和端倪，体现了文学评述的历史穿透性。

作为批评界中人，吴义勤对文学批评的酸甜苦辣有切肤之感，深刻感受到批评写作在当下的尴尬处境。他对文学批评的生态环境作了深入反思，“如何秉持统一的文学评判标准，如何避免情绪化的因素突破文学的限度，如何保证批评总是在文学的轨道上‘说话’，这是迫切需要反思的问题。‘破坏’总比‘建构’更容易，对一个作品、一个作家说‘不’，也远比对一个作家说‘是’更容易。问题是，我们的‘不’是否建构在审慎的理性和严谨的逻辑基础之上的？是否远离了纯粹的情绪宣泄？是否处于文学的‘公心’？是否‘为了否定而否定，为了批判而批判’？是否把说‘不’变成了一种姿态，变成了一种证明自身价值的‘行为艺术’？”[①] 应该说，当代文学批评界对文学批评自身研究的重视，直到最近几年才逐渐凸显出来，之前的批评界都是忙于搞创作研究，为作家评定文学史地位，忙于分析作家“怎么写”，却很少思考自己“怎么写”。最近两年来，一些重要的报纸杂志都纷纷辟出版面，引导批评家重视自身建设问题，无论是宏观的“建构中国当代文学批评理论”，还是

---

① 吴义勤：《批评何为？——我观当前文学批评的两种症候》，《文艺研究》2005 年第 9 期。

对批评困境的剖析，对批评家个案的研究，等等，都逐渐体现出一种难得的理论自觉。吴义勤应该是较早系统总结文学批评得失的学者，其代表性文章《在怀疑与诘难中前行——20 世纪 90 年代中国文学批评问题的反思》，勾勒了 20 世纪 90 年代中国文学批评的发展历程，详细梳理取得的经验和成就，并对批评的文体特征、语言风格作了较为详细明晰的分类，对各种风格的文学批评的艺术优劣作出令人信服的评价。在批评界普遍对自身建设不甚重视的情况下，他关于文学批评的痛下针砭，对于批评重返自身健康的轨道，多少起到警醒和示范的作用。吴义勤还注重对批评力量的集结，2004 年，他主编了“e 批评丛书”，几乎将活跃于文坛前沿的学院派批评家的优秀成果悉数收入丛书中。从 2011 年开始，由吴义勤主持工作的中国现代文学馆设立客座研究员制度，其目的不仅充分利用学术资源，推动中国现代文学馆学术中心的建设，而且通过培养和凝聚作用的发挥，为加强文学评论和文学研究工作提供人才支持。该项制度目前已实施到第三届，数十位 70 后、80 后的青年学人借助现代文学馆这一学术平台，积极介入文学现场，自身得到茁壮成长的同时，也为中国文学的整体发展贡献了智慧和力量。这些举措均体现了思虑深远的学科前瞻性。

吴义勤的文学批评坚持传统的写作路径，从批评方式上看，微观解读与宏观归纳相结合，两者相辅相成，相得益彰；从批评路径上看，作品论→作家论→现象论→思潮论→文学史论，研究重心的变化与文学现场的发展紧密相关，呈逐步深化之趋势，体现出良好的专业品质和献身文学的精神信仰。其特点大致表现为：一是以文本细读为基础，从中捕捉文学思潮、流派的创作路向，对文学特征进行及时而准确的总结；二是讲究说理性，思路清晰，推理严密，层次分明，理论严谨，有很强的逻辑性；三是文风朴素，不偏不倚，中正客观，读来让人明白晓畅，与以玄说玄、缠绕含混、云遮雾罩的批评形同霄壤；四是始终关注两个维度，即时代背景对文本生产的影响和文本内部的结构形态。

纵观吴义勤的系列文学史论述，呈现出鲜明的特点，即避开以时间线性的推移作历时性描述，而是以文体评述为纲，总结三十余年来中国新时期文学的经验与教训、成就与局限，体现了别具一格的文学史论风格。这种在反思立场下从作家作品阐释到文学史建构的学术之路，彰显出一位青年批评家对创作前沿和理论热点的不懈跟踪，以及伴随文学现场变化而前行的心路历程。这样的批评品格对于今天重建文学批评的良好秩序，阐扬风清气正的文学氛围有着独特的启示意义。

（作者系楚雄师范学院党委办公室科长、讲师）

对当前批评现状的“批评”
——兼谈当下戏剧批评生态

杨宇全

按通常的理解，批评的基本含义不外几种：1. 评论、评判；2. 对书籍、文章加以批注点评；3. 对缺点错误提出意见。由此可知，批评，本是一个相对中性的词，而如今在“形势一片大好的和谐语境”下，“批评”被人为地归类为很不受欢迎的“贬义词”，在“逢人且说三分好”的情况下，“批评”成了一个颇令人玩味的“另类词汇”。

当下某些人的神经极其敏感，心理承受能力极其脆弱，闻过则怒，“老虎屁股摸不得”，谈批评而色变；故而，诸多“批评”在所谓的“人性关怀”下，真是战战兢兢、如履薄冰，不敢越雷池一步，唯恐一不小心触了雷区！批评家在面对批评对象时，大多数时候处在一种进退维谷、左右为难的境地，可以说是“既尴尬又无奈”！于是乎，“直言不讳”的批评被视为是“吹毛求疵”，绕来绕去最后都成了“锦上添花”的阿谀之词。“谠言直声”其实不过是“假手于人”以成全自己的“好生之德”。在如此反常的社会大环境下，这“捧杀”与“棒杀”也便应运而生。

先说“捧杀”。

我们现在所谓的批评或者隔靴搔痒、无关宏旨，或者大用“春秋笔法”，顾左右而言他，要不就干脆“多言好话”莫管他非！尤其是那些收受了不菲的“车马费”与“润笔费”的“堂会评论家”，在“拿了手短、吃了嘴甜”后，能不为金主“多多美言”几句吗？大肆吹捧，甚至拿着肉麻当有趣，“花人钱财替人消灾”，多说过年话，常诵吉祥语，更有甚者干脆将批评文章写成了满纸溢美之词的“表扬信”或无一点缺点和瑕疵的“歌功颂德”式的“墓志铭”！难怪有人讲，当下只有发腻的评论却无一针见血、切中时弊的批评！

有的即便是不痛不痒的“批评”几句，也是“先抑后扬”，“小骂帮大忙”！在看似客观中肯的“批评”中完美地演绎了“围魏救赵”，不失为“锦上添花”之妙招。恰如那娇嗔的指骂，只是为迎合事主的“喜好”，媚态百现，批评者或“避实就虚”，或“大题小做”，而被批评者“闻过则喜”，且欣欣然摆出一副“虚怀若谷”的襟怀。由此，言者无罪，闻者窃喜，最终一团和气，皆大欢喜也。

再说“棒杀”。

前些年，有一阶段出现了一些“小刀会”“斧头帮”式的“批评”，他们也打着批评的幌子、高扬批评的大纛，所谓“直面惨淡的人生、正视淋漓的鲜血”，为博眼球或者所谓的“轰动效应”，好发惊人之语，且“语不惊人死不休”，以“辱骂和恐吓”为主要手段，颠覆传统，解构经典，歪曲历史，“戏说”不过瘾就弄些无厘头的“恶搞”，实则是搅浑水、博虚名，假他人之名，以成全自己哗众取宠之心！

如前些年的“骂鲁迅”以及以“京骂”著称的北京某位“痞子作家”的“批齐白石”，都属于此类所谓的一棍子打死的“惊悚批评”！自以为“嬉笑怒骂”便可“杀一儆百”“一举成名”，岂不料不仅没有把天下搅乱，反而“偷鸡不成反蚀把米”，不过是向世人展示了自己“无知者无畏”的痞子嘴脸罢了！

由此观之，在当下，我们既不缺“捧杀”，也不缺“棒杀”，唯独缺少的是那种学理性与学术性并重的客观公正的“理性批评”（或称之为“中允批评”）。要让理性、客观、公正的批评存在并发挥出应有的作用，如何正确并有效地进行批评，既有相关体制问题也有机制问题。这自然需要创造一种宽松、包容的社会大环境，只有这样才可能有健康和谐的批评小环境，才能让批评回归本位，发出应有的声音，并让批评具有科学性与严谨性，真正发挥其引导和教化作用，这才是批评的应有之义！

伊本·加比洛尔曾说过：一个人的心灵隐藏在他的作品中，批评却把它拉到亮处。然而，如前所述，批评一词在当下语境中却有些被误解和异化。眼下，一提及批评就是火药味十足，就认为充斥着“批判与攻击性”，似乎“批评”成了一个充满恶义乃至令人生厌的并影响了社会和谐的“负能量”词汇。尤其在文化艺术界批评更成了一个讳莫如深的字眼。众所周知，在当今文艺界，与热热闹闹的文艺创作相比，文艺理论与文艺批评始终处在“弱势地位”，这几乎成了一个不争的事实。我们经常大谈特谈文艺创作与文艺理论、文艺批评犹如人之双腿、鸟之双翼、车之双轮一般相辅相成不可或缺，觉得如果“批评”失声，就会使理论与实践错位，进而影响到文学艺术对广大民众的宣传与启蒙，同时又感慨于理论的滞后与缺席，继而大声疾呼批评精神的重建与弘扬，感叹于现代文艺批评现状的“凌波微步”与“蜻蜓点水”。在此悖论中，一方面真正的文艺批评日趋式微，一方面评论家又处于“半抱琵琶”“欲说还休”的尴尬境地。此种境况在戏剧界中尤为突出。

眼下的戏剧界放眼望去可谓是红红火火，什么“精品工程”“拳头工程”，什么“艺术节”“戏剧奖”，一年到头总闹出不少动静。戏剧界在一片“形势大好”的欢呼声中，确实出过一些专家叫好、百姓叫座的优秀之作，但有真知灼见的、对戏剧创作真正起指导作用的戏剧评论文章却是凤毛麟角。难怪有人惊呼：当下戏剧界几乎无真正意义上的学术批评。此说尽管有些偏颇，但确实在一定程度上反映出了当前戏剧评论的一个现状。

的确，打开一本戏剧刊物，你便会发现应时合景的文章几乎左右了戏剧评论的主要版面。眼下类似“戏剧研讨会”“剧目创作会”“剧本论证会”等活动也算不少了，主办方邀请一些相关专家及新闻媒体的朋友与会，对关乎戏剧创作的诸多问题会会诊、把把脉，自然是有益于创作与繁荣的好事。然而现在的一些会议大都走了样，往往打着“学术研究”的幌子，却无一点学术争鸣的迹象。许多所谓的“研讨会”实际上开成了“务虚会”“新老朋友的联谊会”。或你好我好大家好，一团和气哈哈哈；或轻描淡写，你推我让；契阔谈讌之际，觥筹交错之间，如此研讨，你说能碰撞出什么火花？可谓“坐而论道头头是道，纸上谈兵草木皆兵”。如此“论道”与“谈兵”，又能有什么真知灼见可让人们振聋发聩的？更有甚者在“笑纳”了不菲的“车马费”后，其生花妙笔便极尽溢美之能事，写出来的评论文章简直可与“表扬信”相媲美！这样的评论文章不要说超越阶级与时代，专注于文化视野角度与社会文化内涵的挖掘，遑论做到在宏阔的时空架构中重新审视和整合文艺作品本身具有的特定的社会性、道德观、价值观与审美观？某些“职业评论家”在温情脉脉的人情圈子内津津乐道于“为人作嫁衣”，为“五斗米而折腰”……如此浮躁短视，急功近利，“奉承媚俗之评”能不大行其道吗！

都说戏难写，评论文章不仅难写，有时还出力不讨好。一部戏成功了，尤其是获个“大奖”，编、导、演等参与创作的诸位，既有名，又有利，可谓名利双收，风光无限。评论文章呢，不仅名微利薄，而且写作过程中还要“顾左右而言他”，不时用点委婉的“曲笔”，唯恐一不留神踏了“雷区”或犯了禁忌；即便辛辛苦苦熬夜费神写成一篇，不是找不到“婆家”（发表园地），便是惨遭“编辑大人”的“删繁就简”乃至“横刀腰斩”！还有某些被评论对象一向听“过年话”惯了，容不得丁点不同意见，若论其不足或瑕疵，那简直就是“老虎头上拍苍蝇”！若无眼色，被批评者是权高位重者，那么到头来，言者获罪，轻者常常穿个小鞋，重者坐个冷板凳，从此庭前冷落车马稀。难怪有人苦笑道：写一百篇文章还不如写一个小戏来得风光实惠！总之，在掌握戏剧评论的话语权与评判权面前，可供评论家选择的余地实在是太少了。况且眼下的戏剧刊物大都“与时俱进”一个个“摇身一变”——移步换形为“综艺刊物”，使本来就少得可怜的戏剧园地更是日渐萎缩。这也难怪，眼下评级晋职哪一样不需要有文章发表？大凡存在的即有其一定的“合理性”，社会需求与现实需要使然嘛！再者，有些评论文章要么泛泛而谈，不得要领，要么抓住一点，不及其余，再加上语言寡味，缺少文采，不仅引不起人们的阅读兴趣，而且还浪费了报刊版面，如此评论，自然乏善可陈。

我们经常将“隔靴搔痒赞何益，入木三分骂亦精”作为评论之道的座右铭，然而却是“知易行难”！正因为如此，所以才需要有志于此的同仁知难而进、率先垂范！

其实，批评就是批评，它既不是文艺创作的附庸，更不是文人墨客茶余饭后的“帮闲”。它可以引导民众认识文艺作品的精神与内涵，它可以指引民众体会文艺作品赋予的美感与艺术享受，它可以引领民众在文艺作品中得到情感的升华与价值的认定，它应该秉持“独立之精神、自由之思想”的学术原则，像鲁迅先生当年那样能够“直面人生”，真正做到“好处说好、坏处说坏”，唯此，才是文艺批评和评论家的正途。

（作者系杭州市艺术创作研究中心副研究员）

一个诗写者的赤子情怀

——刘龙平诗集《一语成谶》读记

殷常青

诗人刘龙平远在新疆的克拉玛依，那是一座石油城。在辽阔的戈壁上，那也是一座诗歌的城市。除了刘龙平，还有郭志凌、田文赋、哈克，以及未及谋面的王荣胜、李雪松等诗歌朋友，他们居住在孤岛一般的城市里，他们都写诗，写身边的石油生活，也写自己内心的隐秘，而且性情中都有西部偏西的人们那种豪爽和率真。空闲的时候，和他们在电话中闲聊一两句，无论涉及或不涉及诗歌，都一样感到惬意。我和刘龙平见面的次数多一些，那是因为诗歌，也是因为石油。是诗歌让我们在20世纪90年代初期就有书信或电话往来，那时他在石油系统早已成就了自己的诗歌名声，而我正步入写作的路途。真正使我们相互熟悉是在90年代中后期，在石油系统大大小小的文学会议上，他憨厚、质朴和认真，他对诗歌满怀痴情和坚守。于是，我们成为了朋友，那种真正脱离了低级趣味的写作朋友。

2014年初，我收到了他新近出版的诗集。在此之前，我曾读过他的《红房子·白房子》和《花朵的力量》两部诗集，并且在大大小小的刊物上时常能见到他的名字。只是在进入新世纪以来，我就很少见到他的诗歌了，电话过去询问，知道他还在坚持写作，只是很难再在刊物上能读到了，因何缘故没有好意思提及，其实，只要坚持着，就已经足够了。也是在近两三年，刘龙平这个久违的名字仿佛突然间又一下子集中出现在刊物上，直到我收到这本《一语成谶》（中国文联出版社，2013年7月出版）。作为多年的朋友，我知道我不能不为龙平兄的诗歌闲谈上一两句了。

《一语成谶》共四卷，收入诗歌一百多首。第一卷为石油题材的诗歌，第二卷记录他行旅中的情感历程，第三卷是他“像花儿一样开放或枯萎的”生活感受，第四卷则是一个中年人在时间之上的自由飞翔。当我终于读完这本厚厚的诗歌卷册，竟然无法为这篇短文找到言说的开端。龙平兄的诗歌是那种具备了赤子情怀的诗歌，所谓赤子，就像刚刚出生的婴孩，赤子之心，就像是婴孩那样纯洁无瑕、超越善恶的心。孟子说，“大人者，不失其赤子之心者也”。这意思是说，伟大的人，都有一颗晶莹剔透的心，才能达到“通而为一”的境界，这种境界就是赤子情怀，一种大情怀。人的境界不同，写出的诗歌也不同。龙平兄的诗歌不仅仅是写在纸上的，还是心灵在场的，通过他的诗歌建立了自己的个人世界和个人眼光，虽然还尚不能让世界感到渺小，让世俗感到自己的粗卑和被提升，但我相信他拥有了这种力量。“一夜之间我成了爱情的骗子 / 我被爱情欺骗的同时也欺骗着爱情 / 爱情的保护伞郁郁葱葱 / 但在爱情的大箩筐里 / 白菜萝卜都找不到自己的爱”（《一语成谶》）这是一种成熟宣示，是悲伤的、有些“自恋”的自悼的宣示，但也是达观和释然的无限广阔的心胸，使他的写作在不安中坚定地延伸——“或者什么都不用说 / 你安静地为一个男人剪着手指甲 / 像母亲温暖儿子 / 像女儿关爱父亲”（《或者》）我们看到了诗人的平静，我同时也读出了这其中应该有的悲凉和伤感，但更多的则还是坚信和自守。在诗集《一语成谶》中，无论是书写石油题材的那些诗歌，还是书写情感历程或隐秘、生活经验与感受的诗歌，无不弥漫着一种精神图景和空间，一个诗人的写作能否进入到这个境界，关键是他是否有一种赤子情怀，这将决定他的写作是否有个人发现和独立的价值，决定着他的写作究竟有多大的意义。

诗人刘龙平在油田生活多年，石油生活自然是他诗歌中的故乡。他写他生活中的石油城，写那些戈壁中的油田，写身边的那些人们的幸福与苦难。从这样的书写中，我们看到诗人的写作初衷是质朴的，而不是野心勃勃的，他只是出自对一座油田的热爱来完成自己的写作，这种热爱是发自内心深处的，这种以爱去写作的品格是值得信赖的。所以认识刘龙平，我们不能绕过他那些石油题材的诗歌作品。

在深入事物内心的过程 / 我发现了完美 // 如果世界上还存在完美 / 那一定是钢铁 / 那一定是钢铁的战友石油老大哥 // 如果世界上连完美都没有了 / 我就是敲响世界的一块钢铁 / 我就是照亮世界的一滴石油

——《钢铁的蓝与石油的黑·第一首》

显然这不是刘龙平石油题材诗歌中最好的一首，但从中我们可以清楚地看到诗人淡淡的忧伤和赞美，他在诗歌中呈现的风吹麦芒、波澜起伏的情怀和一种不曾放弃的品质，尤其在迅疾变化和充满诱惑的时代。

他的诗歌就在拐弯的地方照亮沉暗的荒原，奔向更为宽广的天地。“《克拉玛依之歌》就像一件重要的法器 / 人们唱着它，隐秘地决定自己 / 可以享受到的快乐和幸福”（《〈克拉玛依之歌〉至今仍有人唱着》）。热爱赐予诗人智慧和勇气，使他的诗歌又让这个世界多了一份美好。

我曾在自己的一本石油题材的诗歌集《风中的步伐》后记里这样说过：“被称为时代的烛光的石油，不仅仅是工业文明进步发展的渊薮，更好的唯物主义认识论的范本，而且在更大程度上它把握着人类的命运。丹尼尔·耶金在《石油风云》中有一段话：‘我们的世纪一直是这样一个世纪，我们的文明的方方面面始终是石油这个现代和使人着迷的炼金术所制造的’……在写作这些诗歌的时候，我无法不感到有某种伟大的事物在我们中间，虽然永远不可能再以伟大的语言把它们说出来。或者说我的写作只是为了惊动某种东西，这是一个诗人要做并且能做的事情，也正好在他的限度之内。”我相信龙平兄一定也有同感。我们说，文学是“光明磊落的隐私”。我不是题材决定论者，但一个诗人生活在油田，他关心油田的人和事，书写油田的人和事，这是他的责任，是他建立书写中生活关怀的必要。其实，对于石油题材的诗歌，我担心的倒不是诗人有没有关心身边的人和事，而是担心多数诗人囿于石油生活本身这个范围，缺少视野的宽广，使自己的写作进入了一个惯性之中，从而失去了进一步前行的动力。读读过去那些石油诗歌，我们必须承认，石油题材的诗歌写作是有写作惯性的，诗人如果对此失去警惕，就会躺在现成的石油诗秩序里享清福。我看到了越来越多的生活在油田的诗人们，他们一如既往地“创造”着那些面孔相似或者相同的“作品”，并且在现有的发表、出版、宣传中获利，他们似乎很满足，觉得慢慢积累，就会有光明的文学前途。很少有诗人去关心这个时代发生了那些细微、秘密的变化，也很少人会去想，文学中的精神流传是不是到了该转折的时刻，更谈不上诗歌技艺的创作或曰探索。为什么说在石油题材的诗歌领域缺少文学先锋？就是因为诗人在处理石油题材的诗歌时，无论从思想上，还是从技艺上，都缺少前瞻的眼光，探索的勇气，没有比人先行一步，更多的是臣服于写作的惯性之中。因为，作为石油题材的诗歌写作的基本格局已经形成，认同这个格局后再写作，一定是轻松的，因为无需关心文学的变化，也无须承担这种变化可能造成的后果。这就是一个诗人因为缺少文学情怀而使创作性日益衰败所造成的理所当然结果。

这是我在阅读《一语成谶》中，一直在思考的问题。因为我作为一个在油田生活了20年的普通石油人，并有幸忝列到诗人这个队伍中，应该拥有一种对石油、对文学的赤子之心，要时刻警惕着、反抗任何一种文学惯性。我不能说龙平兄的石油诗歌在这方面已经达到了多么的高度，但通过阅读他的作品，我仍然认为，他对写作惯性是保持着警惕和戒备的，在精神上他是光明磊落的人，在写作上，已经具备了光明磊落的视野，所以他的这些诗歌给我们提供了广阔的经验和高远的想象。

比如以下这些诗句：

一场突如其来的寒流／袭击了油田／／原本是硬朗的钻塔和线条优美的采油树／他们的身子和皮肤一下子／变得生冷变得怪异／／而油田上石油工人劳作的手／一旦触摸它们时／内心中的坚定不免还是有点迟疑

——《钢铁的蓝与石油的黑·第二首》

在这里我的幸福和梦想／融进了每一滴会歌唱的石油／而我的快乐也会像云霞般／随时升上明净的天空

——《家园》

就好像一头蒜／兄弟七八个，围着柱子坐／／这柱子就是石油。这兄弟们／就是同克拉玛依油田一样生长的石西油田／火烧山油田、陆梁油田、夏子街油田……

——《克拉玛依油田的兄弟们》

住地窝子、住帐篷。曾经的光荣和梦想／是城市的伤疤，也是城市的希望

——《车过克拉玛依》

冬天总是抱怨寒冷的日子太长／他们居住的戈壁石油城／还没见树叶发芽呢，树就绿成了波浪／还没见花朵绽蕾呢，都灿烂成一片片阳光

——《克拉玛依春天短的像兔子尾巴》

我一直无法平静／小拐就那么小地／随意拐了一个弯子／就让我们的石

油勘探工作 / 曲曲折折坎坎坷坷 / 在这里拐了三十年

——《小拐油田》

如果你翻开《一语成谶》这部诗集，这样的诗歌，这样的句子，随时都会扑入你的眼睛。

多么美啊。

看似随手拈来，但其鲜活绚烂的诗意与张力，却如气息绵延不断，逶迤向远处，尽显语言的柔软与力度。同时，这些诗句蕴含着一种对生命的自信，对生活的大爱，对高洁灵魂的崇尚。在荒凉的边疆，诗人的视野不是现世的得失，而是内心有着坚定的事物，是相信还存在着情感的知己，存在着一种心心相印的生活，也许因为这种生活无法实现，他才体察到生命深处的痛感。这让他的诗歌有了一种时光飞逝中呼呼作响的风声。那么多的记忆穿越岁月的尘封，在叹息和伤感、壮怀与缅想中，再次荡起苍老而依然敏锐的波澜。

其实，最动人的文学书写，应该和诗人的生活经验以及情感经验有关。诗人几十年的石油生活为他的写作提供了无穷的素材和绚丽的记忆，无论是石油题材，还是表达情感密界以及生活感悟的诗歌，在诗集《一语成谶》中不难看出这一点。

前面我说过，我不是题材决定论者，一座油田也不仅仅是只和石油相关联，那也是一个社会，有各种各样的通道与外部世界相联通。如诗人在《这座城市又小又年轻》中所言："再小的城市也像五脏俱全的麻雀 / 再年轻的城市也有割不断的历史 // 况且城市还有三十六万市民呢"。有人的地方就会有情感存在，就会发生各种情感的纠葛。诗人在《一语成谶》这部诗集里就收入了很多这样的作品。如诗集第三卷和第四卷中的《一语成谶》《回忆》《还是》《伸出你的手》《女儿》《辞》《一九八六年的马儿》《一天中最想做的事》《黑夜来临》《一个人的体验》等等。这些作品是可以触动内心的，它们不仅展示了一种向上的精神之姿，也使"黑暗"中的情感闪闪发光起来。

比如这首短诗：

虽然你吸烟的姿态很优雅 / 我的心还是莫名其妙地 / 颤抖了一下 // 虽然你醉酒的样子很迷人 / 我的心还是被什么东西 / 扎痛了一下 // 虽然你一张口便气息如兰 / 我肯定你什么都没有说 / 主啊！拯救我吧

——《虽然》

这种看似直白的诗句，却对我产生了一种震动，或者说是一声挛痛。我知道这其实是经历了感情至深苦难的人才有可能写出的一切。很简单的一首诗，其实已经洞穿了我们自己所经历的全部生活和历史，照亮着我们自己长久以来所盲目忍受的一切。它是诗人在长久的沉默中所经历的情感对他在讲话，让他领悟了人生之后也来到了一个智慧的境界。这样的诗歌是诚实、有力量的诗歌。相反，那些洋洋自得的舞文弄墨都带有一种可耻的味道。当然，对这首诗而言最后一句“主啊！拯救我吧”，纯属多余。“主”是什么？我不知道，可能诗人自己也不见得能说得明白，即便说得明白，对这首诗歌来说也是蛇足，虽然瑕不掩瑜，但我仍然担心会败坏一首优秀诗歌的味道，不妨删掉。龙平兄的这类作品，我在第一次读的时候就喜欢上了它们。这类作品是抒情的，也是关乎人生“小事情”的，但不妨碍它们传递出一种人生的空旷感和紧迫感，这种空旷和紧迫其实就是一种孤独，但这种孤独又自有深意。在诗人这里，孤独也是一种生命的完成，并且使生命更成熟、更深刻了，从而成为一种生命的收获。因为从事艺术即意味着生命的投入，意味着必须对艺术命运的承担，即便这种承担不被人所识，也必须担负起它的重负和伟大，并且据此去建造你自己的生活。因为谁叫你的职责是诗人呢。我想，正是龙平兄经受了一个敏感的现代心灵所经历的全部情感磨难和危机，但又一直坚持着一个本色诗人的赤子情怀，使他在创作中深入苦难的人生又把握了那种肯定性的力量，甚至，使他发现了平凡中的神性和光芒，从而使他的诗歌充满了一种哀歌兼颂歌的精神特质，也充满了一种语言的光辉和明亮，正如他在诗中写道“就像纸里包不住火 / 就像我不能证明我是别人”（《第二次写〈恋爱过程〉》），是一种顿悟之后的自身的敞开、澄明、照亮。

在这部诗集第二卷中，多数的篇章是记录诗人行旅中的情感历程的。在这里，诗人是聪明的，他巧妙地为情感重新找到了一个栖所，但在穿过他的行旅之外，我们看到的仍然是和其他诗卷一样他要让我们看到的一切，这是一个成熟的诗人在写作中，让那些消逝的过去历历在目被置身眼前，那些在无情的岁月流逝的被语言所挽留。或者说，是诗人穿行其中，世界也许就是这样“世界化”了，这些地理也因此获得了意义。再或者说，诗人的身体在行旅中，但那些对我们人生最有价值和意义的事物却通过诗人的笔触显现了出来，并让我们耳目一新。这卷诗作同样也是作为一个诗人的一种精神履历，一个具有赤子情怀的诗人的生命力的延展，诗人一脉贯穿的生命和精神实践，足以让我们感动，他用青春和时光写成的句子，也足成为种子，我们将听到时光飞逝的呼呼作响的风声，也将体味到这个时代中诗写的意义。

龙平是我多年的朋友，也是我有意无意多年一直关注的诗人。从他的这部诗集《一语成谶》中，我还读出了他对人生诗意存在的期望和对时代精神命运的思虑。海德格尔曾经说："我们这些人必须学会倾听诗人的言说。"因为"诗人是最深切意识到时代的贫困的人。诗人何为？诗人使人到达诗意的存在。诗人犹如在的信使，神者的信使，他给我们带来了在的到来和神圣者的到来的消息"（海德格尔《诗·语言· 思》）。龙平兄的诗歌也是以这样一种诗性的光辉和尺度呈现在我们面前，逼迫我们不得不去思考或者考察，去追问或者自省。

诗集《一语成谶》，向我们显示了一个诗人在思想和艺术上的成熟练达。也许，在这个时代，诗人的快乐就在于此，他没有更多，也不需要更多。是的，诗人刘龙平正是以坚韧和温和的意志守护着精神的最后边疆，用他的赤子之心之情怀守护着一个诗人的尊严，对他来说，也许这就足够了。

这就是读完龙平兄的新著《一语成谶》，在愉悦之外我零散地所想到的一切。

数日后，我为这篇文章重新拟定了一个题目：《一个诗写者的赤子情怀：刘龙平诗集〈一语成谶〉读记》，之后不知为什么，我突然产生了与龙平兄联系一下的冲动，想再一次听听那个味道很憨厚的中年人的声音，那个散发着对诗歌无限热爱的声音。我知道我是想念那些在边疆埋头生活、勤劳写作的朋友们了。

（作者系中国石油华北油田公司副处长）

文艺评论要“与我有关”

于 涛

6月中旬，参加中国文联举办的编剧高研班，授课的表演艺术家濮存昕老师在课堂上说的一番话让我印象深刻，“传播学中有一个重要的观点——与我有关。我在台上表演时，所做的就是调动起自己所有的一切，让观众感觉到‘与我有关’。只有与自己产生关系了，舞台上那个虚拟空间、那些虚构人物才会入眼、入脑、入心，观众才会与你产生共鸣，你的表演才是有价值的”。数月来反复咀嚼这段话，越来越体味到简简单单的四个字内涵却极为丰富。

文艺创作、文艺评论处处“与我有关”

文艺创作作为精神文化的一种创造，其行为过程本身便是创造者个人情感、思想的抒发、表现，是毫无疑问的“与我有关”的行为。

当创作行为产生了文艺作品，由创作阶段进入到欣赏阶段，艺术作品与“他者”（观众、听众、读者……）是否有关便成为了评价作品优劣的一项基本标尺，因为只有那些能被懂得乃至得到广泛共鸣的作品才有着被广为传播的可能性，并继而因其流布之广与评论之众成为有影响的“名作”。当然文艺作品评价的标准不应仅仅如此，不排除有相当比例的艺术家及其作品因强烈的封闭性与自我性，造成其价值被低估甚至无视，但不可否认，在人类漫长的艺术史中，那些流传于世，闪耀着璀璨人文思想之光的作品无一不是深深触动“他者”心灵，进而可以洞见自身命运的“与我有关”的作品。

当偏感性、较个人的文艺欣赏上升到文艺评论时，即在某些文艺理论的指导下，对文艺创作、文艺思潮等文艺现象、文艺实践活动进行科学理性的阐述和评判时，“与我有关”同样发挥其标尺作用，并有更为丰富、深刻的内涵。令人担忧的是，这种作用被当前文艺评论的种种乱象所掩盖。

文艺评论乱象丛生

当前文艺评论同光怪陆离的社会一样，充满种种乱象，随手便可拈出以下几条：

1. 文艺评论跟随作品亦步亦趋，对引领创作畏手畏脚。文艺评论一个重要作用就是总结规律，指导创作，通过对作品、现象的分析和梳理总结、归纳出文艺创作的规律，对现阶段一些文艺创作中出现的偏离予以警示和匡正，引导创作向着理性、健康的轨道前进。好的文艺评论甚至能够预见文艺发展方向，进而引领创作。而目前我们基本看不到如此有价值的文艺评论，评论家们缺少眼力，更缺少魄力，只是跟随着作品，成为一个个具体文本或作品的鼓吹者或吐槽者，在有限的阵地上倾泻无价值的宏篇大论。

2. 文艺评论技术缺失，不见纵向梳理，更缺横向比较。文艺评论显然是技术活，有特定的基础理论、专业术语和表达方式，每一篇文章中都会体现出作者的学养与思考。如何体现？首先在头脑中要对所从事评论的文艺门类有一个清晰的脉络，对其沿革、流布了然于心；其次，对于大至世界各国、小至国内各地的同门类文学艺术情况基本了解。纵向与横向都清楚了，文艺评论中便可有理有据，一篇篇高技术含量、高理论素养的评论文章便掷地有声，进而产生有价值的观点。但现在难见如此捭阖纵横的文艺评论，有的只是就文说文，就事论事，表面上洋洋洒洒，剔除满篇的形容词后便干瘪异常，且其结构、套路、风格、腔调千篇一律，如出一辙。

3. 文艺评论不见文论、艺理，只见概念、主题。文艺评论之所以称为文艺评论而不是观后感、读后思，就是因为必须要建立在文论、艺理这些相对客观、理性的标准之上。一方面，评价文学艺术作品要具体鲜明地指出好在哪里，是如何具体体现出来的。比如对于一部电影，应该多从镜头、调度、结构、技法、置景、色彩等角度进行令人信服的分析与评论，对主题、思想、内容只要进行高度凝练的梳理和总结即可，而现在的文艺评论却本末倒置，通篇在说电影的主题如何，思想怎样，一部作品的价值被空泛的概念所稀释，一篇评论的价值又有几何？另一方面，文艺评论必须要有以文学性、艺术性来衡量作品优劣的自觉性，而不能被概念和主题所左右。这本应是文艺评论首先要把握的原则，然而当前的文艺评论，对这一原则的漠视已经到了无视的地步，很多思想深刻、内涵丰富的作品仅因其反映的是客观存在的不和谐问题便被一棍子打死，这种情况在戏剧、电影中尤为突出，掌握批评大棒的专家、领导对作品粗暴干涉，乱加砍伐。如此现状不变，文艺评论难有成果，文艺创作更举步维艰。说到底，这牵扯的还是文学艺术作品为谁服务、文艺理论评论标准为何的一体两面的问题。掌握话语权的专家学者所持的立场是为人民群众推荐他们喜闻乐见的作品，自然会从人民群众的角度来评价，如果他们持的立场是为权势、为官员审查、把关，自然会把引起他们敏感、触痛他们神经的作品排除在外或者加以口诛笔伐。这样的专家学者低估了人民群众的鉴赏力和智力，究其根本是对权势的谄媚和对群众的轻视。

4. 文艺评论目的不纯，有组织、有计划，无真情、无实感。当前文艺评论还存在一种奇怪的现象，一部作品还未播完，对其赞誉便已铺天盖地、连篇累牍，看完评论以为是多么优秀的作品，自己一看，不过如此，一问身边人，都不知道有这么回事。试问一部作品靠有组织、有安排的炒作和鼓吹能红多久？这样的吹捧是什么人写的？写给什么人看的？文艺评论若不是评论家有感而发，说的话不能代表自己和观众的声音，而是为市场、为票房、为金钱、为权贵代言，这样的评论不要也罢。

5. 文艺评论日益媚俗，“全能”评论家活跃。当前文艺评论有着媚俗的倾向，一是评论家都热衷于为名家、大片作评。著名作家、著名导演、当红明星的作品被反复解读，由表及里，从内到外，大至思想主题，小至花边八卦，被无休止的放大和拆解，而一些有想法、有创新的新人新作却无人问津，少人推介，犹如好苗子晒不到太阳、喝不到水。市场给新人新作的空间本就逼仄，文艺评论这个本该发现、滋养他们的平台也向他们转过了身，太过凉薄。二是充斥着太多的“全能”评论家，如万金油般出现在任何一个文艺门类与平台，乍一看好不厉害，认真看起文章，却是言之空洞、语焉不详、难经推敲。虽说“艺理相通”，但所通的主要是基本规律，具体到创作中乃是千差万别。有所专才能有所精，如此“全能”评论家最多做做锦上添花的表面文章，真要写出鞭辟入里的好文章也是难事。

以上五条只是当前文艺评论中存在的一些突出问题，表现虽不相同，但细细观察，无非就是“失语”与“妄语”并存，该说的不说，不需理会的反倒大加炒作，这样的评论现状必然表面热闹，实则对作者、对观者都无关痛痒。没有分量的评论，就得不到相应的关注，文艺评论成了自说自话的呓语或经过定制的套话。文艺评论起不到其批评与引领的作用，文艺创作便缺少了“良药”，有“病”不能医甚至不自知，更多平庸之作甚至拙劣之作便生产出来。文艺作品代表了一个国家和民族的精神高度，我们将以何种作品作为精神坐标？

“与我无关”是产生诸多乱象的重要原因

文艺评论存在诸多问题，有多方面的原因，但有一个原因无法忽视，即“与我无关”。也有着多种表现：

1. 对作品无感。“言为心声”，说什么话，做什么文章，有感而发才是真实的，有内容的。对于文艺作品，要么喜要么憎，总得有一定的情感倾向才能生发感想，做出评论。而现在很多评论文章是评论家应邀而做或看别人做而做，对作品既无感想，更无感情，写出来的东西只是空话、套话、场面话，用“评论八股文”应对一切作品、一切现象。

2. 对责任无暇。文艺评论家要勤奋努力、独立思考，更要有责任感。即运用所掌握的话语权为优秀的作品呐喊叫好，对不正常的现象提出警示，对文学艺术充满敬畏，对文艺评论有使命感、责任感，只有如此，才能认真用手中之笔写出好的评论。而现在很多评论家并没有这样的意识或者已被消磨殆尽，手中的笔不再尽抒胸臆，反而成为谋名、谋利的工具，为获奖写作、为酬金写作的情况屡见不鲜，文艺评论是否健康，是否能对文艺创作起到促进作用根本不在考虑之中，完全与自己无关。

3. 对现状无力。应该看到，有相当一部分评论家对于文艺评论的现状有所了解，知道存在问题，也知道问题出在哪儿，但对于现状却自觉没有改变的能力，因此消极失语或转而言他，这种貌似有节实则无益的做法对于文艺评论环境的恶化同样是一种纵容，究其根本，还是要归结于“与我无关”。因为“我”能力有限，环境和趋势这样的大问题不是“我”应考虑的。殊不知，人人但求自保，独善其身只能让文艺评论的阵地被空而无物、矫揉造作的内容所占领，好的文艺评论更难有容身之所。

成为“与我有关”的评论家，书写“与我有关”的评论

文艺评论质量的低劣和水准的下滑，伤害的首先是文艺评论家自身。若想自

救，需要做的很多。况且每个人水平良莠不齐，能力大小不一，但不论是声名显赫的著名评论家，还是初出茅庐的评论新手，若能在思考与发声时做到“与我有关”，便是找到了一条正确的路径。

1. 善用权力，有感而发。文艺评论家拥有品评作品的权力及发布观点的平台，目前能够在主流平台上发声的几乎都是有一定知名度的评论家。可以说，他们的看法和观点最容易传达和影响受众。拥有如此优越的条件，评论家理应善用宝贵的话语权，在有感而发的前提下，对文艺作品进行认真负责、深入透彻的评论。如不这样，评论家必会丧失话语权，主流平台的影响力也会减弱。电影评论就是例子，网络、论坛中涌现出一大批热爱甚至痴迷电影的影评人，他们言为心声，对自己热爱的影片不吝时间、不惜笔墨，解读每一个镜头，呈现出一篇篇有情感、有深度、有质量的优秀评论作品。这些作品在网络自媒体时代得到广泛传播，并因其专业性、自发性和纯粹性成为最具影响力的声音，如豆瓣电影、时光网已成为高质量影评的代言，一批年轻的优秀影评人在这些平台上成长起来，他们的涌现及其评论的质量反过来又巩固了网络平台的地位。与之相较，传统电影评论平台和所谓著名影评人已渐渐沦为弱势。须知，文艺评论的话语权是受众给的，评论家如不好好使用，抽离真情实感，用假大空的评论愚弄受众，必会遭到抛弃。

2. 勇于承担，守土有责。文艺评论虽针对文艺作品和现象，但其作用决不是跟在作品、现象之后对其褒贬，文艺评论的价值更体现于匡正和引领。尤其是在这样一个价值多元的时代、信仰缺失的民族、信息爆炸的社会，文艺作品鱼龙混杂，文艺思潮激烈交锋，评论家要勇于承担自己的责任，切不可冷眼旁观，抱着与己无关的态度对待，而要以对思想的敬畏、对责任的坚守，用评论家敏锐的眼光和人文的思考观察作品、关注现象、关切未来。对优秀作品加以赞誉的同时提炼其优长，对丑恶现象进行鞭策之时探讨其成因，对新的思潮和实践保持敏感，并在对文艺规律、社会现实的准确把握之上作出前瞻性预判和引领。

3. 独立思考，不落窠臼。独立思考是获得独立人格的唯一途径。文艺评论作为一种创造性脑力劳动，特别强调独立思考，它保证了评论的独一性。唯其独特、鲜活，才有从俗论中脱颖而出的条件，才有被认真聆听吸取的资格，这体现的是一种价值追求，这种追求必然是一种自发自觉的行为，必然是建立在“与我有关”的基础之上。此外独立思考在写作评论中也可作为方法论。关注最感兴趣、最吸引自己的门类，关注打动自己、与自己产生强烈共鸣的作品和现象，摒弃陈旧的观点与方法，用有着鲜明个人风格的语言来阐述不同寻常的思考，这样的评论一定是不落俗套的。

4. 展现风骨，树立品格。“风骨”是中国独有的一种对文学作品内容和文辞的美学要求，对“风骨”阐释最完备、最系统的是刘勰，他在《文心雕龙》中以“风骨篇”来专章论述。在他看来，风骨是一种鲜明、生动、凝练、雄健有力的风格，这种风格是一种较高层级的标准。当然每个评论家个体有着不同的禀性、气质，写作风格各不相同，不应统一要求，但要看到文艺评论这一文体其自身的要求与“风骨”之美学追求是高度契合的。因为文艺评论要求鲜明的立场、凝练的行文、清晰的条理。

“风骨”是对文艺评论形式的要求，“品格”则对文艺评论的气质提出了要求，求真、求简、求深、求美，如此方是有品格的评论。评论的品格体现的是作者的品格，作品与人品合而为一。

文艺评论在新的时代背景和传播格局中，面对着诸多新困惑和难点，如何破局虽是一个有赖于政策制定来应对解决的大问题，但每一个评论家都应知道这是一个“与我有关”的问题，起码可以从做一个“与我有关”的评论家，书写“与我有关”的文艺评论做起。

（作者系甘肃省戏剧家协会主任科员）

理性审视电视、视频传播对传统杂技、魔术的冲击

袁晓燕

如今，高新科学技术、新媒体技术已日益广泛地渗透到艺术领域，包括杂技、魔术领域。新媒体频频和杂技、魔术表演艺术相结合，创造出许多全新的舞台表演。传统杂技魔术在受到戏剧、舞蹈、旅游、声光电等多方面的影响的同时，继承民族传统，融合欧美文化，借鉴姊妹艺术，大力开拓市场催生出杂技魔术产业的新业态发展。在新媒体技术的促进下，观众欣赏水平快速提高，倒逼杂技魔术艺术不断迈上新台阶，在一定程度上改变了杂技、魔术的生产、传播和消费方式，使杂技魔术产业不断提高科技含量，丰富文化内涵，完善经营模式，有力地带动了杂技、魔术新兴文化业态迅速崛起，给文化产业发展带来了聚变效应。

电视、视频传播的普及使观众对杂技魔术艺术欣赏常态化

随着互联网等新兴媒体的深入发展，文艺传播格局正发生深刻变化。巨大的受众群体使网络电视、微博、微信成为艺术传播的便捷方式，同时也改变了艺术欣赏的方式。杂技、魔术由以往的剧场、现场表演通过电视、视频这一大众传播媒介平台走进千家万户。观众可以随时随地欣赏杂技，尤其是魔术表演。北京大学艺术学院彭吉象教授认为，“电视几乎可以在同一时间将任何地区发生的时间传播到全球，使某个角落发生的情况在全世界当时就能看到”。电视“在本质上总是在一个即时的瞬间把全部艺术信息传达给受众”[①]。正是这种“即时传播”的

① 彭吉像：《影视美学》，北京：北京大学出版社 2002 年版，第 307 页。

特性，使杂技、魔术表演不再成为现场观众的专利，而成为在电视信号、互联网覆盖区域下更广范围下观众的共赏，传播范围扩大，电视机前的观众成为杂技、魔术表演的参与者、见证者、欣赏者。

多媒体技术的发展，电视、视频的传播普及，一方面使观众对杂技、魔术欣赏越来越常态化，另一方面随着欣赏经验的不断提升，观众的审美心理也发生了某些改变，形成多层次的审美需求。传统杂技表演带给观众的心理体验是难、奇、险，观众期待的是技巧，对杂技艺术的本质特征的认可已经形成了一种心理定式。观众欣赏杂技演员多种高难技巧的组合，从力量的体现和优美的造型所展现的杂技之美中激发起审美愉悦的效果。如今在科技与新媒体的作用下，观众对杂技艺术不但期待难、奇、险，更追求美与文化艺术内涵。杂技成为以技巧为核心、人和道具、舞台完美结合的表演艺术。魔术表演也不仅仅靠传统手段了，除了魔术节目本身的神奇，魔术师的形象、衣着、语言，魔术情景等都成为表演成功的因素。

杂技魔术新业态的出现也正是适应当代观众不断变化的审美需求，让观众在美的享受中充分领略杂技、魔术的魅力。近年来，杂技界从舞台、设施、灯光、舞美、编排等方面都下了很多功夫，为满足人们的多元审美需求，尝试了跨界、混搭等方式，以创新探索杂技的发展之路。从传统的类型杂技节目到标题杂技节目到主题杂技晚会再到杂技剧，勾勒的是杂技艺术的发展史，更是杂技艺术日臻完美的探索史。战士杂技团打造的首部杂技剧《天鹅湖》便是多种艺术形式综合运用的典型代表——“在东方神韵与西方经典的完美结合中，技巧因舞蹈而优雅浪漫，舞蹈因技巧而惊险刺激，既表现了对西方文化艺术的深刻认识又充满了对本民族主体文化的高度自信，并达到了高难技巧、新颖形式和深刻内涵的高度统一。”[①]2012 年春晚的舞台给观众留下了深刻的印象，不停高低变换“就像变形金刚一样给力”。在杂技节目《空山竹语》中，舞台的 3D 效果让观众仿佛置身于青翠的竹林，瞬息万变的灯光舞美，让观众犹如置身大自然中，场面浪漫唯美。这一切都是利用高科技技术的结果，借助电视、视频的传播平台，杂技、魔术的艺术魅力传播到全世界。

电视、视频节目对舞台、现场杂技魔术表演形成冲击

电视作为杂技特别是魔术艺术的传播平台，有着其他媒体无可比拟的优势。

---

① 刘斯奇：《当代中国杂技艺术现状扫描》(4)，《电影评介》2007 年第 22 期。

在新媒体技术的应用下，杂技、魔术这种以前常被认为是难登大雅之堂的杂耍戏法被搬上荧幕，其技巧性、艺术性、娱乐性得到淋漓尽致的展示。刘谦在春晚时尚化的表演，使观众重新认识了魔术，也引发了一段时间内的电视魔术热。从湖南卫视的《金牌魔术团》、江苏卫视的《魔星高照》等电视魔术节目的兴起到2013年大卫·科波菲尔团队参与设计大型魔幻环节的电影《惊天魔盗团》无不在观众中掀起一轮观看魔术表演热的狂潮。

电视、视频中的杂技、魔术表演无疑刺激了观众的好奇心，强化了杂技尤其是魔术这一艺术形式的娱乐功能，使现场乃至电视机前的观众在不同时间、空间参与到这项互动表演中来。正如吴永芝所说，“魔术已经从街头艺术逐渐提升到融表演、服装、造型、道具、灯光、布景、音乐、舞蹈等元素为一体的综合性艺术。它不仅能带来视听享受，还能启发和推动观众的思维活动”①。但电视魔术表演的逼真性、奇观性在娱乐观众的同时也给舞台、现场魔术表演带来极大的冲击。这种冲击具体表现为：

一是舞台、现场全方位观看的角度为魔术表演增加了难度，而电视、视频魔术只需面对一个角度，即镜头。在舞台、现场魔术表演中，角度要求极为苛刻，这就要求魔术师手法要相当娴熟，门子设计巧妙。在剧院表演时，重点应该是观众席上的观众，而不是只去注意被请上台的观众。在街头表演时，就要注意围过来的观众，而不是其他的一些路人。而在拍摄视频或者录制电视魔术时，主要观众就在屏幕前，并不是现场，只需利用镜头的局限便可完成魔术。如果是视频魔术而非电视直播节目，还可以利用后期剪辑甚至是特效来完成那些在现实中几乎无法不被发现秘密的魔术表演。这种“完美”对于舞台、现场魔术来讲太难实现了。广州杂技团一级演员、著名魔术师梁义就曾提出“电视、视频中的魔术表演太‘完美’了，这对舞台、现场魔术表演来说是个极大的挑战，很多表演内容在舞台、现场根本表演不了”。比如大卫·科波菲尔的飞机、火车搬上荧幕，在现实舞台上难以呈现。

二是“完美”的手法、“神奇”的效果呈现拔高了观众的心理审美期待。电视魔术、视频魔术是魔术通过电视艺术与多媒体技术创作出来的新形式，重构了魔术的特质，带有强烈的娱乐化特征，并给予观赏者独特的审美体验。现在的电

① 吴永芝：《当电视遭遇魔术——剖析2009年魔术类电视节目热现象》，《东南传播》2009年第9期。

视魔术，应理解成从严格意义上来说不能在电视上面呈现整个表演过程画面的魔术。魔术师运用镜头转移或者拍摄技巧协助，来使观众在屏幕前可以毫无破绽看到这个魔术的效果。通过镜头的推、拉、摇、移，观众可以更清楚地看清刘谦等魔术师的表演手法，“见证了奇迹的发生”，加深了“太震撼、太不可思议”的心灵体验。在电影《惊天魔盗团》中，影片刚开始，魔术师到处表演快闪魔术而且场景不断切换，再到后面的众人集合，再到全息投影 show 部分，更是给人华丽的视觉享受。四位魔术师在众目睽睽之下偷来了某法国银行金库内的 350 万欧元纸币，魔术悬疑情节让人惊叹。而观众在观看舞台、现场魔术表演时，出于舞台的局限性，魔术效果可能没有电视、视频、电影上的表演来得那么刺激、赏心悦目。况且，某些近景魔术也不适合在舞台表演，这就大大削弱了魔术表演的观赏性，降低了观众的审美期待。

三是电视、视频魔术热削弱了魔术是在现实环境下创造神奇的本质功能，引发了关于“电视魔术是否还是魔术”的质疑。随着电视近景魔术表演热与魔术爱好者的增长，很多爱好者忽略了魔术的基础，多以研习近景魔术为主且多参考网络视频资源。在 2013 年粤港澳台魔术创新与发展研讨会上，国际魔术联盟主席谭永铨就指出新一代的魔术师“在未有实在的表演平台前，只会使用网络平台，导致这些魔术师只能存活在网络世界的镜头前，因为可以重复录制，甚至加入电影特效技术，误导了新进爱好者的研习方向，及观众观赏魔术的结果，影响了魔术是在现实环境制作神奇的本质功能”。传统意义上的魔术包含了近景魔术、舞台魔术、大型魔术、滑稽魔术等，更强调的是魔术师的手法、技巧，而电视魔术、视频魔术更多人偏好近景魔术，利用镜头、剪辑、特效等手段，营造出舞台、现场表演无法创造的魔术氛围，使魔术爱好者学习更盲目化、狭隘化。

电视、视频传播开启杂技魔术新的产业和市场空间

在现代科技、新媒体技术影响下，杂技、魔术艺术已从过去单一的技巧展示，发展成为以技巧为核心、综合运用多种艺术手段的表现形式，这种新兴文化业态必将开启新的产业和市场空间，如从业人员的变化、道具制作行业的兴起、旅游业的拉动等。

第一，杂技、魔术从业人员变得更为复合化，从业领域扩大。如魔术除了专业从业员外，还有一定数量的业余魔术爱好者，还有魔术产品设计、道具制作、

魔术店、舞台技术、演艺管理经理人等岗位，魔术组织团体也有非常良好的发展。深圳魔术吧、高校魔术社、高中魔术团等群众性魔术社团的兴起，是广东杂技、魔术眼光向下，培育观众，培育市场，推广杂技魔术文化的具体实践。成立于2004年的魔术吧，迄今为止有5万多名全国会员，其中有上千名魔术师、300多名知名的魔术师。魔术吧集交流、培训、策划等活动于一体，已发展成为在国内外有较大影响力、专业的策划团队。深圳还有三个高校魔术社团，十余个魔术高中魔术社团，高校魔术社人数约3000人，也是一个不容忽视的凝聚魔术爱好者的魔术团体。庞大的线上与线下的学习交流队伍，使广东的魔术呈现蓬勃发展的态势。

第二，杂技、魔术表演的创新也带动了道具行业的发展。一方面，杂技魔术道具研发、生产、销售一条龙、系列化，另一方面，改变了以往粗、重、笨的形象，向结构新颖、轻巧方便、赏心悦目方向发展，从而在销售市场上又进一步细分：上自专业、精致的各种技巧桌、伸缩杆、大型魔幻表演道具，下至空竹、扑克牌、魔术玩具等，在产业链的一个环节又延伸出新的产业链。东莞精战杂技艺术团有限公司于2014年4月与广东东莞望牛墩镇举行签约仪式，拟筹建全国首个以杂技魔术为主题的综合性创意文化产业园，并成立杂技魔术道具产业研发基地、展销中心。这些杂技、魔术道具产业的实践与探索，无不反映出杂技魔术广阔的市场和产业发展前景。此外，利用杂技、魔术这一艺术形式也可带动旅游业的发展，如深圳欢乐谷每年举办的国际魔术节、广州长隆大马戏表演，吸引了全国众多观众参与进来。这种以科技为支撑、融入了中国传统文化元素的主题公园，大力拉动了当地的文化消费，产生了巨大社会效益，成为文化旅游支柱和特色文化旅游品牌。

（作者系广东省文联理论研究部副主任科员）

互联网时代的影视评论

詹庆生

众所周知，今天已经是一个互联网的时代。尽管如此，多年来人们仍一直将互联网与电影看作是信息和娱乐两个不同的产业，但近两年来互联网对影视业尤其是电影业的影响正变得越来越大。今天的电影产业，从创作层面的前期策划、受众定位、题材选择、内容制作、整体营销到宏观层面的资本重组、企业并购，都深刻地打上了互联网的烙印，而“大数据”、“娱乐宝”、“UGC”（用户生成内容）、“O2O”（线上到线下）、“B2B”、“B2C”等互联网概念已成为整个电影业热议的关键词。以至于当博纳影业总裁于冬在2014年上海电影节上提出，未来电影公司的发展就是要满足BAT（百度、阿里、腾讯）三家互联网巨头的需求，传统电影业将成为互联网的“打工者”的观点时，电影业内既感震惊，又不得不承认这是未来不可逆转的必然趋势。一直以“互联网时代的电影公司”定位的乐视影业，甚至已经开始将自己重新定义为“互联网电影公司”，因为今天已经没有一家电影公司能够摆脱互联网的影响。

当互联网全面进入并深刻改造影视产业链条的时候，它同时也在改变着影视传播的媒介生态。作为这个整体的媒介生态的组成部分，同样有着悠久历史的影视评论传统面对如此媒介巨变，已经或将会有怎样的变化？

事实上，互联网对影视评论传统的冲击和改造，早在互联网刚刚兴起不久就已经开始并持续至今。今天互联网时代的影视评论，与前互联网时代的传统影视评论在媒介环境、作品资源、媒体资源、评论类型及方式等各方面都发生了天翻地覆的裂变。正如互联网对传统媒体的冲击那样，影视评论这个曾经长期处于相对封闭、垄断、精英化、高度专业化的信息传播领域，不得不面对更加开放、自由、草根化的网络传播环境的冲击，并由此引发自身的改变。

首先是影视媒介资源的变化。传统影视媒介资源的垄断性 / 稀缺性被数字化时代打破，因为互联网与数字化是同步进行的。前互联网时代，影视媒介处于高度的资源稀缺甚至垄断阶段。数字影像设备问世之前，胶片、胶片摄影机、电视摄像机等前期设备均价格昂贵，而剪辑、调光、调色、特效等后期制作更属于工业技术层级，只有电影制片厂、电视台等专业机构能够拥有，远非普通人能够承受。影视技术也有极高的门槛，只有通过科班教育或制片厂体制的系统培训以及长期的实践才能够掌握，影视制作因此成为专业机构的垄断性专利，具有体制化、工业化的特征，几乎没有个体尝试的可能性。

然而，随着近十年来影视数字技术的突飞猛进，电影与电视摄影摄像设备都逐渐高清化，价格也越来越便宜，今天即使是影院级的电影摄影机也仅需十几二十万元，而一台能够拍摄全画幅高清视频的佳能 5D2 相机则只需一万多元（网络上风靡一时的微电影《老男孩》就是用 5D2 拍摄的），2014 年索尼、松下都推出了能够拍摄 4K 视频的微型摄像机或微单，单机价格都只需一万多元。而配备一台高性能的电脑，则足以完成剪辑、调光调色、特效等影视后期工作。此外，手机的视频拍摄功能也越来越强大，能够拍摄 4K 高清影像的手机也即将推出。总之，成为一名摄影师拍摄自己的短片对于普通人来说已经绝非遥不可及的梦想。当任何人拍摄的视频短片都可以通过网络进行传播的时候，影视媒介过去的垄断性已经被彻底打破了，本雅明命名的高雅、精英艺术身上的“灵光圈”，即过去笼罩在影视艺术身上的神秘性、遥不可及的神圣感逐渐弱化甚至消失。这是影视评论发生变化的一个基本背景。

其次是影视作品资源的变化。前互联网时代，国内外经典电影尤其是早期电影资源，通常只有中国电影资料馆、影视专业院校以及专家、影评家们拥有，这也使他们在进行影视评论时享有普通观众所没有的权威性和阐释权。然而，随着互联网时代数字化进程的加速，从影视录像带、VCD、DVD 直到网络下载甚至在线观看，普通人获取、观摩影视作品的可能性前所未有地扩大了。今天，由于视频网站间的激烈竞争，影视作品的网络下载、在线观看片目丰富到了惊人的程度，甚至包括许多珍贵的国内外早期电影，比如现存最早的电影片断《弗雷德·奥特的喷嚏》（1891）、现存中国最早的影片《劳工之爱情》（1922）、早期经典影片如格里菲斯的《一个国家的诞生》（1915）、《党同伐异》（1916）等均可在线观看。导演贾樟柯曾撰文回忆自己大学时代买到一张《战舰波将金号》（1925）影碟时如获至宝的激动心情，而现在《战舰波将金号》亦可在线观看。数字时代的到来，使影片资源的保存已经进入“轻资产”时代，一个影迷耗费经年收藏的数千张上万张影碟，今天只需几个硬盘便可全部存贮。传统影视作品的垄断性/稀缺性已经被互联网时代彻底打破了。

电影资源直接与话语权相关。看电影本身就是最好的学习电影的方式。法国新浪潮诸君如戈达尔、特吕弗、侯麦等都是在法国电影资料馆学习电影的。当普通人也可拥有数量可观的影片资源并大量观影的时候，电影的阐释权、影视评论的话语权就不再仅仅掌握在影视学者和专业影评家手上了。互联网催生了一大批的资深影迷，他们出于对电影艺术的狂热喜爱，对电影史、电影艺术钻研之深之细，可能会让许多专业人士汗颜。互联网抹平了影视专业人士与影迷在观影渠道上的差别，曾经由资源垄断由形成的话语权力鸿沟被极大地填充了。

再次，影视媒体资源、评论空间发生了巨大变化。在前互联网时代，能够发表广义上的影视评论文字的媒体资源相当稀缺，主要包括《当代电影》《电影艺术》《世界电影》《现代传播》《电视研究》《中国广播电视学刊》等学术刊物，《人民日报》《光明日报》《文艺报》等主流媒体的文艺版或影视评论版，《大众电影》《大众电视》等大众化影视期刊，以及其他各类大众化报刊的影视文化专栏，在这些媒体资源中，影视评论的撰写者主要是影视领域专家学者、影视评论家、影视媒体编辑记者等专业人士，普通观众只有在“读者来信”、“读者争鸣”的部分得到选择性的有限发声机会。

在互联网时代，“上传即发表，发表即出版”，网络为普通网民的影视评论活动创造了前所未有的表达空间。网络影视评论在前期主要聚集在一些著名的 BBS 论坛的影视版，如“电影夜航船”（北大校园网站内部版块）、“后窗看电影”（网络社区“西祠胡同”影视版块）、“网易电影频道”、“天涯社区影视评论版”等等[即使在 BBS 论坛已经相对衰落的今天，其发帖量仍然不低，以天涯社区影视评论版为例，随机统计 2014 年 7 月 31 日单日发帖仍有近 200 篇，最热帖（评《甄嬛传》）点击量过百万，回复近七千]。

博客的兴起标志着自媒体的出现，“自己成为自己的出版人”，博客成为网络影视评论的主要阵地。2010 年，新浪微博正式上线，当年每天发布微博数量超过 2500 万条，微博总数累计超过 20 亿条。这 20 亿乘以 140 字中，影视评论部分即使按 2% 比例算，这些碎片化的评论也将累计达到 56 亿字！2011 年，微信上线应用。微信不仅是即时通信工具，其“朋友圈”也有信息发布/发表功能，影视评论也是朋友圈中最常见的传播内容。截至 2013 年 10 月 24 日，微信用户数量已超过了6亿，每日活跃用户1亿，仍以2%比例计算，每日发表的影视评论数量也200万条之多。截至2014年6月，我国网民规模已达6.32亿，其中手机网民达5.27亿（在网民中占83.4%），而这些网民与当前中国电影的主体受众在年龄段、人群上存在高度重合，网民的主体也即观影的主体。当移动互联网与社交媒体相结合，人人都可以变成影视评论的参与者，早年间曾经憧憬的影视评论的大众化在某种意义上已经实现了。

与网络影视评论的勃兴形成鲜明对比，传统影视评论媒体遭遇了严峻的挑战和危机。曾经影响非常大的影视学术刊物仅在小范围流传，曾经占据统治地位的专业大众刊物《大众电影》几近停刊（2014年与万达合作改版后重整旗鼓），各种传统纸媒报刊的发行量逐年下滑，对普通民众的社会影响力越来越弱。代之而起的是各种定位于影迷的市场化大众影视刊物的兴起，如被称为“中国影迷第一刊”的《看电影》，在2007年发行量就已经超过60万，虽定义为影迷层面，但其实内容上专业性极强，解读细致深入，主题策划丰富，深受资深影迷青睐。传统影视媒体经历了重新洗牌。

最后，也是最为关键的影视评论形态、形式的变化。传统影视评论的主体是影视领域的专家教授学者、影视从业者、影视评论家、影视媒体编辑记者，他们大多受过影视专业教育或培训。广义上的影视评论写作分为两大类：一是学术化、理论化的影视研究，一是一般意义上的媒体评论（对影视作品、影视现象的评论，以前者为主）。根据评论焦点的不同，一般又可分为影视艺术评论、道德评论、政治评论、文化评论等。学术化的影视评论以学院派评论为主，多以影视理论以基础，以影视史为背景，运用专业视角、专业术语来进行评论，写作严谨规范，专业性强，传播范围相对较小。媒体化的影视评论写作相对自由，更具个人色彩，但仍遵循一定的写作规范。

长期以来，由于媒介、媒体、产品/作品资源的稀缺甚至垄断，借用美国艺术学者乔治·迪基的观点，“影视评论圈”成为了一个由媒体与专业人士共同组成的权力话语阶层，他们是影视评论活动的主体，并形成了相应的影视评论传统和规范。然而，进入互联网时代之后，由于媒介、媒体、作品、知识资源的垄断被打破，此前看似相当牢固的“影视评论圈”的权威性、影响力受到了越来越大的冲击和挑战。

以草根网民身份出现的普通影视爱好者、影迷在绝对数量上渐渐变成了影视评论的主体，影视评论群体实现了从精英向平民草根的转换。与之相应的是影视评论形态与形式的巨大变化。虽然网络影视评论中也不乏类似学院和媒体风格的评论（或为专业人士在网络上的匿名发表），但整体上看，网络影视评论以艺术评论为主，理论性、学术性相对较弱，强调的是个性的张扬和观点的独特、犀利；并不讲求格式与规范，而是更加开放和自由，不拘一格，感性色彩明显，文学性较强；写作方式不再是正襟危坐、长篇大论，而是有感即抒，随性而发，呈现出零散性、碎片化的特征，尤其通过微博、微信完成的评论更是如此；由于自媒体、社交媒体成为发表评论的重要渠道，较之传统评论，互联网时代的评论具有高度的互动性和即时性，作者与读者之间的交流甚至交锋更加快速、直接。新近出现的"弹幕电影"模式，观众更可一边看电影一边吐槽，这些评论文字可以直接像云雾一样出现在银幕上，也可以打在银幕两侧的银幕上，将影视评论的即时性发挥到了极致。

此外，互联网的数据化优势也改变了影视评论只能以个体形式完成的模式。在一些具有影视数据库功能的影迷网站，如 Mtime 时光网（原型为美国影视数据库网站 IMDB）、豆瓣影视等，影迷不仅可以发表影评（可以是长篇影评，也可以是一句话评论），此外还可以为影片打分（综合打分，或从音乐、画面、导演、故事、表演、印象不同分项打分）。比如《盗梦空间》在时光网上获得 9.1 分的高分，共有 66000 多影迷参与打分。当成千上万的影迷为一部影片打分并最终得出一个综合评分时，它反映出的是广大影迷对于一部影片的综合评价。这些影迷网站的影响力是如此之大，以至于对于今天一个想了解某部电影评价的人来说，他可能会去查看时光网、豆瓣影视评分，而不是去寻找所谓专业人士的评论。虽然存在网络水军的困扰，但整体上看，影迷网站上的评分还是基本公正的，能够反映观众对一部影片的整体评价。

一批优秀的网络影评人开始崭露头角，如周黎明、骆晋、毕成功、顾小白、卫西谛、张小北、魏君子等等，他们凭借在 BBS、博客、微博上的影视评论，先是获得网民影迷的广泛认可，并进而引发传统媒体的重视。比如曾留学美国的周黎明虽并非影视科班出身，但通过写作网络影评成名，其特点是阅片量巨大、熟稔好莱坞及欧洲电影、思维敏锐、点评中肯、视角独立，后来开始为传统影视媒体、大众报刊撰写影评专栏，影响力与日俱增，甚至被《洛杉矶时报》赞誉为"中国的罗杰·艾伯特"（罗杰·艾伯特是美国最具影响力的影评人）。2013 年，网络影评人骆晋（网名 Magasa）受邀担任戛纳电影节"国际影评人周"评委，这是第一位担任该单元评委的中国影评人，引发国内影评界的轰动。骆晋从 2005

年开始与好友们创立了电影群体博客"moviegoer"，其后一直担任"迷影网"主要撰稿人，在影评圈内以专业、独立著称。同年，周黎明受邀担任蒙特利尔电影节评委。两位网络影评人完成了传统影评人均未实现的"走向国际"的"壮举"，对于互联网时代的影评而言，或许具有某种标志性的象征意义。

一些网络影评人开始从幕后走向前台，由"言者"转为"行动者"。周黎明成为中央电视台影视领域的采访嘉宾，并经常担任各类影视论坛的主持人、点评人。卫西谛的"后窗看电影"团队发起了"后窗放映"，计划建立一条全国性的艺术电影院线，目前已覆盖全国 10 个城市、30 家影院。毕成功参与了《十月围城》《一代宗师》《王的盛宴》等影片的策划，顾小白担任了《红色康拜因》《山楂树之恋》等影片的联合编剧，张小北担任多部影视作品策划，以及《李献计历险记》《匹夫》等影片的联合编剧。在某种程度上，中国网络影评人们重现了法国新浪潮诸君由影评人转向电影人的光荣历史。

随着草根影迷、互联网资源的崛起，作为权力话语阶层的传统"影视评论圈"的影响力被极大地削弱了。各类官方或民间影评协会曾经的风光不再，许多传统的影评家面对争议性的影视现象或者无力发声，或者由于媒体影响力的局限无法将自己的声音传达出去。传统媒体记者们则开始向周黎明等网络影评人去寻求观点。而另一些影视学者和影评家则开始有意识地借助博客、微博、微信等互联网手段而非传统媒体来传播自己的评论观点，事实证明这的确非常有效，当影响力随着阅读率、引用率、转载率、转发率的上升而上升时，互联网变成了一个高效的观点发布平台。

互联网时代的到来，使原本仅由媒体与专业精英构成的"影视评论圈"的封闭性逐渐被打破，各种民间、草根群体及其文化元素的融入，即时、交互等互联网特征的进入，互联网时代的"影视评论圈"已经变得更加开放、民主和多元，同时也更具活力。新技术进步带来的影视媒介、媒体、资源等环境的变化，也使影视评论的形态与形式变得更加丰富。当然，互联网的另一侧面，或多或少也会渗透在影视评论当中，如观点与信息的碎片化，对个性、感性的极度张扬而导致理性精神的相对缺失，匿名状态下缺乏"把关人"的简单化甚至粗鄙化的语言暴力等等，都在不同程度上侵蚀着网络影视评论的声誉。同时，随着逐渐被体制化以及各种经济因素的介入，网络影评人曾经引以为傲的独立性与客观性也正在遭遇严峻的挑战。

其实严格来说，互联网时代的影视评论，不仅指基于互联网传播的网络影视评论，也应该包括传统意义上的学院评论和媒体评论，因为它们同样逃无可逃地共处于同一个互联网时代。二者之间并不是对立关系或替代关系，而是互补的关系。传统影视评论以严谨、规范、学术性和专业性见长，而网络影视评论则以自由、感性、互动性和广泛的参与性为特点。二者在评论主体、传播渠道、类型特征上的确存在差异，但就其完成艺术评价的价值尺度而言，在最根本的意义上应是一致的。发展互联网时代的影视评论，需要的是二者之间的合力。

当前中国电影业正在经历一次“改朝换代”式的巨变：华而不实的古装大片已经过时，中小成本黑马不断涌现，《致我们终将逝去的青春》《中国合伙人》《同桌的你》等接地气的影片更受年轻观众们的喜爱，票房动辄四五亿起跳，歌手演员作家等跨界导演、新人导演层出不穷并相继取得成功，曾倍受尊崇的资深老导演，曾倍受青睐的港片套路，似乎正在逐渐被冷落；“粉丝电影”“小妞电影”等新电影类型在不断涌现，“不像电影”的电视化电影《爸爸去哪儿》开始挑战人们对于电影的传统定义；《小时代》系列电影则挑动着人们敏感的道德神经，引发价值观的激烈争议与交锋……互联网时代的这些影视新现象，正等待互联网时代的影视评论来回应和解答。挑战，才刚刚开始。

（作者系解放军艺术学院军事文化传播系军旅影视制作教研室主任、副教授）

关于古装历史题材电视剧创作的几点思考

张　利

古装历史题材电视剧一般是指取材于1840年以前中国历史上真实的人物和事件的电视剧，不包括近代革命历史题材和虚构的古装电视剧；它是中国观众喜爱的电视剧类型，1994年84集的《三国演义》掀起古装历史剧的收视热潮，此后更是长演不衰。在中国电视观众中，古装历史剧有一个规模较大的特定的观众群，可以说，中国有良好的古装历史剧的接受土壤。正因如此，古装历史剧很容易在播出之后成为热门话题，所以也能对大众的思维和行动习惯产生一定的影响。近年来，由于各方面原因，古装历史剧的编演出现了一些误区，产生不好的社会影响，应引起我们重视。

古装历史剧负有弘扬主流价值的重大责任

2006年十六届六中全会明确提出建设社会主义核心价值体系。2012年3月17日，第十二届全国人民代表大会第一次会议在北京人民大会堂举行闭幕会，中华人民共和国主席习近平发表重要讲话，提出“中国梦”这一政治理想。主流价值的构建迫在眉睫，文艺创作和文艺研究如何贯彻以上指导思想和路线是摆在每一个艺术工作者面前不能回避的责任和义务。中国是一个具有五千年文明历史的古老国家，中华民族的历史是全人类的知识、文化的宝藏。现代艺术创作如何传承文化传统是摆在每一个文艺研究者面前的任务。“实现中国梦的自信相当一部分是来自历史。中华民族具有上下五千年的文明史，历史上多次强盛，曾是那个时期世界上最富强的国家。最近这些年帝王连续剧的繁荣，反映的就是大众这种心态。西方一些国家担心中国崛起，其中一部分因素就是来自历史，因为他们相信中国人具有再现历史的能力。”（石毓智语）作为大众化媒介的电视剧艺术有着无与伦比的传播优势和巨大的影响力，电视剧是当代最为大众化的电视艺术形式之一，类型多样。而古装历史题材电视剧取材于中国历史上真实的人物和事件，尤其能够反映中国历史文化和传统，对于弘扬中华民族优秀传统文化有着不可多得的优势。如何利用好古装历史题材电视剧这一中国人喜闻乐见的大众化艺术为构建主流价值或社会主义核心价值服务，中国悠久的历史和传统在当代电视艺术中如何呈现，这甚至影响到中国未来的发展方向。西方一些学者甚至提出文化价值观能够影响经济和政治的发展，也不是危言耸听。优秀的古装历史题材电视剧在传播主流价值、构建国家形象、促进社会发展方面具有理论和实践的双效价值和意义。

古装历史题材电视剧创作不可回避的几个误区

当前一些古装历史题材剧为追求收视率、经济效益，在主题选择和价值判断上出现了一些误区，如“戏说历史”，把中国优秀文化和杰出人物当作一种高级文化消费品，不尊重基本的历史事实，任意颠覆，对观众在历史的判断和认识上产生了负面影响，对大众的价值观选择也起到了消极作用。比如，康熙、乾隆本是历史上功绩显赫的君主，对国家、民族的发展起到过很大的促进作用，有些历史剧却以戏说的方式大力表现其政治以外的虚构情节，这和历史上的“康乾盛世”很不相符，这样的创作方式只会让人产生对崇高历史的消解感，起不到很好的文化传播作用，不利于当代中国重建文化自信。

一些历史题材电视剧一味偏重帝王将相题材，对人类历史发展中一些重要的科学家、文学家等缺乏深度挖掘，如中国历史上著名的药王孙思邈、诗佛王维、诗仙李白等都没有得到充分的表现，中国历史众多的杰出人物、一些对人类科技、人文艺术发展作出重大贡献的人物在荧屏难得一见。相反，历史题材的选择出现一种偏执的倾向，一味执著于帝王戏、清宫戏等，这与当下注重科学和人才的社会发展趋势不协调，与宣扬科学与民主的当下社会发展趋势不协调，不利于社会主义价值观的建设。

不可否认古装历史剧取得了较高的艺术成就，也发挥了很好的传播效应，如以《雍正王朝》《汉武大帝》为代表的帝王剧，一方面它通过中国历史的王朝盛世表现了中国在世界史上曾经的辉煌，可以增强民族自信心和自豪感，另一方面过度渲染封建帝王的威权及勾心斗角和当代社会发展的潮流不协调。其传播要素应集中在宣传中国辉煌的历史和人民的功绩，鼓励当代亿万中华儿女为中华之崛起而奋斗。以《大宋提刑官》《包青天》《神探狄仁杰》为代表的历史人物剧以司法题材为主，也掀起了一个不小的收视热潮，究其原因与其曲折离奇的故事情节分不开，与历史执法人物的品格和智慧分不开，它的成就不可否认。但这类电视剧过分追求搜奇猎艳，其真实性和其中一些内容的科学性受到质疑。以《精忠岳飞》《万历首辅张居正》为代表，对历史上一些具有悲剧色彩的人物做了细致较好的艺术表现，在歌颂这些人物精神和理想的同时，缺少对封建社会制度的鞭挞，一味地以宿命论的观点去解读，缺失正确的历史观。

古装历史题材电视剧必然的价值选择

古装历史题材电视剧的演绎代表创作者的人生观、价值观，同时在传播的过程中影响受众对历史文化的认识及其人生价值观。历史剧中的历史细节真实性并不重要，重要的是其中反映出来的价值观是否正确，古装历史题材电视剧的价值选择尤其重要，尤其应有隐藏其中的现实关照。

《赵氏孤儿案》讲述的是一个古老的复仇的故事，其中蕴含的对正义的不懈追求是其思想的闪光点，在电视剧中得到了很好的表现。《楚汉传奇》讲述的是历史上文人讨论最多的两个人物项羽和刘邦，历史上对这两个人物的评价有两种，一种观点高度肯定项羽，贬抑刘邦，另一种则认为“胜者王侯败者寇”。对这一事件的认识反映的是英雄到底如何界定的问题。这两个非常有代表性的中国历史故事，很好地反映了中国历史人物的评价标准。通过事件性的叙事，反映出人物的高尚与卑劣，也反映了历史人物评价的复杂性。电视剧表现这样的历史人物和历史时段应有自己的价值选择，尊重历史真实的底线，弘扬正义、真理，表现正义与非正义的较量，将秦始皇的暴政与汉朝初期出现的休养生息进行对照，同时针对不同人物，揭露人性的丑恶。以《天下粮仓》为例，贯穿其中的是强烈的现实民生关注和统治阶级的执政理念，以史为鉴，它告诉人们怎样做一个好官，那就是一头摆着官帽，一头摆着棺材，以必死之心为天下生民请命，在当代廉政教育中无疑具有极强的示范意义。《大秦帝国》系列通过对古代官员和名士的为官之道、成名之路的描摹，对现代职场中一些行为规则有一定的参考意义。

近年出现了一些少数民族优秀古装历史题材剧，如《木府风云》《奢香夫人》

等，这些电视剧很好地把握了主流价值诉求，将少数民族历史的发展与民族团结和以“和”为贵的中华传统融合在一起，传达出强烈的当代关照，也体现出高度的文化自觉意识。

古装历史题材电视剧应有的国际传播策略

文化只有走出去、被人接受才有影响力，古装历史剧也只有走出去才有国际影响力，中国文化的软实力才能体现，所以国际传播策略很重要。笔者认为古装历史题材电视剧的国际传播策略至少应涵盖以下几点：

1. 以社会主义核心价值观指导古装历史电视剧创作，古为今用，创作一大批优秀的古装历史剧，阐释中华文明与历史传统，强化当代中国“文化自信、文化自觉和文化自强”意识，激发爱国主义传统；2. 去伪存真，在表现历史人物时，坚守真实的底线，深入挖掘人性的真善美，揭露和批判一切假丑恶，树立正确的审美观和价值观，弘扬人文主义精神；3. 融入国际，在选题、内涵上进一步开拓，挖掘一些在科学、教育领域作出贡献的杰出人物，用中国历史上的杰出人物构建国家形象，弘扬“中国梦”。

（作者系宁波大红鹰学院研究所所长）

境界始大，感慨遂深
——刘醒龙新世纪（2000—2010）小说创作述评

张国功

刘醒龙的小说创作，呈现出明显的阶段性：20 世纪 80 年代，初出茅庐时以《大别山之谜》系列进行“迷的追寻”；90 年代中后期以来，继承批判现实主义精神，关注时代转型期矛盾，恪守传统乡土道德立场，以《分享艰难》（1996）等中篇引发“新现实主义冲击波”；及至新世纪以来，除了以《天行者》（2009）、《政治课》（2010）等长篇小说延续既往的现实关怀，更以《弥天》（2001）、《圣天门口》（2005）等向历史空间深度掘进。从当年暂别《大别山之谜》，历经《凤凰琴》阶段道德理想主义的升华、突破《分享艰难》阶段新现实主义的局限、迎来《弥天》成功的现实主义实践，到新世纪重新走进大别山这一精神家园，以“圣天门口”小镇为基点构建自己独立自足的历史道场与艺术世界，“境界始大，感慨遂深”，刘醒龙以现实主义为主脉，从记录、反映现代化进程中艰难时事的“时代的书记员”，成长为自觉投射浓烈的人性关怀、文化价值评判、伦理哲学思考的历史的透视者。

扩展性写作的困境与史诗性追求的突破

新世纪以来，作家对长篇小说创作有着一种欲说还休的焦虑。长篇具有的宏大文本与深广空间，意味着给作家提供了挑战自身才华、经验、思想、精神、技术和耐力的机会。早在 1997 年，刘醒龙在总结自己此前的创作之路时就曾说：“从一个作家的成长过程、创作经历来讲是应该写长篇的。前几年中篇小说在文学史上一直处在一个可靠的地位，会留下许多优秀篇章，但一个作家若想把自己几十年历史变迁所形成的大的思考表达出来，最好的选择是写长篇。”[①] 历经 1993 年“高峰过后的低谷”，“内心深处那种巨大的难以对人言的苦闷与痛楚”[②]，刘醒龙越来越自觉意识到长篇小说创作对于作家的重要性，接连奉献出《威风凛凛》（1994）、《至爱无情》（1995）、《生命是劳动与仁慈》（1996）、《寂寞歌唱》（1997）、《往事温柔》（1997）、《爱到永远》（1998）、《市府警卫》（1999）等多部现实题材长篇小说，最终在新世纪达致对时代与历史的深度思考与阐释。

在现实题材方面，刘醒龙新世纪的长篇创作表现出一种将中篇扩展、续写为长篇的写作方式。主要是将为他赢得广泛影响的中篇《凤凰琴》（1992）扩展为长篇《天行者》，将中篇《分享艰难》（1992）扩展为长篇《痛失》（2001）并进而扩展成《政治课》。这种特别的写作方式，折射出刘醒龙小说创作探索的努力，也反映出突破自我的艰难。从《痛失》到《政治课》，作品致力于反映乡土小县的权力争夺以及乡村权力场中的人性异化。小说情节和细节发生了不少变化：如果说《痛失》主要批判孔太平道德的“痛失”以及救赎的无助，那么《政治课》则更为深入地表现了孔太顺在欲望和道德之间的灵魂挣扎，融入了深刻的人性思考，人物形象更加饱满、更富生活气息，深沉的批判精神与悲剧意识使得小说整体更显张力。《天行者》，不仅从文本上比《凤凰琴》增加了续写的《雪笛》与《天行者》两部分，一起“转正”事件延展为三起，叙述视角由张英才转为余校长再扩展为余校长、邓有米、张英才、蓝飞等多角度，对几位民办教师的人生及其生存困境作出了更为复杂、充分的描写。这种扩展性写作，给刘醒龙带来极大的收获与荣誉：《天行者》荣获第八届茅盾文学奖；《政治课》被视作官场小说在图书市场上表现不俗。但客观地说，作者在现实主义这一基点上未能提供更多的“增量”与突破。甚至我们可以质疑：当作家既往的作品已经为一个时代提供了原初性的阅读兴奋点与思想资源，如对社会转型时代吁请“分享艰难”的深刻描写，“凤凰琴”里的深沉忧患、生活诗意和人性光辉，是否还需要以扩展、续写的方式来作文字滑行？这其中到底更多来自作家自身的激情超越（如刘醒龙在谈及《天行者》的写作时，屡次提及地震中遇难教师对自己“内心充满感恩”写作冲动的引发，以及时间对写作的影响：17 年前选择表现一颗躁动不安的心如何与天荒地老的乡村发生契合；“17 年的时光让我的心苍老了许多，命运也开始展现

① 载《作家报》1997 年 8 月 14 日，转引自程世洲《血脉在乡村一侧：刘醒龙论》，武汉：湖北人民出版社 2000 年版，第 12 页。

② 刘醒龙：《威风凛凛·后记》，北京：作家出版社 1996 年版，第 344 页。

其不可抗拒的力度。就像映秀小学的樊晓霞老师，在那么美丽的女性身上，其命运的荒诞，让我一下子看到了乡村知识分子的命运本质。”[①])，还是更多来自主旋律的引导与时代性商业的诱惑？至少，我们可以看出作家在这一领域一定程度的写作困境。正如有论者所尖锐指出的，《天行者》存在人物语言失当、人物性格前后矛盾、叙述视角混乱等艺术缺陷，以及圣化民办教师、要求弱势群体“一切向内转”“分享艰难”的价值迷误。“道义正当性可以为《天行者》赢得茅盾文学奖，却不一定能够确保它的艺术甚至是基本技巧的水准，更何况这个貌似理所当然的正当性可能问题重重——刘醒龙真的在为民办教师发声吗？叙述会不会就是遮蔽？”[②]应该说，这种质疑发人深思。同样，贴近现实进行形而下描写的《政治课》，虽说在现实描写中一定程度地融入了作者对城乡对立、人性贪婪、精神迷茫等现代化问题的终极思考，但就展示官场、情官病态以及通过孔太顺的矛盾性格抒写理想这一点来看，并未在《痛失》基础上有本质性突破，书名的改变甚至有明显向商业写作靠拢的痕迹。

与此相比，新世纪刘醒龙创作探索的成功突破，更在于以反思历史与重建精神家园为旨归的现实主义历史小说，即代表作《弥天》与《圣天门口》。除了表面上文本容量的大幅度超越，两部长篇的突破更在于对社会、历史、人生的认识的深化所赋予作品的史诗性经典品格，明显地反映出刘醒龙创作凤凰涅槃式的蜕变。《弥天》通过农村青年温三和的视角，回溯特殊年代里为了政治利益劳民伤财修筑乔家寨水库、民众共同完成一个弥天大谎的过程。温三和在运动中见证了政治对人性的异化，也在对爱情的追求中窥见了人性的美丽。“性—政治”的双重叙事，使小说在人性的层面上表现出对“文革”荒唐历史清醒的直面与反思。这种双重叙事策略，超越了“文革”小说简单政治性否定的历史叙事与性文化作品投合读者欲望两重局限，而“将风花雪月的性与你死我活的政治交织成一幅有机的社会生态画面，探讨似乎是不可同日而语的性与政治在‘文革’特定年代所可能具有的各种复杂关系”[③]。

等到六年磨一剑奉献出鸿篇巨制《圣天门口》，刘醒龙的长篇小说创作已经完全确立起其史诗性的特质。整体看，小说以强大的建构能力建立起了一个繁

---

① 卜昌伟：《刘醒龙续写〈凤凰琴〉，〈天行者〉向民办教师致敬》，《京华时报》2009年7月10日。

② 翟业军：《向内：“分享艰难”的一种方法——论刘醒龙〈天行者〉，《文艺争鸣》2011年第10期。

③ 方克强：《性与政治：〈弥天〉的双重叙事策略〉》，载刘醒龙：《弥天》附录，上海：上海文艺出版社2002年版，第419页。

复、多角度、多人物的叙事系统，展示出了一种强大的阐释空间。正如洪治纲所论，《圣天门口》呈现出某种百科全书式的系统结构和文化意旨。“就时间维度，作者通过双重叙事的彼此交织和相互隐喻，一方面将汉民族的文化史诗《黑暗传》通过说书人的言说融入叙事，另一方面又让主体故事开始于文化史诗终结之处，使整个小说的时间结构从开天辟地一直延续到20世纪中期，呈现出蔓延数千年的波澜壮阔的史诗特征；就小说的主体故事而言，它从上个世纪初期的民主革命开始，一直讲述到‘文革’为止，极力演绎了在中国上演半个多世纪的种种革命生活，其中既有军阀混战、国共战争、中日战争，又有解放战争、土地改革乃至‘文革’武斗，基本上可视为一部充分民间化了的‘战争小说’；从空间结构上看，作者尽管也写到了武汉等大城市的社会背景，但其主要舞台基本限定于大别山区一个叫‘天门口’的小镇，因此，它又可称为中国乡村社会结构的变迁史；从人物的结构谱系来看，它主要围绕着雪、杭两个家族的恩怨情仇以及彼此的兴衰起落来展开故事，所以，从某种意义上说，它也是一部较为典型的家族式小说；从人物生存的文化指向来说，以梅外婆、雪柠、雪蓝、雪荭等雪家女人为代表所尊崇的基督教义，通过无数次身体力行的布施与救赎，将生命中的‘福音’理念非常自然地熔铸于乐善好施的传统伦理之中，而天门口的那座小教堂更是一个罪恶与惩罚、沉沦与救赎的人性符号。”①《圣天门口》不仅不惧以经纬交织、浑厚深广的叙事挑战当下的大众阅读习惯；在具体创作中，如写驴子狼围攻县城等事件时，亦不惧弃用自己熟悉的写实方法，而运用玄幻、变形等方法书写，大量运用诗性的风物描写、氛围营造，在血腥的革命与战争背景下展示近处人性、神性的光辉。在家族史、政治史、民族史、革命史的浑圆融合中，《圣天门口》既做到了从高处营建广袤的历史空间，细处描写也做到了精致丰沛，把握史诗宏大叙述的雄心通过圆熟的故事情节与人物塑造得到很好的实现。

在中国文学历经“寻根文学”“现代派小说”“先锋小说”“新历史小说”“新写实小说”以及“个人化写作”等小说潮流对“宏大叙事”纵情颠覆与瓦解之后，个人情欲、性格命运、偶然事件等后现代元素取代历史的完整性和目的性成为文学叙述的基本动力，历史叙述表现出碎片化、庸俗化、怪异化等特征。而《圣天门口》怀着“要用新的写作为中国的现实主义文学正名”②的抱负，无论是以圣天

---

① 洪治纲：《“史诗”信念与民族文化的深层传达——论刘醒龙的长篇小说〈圣天门口〉》，《当代作家评论》2006年第6期。

② 朱小如、刘醒龙：《血脉流出心灵史》，《文学报》2005年7月21日。

门口小镇为窗口对20世纪宏阔历史进行重构这种“民族—国家”的寓言性叙事方式、家族—地域—民族—世界的辐射状叙述同心圆图系，还是对革命这一宏大主题的深入反思、历史观的深刻性，都体现出小说的史诗性品格。刘醒龙自己亦坦言自己立志在为中国文学留下一部真正的现实主义文学作品的远大抱负：“中国当代文学中，尤其是汉民族，确实缺少史诗性的作品。创作出史诗性的作品是每个作家的梦想。”① 西方自黑格尔以来建构的历史哲学和中国文学源远流长的史传传统，为史诗确立了其典范地位。史诗当之无愧地成为评价小说，尤其是革命小说的一个重要尺度与最高追求。“‘史诗性’是‘当代’不少长篇小说作家的追求，也是批评家用来评价作品达到思想艺术高度的重要标尺。这种创作追求，来源于作家充当‘社会历史家’，再现社会事变的整体过程，把握‘时代精神’的欲望。……‘史诗性’在当代的长篇小说中，主要表现为揭示‘历史本质’的目标，在结构上的宏阔时空跨度与规模，重大历史事实对艺术虚构的加入，以及英雄形象的创造和英雄主义的基调。”② 新世纪以来，长篇创作呈现出“强烈的史诗化追求，或为当下纷繁复杂的现实生活存照树碑，或重述一段漫长的中华民族近现代史，或借原始民族的神话历史吟唱自己心中的挽歌……”③ 在消费性、碎片化以及“宏大叙事”解体后的新世纪，《圣天门口》的出现不仅印证刘醒龙作为一个成熟作家的实力，更显露出一种努力重建或巩固长篇小说这种虚构性叙事的文化尊严与庄重感，试图维护文学高贵气质而不惜挑战商业写作潮流和大众趋俗阅读心理的精英主义文学立场。

从现实题材的批判性叙事到对革命历史进行伦理哲学高度的反思

从思想性的角度来看，刘醒龙新世纪小说创作探索明显呈现出从现实批判向历史反思深化的路径。

《天行者》试图从生命、道德、价值的高度，为“在20世纪后半叶中国大地上默默苦行的民间英雄”民办教师群体进行精神雕像。小说以“转正”为主要事件，通过“受难—拯救”模式，张扬了民办教师物质赤贫而坚守理想信念的精神。从思想深度来看，《天行者》与《凤凰琴》最大的不同，在于批判性的凸显与加

---

① 张静：《推出新作〈圣天门口〉刘醒龙：文学反的是腐朽》，《西安晚报》2005年11月8日。

② 洪子诚：《中国当代文学史》（修订本），北京：北京大学出版社2007年版，第96页。

③ 邵燕君：《“宏大叙事”解体后如何进行“宏大的叙事”？——近年长篇创作的“史诗化”追求及其困境》，《南方文坛》2006年第6期。

强，比如对农村民办教师贫病状况的尖锐描写、以村长余实为代表的村阀霸权的存在；尤其是好不容易有了共同转正机会而无力上交巨额金钱买断工龄这一“第二十二条军规”式荒诞的描写，展示了作者对启蒙知识分子在乡村遭遇生存困境的锐利社会批判以及作者内心的孤愤之情，从中国特殊社会群体民办教师这一角度审视了中国乡村独特的政治、文化、道德问题。而不管是《天行者》对民办教师的悲悯与致敬，还是《政治课》对官场政治的剖析，刘醒龙的着眼点仍在于现实的批判性叙事，一以贯之的是他强烈的入世情怀、痛心疾首的忧患意识和“再使风俗淳”的现实关怀。这种现实关怀，虽然有着悲悯情怀与道德理想主义色彩，在传统现实主义的基础上以新的高度对新时代转型过程的艰难加以冷静审视，但更多地停留在对现实层面的描摹、记录与表现，而缺乏能够更加犀利有力地穿透现实表层直抵现实核心的能力，读来令读者感觉作品整体缺乏精神的提升与超越。正如王春林在评论刘醒龙创作时所精到论说的：一位优秀的作家，仅有对现实世界进行充分的关注与表现是远远不够的，如果没有在创作中形成自己独特的精神哲学并通过作品有效表达，作家的超越无从谈起。以短兵相接的方式直面复杂的现实生活固然是现实主义的一种选择，但现实主义决不简单地等同于写现实题材。衡量一部作品是否具有现实主义品格，最终要看其人文内涵和批判精神，要看它是否饱满地表达了时代精神发展历史中的精神冲突、价值追求。① 无论是反映乡村教育的贫困，还是透视县城官场政治的畸形，刘醒龙的“贴近地面写作”，在倍受赞誉的同时也被批评存在“有限度的良知”、缺失历史理性等不足，虽说仁智各见，但在一定程度上正反映出其现实题材小说的软肋。

事实上，刘醒龙自身亦清楚意识到这种局限性的存在。他多次提及要有“大思考”，做“有灵魂的作家”。写作《威风凛凛》时，“我努力想把它升华到具有文化地位的历史意识的高度，想从中找到一些哲学感来”，“愈这样愈发觉事情的奇妙，我不但不能抽象出形而上来，反而变得更加形而下”②。但刘醒龙创作的可贵之处在于有其清醒的方向感与勤勉的探索。20 世纪 90 年代末，刘醒龙以中篇《大树还小》（1998）反思“上山下乡”给乡村带来的伤害，颠覆了既往知青小说的受难模式与价值立场。《弥天》则在“性—政治”叙事模式中，通过个体生命被利用来修筑水库这一弥天大谎反思政治畸形年代人性与情爱蒙污的悲剧；在

① 王春林：《现实关怀与历史叙事——对刘醒龙小说创作的一种理解和分析》，《时代文学》2011 年第 7 期。

② 刘醒龙：《威风凛凛》，北京：作家出版社 1996 年版，第 347 页。

“文化—国民性”叙事中，描写了女知青丁克思被枪毙后民众围观与取乐所体现出的极端愚昧与丑陋，最终对“文革”进行了鞭辟入里的反省。刘醒龙分析自己的反思路向时曾说：“写作者的灵魂与被写作者的灵魂，一直是我努力触摸的方向。在《凤凰琴》等作品中，面对在人性与灵魂中苦寻生存价值的弱势群体，我所用的方式是抚慰。到了《分享艰难》里，情况变得复杂起来，人的弱势无可奈何地让位于环境的弱势，在灵魂的天平上，我不得不选择包容。而《弥天》是一段若远若近的‘文革’心灵史，除了拷问，我想不会再有别的更合适的方法。在《弥天》，拷问既是手段，也是目的。”“平常的善与恶，只在人性的层面上发生。大善和大恶的产生，除了人性因素外，一定还带着深深的文化根源。《弥天》所表现的就是这种大恶。”[①] 可以看出，《弥天》努力超越以往的伤痕小说、知青小说等“文革”叙事停留在感性诉说、道德批判层面或形象图解政治结论的水平，而结合政治批判、人性批判与文化寻踪。而《圣天门口》则通过天门口小镇的历史风云，表达了作者对20世纪中国历史的整体反思，从革命伦理的角度完成对20世纪历史艰难的重构，确立自己终极的精神价值立场。

由现实题材转为历史叙事，不仅是对象的转换和视野的拓宽，更重要的是意味着作者形成了自己深邃的历史眼光，贯注了清醒、深刻的历史观。对于历史真实的自觉追求，刘醒龙在写完《弥天》时就曾说：“有人认为过去是一堆包袱，有人认为过去是一笔财富，而我却认为，过去更应该是一根高悬着的鞭子。对于肉体，这样的鞭子毫无用处，它只能用于拷问后继者的灵魂。”[②] 在盛行一时的新历史小说中，消解和重构历史成为潮流。《圣天门口》既祛除既往意识形态的无情遮蔽，又警醒堕于历史虚无主义；既不同于以打造集体记忆为主旨的革命历史小说，又不同于以解构为异趣的新历史小说，而是试图站在文化、民间立场重构历史。评论界认为它是一部“对20世纪的中国历史在消解的同时进行了成功重构的优秀历史小说”，是一部“涵纳融汇了‘革命历史小说’与‘新历史小说’的艺术优势，然而同时却又突出地体现着刘醒龙巨大创造性的历史小说的集大成之作”[③]。小说站在伦理哲学与现代人道主义的高度，对革命这一20世纪重大主题的

---

① 葛红兵：《文学能给乡土什么？——葛红兵刘醒龙对话》，载葛红兵：《直来直去》，北京：当代世界出版社2004年版，转引自刘川鄂《鄂地乡村的苦难叙事》，《文艺争鸣》2007年第8期。

② 刘醒龙：《过去是一种深刻》，《弥天》序，上海：上海文艺出版社2002年版，第2页。

③ 王春林：《现实关怀与历史叙事———对刘醒龙小说创作的一种理解和分析》，《时代文学》2011年第7期。

复杂与残酷进行理性审视，全书展示了不少暴力场景，如天门口反革命力量杀回，马鹞子等人进行疯狂报复时，“死者的尸体将杭家门口堵得水泄不通，黑红黑红的血汩汩地流过青石板铺成的小街，淌进清悠悠的小溪里”。天门口的革命，既有理想信念的追求，也有莫名的躁动、用心的诱发、革命者内部惨烈的“肃反”。革命的主体，既有为践行自身信念的职业革命者傅朗西，也有把革命当作以牙还牙手段、信奉以暴制暴的杭九枫，还有把革命视同闹剧的阿彩等；至于革命的结果，在革命者“被革命”的“文革”中，作者借用四个寡妇之口质问当年革命的领导者傅朗西：“我总说往后会有过不完的好日子，你要是没瞎，就睁开眼睛看一看，这就是我们的好日子！为了赶来斗争你，我身上穿的裤子都是从别人家借的。”“你个说话不算数的东西，你答应的幸福日子呢，你给我们带来了吗？”革命历史小说中常见的阶级矛盾，转换为暴力与人性之间的冲突；天门口说书、硝狗皮等起居饮食、男女情爱、家族恩怨、农事稼穑、民风习俗等恒常而真实的生活描写，与20世纪中国的血腥暴力史和革命正史中叙述的轰轰烈烈的国共斗争史，形成民间/正史、政治/文化的鲜明。小说为中国革命史深刻地提供了另一种解读：20世纪中国的历史革命与反革命力量的对抗，更多裹挟了党派利益的纷争、无情的杀戮。革命打着拯救与解放的旗帜，却因其破坏性和动荡性带给人民更深重的灾难。这种深沉肃穆的历史褒贬、严正神圣的人文态度，彰显出史诗的力量，正是作者超越此前更多从体制、政治和人性的角度描写乡土苦难，躬身进入历史对革命伦理进行现代审视的结果。

从“精神返乡”到“超凡入圣”的精神家园建构

众所周知，在乡土小说创作与新现实主义阶段的刘醒龙，价值观上鲜明地表现为强化城乡或传统乡村与现代乡村的二元对立，习惯于从道德的善恶角度叙写个体的苦难，破解复杂的乡村生存困局，“精神返乡”和“血脉在乡村一侧”成了刘醒龙创作中标志性的符码。新世纪以来，刘醒龙试图超越简单的价值对立与善恶冲突，不断发掘、彰显善的力量，最终将笔触伸向表达“大善”这一人类恒常品质与终极关怀，达至“圣”这一宗教式的精神高度，以此重建自己终极的精神价值和“中国人的梦想”。

刘醒龙延续“五四”以来乡土文学的基本矛盾——乡村/城市、感情/理性，构建了一个理想/现实、传统/现代、道德/经济二元对立的生命世界。[①] 而他化解二元对立紧张与矛盾的方法，是其一以贯之的道德主义与“精神返乡”。面对当代人文精神家园沦陷，甚至乡村也不是净土的困境，刘醒龙认为“重要的是从心理上调整乡土的位置。乡土永远是人类最后的精神家园，这一点的确需要我们这些写作人终生谨记”[②]。在用文学叙述的乡土想象来弥补现实缺陷意愿驱使下，刘醒龙努力从乡土文明中寻找清洁、坚韧、朴实的底层精神来抵抗被异化的城市文明、沦陷的乡土文明。从人物形象谱系来看，刘醒龙认为这是一个恪守传统乡土道德的“父亲”不断遭遇现实伤害，“奶奶”被放逐而让人感到不安的时代。[③] 他塑造了一系列在中国农村从传统的礼俗性的乡土社会向现代的礼法性的乡土社会的艰难转型中恪守传统道德伦理的“父亲”们的形象，如《凤凰琴》中的舅舅与余校长、《村支书》中的方建国、《黄昏放牛》中的胡长升、《分享艰难》中的田细伯等。他们与现代乡土社会形成强烈冲突，日益隔膜，背影孤独；坚守道德，频遭伤害。他着眼于发掘底层小人物身上质朴的光辉，以此表达对人性高贵的追求。种地的农民，村支书，民办教师，乡教育站站长……都在道德和人格方面承载着作者心中的高贵。“面对这样辛劳的人、这样诚实的人，我无法举起批判的利器。这样说并不意味自己已放弃了批判的立场，而是恰恰相反，只是我的锋芒不能对着这些在历史的海平线下苦苦潜行的大众。”[④] 特别值得注意的是，他的新现实主义小说虽然致力于充分展示了中国乡土转型之难、之恶、之痛，但最终多落足于对善的力量的张扬与倡导，不断抽绎、强化乡村、底层社会善的因子。早年他在文集自序中曾说过，应将敦厚、和善、怜悯、友爱作为艺术的灵魂。[⑤] 在《分享艰难》等作品中，刘醒龙直面复杂的乡镇社会状态，忧世伤生，但大力倡导扬善弃恶：“我的小说最大的不同点在于，我懂得了人要活下去，社会要向前发展，必须对特定事物进行一定程度的认可，包括对那些也干坏事的乡镇政治家，因为他也会做一些好事。……”[⑥] 典型如作者笔下的洪塔山这个惹人争议的人物形象。1995年，他在《彼岸是家园》创作谈中论及：“唯有爱是伟大的永恒的，它关怀一切，抚摸一切，温馨一切，化解一切。只要有爱，所有应该改变的，最

① 参见程世洲《血脉在乡村一侧：刘醒龙论》，武汉：湖北人民出版社2000年版，第28—29页。
② 刘醒龙：《永远的乡村，永远的文学》，《文学报》2007年12月21日。
③ 参见刘醒龙：《疼痛温柔——刘醒龙文集》，北京：群众出版社1997年版，第2页。
④ 刘醒龙：《浪漫是希望的一种——答丁帆》，《小说评论》1997年第3期。
⑤ 刘醒龙：《刘醒龙文集·自序》，《写作》1996年第1期。
⑥ 周新民、刘醒龙：《和谐：当代文学的精神再造——刘醒龙访谈录》，《小说评论》2007年第1期。

终肯定会变改变。唯有爱才是驶向彼岸的慈航。……谁能爆发出灵魂之爱，谁就能获得彼岸的家园。”[①] 在《生命是劳动与仁慈》中，他更是直接作出“对于生命来说，劳动是物质的根本，仁慈是精神的根本，在此之上的生命才是有意义的”这样的道德评判。在《威风凛凛》中，怀着高贵的梦想试图以知识改造西河镇的赵老师反而成为蒙昧者欺侮的对象，但他说：“面对别人的侮辱与伤害，不管有多深多重，只要自己能坦然以对，那么它们不但达不到本身想达到的目的，相反地能使自身得到深刻的解悟与锻炼。”[②] 缺乏愤激凌厉之气，而更多地表现出儒家“怨而不怒，哀而不伤”、温柔敦厚的道德化现实主义，过于强化道德意识而甚至放弃历史原则，刘醒龙的这种创作倾向被诸多评论家质疑为廉价的“分享艰难”与抽象的说教、不顾人性真实的献媚姿态。但对于以启蒙为旨向的同仁居高临下的道德批判，刘醒龙表现出强烈的抗拒与固执的坚守，坚持以同情之理解来看待转型社会乡土中的复杂存在。“最好的作家应该是仁慈的、悲悯的。这是我们对乡土小说最应该持有的态度。乡土给我们最有价值的东西就是仁慈。实际上，任谁说什么，乡土都不在乎，它依然那样生活。当你需要乡土来宽容、安抚的时候，它依然会接纳。这已经不是我们对乡土的认识，而是对世界的认识，是一种世界观。这是一个伟大的小说家所应该具备的。”[③]“人本能感受善的力量，人与人之间不可能成为对头，这是我在写作时最原生的心态，相信善能包容恶，并改造恶，这才是终极的大善境界。”[④] 他固执地宣讲自己的温厚批判、悲悯情怀、大善境界，表达出重塑美好道德品质的强烈愿望。比如在人物群像的塑造上，刘醒龙表达出明显的女性崇拜：“史书中记载的都是崇尚暴力的男性，可是真正让这个民族延续的却是仁慈善良的女性，所以我的作品不但写出了暴力，也塑造了一批勤劳善良的女性。”[⑤] 程世洲早就曾敏锐地指出，刘醒龙的这种女性崇拜源于在男权社会，男性与罪恶、猥琐、丑陋与生俱来，而“相较之下，女性成为绝对的无辜者而能够代表突出重围，实现另一种生存方式的可能，从而成为真、善、美的寄托符号”[⑥]。

这种在“精神返乡”的路径中对爱的倡导、对道德的坚持，终于在《圣天门

---

① 刘醒龙：《为什么写作〈彼岸是家园〉》，《中篇小说选刊》1995 年第 1 期。
② 刘醒龙：《威风凛凛》，北京：作家出版社 2009 年版，第 61 页。
③ 刘醒龙：《中国乡土文学有三大败笔》，《南方日报》2006 年 5 月 28 日。
④ 俞汝捷、刘醒龙：《由〈大树还小〉引发的对话》，《江汉论坛》1998 年第 12 期。
⑤ 张静：《推出新作〈圣天门口〉刘醒龙：文学反的是腐朽》，《西安晚报》2005 年 11 月 8 日。
⑥ 程世洲：《血脉在乡村一侧：刘醒龙论》，武汉：湖北人民出版社 2000 年版，第 108 页。

口》得到淋漓尽致的演绎，升华到以神性超越人性的高度。离开艰难而逼仄的现实，遁入斑驳却深广的历史，建构自己的精神家园、确立自身的价值立场，无疑要来得从容得多，也超越许多。作者将自己的视野从芜杂的现实图景中拉开，投向幽深宏阔的历史，努力从粗粝的政治缝隙中，挖掘出美、爱、宽容等超越历史的价值维度，引导人类进行自我救赎。《圣天门口》除了在历史层面展示出以傅朗西等为代表的共产党与以马鹞子等为代表的国民党之间，共产党内部，以及革命者、执政者与广大民众间复杂的社会矛盾冲突，更在深层次上展示了内在的价值冲突：杭、雪两大家族被明显赋予了对立的象征意义——以仇恨报复为信念的草根杭家是暴力和杀戮的象征，而信奉宽恕仁爱的书香门第雪家则分明寓意着美好人性。两个家族之间的恩怨情仇、兴衰起伏，也是仁爱（或者说以小教堂、“福音”为隐喻的基督教文化）与暴力（革命文化）两种价值的对立斗争、升沉消涨。这被作者视作20世纪中国历史的缩影。而在这种价值冲突中，作者态度鲜明：以宽恕和仁爱来消除暴力和仇恨、塑造理想人格；审视批判血腥的暴力，张扬个体生命的价值和仁爱之心。知书达理的雪家，群体性格始终以向善、阴柔、唯美，不惜受难，其壮烈的家族命运彰显出一种历史大道义。以梅外婆、雪柠为代表的雪氏女性，始终以母性与大爱对待恶、暴力。梅外婆发言玄远的议论直接代表了作者的价值观：“很多时候，宽容对别人的征服力要远远大于惩罚，哪怕只有一点点的体现，也能改变大局，使我们越走越远，越站越高。惩罚正好相反，只能使人的心眼一天天地变小，变成鼠目寸光。”“用人的眼光去看，普天之下全是人。用畜生的眼光去看，普天之下全是畜生。”“天下的事有一万万种，她最不愿看到的就是用暴力强行夺走他人的生命。再好的枪，只要不杀人，就是一文不值的废铁，一切为了杀人的手段，哪怕只要她拿出一根丝线，她也不会答应。这就是她的最大仇恨，也是她对仇恨的最大报复。”在小说中，无论是傅朗西代表的革命者，段三国代表的骑墙者，常天亮代表的灰色地带人群，马鹞子代表的反革命力量，冯旅长代表的邪性力量，等等，在梅外婆高贵的仁爱精神面前，都无一例外地被征服。面对小说反暴力倾向中夸大宗教与神性力量的质疑，刘醒龙认为，不能简单将自己执著追求的“大爱大善”简单理解为基督教或宗教。“宗教与神性，在文学中只能是一种‘也许’。”[①] 而作者的终极目标，更在于凸显高贵人性在当代文化语境中重建精神信仰的意义：“我写作这部小说是要表现，人伦的

① 刘醒龙、姜广平：《“历史的品质几乎就是心灵的品质”》，《西湖》2010年第4期。

高贵，才是潜藏在历史最深处的中华文化神奇而伟大的动因。现当代中国文学一直在片面地强化文化传统中的种种灾祸。奇怪的是被描述成大酱缸的中华文化却能够绵延五千年。近代中国文学史实际上成了一部苦难史。提及苦难时，人人都是如此理直气壮。导致少有人去想，能够走出苦难，使之生生不息的正是被苦难当成天敌的人伦的高贵。”[①]这与他当年所秉持的“无论如何对于恶，光有批判是不够的，关键是对恶的改造，这才是历史对当下的希望所在”[②]的信念一脉相承。从“本质上的浪漫”（陈晓明），到“有一种大善”（周介人），再到第八届茅盾文学奖获奖感言中自己感慨“生命之上，诗意漫天”，刘醒龙在沉潜的写作中日益强化自己诗意化、神圣化的追求，以及“重建中国人的梦想”的宏愿：“写这部作品时，我怀有一种重建中国人的梦想的梦想。我并不知道要什么，但我觉得中国人有些梦想是要重建的，我们不应该继续采用暴力的方式解决问题，不能再崇尚以血还血以牙还牙。”[③]天门口仁爱与暴力和解的过程，正是作者在史实化与寓言化之间展开形而上思考，重建神圣精神家园的过程。博爱、宽容、自省的仁爱意识、宗教色彩，圣化着天门口小镇，也使暗昧的人性与迷失的灵魂得以救赎，重获生命的尊严感。

从 20 世纪以新现实主义小说直面艰难乡土现实，深怀悲悯之心塑造坚忍质朴的平民“父亲”群像，到新世纪以《圣天门口》塑造慈悲、向善、博爱的雪氏一门“圣女”；从感时伤世而坚持执拗理想主义的“精神返乡”，到以温情与敬意建构“女性乌托邦”而“超凡入圣”；从“贴近地面”用灵魂和血肉表现时代精神，到回溯革命用思想和智慧融会历史意识；从热度关注、体恤当下，到深沉审视人类历史普遍的精神困境，走入新世纪的刘醒龙日渐摆脱单向度的视角，获得超越性的思考，建构起一个有着自身鲜明特色，安顿灵魂、完成精神超越的文学世界。

（作者系南昌大学中文系编审）

①《刘醒龙：官场小说是庸俗产物，不值得我费脑筋》，《武汉晚报》2009 年 10 月 20 日。

② 刘醒龙：《浪漫是希望的一种——答丁帆》，《小说评论》1997 年第 3 期。

③ 周新民、刘醒龙：《和谐：当代文学的精神再造——刘醒龙访谈录》，《小说评论》2007 年第 1 期。

《私人订制》的戏谑与批判

赵德鸿

由冯小刚导演的喜剧电影《私人订制》以其唯美的画面、俏皮的台词、欢娱的场景、戏谑的情节、荒诞的意蕴、批判的氛围，给观众讲述了一个在中国各个角落正在发生的故事。看似无稽之谈，实则却是观众心里经受的现实思索。影片讲述了五组替人圆梦的故事：愿望规划师杨重（葛优饰）、情境设计师小白（白百何饰）、梦境重建师小璐（李小璐饰）与心灵麻醉师马青（郑恺饰）四人组成的公司“私人订制”，以“替别人圆梦”为自身业务，专门为不同客户量身订制“圆梦方案”，只要客户有要求，“圆梦四人组”统统来者不拒，甘愿满足客户的任何需求，正如“私人订制”公司的口号：“成全别人，恶心自己”。影片的开篇交代说是“本片三段故事皆为虚构，其情节人物在现实中均无迹可寻，荒诞谐谑，博君一笑。”而实际上加上开篇前与结尾后的圆梦故事，正好是五组幽默谐谑之作。每个看似不着调的故事背后都潜藏着一定的嘲讽和谐谑，甚至对中国人的文化乃至现实精神都予以了剖析和鞭挞。影评人周黎明曾经力挺冯小刚，认为“《私人订制》体现了冯小刚的喜剧之道，其最大的价值在于批判现实的锋芒”。

“自己人”是对圈子文化的批评

在正片前，影片安排了一幕“自己人”的故事。青年演员苗圃扮演的革命者杰妮亚，一心想过“革命瘾”，她订制了一整套的在法西斯势力下宁死不屈革命者形象，因为杰妮亚想要成为一个“宁死不屈”的女子，所以面对盘问，她宁死不招。两天后的晚上，在牢房里杰妮亚写下了“消灭法西斯”的口号。这时，扮演军官的小白来送饭。小白告诉杰妮亚她是“自己人”，上级今晚就安排帮她越狱。小白和杰妮亚对了暗号，杰妮亚确定小白是“自己人”，决定越狱。就在这时，马青进来了说他也是“自己人”，并且守卫也是“自己人”。他们一路跑到了监狱门口，当知道守在门口的上校也是“自己人”时，杰妮亚决定不离开监狱了。杰妮亚的私人订制梦就这样结束。很简短的故事，看似只是圆梦，殊不知影片在用“自己人”这一独特台词和通过“自己人”越狱的情节，在影射今天中国某些个别领域，靠“自己人”生存的圈子文化和腐败现实。只要是“自己人”，就可以丢弃法律制度于不顾，想怎么着就怎么着的为所欲为的生存猎食场景。正如当年鲁迅批评的“圈子文化”一样“我们不能责备他有圈子，我们只能批评他这圈子对不对”（《批评家的批评家》）。在“自己人”的文化圈子里，自然而然地形成了“自己人”的圈规，“自己人”也就形成了独特的两面文化，对于圈子内的“自己人”可以为所欲为，可以打破所有的规则；对于圈子外的“他人”则采取了一种公事公办的面孔。试看今天的中国腐败案件，也多是在“自己人”的领域逐步地扩大和泛滥，这也就是我们经常看到的某人腐败，一查下去就是串案、窝案，涉及几十人到几百人圈子，甚至上千人的宏阔场面。所以影片深意在于影射出社会组织被更多更多的“自己人”所把持、占领和垄断的圈子文化，这也就冯小刚喜剧里最具深切人文批判精神的地方。

“换位人”是对官员腐败的揭露

影片进入正片，喜剧演员范伟扮演一位想圆清官梦的司机找到了小白，述说了他单位领导因为腐败接二连三地入狱，表示很不理解领导为什么非要腐败，他想要尝试一把做领导的感觉，并且保证不会贪污受贿。商谈了具体细节之后，司机换位成了“镇市级领导”，进到了四人为他准备的在疗养院的办公室。在换上一身行头后，司机立即找到了领导的感觉。影片借助司机换位成为领导后，开始记录一位领导面临的种种诱惑，在处置一个又一个的诱惑故事里，向观众潜移默化地展示了一个官场生态图。先是安排领导一样各处视察，参观，实则是对最近几年来一些官员利用视察考察之名，花公款到处旅游的批判。此种现象曾经在官场上屡见不鲜，自从十八大之后，中共中央在党员干部中实行群众路线教育实践活动以来，此风才得到彻底控制。再有就是党员干部信仰缺失，影片利用领导看到菩萨就想拜的情节，隐含地批评了党员干部队伍中个别党员完全丧失了共产党员干部的无神论的立场，转而信神弄鬼，就像 2013 年流行的所谓“气功大师”王林事件一样，由于司马南的仗义执言，“王林”火了，“王林”事件也火了，牵上“王林”的所谓名流也着实被“火”了。王林的小把戏老百姓都能够看明白，而所谓的一些社会公众人物却被一个小小的“王林”搞得晕头转向。通过拜菩萨的细节，彻底刻画出了个别领导干部“不问苍生问鬼神”的虚伪内心，骨子里的信仰和面子上的信仰是完全背离的。影片接下来开始正式讲述清官梦的过程，一个早上，保健医小白和秘书马青来叫领导起床，领导因为批阅文件，一个晚上没睡觉。但是因为今天有外事活动，小白和马青还是折腾了老半天帮领导洗漱好。来访的是泰国来的使者杨重和小璐。因为杨重和小璐什么礼物都没带来，领导很生气批评马青，暗示以后的来宾要带礼物给他。领导很直白地要求要让他自己受到不良风气的侵蚀。一个下雨天，领导正在批文件，他的三叔和三婶提着一些辣椒等农产品来找他，目的是请领导帮忙让自己的县继续保住贫困县的帽子，这样就可以享受国家的财政支持。本来国家出台扶贫政策是鼓励脱贫，可是一些别有用心的地方领导，为了政绩，欺上瞒下，合伙欺骗国家，哪里还像一个国家干部，只顾及自己圈子内的小利益，全然不顾及国家民族的大问题，这样就导致了地方政府之间的恶性竞争，不良竞争。就在领导感觉为难的时候，小白说饭做好了。三叔和三婶听见吃的是炝萝卜皮，觉得这个招待太寒酸，立即走了。这时，领导去三叔三婶留下的那些农产品袋子里摸摸看有没有钱，但是发现什么都没有。因为领导在那些袋子里没摸到钱，于是很失望地骂了马青。这时，领导更加直白地表达，要求更大程度的拉拢、腐蚀他。几天后，车开到了一家会所，在会所里杨重和小白一口一个领导，让领导异常的高兴。到了吃饭的时候，小白送了一盒扁豆馅的月饼给领导，领导打开一看是一箱钱。就在秘书马青要替领导收下这一箱“月饼”的时候，领导阻止了，问小白和杨重是不是有什么事求他。杨重说他想建一个项目想要批块地。领导大发雷霆，边骂边把钱扔到他们身上。事后，领导哭着说终于明白了在金钱的诱惑下，一个官员能把握住自己真是太不容易了。私人订制也快接近尾声了，这时，领导要求加一次性贿赂的诱惑，于是，小璐被指派穿着泳装在泳池边给领导测血压，诱惑领导。面对泳装美女，低血糖的领导头也不晕了，并开始下意识地摸小璐的手等等。还和小璐聊起了小璐的家庭，小璐诉说着自己的家庭惨事，竟哭了起来。小璐给领导看手相，暗示领导还有桃花运。接着看背相就说领导命中桃花是自己。领导怒斥了小璐的这种行为，小璐就要跳水自杀。随后领导也跳进水里，解救小璐，表示自己喜欢她。领导对着小璐亲了好几口，这时一直潜伏着的马青、小白和杨重都出来指责领导败坏风气。领导的私人订制彻底结束了，在杨重等四人面前，司机开始反思换位成为领导以来的做法。曾经指望自己绝对不会像自己伺候过的几任领导一样贪腐，最终自己还是没有能够彻底把持住。并指出自己演领导犯的错误和作为秘书的马青有直接关系，而马青也站起来说，自己很自责没能帮领导实现当一名清官的梦想。实则多年来，秘书曾经被冠以“二号首长”，攀结领导，左右领导，腐蚀领导，这样的故事在中国当下的官场里曾经屡见不鲜，足可见其影片讽刺批判的锋芒。最后影片借助杨重之口批评了个别官员不贪但是也不干事的庸庸碌碌之态，“最大的问题是，虽然不贪，但也不办事，为官一任，不犯错误，但也不作为，它也是一种腐败啊”。在离开的汽车上，司机表示明年还想过来体验做官。一句“群众当中有坏人啊”的台词曾经引起一些观众的批评和指责，而现实生活里，我们的群众队伍里也的确存在着万夫所指之人，也的确存在着让我们正常百姓无法接受的坏人。俗话说，再好的船，如果不是清洁的水，早晚也会把船腐蚀掉，成为千疮百孔的漏船。把社会的里子与面子进行了翻个儿，露出了社会心理的本相。所以，“换位人”的一系列情节刻画，是对官员个人腐败内心的挖掘，也是对腐败根源的披露。

“雅俗人”是对社会评价的揶揄

最近几年来，越来越多社会现象，让我们看不懂了。原本遭人唾弃的，现在却登上了大雅之堂，出现在广播、电视、网络、报纸等媒体上，什么炫富、炫美、炫酷甚嚣尘上，就像之前流行的“郭美美”现象。中国似乎进入了一个笑贫不笑娼的时代，人们只仰慕钱，但是人们似乎不大关心钱的来路了。所以影片推出一个立志追求高雅跟俗“一刀两断”的全球最“俗”导演（李诚儒饰），就是一心想脱俗。于是杨重和小璐接待了一名拿遍各种最俗电影奖的大导，大导的私人订制梦想就是希望自己能不再俗了。同时马青和小白在替客户上坟，扮演孙子孙女的马青和小白在坟前就是虚情假意一顿大哭。几天后，几个人拿着编写的大纲找到了大导，大导对大纲中的艺术观表达了不满，还是觉得太俗。杨重等四人加上大导五个人得出结论：“凡是自己喜欢的就要反对，把喜欢的剃干净了，剩下的就是雅的。”杨重告诉大导，他这房子整个看起来自己都中意。大导于是决定换个地方住。为此四人将大导带去到了民工宿舍，在这里大导认为自己找到了雅。画面一转，小璐和马青又接到了客户的梦想，一个小姑娘希望有一个盛大的成人礼。因为有一个客户希望在一个派对上当众带走贪污者，于是，几个人决定把小姑娘的梦想和这个客户的重叠在一起。在银行家的 party 上，小妹子得到了一个盛大的成人礼。就在一片欢愉之时，一干廉政公署的警员来到了 party 上，要抓走杨重扮演的银行家。杨重几次要求给面子，都被警员的头儿拒绝。台词说完之后，马青宣布演员可以来领钱。party 散了之后，杨重接到一个电话。四人匆匆赶到医院，主治医生介绍，大导得了“雅过敏”。医生介绍雅过敏没有方法，只能用俗来治。于是，杨重果断带大导去了帝国夜总会。到了夜总会，越往夜总会里面进，大导的情况就越好。夜总会里，听最俗的歌，并点了三个“公主”之后，大导的情况好多了。几天后，恢复健康的大导，到了一个道观。求取脱俗之法。杨重忽悠大导要想脱俗必须和大雅之士换血。几天之后，大雅之士找来了，是伯牙之弟叔牙的后裔王阿强（王宝强饰），以弹棉花为生。大导和王阿强及电影投资人进行了隆重的换血签约仪式。仪式之后，大导和王阿强进行了换血。换血之后，王阿强立即获得了泛太平洋最俗导演奖。王阿强在颁奖礼上发表致辞时，特意说，自己感谢这一腔俗血。杨重带着马青和小白小璐去看大导的最新作品，大导一身邋遢，在表演弹棉花，以表现他的雅。四人一致的意见就是：“大导这人算是废了。”影片通过大导“雅俗人”的转换，嬉笑怒骂地嘲讽了社会里存在的错位的雅俗意识。社会里的高雅与通俗，只是社会相对而言的评价，俗与雅本无高低贵贱美丑之分，本是每个个体的人自身同时存在的，可是被人为地涂抹了等级的色彩，身份的色彩。

“有钱人”是对金钱至上的批判

影片通过“有钱人”的故事，着力在批判有钱了就可以为所欲为的社会现象。曾几何时，人们羡慕那些靠勤劳致富的人，又曾几何时，人们开始讨厌甚至鄙夷有钱的人，又曾几何时，人们对于金钱近似痴狂地追逐，钱是衡量一切的唯一标准。正如莎士比亚在《雅典的泰门》第四幕中对于金钱的认识一样：“这东西，只这一点点儿，就可以使黑的变成白的，丑的变成美的，错的变成对的，卑贱变成尊贵，老人变成少年，懦夫变成勇士。”依靠自己的劳动创造财富，获取金钱本是光荣的，但是最近一个时期，社会出现一种“仇富”情绪，其实这是人们对某些人非勤劳而致富，强取豪夺而致富的否定心理反应，是心理失衡的情绪流露，是对不择手段追金逐利的厌恶。《茶花女》书中有一句名言：“金钱是好仆人、坏主人。”是做金钱的主人，还是做金钱的奴隶，这反映了两种不同的金钱观。网上盛传的一个笑话：“等咱有钱了，想买宝马买宝马，想买奔驰买奔驰，一次买俩，坐一个，拖一个；等咱有钱了，想上欧洲上欧洲，想去美洲去美洲，专机包俩，一架座机，一架护航。”这些都反映了个别人有了钱以后挥霍无度的社会状况，在小有成就之后，空虚堕落，有的吸毒，有是赌博，有的炫富。很多有钱人买飞机，购游轮，建庄园，试图构建自己金钱下的独立王国，俨然一副大亨嘴脸，全然没有了做人的样子，而最为可怕的是，这样的人和事，却在拜金媚富的不良社会风气里，被高高地举过头顶，成为百姓头上炫目的演出，人们真的越来越不懂这个社会的价值取向了。影片设置了马青和小白找到了当年救他的丹姐。要送她一份生日礼物，满足她一个心愿，丹姐的心愿是做个“有钱人”。之后，二人带着丹姐来到了私人会所，丹姐见到了杨重和小璐。小璐给丹姐洗了头，化了妆。杨重告诉丹姐要摒弃以前的穷苦概念，要她过“有钱人的一天”。丹姐问自己究竟有多少钱，杨重说最少 100 亿。杨重给丹姐算了一下 100 亿每天的利息，并用巧语连珠让丹姐真的觉得自己有钱了。之后，丹姐决定过有 1000 亿日子的一天。丹姐出门前，杨重和小璐紧急训练丹姐有钱人的行为举止。可是在出门的路上，丹姐心里还是感到不踏实，不知道自己为什么会有这么多钱，在杨重的劝说下，丹姐给自己找到了一个有 1000 亿的理由：暴发。丹姐来到一家房地产公司。专挑最贵的房子买，便宜了还不乐意。丹姐非得出最少五亿六千万买原价一亿五千万的房子。但是导购员扮演者马青说什么也不卖，丹姐嫌弃房子太便宜，气呼呼地走了。走到松鹤楼，丹姐进去声称给所有顾客结账。她出去后，小白和马青立即冲进去为大家解释千万别认真。丹姐一路上专拣最贵的东西买，贵气十足。临近傍晚，丹姐和四人站在天安门的对面，杨重关了全北京的灯，来给告诉丹姐北京除了紫禁城那些黑了的地方房产都是她的。“北京的灯都灭了，故宫怎么没有灭？给故宫留点面子吧！”丹姐看到北京城全黑了，终于过足了有钱人的瘾。之后，丹姐回顾一天的经历，说有钱的人生活真是好啊，这时杨重却告诉她其实有 1000 亿的人，过的也并不好。在回去的车上，私人订制点唱了一首《时间都去哪儿了》：“时间都去哪儿了？还没好好感受年轻就老了。生儿养女一辈子，满脑子都是孩子哭了笑了。时间都去哪儿了？还没好好看看你眼睛就花了。柴米油盐半辈子，转眼就只剩下满脸的皱纹了。”听着悠扬的歌声，累了一天的杨重在后座上睡着了。到了丹姐的住所，等一切都回归原样，丹姐还是回到了原本贫穷的家，只留下歌声回荡：时间都去哪儿了？每个人都渴望有钱，不知何时渐渐成为社会的主体追求，每个人都在忙于赚钱，却忽视了生命自身的意义，当用时间测量金钱时，才发现金钱腐蚀了生命，贪婪掩埋了时间，《时间都去哪儿了》就成为了现实灵魂的拷打与叩问。

“道歉人”是对现实的反思和叩问

影片最后设计了“道歉”情节，表达了社会发展过程中，由于过度地开发，造成了自然环境的破坏，空气被污染，水土被破坏。“阳光，我是来向你道歉的，虽然我们之间间隔着厚厚的霾，但我还是想对你说，你是公平的，是我们犯了错，让自己陷进了深深的混沌里，我该怎么向你道歉，才能让我们回到童年的记忆中，天空是蓝蓝的，空气是清新的，阳光是明媚的。”影片通过全国到处雾霾画面，拉开了人与自然环境关系的思考。杨重告诉大家明天是世界道歉日。他要发动私人订制四个人去给所有人道歉。杨重决定四个人先从对自然道歉开始。第二天四个人去乘飞机，接到通知飞机全部延误，于是四人开始对旅客道歉。小白来到立交桥对阳光道歉，小璐来到森林对森林道歉，马青来到草原来对草原道歉，杨重对河流道歉：“水本是我们的母亲，儿女却这般对待您，您是否后悔给我们生命……”通过“道歉”，影片和观众一起反思了自己的所作所为。杨重遇到了电视台的采访，记者问杨重，您有十个亿您会捐给贫困山区吗？杨重说会，电视台记者又问，您有一辆车您会捐吗？杨重说不会，电视台记者又问“为什么您有十亿都肯捐，有一辆车不肯捐”？杨重说：“因为我真有一辆车。”航班误点，雾霾天气，森林枯竭，大地开裂，河流污染，触目惊心，“成全别人，恶心自己”好似谶语，自然作为人类的母亲，成全了人类这群孩子们的暂时的幸福，却是以恶心了自然母亲自己为代价的。影片通过“道歉”的画面，批判了人类看似成功的表面，等来的却是毁灭的命运。

总之，冯小刚的《私人订制》通过对“五类人”的诙谐的展示，意在用豁达者的姿态看待社会的存在，哪怕是他反对的，厌恶的，鄙夷的，他也采取一种嬉皮士的态度面对某种社会精神，乃至社会某种气候。正如朱光潜在《诗论》中对两类“诙谐”作了辨析，他认为，“对于命运开玩笑”是一种遁逃，也是一种征服，偏于遁逃者以滑稽玩世，偏于征服者以豁达超世。豁达者在悲剧中参透人生世相，他的诙谐出入于至性深情，所以表面滑稽而骨子里沉痛；滑稽者则在喜剧中见出人事的乖讹，同时仿佛觉得这种发现是他的聪明，他的优胜，于是嘲笑以取乐，这种诙谐有时不免流于轻薄。豁达者诙谐中有悲悯，其诙谐可以称为“悲剧的诙谐”。滑稽者有点玩世不恭，其诙谐可以称为“喜剧的诙谐”。[①] 冯小刚的《私人订制》传达出的恰恰就是一种“悲剧的诙谐”与“喜剧的诙谐”兼而有之的状态。略带一点玩世不恭，略带一点揶揄耍笑，略带一点热切思索，略带一点深厚情怀。就像著名演员宋丹丹评价冯小刚说，大家随着年龄的增长慢慢丢掉率真，不敢表达自己的态度，冯小刚他已经是奔六的人，还可以这么勇敢地对任何一件事情表态，这很可贵。宋丹丹甚至呼吁说，像冯小刚、王朔那样的人，大众有责任保护他们的率真。有一天如果他们不说话了，他们不表态了，他们不愤怒了，那其实是时代的悲哀。无论他的态度是不是让每一个人都觉得正确，但保护他很重要。作为艺术家，要允许他的个性存在，要允许他永远保持像孩子那样的天真、率真，最直接让他去表达观点。对于宋丹丹的夸赞，冯小刚十分开心。应该说，冯小刚的“诙谐”出于至性深情，表面滑稽而骨子里沉痛，有浓厚的悲悯情怀，是悲剧的关怀，喜剧的表达，体现了一种认真的“诙谐”，也体现了一种包容的“批判”。

（作者系哈尔滨师范大学文学院副教授、副院长）

---

① 朱光潜：《诗论》，载《朱光潜全集》第3卷，合肥：安徽教育出版社1987年版，第31页。

澄怀味象，画意摄影发展的新路解读

——摄影师吟寂作品观后感

郑煦妍

画意摄影是什么

画意摄影对我们来说并不陌生，它是作为一种艺术范畴而存在的摄影门类。在西方，画意摄影流派产生于19世纪80年代，西方画意派主张摄影师去表现自己的个性与才华，不依附传统模式，强调画面中影调、线条、平衡等美学元素的重要性超过照片的现实意义。这一理念与西方绘画的发展相一致。艺术的相通性让我们可以设想，在中国，我们的画意摄影也应该是与中国绘画密不可分的，强调“意”大于画，若只追求画面效果而忽略画面中的“意”，就不能算是一幅好作品。中国的画意摄影又称为“诗意摄影”，它与中国文化的内涵相呼应。

摄影师吟寂的作品可被称为中国画意摄影的代表之一。他的摄影作品形式风格多样，都属于画意摄影，有的是仿宋画的扇面，有的是色彩丰富、生活气息浓重的水彩模式，而以类似于中国古代山水画风格的作品居多，这些作品粗看像是一幅幅中国画，仔细欣赏却是由真实的摄影素材组合而成的摄影作品。但是，这些看似像中国绘画的摄影作品却有别于真实的中国画，它们没有笔墨表现，画面中人物的装束也是现代的，不少作品以现代元素居多，如果说画意摄影是一种艺术门类，那么作为艺术就需要如实地反映当下社会。在吟寂的作品中，出现的大量带有现代社会元素的作品，如实地反映了艺术，将摄影师内心真实性的一面体现在了他的摄影作品中。

中国画意摄影与中国画之异同

看吟寂的摄影作品如果不结合文字去慢慢品味，很难将自己融入画中，最初的映像往往只注意作品表面的形式，这样就容易误以为看一张等于看过百张，是千篇一律的朦胧，然而此时若静下心来配合题词诗句去理解，情况就会大不相同。诗中有画，画中有诗的渲染将带你进入意境的世界，仔细观看便会发现每一张作品的意境都是不同的。这一需独自细细品味才能看出门道来的特点，与中国画有着体异性通之妙。和传统笔墨相比，画意摄影与传统国画是殊途同归的，有差异又有相通之处。差异表现在表达形式上，同样的题材，传统国画以笔墨情趣来表现，而画意摄影则用质感的视觉真实替代了传统山水的皴法，相通之处在于都表现了独特的意境和文人情怀。

在创作过程方面，画意摄影与中国画也具有相似性。平时大量拍摄摄影素材的过程就好比是国画中的写生环节，不同地域的山石均可记入相机并继而记入摄影师的心中，回家后用现代电脑技术 PS 合成与用笔墨一气呵成的过程是类似的。笔墨当然有其特别的美，笔的张力、墨的韵味以及笔墨的音乐性和抽象意味都是摄影无法做到的，但摄影也有自己的优势，真实的山水、树石这些出自于大自然本身的杰作，是无论任何人工巧匠都无法完全类似比拟的，而吟寂作品中描绘的似而不似之场景、不知其出处的意境与传统国画相比也毫不逊色。

澄怀味象，画意摄影的哲学依据

任何艺术门类都需要有成熟的哲学思想支持，本民族的哲学思想实际上如同人类基因一般植入他们的心灵深处。中国画意摄影的哲学依据应该是几千年延续而来的中国艺术精神。而中国艺术精神中最本质的特征是：人的精神的自由解放——游。

中国艺术的本质精神最早起源于以老庄思想为代表的道家路线，以庄子思想为出发及归宿点是以老子想求得精神之安定发展为要求得到精神的自由解放，以建立精神自由的王国。

庄子生活在一个大动乱的时代，人生在所受的桎梏与痛苦中要求自由解放，但这不可能求于现世，只能求于自己的内心，庄子把心的作用、状态称为精神，即在自己的精神中求得自由解放。而现代人的快节奏生活带来的各种烦恼与庄子的情况是相通的。由庄学所引发的人对自然的追寻，是超越世务的隐逸精神，然而大多数人不可能有真正实践上的隐逸生活，只能使精神得到艺术性的自由解放，这是产生中国山水画的真正原因。最早的山水画论家宗炳在《画山水序》中的这段描述将庄子这一思想落于实处："好山水，爱远游，西陟荆巫，南登衡岳。因而结宇衡山，欲怀尚平之志。有疾还江陵，叹曰，老疾俱至，名山恐难遍睹，惟当澄怀观道，卧以游之。凡所游履，皆图之于室。"这也是中国山水画最终代替人物画而成为后中国绘画主流的原因。由山水之形体现出来的山水的玄牝之灵与画家胸中之灵融为一体的作品，不是一般意义上的写实主义。

所谓的"澄怀味象"的"澄怀"二字就是以一颗虚静之心品味山水之灵与神，将自己的精神融入于美的对象中，"望秋云，神飞扬，临春风，思浩荡"。暂时忘却世俗的烦恼，而得以片刻精神的自由。中国画中经常表现的"无何有之乡，广漠之野"，即是在创造的一个无世俗干扰的精神世界中去畅游一番。在无人之处体会天地宇宙的运转，在天人合一中实现无时间限制、无空间间隔的逍遥游。

中国画最终品味的是一种自由的精神，笔墨只是技巧而非本质，正如"庖丁解牛"一般，"以神遇而不以目视，官知止而神欲行"，无论是笔墨还是摄影技艺或是现代电脑的 PS 技术，都不过只是庖丁手中之"刀"而已，而"解牛"才是他无所系缚的精神游戏。艺术作品要解决的问题是思想问题，形式是为内容服务的。随着社会的发展、科技的进步，画意摄影很有可能成为中国艺术精神现代转化的又一个表现形式。

中国古典诗词在画意摄影中的作用

儒家一直主张"达则兼济天下，穷则独善其身"，中国所有的诗人只不过是失了意的政客，而所有政客都是得了志的诗人。儒家"独善其身"的思想和老庄"道法自然"的思想相结合，塑造了中国古代文人血脉中的文化基因——隐逸的文化。

每一个中国人生命深处都蛰伏着诗意，在吟寂的作品中，出现了许多古诗词，有的是作为题跋写在作品上，位置与中国画的格式相同，而有的则以作品名称的方式出现在标签。吟寂将诗与画相互弥补以表达自己隐逸的情怀。他说，按快门是一件容易的事，而单纯的按快门就显得过于简单应付了，艺术家之所以被称为艺术家，应该要做更难的事，他们应更加关注人与自然及其之间的关系，将诗化的人生观世界观注入艺术创作中，又在艺术创作中生成的个性化的艺术观。许多人不远千里赶往外地拍摄所谓美景，其实皆属浅层次的美景，关键是要对作品进行升华，这一升华不是简单的乱拼凑，而是以诗意的情怀表达自己思想的体现。

中国古典诗词曾是我们最美好的意境表达语言。它由意象与意象组合结构而成。意象是诗人脑中经过抽象化审美创造的第二自然或艺术境界。作者把心中的意念，寄托于具象与非具象的艺术形象之中，表达出人生的感受，使意念成象，并以这个艺术形象去诉诸读者、感动读者，唤起读者的想象与联想。意象讲究有形的形象和虚构的形象，这就是所谓的象外之意或意外之象。直至“意境”的形式实际上就是“象外之象”。而意境的表达需要处理好情与景之间的关系，情是作者的内心世界，他的思想情绪与追求。景就是外部的世界，可以是人类活动也可以是自然景色。黑格尔《美学》第一卷：“一种使人感到快乐的表现必须显得是由自然产生的，而同时却又像是心灵的产品，产生时无须通过自然物产生时所须通过的手段。这种对象之所以使我们欢喜，不是因为它很自然，而是因为它制作得很自然。”①

在吟寂作品中山川草木不再是自然界原生态的图景，而是带有诗人感情、理想、憧憬而制成的图景。事实上这些自然物已经成为作者移情的对象，山川草木饱含着作者的感情，是作者借山水之景象以抒发胸中块垒的诗意化的抒情作品。

对画意摄影师的要求

像这样的画意摄影门槛固然比较高，特别是对摄影师本身的要求很高，但是对创作过程中的摄影师来说却是一个不断升华的过程。纵观吟寂摄影的不同时期，我们可以看见他一路走来的画意摄影发展路线。

他从小对绘画有着浓厚的兴趣，却因为时代的原因曾经一度与美院无缘，自学过书法与国画，20 岁时开始玩摄影，对儿时绘画向往的心结是吟寂之所以喜欢画意摄影的原由吧！他说，自己对本民族的艺术哲思深有体会。艺术，总是在传统中发扬，在新潮中死亡。这样说，并不是自己抵制一些时尚的元素，而是真正意义上的艺术，与前人的摸索和积淀息息相关，我们完全有理由从中汲取营养、传承血脉。用西方的工具来表达我们东方的情思，这也是一种文化的交流与融合，尽管东西方文化在认知上有所差异，但艺术应该是可以跨越鸿沟的，如同音乐能直指人心。

---

① [德] 黑格尔:《美学》第 1 卷，朱光潜译，北京：商务印书馆 1996 年版。

吟寂的画意摄影走过三个阶段：第一阶段是写实阶段，这一时期他和大多数摄影师一样，喜欢祖国的大好河山，拍摄了不少堪称佳作的好风光作品。他却并不满足于这些，从全国各大景观中拍摄而来的照片其实大多可以在网上找见雷同的，甚至有比自己拍得更好的。于是第二个阶段吟寂开始了他的写意生涯，用单张原片来表现画意。但是这些风景依然不是他心中唯一的不可复制的风景，在表现手法上也还是不能满足他对于自己思绪的表达。第三阶段也就是2011年以后，他用多素材后期合成了现在这一风格的画意作品。吟寂认为艺术创作首先要建立在独立的精神和人格之上，缺乏这一点只会导致丧失艺术立场，盲从于流俗。而自由的心态又是摆脱陈规不断创新的重要保证，这二者在创作过程中将起到至关重要的作用。吟寂的创作过程也是一个独立思考的过程：先立意，成像于胸，然后将平时积累的素材选择用于诗意中，这样的风景只有心里有，世间是难以找到的。文字先由自己写好再加上去，画面上那些不同的印章也是后来直接盖上去的。他说以后还会变，会继续探索向空灵境界发展。

吟寂一直沉浸于这一艺术的世界里，他说自己做这些作品最大的收获并不是物质、头衔、称谓或奖项等较为普遍的度量值，而是个人精神层面的诉求，以及对摄影语言的不断深化探索，在其中他享受着摄影艺术带来的喜悦。吟寂以他对古典美学深层的造诣自如运用着中国艺术诗与画相结合的东方哲思，他的作品已经到达了一定的高度，正如台湾读者彭鹤松所说的：如此“出尘”“脱俗”的摄影作品，若用世俗的眼睛去看去评论，无疑是亵渎自我的灵性。

每个人都是时代之子，当现代相机普及率远远大于毛笔使用程度的情况下，摄影艺术更有可能胜于现代中国画而成为这一时代中国人表达思想最重要的工具。其实国画发展到今天也早已走入了困境，笔墨的韵味很难去表现当代社会的场景，比如房屋室外热水器、空调等新事物，现代人的着装问题等等，都很难在画面中做到和谐，特别是在当下书法、绘画等技术普及不足的情况下。而摄影却有解决这一矛盾的可能性，在吟寂的作品中出现的大量现代特征的符号在整张作品中是和谐统一的。从对吟寂画意摄影的研究与实践中，我们可以预见画意摄影的发展在目前的中国应该大有可为。关键还是国人要提升对中国文化的理解、学习与发扬，以摄影之要素把握时代的命脉，当然画意摄影同样可以表现花鸟鱼虫之类内容，理论上是相通的。

（作者系杭州市文晖中学教师）

坚持与超越：福建文艺生态状况考察

钟红英

新中国成立六十多年尤其是改革开放三十多年以来，我国社会主义的文艺事业无论是在创作还是批评领域都书写下了辉煌的篇章。近年来，随着我国社会经济文化的迅速发展，文艺生态也发生着深刻的转变，一些诸如创作“俗”“滥”“泥沙俱下”和批评“缺席”“疲弱”的声音不断出现在全国各大媒体上，强烈撞击着我们的视觉神经。与此相随，福建文艺创作与评论在20世纪八九十年代，以舒婷朦胧诗为代表的关于诗歌的论争，以刘再复为代表的主体性论争和以林兴宅为代表的方法论论争引起全国的关注，并以此几次重大论争为中心，凝聚、团结了一大批文艺创作与文艺评论家队伍，一时誉满文坛，在全国产生了重大影响。

但如今，福建文艺生态也面临不小危机，无论在创作还是评论领域，虽一定程度上呈现“万紫千红”的景象，但总的来说在全国能够传得开、叫得响的精品力作还不是很多，在全国具有很大知名度和影响力的文艺创作和评论人才也与一些强省存在距离，福建文艺生态在新形势新任务下如何进一步发挥优势，凝心聚力推动叫响福建精神的文艺精品创作，培养一支浩浩荡荡的文艺“闽军”，是摆在福建全体文艺工作者面前的一项重要课题。

福建文艺生态优势突出

福建地处东南一隅，自然环境优美，文化积淀深厚。在长期的历史发展过程中，其众多独具特色的地域文化，成为文艺工作者取之不尽、用之不竭的创作源泉，如闽台文化、闽商文化、下南洋文化、船政文化、革命斗争文化以及闽南文化、客家文化、畲族文化、朱子文化、土楼文化和寿山石、木雕、石雕、瓷雕等特色的文化，都值得文艺创作者在题材上深度挖掘、着力表现。围绕这些特色文化题材，近年福建文艺创作者在文学、戏剧、音乐、舞蹈、影视诸多领域创作了不少优秀作品，取得良好成绩。

在文学创作领域，近年福建文坛最重要的一个收获是“崛起的福建小说家群体”，这一概念是2003年闽籍在京文艺评论家何镇邦先生在由福建省文联等单位在京主办的福建小说家杨少衡、北北（林那北）、须一瓜、赖妙宽、粲然五位中青年作家作品研讨会上提出来的。其时杨少衡的基层官员小说、须一瓜的东海之滨特区城市生活的展现、北北系列为八闽小民立传的小说、赖妙宽知识分子题材小说以及粲然描写海滨城市特殊花季少女的小说作品，都给与会人员留下强烈印象。如今十几年过去，这一群体大多都已成长为国内一线小说家，不但中短篇小说创作屡屡收获，而且长篇小说创作也取得令人瞩目的成就，如杨少衡海峡题材小说《海峡之痛》、林那北的《我的唐山》、须一瓜的《白口罩》等，均有不俗的反响，其中杨少衡的《海峡之痛》还被多家影视机构改编。2013年，“福建小说家群”再次集体亮相，这是由福建省文联等单位为最近在《中篇小说选刊》以专号形式推出的福建小说家13篇作品举办的一次研讨，其中既有杨少衡、陈希我、须一瓜、赖妙宽、青禾等卓有影响的福建小说家近作，还有部分中坚代小说家和80后新锐作品，这一群体正如何镇邦先生所说：“10年前如果说‘小说闽军’悄然崛起，那么今天已成气候，呈现成熟、热闹的景象，形势很好。”

与小说创作大好形势可以媲美的，是近年来福建充分发挥区位优势，在“海峡”两字上做足功夫，打造了一系列对台文艺交流品牌活动，包括海峡两岸作家论坛、海峡诗会、海峡两岸曲艺欢乐汇、海峡文缘论坛、闽南语电影研讨会和海峡两岸青年舞蹈嘉年华活动等。其中海峡诗会自2002年启动以来，至今已办了八届，邀请了台湾“诗文双绝，学贯中西”的余光中、被诗歌界称为“诗魔”的洛夫、影响了几代华人心灵成长的席慕蓉、素有诗界“任侠”之称的郑愁予、发现众多文学“天才”的“诗儒”痖弦等享誉海内外文坛的名家，引起强烈反响。戏剧方面，福建素有“戏剧大省”之称，以王仁杰、郑怀兴、周长赋为代表的剧作“三驾马车”创作了大量戏剧艺术精品荣获“文华奖”“五个一工程奖”“曹禺戏剧奖”等全国性重要奖项，近来戏剧界还实现中国戏剧“梅花奖”六连冠的佳绩，为福建赢得很高荣誉。音乐作品连续两届荣获国家“五个一工程”歌曲奖，南帆连续两届获鲁迅文学奖，章绍同三次获中国电影音乐“金鸡奖”，电影《爱的廊桥》获国家“五个一工程奖”。在中华文明历史题材美术创作工程重点工程、全国优秀儿童文学小说奖、中国音乐“金钟奖”钢琴类、中国戏剧奖·小戏小品奖、中国舞蹈“荷花奖”舞剧·舞蹈诗类、中国曲艺“牡丹奖”表演奖、全国少数民族曲艺展演畲族曲艺和中国民间文艺“山花奖”民间工艺美术作品奖均实现福建零的突破，显示了福建文艺创作扎实推进，稳步发展的强劲态势。

作为党领导文艺工作的重要方式，福建文艺评论仍然延续了20世纪八九十年代强劲的发展态势，一代闽地学人如孙绍振、南帆、刘登翰、颜纯钧、林焱、陈仲义、王炳根、杨春时、俞兆平、林丹娅、杨健民、黄鸣奋、谭华孚、周宁、林蔚文、林瑞武、李毅闽、梁桂元、樊万春等活跃在各门类文艺评论与理论前沿，展现了他们强劲的冲击力与创造力，并在他们的带领和影响下，逐渐在高校、社科、文化系统形成了老中青三代结合的文艺人才梯队结构。据多年来福建省文联文艺理论研究所举办的全省中青年文艺评论家论坛的情况来看，福建中青年文艺评论家在文学、戏剧领域集中了较多的人才；书画、影视评论人才主要集中在高校的艺术系；摄影、音乐、舞蹈、影视、曲艺研究人才则相对贫弱。

福建文艺发展存在显见的瓶颈

1. 能够叫响福建、叫响福建精神的精品力作稀少。福建省委书记尤权曾经指出：“湖南有湖湘文化、陕西有八百里秦川文化、山东有齐鲁大地文化等等，都广为人知，耳熟能详。福建历史悠久，文化底蕴深厚。新形势下要深入研究如何选好题材，用好资源，做好策划，打造精品……叫响福建和福建精神。”挖掘创作出能够体现福建精神，具有福建特色、福建风格、福建气派，为福建发展发挥正能量的精品力作，不仅是我省文艺繁荣发展的重要标志和支撑，也是我省对外展示文化软实力的名片和窗口。近年来，福建文艺精品创作生产虽有所突破，但对历史文化的深挖掘仍然还不够，对文化潜力的大开发还不足，在全国叫得响、叫得开的作品还不多，主要表现在：停留在谋划阶段的作品多，真正出版或搬上荧屏、舞台的作品少；小题材、一般性题材多，大题材、大制作、大投入的经典作品少；重复性、改编、复排题材多，内容创新、形式新颖的原创性作品少，尤其是能够产生较大市场和经济效益的作品更少。近年来，福建中篇小说创作群体发力，不少作品在全国重要报刊发表并转载，引起极大关注；一些作品也被改编成影视剧，但对重大题材和地域特色文化题材的反映仍然缺乏，对福建气质、福建精神的发掘与提炼仍然还有许多可作为空间，需要进一步提升福建文艺知名度和影响力。

2. 创作队伍青黄不接，系统有效的辅导网络和培养平台不足。今文艺“陕军”“湘军”引人注目，甘肃“小说八骏”“诗歌八骏”崛起于文坛，但福建“闽军”之说，仍仅限于20世纪80年代“评论闽军”一说为人认同，小说创作尤其中长篇小说创作近年虽有“崛起”之态，但在全国拥有广大读者群、产生重大影响的文学作品仍然不是很多；影视编剧人才也十分缺乏，动漫编剧人才更是“一将难求”。即便我省相对比较强的戏剧创作队伍，当前也面临严重萎缩，曾在20世纪末一度拥有200多人的福建戏剧创作队伍，现能够长年坚持从事剧本创作的只剩30多人，且年龄偏大，45岁以下中青年剧作者不超过10人，其中较为成熟、有较好作品问世的只有四五人，而戏剧的“二度创作”，即导演、音乐、舞美和演员队伍原先就比较弱，导演、作曲、舞美人数不多，三者在省内外有一定影响的不超过10人。之所以会出现文艺人才不多，青黄不接，作品影响不大的现象，除受市场经济、消费时代大环境因素影响外，也与当今缺乏系统有效的组织辅导网络有关。如今一些单位和机构虽然也办各种文艺培训班，但大多处于“结业就是结束”的放任自然状态，缺乏有效的后续跟踪和提高的服务。回顾20世纪八九十年代的福建文艺创作：以舒婷为代表的“朦胧诗派”，正是在一批福建本地评论家及闽籍在外评论家的助推下，以《福建文学》和《当代文艺探索》为平台，展开了长达一年的关于朦胧诗问题的讨论，既在全国打响了“闽军”品牌，又极大地推动了以舒婷、顾城、北岛、江河等为先驱者的“朦胧诗派”的崛起。而那时的福建戏剧，当时之所以能取得丰硕成果，并有多达200多人的创作大军，也是有以省艺术研究所为中心和龙头，引领各市县艺术或戏剧研究所、剧目创作室，形成一个省、市、县三级互动的创作组织与辅导机构紧密相关的。今各文艺门类的创作人员各自为阵，互无“瓜葛”，即使如闽东诗群等这样有着“群”体之称的诗歌创作队伍，也往往“孤寂”地从事自己的创作，更不用说作为一个整体的方阵被相关单位持续地打磨和推出。福建省每年美术类考生约14000人，毕业生约有4000人，其中硕士和博士生达到上百人，但由于缺乏如青年画院这类专业机构和平台的培养提升，使限于画匠之流。如此，既缺乏大的文艺创作环境，又缺乏长期有效的跟踪服务和助推，文艺精品创作的前景势必不容乐观。

3. 经费缺乏保障，文艺事业发展和人才培养举步维艰。福建文艺创作与人才培养所需经费在预算安排中严重不足，多靠临时追讨，长期处于“等米下锅”

的被动与尴尬状态。以戏剧投入为例，近年来，面对精品剧目在全国赛场日益激烈的竞争局面，其创作生产成本也直线上升，一台参赛重点剧目投入几百万、上千万是寻常事，而即使是一般剧目的创作与生产，一台也需几十万元的经费投入。但福建在这方面的投入是严重不足的，至今省财政没有每年安排专项经费，基本要靠向省财政临时追加或各单位各部门通过其他方法“各显神通”来争取。同时福建对文学刊物的扶持也十分有限，如重要纯文学刊物《福建文学》和惟一专门介绍两岸作家作品的文学期刊《台港文学选刊》也一样，在历史上很长一段时间处于“等米下锅”的状态，甚至一度要依靠企业的赞助才能生存。近两年来，在各方共同努力下，省财政对福建重要文学期刊在经费保障上作了一定的政策倾斜，大大减轻了这些期刊的办刊压力，但相比其他一些省份，仍然存在较大的差距，如北京、上海、浙江、江苏都采用“稿费扶持”的办法，其中《北京文学》每年有400万元，上海的《收获》和《上海文学》每年各有100万元，浙江的《江南》每年有260万元，江苏的《钟山》每年有100万元，各刊物按照文章质量以每千字500元、300元、100元阶梯式发放稿费，这些刊物因为有财政资金的大力扶持，近些年都逐渐发展成我国文学的高地。

有必要进一步加强文艺体制和机制的建设

1. 加大对文艺精品创作的财政投入是推动精品创作的必要支撑。近年福建之所以出现文艺创作队伍不断萎缩的状况，其中一个很重要的原因是经费投入严重不足。文艺家创作出一部能在全省和全国获奖的优秀文艺作品，往往是多年呕心沥血的结果，但其所得回报往往还是精神层面的，物质的回报是很少的，奖金少的只有几百元，多的二三千或万把元，如福建省政府百花文艺奖一等奖是1万元，与发达省市相比存在较大差距。同时即便是获全国性的重要奖项，省政府在奖励程度方面也存在巨大落差，如鲁迅文学奖，省政府仅配套奖励3万元，而戏剧梅花奖，省政府从三个方面给予配套待遇：一是获奖当年即享受一级演员工资待遇及二级保健对象的医疗待遇。二是获奖当年即一次性奖励建筑面积为120平方米左右的住房一套；为所在单位连续工作五年后，予以办理《房屋所有权证》。三是获奖当年即纳入省高层次人才管理。对比外省，在奖励方面，江苏的施耐庵文学奖，每届评出5部作品，每两年一届，获奖作品每个奖励30万元，初评委费每人8千元，终评委费每人3万元。在戏剧剧作方面，也存在类似现象，导致近年不少作者都转向报酬较为丰厚的影视编剧去了。为有效扭转这种状况，一些省市近年开始注意大力加强文艺经费保障，如甘肃财政每年拨给省文联的预算内经费是全省财政收入的万分之一。在专题项目方面，浙江省通过成立编剧中心作为编剧创作作品的代理机构，在全省范围内把剧本的稿酬从原先的一部几千元提到 5 万至 10 万元。湖北省实行重点编导和重点剧本签约制，每位重点编导每年由省文化厅拨给 1 万元作为资助其创作活动的专项经费，在重点剧本修改过程中还拨给数千元修改经费，并出台了关于加大对优秀剧目奖励力度的文件，规定对在全国性评奖中获奖的剧目给予 3 万至 15 万元的奖励。鉴于优秀编剧和剧本普遍匮乏的局面，许多省市纷纷以每本数万元的高稿酬向全国征集剧本，有的省市还以高稿酬特聘我省优秀剧作家为他们创作。

2. 整合资源、打造具有福建特色的文艺精品是推动文艺精品创作的重要手段。要通过整合资源，打“组合拳”，推出一批体现社会主义核心价值体系要求，具有福建特色、福建风格、福建气派，在全国有辐射力、影响力的优秀文艺作品，对此要重点抓好：一是重大革命历史题材，二是反映福建精神福建人的重大题材，包括现实题材和历史文化题材，三是地域文化特色题材。这些题材一要思想厚重，二要情节入胜，三要具有艺术感染力和渗透力，四要传播福建历史文化、福建气质和福建人的精神。对好的文艺题材，政府相关部门要充分发挥导向和杠杆作用，在建立文艺创作基地，完善重大文艺创作题材库，健全文艺作品的评价体系和激励机制上，把更多的资源整合集聚到精品创作上来，促进福建文艺发展繁荣，扩大福建的知名度和影响力。近来，福建省委宣传部启动了“福建省重大文艺创作项目库”影视、戏剧的征集、评选活动和“福建文艺发展基金”工程，福建省文联也启动了“福建省文联文艺创作题材库”评选工程，对入选的 10 部重大题材每部资助 10 万元，这对福建文艺精品的创作无疑将产生积极的效应。

3. 制定长远规划，建立长效的人才培养机制是推动精品创作的必要前提。一要形成一套行之有效的“推拔扶引”的人才培养机制。即对德艺双馨的名家名作要加大宣传力度，理直气壮地去“推”，对优秀的中青年骨干艺术人才要不遗余力地“拔”，对基层文艺人才要善于发现积极地“扶”，对稀缺人才特别是多样化复合型人才要千方百计地“引”，即要创新人才引进机制，用特殊政策给予破格引进使用，并以项目吸引人，如通过搭建“文艺家创作交流基地”的方式，为名家大师提供创作室，尽量把优秀人才聚集过来。二要设立荣典制度，表彰优秀人才。当前福建文学奖项的设立还远远不够，目前较有影响的省级奖只有福建省百花文艺奖和省作协优秀文学作品奖，但这两个项奖，都未包括文艺理论评论作品，也未有专门针对青年作家作品的奖项，这显然不利于理论评论及年轻作者的培养。同时，针对现行的文艺类别“荣誉体系”奖励客体以成果为主，而缺乏对文艺工作的综合评价。为更好地促进文艺工作者的创造性和积极性，还有必要构建一种科学合理规范的文艺荣典制度，以弥补现行奖励制度的不足。事实上，世界上很多国家都建立了文艺荣典制度，如美国有国家艺术奖章、日本有文化勋章、韩国有金冠文化勋章、法国有文学艺术骑士勋章，这种文艺荣典制度，不仅对于福建，就是在全国也有重要参考意义。三是要加大宣传力度，增强优秀文艺名家名作在社会公众中的影响力。近年来福建文艺创作取得了丰硕的成果，推出了一大批优秀文艺作品，但媒体对其宣传却十分不够。建议上级文艺主管部门，要把福建优秀的文艺作品像戏剧晋京一样，每年都到北京举办单个或群体或闽籍作家艺术家的作品研讨，同时加大宣传，把优秀人才和优秀文艺作品的推介视为公益性项目来给予深度报道，今广东、江苏、浙江、河南等省每年都拿出一定经费在国家重点报刊《文艺报》《中国艺术报》大版面宣传报道本省文艺名家名作，极大地提高了他们的知名度和影响力。

4. 搭建创作平台，建立文艺家挂职制度是推动精品创作的有效措施。福建是较早建立作家挂职制度的省份之一，20 世纪 90 年代就建立了作家下基层挂职制度，如陆绍环、张力、赖妙宽、何也、雷德和等都先后下基层挂职，期间创作了不少优秀作品，但由于种种原因，这一制度没有得到坚持。陕西也是建立作家挂职制度最早的省份之一，也是坚持最好、成效最为显著的省份，自 20 世纪 50 年代起就有一大批挂职作家并创作了许多精品力作，如柳青的《创业史》、路遥的《平凡的世界》、陈忠实的《白鹿原》、贾平凹的《浮躁》等，都是作家在挂职深入生活期间创作的名篇，既打响了“陕军”品牌，又极大地提升了陕西的对外影响，陈忠实、贾平凹笔下的白鹿原、棣花镇等一些名不见经传的小地方，都是借助文学的影响名声大噪，成为旅游品牌。对此，可由福建省委组织部、省委宣传部牵头，省文联具体配合，恢复、建立文艺家挂职制度。在时间上，可安排一挂两年。在职务安排上，对有志于创作地域性作品的文艺家，安排挂职县委副书记、副县长；对有志于创作旅游文学作品的作家，安排挂职国有旅游企业副职；对有志于创作闽商文艺作品的，安排驻外商会党委副职；对有志于创作三资企业发展作品的，安排相关主管部门副职或企业指导员。同时给予挂职文艺家相关政治、经费待遇，并出台制度做好挂职文艺家的管理工作。

（作者系福建省文联文艺理论研究所学术部主任、二级文学创作）

当代语境下的英雄主义精神开掘与呈现

周瑞锋

就军事题材文学的文学描写而言，英雄主义大约是指这样一种精神的或行为的形象方式：超常的胆识，果断，顽强，富有智慧，作战勇敢，坚韧不拔，充满自我牺牲精神，比一般人具备更完整的人格与更充实的内心世界，等等。中国的军事文学无疑应该张扬英雄主义精神，其原因不仅在于中国的现实缺少这种精神，而且在于文学的描写对象是战争、是与战争相关的充满了献身意味的独特生活内容。这也就是说，军事战争文学中的英雄主义精神的呈现，是一种现实的必然，一种描写对象的真实。

“十七年”时期的革命英雄传奇与20世纪90年代中后期兴起的新英雄传奇构成了中国当代英雄传奇文学创作的两大高峰。20世纪中叶军事题材长篇小说创作，出现过一大批脍炙人口的优秀作品。诸如《铁道游击队》《烈火金钢》《敌后武工队》《林海雪原》等，它们秉承中国文学的不朽传统，采用中国民间的叙事风格，以个人在战争中的难忘经历为蓝本，以描摹英雄的传奇故事而取胜，所创造的一个个光辉夺目的英雄形象，感染激励了几代中国人。这些作品讲述了红军、八路军、新四军、解放军和游击队的战斗故事，既艰苦卓绝又神出鬼没，英雄人物既勇冠三军又足智多谋，一时好评如潮。后来仿作纷如，事件、情节、人物、语言、手法逐渐僵化，为文学界深所诟病。以后的半个世纪陆续有新作问世，并逐渐呈现出一派井喷态势，作品数量不仅相当可观，而且艺术质量普遍达到了较高水平，其形成的新气候是全景式、全方位的，整个景观枝繁叶茂、绿荫广被，而崛起于阡陌之中的一个新动向，就是有一批成功作品回归理想主义、开掘英雄精神，例如《高山下的花环》《西线轶事》《亮剑》《我是太阳》《英雄无语》《历史的天空》《穿越死亡》《音乐会》《走出硝烟的女神》《我在天堂等你》《悲日》等一大批代表性作品，在军内外引起比较强烈的反响。尽管它们写法不同、风格各异，但有一个共同的特点，那就是走出非英雄化、消解崇高审美旨趣的军事题材长篇小说创作的误区，重新奏响理想主义和革命英雄主义的主旋律，在延续与借鉴革命英雄传奇创作方法的同时，颠覆了传统的“神性”革命英雄形象，极大地丰富与深化了人物内涵。这些新的英雄人物，个性张扬，心思细腻，命运多舛，从内在肌理中散发出光风霁月般的人情味与精气神。通过对英雄独具个性的形象塑造、细腻深邃的心路探询和荒诞悲怆的命运言说，改变了长久以来的传统英雄塑造模式和书写范式，为更深广的英雄探寻预设了种种可能。

这批作品回归英雄主义，并非简单重复，而是经过螺旋式上升臻于更高境界。与传统传奇的精陈梗概、夸示离奇相比，其事件确立更显时代高度，其情节构建更趋复杂丰富，其人物性格更呈鲜明深邃，其语言内涵更具哲理深度，其手法技巧更见娴熟奇特，作品的面貌更符合现代人的理想审美需求。《高山下的花环》中英雄们所独具的“位卑未敢忘忧国”的精神品格，就是一个鲜明的例证。可以说，梁三喜的英雄主义描写，是富有民族性或民族特色的。他的英雄主义精神很容易与其他民族或其他国家的军人区别开来，作为中国当代军人的一员，他体现了一种独特的文化传统，渗透了中国传统文化色彩的农民意识的烙印。譬如《西线轶事》，作品描写了刘毛妹的独特的英雄主义精神行为，但透过这种描写，却使读者感受到了一种历史的意味与人性的深度。《亮剑》中，传奇人物李云龙的故事正反相成、起伏跌宕，确实引人入胜。这部作品是军事长篇小说回归英雄传奇的一个标志。小说集中笔墨描写了一位职业军人从 20 世纪 40 年代初鏖战于晋西北的抗日战场，到 60 年代末在“文化大革命”中被迫害的英雄的一生。李云龙来自贫困的大别山区，少年时代参加红军，在两万五千里长征中就是红军的一位团长。由于他个性太强，常有违反纪律之事，故在军队中的职务经常升升降降，到了 40 年代初的晋西北战场上，仍然是八路军独立团的一个团长。小说描述他传奇性的经历，写他在战场上的英勇无畏，诸如写他在野狼峪指挥伏击日本关东军的战斗；写他为了复仇不报上级批准就带领独立团打进平安县城消灭日本的特种部队，从而扭转了晋西北的战局；写他同国民党军将领楚云飞的关系；写他后来在“文革”中为制止武斗而付出的惨重代价，从这一切突出了一位革命军人的英雄性格。同时，又写他倔强、正直而又有点粗暴的个性。这样，一位个性鲜明，主导性格突出，丰满的将军形象就凸现在我们眼前了。应该说，李云龙形象的成功创造同作者始终把握住作为他性格主导的革命英雄主义有关，同他善于写战争场面有关，也同他善于展示李云龙的感情世界有关。李云龙这一英雄形象的成功创造，具有重大的美学意义，无论对于军事题材的长篇小说创作，还是对于小说创作来说，都积累了重要的艺术经验。

项小米在《英雄无语》中讲述了“爷爷”的英雄故事，充满传奇性和神秘性，但“爷爷”不是一个思想简单的勇敢加鲁莽式的英雄，而是一个有着复杂生活经历、对革命立了大功的人，一个曾经轰轰烈烈的孤独者，一个无语的英雄。作者不是直接描写他，而是用自己的目光从侧面去观察、发现、开掘他，进而去努力理解他。同时，作者还塑造了一个“奶奶”来对照、反衬甚至批判他。通过对“爷爷”进行更严酷的精神审视和灵魂拷问，大大提高了作品的思想深度。朱秀海的《音乐会》为抗战题材文艺作品开出了新生面。作者对战争题材有过长期而深入的思考和持续不断的创作实践，积累了相当多的思想材料。战场的惨烈无状，战地的心理意态，战争对人性的摧残，战斗对人物的锻造，诸如此类战时才有的情景被作者精细地展示出来。他把日寇和狼群放置一处，堪称神来之笔；他使战争和音乐叠加推挽，可谓巧思妙运。如此种种，展示出新一代军旅作家的艺术素养已大大超越前辈同行。徐贵祥《历史的天空》的主人公梁必达原名梁大牙，在镇上当雇工，日军打来后，逃进凹凸山，为了看一个漂亮女兵，阴差阳错地当了八路军。这时的梁大牙只是个略带狡狯、痞气十足的农民，没有丝毫觉悟。此后，作者让梁大牙吃尽苦头，战争和苦难磨炼了他，战友和敌人教育了他。流氓无产者梁大牙成长为坚定而智慧的革命者梁必达同志。种种细节精彩而新鲜，既出人意料又令人击节称赞。我们看到，上述作品都是依靠艺术的力量征服读者的。深刻的思想性、完美的艺术性和最大限度的可读性，是这批作家们的共同追求。

在学术界和广大读者共同认可的军事文学繁荣时期，一定是具有各种典型意义的“英雄”艺术形象不断涌现的时期，那些艺术形象均以强烈的时代感和浓郁的生活气息引起读者的共鸣、焕发读者的激情，能够使读者和他们一起思索一起追求，共同经历那个时代的生活主流带给人们的乐与苦、成功与失败、艰难与光荣。20 世纪 80 年代以及中、后期的军事文学创作，之所以至今还常常引起许多作家和读者回味，其中最为重要的一点便是那个时期军事文学带给我们的一大批成功的“英雄”形象。那些“英雄”形象不论是具有残缺美还是完整美，不论是基调高昂明朗的理想主义者还是忧郁深沉的求索者，他们所表现出来的精神品格都萌生于革命军人生活的情感厚土和思想世界，不仅如此，他们都以各自独特的方式吟诵着时代前进的强音。

军事题材长篇小说向英雄主义回归，在某种意义上，还因应了当前的社会需求。一段时间里，军事文学有一种现象，就是作家跟着“典型”走，但这个“典型”并非是现实文学所主张的那个“典型环境中的典型人物”，而是各个部队宣扬的英模人物。往往是某个“典型”已经在不同的媒体“轮番轰炸”之后，作家又去受命写书，其结果不言而喻。近年来那些被戴上“典型”桂冠的文学、戏剧、电影和电视剧，且不说都受到程度不同的冷遇，更谈不上有持久的艺术生命力。人的精神追求是永恒的。当物质极度匮乏的时候，人们靠精神力量凝聚起来艰苦奋斗；当物质条件得到改善，精神和文化生活的需求会大大增长。军事题材长篇小说适应现代人变化了的阅读习惯和审美心理，显示了军事文学揭示特殊历史环境中人物精神世界和性格命运特征，以及其所具有的英雄品格和蕴含独特魅力价值。实践告诉我们，文学并不是不能写“典型”，而是不能跟在新闻后面亦步亦趋，必须严格遵循自身的特点规律。长篇小说《红日》《红岩》《林海雪原》《铁道游击队》等都是取材于真实的历史事件、人物和故事，但它们秉承文学典型化的原则方法把生活真实与艺术真实统一起来，把其中的矛盾和斗争典型化，真正创作出像石东根、江姐、杨子荣、刘洪这些堪称“典型环境中的典型人物”。透过这些血火斗争的史迹，描写人物、雕塑形象。

半个世纪以来，军事题材长篇小说创作正反两个方面的经验告诉我们：理想和革命英雄主义是以人民军队在不同历史时期的战斗经历为描写对象，以塑造各种英雄形象为主要任务的军事题材长篇小说的灵魂。当然，这种革命英雄主义必须是植根于革命理想之中，是与革命英雄人物的牺牲奉献精神相一致的。这种革命英雄主义，在革命战争年代，是人民军队的军魂，是战胜形形色色的敌人所必需的强大精神武器，而在和平年代，也是军人核心价值观乃至国家与民族价值观的重要内容与道德支撑。军旅作家要珍视当代军营这块深重而广阔的生活领地，不要轻易撤离或远离绿色军营，而要不断开拓军旅文学表现的新境界。关注表层相对平静的军旅生活，挖掘中国军人在中国社会大的结构改革中激烈动荡的深层意蕴，关注随时代变化发展以及现代军人所具有的多样化的军旅情结、军旅意识、军旅情感，从长远的目光看，军旅作家长途跋涉的真正目的地并不仅仅是军营，而是整个民族的博大心灵和历史的深刻内涵。

归结而言，近年军事题材长篇小说在艰辛的跋涉中取得了多方面的成绩。一是军事文学的本质特性即爱国主义、英雄主义精神得到进一步高扬，通过对和平年代军人命运、生活状态的观照，体现出对当代军人存在意义、价值和生命意义的思索。当代军人的内在气质和风貌在英雄主义审美风范下得到了全新呈现。二是作家在创作中能较为自觉地将战争生活与和平年代生活进行融合。像《突出重围》《惊蛰》《楚河汉界》《明天战争》《中国近卫军》《遍地葵花》《狼牙》等作品，有意探索寻求当代军事文学对战争与和平母题的经典表达。在对“引而不发”的当下军人实际精神、存在状态的表现中，当代军人的个性锋芒、英雄情结，使当代军事小说与传统意义上的“战争文学”“革命战争小说”“军事小说”区别开来。像《突出重围》《DA师》这样的作品，努力尝试以假定性战争、虚拟性战役来演绎、测试当代军人理想，已成为当代军事文学的独特风景。三是对世界军事文学、战争小说艺术思维模式、审美方式有着充分的借鉴，在故事情节、叙述视角方面，既有写实主义风格，又有象征意蕴的升华。在塑造当代形象时，不断地摆脱模式化、脸谱化束缚，如《历史的天空》中的梁必达，《突出重围》中的范英明、朱海鹏、高军谊，《父亲是个兵》中的父亲，都明显受到中国古典小说和新武侠小说的影响，这些人物曾被评论者称为“军中武侠”。四是作者能够普遍考虑读者因素，在叙述风格、情节设计等小说观念上，认真、切实地考虑故事情节的跌宕起伏，集思想性、艺术性和可读性于一体，创作出雅俗共赏的经典文本。

数十年来，军事文学在不同时期始终影响着中国当代文学的整体格局和走势。这表现在很多方面：对历史与生活的“史诗性”把握与表达；表现战争与和平、对人类命运、个体命运遭遇所产生的悲剧美学效果；关于英雄母题、关于战争文化规范和审美模式的局限性、关于人物形象和故事的传奇性，包括小说在战争与和平场景的相互对照、相互转换的描写、叙述，这些都为当代其他文学表现题材提供了经验和范式。就军事题材小说的英雄主义书写而言，战争无疑是表现英雄主义最集中也是最直接的场所。在战争的舞台上，军人个体生命的能量，个体人格的坚韧、顽强、崇高等英雄性品格，在激烈、尖锐的矛盾冲突中，不仅被彻底地照亮，而且也被充分地激活。军人身上所体现的叱咤风云、纵横疆场、笑洒热血的无畏气概和豪迈激越的壮烈情怀，在硝烟弥漫的火光中，伴着金戈铁马的鸣响，飞扬在人类精神的高空中。没有一种冲突能比战争所建构的生与死、血与火的尖锐矛盾冲突更能彰显军人人格的崇高和伟大。与战争中的军人相比，和平时期的军人所面临的矛盾冲突的对立性、尖锐性程度虽然有所下降，但更具复杂性和多样性特征。尽管考验军人意志、军人品格、军人职责的矛盾冲突性质发生了根本性的改变，但军人职责所要求的牺牲、奉献精神并没有随着矛盾冲突的性质改变而发生质的变化。和平时期的军人以一种漫长的、默默无闻的方式坚守着军人职责，奉献着青春乃生命。

在全球化的大背景下，世界格局的不断变化，为军事文学提供了新的表现空间和视点，战争与和平、生命与死亡、光荣与梦想，仍是军事文学的永恒主题和沉重追问的对象。当代军事文学需要探索在和平时期保持长久魅力的策略或出路，需要在生活中、艺术思维上获得新的创作灵感。对生活矛盾大胆触及，注重塑造转型期“新的军人形象”，区别以往人物内涵的新的艺术形象，增加社会历史内容的融入，生活气息的强化，英雄性格的多样性与更新趋势等方面都将是我们的努力方向。我们要用新的英雄观、战争观、军事观、战争智慧、战争心态审视、表现当代军人风貌，写出真正的当代职业军人精神品格及其结构。从生活出发，这是文学创作的至理名言。塑造成功的新的军人形象最终需要的是生活。新世纪以来，随着社会转型所建构的多元文化语境中，军事生活正在发生的深刻变化，同样将会是我们这支军队历史上前所未有的。面对守护和平的共和国军人们呈现出的人文气质和精神品格，与战争之中的军人们已大不相同，他们从思想风貌到日常生活、从心灵情感到道德价值的完善，都从与战争息息相关紧密相连到经受着年年月月、时时刻刻浸泡，处于战争准备状态之下。和平与发展将会塑造出什么样的军人？这确确实实需要作家进入时代的主流，潜入生活的深层，亲近当代军人的心灵情怀，感受当代军人在追求中的付出与收获，唯有如此才能够塑造出成功的“当代英雄”的军人形象，完成对和平时期军人英雄性的开掘与表现。

高扬英雄主义旗帜永远是军事文学的本质属性和铿锵旋律。突出强军目标则是当代军事文学的鲜明主题。我们相信，社会的转型和变奏及社会发展的进程，以及军事变革触及军事领域的各个方面，将愈发反衬和烘托出英雄主义和理想主义的无穷魅力。让我们贴近军人、贴近生活，创造出充满激情和张力的文学精品，塑造出更多更好的具有时代特征和军旅风骨的英雄形象，反映我军在推动改革的大进程中为拓展和捍卫国家利益勇于牺牲、奋发有为的崭新面貌。我们这个时代需要英雄主义，让英雄精神成为军事文学永远的时代担当和理想表达。

（作者系武警浙江总队政治部编史办副主任）

要么跳下去，要么站墙壁

——面对网络文艺我们怎么办

周伟平

随着互联网的普及，新媒体时代不可抗拒地到来，网络文艺日新月异地蓬勃发展。传统体制内的纸质主流媒体的传播优势正在被快速削弱，体制内的文艺评论的覆盖面和社会影响力也在逐渐消失。面对现状，网络时代的评论家如何自我调整、自我定位，文艺评论如何有效发声，是我们无法回避的必须认真思考的课题。

过去汹涌，现实澎湃

据易观智库数据报告显示，截至 2014 年 6 月，中国移动互联网网民达到 6.86 亿。2014 年，中国移动（微博）阅读市场销售规模将达到 82.3 亿元，2015 年收入规模将达到 103.2 亿元，移动阅读活跃用户达到 6.5 亿。据艾瑞 iUser Tracker 最新数据显示，2014 年 7 月，中国网络视频用户达 5.12 亿，总浏览时间达 59.3 亿小时。

1998 年 3 月台湾网络写手蔡智恒（痞子蔡）写下了《第一次的亲密接触》，同年于 BBS 发表，从此网络文学走入公众视线。随着痞子蔡之风蔓延到中国大陆，大陆的网络写手也批量出现。据中国互联网信息中心统计，截至 2013 年底，中国已有网络文学用户 2.27 亿，约占网民总数的 47%。以各种形式在网络上发表过作品的人数已达 2000 万，注册网络写手 200 万人，每年有六七万部作品被签约。

2009 年网络作家阿耐的长篇小说《大江东去》，荣获中宣部“五个一工程奖”。2012 年金宇澄的《繁花》摘得年度中国小说排行榜长篇小说第一名。2010

年 7 月由各网络文学社团发起创建的非营利性合作组织“中国网络文学社联盟”开通运行。2013 年 10 月，大陆首家培养网络文学原创作者的公益性大学——网络文学大学在京成立，莫言担任名誉校长。同年 12 月，大陆首个网络文学本科专业在上海成立。2014 年 8 月，由腾讯文学发起的“用想象创造世界——2014 Next Idea 原创文学大赏”正式启动。

2000 年 8 月 18 日，台湾第一步网络电影《175 度色盲》诞生，出品方将网络电影定义为第九艺术。2001 年一群清华学生用 DV 拍摄的短片《清华夜话》在网络上传播，掀起了校园 DV 风潮。2006 年初自由职业者胡戈创作的第一部网络短片《一个馒头引发的血案》在网络上蹿红。很多看完《无极》却满头雾水的观众终于深刻领会了剧情，大批没有看过《无极》的观众产生了看电影的冲动。在网络上，《一个馒头引发的血案》的下载率甚至远远高于《无极》本身。2006 年，80 后导演焦洋的 DV 短片《七宗罪之 LUST》入围大学生电影节。2010 年，筷子兄弟的《老男孩》视频点击量过亿，开启了全新的“微电影”行业。

2008 年 1 月，“2007 中国网络视频榜颁奖盛典”在北京召开，决出了涵盖文化、娱乐、体育、财经等领域的 60 余个奖项，专门评出了十大原创短片。2009 年 1 月 13 日，由酷 6 网主办的第二届中国网络视频榜颁奖盛典隆重召开，共颁出了网络视频榜“十大红人”“七大制作人”“十大短片”等奖项。2014 年 8 月 29 日，由北京灏鑫上元影视出品的羽毛球主题的 3 集网络电影《轻羽青春》第一集，在全网上线首播。

现实告诉我们，网络已经成为当代人特别是年轻人无法剥离的一部分，甚至成为他们的生活方式和生活态度。背靠着强大的互联网，依托着高科技的支持，凭借网络作品发布平台的自由度和网络阅读观看在时空上的方便快捷，网络文艺已经显示出了以纸张为载体、印刷技术为依托的传统文学，以及以资本投入为依托、以影院和电视为传播载体的传统影视无可比拟的巨大的媒体优势，给广大文艺爱好者提供更多的阅读欣赏作品的机会和更大展示自我文艺才华的空间。网络文艺的自律、互助已经开启，并且正在逐渐形成一个比较固定的产业。生长于网络的文艺和借助网络发展的文艺已经登堂入室，汹涌澎湃，席卷而来。

放下身段，打开胸怀

一方面是蓬勃发展的网络文艺，另一方面则是很大一部分的纸质图书被送回造纸厂再造纸浆，期刊的发行量越来越少，电视收视高峰时段总收视率在持续下降，影院平均上座率极低（2013 年仅 15%）。为此，文艺创作界和文艺评论界的关注和参与是必然的，也是必需的。然而，面对网络文艺创作之盛，文艺批评却与此不成比例。网络文艺的迅速发展并没有引起当下文艺评论界的足够重视，当前的文艺评论并没有完全参与到网络文艺的整体创作活动中，除了大量的消费式阅读，少有评论家介入网络文艺的文艺本质，关注和讨论网络文艺的审美评价体系，我们的多数评论家依然围绕着传统媒体艺术打转。

是我们高居庙堂之上，只关注精英文化，漠视大众文化？是体制内评价标准的误导？是我们对网络这一媒体一知半解？还是我们反应迟钝，感到猝不及防，在无助和焦虑之中不知如何应对？无论出于何种原因，事实是无法回避的，我们必须充分认识现实，尽快调整我们的心态，转变我们的思想；以对文艺评论负责任的态度，加强网络文艺评论的阵地意识。

2012 年 6 月 28 日，由中国作家协会主办的网络文学作品研讨会在北京举行。这是中国作协成立六十多年以来首次对网络文学作品进行讨论。随后，2013 年 5 月 18 日，中国作家协会和广东作家协会在北京联合召开广东网络文学研讨会。2013 年 12 月 14 日，“网络与文艺：2013·北京文艺论坛”在京召开。我们欣喜地看到，近年来对网络文艺的关注已开始加强，但是，相比名目繁多的各类主流文艺研讨会，针对网络文艺评论的研讨活动仍是微乎其微，

当然，网络文艺的缺陷也是明显的。一方面，创作群体松散不固定，网络文艺作者艺术修养和艺术创作水平良莠不齐。另一方面，一些网络文艺的作者为了获得经济利益而致力于点击率的攀升，一味迎合网民，导致网络文艺作品多数格调低下，缺乏经典意识，优秀作品更难得一见，甚至人伦道德、是非观念缺失，沦为缺乏审美品格和精神内涵的文艺垃圾。也正因如此，广大读者更需要我们的专业理论知识，引导他们对作品进行欣赏和甄别，而广大网络作者也需要借助文艺批评进行反观、促进和引领。

作为评论家，我们应该放下身段，打开胸怀，着眼未来。我们应该看到，网络文艺将会为处在平淡期的文学、电影、音乐创作注入一支强心剂。我们也有理由相信，经典的作品很有可能在网络中产生。文学代表的不是纸张，代表的是内容；影视代表的不是影院和频道，代表的是内容。当年被士大夫漠视的李渔的小说，现在已成为名作。让我们放下雅俗之争，打破传统文艺批评和网络文艺批评之间的自我心理屏障，加强与和网络文艺的互动，积极投身于网络文艺的评论事

业，发挥网络评论的平台作用。发现和挖掘优秀的文艺作品，弘扬先进文化，提高广大群众的审美修养，满足广大人民群众的精神需要，担当起规范和引领当前网络文艺健康发展的责任。

若非如此，我们的文艺评论就会被边缘化，我们文艺评论就只能在自己划定的圈圈内自娱自乐，因为“自媒体”文化的大潮不会等待我们。

跳入当下，长出未来

鉴于网络评论的自由度，网络文艺评论更方便、更迅速、更真实、更深入浅出、更具可读性和影响力。由于大量草根艺术评论者的参与，文艺评论由专家个人观点走向大众普遍观点，由专家意向推测走向集体真实反映。传统的文艺评论方式已无法适应互联网“大数据”时代的评论需求。为了不被时代所抛弃，更好地参与网络文艺评论，我们必须转换思路，重构文艺评论新体系。为此，我们应该努力做到以下几点。

其一，热情拥抱互联网。

无论是豆瓣、人人、天涯等网站，还是 QQ、微博、微信等新媒体社交平台，那里聚集数量巨大的文艺评论群体，也涌现出了一批有影响的草根评论人。他们的评论常有许多独到之处，也十分有价值。比如你打开某个影视网站，就能看到每个观影者对每部影视作品的评价和打分。这些评价直接影响着影视作品的点击率。他们的评论或许有些简单粗放，但他们的评论贴近大众，自由真实，个性凸显，充满活力。其对大众的影响力，在传播的广度和深度方面都远远超过传统文艺评论媒体。

不仅如此，网络评价同时影响着艺术创作，电视剧《爱情公寓》系列就是最有力的佐证。《爱情公寓》1 小时的网络点击率突破 150 万，12 小时突破 500 万。它的大部分剧本内容来自于网络，它的传播借助于网络，它的反馈来自于网络，它的成长来自于网络，可以说没有网络就没有《爱情公寓》系列。

因此，我们应该主动跳入当下，热情拥抱网络，这是我们积极参与网络文艺评论最关键的一步。我们从网络中了解时代情绪，了解大众心理，了解话题效应，了解边际效应，了解聚合效应。在了解中研究当代群众的精神需求，在了解中研究多元文化的结合点。为我们的文艺评论真正接上地气，明确方向。我们还要在网络中建立我们的群众基础，通过论坛、贴吧、微博、微信等平台，运用我们的学识修养发出我们的声音，吸引和聚集我们的“粉丝”，利用粉丝的蝴蝶效应，让我们的观点呈爆炸的方式传播，使我们的文艺评论达到真正的高速传播和正确引导的作用。

其二，不断改进评论形式。

碎片化是后现代文化形象的基本形态。今天的网络艺术，是一种碎片拼贴起来的艺术。它不同于传统艺术，网络艺术具有强烈的开放性、随意性，具有更加“个人性”的特点。同样由于时空上的限制，多数网民他们的观看阅读习惯同样具有碎片化的特点。因此，针对网络文艺的独特性，面向广泛的网络大众，获得我们最深广的影响力和传播力，我们必须更新传统文艺评论理论，改变传统文艺评论话语。以更丰富的评论形式，建构起更具适应性的网络文艺批评手法。

传统文艺批评理论是对传统文艺创作的总结，有其相对的稳定性。然而，面对当下日新月异的网络文艺，传统文艺批评理论已经无法套用。我们的传统文艺评论理性有余而感性不足，褒扬有余而贬判不足，学术化有余而社会化不足。因此，积极介入并参与和网络文艺的互动，认真观看阅读网络文艺作品，虚心学习总结网络文艺评论的思想观点，通过研究比较，将外界对网络文艺的零星看法转化为系统的理论，更新已有的传统批评理论，形成一套科学的适合于网络文艺创作和鉴赏的网络文艺评论体系，对网络文艺评论的发展壮大是至关重要的。

语言影响着传播的速度和广度。新媒体时代，尤其要注重语言风格的创新。长期以来，传统文艺评论者大都集中在高校和研究机构，多数人的文章学理性学术性要求决定了他们缺乏网言网语的亲和力，不太符合新媒体表达、传播的语言要求。这就需要学习建构起更具适应性的网络文艺批评话语。在对网络文艺的批评中，不能固守已有的陈旧话语，在不失其思想性与审美性的基础上，不失理性和深度的前提下，我们的评论家必须在文本上修正写作习惯，在内容上要深入浅出，在观点上要个性鲜明，以生动鲜活、简短明了的语言形式准确反映群众的呼声，更有效地传递观点和思想，构建作品、阅读与批评的良性互动，从而形成对网络文艺的作者和读者的双重影响。

结　语

观众在哪里，文艺就在哪里，文艺评论的舞台就在哪里。直面现实，调整我们的心态，放下我们的身段，积极参与，改进评论形式，发出我们的声音，提高全民鉴赏水平，引导网络文艺走向更高的艺术创作水准、更积极健康的思想内容，是作为有良知的文艺评论家的社会责任。

只有现在的融入，才有未来的引领。要么跳下去，要么站墙壁！

（作者系舟山市《普陀山佛教》编辑）

《天门狐仙·新刘海砍樵》的精神性阐释

朱岚武

在20世纪90年代文化市场、大众文化、消费主义价值观以及新传播媒介的综合冲击下，新世纪以来纯艺术边缘化，艺术性极大扩散，简言之，艺术已经祛魅。“艺术祛魅很重要的表现形式之一就是经典的消费化。”[①]《天门狐仙·新刘海砍樵》的出现印证了后现代大众消费文化语境：利用现代的声像技术，对历史上的艺术经典进行戏拟、拼贴和改写，以富有感官刺激能指，消解经典文本的深度意义与艺术灵韵，撤除经典的神圣光环，使之成为大众消费文化的构建与装饰。

然而即便艺术已经“祛魅”，但依然没有人能公开否认，艺术具有精神性。艺术的精神性体现在多个层面，抛开其意识形态属性，至少还包括以下四个层面：艺术揭示了世界和人生的真实；艺术具有审美性；艺术表现和激发了人的情感；艺术是人类想象活动的产物。因此从这个角度而言，《天门狐仙·新刘海砍樵》的成功除了创新的营销理念之外，其本身亦彰显了艺术的精神内蕴。

真实性

“马克思恩格斯文论重视对一个单一的、诉诸理性的作为事物本质性体现的实体的把握。”[②]从《天门狐仙·新刘海砍樵》这台音乐大戏的文本部分（包括剧本、歌词、解说词等）具体来看，其之所以获得成功，绝不纯粹在于视觉上的攫取力，也不仅仅使得观众产生一种形而上的判断，而且这种称得上真理的判断符合客观

① 董庆炳主编：《文化与诗学》第6辑，北京：北京大学出版社2008年版，第53页。

②《马克思恩格斯选集》第4卷，转引自张文初《文学现有理论的建构危机》，《理论与创作》2009年第5期，第6页。

实际：它向观众传递了一种与人们切肤相关的东西，即作品所彰显的反映生活真实的成分，包括复杂的人类欲望及世俗关系等。

因为无论从人物形象的塑造，戏剧冲突的施放还是个中价值取舍的设置来看，都是符合人们心底深处真实的情感取向的。《天门狐仙·新刘海砍樵》的故事是以歌咏"爱情"为主调的，操刀者十分重视"爱"这种情感对人心的掌控，这个世间永恒的主题，可以引导人向善，也可能导致恶果。因为爱的背后有着强大的欲望驱动。

如第一幕"狐王选妃"，无数狐精魑魅粉墨登场，在迷幻的光影映衬下，观众们看到的是群魔乱舞，但感受到的是众人如蚁附膻、曲意逢迎的心理；第四幕"背叛旋风"托出了狐仙与刘海之间的重重阻碍：魔境与凡间、仙界与俗世、天道与人情，这些纯构思的存在因为和现实生活的情状有所对应而能够为观众所解读。如同希腊神话中的"神人同形同性"，人们通过关照此类虚构的艺术对象（这些对象必定是经由人的思考而建构的，是真正的艺术品）产生了审美感受和记忆，这些经历是真实不虚的。

另外，对俗世生活情境的描绘本就是这台音乐剧的一个重要部分，舞台的搭建模仿山间村寨的特点；演唱部分加入了民族器乐及唱腔，并辅以各种动物声效；歌词的谱写更是天然质朴，大俗若雅。其还原生活本真的目的和影响都是多层次的。一是对生命的赞美与尊重，二是对自然的热爱与感恩，最后深层的寄寓是对人与自然、人与人、人与社会和谐相处的呼吁与希望。

大部分观众在第一次观看时最注重的是故事情节的发展，会对人物和结局产生基本的评判，形成期待视野。然而这种民间故事的框架会使评判形成一种定势，即狐仙必定是美善的，汉子必定是憨厚的，狐王必定是残暴的等等。在展开人妖爱恋的悲剧时，由于种种隐喻的安排和情节的跳跃性会带来一定的隔离感。但是这种设定本身又极易为人们所接受，不仅因为它符合人们对文本的顺向期待，还因为它是通过一种非常日常的、亲切的情景再现来展示的。最终爱情感动天地，天门飞桥款款合并，有情人终成眷属的一幕，又会引动人们感性的触角，接受"欲望的驱使"到"灵肉的结合"的这一转化，这个过程是在观众的内心完成的，基于一种人本主义的认同感。

一部优秀的艺术作品是值得再三品评和挖掘的，天门狐仙音乐剧可以调动人们的"通感"以产生不仅仅停留于视觉层次的影响，体现了作品本身的艺术张力和实景剧的巨大发展价值与潜能。

审美性

著名美学家李泽厚认为，“美感具有悦耳悦目、悦心悦意、悦志悦神三个由低而高的层面。艺术的优越性则正在于能更多地带来悦心悦意、悦志悦神的高级精神享受”①。但艺术与这种高级精神享受并不是必然地对应关系，“美不自美，因人而彰”，它们关系的达成与依循观众审美接受的规律有着极大关联。

音乐剧《天门狐仙·新刘海砍樵》依托阵容强大的音乐艺术制作团队，制作过程中极大程度地吸取了民族艺术养分，发掘鲜明的湖南本土音乐素材，生动地保存和彰显了浓郁的湘情特色，并在此基础上加入了现代化元素。借助天门山不可多得的奇美山水，通过顶级配置的灯光、音响、舞台机械、数码影像等设施，并运用特殊设计的视觉特效手段，将音乐、舞蹈、歌曲、魔术、杂技等多种艺术元素融于一体，呈现出一台气势恢宏震撼、视觉奇幻绚丽、情节生动感人、歌舞美轮美奂的艺术盛宴，使其外在的审美价值从客观上得到了充分体现，吸引人们的凝神关照而产生与己相关的强烈审美体验。这种美感是真实的而富有悟性的，即符合狄德罗的“美在关系”的深刻认识。

享誉世界的音乐家谭盾先生作为这台实景大戏的音乐总监，曾表示“爱情”是人一生中最渴求的部分，也是唯一能感动世界的东西。《天门狐仙·新刘海砍樵》便是这样一曲为短暂的生命铸就的不朽爱情谱写的颂歌。“刘海砍樵”这段家喻户晓的爱情传说如今已被作为非物质文化遗产加以保护，传说中的人物，形象丰满、个性鲜明，堪称湖南民间口头文学的精品。而“狐狸精”的形象因为蒲松龄的《聊斋志异》以及众多的明鉴传说更是耳熟能详。两者的结合的确具有很大的后现代主义色彩，但刘海和狐仙身上所体现出来的勤劳、正直、孝顺等中华传统美德和他们勇于追求自由爱情、追求幸福生活的美好愿望，也真实地表现了广大劳动人民向美向善的良好愿景。两个传说之间天才的借鉴与融合，不仅是对传统文化的继承，还是对一种宝贵的民族精神的延伸与升华，观众不仅能够从主观上接受作者所想要传达的思想情感，还能够进一步认识到“回归自然、回归美好、回归田园、回归和谐”这一人文主题，挖掘自然与人相互感应、激发后所达至的境界，使得人工演绎不着痕迹地融于山水，成功地诠

① 李泽厚:《美学四讲》，合肥：安徽文艺出版社 1994 年版，第 521 页。

释人与自然的和谐状态。

诚然，《天门狐仙·新刘海砍樵》的成功有赖于其唯美的艺术形式，但脱离意味的形式是不能产生审美价值的。正如在表演当中，野趣横生的狐狸乐园、土家生活的梯田、木桥与水车、村寨中鸡鸭鸣叫、狗吠牛哞的乡野节奏背后，若不是昭示着极大的原始生命活力的话，其美感便不复存在。英国形式主义美学家克莱夫·贝尔认为，美就是这样一种“有意味的形式”。“有意味的形式”是一切视觉艺术的共同性质。其中所谓“意味”指的是消除了任何利害关系、不同于一般日常情感的审美情感。虽然艺术被消费，但是艺术内蕴不会被消解，相反，我们无意于抵制这样一种潮流，因为艺术之于心灵的影响力是运作于一切利益交往之外的，它始终保持着一定程度上的纯粹性与超越性。所以，黑格尔断言“艺术美高于自然美”。我们就是要致力于手动开发“美”的资源，将自然馈赠与人文精神有机融合在一起，使得更多的人见识过“狐仙传说”这一千古绝唱艺术魅力之后，能够产生全新的高层次的审美体悟，即达到“悦志悦神”的美感层次。

情感性

情感在中西艺术史上影响深远。古罗马文论家朗基努斯就认为，“崇高的风格是一颗伟大心灵的回声”①。综合其论述来看，朗基努斯所说的“伟大心灵”的主要特点是胸襟旷达、志向远大，具有不断探索更高精神境界的无限热情。华兹华斯也认为：“诗是强烈情感的自然流露。它起源于在平静中回忆起来的情感。诗人沉思这种情感直到一种反应使平静消失，就有一种与诗人所沉思的情感相似的情感逐渐发生，确实存在于诗人的心中。……然而不管是一种什么情绪，不管这种情绪达到一种什么程度，它既然从各种原因产生，总带有各种的愉快；所以我们不管描写什么情绪，只要我们自愿地描写，我们的心灵总是在一种享受的状态中。”② 对于这样的论述，结合艺术创作的过程，我们可以形成如下判断：其一，艺术的本质是一种情感的自然流露；其二，在艺术的创作过程中艺术家会把回忆起来的情感艺术逐渐迁移并汇入艺术中；其三，艺术的情感具有自主性与自由

① 章安祺编订：《缪灵珠美学译文集》第 1 卷，北京：中国人民大学出版社 1987 年版，第 87 页。
② 刘若瑞：《十九世纪英国诗人论诗》，北京：人民文学出版社 1984 年版，第 176 页。

度；其四，艺术的情感是愉快的。

“千年玄狐，跨越人间仙界的爱情天堑；万年守望，感召天门绝境的生死恋歌。一场荡气回肠的奇情演绎，一生必至的真爱圣地。”如前文所述，《天门狐仙·新刘海砍樵》之所以动人，能引起观众的广泛共鸣，很重要的是它找准了人类共通的集体无意识，那就是对美好爱情的向往。而且这样的情感流向纯然符合艺术对于情感的需求：狐仙和刘海的相爱是自然而然的，是“因为爱所以爱”，没有任何功利性因素的存在；他们在恋爱中是自由的，丝毫没有被世俗眼光所拘束，即便得知了狐仙的真实身份，刘海依然选择坚持，这样的自主性已然具备了崇高的意味；他们的结局是美好的，尽管有着千年守望的孤寂与冷清，但最后还是以中国人喜闻乐见的大团圆的方式结局，并最终让“天地动容”。

如果再对剧中情感本身进行细分析，我们会发现其涵盖了历史上艺术作品所讴歌的三大类型：其一是人际性、关联性情感，其二是欲望性情感，其三是超越性情感。人际性、关联性情感在传统中国社会里有巨大的存在意义。与白狐在狐狸群中的卓尔不凡一样，刘海在寨子里也是个异类，“刘海哥，穷快活，三十老婆讨不着，白天砍柴扛扁担，晚上拿它哄被窝。”对这样的“单身”状态，寨子里的更多人表现出了孔子那样为有朋自远方来的手舞足蹈，但这样的表现是自然流露的，是善意的。也正因为此，刘海也以微笑的、自嘲的方式进行化解。

欲望性情感。在“问世间情为何物，直教人生死相许”的古典时代，欲望性情感是美丽的，是合目的性的。《牡丹亭》中所表现的“情不知所起，一往而深，生者可以死，死可以生”为后世所歌颂就表明了大家对欲望性情感的认同。而剧中狐仙对人世间单纯快乐生活的无限神往，是欲望性情感的体现；刘海对美貌狐仙的爱恋也是欲望性情感的体现。

超越性情感。当刘海和狐仙的爱情在狐界受到强权话语地威胁与恐吓，在人界受到世俗眼光的阻碍和反对时，刘海和狐仙都选择了相守，即便变成“望夫石”抑或“望妻石”也在所不惜，洁白的世界中两人仍然痴痴地守望着对方。漫天飞舞的雪花撩动了观众的情感底线，对当下很多人因为害怕伤害而不敢去爱造成强大冲击。用该剧目的执行策划、张家界天门狐仙文化旅游产业有限公司总经理谢国权的话说就是，“如今很多人在寻找爱情的路上走了岔路，那么什么才是真爱？《天门狐仙》就是表现大众对爱的渴望，对爱的呼唤，对爱的呐喊”①。

---

① 潘鑫：《谢国权：好品牌才是核心竞争力》，《张家界日报》2012年8月27日第3版。

在文化艺术市场被我们的制度环境扭曲化的今天，在今天的艺术普遍表现出走向大众、零门槛、丧失神圣性的现状下，《天门狐仙·新刘海砍樵》依然保留了对艺术精神内蕴的可能建构，拒绝艺术精神大厦的崩塌。它表现了欲望却没有欲望化，它注重形式却没有平面化，它以俗脱雅对抗搞笑化，它注重审美却没有娱（愚）乐化。基于此，该剧让我们在后现代文化语境下提供了一种救赎的选择。

（作者系吉首大学张家界学院讲师）

“民族艺术”的历史建构
——以三篇现代相声文献为案例

祝鹏程

正如本尼迪克特·安德森（Benedict Anderson）所说：民族（nation）是一种想象的共同体（imagined community）[①]。“想象”是形塑民族认同不可或缺的过程，现代文化精英时常通过塑造，乃至发明一系列全民族共享的公共文化与符号，来达成国民对民族国家（nation-state）的认同。本文所说“民族艺术”就是在这样的语境中产生的。简言之，“民族艺术”指的是在一个民族、国家产生、形成和发展起来的艺术形式与艺术传统，具有这个民族、国家历史与文化的特色。显然，与柄谷行人（Kojin Karatani）笔下的现代文学一样，“民族艺术”与民族国家的建设也形成了互构共生的关系[②]，也正是如此，文化精英们往往通过对“民族艺术”历史的书写，来定义民族的根源与特性，从而为民族国家确立合法性。

19世纪中叶，晚清的启蒙者从日文移译了“民族”一词，接受了民族主义的洗礼，致力于建设以中华民族为主体的现代国家。此后，关于“民族艺术”的实践贯穿了整个中国现代性的进程。从晚清的戏曲改良，到“五四”的歌谣运动，从延安的说书和秧歌改造，到今日的“非物质文化遗产”……各路精英一直以不同的方式生产着既符合现实诉求，也继承了历史传统的“民族艺术”。在不同的时代里，国家的使命各异，民族的内涵也随之变化，“民族艺术”的含义与价值也在不断的改变中。那么，现代文化精英如何通过艺术史的书写，来定位民族的

---

① 参阅［美］本尼迪克特·安德森：《想象的共同体：民族主义的起源与散布》，吴叡人译，上海：上海世纪出版集团2005年版。

②［日］柄谷行人：《日本现代文学的起源》中文版作者序，赵京华译，北京：生活·读书·新知三联书店2011年版，第3—4页。

主体和特质？在不同时代的论述中，这些含义又发生了怎样的变化？这需要我们从微观的、动态的视角展开考察。

为了探讨以上问题，本文选择了三篇关于相声史的文献进行解读。这三篇文章均来自中国现代转型的关键时刻：抗战末期、新中国“十七年”和21世纪初，具有一定的代表性。通过知识考古式的解读，本文将分析不同的文化精英是如何根据国家建设和社会现实的需求，选取相声传统中的有利因素并加以转化，从而赋予相声现代性的内涵与价值的，进而揭示关于“民族艺术”的历史书写在民族国家建设中起到的独特作用。

现代相声：多种面相的民间艺术

作为民族认同的重要媒介，“民族艺术”必然根植于过去族群的历史、传统和记忆之中。① 在展开具体的讨论前，我们有必要对现代相声的历史与形态做一些简要的勾勒。

（一）从贵族清玩到市井娱乐

正如多位论者指出：相声与清代旗人的“八角鼓”艺术有密不可分的关系。有清一代，“八角鼓”是旗人子弟自娱自乐的消遣，并得到了满族王公们的普遍喜好。咸丰、同治年间，国运衰落，“八角鼓”艺人张三禄、京剧艺人朱少文等先后流入北京天桥、隆福寺等地卖艺，“八角鼓”也逐渐分化成了相声、大鼓、三弦等艺术门类。辛亥革命以后，大量落魄的旗籍艺人流入民间，与各族艺人融合，形成了民国时期相声的主力军——底层艺人。艺人们继承了“八角鼓”的技法，并吸收了口技、评书、戏法等民间艺术的内容与手法，形成了今日所见的现代相声。② 毋庸置疑，相声是一门萌生于晚清的现代艺术，它的发生、发展与中国的现代性进程同步，其历史距今约150年。

---

①［英］安东尼·史密斯：《民族主义：理论，意识形态，历史》，叶江译，上海：上海世纪出版集团2006年版，第139页。

② Marja Kaikkonen, *Laughable Propaganda*：*Modern Xiangsheng as Didactic Entertainment*，Stockholm: Stockholm East Monographs, 1990, pp.56-63；连阔如：《江湖丛谈》，北京：当代中国出版社2006年版，第284页；金名：《相声史杂谈》，上海：上海文艺出版社1983年版，第92—93页；岳永逸：《生活、政治、商品及艺术：草根相声的知识考古》,《老北京杂吧地：天桥的记忆与诠释》，北京：生活·读书·新知三联书店2011年版，第380—390页。

流入民间以后，相声形成了以中下层市民为主的受众群体。民国时期，北平的中下层市民占了城市人口的96%[①]，这些人包括了没落贵族、衣食自足的小商人、进城谋生的破产农民、底层的流氓混混……为了迎合亦新亦旧的受众群体，艺人们扎根市井，创作了《买面茶》《拴娃娃》《卖布头》等充满市民趣味的段子，生动刻画了市民阶层鱼龙混杂的真实生活。

（二）“低级下流”与颠覆性并存的文类品格

市民群体的需求决定了相声的文类品格。相较于上流社会，中下层市民的生活是相对艰辛的，他们需要这样一种娱乐：即能够通过对某种既定社会秩序的象征性冒犯，来获得心理上的补偿与安慰。艺谚云：“理不歪，笑不来”，相声正是通过对主流社会规范的冲击，满足了市民的娱乐需求。无论是《牛头轿》对伦理关系的颠覆，还是《学聋哑》对怪诞身体的标榜，都以逾越某种社会规范来制造笑料。因此，相声具备了巴赫金（Mikhail Bakhtin）所说的狂欢性，它以“歪唱”“伦理哏”“插科打诨”等方式颠覆了社会秩序，舒缓了市民生活的压力。[②]

也正是如此，相声呈现出了两种面貌。在主流社会看来，它是“低级下流”的。狂欢性的表现之一，是肉体的解放[③]，相声中不仅具有大量粗野的詈骂与色情化的意象，甚至还具有激烈的肢体冲突，如“打哏”（“捧”“逗”二人互相击打）等。就现代文明的标准而言，这些行为是污秽的，它以“下半身”的意象，冲击了“上半身”的正常秩序。民国学者张次溪就观察到：刘德智等天桥艺人“说得不怎么雅，常常撒村”[④]。直到今日，学者何兆武仍认为新中国成立前的相声是“低级趣味的东西，逗乐而已”[⑤]。

而对于底层市民来说，相声的颠覆性又是迷人的。狂欢化的表演为底层民众提供了一个想象中的自由平等的世界，进而标榜了一种“民间真理”，它反对不平等的社会结构和绝对权威，对抗于一元化、拥有绝对权威的“官方真理”。[⑥]

---

① 陶孟和：《北平生活费之分析》，北京：商务印书馆2011年版，第11页。

②［苏］巴赫金：《拉伯雷的创作与中世纪和文艺复兴时期的民间文化》，李兆林、夏忠宪等译，石家庄：河北教育出版社2009年版，第12页。

③［苏］巴赫金：《拉伯雷的创作与中世纪和文艺复兴时期的民间文化》，李兆林、夏忠宪等译，石家庄：河北教育出版社2009年版，第20页。

④ 张次溪：《天桥丛谈》，北京：人民大学出版社2006年版，第195页。

⑤ 何兆武口述，文靖撰写：《上学记》，北京：生活·读书·新知三联书店2008年版，第65页。

⑥［苏］巴赫金：《拉伯雷的创作与中世纪和文艺复兴时期的民间文化》，李兆林、夏忠宪等译，石家庄：河北教育出版社2009年版，第13页。

从嘲弄古圣先贤的《吃元宵》《抬杠铺》，到调侃今不如昔的《老老年》《双过新年》，相声中往往既包含了对社会既定秩序与道德的质疑，又或多或少地蕴含了民众追求自由平等的乌托邦理想。所以，相声获得了底层民众的普遍喜爱，成为了他们“解恨”“出气”的途径。

作为一种植根市井民间的艺术，相声出身于“八角鼓”，流行于市民阶层，具有泥沙俱下的狂欢性。现代文化精英们需要选择有利的传统因素，同时抹去，乃至改写负面的因素，锻造出既符合现代性的文化立场，又能维系民族认同的“民族艺术”。

底层民众的反抗传统：董每戡《说“丑”“相声”》

1937 年，日寇全面侵华，中国陷入了八年抗战。对知识分子而言，抗战既是民族危亡的紧要关头，也是民族复兴的时机。他们对普通民众寄予了厚望，希望通过对底层的启蒙，形塑符合现代文明的新国民，再造一个由底层民众组成的民族主体。知识分子试图从底层的通俗文化中发掘平等、民主等现代性价值，完成传播启蒙思想、争取民族独立的使命。

1944 年是抗战的关键时刻，在大后方的戏剧专家董每戡撰写了《说“丑”“相声”》[①] 一文。董每戡认识到了相声在市民群体中的深厚基础，为了发扬底层的抗争性、激发全民族的抗战动力，作者隐去了相声的现代起源，转而把其与更久远的市民艺术勾连起来。他动用自身的戏剧学修养，用戏剧中的“丑角”指代相声艺人，力图通过书写“丑”的历史，来建构底层的反抗传统。

开门见山，文章便说：在以儒家思想主导的传统社会中，小丑与优伶“一向被人轻视”，实则他们常常“能以戏语讽刺统治阶级”“似比满嘴仁义道德，却是一肚子男盗女娼的王公大臣们要值得尊敬些”[②]。作者断定：产生这一现象的社会根源是“不合理的奴隶或封建制度”。并说，尽管统治者贬低“丑”，但广大的市民却非常喜爱他们。我们看到，与“五四”的前辈一样，在“眼光向下”的时候，董每戡把自由、民主等现代性原则投射到了“丑”的身上，并设立了“民间”与

① 董每戡：《说“丑”“相声”》，载《说剧：中国戏剧史专题论文集》，北京：人民文学出版社 1983 年版，第 144—155 页。

② 董每戡：《说“丑”“相声”》，载《说剧：中国戏剧史专题论文集》，北京：人民文学出版社 1983 年版，第 145 页。

“官方”的二元对立——封建统治者是腐朽不堪的，而底层则以自由不羁的精神展开了与官方的对抗。如是，古代的“丑”具备了独立的现代人格，“丑”与统治者的关系变成了底层与官方的对抗关系，历代优伶“谈笑讽谏”的行为也被提升为了现代意义上的讽刺和抗争。

接下来，文章宕开一笔，开始考证“丑”的源流。董每戡列举了历史上各家的说法：他们或是将“丑”追溯到杂剧中的“纽元子”，或是认为其来自宋金院本的“副净”。作者否定了以上的考证，认为“丑”是对一种戏剧角色类型的统称，凡以“便捷讥谑取笑”的角色都能称为“丑”，从而串连起了各家的说法：

> （“丑”的）祖宗就更远了，该数到《史记·滑稽列传》中所载的东方朔、淳于髡、优孟、优施、优旃等人。由这一脉相传，初为参军戏中的参军，继变为院本中的副净，杂戏的捷讥，最后而变为纽元子或扭元子，省文而为丑，直用到而今了。[①]

随即，作者罗列了参军戏与相声的相似性。首先是表演形式：参军戏中的艺人经常有打头的表演方式，而相声也有“打哏”；其次是表演内容：文章征引史料，认为相声与参军戏都以“便捷讥谑”的笑话来制造喜剧效果。由此推定：相声是参军戏的孑遗。我们看到，董每戡大大扩展了“丑”的范围，勾勒了先秦俳优—唐宋参军戏—元杂剧—宋金院本—现代相声的发展序列，把相声纳入到了历代市民艺术的源流中。相声被描述成了由底层民众创造的、抗争性的艺术，而相声颠覆性的戏谑，也被视为是对“丑”的讽谏传统的继承。

在此基础上，董每戡在文末列举的六则关于“讽谏”的笔记故事，也就包含了鲜明的现实指向。前四则是“丑”在帝王面前进谏的记录，如南宋优人讽刺贪腐、五代十国的伶人讽刺横征暴敛等。作者赞扬：“丑角不畏权势，敢公然在帝王面前讽刺大臣的贪污。别说在封建制度的时代，现在也不易寻到这类有正义感和敢说话的人不是？”[②]无疑，这话寄托了作者反封建、反专制的抱负。另两则是南宋伶人嘲弄投降派秦桧、范文虎的故事，作者高呼：“能在汉奸面前肆其讽刺

① 董每戡：《说“丑”“相声”》，《说剧：中国戏剧史专题论文集》，北京：人民文学出版社 1983 年版，第 149 页。

② 董每戡：《说“丑”“相声”》，《说剧：中国戏剧史专题论文集》，北京：人民文学出版社 1983 年版，第 154 页。

的优人，当然是可敬的，该使前些时落水附逆的士大夫们愧死！”[1]这更是投射了作者希望发扬底层的爱国精神，激励民族全力抗战的愿望。我们看到，通过挖掘“丑”的反抗精神，作者发起了对底层大众的启蒙与动员。

细究起来，这篇文章存在着种种缺陷：董每戡并未给相声艺术本体以足够的关注；此外，他对相声历史的勾勒也缺乏确凿的实证支持，他也坦承这属于“臆断”。但文章所采取的策略又极为高明。首先，作者带着预先设定的目标——发扬民间的抗争力量来解读史料，把现代中国反专制、反侵略的历史使命投射到了底层艺人身上，把相声演员塑造成了一个自由、平等、充满抗争性，并积极参加国家政治的群体，凸显了相声的现实作用。其次，通过历史的建构，作者提升了相声的品格，把原本“低级下流”、不入正史的相声纳入到了民族的优秀传统中。最后，借助“丑”的历史重构，作者塑造了历史悠久、抗争不息的民族形象，鼓舞了底层民众的抗争精神与救亡热情。

劳动人民的斗争工具：张寿臣等《相声的演变与发展》

中华人民共和国成立后，“人民”（从事体力劳动的工农兵）构成了新时代的民族主体。建国初的文化教育以培养具有新思想的人民、增进大众对国家的认同，激励民众投入到社会主义建设中去为主要任务[2]。为了完成这一使命，新社会需要将作家、学者、艺人整合成为“文艺工作者”，在统一领导下生产“民族的、科学的、大众的”艺术。

为此，文艺工作者们致力于塑造一个由人民大众创造的，并辅助于新中国建设的相声传统。1959年，相声演员张寿臣、侯宝林、孙玉奎，联合中央人民广播电台编辑郑青松创作了《相声的演变与发展》[3]一文，文章看到了相声对主流秩序的颠覆性，由此入手，用阶级史观重构了相声的发展史，凸显了相声作为劳动人民斗争的工具，在民族解放中起到的作用。

然而，相声中存在着两大反人民性的历史因素：首先，是它与封建统

---

① 董每戡：《说“丑”“相声”》，载《说剧：中国戏剧史专题论文集》，北京：人民文学出版社1983年版，第155页。

②《中国人民政治协商会议共同纲领》，载中央文献研究室编《建国以来重要文献选编》第一册，北京：中央文献出版社1992年版，第10—11页。

③ 张寿臣、侯宝林、郑青松、孙玉奎：《相声的演变与发展》，《曲艺》1959年第5期，第54—61页。在标题中，“张寿臣”误作“张孝臣”。

治者——八旗子弟的关系；其次，作为市民艺术的相声包含了不少“宣扬性乱”“以伦理逗趣”的“糟粕”[①]。为了赋予相声人民性的出身，文章把侧重放在了晚清以来的历史上，并重构了其起源。作者认为相声“是从民间笑话发展而来，通过艺人口头流传的讽刺文艺”[②]。文章淡化了张三禄等“八角鼓”艺人，突出了稍晚成名的艺人朱少文，并结合口述史，考证朱原为京剧中的丑角，因为同治年间“国丧”[③]，统治者禁止民间娱乐，影响到戏班营业，被迫改行说笑话，从而创制了相声。作者强调：虽然卖艺生活艰辛，“但他仍是乐观的，并且对贫困的生活有一种反抗的情绪”，如他创作的《字象》就是为了“讽刺反动统治阶级的贪官污吏”[④]。

接着，作者刻意制造了艺人群体内部的阶级对立。文章指出：相声发展中存在着“两个传统的斗争”，一类是以朱少文为代表的民间艺人，他们敢于讽刺统治者；另一类则代表了封建统治者的八旗子弟，它们“编写反动、庸俗的相声与明地上的相声对抗”[⑤]：

> ……他们说的段子都是“子弟”们编的，取材于封建统治阶级的腐化生活，内容反动、庸俗，编写的手法，有的用一口气说完的贯口，有的是套用旧诗词的格式，大部分都是采用文章游戏的体裁。例如“掏沟”就丑化污蔑了劳动人民；辛亥革命以后，有些“清门”子弟作［做］了职业演员，他不仅把一些有毒素的段子带到相声里来，并且他们还继续写了反动相声，如“民国大事记”、“白事会”都是歌颂卖国贼反动军阀的……[⑥]

作者还认为，相声中的伦理笑话（如《牛头轿》）与讽刺生理缺陷的段子（如《学聋哑》），也是八旗子弟穷极无聊的创作；相声中的“荤段子”和“打哏”等行为，则是这些艺人为了迎合反动军阀和资产阶级的趣味造成的。[⑦]

---

① 王力叶：《谈相声的继承和发展问题》，《曲艺》1961年第5期，第40—41页。

② 张寿臣、侯宝林、郑青松、孙玉奎：《相声的演变与发展》，《曲艺》1959年第5期，第56页。

③ 清代帝王逝世，王朝要下令民间禁止动用响器，更不准戏园鸣锣演戏，违者要受严厉惩罚。

④ 张寿臣、侯宝林、郑青松、孙玉奎：《相声的演变与发展》，《曲艺》1959年第5期，第54—55页。

⑤ 张寿臣、侯宝林、郑青松、孙玉奎：《相声的演变与发展》，《曲艺》1959年第5期，第60页。

⑥ 张寿臣、侯宝林、郑青松、孙玉奎：《相声的演变与发展》，《曲艺》1959年第5期，第60—61页。

⑦ 张寿臣、侯宝林、郑青松、孙玉奎：《相声的演变与发展》，《曲艺》1959年第5期，第60页—封底。

我们看到，文章颠倒了相声的历史，将民间笑话作为源头，却视"八角鼓"为发展中的逆流，并把相声的"精华"与"糟粕"归因于阶级的差异——相声讽刺与战斗的特性体现了劳动人民的美德，而"肮脏""色情"等缺陷则是腐朽政权和反动势力"污染"的结果，巧妙地完成了对"精华"与"糟粕"的剥离，将相声从"低级下流"的泥潭中打捞出来，并顺势推进了劳动人民的阵营。

接下来，作者以现代中国革命中的重大事件，如鸦片战争、辛亥革命、五四运动、抗日战争、解放战争为坐标，来结构相声发展的历史，造成了相声的演变和人民解放与民族独立斗争同步的效果。作者详细列举了统治阶级在不同历史阶段倒行逆施的行径，同时选取了那些质疑主流社会秩序的相声，通过两者的并置，勾勒出了"压迫—反抗"的因果关系。

如文章这样描绘解放战争时期的相声：先强调当时的反动统治者为了打内战，对人民实行残酷的掠夺，制造了"货币贬值、物价飞涨"的经济危机，从而引发了"反饥饿、反内战"的大游行。作者视艺人为民众的代言人，强调"这次运动对相声演员也有影响"。接着，文章着重介绍了相声《双过新年》的内容。这段相声以父子俩对春联的形式来制造笑料，市民阶层一度用它来调侃生活的窘困。但由于被嵌入到了"压迫—反抗"的阶级叙事中，它也就变成了劳动人民的抗争工具，相声中的春联，如以"煤掺石头米掺沙"对"天增岁月人增寿"、以"依然十里电灯黑"对"又是一年芳草绿"等，也就表现出了受压迫阶级争取民族解放的抗争精神。[①]

正如文中有言：

> 每当社会上爆发了反帝反封建的爱国主义运动时，相声就有作品出现，也要表示对反动统治阶级的抗议。这类段子……能面对现实，对反动统治者进行尖锐地讽刺，说出多数人民的话，联系了广大人民群众，相声能够保存下来成为劳动人民喜闻乐见的艺术，这是主要的原因之一。[②]

借助阶级史观，作者把相声塑造成了属于劳动人民的、抗争性的工具，把艺人的言说上升为了具有阶级自觉的抗争，强化了相声在民族解放事业中起到的作

---

① 张寿臣、侯宝林、郑青松、孙玉奎:《相声的演变与发展》,《曲艺》1959 年第 5 期，第 58—59 页。
② 张寿臣、侯宝林、郑青松、孙玉奎:《相声的演变与发展》,《曲艺》1959 年第 5 期，第 59 页。

用。同时，阶级叙事造成了相声史与民族解放史同步的文本效果，使相声成为了民族命运的缩影。通过对相声抗争史的建构，文章为我们论证了党领导的中国现代革命的合法性，进而论证了以人民为主体的新中国的合法性。最后，它也建构了民族共同的苦难记忆，鼓舞了新中国人民反帝反封建的爱国主义情感，增进了民众认同和建设新社会的热情。

“草根”创造“国粹”：郭德纲《论五十年相声之现状》

改革开放以来，中国经济迅速发展，国际影响力大幅增加，呈现出了民族复兴的态势，“大国崛起”成为了民众的普遍期待。同时，社会也经历了“去政治化”的过程，“人民性”等阶级话语退出了历史舞台，消费主义盛行。此外，民间传统得以复兴，并以“非物质文化遗产”等形式，再一次加入到了民族建设的合唱中。在“后革命”的时代里，国家需要一种新的文化支持，它有别于此前的革命话语，不但能展示出民族灿烂的传统与文化，还能满足消费主义时代大众的欣赏趣味。

1990 年代以来，文艺团体的市场化改革加速，越来越多的演员走出体制，组成了直面市场的团体，与体制内的演员展开竞争。2004 年底，郭德纲和他的“德云社”应运而生。郭是一个精熟大众需求的演员，为了迎合“大国崛起”与传统复兴的潮流，他高举传统的大旗，明确把相声上升到了“国粹”的高度，强调相声是凝聚了“五千年文明的传统文化”，甚至把“听相声”等同于“爱国”。[①] 那么，如何在“后革命”的时代里生产“国粹”？2005 年 10 月，在“纪念朱少文 176 周年诞辰演出”中，郭德纲和张文顺合说了《论五十年相声之现状》。作品选取了现代相声史的若干个横截面，勾勒出了一个根植于“草根”群体的、以娱乐为主旨的相声传统。

在消费主义的氛围中，启蒙主义话语与精英立场受到了质疑。相应地，郭德纲否定了启蒙者们预设的价值，将相声还原为了属于普通市民——即郭所说的“草根”——的艺术。因而，作品的前半段着重介绍了传统相声的滋养地——天桥。郭强调：天桥艺人卖艺是为了“能吃饭、能养家糊口”，并用大量生动的语言描述了天桥相声的受众——底层劳力的艰辛生活：

---

① 根据《论五十年相声之现状》演出录音整理。

> 早晨起来，这些个卖力气的人，拿着铁锹的，拿着扁担的，跟这儿等活。比如说一会来人了，永定门火车站卸车。要四个人，卸八个车皮，一个人给两块钱。……到这儿，十冬腊月的也脱一光膀子，卸这车，吭哧吭哧卸完了。……一人拿着两块钱往回走。到天桥找一小澡堂子洗澡。小澡堂子，不老干净，因为这些人每天都是煤啊，这些煤灰都下到池子里，据说过去那踩着能扎脚，伙计们拿着冷布一趟一趟地往外兜煤。①

段子揭示：正是这些人上午为衣食奔波，下午混迹于天桥，带动了相声的兴盛。

对底层市民浓墨重彩的描摹看似偏离了相声的主题，实则寄托了郭德纲打造“草根”相声传统的苦心。通过大量的日常细节，作品为大众描绘了艺人是穷人，观众也是穷人的观演关系，塑造了一个由普通市民组成的，卑微但百无禁忌的“草根”形象。其次，他把相声的发展动力还原为生存的需求：艺人视其为谋生的技能，底层市民则以此缓解生活压力，从而卸下了相声的教化包袱，形塑了相声以娱乐、解压为主旨的传统。此外，这段风俗画般的场景刻画了底层民众的生活，包含了老北京衣食住行的方方面面，顺应了当下传统复兴的潮流，也满足了消费者的怀旧情结。

为了向体制内的演员争夺话语权，在论述 1949 年后的相声史时，郭德纲致力于建构“官方”与“草根”的对立。郭将新政权的文化改造视为破坏“草根”生态的行为，在他的描述中，新社会打压老艺人，造成了传统的凋零，又扶植了一批半路出家的演员。郭指责这些体制内的演员背叛了“草根”传统：他们缺乏传统基本功的训练，使大量传统段子濒临失传；他们占据了主流媒体，但过分强调相声的宣教作用，扼杀了观众娱乐的权力。郭甚至断言：他们该为“当今相声的尴尬处境负最大的责任”②！

接下来，郭德纲介绍了德云社的发展史，并致力于将其打造成“草根”传统的继承者。郭称：德云社自 1996 年起就坚守小剧场，开始了艰难的创业。最初三个演员撑起一场演出，最少时全场只有一个观众，但他们勇于应对：“在广德楼演出的时候，天寒地冻，大栅栏上连条狗都没有。全体演员都上门口，拿

---

① 根据演出录音整理。这些话都是出自郭德纲之口，为了便于引述，此处剔除了“捧哏”部分的内容。

② 根据演出录音整理。

着板儿，‘呱唧呱唧呱唧’往里边叫人。”[①]努力的结果带动了传统的复兴：“连单口，带对口，带相声，带太平歌词，带反串小戏，我们这个团体已经演了六百多段。”[②]同时，郭德纲又强调了“德云社”是相声纯娱乐传统的继承者。随着启蒙话语的消解，前贤眼中的“糟粕”成为了当代市民猎奇的对象。于是，郭把“打哏”仅仅视为娱乐大众的手段，认为官方对“打哏”的限制是不尊重观众娱乐权的行为。因此，“德云社”毅然恢复了《拉洋片》等一批被视为“糟粕”的相声。在郭看来，这些相声为担负着繁重生活压力的民众提供了尊卑失序的狂欢化体验：“（当代观众）缺钱的，缺车的，缺房子，缺德的……缺什么的都有，进了这个屋，我给不了你这些个，我保证这一下午你能够忘掉这些烦恼，高高兴兴快快乐乐开开心心的！”[③]

在郭德纲的话语中，德云社不仅继承了“草根”相声的特色：尊重传统，顺应民众的娱乐需求，为民众提供了娱乐与解乏的良机；甚至是他们的创业史，也与此前天桥艺人的辛劳经历形成了微妙的对接。借助这些，郭德纲不仅把自己与德云社塑造成为了“草根”传统的继承人，也巧妙地把体制内外演员的话语权之争，转化为了“草根”与“官方”的对立，并以挑衅的姿态获得了社会的普遍关注。

为了满足“大国崛起”的社会期待、迎合“后革命”时代的大众趣味，郭德纲以“厚古薄今”的对比，否定了现代启蒙者对相声的定位，也否定了1949年后的反传统行为，并为民众建构了这样一种“国粹”：它由普通民众创造，扎根于日常生活，远离宣传与教化，包含平凡而坚韧的常人美德，蕴含历史的脉脉温情。通过对相声历史的建构，郭德纲为大众展示了一个由普通民众组成的，充满生机的民族主体。在这个群体里，不是精英的政治，而是“草根”的文化、风俗与道德构成了国民认同的基础。

结 语

通过上文的分析，我们发现，与“民族”一样，“民族艺术”也是一种现代性的建构，它是在族群的历史传统、现代性的普遍原则与复杂多变的现实互动中

---

① 根据演出录音整理。

② 根据演出录音整理。

③ 根据演出录音整理。

形成的[①]。在不同的时代里，民族国家具有不同的内涵与指向：民国时期，知识分子试图启蒙底层大众，建设一个文明、独立的现代国家；1949 年后，共产党人致力于建设一个以人民为主体的新中国；而在"后革命"的时代里，国家需要一个由普通民众组成的，并体现了他们的文化与美德的民族形象。为此，各时代的文化精英们对相声的传统进行了创造性的转化，通过历史的重写，赋予了相声与民族建设和现实需求相匹配的历史传统与文类品格：董每戡抓住相声市民艺术的属性，并通过"丑"的历史勾勒，塑造了底层民众的抗争性；张寿臣等人看到相声中蕴含的对民主、自由的追求，用阶级史观重构相声史，将其打造成为了人民的斗争工具；而郭德纲则还原了相声在市民群体中的功能，建构了由"草根"民众锻造的、生机勃勃的民族传统。就此而言，"民族艺术"的历史书写为国民提供了想象民族国家的途径，它书写了扎根历史的民族传统，论证了国家建设的合法性，也制造了民族认同。

我们看到，不同的话语主体对"民族艺术"历史的论述，也是他们重构民族的起源与内涵的过程。但这种历史书写的吊诡之处，在于它又掩盖了民族国家的建构性本质。不同的言说者立足于相声的传统，选取了相应的符号与象征系统加以创造与改换，并通过起源的重写，将后设的价值转变为了民族的历史和向来如此的"传统"。最为典型的就是董每戡的研究，他把独立、自由等后设的现代性原则追溯到了俳优所在的前现代社会，为我们塑造了一个从先秦到现代、不懈抗争的民族形象。通过这种认识装置的"颠倒"[②]，过去的历史被转化成了民族起源与发展的历程，过去的"讽谏"被归为了民族国家的抗争传统，民族国家被表述成为了一个具有本质性、统一性与延续性的自然存在。在此基础上，立足于现实的文化实践也不再显得突兀，而是成为了对传统的回溯与复兴。在建国后的相声改进中，老舍便提到：当时相声的问题，是"艺人们只图招笑，而忘了讽刺"，要改编相声，只需"替那些老段子恢复了讽刺"[③]便可。因此，"民族艺术"历史的建构起到了这样的作用：它通过对民族美德的阐发，勾连起了民族过去的光

---

① 张旭东：《民族主义与当代中国》，载《批评的踪迹：文化理论与文化批判 1985—2002》，北京：生活·读书·新知三联书店 2003 年版，第 175 页。

② 在考察日本现代文学时，柄谷行人发现民族国家的意识形态时常通过现代性的认识装置的倒置而被掩盖起来，使其成为一种不证自明的、仿佛从前就有了的东西。显然，与柄谷行人笔下的现代文学一样，民族艺术也是一种现代认识装置。参见［日］柄谷行人：《日本现代文学的起源》，赵京华译，北京：生活·读书·新知三联书店 2011 年版，第 12—24 页。

③ 老舍：《谈相声的改造》，载《老舍文集》第 16 卷，北京：人民文学出版社 1990 年版，第 183 页。

荣传统与当下的现实，进而框定了民族国家的未来。[①] 正如民俗学者苏独玉（Sue Tuohy）所说："在接受了延续性的同时，历史也提供了（现有事物存在的）合法性，它将过去与现在联系起来，并给人一种历史、社会与文化一如既往，且坚固不变的幻象。"[②]

由此观之，尽管上述三篇文献的出发点与目的大相径庭，但他们都通过历史的建构，为大众塑造了一个一以贯之，且具有美好传统的中华民族。而这，也正是"民族艺术"的使命所在。

（作者系中国社会科学院助理研究员）

① 沈松侨：《振大汉之天声——民族英雄谱系与晚清的国族想象》，载贺照田主编《在历史的缠绕中解读知识与思想》，长春：吉林人民出版社 2003 年版，第 262 页。

② Sue Tuohy, *Imagining the Chinese Tradition: the Case of Hua'er Songs, Festivals, and Scholarship*, PhD dissertation, Indiana University, 1988, p.49.

后 记

文艺作为文化中最积极最活跃的因素，具有陶冶人们道德情操、抒发人类美好理想、丰富人们艺术享受、推动社会文明进步的重要作用。文艺评论具有明确导向、辨析思想、甄别美丑、建立标准、引领风尚的重要作用，能有效推动文艺创作、催生文艺精品力作、发掘和培育文艺新人，可以有效引导群众的文艺消费、文艺活动，帮助人民群众提高文艺鉴赏水平。

为切实加强文艺评论队伍建设，自 2005 年开始，中国文联举办的全国中青年文艺评论家高级研修班已在安徽合肥、河南郑州、辽宁葫芦岛、青海西宁、天津、宁夏、广西南宁成功举办了七届。今年 8 月，我们在浙江杭州圆满举办了第八届全国中青年文艺评论家高级研修班。按照中宣部和中国文联领导的要求，本届高研班继续采取了以文入班的做法，以“深入学习中央关于文化和文艺工作的新思想、新论断、新要求，联系实际，共同研讨文艺评论发展的理论与实践问题”为主题展开学习研讨，授课内容和主题都更加集中和更具有现实针对性，授课方式更加灵活有效。除专家授课外，此次高研班还开展了学员论坛、艺术观摩、学习采风等交流活动，为学员提供了沟通、争鸣和交流的平台。借鉴以往七届办班经验，本次高研班继续采取分组讨论的方式，针对当下文艺评论中存在的主要问题和加强与改进文艺评论工作的建议等展开热烈讨论。学员们围绕授课内容和各自专业领域，各抒己见、热烈讨论、深入交流，进一步认清了当前文艺发展的形势，开阔了视野，增长了知识，增进了友谊。

现将本届高研班领导讲话、专家讲课要点、各小组研讨综述和部分学员论文汇集成册，编辑出版。在此，向一直关心和支持高研班的朋友们表示衷心的感谢！向承办本届高研班的浙江省文学艺术界联合会和浙江省文艺评论家协会致以诚挚的谢意！

编 者

2014 年 12 月